O ENSINO DA LITERATURA
E A PROBLEMÁTICA
DOS GÉNEROS LITERÁRIOS

TÍTULO:	ENSINO DA LITERATURA E A PROBLEMÁTICA DOS GÉNEROS LITERÁRIOS
AUTOR:	CRISTINA MELLO
EDITOR:	LIVRARIA ALMEDINA – COIMBRA
DISTRIBUIDORES:	LIVRARIA ALMEDINA ARCO DE ALMEDINA, 15 TELEF. (039) 851900 FAX (039) 851901 3000 COIMBRA – PORTUGAL Livrarialmedina@mail.telepac.pt LIVRARIA ALMEDINA – PORTO R. DE CEUTA, 79 TELEF. (02) 2059773/2059783 FAX (02) 2026510 4050 PORTO – PORTUGAL EDIÇÕES GLOBO, LDA. R. S. FILIPE NERY, 37-A (AO RATO) TELEF. (01) 3857619 1250 LISBOA – PORTUGAL
EXECUÇÃO GRÁFICA:	G.C. – GRÁFICA DE COIMBRA, LDA.
	ABRIL, 1998
DEPÓSITO LEGAL:	122848/98
	Toda a reprodução desta obra, por fotocópia ou outro qualquer processo, sem prévia autorização escrita do Editor, é ilícita e passível de procedimento judicial contra o infractor

CRISTINA MELLO

O ENSINO DA LITERATURA E A PROBLEMÁTICA DOS GÉNEROS LITERÁRIOS

Dissertação de doutoramento em
Literatura Portuguesa, apresentada
à Faculdade de Letras de Coimbra

LIVRARIA ALMEDINA
COIMBRA – 1998

PREFÁCIO

A literatura, é bem sabido, constitui um fenómeno cuja fruição – em certa medida numa relação simétrica com o acto de criação literária – decorre normalmente em cenário íntimo e em registo de vivência intransmissível. É certo que, nas suas mais remotas origens, a figura do contador de histórias seduzia oralmente um auditório pendente da sua palavra; é certo também que, quando se foi tornando uma prática direccionada para um público cada vez mais dilatado, a literatura veio a ser acolhida no espaço do salão aristocrático ou do serão burguês, sendo então não raro declamada e musicalmente acompanhada, em jeito de performance *colectiva.*

Não é essa, todavia, a sua dominante forma de ser, quando pensamos no acto de leitura e nos termos em que ele decorre. Configurando um processo desejavelmente silencioso, recolhido, voluntário e lúdico, a leitura parece ser o momento em que texto e leitor se completam reciprocamente, num encontro que pode mesmo ser encarado como acontecimento irrepetível: em relação a outros leitores, a outros textos e até em relação ao mesmo *texto, que dificilmente voltará a ser lido pelo mesmo leitor (e, noutra leitura, será ele efectivamente o* mesmo*?) de forma rigorosamente idêntica.*

Postas as coisas nestes termos – e ressalvadas, obviamente, as situações excepcionais, que apenas confirmam a regra –, parece legítimo perguntar: até que ponto e em que medida pode o texto literário ser submetido aos requisitos e aos métodos de um acto pedagógico, de feição interactiva e transindividual? Noutros termos, mais directos: é possível ensinar alguma coisa, tomando o texto literário como fulcro de atenção? A resposta não é simples e sobretudo não é unívoca.

***

Nos últimos anos procurou-se, com uma insistência sintomática, se atendermos ao que é o desenvolvimento recente das chamadas ciências da educação, apurar o que pode (e também o que não pode ser ensinado), quando tomamos a literatura como objecto de atenção pedagógica.

A consolidação e a ampla circulação da expressão ensino da literatura *– e mesmo, de forma mais institucionalizada,* didáctica da literatura *– parecem confirmar a existência de zonas e de componentes do texto literário susceptíveis de serem pedagogicamente orientadas. Correspondem essas zonas e componentes,* grosso modo, *àquilo que é possível conhecer e caracterizar de forma relativamente objectiva: modos e géneros literários, períodos e movimentos literários, propriedades técnico-discursivas que distinguem o texto literário, elementos de largo alcance semântico e pragmático, literariamente enquadrados e elaborados (temas, ideologias, mitos), etc., etc.*

Um tal conhecimento não anula a existência de distorções que são, em certos casos, consequência perversa dos rigores com que é encarada a gestão pedagógica desse conhecimento. Assim: a literatura que se ensina perdeu leveza porque o secundário *(segundo George Steiner: os discursos críticos e metacríticos) tende a prejudicar a presença luminosa do literário propriamente dito. Mais: nas condições actuais, o ensino da literatura confronta-se com as dificuldades inerentes a um dimensionamento massificado, que é o resultado da própria massificação do seu público-alvo; e a literatura dificilmente resiste à prova da massificação. Por último, as questionações que o ensino da literatura pode suscitar remetem muitas vezes para outra coisa: a (cada vez mais) melindrosa legitimidade social da própria literatura.*

***

O trabalho de Cristina Mello que, a pedido da autora, tenho o gosto de apresentar, dispensaria estas palavras prefaciais porque vale por si – e vale muito. Com efeito, o extenso, fundamentado e inovador estudo que Cristina Mello intitulou O ensino da literatura e a problemática dos géneros literários, *tendo sido elaborado como dissertação académica, encerra significados que transcendem essa motivação.*

Nos anos de docência universitária em que se consagrou a reflectir sobre o ensino da literatura, sobre os seus instrumentos metodológicos e sobre as dúvidas teóricas e epistemológicas que ele levanta, Cristina Mello colheu uma experiência muito rara entre nós: ensinou e viu ensinar, equacionou problemas e propôs soluções para eles, pensou e dialogou com colegas e com estudantes. Praticando no terreno a tão falada (mas nem sempre vista...) interacção pedagógica entre diferentes níveis de ensino (sobretudo entre o universitário e o secundário), Cristina Mello desenvolveu uma actividade ao mesmo tempo dinâmica e humilde, generosa e enriquecedora. Por isso, o trabalho que elaborou tem uma solidez que o leitor interessado facilmente reconhecerá.

O tema central que Cristina Mello contempla no seu estudo é o dos géneros literários, considerados no que respeita à sua projecção e viabilidade funcional, no âmbito do ensino da literatura. Trata-se, como facilmente se observará, de uma articulação fundamental, por duas grandes razões: porque os modos e géneros literários constituem um dos domínios mais fecundamente visados pela moderna teoria da literatura; e porque a organização dos programas escolares em que a autora centrou a sua análise é indissociável de uma postulação genológica (embora não de uma forma exclusiva) do ensino da literatura.

Por todas as razões invocadas e por muitas mais que o leitor por si mesmo descobrirá, o presente estudo de Cristina Mello deve ser considerado um contributo decisivo para a clarificação de matérias que, entre nós, têm a tenra idade dos pouco mais de vinte anos que levam de uma vida nem sempre fácil. Numa altura em que se procura fazer da universidade uma instituição com os pés assentes no solo das questões a resolver, o trabalho de Cristina Mello tem a coragem de enfrentar essas questões e de enunciar, mesmo num plano de especialização, um discurso empenhado, estimulante e carregado de desafios. E estas não são, certamente, qualidades menores.

CARLOS REIS

À minha querida família.

EXPLICAÇÃO E AGRADECIMENTOS

Ao licenciar-me, em Dezembro de 1977, pela Universidade Estadual do Rio de Janeiro, onde fui aluna, entre outros, dos Professores Doutores Evanildo Bechara e Maria Aparecida Ribeiro, tinha já em vista a vinda para Portugal, a fim de estudar a obra de Miguel Torga, o que acabei por fazer, com uma bolsa da Fundação Calouste Gulbenkian, graças ao saudoso Professor Doutor Jacinto do Prado Coelho. Nesse sentido, frequentei um seminário de literatura portuguesa, dirigido pela Professora Doutora Cleonice Berardinelli, na Universidade Federal do Rio de Janeiro. Ao fim de 20 anos de permanência em Portugal, é inequívoca a riqueza da experiência de poder confrontar, na profundidade das vivências, dois mundos e dois sistemas de ensino.

O início da minha estada em Portugal, em 1978, permitiu-me um primeiro contacto com a obra de Miguel Torga (e com o próprio escritor), da qual *Orfeu rebelde* viria a ser, mais tarde, objecto da minha dissertação de Mestrado, no âmbito do primeiro curso de Mestrado da Faculdade de Letras do Porto em Literaturas Românicas Modernas e Contemporâneas, concluído em 1986. Não posso esquecer a orientação e o incentivo do Professor Doutor José Augusto Seabra.

Quando entrei para a Universidade de Trás-os-Montes e Alto Douro, em Novembro de 1986, para leccionar a cadeira de Introdução aos Estudos Literários, contava com cerca de dez anos de docência no Ensino Secundário, primeiro no Brasil e, depois, em Portugal.

Uma vez contratada pela Faculdade de Letras de Coimbra, em Dezembro de 1987, como Assistente, orientei a investigação conducente ao doutoramento para a área do ensino da literatura. De acordo com sugestões do Professor Doutor Carlos Reis, orientador da dissertação e orientador pedagógico, ficou estabelecido como tema o ensino da literatura e a problemática dos géneros literários, determinando-se como *corpus* literário as obras *Frei Luís de Sousa*, *Os Maias* e *Orfeu rebelde*. Recebi ainda palavras decisivas, em duas ocasiões, das Professoras Doutoras Ofélia Paiva Monteiro e Margarida Vieira Mendes, quanto à escolha do tema da dissertação.

Para além da investigação teórica, realizei uma investigação de campo, em algumas escolas de Coimbra e numa de Ermesinde, a fim de poder recolher elementos sobre a realidade do ensino da literatura, especialmente em turmas do Ensino Secundário (antigo Curso Complementar), de acordo com o plano inicial do trabalho.

Consciente da importância da investigação sobre o ensino da literatura em França, que se diversifica em áreas como a didáctica da leitura, da escrita, dos géneros, etc., fiz um estágio, em Abril-Maio de 1992, no Centre d'Études Pédagogiques de Sèvres e, com o Professor Doutor Jean Verrier, na Universidade de Paris VIII (subsidiada pela JNICT, de que fui bolseira durante quatro anos), durante o qual tive a oportunidade de recolher diversificado material bibliográfico. Àquele professor, devo uma palavra de agradecimento.

Na medida das disponibilidades, participei, nalguns casos com comunicações, em congressos na área da formação educacional, das didácticas e metodologias de ensino, em Coimbra, Lisboa, Aveiro, Porto, Braga e Vila Real. Em todos eles pude aquilatar da enorme importância da investigação na área do ensino da literatura em ligação com o ensino da língua portuguesa.

A docência na Didáctica da Literatura Portuguesa tem-me sido fundamental para explorar esse novo campo enquanto disciplina curricular. Por outro lado, a colaboração em Literatura Portuguesa I tem constituído um enriquecimento incomensurável, quer pelo valor científico do trabalho, quer pelas possibilidades que me abre no campo da pedagogia da leitura literária.

Fico grata aos professores do Ensino Secundário que me permitiram estar nas suas aulas e me forneceram material pedagógico, incluindo as provas de avaliação que fazem parte do *corpus* do trabalho. Nomeio, em especial, os Drs. Assis Cardoso, Lívia Múrias, Carlos Fontes, Maria João Dimas, Berta Coelho, Luísa Mariano, Lídia Martins, Ana Paula Miraldo, José Alberto Ferreira e Teresa Mota.

Agradeço a atenção e o contributo da Professora Doutora Isabel Alarcão.

Ao Fernando Pocinho, agradeço a iniciação no domínio da psicologia cognitiva.

Agradeço a disponibilidade da colega Celeste Gama, por ter assegurado a leccionação de todas as turmas da cadeira de Didáctica da Literatura Portuguesa, nos anos em que beneficiei de dispensa do serviço docente, e também às colegas Maria João Simões e Helena Santana, que procederam de igual forma em relação ao serviço docente na cadeira de Literatura Portuguesa I. Aos colegas Joaquim Neves Vicente, Clara Lourenço e Helena Sá, agradeço as indicações bibliográficas facultadas.

Graças a um convite da Professora Doutora Elza Miné, pude participar no III Encontro Internacional de Estudos Queirosianos, em São Paulo, em Setembro de 1995.

Ao Professor Doutor Carlos Reis, agradeço o acompanhamento em todas as fases deste trabalho, a orientação científica, o empréstimo de materiais bibliográficos, o estímulo constante e a generosa disponibilidade pessoal. Sou também reconhecida por colaborar no conselho de redacção da revista *Discursos*, por ele dirigida. Estou certa de continuar, com amizade dedicada, a beneficiar do seu incentivo intelectual.

À Teresa e à Zulmira, a minha gratidão pelo apoio fraterno.

Agradeço ao Zé Luís o apoio afectivo e intelectual e também a colaboração na revisão do texto.

O texto desta dissertação de doutoramento foi revisto e sofreu algumas alterações.

INTRODUÇÃO

O ensino da literatura, no Ensino Secundário, tem constituído, nos últimos 20 anos, em Portugal, um tema presente em diversas reuniões científicas. Trata-se de uma área de investigação ligada à do ensino do Português. Em alguns encontros relacionados com esta última área, durante os anos 70 e sobretudo 80[1], deparamo-nos com mais de uma centena de comunicações em torno do ensino da literatura. Em grande parte, são consagradas aos problemas do ensino-aprendizagem no domínio da língua e da literatura, com uma grande incidência no da leitura, delimitando as questões e propondo soluções de acordo com orientações teóricas da linguística, da literatura, da didáctica e da pedagogia.

---

[1] De entre muitos que tiveram lugar, desde há duas décadas, com mais intensidade na última, salientamos: 1.º Encontro Nacional para a Investigação e Ensino do Português, promovido pelos centros e núcleos de Linguística das Universidades de Lisboa, Porto, Coimbra, Aveiro e Braga, realizado na Universidade de Lisboa, em 26-30 de Novembro de 1976; Encontro sobre o Ensino e a Aprendizagem da Literatura Portuguesa, na Universidade do Minho, Braga, em 30-31 de Outubro de 1986; Encontro sobre a Promoção do Sucesso Educativo, organizado pela Comissão da Reforma do Sistema Educativo, em colaboração com a Universidade do Minho, Braga, em 5-6 de Fevereiro de 1987; Congresso sobre a Investigação e Ensino do Português, sob os auspícios do ICALP, realizado em Lisboa, em 18-22 de Maio de 1987; Encontro sobre o Ensino do Português, na Universidade do Minho, Braga, em 30-31 de Outubro de 1987; Encontro sobre os Novos Programas de Português, na Faculdade de Letras da Universidade de Lisboa, em Abril de 1991; Encontro sobre os Novos Programas de Português, Francês e Inglês, a cargo do Conselho dos Cursos de Ensino de Letras e Ciências Humanas da Universidade do Minho (Braga), em 17-18 de Outubro de 1991; Forum de Linguística e Didáctica, na Universidade de Trás-os-Montes e Alto Douro (Vila Real), em 26-28 de Abril de 1995. Além destes eventos, convém destacar ainda os três Encontros Nacionais de Didácticas e Metodologias do Ensino (e Educação), realizados em 1988, 1991 (ambos na Universidade de Aveiro) e 1995 (na Universidade do Minho). Finalmente, refiram-se os cinco Encontros de Formação Educacional, promovidos pela Faculdade de Letras da Universidade de Coimbra, em 1988 (20-21 de Setembro), 1989 (18-20 de Outubro), 1991 (5-7 de Março), 1993 (6-7 de Janeiro) e 1995 (22-24 de Março).

A investigação sobre o ensino da literatura no Secundário, a contemplar numa dissertação de doutoramento, tem de abranger o estudo dos saberes da literatura, bem como a sua utilização escolar, pelo que incluímos como matéria de investigação a leitura integral de obras literárias nos anos terminais do Ensino Secundário.

A teoria dos géneros é considerada central no estudo da literatura; por outro lado, o campo da genologia, tanto no sector teórico como no didáctico, tem vindo a constituir-se numa importante área de estudo, como o atesta a vastíssima bibliografia sobre o assunto[2]. Ao implicar mutuamente o ensino da literatura e a problemática dos géneros literários, pretendemos demonstrar a importância destes para os saberes e actividades que àquele competem.

A teorização sobre os géneros, quer pela via histórica, quer pela via sistémica, deixa entrever interessantes potencialidades de utilização didáctica para a compreensão dos textos literários. Dada a crescente importância da genologia na teoria da literatura, elegemos como meta final deste estudo provar que os géneros literários, na sua articulação com os modos literários, constituem um saber teórico relevante para o ensino da literatura, em particular nos anos terminais do Ensino Secundário.

Tradicionalmente, o ensino da literatura corresponde ao ensino dos modos possíveis de ler os textos literários. Sabendo-se que estes encerram uma dimensão de natureza cognoscitiva e, por conseguinte, podendo constituir-se em objecto de ensino, é justamente para ela que a nossa atenção se voltará de um ponto de vista metodológico. A importância do conhecimento da literatura tem sido enfatizada através do seu ensino desde o século XVIII, ainda que recebendo outras designações (estudo da retórica, história literária ou filologia).

A dimensão teórica da literatura que abordaremos neste trabalho é essencialmente de natureza arquitextual e, portanto, está intimamente relacionada com os modos e géneros literários, isto é, com categorias que transcendem os textos literários e explicam a sua realização enquanto formas culturais e estéticas. Assim, no centro da nossa investigação encontra-se a problemática dos modos e géneros literários e suas diversas implicações no ensino da literatura. Tratar-se-á

---

[2] Na Unversidade de Oklahoma, por exemplo, existe a revista *Genre*, desde 1968, "devotada ao estudo dos códigos, convenções e histórias das formas genéricas no contexto das suas manifestações culturais e efeitos", com uma actividade que ultrapassa, portanto, os interesses desta tese.

de explicar a função que os modos e géneros literários detêm no ensino da literatura e, em particular, as suas implicações didácticas nas práticas escolares de leitura, como é a leitura integral.

A nossa investigação incide sobre o nível do Ensino Secundário, cuja escolha foi determinada, por um lado, em função de esta tese ter sido pensada para estudar questões do ensino da literatura, de acordo com as motivações pessoais explicadas no prefácio; por outro lado, é justamente este nível de ensino que mais se adequa a uma investigação sobre a questão teórica que aqui privilegiaremos.

Para reflectir sobre a problemática dos modos e géneros literários e o ensino da literatura, consideramos necessário posicionarmo-nos quanto às três vertentes do sistema didáctico consideradas por Yves Chevallard: o professor, os alunos e o saber ensinado[3].

Do processo didáctico da transposição dos saberes, consideramos como matéria de estudo mais pormenorizado a questão da recepção das obras literárias, o que nos levou a realizar um trabalho de campo centrado na observação de práticas pedagógicas e no estudo de documentos como planificações de ensino e provas de avaliação. Este conjunto de materiais propiciou-nos o conhecimento das diversas etapas do processo de ensino. Na recepção das obras literárias por parte dos alunos, e tendo em conta a questão dos modos e géneros literários, domínio teórico sempre presente na didáctica da leitura literária, procurámos apreender as imagens que os alunos elaboram das obras, orientando-nos justamente pelas potencialidades de cognição das categorias genológicas, na medida em que estas se configuram como instrumentos conceptuais utilizados no processo da leitura. Após investigarmos as leituras dos alunos, procuraremos apresentar um contributo para a solução de problemas no ensino-aprendizagem da literatura no Secundário.

Este contexto de investigação estará presente ao longo da nossa dissertação, organizada em três partes.

Na parte I, trataremos de questões relacionadas com a problemática dos modos e géneros literários, quer de natureza eminentemente teórica, quer nas suas conexões com o ensino da literatura e, portanto, com uma dimensão didáctica.

Começaremos por apresentar o contexto teórico pluridisciplinar dos estudos no campo da genologia, que integra áreas da linguística e

---

[3] Cf. Yves Chevallard, *La transposition didactique du savoir savant au savoir enseigné*, 2.ª ed. rev. e aum., La Pensée Sauvage, 1991, pp. 14 e 20.

da teoria da literatura. Trata-se de um contexto teórico que tem imprimido uma importante renovação à teorização dos géneros, tão ligada, de acordo com a tradição histórica, à consideração de categorias estéticas da literatura. Com esta renovação em diversas áreas em que o campo da genologia vem merecendo estudos, tem-se assistido a uma releitura de fontes teóricas do passado, reinterpretadas à luz de novos pressupostos teóricos do presente.

É este quadro teórico que começaremos a dilucidar, ocupando-nos do entendimento teórico das categorias modais e genológicas, recordando contributos como os de Austin Warren, Todorov, Genette, mas também ensinamentos mais remotos como os de Goethe. Consideraremos também a oportunidade didáctica de outros conceitos e critérios propostos por André Jolles e Nortrop Frye, entre outros, sem esquecer importantes subsídios teóricos de um Ingarden ou um Bakhtine, a teorização deste último incorporando critérios de distinção mais abrangentes e funcionais dos géneros do discurso, incluindo o literário.

Após esta contextualização da problemática dos géneros, apresentaremos os contributos da teoria dos géneros para o estudo da literatura. Reportar-nos-emos às orientações normativas dos géneros na tradição clássica, pela indispensável necessidade de nos referirmos ao entendimento dos fundadores principais da poética clássica no que diz respeito a questões fundamentais da literatura (embora o conceito de literatura, como ainda hoje o entendemos, tenha sido criado apenas no século XVIII).

Sendo o período romântico de contestação às convenções literárias dos clássicos, e muito fecundo quanto à criação literária, não o foi menos relativamente à reflexão teórica sobre a literatura. A sua prática literária ofereceu um substrato empírico importante para a teorização sobre as formas literárias, que se processou incluída numa reflexão mais ampla sobre o conhecimento da literatura, que, justamente nessa altura, começou a ser feita, graças à vocação teórica, crítica e histórica do Romantismo. Por isso, demonstraremos que a compreensão histórica da problemática dos géneros solicita também uma consideração do seu entendimento em dois momentos fundamentais: a tradição clássica, por ser um momento fundador, e a teorização romântica, que reelaborou o legado clássico, fundando a tradição da modernidade dos estudos literários. A teorização sobre os géneros literários nesse período, ainda que sem a sistematicidade posteriormente atingida, apresenta, como demonstraremos, direcções que vieram a ser norteadoras do estudo da literatura, tanto por uma via teórica como histórica.

Uma vez traçado o panorama teórico e histórico dos géneros, estabeleceremos as nossas opções de investigação quanto aos géneros literários e o ensino da literatura. Direccionaremos o nosso estudo para uma perspectivação metodológica no que concerne à leitura literária no Ensino Secundário. Procuraremos fazer uma abordagem da compreensão das categorias literárias na leitura literária, a partir da observação de práticas pedagógicas. Tivemos a oportunidade de observar aulas dos antigos Curso Unificado e Curso Complementar Diurno, em turmas regidas pelos programas da área D (área de Estudos Humanísticos) e das áreas ABCE (respectivamente, de Estudos Científico-Naturais, Estudos Científico-Tecnológicos, Estudos Económico-Sociais e Estudo das Artes Visuais), bem como da disciplina de Literatura Portuguesa do 12.º ano, via de ensino [4]. Explicitaremos também as orientações metodológicas (de cariz semiótico e pragmático) que mais seguiremos no estudo da didáctica dos géneros literários em íntima conexão com a didáctica da leitura literária.

É nosso objectivo confirmar o que prevíramos na elaboração inicial do plano da dissertação, no ano lectivo de 1991-1992: a pertinência de se elegerem como aspecto fulcral de estudo as representações que os alunos elaboram dos textos literários contemplados nas diversas situações de ensino-aprendizagem, por duas razões directamente relacionadas com o âmbito da dissertação. Em primeiro lugar, as representações que o leitor elabora no processo da leitura literária relacionam-se intimamente com as categorias de modo e género literários e, por outro lado, dada a falta de estudos que contemplem a utilização dos saberes teóricos pelos mediadores e receptores, parece-nos que um trabalho voltado para esses problemas da leitura, no Ensino Secundário, para além de atender aos requisitos específicos de uma dissertação de doutoramento, poderá vir a ter uma utilidade prática que muito nos honraria e que nos permitiria prosseguir a investigação noutras direcções.

Consagraremos também a nossa atenção às modalidades de leitura praticadas na escola. Tendo em conta a tradição de certas

---

[4] Com a implantação dos novos programas escolares de Português (numa fase posterior ao início da nossa investigação, que começou antes da nova reforma), procurámos fazer incidir o nosso trabalho de campo também em turmas da nova reforma.

metodologias de leitura no ensino da literatura e, por outro lado, actuais modalidades indicadas pelos novos programas de Português, apresentaremos a especificidade metodológica das modalidades de leitura designadas nos novos programas de *leitura metódica* e *leitura extensiva*, bem como a sua relação com metodologias de longa tradição nos estudos literários, como a *análise literária* ou a *leitura integral*.

Procuraremos demonstrar as implicações teóricas das diversas formas de leitura dos novos programas, a insuficiência conceptual das próprias designações, mostrando que estas recentes práticas que se pretendem inovadoras, na medida em que atribuem um papel activo ao aluno-receptor, carecem de pertinência conceptual e metodológica. Nesse ponto, reclamaremos a importância de continuarmos, nos diversos tipos de leitura dos textos literários, a ter em conta metodologias de grande rigor conceptual, como a análise e a interpretação literárias, nos termos em que foram formalizadas do ponto de vista teórico e metodológico por pioneiros como Wolfgang Kayser, Massaud Moisés ou, mais recentemente, nos anos 70, por Carlos Reis.

A situação de ensino em que podemos verificar, com uma grande abrangência, as implicações didácticas mais significativas acerca da questão dos géneros é a da leitura integral das obras literárias. Para a efectivação do nosso estudo privilegiam-se duas obras literárias de leitura integral contempladas nos programas escolares, *Frei Luís de Sousa*, de Almeida Garrett, e *Os Maias*, de Eça de Queirós, e ainda *Orfeu rebelde*, de Miguel Torga[5], abrangendo, pois, os três modos literários. Assim, o *corpus* do trabalho é de dupla natureza: por um lado, é constituído por estas três obras literárias e, por outro, por testes realizados pelos alunos, de tipo somativo, consagrados à avaliação da leitura integral daquelas obras[6].

Após estudarmos, na parte I, as questões de natureza teórica relacionadas com os géneros no ensino da literatura, justifica-se que passemos a orientar a investigação, na parte II, para os problemas da configuração e recepção dos géneros na prática pedagógica. Começaremos por demonstrar as potencialidades da abordagem

---

[5] Esta obra, embora não fazendo parte das obras de leitura integral, foi objecto de leitura numa colaboração prestada por professores e alunos.

[6] O primeiro é o *corpus* literário e o segundo será designado de *corpus* didáctico.

didáctica quanto à forma como as obras *Frei Luís de Sousa, Os Maias* e *Orfeu rebelde* exemplificam os modos e géneros literários. Depois disso, apresentaremos uma descrição e análise da leitura que os alunos fizeram das obras através de um estudo dos testes somativos. Como adiante se explicará, a opção por este instrumento de avaliação para estudar a recepção das obras literárias deve-se ao facto de pretendermos abordar situações autênticas de leitura e ainda de apoiar o nosso estudo num instrumento avaliador de grande tradição no Ensino Secundário. Através da análise das respostas dos alunos, poderemos descrever e interpretar a utilização que fazem dos instrumentos conceptuais de leitura que privilegiaremos: as categorias dos modos e géneros literários. Um estudo de testes somativos aplicados a nove turmas diferentes (de quatro escolas do Ensino Secundário), num total de 163 alunos, servirá como amostra apenas exemplificativa.

Com a descrição do nível de proficiência dos alunos na leitura das obras estudadas, pretendemos fornecer dados concretos sobre a utilização dos saberes literários genológicos (sem esquecer as articulações destes com os conhecimentos histórico-literários) e a sua importância para a compreensão das obras literárias. Embora os testes não contemplem todas as componentes genológicas ou modais implicadas nas obras sobre que incidem, o discurso dos alunos nas respostas revela o conhecimento que possuem daquelas. Por isso, e dada a função tradicionalmente desempenhada por este instrumento de avaliação na escola, consideramos que ele nos permite conhecer com uma abrangência suficiente a utilização que os alunos fazem dos conhecimentos literários.

Constituindo os testes de avaliação o documento central do *corpus* didáctico, a nossa abordagem da recepção das obras e dos conhecimentos literários dos alunos baseia-se também na observação que fizemos de mais de 100 aulas e no estudo de outros documentos recolhidos, com cerca de 5 000 páginas, englobando testes formativos, inquéritos (alguns elaborados por nós), fichas de leitura e também trabalhos de tipo monográfico, que empiricamente nos ajudaram a melhor delimitar e compreender o campo de actuação.

Após a apresentação pormenorizada dos dados sobre a leitura das obras pelos alunos, estaremos em condições de proceder a uma análise dos problemas de representação genológica, ou seja, de compreensão e utilização de categorias, relacionados com procedimentos heurísticos e estratégicos na leitura.

O objectivo da parte III é apresentar uma fundamentação teórica e metodológica sobre o ensino da literatura, com propostas didáctico-pedagógicas susceptíveis de contribuírem para a resolução de problemas que os alunos enfrentam no processo da leitura integral das obras literárias.

Uma análise das relações entre paradigmas didáctico-pedagógicos e teórico-literários, no ensino da literatura, terá por fim apresentar o quadro conceptual em que nos situamos na didáctica da literatura. Para isso focaremos os conceitos nucleares de *integração didáctica* e *transposição didáctica*, concepções de aprendizagem e paradigmas que lhes correspondem (comportamental e cognitivista), métodos de ensino (dedutivo e indutivo) e suas relações com as pedagogias directivas e não directivas. Procuraremos, a seguir, relacionar métodos de ensino-aprendizagem com paradigmas teóricos dos estudos literários, recorrendo ainda a subsídios teóricos de Wolfgang Iser e Walter Mignolo, que podem servir às propostas didácticas de integração de saberes.

Depois disso, incidiremos a nossa reflexão sobre a transposição didáctica de saberes literários, servindo-nos de elementos que recolhemos na observação de práticas pedagógicas, procurando fornecer uma imagem, o mais completa possível, da metodologia utilizada pelos professores na consideração de aspectos genológicos e histórico-literários implicados na abordagem didáctica de obras integrais e fragmentos textuais.

A nossa percepção da realidade do ensino da literatura no Secundário não desconhece zonas de proximidade com o ensino da língua materna, nomeadamente no que diz respeito à conveniência de uma conjugação, tanto quanto possível harmoniosa, no desenvolvimento de competências linguísticas e literárias. Esta convicção reflecte-se, em parte, no modo como esboçaremos o quadro conceptual da integração de saberes no ensino da literatura, entrando em linha de conta com três princípios didáctico-pedagógicos: o da *aprendizagem integrada* (numa aproximação entre estudo da literatura e estudo da língua), o da *construção da aprendizagem* e o da *interactividade pedagógica*.

Depois de, na parte II, abordarmos a configuração dos modos e géneros nas obras e a sua leitura pelos alunos, analisando os problemas apresentados na aplicação do conhecimento genológico na leitura escolar, tratar-se-á, por último, de apresentar estratégias didáctico-pedagógicas de ensino-aprendizagem que sejam exemplificativas da abordagem didáctica de uma obra dramática, um romance e uma obra poética.

Em suma, começaremos por abordar a problemática teórica dos géneros literários e suas extensões didácticas, seguindo-se o estudo da configuração dos géneros nas obras e respectiva recepção na leitura, para, finalmente, procedermos a uma fundamentação teórico-didáctica com vista a uma aplicação no Ensino Secundário.

PARTE I

**GÉNEROS LITERÁRIOS
E ESTUDOS LITERÁRIOS**

CAPÍTULO 1
OS GÉNEROS NA TEORIA DA LITERATURA CONTEMPORÂNEA

1.1. O questionamento teórico dos géneros

1.1.1. Tratando este trabalho da problemática dos modos e géneros literários e o ensino da literatura, abordaremos, neste primeiro capítulo, os conceitos de modo literário e de género literário, bem como as perspectivas mais importantes na teorização desta problemática. Justifica-se, pois, uma reflexão sobre esta questão, procurando, desde já, esboçar as consequências metodológicas que estarão em causa ao longo deste trabalho. Assim, neste capítulo, privilegiaremos as relações entre estes dois conceitos fundamentais da teoria da literatura (e outras categorias de universalidade semelhante à dos modos literários), tendo em conta os domínios teóricos de que provêm, procurando responder às seguintes questões: qual a importância da relação entre modos e géneros literários para o ensino da literatura? Trata-se de uma articulação fecunda do ponto de vista teórico e metodológico?

Os estudos actuais no domínio da genologia reflectem os desenvolvimentos da teoria da literatura, bem como da linguística[1]. Têm-se tornado fundamentais os contributos provenientes sobretudo de áreas como a teoria da enunciação, a teoria do texto e a teoria dos

---

[1] Segundo diversos estudiosos, foi Paul Van Tieghem quem criou o termo *genologia*. A passagem do texto onde utiliza esta designação é a seguinte: "il résulte de ces constatations que les genres littéraires ne sont pas de simples étiquettes commodes, mais correspondent à des réalités essentielles de l'art littéraire. L'étude de genres en eux-mêmes, étude que j'ai proposé d'appeler *génologie*, présente un vif intérêt historique et permet de pénétrer plus profondément dans la création et les caractères de l'oeuvre littéraire". Cf. Paul Van Tieghem, "La question des genres littéraires", in *Hélicon*, 1 (1938), p. 99.

actos de fala. Quanto ao campo da teoria da literatura, a par do legado do Formalismo Russo e da semiótica, esboçam-se novas orientações da teoria dos géneros, como a pragmática dos géneros, que, sem porem em causa as conquistas teóricas e metodológicas da semiótica, alargam-nas pela consideração do pólo do leitor no processo comunicativo[2]. Um outro contributo que a teorização sobre os géneros recebeu foi da estética da recepção, ao valorizar os condicionamentos estéticos da recepção, situando-a primordialmente no leitor, chamado a pôr em acção o seu "horizonte de expectativas"[3]. Na orientação do estudo evidencia-se, assim, um alargamento da sua problemática pela consideração de instâncias mais amplas que a dos géneros, ou seja, as que dizem respeito ao discurso e ao texto, como diversos estudiosos têm notado, por exemplo, Michal Glowinski, que diz: "le statut des genres littéraires a changé dès que la linguistique du texte, ou théorie du discours au sens large, est devenue un domaine d'investigation distinct"[4].

Se a pragmática valoriza a contratualidade que se estabelece entre texto e leitor, a estética da recepção especifica o tipo de relação entre leitor e texto, uma relação baseada na experiência estética[5].

---

[2] A pragmática literária faz eco do desenvolvimento que teve, na primeira metade do século, a corrente teórica dos filósofos que tornaram a linguagem um assunto filosófico da maior importância, de entre os quais se notabilizaram Wittgenstein e Carnap. Cf. Claude Imbert *et alii*, *Filosofia analítica*, Lisboa, Gradiva, s. d., pp. 73-81 e 97-102.

[3] Confira-se o sentido de "horizonte de expectativas" referido por Jauss: "toute oeuvre littéraire appartient à un genre, ce qui revient à affirmer purement et simplement que toute oeuvre suppose l'horizon d'une attente, c'est-à-dire d'un ensemble de règles préexistant pour orienter la compréhension du lecteur (du public) et lui permettre une réception appréciative". Cf. Hans Robert Jauss, "Littérature médiévale et théorie des genres", in Gérard Genette *et alii*, *Théorie des genres*, Paris, Seuil, 1986, p. 42.

[4] Cf. Michal Glowinski, "Les genres littéraires", in Marc Angenot *et alii*, *Théorie littéraire*, Paris, PUF, 1989, p. 84.

[5] Hans Robert Jauss considerou (num texto de 1972) três aspectos da experiência estética que são explicados por três conceitos fundamentais: a *poiesis*, que "désigne alors un premier aspect de l'expérience esthétique fondamentale: l'homme peut satisfaire par la création artistique le besoin qu'il éprouve de 'se sentir de ce monde et chez lui dans ce monde'"; a *aisthesis*, de acordo com a qual "l'oeuvre d'art peut rénouveler la perception des choses, émoussée par l'habitude"; e, finalmente, a *catharsis:* "dans et par la perception de l'oeuvre d'art, l'homme peut être dégagé des liens qui l'enchaînent aux intérêts de la vie pratique et disposé par l'identification esthétique à assumer des normes de comportement social; il peut aussi recouvrer sa

Conquanto os âmbitos teóricos da pragmática e da estética da recepção sejam específicos, ambos têm em comum a preocupação com a comunicação literária, podendo notar-se uma complementaridade entre essas teorias.

Nos actuais estudos sobre os géneros verifica-se uma tendência para considerar como objecto fundamental de teorização a realização semântica, estética e pragmática do texto literário. Os procedimentos do discurso literário, seus códigos e convenções estéticas são abordados numa perspectiva que valoriza, por um lado, a situação enunciativa e, por outro, a situação comunicativa. As aproximações continuam a ser de tipo sistemático e formalizante, mas o alvo foi substancialmente alargado. Posto isto, os conceitos de modo e de género literário são sempre tidos em consideração, independentemente da perspectiva teórica em que nos situemos: seja do lado da poética, da retórica ou da estilística.

Para a moderna teoria literária, o que está em causa é elaborar formas racionais que dêem conta, já não do nível abstracto do discurso literário (como o fizeram o Formalismo Russo e as diversas teorias semióticas), mas dos modos de produção do sentido das formas, tendo em conta as situações concretas de produção e recepção, isto é, os textos literários e a sua leitura, no quadro da pragmática literária. Nesse processo, a moderna teoria literária realiza uma avaliação de fundamentos teóricos e metateóricos anteriormente esboçados (apoiando-se também em estudos de crítica literária), abrindo caminhos para uma renovada história literária, qual seja, a das formas literárias. Verifica-se, pois, no momento, uma tendência para se elaborarem formalizações de universais da literatura, recorrendo a contributos de domínios hoje bastante desenvolvidos, como os da teoria do texto, da retórica, da estilística e da narratologia[6]. Tal revitalização da história literária não implica, de modo algum, o negligenciar de questões consagradas por uma longa tradição nos estu-

---

liberté de jugement esthétique", in *Pour une esthétique de la réception,* Paris, Gallimard, 1978, p. 131. Uma explicação mais desenvolvida da *experiência estética* encontra-se em *Experiencia estética y hermenéutica literaria*, Madrid, Taurus, 1986 (1977).

[6] Nestas áreas é significativo o número de dicionários e outras obras que demonstram, de facto, a estabilização conceptual, de que é exemplo claro, entre muitos, o livro de Carlos Reis e Ana Cristina M. Lopes, *Dicionário de narratologia*, 4.ª ed. rev. e aum., Coimbra, Almedina, 1994. Depois de termos terminado este trabalho, saiu a 5.ª edição, em 1996.

dos literários, como as dos problemas da génese, das fontes e das influências.

Alguns estudos, nos quais é patente uma preocupação em oferecer uma perspectiva sistemática da questão dos géneros literários, norteiam-se por uma retrospectiva histórica, cujo ponto de partida reside, como se sabe, nas teorias de Platão e de Aristóteles, até chegar à contemporaneidade da teoria literária (Formalismo Russo, *New Criticism*, Círculo Linguístico de Praga, estruturalismo francês, diversas escolas e orientações da semiótica[7]). São estudos de síntese, a maior parte dos quais discute as teorias e esclarece as ambiguidades e equívocos de um longo passado[8].

1.1.2. Modernamente, nos estudos sobre a problemática dos géneros literários, verifica-se uma tendência para operar a distinção entre dois conceitos fundamentais: o de "modo literário" e o de "género literário", a par de outros como os de "tipo" e "espécie"[9]. "Modo literário" é uma expressão que designa um conceito teórico, trans-histórico, dotado de universalidade, com uma dimensão linguística e antropológica. Assim é que dois estudiosos portugueses –

---

[7] Em relação às orientações da semiótica, refiram-se a escola francesa (Greimas, Barthes, Todorov, Bremond), a de Tartu (Lotman), a representada por Umberto Eco, em Milão, etc.

[8] Entre outros estudos fundamentais que fizeram parte do nosso ponto de partida, refiram-se: Vítor Manuel de Aguiar e Silva, "Géneros literários", in *Teoria da literatura*, 5.ª ed., Coimbra, Almedina, 1983, pp. 339-401; Austin Warren, "Géneros literários", in René Wellek e Austin Warren, *Teoria da literatura*, 4.ª ed., Lisboa, Europa-América, s. d., pp. 281-296; Tzvetan Todorov, "Géneros literários", in Oswald Ducrot e Tzvetan Todorov, *Dicionário das ciências da linguagem*, 3.ª ed., Lisboa, Dom Quixote, 1976 (1970), pp. 187-194; Tzvetan Todorov, "Les genres littéraires", in *Introduction à la littérature fantastique*, Paris, Seuil, 1970, pp. 7-27; *idem*, "A origem dos géneros", in *Os géneros do discurso*, Lisboa, Ed. 70, 1981 (1978), pp. 45-62; Gérard Genette, *Introduction à l'architexte*, Paris, Seuil, 1979; Wolfgang Kayser, *Análise e interpretação da obra literária*, 2 vols., 5.ª ed., Coimbra, Arménio Amado, 1970; Emil Staiger, *Conceitos fundamentais da poética*, Rio de Janeiro, Tempo Brasileiro, 1975; Paul Hernadi, *Teoría de los géneros literarios*, Barcelona, Antoni Bosch, 1978; Jean-Marie Schaeffer, *Qu'est-ce qu'un genre littéraire?*, Paris, Seuil, 1989; e Cesare Segre, "Géneros", in Ruggiero Romano (dir.), *Enciclopédia Einaudi*, vol. 17 (Literatura-Texto), Lisboa, Imprensa Nacional-Casa da Moeda, 1989, pp. 70-93.

[9] Esta ideia é representada por Vítor Manuel de Aguiar e Silva e Carlos Reis. Nos demais autores que estudámos, o termo "modo" não surge associado ao adjectivo literário, embora designe as classes mais amplas, podendo-se identificá-las como universais literários (com excepção de Genette).

Vítor Manuel de Aguiar e Silva e Carlos Reis – interpretam o conceito e expõem-no de um modo coincidente.

O primeiro apresenta uma caracterização semiótica dos modos, tendo em conta a sua forma de expressão e a forma do conteúdo: quanto à forma da expressão, os modos manifestam "virtualidades transtemporais da enunciação e do discurso"; quanto à forma do conteúdo, traduzem "configurações semântico-pragmáticas constantes que promanam de atitudes substancialmente invariáveis do homem perante o universo, perante a vida e perante si próprio"[10].

Carlos Reis entende que "a moderna teoria literária chama modo àquelas categorias meta-históricas e universais (modo narrativo, modo dramático e modo lírico), cujas constantes são historicamente actualizáveis nos vários géneros"[11]. Diz ainda o autor que se trata de uma acepção restrita do conceito de modo, distinta daquela que propõe Genette.

Verificamos nestas formulações uma delimitação do conceito de modo, que implica, por um lado, a consideração da *enunciação* e do *discurso*, na dimensão formal do conceito, e, por outro, a consideração de uma dimensão *antropológica* (*atitudes do homem perante a vida e o universo*), no plano do conteúdo. Esta formulação semiótica do conceito de modo recobre directamente os textos literários em cuja delimitação se consideram um plano antropológico, outro da enunciação e outro do discurso, por força da modelização de códigos simbólicos, míticos, ideológicos e técnico-literários. Por outro lado, atendendo à forma do conteúdo, a formulação deixa entrever a possibilidade do conceito de modo se realizar noutras práticas culturais (uma estátua pode exprimir, segundo a intencionalidade do seu criador, uma atitude lírica).

Passamos à consideração do conceito de "atitude" na formulação de Vítor Manuel de Aguiar e Silva, que (como muitos outros autores) não atribui exclusivamente à arte literária, mas também a outras

---

[10] Cf. Vítor Manuel de Aguiar e Silva, *op. cit.*, p. 389. Os critérios adoptados na definição apresentada procedem da linguística de Hjelmslev, que, como se sabe, estabelece a distinção entre forma da expressão e forma do conteúdo.

[11] Cf. Carlos Reis, *op. cit.*, pp. 228-229. Ver também do mesmo autor: "Modos e géneros literários", in Carlos Reis e José Victor Adragão, *Didáctica do português*, Lisboa, Universidade Aberta, 1990, pp. 131-132; "Metodologias críticas e géneros literários", in *Cadernos de Literatura*, 10 (1981), pp. 13-24; e "Texto literário e arquitextualidade", in *O conhecimento da literatura. Introdução aos estudos literários*, Coimbra, Almedina, 1995, pp. 227-301.

práticas artísticas (música, pintura, etc.) e ainda a outras situações discursivas, mesmo alheias à arte, desde que configurem os elementos implicados no conceito. Esta caracterização dos modos literários sugere-nos uma proximidade em relação à explicação de Karl Viëtor quanto às formas naturais da literatura, baseando-se na teorização de Goethe acerca deste assunto no *Divan occidental-oriental*[12]. Lembremos ainda o entendimento de Genette sobre as "atitudes fundamentais", segundo o qual elas correspondem a aspectos temáticos, podendo configurar a representação de conteúdos simbólicos e antropológicos[13].

O fundamento antropológico das *atitudes fundamentais do homem perante a vida e o universo* é o mesmo que utiliza Emil Staiger quando se refere às "virtualidades fundamentais da existência humana", isto é, os "domínos do emocional, do figurativo e do lógico", nos quais se enraizam os conceitos de lírico, épico e dramático[14]. Em Genette, o conceito de modo releva da linguística e é entendido enquanto modalidade enunciativa: "les modes d'énonciation peuvent à la rigueur être qualifiés de 'formes naturelles', au moins au sens où l'on parle de 'langues naturelles'"[15]. Ao determinar para o conceito de modo uma definição pelo prisma da enunciação do discurso, Genette comenta a procedência clássica desse entendimento, no livro III de *A República*, de Platão, e na *Poética*, de Aristóteles. De facto, quando nestas obras se fala de "modo", Genette interpreta-o como "modo de imitar" e refere-se à "situação de enunciação".

A par do conceito de "modo", considera ainda Genette o de "género" como uma categoria literária que apresenta constantes temáticas, modais e formais. A teorização de Genette no domínio genológico (inicialmente na obra *Introduction à l'architexte*), incluindo o esclarecimento dos problemas suscitados pela divisão

---

[12] Referindo-se aos três domínios da poesia, diz Viëtor: "Étant les trois grands domaines de la même et unique poésie, elles se fondent sur trois attitudes fondamentales du poète, attitudes naturelles et ultimes, attitudes à l'égard non de l'objet esthétique ni du public, mais, de façon plus élémentaire, attitudes fondamentales de l'humain à l'égard de la réalité, attitudes pour s'assurer la maîtrise de la réalité dans l'action et la réaction" (cf. Karl Viëtor, "L'histoire des genres littéraires", in *Poétique*, 32 (1977), p. 491. Segundo nota do autor, este ensaio data de 1931.

[13] Cf. Gérard Genette, *op. cit.*, p. 67.
[14] Cf. Emil Staiger, *op. cit.*, p. 165.
[15] Cf. Gérard Genette, *op. cit.*, p. 68.

tripartida dos géneros operada pelo Romantismo, reveste-se de grande importância e fecundidade, sobretudo pela criação dos conceitos de "arquitexto" e "arquitextualidade", a partir dos quais desenvolveu, mais tarde, em *Palimpsestes*, uma sistematização teórica de categorias e conceitos no âmbito da transtextualidade literária[16]. Este contributo revela-se de significativa eficácia metodológica na abordagem dos tipos de relação que o texto literário mantém com outros textos. Refira-se ainda a importância da teorização sobre os paratextos (em *Seuils*), que propicia uma mais completa abordagem do código semântico-pragmático da obra literária, pois o nível paratextual constitui uma zona do texto que importa considerar para o estabelecimento de direcções de leitura.

Dada a necessidade metodológica de critérios classificativos na prática hermenêutica, a sua formulação, através do conceito de arquitextualidade, bem como os decorrentes princípios metodológicos e operações analíticas, são extremamente fecundos na compreensão da problemática teórica dos modos e géneros. Os elementos que caracterizam o arquitexto (segundo Genette, são critérios a nível modal, temático e formal) revestem-se de grande operacionalidade didáctica por permitirem uma rigorosa abordagem da dimensão arquitextual dos textos literários, tanto dos traços de género como dos de modo.

Uma formulação de tipo arquitextual do conceito de género literário é também a que se depreende da seguinte afirmação de Michal Glowiński: "les genres deviennent des archétypes du discours littéraire, fixés dans la tradition, plus ou moins codifiés, dotés de caractéristiques distinctes et identifiables"[17]. A operacionalidade metodológica do conceito é visível em qualquer situação de recepção, incluindo as actividades de análise e interpretação da obra literária, em situação escolar, por exemplo, na de leitura integral, que solicita uma abordagem a nível modal (que modo ou modos literários estão em

---

[16] Para Genette, o arquitexto constitui "l'ensemble des catégories générales, ou transcendantes – types de discours, modes d'énonciation, genres littéraires, etc. – dont relève chaque texte singulier", in *Palimpsestes*, Paris, Seuil, 1982, p. 7. Antes disso, Genette utilizou e definiu os termos-conceitos de "arquitexto" e "arquitextualidade" em *Introduction à l'architexte, op. cit.*, pp. 85 ss. Ver também, de Carlos Reis, *O conhecimento da literatura. Introdução aos estudos literários, op. cit.*, pp. 229-233, e o verbete sobre arquitextualidade, incluído na *Biblos – Enciclopédia Verbo das literaturas de língua portuguesa*, vol. 1, Lisboa, Verbo, 1995, pp. 396-397.

[17] Cf. Michal Glowiński, *op. cit.* p. 84.

causa?), temático e formal (como se organiza formalmente a obra e quais os seus procedimentos técnico-literários?).

Em 1970, Todorov propõe uma sistematização que contempla simultaneamente uma dimensão trans-histórica e outra histórica, apoiando-se numa diferenciação estabelecida por Tomachevski entre tipos e espécies[18]. O conceito de "género teórico" representa uma categoria de natureza universal, enquanto que o de "género histórico" representa uma categoria *genérica* com uma realização histórica necessariamente variável. A natureza abstracta da organização das propriedades dos textos literários é o princípio teórico (de inspiração formalista) que subjaz à distinção operada por Todorov entre géneros teóricos e géneros históricos. Estas propriedades abstractas obedecem a leis que regem as suas relações, considerando-se que a literatura obedece ao princípio da estruturalidade. Assim, as estruturas constituem-se em *sistemas de regras* cuja manifestação nas obras se subordina às leis da probabilidade.

Um dado fundamental para o entendimento do conceito de géneros teóricos é o modo como os géneros se concretizam nas obras literárias. Na base do pensamento de Todorov está a ideia de que o género representa a obra segundo uma ideia de pressuposição. O autor entende que "toute théorie des genres se fonde sur une représentation de l'oeuvre littéraire"[19]. Assim, a obra literária pode ser abordada segundo três aspectos fundamentais que representa: o aspecto verbal (registos do discurso, estilo, visões ou pontos de vista), o aspecto sintáctico (composição) e o aspecto semântico, configurado, por exemplo, pelos seus temas[20].

Os géneros teóricos relevam mais de uma consciência abstracta dos elementos constitutivos dos géneros actualizados pelas obras do que de uma descrição dos mesmos ou, conforme Todorov, da imagem que se tenha da obra literária.

A observação da realidade literária, numa aproximação de tipo diacrónico, permite descrever os factos dos géneros históricos, as suas *categorias* realizadas empiricamente, todos remetendo, por outro lado, para a estrutura dos géneros teóricos. O conceito de género teórico, referindo-se às propriedades dos géneros, que se constituem em seus códigos, reveste-se de grande operacionalidade metodológica. Ele

---

[18] Cf. Tzvetan Todorov, *Introduction à la littérature fantastique*, op. cit., p. 9.
[19] *Idem*, p. 24.
[20] *Idem*.

relaciona-se com outros conceitos teóricos, como o de discurso literário e o de texto literário, na medida em que as propriedades constitutivas dos géneros se manifestam através daqueles. Em última instância, o conceito de género literário relaciona-se também com o conceito de literariedade, que, de acordo com a formulação de Jakobson, remete para um conjunto de procedimentos que fazem com que uma determinada obra seja literária [21].

Finalmente, e para concluir a referência à distinção entre géneros teóricos e géneros históricos, tenha-se em conta a aceitação, por parte de Todorov, do grau de generalidade das obras literárias, o que permite pensar os géneros teóricos a partir de um processo dedutivo. Uma vez considerados os factos de géneros ("faits de genre") nas obras configuradas em géneros históricos, por um processo de dedução de ordem teórica, chega-se às classes abstractas. Por outro lado, a inversa também é verdadeira, ou seja, a consideração do facto histórico, empírico, pressupõe a existência dos universais literários. Enquanto os elementos directamente observáveis nas classes históricas constituem "la manifestation d'une structure abstraite et décalée, produit d'une élaboration", os géneros teóricos "sont déduits d'une théorie de la littérature" [22].

Generalidade (universalidade) e individualidade, convencionalidade e realização são, pois, os pólos que configuram a natureza bifronte da literatura e, como tal, não podem deixar de condicionar a definição dos géneros: "la définition des genres sera donc un va-et-vient continuel entre la description des faits et la théorie en son abstraction" [23].

Tentando exemplificar mais concretamente os conceitos de género teórico e de género histórico, consideramos que, quando utilizamos o conceito de "romance", estamos a referir-nos a um conceito teórico; por outro lado, se o nosso objecto de estudo é o romance português contemporâneo ou o romance de Eça de Queirós, o conceito de género histórico ganha toda a sua pertinência.

---

[21] Utilizamos este conceito cientes de que o mesmo é datado historicamente. De facto, vários autores têm demonstrado que a literariedade não constitui o único traço distintivo do carácter literário de uma obra (outros elementos, como a recepção do texto literário, intervêm no reconhecimento da sua validação institucional como objecto literário). Uma síntese sobre esta questão encontra-se na citada obra de Carlos Reis, *O conhecimento da literatura. Introdução aos estudos literários*, pp. 111-132.

[22] Cf. Tzvetan Todorov, *op. cit.*, p. 25.

[23] *Idem*, p. 26.

No que diz respeito às operações hermenêuticas, os dois movimentos podem estar presentes – o dedutivo e o indutivo. Assim, procedemos de modo dedutivo quando reflectimos em sede teórica para a consideração de elementos teóricos dos modos e dos géneros. Por outro lado, ao considerarmos a produção literária de um período (ou de um autor), temos necessariamente que ter em mente certos princípios gerais do discurso literário; e, neste caso, procedemos simultaneamente por indução e dedução.

1.1.3. Acerca das abordagens baseadas nos métodos dedutivo e indutivo, na teoria dos géneros, afirma Todorov: "A primeira é indutiva: *verifica* a existência dos géneros a partir da observação de um dado período. A segunda é dedutiva: *postula* a existência dos géneros a partir de uma teoria do discurso literário. Embora certos aspectos de uma se encontrem na outra, cada uma destas abordagens possui os seus próprios métodos, técnicas e conceitos, a tal ponto que se pode perguntar se o próprio objecto que visam pode ser considerado único, ou se não vale mais falar de *géneros*, no primeiro caso, e de *tipos*, no segundo"[24].

A reflexão de Boissinot oferece-nos uma ponderação de carácter didáctico centrada sobre a apropriação pedagógica destas duas perspectivas metodológicas, que considera diferirem profundamente; a primeira, segundo ele, tem merecido críticas de autores como Roland Barthes, por ter enveredado, no passado, por tentativas de classificação de géneros, que traziam consigo a imposição da ordem do discurso. A segunda merece o apreço dos didactas e o beneplácito da estética da recepção, na medida em que favorece uma pesquisa centrada nos modos de funcionamento dos géneros nos textos. O que está em causa é, pois, a valorização da recepção: "il ne s'agit plus de partir d'une conception théorique de la littérature, mais de constater empiriquement l'existence, à un moment donné, d'un système des genres qui constitue une sorte d'horizon d'attente guidant à la fois la création de l'oeuvre par l'auteur et sa réception par le lecteur. Les genres ne sont plus alors des archétypes idéaux mais des catégories empiriques permettant que se noue, entre auteur et lecteur, un contract de lecture"[25].

---

[24] Cf. Todorov, "Os géneros literários", in *Dicionário das ciências da linguagem*, p. 187.

[25] Cf. Alain Boissinot, "La problématique des genres", in *Le Français Aujourd'hui* ("Classes de textes/textes en classe"), 79 (Setembro de 1987), p. 50.

Apesar de vários estudiosos chamarem a atenção para a especificidade de cada perspectiva metodológica, nós valorizaríamos a posição de Todorov de aceitação implícita da conjugação de ambas as perspectivas, por entendermos que, na prática da reflexão teórica ou hermenêutica, estes processos não se excluem. Assim, na apreciação de uma obra literária, não podemos esquecer que as categorias que ganham pertinência empírica ao materializarem-se na obra, como, por exemplo, a "personagem" ou o "tempo", são categorias arquitextuais dos modos e géneros literários. Deste modo, decerto subtil, tendem a conjugar-se, na nossa opinião, uma dimensão dedutiva com uma indutiva e vice-versa, o que não significa que não reconheçamos a natureza distinta destes métodos, como atrás ficou exposto.

Num texto em que aborda a origem dos géneros, Todorov chama a atenção para o seu enraizamento verbal, considerando que "os géneros literários têm origem pura e simplesmente no discurso humano"[26]. Retoma o autor, neste ensaio, a questão dos modos de abordagem das *formas genéricas*, referindo-se à via empírica e à abstracta, interessando-lhe, com estes princípios, chamar a atenção para a relevância dos domínios da poética e da história literária na teorização dos géneros literários. O conceito de género, entendido como a codificação de propriedades do discurso literário (semânticas, pragmáticas, verbais) que as obras literárias configuram ao longo do devir histórico-literário, é um conceito que a moderna teoria dos géneros considera revestir-se de operacionalidade teórica e hermenêutica. A perspectiva que Todorov entende ser actual (inspirada em Schlegel) é de carácter dinâmico: "é preciso aprender a apresentar os géneros como princípios de produção dinâmicos"[27]. Ora, para estudar esta dinâmica, Todorov entende que se deve partir dos processos de transformação das propriedades discursivas, configuradas nas produções verbais, nos actos de fala.

A articulação que Todorov estabelece entre propriedades discursivas dos géneros e factos históricos (as obras literárias) é orientada por uma questão básica: não existe intermediário entre o género e a obra – constatação que lhe permite concluir que a interrogação sobre os géneros confunde-se com o estudo do próprio ser da literatura[28]. É claro que Todorov não deixa de perseguir uma certa

---
[26] Cf. Tzvetan Todorov, *Os géneros do discurso*, p. 62.
[27] *Idem*, p. 54.
[28] *Idem*, pp. 45 ss.

transcendência ao considerar as propriedades dos textos literários, mas a sua perspectiva é extremamente pragmática, isto é, visa os textos literários concretos. Por isso mesmo, considerou importante a abordagem de *categorias*, cuja combinação daria os "tipos literários" (ou "estruturas literárias"). Todorov propõe, em última instância, uma metodologia para o estudo da literatura, tendo como instrumento os géneros literários.

A respeito do modo de existência dos géneros, sublinhe-se um dado adquirido nos estudos literários: os géneros existem como sistemas e não como categorias dotadas de uma essência ontológica, o que, de certo modo, ocorreu em períodos caracterizados pela normatividade, em que eram identificados com essências imutáveis. De acordo com a concepção semiológica dos géneros, estes são entendidos como convenções históricas: são categorias que funcionam de um modo estrutural. Por isso, a tendência dos estudiosos é antes para considerarem a importância da teorização numa perspectiva sistémica, operando um corte sincrónico no devir da história da literatura para observar o funcionamento dos seus sistemas de géneros, empreendimento que um Hans Robert Jauss realizou. É neste sentido que interpretamos as palavras de A. Kibédi Varga: "menée par un souci plus logique qu'esthétique ou sociologique d'élaborer des classements nets et pertinents et de dresser une hiérarchie bien équilibrée, la critique a souvent eu tendance à examiner ce qui sépare les genres plutôt que ce qui les unit et, par la suite, à consacrer des monographies à un seul genre envisagé séparément: la tragédie, le sonnet, etc. C'est accorder au genre un statut ontologique, une 'essence' que son existence même, à l'intérieur des systèmes de classement que nous venons de passer en revue, semble démentir; c'est en effet oublier qu'un genre n'existe que grâce aux autres, qui le complètent et le combattent. Les genres fonctionnent toujours par rapport à l'ensemble des autres genres en vigueur à un moment donné, et cet ensemble constitue un système"[29]. Kibédi Varga, como se acaba de ver, coloca-se numa posição de crítica de certos procedimentos que podem fazer pensar na existência de um estatuto ontológico dos géneros, defendendo a noção histórica e sistémica dos géneros.

Também Philippe Lejeune partilha da mesma visão semiótica dos géneros literários, entendendo que se agrupam em sistemas histó-

---

[29] Cf. A. Kibédi Varga, *Discours, récit, image*, Liège, Pierre Mardaga, 1989, pp. 132-133.

ricos: "le travail de la théorie n'est donc pas de construire un classement des genres, mais de découvrir les lois de fonctionnement des systèmes historiques des genres". Numa outra passagem da mesma obra, o autor explica a relação entre género e código e o seu funcionamento enquanto horizonte de expectativa: "Les genres littéraires ne sont pas des êtres en soi: ils constituent, à chaque époque, une sorte de code implicite à travers lequel, et grâce auquel, les oeuvres du passé et les oeuvres nouvelles peuvent être reçues et classées par les lecteurs. C'est par rapport à des modèles, à des 'horizons d'attente', à toute une géographie, que les textes littéraires sont produits, puis reçus"[30].

Como procurámos demonstrar, é apanágio da moderna crítica dos géneros o nortear-se tanto por uma perspectiva de formalização teórica que se preocupa com o ponto de vista genérico e universal, a abordagem filosófica, a sistematização estrutural, como com a perspectivação histórica e empírica das formas *datadas*. Os intuitos formalizantes, nalguns casos, procuram alcançar foros de uma *poética geral*, como é o caso de Genette, o que está subjacente na sua elaboração teórica sobre a questão da arquitextualidade.

A exemplo de Genette e outros semioticistas, Todorov não está interessado em propor princípios de classificação. A propósito desta visão que pretende superar os intentos de classificação dos géneros na primeira metade do século, chamemos outros testemunhos, como o de Paul Hernadi, que, na conclusão e nas propostas finais do seu livro *Teoría de los géneros literarios*, acentua a dimensão teórica e problematizante da moderna crítica dos géneros: "me parece que la mejor parte de la crítica del género moderna ha sido más filosófica que histórica o prescritiva (...). En consecuencia, las mejores clasificaciones genéricas de nuestra época nos hacen ver más allá de sus inquietudes imediatas y centrarnos en el *ordem de la literatura* y no en los límites entre los géneros literarios"[31].

Voltando a Todorov, cremos ser no mesmo sentido que, baseando-se em Friedrich Schlegel, afirma que "a poesia são géneros, a poética a teoria dos géneros"[32]. É justamente este aspecto da

---

[30] Cf. Philippe Lejeune, *Le pacte autobiographique*, Paris, Seuil, 1975, pp. 329 e 311.

[31] Cf. Paul Hernardi, *op. cit.*, p. 144. Para uma visão de conjunto dos mais importantes esquemas teóricos de classificação dos géneros, é fundamental a exaustiva síntese elaborada neste livro.

[32] Cf. T. Todorov, *op. cit.*, p. 48.

articulação da problemática dos géneros que nos parece o mais útil em vista de um entendimento actual, quer se pense numa compreensão teórica quer numa compreensão hermenêutica da literatura. Podemos observar tal articulação ao longo da actual história da teoria dos géneros. Trata-se de uma articulação dialéctica entre a poética e os textos, que manifestam uma realização concreta e relevam, ao mesmo tempo, de uma transcendência arquitextual.

A dimensão teórica e abstracta é referida por autores que sublinham os universais do discurso literário[33]. Na moderna teoria dos géneros articulam-se dois paradigmas – o arquitextual, ligado à codificação das propriedades dos discursos, das suas constantes, e o pragmático, ligado à realização histórica dos textos (alguns dos mais importantes contributos sendo os de Genette, Todorov, Hernadi e Schaeffer). Tal articulação revela-se importante no ensino da literatura, na medida em que necessitamos de instrumentos teórico-metodológicos com adquirida estabilidade, imprescindíveis que são, no processo da leitura literária, à configuração organizada de quadros teóricos e de esquemas de classificação dos discursos e dos textos.

Tem-se dito que o género constitui uma espécie de "força" sobre a literatura, independentemente da sua função real – de reiteração, superação ou negação dos sistemas de géneros e dos cânones literários. De facto, o surgimento de propriedades estranhas aos códigos dominantes dos géneros literários, num determinado período, não anula a importância dos géneros e dos modos. Ao lermos obras como o *Ulisses* de James Joyce, impõe-se-nos a força do arquitexto, ainda que, neste caso, a tendência para a transgressão do conceito de género não deixe de ser menos evidente. Com efeito, a multímoda utilização de procedimentos constitui a armadura singular das obras literárias, mas, não obstante a singularidade, é possível determinar famílias de obras, estilos de autores, classes históricas e apontar procedimentos literários recorrentes – afinal, os universais literários.

Quanto ao modo como as obras se relacionam com os códigos, os estudiosos têm em conta que não se trata de uma submissão aos

---

[33] Jean Marie-Schaeffer, considerando esta questão, escreve: "Les noms des genres sont de simples abréviations pour des énumérations d'oeuvres, c'est à dire que leur référent est la collection d'objets que l'analyse isole et décrit. Leur statut est purement nominal". In *op. cit.*, p. 18. A afirmação é ponderada mais adiante (p. 20), ao explicitar a dimensão convencional dos nomes dos géneros: não são arbitrários e a eles subjazem elementos universais de classificação dos textos.

elementos codificados, o que seria supor uma homologia entre obra e código. O facto de as obras poderem enquadrar-se nos géneros literários não implica que homologuem qualquer essência, o que é facilmente compreensível, desde que se tenha em conta que os géneros devem a sua existência à relação transtextual entre as obras literárias. Por isso, o conhecimento das determinações arquitextuais, tanto dos modos como dos géneros (aqueles como realidades trans-históricas e estes como realidades históricas ou empíricas), que condicionam a criação literária, funcionando como modeladores de representação literária (modos de *mimesis* artística), também actua nos leitores (sobretudo em processo de formação escolar), ainda que estes nem sempre tenham consciência dos códigos que regem os géneros e das características que configuram os modos literários.

Para Todorov, a literatura situa-se do lado do género, da universalidade, do sistema; já as obras individuais colocam-se no plano da realização histórica dos géneros. Daí que as obras configurem classes históricas, géneros históricos, enquanto as características gerais nelas representadas apontam para os universais dos géneros teóricos. Acerca das implicações dos contributos de Todorov para uma didáctica da literatura, poderíamos acrescentar ainda a validade do conceito de género teórico. No que diz respeito à leitura literária, tal conceito mostra-se pertinente, visto que na leitura se configuram estratégias de representação de propriedades dos géneros teóricos. De facto, no processo de interpretação da obra literária, o leitor activa uma competência genológica (isto é, representa mentalmente as categorias do género teórico), que funciona como um "horizonte de expectativa". A elaboração teórica das propriedades dos textos que configuram os géneros teóricos é um trabalho realizado, em parte, pela teoria literária de inspiração formalista e semiótica. A implicação do leitor no processo de representação dos géneros teóricos é, como vimos, um aspecto bastante abordado pela pragmática e a estética da recepção, não faltando, pois, contributos teóricos para elaborações desta natureza[34]. Quanto à importância deste tipo de formalização no quadro da pragmática literária (por exemplo, do modo de representação na leitura literária das propriedades arquitextuais dos textos), trata-se de um empreendimento

---

[34] Ver, por exemplo, F. J. Ruiz Collantes, "Para una teoría pragmática de los géneros", in AA.VV., *Investigaciones semióticas I*, Madrid, C.S.I.C., 1986, pp. 489--501, e Wolf Dieter Stempel, "Aspects génériques de la réception", in Gérard Genette *et alii, Théorie des genres, op. cit.*, pp. 6-178.

actualmente a desenvolver-se e que constitui uma outra via da teoria da literatura – a da sua perspectiva de ciência empírica[35].

Através da conjugação de perspectivas da teoria do texto e da enunciação, esboça-se, nos últimos anos (desde a década de 70), uma teorização semiótica dos géneros que, tendo em conta a natureza pragmática da literatura, privilegia cada vez mais os contextos de produção e recepção dos textos literários. Passadas as épocas em que os géneros eram concebidos segundo uma orientação filosófica de tipo idealista (o que sucedeu em todo o período romântico, prolongando-se na estética de Croce), atravessamos uma época de continuidade do legado do Formalismo Russo (permanece a valorização das estruturas textuais), a par de uma, cada vez mais significativa, atenção votada às manifestações concretas, nos planos da produção e da recepção. De certo modo, é uma volta ao texto, mas através de um renovado contexto teórico e metodológico[36].

1.2. Fundamentos das classificações

1.2.1. Retornemos a fontes fundamentais da moderna teorização dos géneros literários. Ao distinguir entre classes mais amplas e mais restritas, Karl Viëtor, em 1931, aproveitando ensinamentos de Goethe, propôs que se adoptasse o termo *género* para as segundas e *atitudes fundamentais* para as primeiras[37]. A expressão "atitudes fundamentais" refere-se ao comportamento psíquico do homem perante a realidade e designa o fundamento antropológico das "formas naturais da literatura", constituindo as "raízes das formas naturais". A denominação para as classes mais restritas em Goethe é, conforme refere Karl Viëtor, "espécies poéticas"[38].

---

[35] Um exemplo neste sentido são os projectos de trabalho levados a cabo por Siegfried J. Schmidt (autor justamente de *Fundamentos de la ciencia empírica de la literatura*, Madrid, Taurus, 1991).

[36] Ainda assim, um dos mais actualizados teorizadores dos géneros, Jean-Marie Schaeffer, que levou a cabo uma reflexão crítica acerca do paradigma essencialista--evolucionista patente na teorização romântica dos géneros literários, demonstrando os seus inconvenientes na interpretação dos textos literários, entende que, mesmo sob a perspectiva estruturalista, se insinuam intuições de tipo essencialista (cf. Jean-Marie Schaeffer, *op. cit.*, p. 25).

[37] Cf. Karl Viëtor, *op. cit.*, pp. 490-506.

[38] Na tradução, por Henri Lichtenberger, do *Divan occidental-oriental*, de Goethe, encontramos o conceito de "géneros poéticos" alusivo a alegoria, balada,

No que diz respeito à utilização desses conceitos e termos, encontramos em obras de teoria e de análise literária a expressão *formas naturais da literatura* e não a sua designação primitiva (em Goethe) – *formas naturais da poesia* -, em virtude de o termo *poesia* ser entendido na língua alemã como sinónimo de literatura[39]. Por outro lado, recorde-se que o conceito de *literatura* é relativamente recente. Vejamos, então, quais são as atitudes fundamentais que Viëtor refere, interpretando o pensamento de Goethe: "L'épopée, la poésie lyrique et le drame ne sont pourtant ni des oeuvres spontanées, ni des oeuvres construites, ni des mises en forme: ce sont les *attitudes fondamentales* de mise en forme, les dernières auxquelles on puisse aboutir"[40]. Para Robert Hartl (referido no ensaio de Viëtor), as atitudes fundamentais do homem em relação à realidade correspondem a "formas de experiência", expressão que designa um conceito da psicologia e que se relaciona, segundo este autor, com o conceito filosófico de Kant sobre os três *fundamentos* da alma: "faculdade de desejar", "faculdade de conhecer" e "sensação". Hartl faz corresponder a cada faculdade uma forma natural da *poesia*, respectivamente, drama, epopeia e poesia lírica[41]. A novidade desta teorização é a tentativa de explicar (comparando) as raízes das formas poéticas como modos de *organização elementar do homem*.

Como vemos, Viëtor, seguindo contributos teóricos oriundos da literatura e da filosofia (Goethe, Schiller e Kant), além da psicologia, propõe uma abordagem da relação entre formas literárias e formas elementares de reacções psicológicas, realizando um intento que implica a relação entre saberes da literatura, da psicologia e da filosofia antropológica. Karl Viëtor considera a distinção entre os três *domínios poéticos* ou *formas naturais* metodologicamente válida porque, como distinção elementar, constitui um ponto de partida, não implicando nenhuma concepção sistemática, especializada, ou qualquer concepção do mundo. Além disso, a importância desses conceitos deve-se ao facto de precederem outras classificações de uma poética em sentido estrito. Os procedimentos da estética dos últimos dois séculos dependem também da existência de tais determinações culturais, filosóficas e antropológicas.

---

drama, elegia, epigrama, epopeia, romance, etc. Cf. Goethe, *Divan occidental--oriental*, Paris, Aubier, s. d., p. 377.

[39] Sobre este assunto, ver Wolfgang Kayser, *op. cit.*, vol. 2, p. 215.
[40] *Idem,* p. 491.
[41] *Idem.*

Tal como as formas básicas do agir humano podem ocorrer em simultâneo num mesmo momento e situação, também as formas naturais da literatura podem manifestar-se numa mesma obra. Assim, numa obra em que dominem traços da forma épica, não se exclui, em teoria, a presença de elementos de outras formas. Por exemplo, n'*Os Lusíadas*, a par dos traços dominantes da épica (conhecimento e contemplação), conjugam-se, de acordo com esta teoria, elementos que são "raízes" de outras formas da literatura.

Parece-nos, no entanto, que as formas elementares de reacção humana não correspondem, univocamente, às três formas naturais da literatura. Cada uma das formas naturais pode conter qualquer das formas elementares; os critérios distintivos não funcionam, pois, obrigatoriamente, em separado. Se ultrapassarmos a perspectiva exclusivista e encararmos a questão em termos de predominância das formas elementares, é possível compreendermos a relação entre ambas as instâncias – as formas de reacção humana e as formas naturais da literatura.

Da teorização de Goethe (apreciada por Viëtor) permanece válido o fundamento antropológico como uma espécie de sobredeterminação temática dos modos literários. Assinalámos no conceito de "modo literário", formulado por Aguiar e Silva, uma correspondência (uma actualização) com o conceito de "formas naturais de poesia" empregue por Goethe: "Il n'y a que trois véritables formes naturelles de poésie: l'une qui raconte clairement, une autre qui s'exalte et s'enthousiasme, une troisième qui agit personnellement: l'*epopée*, le *lyrisme* et le *drame*"[42]. Os elementos atribuídos ao plano da enunciação e ao plano do conteúdo também se encontram em Goethe, se bem que não de forma tão sistemática como a estabelecida pela moderna teoria dos géneros.

Vejamos uma outra proposta, que também respeita a tripartição clássica e que estabelece a distinção entre classes mais genéricas e outras mais restritas. O modelo de Julius Petersen (de 1939), conhecido pela "roda de Petersen", consiste na elaboração de um esquema conceptual integrado, em que os três géneros fundamentais – o épico, o dramático e o lírico – são situados num círculo que abrange classes mais restritas, num total de 37. Os géneros fundamentais são definidos com base em critérios formais e temáticos: o drama é a *representação dialogal de uma acção*; o epos, o *relato soliloquial de uma acção;* e a lírica constitui a *representação soliloquial de uma*

---

[42] Cf. *op. cit.*, p. 377.

condição[43]. Paul Hernadi chama a atenção para a maleabilidade do sistema de Petersen, que articula o género com mais do que um tipo fundamental. Assim, por exemplo, "la novela epistolar, con varios correspondientes, es un 'informe dialogal de una acción' y halla su sitio entre *Epos y Drama*"[44].

Em 1941, René Wellek e Austin Warren iniciaram o trabalho de que resultaria a *Teoria da literatura* publicada em 1948[45]. O capítulo "Géneros literários" é da autoria de Warren (de acordo com o prefácio), que propõe o conceito de género para as classes históricas (seguindo o procedimento de Karl Viëtor, com o qual concorda). Quanto às "espécies maiores", isto é, *fundamentais* e *primordiais* (drama, épica e poesia lírica), Warren lembra que elas "encontram-se já distinguidas, em Platão e Aristóteles, consoante a 'maneira de imitação' (ou da 'representação')"[46]. Depois de descortinar os fundamentos dados por diversos autores acerca dos critérios de classificação destas "espécies maiores" (como o ético-psicológico de Erskine e o linguístico, procedente da teorização formalista de um Jakobson), questiona a sua importância: "é de facto discutível se estas três espécies terão assim uma importância tamanha, mesmo como partes componentes que podem ser combinadas de diversas maneiras"[47]. O que interessa Warren é determinar um critério válido para explicar os géneros, sem esquecer a mudança que sofreram ao longo dos tempos. O fundamento que propõe baseia-se no critério da literariedade: "se, contudo, removermos esse motivo de dificuldade reduzindo as três espécies a uma comum literariedade, como poderemos então estabelecer uma distinção entre uma peça teatral e uma história?"[48]. Assim, para explicar as espécies maiores (épica, drama e lírica), baseia-se nas suas componentes ("a narração", "o diálogo" e "o canto"), que certos géneros épicos já misturavam na

---

[43] Cf. Paul Hernadi, *op. cit*, pp. 44-45.
[44] *Idem*, p. 45.
[45] Essa informação é dada pelo tradutor da edição portuguesa. Cf. René Wellek e Austin Warren, *op. cit.*, p. 289.
[46] Eis o comentário que Warren faz desta teorização antiga, adaptando-a aos géneros actuais: "a poesia lírica é a *persona* do próprio poeta; na poesia épica (ou no romance) o poeta, em parte, fala na sua própria pessoa, como narrador, e, em parte, faz as suas personagens falarem em discurso directo (narrativa mista); no drama, o poeta desaparece por trás do elenco das suas personagens" (*idem*, p. 284).
[47] *Idem*, p. 285.
[48] *Idem*.

antiguidade grega. Como *termos últimos,* "narração", "diálogo" e "canto" não satisfazem completamente o intento de Warren de encontrar critérios para explicar as espécies maiores: "assim reduzidas, purificadas, tornadas consistentes, serão estas três espécies literárias mais finais do que digamos, 'descrição', 'exposição', 'narração'?"[49].

Da exposição de Warren depreende-se que o conceito que designa classes históricas (isto é, o conceito de género) reveste-se de maior estabilidade do que o conceito que designa categorias trans--históricas. A definição de género em Warren fundamenta-se num critério formalista, de clara inspiração aristotélica (de que as correntes formalistas se nutriram): o género corresponde a um "agrupamento de obras literárias teoricamente baseado tanto na forma exterior (metro e estrutura específicos) como também na forma interior (atitude, tom, finalidade – mais grosseiramente, sujeito e público)"[50]. A novidade do estudo de Warren sobre os géneros consiste, fundamentalmente, na validação de um critério estético-literário na classificação tipológica dos géneros: "a teoria dos géneros é um princípio ordenador: classifica a literatura e a história literária não em função da época ou do lugar (por épocas ou línguas nacionais), mas sim de tipos especificamente literários de organização ou estrutura"[51]. Outro aspecto a considerar no estudo de Warren é a formulação explicitamente pragmática do conceito de género: "o género representa uma soma de processos técnicos existentes de que o escritor pode lançar mão e dispor e que o leitor já compreende"[52]. Ao incluir o leitor como um elemento explicativo da pertinência do conceito de género, aproxima-se do entendimento deste conceito como "horizonte de expectativa" na estética da recepção.

Procurando acompanhar os avanços na actual teorização dos géneros, não podemos esquecer os contributos mais antigos, como o de Warren. De facto, o ensaio aqui comentado é fundamental por conter princípios estéticos básicos ainda hoje válidos (a consideração dos "tipos especificamente literários de organização ou estrutura") e que actuais estudos não desprezam. O retomar de princípios teóricos

---

[49] *Idem,* p. 286.
[50] *Idem,* p. 289.
[51] *Idem,* p. 282. Wolfgang Kayser, ao problematizar o conceito de género, também considera aspectos externo-formais e de conteúdo. Cf. Wolfgang Kayser, *op. cit.,* vol. 2, pp. 210-211.
[52] *Idem,* p. 294.

esboçados no passado é patente tanto em estudos eminentemente científicos como didácticos. Pense-se na teoria da literatura de García Berrio, decorrente de uma perspectiva da construção do significado poético, que, tal como é prometido no livro que publicou, deverá ter uma continuidade noutro momento, para que seja contemplada uma abordagem das "formas do significado literário"[53]. Em relação aos estudos didácticos, os melhores exemplos das elaborações teóricas do passado, com base num novo quadro teórico e metodológico (aqui já comentado), têm a sua mais acabada expressão em revistas como *Langue Française, Pratiques, Le Français dans le Monde* e *Le Français Aujourd'hui*, que contribuíram para impulsionar decisivamente, não só em França, a área da didáctica da literatura.

1.2.2. Consideremos outros esquemas de classificação dos géneros do discurso, incluindo os géneros literários (não necessariamente coincidentes com a tríade clássica), com potencialidades operatórias no ensino da literatura. A classificação morfológica elaborada por André Jolles (1930), que distingue entre *formas simples* e *formas actuais*, consiste numa teorização das formas linguísticas, pré-literárias, não coincidindo com os géneros literários. Trata-se de uma classificação de enunciados verbais produzidos sobretudo no âmbito da cultura popular. Tais enunciados correspondem a uma série de formas simples estudadas por Jolles (designadas como "Légende, Geste, Mythe, Devinette, Locution, Cas, Mémorable, Conte ou Trait d'esprit") que exprimem actividades do trabalho humano. Por exemplo, a de cultivar, do camponês; a de fabricar, do artesão; e a de interpretar, do sacerdote[54]. Na classificação das formas simples intervêm, de forma dinâmica, o aspecto linguístico, o intelectual e o antropológico: as "formas simples" são representações linguísticas de disposições mentais do ser humano, que se relacionam com os tipos de actividades que possa exercer[55]. A actualização das formas simples em

---

[53] Cf. Antonio García Berrio, *Teoría de la literatura*, Madrid, Cátedra, 1989, p. 11.

[54] Cf. André Jolles, *Formes simples*, Paris, Seuil, 1972, pp. 17-18. Na tradução brasileira desta obra, os termos que designam as formas simples são Legenda, Saga, Mito, Adivinha, Ditado, Caso, *Memorável*, Conto ou *Chiste* (cf. *Formas simples*, São Paulo, Cultrix, 1976, p. 20).

[55] A respeito do modo de elaboração das formas simples, na literatura oral e na literatura escrita, afirma Paul Hernardi: "Transformando los 'procesos de la vida' en

formas actualizadas não privilegia exclusivamente a literatura, podendo ocorrer noutros universos sociais e culturais (da política, do desporto, da música, etc). Assim, a lenda e a gesta (para comentar apenas dois exemplos) tanto podem estar presentes num romance histórico (do século XIX ou XX) como ocorrer em discursos não literários. O esquema de Jolles contempla os *modos de enunciação*: "interrogativo", "imperativo", etc., e a oposição entre *formas realistas e idealistas*[56]. Conquanto a distinção entre formas simples e formas actualizadas não recubra a distinção entre modos e géneros literários, pareceu-nos oportuno referir este esquema classificativo, pois tais formas podem ser consideradas, em virtude dos aspectos antropológicos, na abordagem dos modos e géneros, ainda que não se adopte exclusivamente a perspectiva de André Jolles.

Noutra direcção, Northrop Frye, retomando ensinamentos da *Poética* de Aristóteles, estuda a significação da obra literária, interessando-se pelo universo arquetípico que esta representa. Concede uma grande atenção à especificidade simbólica da literatura, às formas internas que configuram a sua anatomia. O ponto de partida do estudo de Frye é a consideração dos modos de invenção da obra de imaginação, de acordo com as "atitudes" do herói no universo ficcional ("superiores ou iguais às nossas"). Estabelece, então, os seguintes modos: *mythe, récits légendaires, mimésis supérieur, mimésis inférieur* e *ironie*[57]. Para além desta classificação genérica, considera ainda outras categorias das narrativas literárias que se revestem de uma grande amplitude: "récits romantiques, tragiques, comiques, satiriques ou ironiques"[58]. A classe mais restrita é a dos géneros, que se baseia na forma de apresentação, isto é, nas formas de elocução e seus contextos específicos: "la parole peut être mimée

---

'gestos verbales' *(Sprachgebarden)* las Formas Simples se introducen en la literatura oral como Formas Simples Reconocidas *(Gegenwartige Einfache Formen)*". Por outro lado, observa Paul Hernadi a relação entre o universo da literatura escrita e as *formas simples*: "Las obras más complexas de la literatura escrita están a un paso más lejos de las Formas Simples, pero (...) evocan un mundo a través de gestos verbales característicos de una Forma Simple particular" (cf. Paul Hernardi, *op. cit.*, p. 71).

[56] Cesare Segre considera que a proposta de Jolles denota uma "inspiração ainda romântica (busca das raízes, conceito de poesia popular e poesia artística) com intuições formalistas surpreendentes" (cf. Cesare Segre, *op. cit.*, p. 84).

[57] Cf. Nortrop Frye, *Anatomie de la critique*, Paris, Gallimard, 1969 (1957), pp. 47 ss.

[58] *Idem*, p. 198.

devant des spectateurs, déclamée devant les auditeurs, elle peut être psalmodié ou chantée, ou elle peut être écrite à l'intention d'un lecteur"[59]. De acordo com este fundamento linguístico e com uma caracterização técnico-compositiva, respeitantes à "forma de apresentação", Frye considera quatro categorias (ou *eventualidades*) que realizam géneros literários: *epos, fiction, dramatique* e *lirique*[60].

Muitos outros estudos da primeira metade do século tiveram em conta a sistematização de categorias dos géneros literários. Paul Hernadi, na sua já citada *Teoría de los géneros literarios*, apresenta uma síntese de 68 propostas teóricas, dando especial destaque às de Georg Lukács e Northrop Frye[61]. O maior contributo de Hernadi consiste na unificação das diversas classificações através de conceitos *expressivos* e *pragmáticos, estruturais* e *miméticos*, tendo em conta, respectivamente, duas vertentes exploradas pela crítica dos géneros: por um lado, *o escritor e o leitor*, por outro, *a obra e o seu mundo*. Este estudioso valoriza a abertura que teorias como a de Frye oferecem para a crítica dos géneros, na medida em que considera diferenciadas

---

[59] *Idem*, p. 300.

[60] O género "epos" corresponde a "ouvrages dont la forme originaire de présentation est la parole adressée à un auditoire", enquanto a categoria "ficção" designa "le genre littéraire caractéristique de l'oeuvre imprimée", como os romances de Dickens. Para a distinção de "epos" e "ficção", Frye explica que "le principal critère de distinction, qui au fond n'est pas si simple, la longueur, se fonde sur le fait que l'*epos* a un caractère épisodique tandis que la fiction est continue". O critério distintivo da obra dramática é, para além da apresentação diante do público, a ausência do autor ("dissimulé à son auditoire"). Quanto aos traços característicos das obras líricas, escreve Frye que "Le poète lyrique est censé se parler à lui-même, ou à un auditeur spécialement choisi: un esprit de la nature, la Muse (remarquons la différence avec l'*epos*, où c'est la Muse qui parle par la bouche du poète), un ami, une personne aimée, une divinité, une personification quelconque, un objet de la nature" (*idem*, pp. 299-303).

[61] A teoria de Lukács sobre os géneros consiste numa abordagem histórico--sociológica da evolução dos géneros baseada na dialéctica hegeliana: os géneros surgem, transformam-se e desaparecem. Cf. Paul Hernadi, *op. cit.*, p. 90. Tal como o próprio escreve, no prefácio à *Teoria do romance*, obra de juventude (1914-1915), "na sua primeira parte – a mais geral – a influência de Hegel é determinante: oposição dos modos de totalidade na arte épica e na arte dramática, concepção histórico-filosófica da dependência e da oposição mútuas da epopeia e do romance, etc. (...) As análises de Goethe e de Schiller, as teorias de Goethe na segunda parte da sua vida (o demoníaco), as ideias estéticas do jovem Frederico Schlegel e de Solger (a ironia como meio moderno de estruturação) completam e concretizam os traços de um conjunto hegeliano" (in Georg Lukács, *Teoria do romance*, Lisboa, Presença, s. d., pp. 12-13). Ver também Vítor Manuel de Aguiar e Silva, *op. cit.*, pp. 382-383.

instâncias de classificação, superando o monismo da maioria das doutrinas. No seu esquema de *classificação policêntrica* da literatura, Hernadi, partindo da concepção da literatura como *evocação verbal de mundos imaginativos*, estabelece uma distinção entre *perspectivas do discurso* e *modos do discurso*. Assim, segundo Hernadi, correspondem às *perspectivas do discurso* quatro modos de apresentação, que evocam a distinção platónica entre *diegesis* e *mimesis*: "presentación temática, autoral, y la *representación* dramática, interpersonal, como polos entre los cuales se genera (...) el poder evocativo del discurso verbal"[62]. Referindo-se às possibilidades de representação dos quatro modos literários (temático, dramático, lírico e narrativo) na concretização de formas distintas de representação (incluindo a "visão" e a "acção"), explica o autor que "las perspectivas de la acción, la visión, la acción imaginada, y la visión representada informam los diferentes modos de discurso poético"[63]. A conceptualização acerca dos *mundos evocados pela arte verbal* completa-se em Hernadi com o estabelecimento dos conceitos de "alcance", "tensão" e "ânimo" (equivalente ao de "tom" ou de "atmosfera"). Considera que a arte verbal manifesta um alcance *concêntrico, cinético* ou *ecuménico*. Quer os poemas, quer os adágios, caracterizam-se por uma tensão concêntrica, enquanto a tensão cinética (o privilégio de unidades de espaço, acção e tempo) pode encontrar-se tanto em obras teatrais como nos contos ou breves relatos. Já o alcance ecuménico corresponde ao horizonte amplo da epopeia ou do romance. Finalmente, as obras literárias, caracterizadas pelos três tipos de alcance e tensão, podem evocar um ânimo trágico, cómico ou trágico-cómico[64].

A importância da teoria de Paul Hernadi para o estudo da problemática dos géneros deve-se, em primeiro lugar, à sua sistematização de princípios que regulam os modos de representação literária e, em segundo lugar, à articulação estabelecida entre os conceitos utilizados e a concepção da literatura e dos textos literários como fenómenos artísticos que veiculam uma particular visão do mundo. De facto, os princípios de classificação de Hernadi contemplam o nível de abstracção teórica e estética e o nível de realização histórica que a obra literária encerra[65].

---

[62] Cf. Paul Hernadi, *op. cit.*, p. 122.
[63] *Idem*, p. 129.
[64] *Idem*, pp. 133-143.
[65] Aguiar e Silva realçou a importância teórica e hermenêutica da proposta de Paul Hernadi, escrevendo: "estes modos, tipos e modalidades variavelmente

Mais recentemente, Robert Scholes propôs uma articulação entre *modos* e *géneros* designando, através dos primeiros, um domínio literário: o das obras de ficção. Os modos correspondem a tipos ideais da ficção e podem ser encontrados nas obras literárias, enquanto os géneros designam classes com uma realização histórica: "J'appellerai ma théorie des types idéaux une théorie des *modes*, réservant le terme de genre dans un sens plus étroit pour l'étude d'oeuvres individuelles considérées sous l'angle de leur rapport à des traditions spécifiques, historiquement identifiables"[66]. Assim, Scholes propõe três modos fundamentais, designados de *sátira*, *história* e *romance*, que se subdividem numa gama mais ampla, compreendendo, entre outras formas, o *picaresco*, a *comédia*, o sentimento e a tragédia. Tais modos (também designados de tons, atributos ou atitudes) referem-se a categorias temáticas da ficção. Os modos ficcionais de base são fundados sobre relações entre mundos ficcionais e o mundo da experiência. O mundo ficcional pode ser melhor, pior ou igual ao da experiência.

Scholes exemplifica as potencialidades hermenêuticas destes conceitos, abordando a evolução do romance, marcada, segundo ele, pela combinação de *impulsos cómicos* e *sentimentais,* no século XVIII, e pela combinação de *impulsos picarescos* e *trágicos,* no século XIX. Entende o autor que, no século XX, a ficção tende a assumir os pólos da sátira e do romance. Uma das virtualidades operatórias da teoria dos modos da ficção, realçada pelo próprio Scholes, consiste na possibilidade de se apreender, através de uma poética da ficção (poderíamos mesmo dizer de uma gramática dos modos ficcionais), a evolução das formas literárias (géneros literários), revestindo-se de utilidade no ensino, como instrumento metodológico. Já que o professor não pode ensinar todas as obras mais importantes de uma literatura nacional, poderá, no entanto, levar o aluno, através de um sistema modal como este, a adquirir referências paradigmáticas sobre a evolução literária, para apreender as afinidades e também as diferenças entre as formas literárias ao longo da história da literatura[67].

---

combináveis em cada obra concreta, representam *construções teoréticas* que proporcionam o adequado quadro hermenêutico para a compreensão dos géneros literários enquanto fenómenos histórico-sociológicos e dos textos literários enquanto manifestação estética de uma determinada visão do mundo e da vida" (*op. cit.*, p. 387).

[66] Cf. Robert Scholes, "Les modes de la fiction", in *Poétique*, 32 (1977), p. 509.

[67] Metodologias como esta de Scholes, de matriz estruturalista, conheceram grande divulgação no ensino universitário e pré-universitário. Trataremos dos limites destas orientações em outro momento deste trabalho.

A expressão "qualidades do mundo ficcional" poderá ser entendida como relativa aos valores representados pela ficção. Retomando o texto e o exemplo de Scholes, "du point de vue des modes, ce qui importe n'est pas de savoir si une fiction s'achève sur une mort ou un mariage, c'est de savoir ce que cette mort ou ce mariage nous dit sur le monde en question"[68]. Exemplifiquemos, brevemente, a aplicação das propostas deste autor na leitura do romance. O conjunto das componentes estruturais actualiza esquemas que o leitor já possui (uma *gramática ficcional*), abrangendo, nesse caso, as categorias do romance. Por outro lado, para se ter em conta também a questão dos valores representados pela ficção ("as qualidades do mundo ficcional"), é preciso compreender a função que as diversas categorias desempenham na modelização de um universo ficcional específico. Assim, só se compreende a significação de uma personagem ou de uma determinada acção (uma morte ou um casamento, como exemplifica Scholes) tendo em conta a sua produtividade semântica e ideológica na obra, em suma, a função que desempenha na construção do significado global.

1.3. Dimensão hermenêutica e didáctica dos géneros

1.3.1. Sendo o conceito de género literário um conceito histórico, não deixa de conter, em virtude da sua relação com os modos literários, fundamentos naturais, universais e trans-históricos, como lembra Genette, que pondera a existência de outros fundamentos, considerando, de acordo com a interpretação de diversos autores, "la présence d'une attitude existentielle, d'une 'structure anthropologique' (Durand), d'une 'disposition mentale' (Jolles), d'un 'schème imaginatif' (Mauron), ou, comme on dit un peu plus couramment, d'un 'sentiment' proprement épique, lyrique, dramatique"[69].

Destacamos a operacionalidade didáctica dos conceitos de modo e de género literário, já sublinhada por Aguiar e Silva e Carlos Reis. Em termos didácticos, o conceito de modo literário é, de facto, de grande operacionalidade, precisamente por designar *categorias abstractas e trans-históricas* do discurso, que se manifestam nos textos

---

[68] Cf. Scholes, *op. cit.*, p. 510.
[69] Cf. Gérard Genette, *op. cit.*, p. 72.

literários[70]. A utilização do conceito de género literário na prática didáctica é menos problemática do que a do conceito de modo, este menos assimilado e ensinado pelos professores, embora correntemente adoptado nos estudos literários e correspondendo à tripartição clássica: modo narrativo, dramático e lírico.

Apesar do que se disse, não podemos recusar o interesse pontual que outros conceitos possam ter para uma didáctica da leitura literária no Ensino Secundário, incluindo outros entendimentos do conceito de modo, a exemplo das elaborações de Frye, Warren e Scholes, nem sempre coincidentes com a tríade clássica. A utilização de diversificados critérios de classificação dos textos e dos discursos pode constituir um estímulo para alargarmos as nossas perspectivas interpretativas sobre os investimentos temáticos e formais provenientes de universos imaginários e de domínios antropológicos. É justamente o que pode ocorrer com a utilização do conceito de "forma simples", de André Jolles, que nos parece pertinente para uma didáctica dos géneros, visto referir-se a formações discursivas elementares que os textos literários actualizam através da intertextualidade. A propósito deste conceito elaborado por André Jolles, devemos referir a teorização de Bakhtine sobre os géneros do discurso, como um enriquecimento ao nosso entendimento daquelas *formas elementares* do discurso.

Bakhtine faz uma distinção entre géneros primeiros (simples) e géneros segundos (complexos), de que são exemplos, no que diz respeito aos primeiros, a narrativa familiar, a carta, o diálogo quotidiano, e, no que concerne aos segundos, os géneros literários, como o romance. Ora, podem aproximar-se conceptualmente as *formas simples* de A. Jolles dos *géneros de discurso primários*, que também não deixam de ser formas elementares de discurso[71]. A oportunidade didáctica, no actual contexto do ensino da literatura, da abordagem das "formas simples" é patente tanto nos programas escolares de língua e literatura (os actuais programas de Português são

---

[70] A mais recente informação teórica que conhecemos a respeito do conceito de modo literário encontra-se no !livro já citado de Carlos Reis, *O conhecimento da literatura. Introdução aos estudos literários*, pp. 238-251.

[71] Cf. Mikhail Bakhtine, *Esthétique de la création verbale*, Paris, Gallimard, 1984 (1974), pp. 265-272. A expressão "géneros de discurso primários", de grande eficácia em termos metodológicos, é da responsabilidade de Carlos Reis (*idem,* p. 243).

um exemplo), mas também nos propósitos didácticos de certas colecções destinadas ao público escolar[72]. Ainda acerca da oportunidade histórico-cultural da abordagem destas formas elementares, pensamos que uma estratégia interessante é a sua consideração a partir de textos ficcionais (o romance, a novela, o conto) que integram os seus elementos compositivos, relevando estes, pois, do domínio da lenda, do mito e da saga. Nesse sentido, e de acordo com a teoria de Bakhtine, seria de se explorar o processo de transformação dos géneros[73].

Uma outra via de abordagem destas formas é a consideração do processo de transformação dos *géneros primários* em *géneros segundos*, o que, no contexto da leitura integral, favorece o alargamento do horizonte genológico dos alunos, através do confronto com um leque diversificado de textos.

Do ponto de vista teórico, o conceito de género literário encerra uma dimensão formal (técnico-compositiva) e uma dimensão temática (as determinações antropológicas, ontológicas, conceptuais, etc.).

Qualquer possível síntese dos fundamentos não pode deixar de ter em conta os marcos essenciais de uma teorização de longa data.

1.3.2. Como temos vindo a demonstrar, a articulação entre modos e géneros literários coloca-se, hoje, no quadro de diversas perspectivas teóricas que abrangem a teorização sobre o texto e o discurso literários. Esta necessidade advém da renovação teórica que a problemática dos géneros alcançou ao beneficiar do desenvolvimento ocorrido na teoria da literatura contemporânea e na linguística, sendo a partir de teorias como as da pragmática linguística e literária, da enunciação e do texto que a questão dos géneros se volta a colocar com outras coordenadas científicas e metodológicas. Tenha-se em conta o caso da teorização de Genette e Todorov, para os quais, na base dos conceitos de modo e género, se verifica uma concepção do discurso literário de inspiração linguística, segundo a qual o discurso se

---

[72] Um exemplo concreto é o da colecção "Séquences", publicada pela Didier-Hatier, em Bruxelas, que inclui, para além de géneros literários conhecidos, outros tipos de discurso, como o mito, a canção e a fábula.

[73] O processo de transformação dos géneros é explicado por Bakhtine nos seguintes termos: "Au cours du processus de leur formation, ces genres seconds absorbent et transmutent les genres premiers (simples) de toutes sortes, qui se sont constitués dans les circonstances d'un échange verbal spontané. Les genres premiers, en devenant composantes de genres seconds, s'y transforment" (*op. cit.*, p. 267).

aproxima do conceito de fala. Também Jean-Marie Schaeffer considera a relação entre género e texto, tendo em conta a dimensão deste útimo como "acto de linguagem".

Sintetizemos, tentando situar-nos em relação a este complexo quadro teórico, a especificidade do conceito de género literário, considerando sobretudo as perspectivas da semiótica, da pragmática literária, da teoria da enunciação e da estética da recepção. Servem-nos de apoio algumas posições: a de Todorov, quando afirma que "os géneros literários não são outra coisa senão uma escolha entre os possíveis do discurso tornado convencional pela sociedade"[74], a de André Petitjean, que considera como critérios fundamentais de classificação dos textos literários, com vista ao estabelecimento de *tipologias*, os traços de conteúdo, enunciativo, comunicacional e organizacional[75], ou a de Catherine Kerbrat-Orecchioni, que afirma: "ce terme de 'genre' dénote un 'artefact', un objet construit, par abstraction généralisante, à partir de ces objets empiriques que sont les textes, qui ne sont jamais que des représentants impurs de tel ou tel genre (...). Tout genre se définit comme une constellation de propriétés spécifiques, que l'on peut appeler des 'typologènes', et qui relèvent d'axes distinctifs hétérogènes (syntaxiques, sémantiques, rhétoriques, pragmatiques, extralinguistiques, etc.)"[76]. Em síntese, o termo *género* é utilizado modernamente como princípio classificativo e conceito teórico e histórico, uma vez que a sua utilização semiótico-pragmática impõe que seja também perspectivado enquanto sistema, estrutura, código e horizonte de expectativa.

A conceptualização teórica e metodológica relativa aos modos e géneros literários ganha uma particular acuidade na leitura e interpretação do universo textual contemporâneo (sobretudo em cenário escolar), de grande amplitude e complexidade, sem que possamos, ainda assim, deixar de utilizar outros conceitos, como o de *género do discurso* ou a expressão *tipologia textual* [77].

---

[74] Cf. Tzvetan Todorov, "A noção de literatura", in *op. cit.*, p. 24.

[75] Cf. André Petitjean, "Les typologies textuelles", in *Pratiques* ("Classer les textes"), 62 (Junho de 1989), pp. 118-120.

[76] Cf. C. Kerbrat-Orecchioni, *L'énonciation. De la subjectivité dans le langage*, Paris, Armand Colin, 1980, p. 170.

[77] A expressão *tipologia textual*, comummente utilizada em textos teóricos e didácticos sobre os géneros, não é, no entanto, definida em termos conceptuais. Embora a aceitemos, em virtude da sua grande operacionalidade metodológica e didáctica, reconhecemos carecer de rigor conceptual.

No cenário didáctico verifica-se a utilização de uma multiplicidade de classificações textuais, o que pode tornar difícil a conciliação com as classificações específicas dos géneros literários. Se conceitos de procedência literária, como os de romance, conto, novela, soneto, poema épico, drama, remetem para classificações tradicionalmente utilizadas pela poética, o mesmo não acontece com outras classificações que, podendo aplicar-se aos géneros literários, deles não são exclusivas. Deste modo, classes de textos como o narrativo, o descritivo, o explicativo e o argumentativo não correspondem exclusivamente aos géneros literários. Como se sabe, o discurso argumentativo pode manifestar-se em textos de matriz não literária, como o artigo de opinião, que é um género jornalístico. Para a compreensão da diversidade de classificações, suas procedências e respectivos critérios, há que atentar na poética, na retórica e na linguística, disciplinas que abrangem o estudo da linguagem, dos discursos e da literatura em geral.

À poética cabe a função de organizar, sistematizar e teorizar os princípios gerais do discurso literário, tendo em conta o estado de evolução da literatura num determinado momento. Desde a poética aristotélica até às poéticas modernas, verifica-se uma interrogação sobre diversas questões que, de um modo ou outro, implicam a problemática dos géneros literários: a questão da *mimesis* artística, a produção, a circulação e a recepção da literatura. Os géneros literários, como domínio teórico, situam-se no campo disciplinar da poética e, se queremos compreender a teorização que, ao longo dos tempos, sobre eles incidiu, não podemos descurar a evolução do saber da poética ocidental na procura de respostas para as interrogações a que os géneros literários estão sujeitos[78]. A retórica, antiga ciência do discurso, objecto de um descrédito durante um longo período (desde o Romantismo), tem sido revalorizada actualmente, tanto no plano dos estudos teóricos como no plano da aplicação didáctica no ensino. Assim, critérios de antiga procedência são retomados para atender às actuais necessidades heurísticas e didácticas de classificação dos discursos em geral, incluindo o literário. Por seu lado, a linguística impulsionou o desenvolvimento de domínios como a teoria do texto e a teoria da enunciação, que contribuíram, a seu modo, para um novo olhar sobre a classificação dos textos. A situação comunicativa, o

---

[78] Uma visão actual da evolução da poética encontra-se na obra de Lubomír Dolezel, *A poética ocidental. Tradição e inovação*, Lisboa, Fundação Calouste Gulbenkian, 1990.

contexto situacional, os traços de enunciação, os efeitos pragmáticos, a organização interna macroestrutural e microestrutural são alguns dos elementos que têm contribuído para dar origem a diversificadas classificações[79].

A diversidade de classificações dá conta da funcionalidade pragmática dos discursos, de acordo com o actual reforçar da consciência de que a escrita está ligada, desde sempre, a necessidades de comunicação numa determinada situação social e cultural. Segundo formulações de uma nova retórica, oriunda da teoria da argumentação, os textos e os discursos produzidos são, pois, classificados como funcionais.

A perspectiva de A. Kibédi Varga sobre a especificidade da literatura pós-moderna enfatiza a dimensão social e histórica da mudança dos géneros, ao mesmo tempo que abre uma outra via para a explicação da questão das classificações no campo dos géneros literários: "les genres sont des structures sociales et si les genres littéraires s'effacent aujourd'hui plutôt que les genres textuels, c'est que l'autorité et l'idéologie qui les ont soutenus ont également disparu (...) ce qui subsiste comme instrument d'analyse, ce n'est plus le concept des genres littéraires, fort utile sans doute pour l'analyse du passé, mais ces schémas très généraux, à peine et grossièrement transposés du champ de la communication à celui de l'esthétique, que sont les modes et les questionnements"[80]. Esta perspectiva, podendo trazer-nos inquietantes problemas epistemológicos, é instigadora, ao mesmo tempo, de uma reflexão mais alargada sobre os géneros no âmbito dos estudos literários.

Se nos estudos de carácter didáctico se verifica a coexistência de tipologias textuais com classificações da tradição literária, como é o caso dos géneros e dos modos, há também entre os teóricos algum consenso sobre a necessidade de se tratar a questão dos géneros literários no âmbito de uma teoria geral dos textos e dos discursos;

---

[79] Nos últimos anos, surgiram vários números de revistas especializadas que abordam as tipologias com instrumentos teóricos da poética e da linguística. Vejam-se *Langue Française* ("La typologie des discours"), 74 (Maio de 1987); *Le Français Aujourd'hui*, 79, *op. cit.*; *Pratiques*, 62, *op. cit.*; *Études de Linguistique Appliquée* ("Textes, discours, types et genres"), 83 (Julho-Setembro de 1991).

[80] Cf. A. Kibédi Varga, *op. cit.*, p. 134. A expressão "modos e questionamentos" sugere um comportamento de análise extremamente flexível, de compreensão dos "modos" de significação literária, isto é, as formas, os procedimentos e os "questionamentos" – os conteúdos e os valores.

como refere Todorov, "considera-se hoje que este problema pertence, de maneira geral, à tipologia estrutural dos discursos, de que o discurso literário é apenas um caso particular"[81].

1.3.3. Não sendo nosso propósito esgotar o levantamento dos esquemas de classificação dos textos e dos discursos propostos por diversos autores, consideramos mais importante explicitar os fundamentos que subjazem à maioria das classificações actualmente utilizadas, sejam de natureza teórica ou didáctica. Eles podem agrupar-se em elementos relativos ao plano da substância do conteúdo e ao plano da forma da expressão (como se sabe, formulação de proveniência hjelmsleviana), os quais redundam em componentes semânticas (temas, motivos, mitos, símbolos, etc.) e componentes formais (de tipo retórico-literário), distinção retomada, explícita ou implicitamente, por autores da semiótica literária. Considere-se ainda que a ausência de limites entre os géneros, na prática textual, determina a multiplicação das relações, dos parentescos, das famílias de textos, que podem ser agrupados segundo critérios muito diversos, quer de ordem formal, quer semântico-pragmática.

Como se compreende, as classificações dos géneros ou de tipos de discurso não são fixas: sofrem alterações e variações de acordo com factores históricos, teóricos, didácticos e outros. Assim, no plano teórico, podemos pensar em critérios da retórica clássica ou da retórica estrutural, ou ainda da linguística jakobsoniana. Em função das circunstâncias didáctico-pedagógicas, podemos recorrer a certas componentes semânticas e formais ou pragmáticas. Em todo o caso, entende-se que o critério teórico deve orientar as opções didácticas, o que nem sempre acontece, em virtude da existência de classificações textuais que apresentam pouco rigor conceptual. Um exemplo de heterogeneidade nos critérios de classificação dos textos pode ser observado em programas escolares, manuais didácticos ou ainda na divulgação de obras em boletins, prospectos ou nos próprios livros (badanas, contracapas, etc.).

O problema da classificação dos textos tem-se resolvido através de critérios que permitem observar as diversas componentes das obras literárias. De facto, percorrendo a bibliografia sobre os géneros, de carácter teórico ou didáctico, verifica-se uma convergência dos autores

---

[81] Cf. Todorov, in O. Ducrot e T. Todorov, *Dicionário das ciências da linguagem*, op. cit., p. 187.

na ponderação sobre questões de classificação textual, invocando-se como critérios distintivos as componentes formais e temáticas do discurso, que correspondem a códigos de géneros[82].

Este entendimento semiótico dos géneros enraiza-se numa concepção de tipo formalista, cuja formulação, por Boris Tomachevski, passou a constituir um paradigma. Este autor define o género como um conjunto de procedimentos construtivos que se podem observar nas obras concretas: "Los procedimientos constructivos se reagrupan en torno a determinados procedimientos perceptibles. Se forman así determinadas clases de obras, o *géneros*, caracterizados por el hecho de que los procedimientos de cada género se reagrupan de un modo específico en torno a los procedimientos perceptibles, o *características del género*"[83]. As características dos géneros resultam de diversos aspectos da obra literária: do nível temático, do nível motivacional, do nível formal (distinção entre prosa e poesia) e do nível pragmático (obras que se destinam à leitura ou à representação cénica). Na continuação da exposição sobre os problemas da definição do conceito de género, aquele autor apresenta o conceito de *dominante* como um elemento decisivo na determinação do conceito de género, tanto de um ponto de vista teórico como histórico[84]. Assim se conclui, por um lado, que o conceito de género não pode ser definido a partir de um princípio único e monolítico; que o género literário a que uma obra pertence se compreende como um conjunto de processos dominantes; finalmente, que o problema da classificação só pode ser resolvido em contextos históricos precisos, recusando-se de todo uma classificação imutável[85].

---

[82] Entre muitos outros autores que seguem esta perspectiva, mencionemos os seguintes: Austin Warren, "Géneros literários", in René Wellek e Austin Warren, *op. cit.*, p. 289; Wolfgang Kayser, *op. cit.*, p. 209 ss.; Vítor Manuel de Aguiar e Silva, *op. cit.*, pp. 390-391; e Gérard Genette, *Introduction à l'architexte, op. cit.*, p. 83.

[83] Cf. Boris Tomachevski, "Los géneros literarios", in *Teoría de la literatura*, Madrid, Akal, 1982 (1928), p. 211.

[84] Sobre o conceito de dominante, escreveu Tomachevski: "Estas características del género, es decir, los procedimientos que organizan la composición de la obra, son los procedimientos *dominantes,* los cuales subordinan a sí mismos todos los demás procedimientos necesarios para la creación de la obra literaria. Este procedimiento dominante, principal, se llama, a veces, *dominante*, y el conjunto de las dominantes es el momento determinante en la formación del género" (*idem*, pp. 211-212).

[85] Conforme disse Tomachevski, "debemos señalar la imposibilidad de facilitar una clasificación lógica y duradera de los géneros. Su división es sempre histórica, es decir, válida solamente durante un determinado período histórico" (*idem*, p. 214).

Uma formulação de igual sistematicidade e cientificidade é a que encontramos na teoria semiótica do texto literário, de extrema recorrência em estudos de teoria e crítica literária[86]. Para vários autores, o modelo teórico do género literário configura o modelo de um código complexo, podendo, pois, falar-se, com toda a pertinência, de códigos de género.

O conceito semiótico de género, segundo o qual, como se tem dito, o género configura um complexo código, ao permitir apreender os elementos específicos de um género que determinado texto contempla, revela-se de grande eficácia metodológica, pelo que a sua recorrência no ensino é da maior operacionalidade. Sendo normalmente utilizado pelo aluno do ensino superior (nos cursos de Línguas e Literaturas), haveria também vantagem em torná-lo extensível aos anos terminais do Ensino Secundário (voltaremos a esta questão nas partes II e III).

Como vimos, a multiplicidade de critérios na classificação dos textos é sinal, sem dúvida, da fecundidade do campo da teoria dos géneros, mas igualmente da diversificação metodológica que a classificação dos textos sofreu nos últimos tempos.

Atentemos em alguns fundamentos teóricos provindos de estudos situados no âmbito da linguística e da teoria da intertextualidade, que contribuíram para uma maior especialização das vias de abordagem dos géneros literários. Um dos maiores contributos é o de Bakhtine (a que já nos temos vindo a referir), cujos trabalhos no campo da teorização sobre os géneros do discurso e o romance vieram trazer novos pressupostos teóricos à problemática dos géneros literários[87]. De acordo com o entendimento bakhtiniano da linguagem e dos discursos, o género literário deixa de ser visto à luz exclusiva de pressupostos da tradição literária e passa a ser perspectivado no contexto global das práticas verbais e seus condicionamentos sócio-

---

[86] No domínio da semiótica textual, constituem referências fundamentais, entre outros autores, Umberto Eco, em particular com o *Tratado de semiótica general* (México, Nueva Imagen/Lumen, 1978) e Maria Corti, que na obra *Princippi della comunicazione letteraria* (Milão, Bompiani, 1976) consagra um importante capítulo à análise dos géneros literários segundo tal perspectiva (cf. "Generi letterari e codificazioni", pp. 151-181).

[87] O surgimento do romance obrigou a teoria dos géneros a refundir-se radicalmente, uma vez que, segundo Bakhtine, se mantinha substancialmente estável desde Aristóteles (cf. M. Bakhtine, *Esthétique et théorie du roman*, Paris, Gallimard, 1978, p. 445).

-culturais[88]. Por sua vez, o texto literário, de acordo com a concepção que Bakhtine designou de "polifónica", não se restringe à manifestação de um só género, porque é próprio do discurso convocar vários tipos de enunciados[89]. Portanto, a noção de que a natureza do discurso é essencialmente dialógica (noção largamente explanada por Bakhtine), de que todo o texto se constrói citando outros textos, isto é, podendo encerrar várias linguagens, processos, formas, traz à questão dos géneros e dos discursos novos problemas, obrigando à reformulação de princípios e critérios de classificação. Como vemos, Bakhtine radica na linguagem o conceito de discurso e de género, entendendo-se aquele enquanto situação dialógica que põe em acção diversos actos de linguagem e o género como uma *forma cronotópica* da obra literária na sua relação com os discursos[90].

Para a leitura dos textos literários, a adopção da visão semiótica dos géneros parece resolver o problema da classificação dos textos. O conceito de código de género representa a possibilidade de operar com o conceito de género literário em qualquer período literário, o que não significa que se perfilhem os princípios normativos dos géneros. O facto de a literatura contemporânea ter superado as convenções que criaram os géneros literários do passado, não implica que os géneros tenham perdido a sua força teórica e a função hermenêutica. Neste

---

[88] Num texto sobre esta questão, afirma Bakhtine: "On a étudié – et plus que toute autre chose – les *genres littéraires*. Mais ceux-ci ont toujours (qu'il s'agisse de l'Antiquité ou de la contemporanéité) été étudiés sous l'angle artistique-littéraire de leur spécificité, des distinctions différentielles intergénériques (dans les limites de la littérature), et non en tant que types particuliers d'énoncés qui se différencient d'autres types d'énoncés, avec lesquels ils ont toutefois en commun d'être de nature *verbale* (linguistique). Cf. Mikhail Bakhtine, "Les genres du discours", in *Esthétique de la création verbale, op. cit.*, p. 266.

[89] Sobre a pluridiscursividade aplicada à teoria do romance, com subsídios sobre a questão dos géneros, ver "Du discours romanesque", in *Esthétique et théorie du roman, op. cit.*, pp. 83-233.

[90] O entendimento de Bakhtine de género como *cronótopo* é explicado por Todorov nos seguintes termos: "le *chronotope*, c'est à dire l'ensemble de caractéristiques du temps et de l'espace à l'intérireur de chaque genre littéraire. Étant donné la définition du genre, les deux mots, genre et *chronotope*, deviennent synonymes". Cf. T. Todorov, *Mikhail Bakhtine, le principe dialogique suivi de Écrits du Cercle de Bakhtine*, Paris, Seuil, 1981, p. 128. Quanto à elaboração teórica de Bakhtine sobre esta questão, ver M. Bakhtine, *op. cit.*, pp. 237 ss., onde define o conceito em causa: "nous appellerons *chronotope*, ce qui se traduit, littéralement, par 'temps-espace': la corrélation essentielle des rapports spatio-temporels, telle qu'elle a été assimilée par la littérature" (p. 237).

sentido, o conceito de género funciona como um horizonte teórico dinâmico (tanto na produção como na recepção) capaz de sofrer alterações e receber novas configurações.

1.3.4. Para a didáctica da literatura, as teorias dos géneros são virtualmente úteis, pelo valor metodológico, pela abrangência teórica e pelos conceitos com que operam. Neste sentido, cabe à didáctica da literatura encontrar fundamentos para a transposição de orientações metodológicas, conceitos, critérios de classificação, e, por outro lado, estudar perspectivas teóricas na abordagem da obra literária que traduzam aquelas orientações.

A complexidade da questão das classificações do ponto de vista metodológico prende-se, por um lado, com a dificuldade de definir critérios de abordagem em vista de perspectivas teóricas tão diversas (como as que temos vindo a expor) e, por outro, com a própria movência do campo literário moderno, que põe em causa as próprias taxinomias. A propósito desta complexidade, são significativas as palavras de Cesare Segre, ao afirmar que "não é mais possível agarrarmo-nos aos princípios, desacreditadíssimos, dos géneros literários"[91]. Ora o significativo nesta afirmação é a ideia de que os géneros se relacionam com o que num determinado período constitui o seu sistema literário (conjunto de normas poéticas, critérios de gosto, etc.). Assim, e interpretando Segre, se os géneros estão desacreditados, actualmente, é porque o seu valor tradicional e cultural tem sofrido alterações desde a sua criação, nos tempos mais remotos, e sobretudo desde o impulso decisivo que sofreram com as poéticas clássicas. Logo, a abordagem dos conceitos literários, incluindo os de género, obriga a uma reflexão acerca dos seus fundamentos teóricos, cambiantes à luz da história, e, por conseguinte, solicita também uma revisão de toda a problemática da classificação dos textos.

Um dos principais problemas que surgem na utilização dos diversos critérios de classificação dos discursos e dos textos prende-se justamente com a dificuldade de fazer opções, com base numa certa coerência, dada a heterogeneidade dos seus fundamentos. Nas situações práticas do ensino da literatura, pensamos que devemos clarificar os fundamentos subjacentes às tipologias com que operamos, como faz Daniel Coste, procurando, primeiro, "affirmer la diversité

---

[91] In Ruggiero Romano (dir.), *Enciclopédia Einaudi*, *op. cit.*, p. 53.

des textos, l'unité du gramatical et la centralité du discursif", depois, a "coexistence à tous les niveaux et non mise en séquence de ces trois entrées" e, finalmente, "diversifier les modes de catégorisation des textes"[92]. Considerando os diversos ângulos contemplados nesses princípios, bem como a sua variável mobilização na elaboração de tipologias, em função das necessidades concretas, podemos dizer que a proposta de Daniel Coste supera classificações baseadas em perspectivas limitadas ou insuficientes e aponta para um razoável grau de funcionalidade didáctica.

Durante muito tempo, a leitura escolar norteou-se por uma abordagem da obra literária em que se valorizavam as características dos géneros literários, de acordo com uma concepção essencialista advogada pela tradição clássica, procurando-se encontrar na obra a realização de modelos de género, em prejuízo do estudo da sua materialidade textual. Considerando o passado recente (anos 70-80), e depois das crises do ensino nos anos 60, verificou-se uma tendência para a adopção de teorias e metodologias que aprofundaram o conhecimento da realidade textual. Assim, da observação de modelos teóricos passou-se à observação das estruturas textuais.

Os discursos teórico e crítico dos anos 70-80 nortearam-se sobretudo pelo conceito de *estrutura* (não dando a atenção que os conceitos de *função* e de *imaginário* merecem para uma compreensão mais ampla do processo de produção do sentido[93]), o que se compreende, se considerarmos que justamente o que caracterizou o estruturalismo mais divulgado pelo ensino foi a atenção dada aos modelos de abordagem da sintaxe do texto literário, nomeadamente o narrativo. Não estando em causa a validade dos intuitos de apreender a estruturalidade da obra, sabemos hoje que a prática da leitura nem sempre resultou em sucesso, o que é devido, em parte, a limitações no processo de transposição didáctica das metodologias.

No domínio do estudo do texto narrativo no Ensino Secundário, esta tendência manifestou-se nos exaustivos exercícios de determinação de modelos actanciais, de unidades e sequências narrativas,

---

[92] In Daniel Coste, "Genres de textes et modes discursifs dans l'enseignement/apprentissage des langues", in *Études de Linguistique Appliquée*, 83, *op. cit.*, pp. 84-88.

[93] Cf. Wolfgang Iser, "Problemas da teoria da literatura atual: o imaginário e os conceitos-chaves da época", in Luiz Costa Lima (sel., introd. e rev. técnica), *Teoria da literatura em suas fontes*, vol. 2, 2.ª ed., rev. e ampl., Rio de Janeiro, Francisco Alves, 1983, pp. 359-383.

perdendo-se de vista outros aspectos do texto literário, como a intencionalidade comunicativa, a importância em dado contexto sócio--cultural, os valores estéticos e a relação com outros textos, mostrando-se tal prática empobrecedora da inteligibilidade globalizante dos discursos e do prazer de ler.

Com os contributos teórico-metodológicos da semiótica estrutural, operou-se um alargamento do estudo da problemática dos géneros literários através da articulação de abordagens teóricas como a textual e a pragmática. Desta articulação parecem advir novas vias para a construção de um renovado sistema de formas literárias. Os estudos especializaram-se, cada vez mais, no texto lírico e dramático, continuando a beneficiar todavia o texto narrativo de um maior desenvolvimento [94].

Da interdisciplinaridade teórica (entre sectores da teoria literária e da linguística) podem esperar-se positivos desenvolvimentos no cenário didáctico-pedagógico, cada vez menos monopolizado por modelos fechados, de modo a estimular no estudante o interesse em conhecer os *mundos* da literatura. Para essa descoberta muito contribuirá a adopção de estratégias metodológicas que tenham em conta, não somente a estruturalidade textual (o que aconteceu no passado), mas também a função semiótica dos elementos técnico-compositivos, que permitem apreender sentidos mais profundos do texto literário.

Como já se referiu, a leitura escolar orienta-se, muitas vezes, por uma concepção de género como entidade normativa, o que nos parece inadequado, por não corresponder à especificidade do sistema literário contemporâneo, caracterizado pela abertura e mudança. Por isso, entendemos que, na leitura literária, deve intervir a concepção de género como modelo histórico e interpretativo de natureza dinâmica, cujas componentes os textos actualizam [95].

Para compreendermos esta visão dinâmica do funcionamento dos géneros e dos textos revela-se importante, por conseguinte, a consideração de domínios como o *campo literário* e o *sistema literário*, em virtude da sua implicação no modo de existência dos géneros literários e também dos conceitos de paradigma, de diacronia e de sincronia, que

---

[94] A crescente imposição e autonomia da área da narratologia testemunha a grande importância dos estudos centrados no texto narrativo.

[95] A propósito desta orientação teórica, ver Jean-Marie Schaeffer, "Du texte au genre. Notes sur la problématique générique", in Gérard Genette *et alii*, *Théorie des genres, op. cit.*, pp. 179-205.

permitem apreender a existência dos géneros nos planos teórico (sistémico) e histórico. Como disse Jauss, "les genres littéraires n'existent pas isolément, ils constituent les différentes fonctions du système littéraire de l'époque et mettent l'oeuvre individuelle en relation avec ce système"[96]. A importância crescente que tem usufruído, não só no campo literário, mas também no de outras manifestações artísticas, o domínio estético e antropológico do imaginário (em associação com o universo do simbólico, do fantástico, da mitologia clássica e popular), obriga a uma ponderação acerca da utilização exclusiva de conceitos de géneros literários.

A questão das classificações é central na problemática dos modos e géneros literários. A possibilidade de operar com critérios textuais e discursivos provenientes da teoria do texto e da teoria da enunciação, a exemplo das propostas de André Petitjean e de Catherine Kerbrat--Orecchioni, não impede a utilização dos conceitos de modos e géneros literários. Dada a complexidade do campo dos discursos e do universo dos textos literários, a questão das classificações há-de colocar-se sempre como um problema a resolver nos devidos contextos teóricos e didácticos.

---

[96] Cf. H. R. Jauss, "Littérature médiévale et théorie des genres", in G. Genette, *idem*, p. 67.

CAPÍTULO 2

OS GÉNEROS NA TRADIÇÃO CLÁSSICA E NO ROMANTISMO

2.1. Os géneros literários na tradição clássica

O nosso propósito, neste capítulo, é abordar os contributos da poética clássica e da poética romântica para a teorização actual sobre os géneros literários. Não pretendemos fazer uma súmula dessas poéticas, mas apenas realçar aspectos da teorização que ainda hoje são válidos para o estudo da literatura. Sempre que necessário, procuraremos situar as questões de natureza teórica e metodológica no campo didáctico do ensino da literatura.

O livro III d'*A República*, de Platão (séculos V-IV a. C.), a *Poética*, de Aristóteles (século IV a. C.), a *Arte poética*, de Horácio (século I a. C.) e o *Tratado do sublime*, de Dionísio Longino (século I d. C.), constituem fontes teóricas fundamentais da problemática dos géneros literários. Nestes textos da poética clássica, encontram-se abordadas questões ainda hoje pertinentes para a compreensão histórica de problemas teóricos actuais, como a concepção que os antigos tinham acerca da natureza e da função da literatura, bem como noções teóricas de indesmentível pervivência.

2.1.1. Platão legou-nos os primeiros fundamentos sobre a questão dos géneros literários, precisamente no Livro III d'*A República*, como observam diversos estudiosos. É conhecida a passagem em que fala do assunto da poesia: "Acaso tudo quanto dizem os prosadores e poetas não é uma narrativa de acontecimentos passados, presentes e futuros?". Platão precisa, no mesmo trecho, os modos de enunciação: "Porventura eles não a executam por meio de simples narrativa, através da imitação, ou por meio de ambas?"[1]. Mais adiante, explica que, na narrativa simples, o poeta fala em seu próprio nome, enquanto na narrativa mimética se serve dos diálogos das personagens, para, na narrativa mista, utilizar os dois modos de discurso. Concluindo sobre a tripartição, clarifica que a narrativa mimética corresponde ao discurso da tragédia e da comédia, a narrativa simples ("narração pelo próprio poeta") verifica-se nos ditirambos e a modalidade mista, na epopeia.

Para uma grande maioria dos autores, nessa reflexão sobre a poesia, Platão esboça a primeira sistematização sobre os géneros literários, enquanto outros entendem tratar-se antes de uma clarificação sobre critérios de análise do discurso do ponto de vista dos modos de enunciação. Ocupando-se deste texto, Genette lembra que os três tipos de *lexis* (dicção, estilo) equivalem ao que, mais tarde, veio a chamar-se de géneros poéticos, para, a seguir, apresentar uma fundamentação sobre o que, na sua opinião, está sobretudo em causa no texto platónico, isto é, uma teorização sobre os modos de enunciação do discurso[2]. Por sua vez, Jean-Marie Schaeffer recusa ver, no mesmo texto, uma teorização sobre os géneros literários, enfatizando, tal como Genette, o estabelecimento de modalidades de enunciação e afirmando, por isso, que fundamentalmente se trata da postulação de critérios analíticos: "Il est cependant primordial de noter qu'en l'occurrence Platon ne parle pas de trois genres littéraires, mais de trois catégories analytiques selon lesquelles il est possible de distribuer les pratiques discursives"[3].

Não nos interessando reter outros aspectos da teorização de Platão, como o estatuto da representação da literatura (tratada não só n'*A República* mas também no *Crátilo*), e, por conseguinte, o seu entendimento da relação entre linguagem e realidade, retemos somente a importância que, desde então, tem assumido a sua teorização para o problema dos géneros. Quer se aceite a ideia de que no texto platónico

---

[1] Cf. Platão, *A República* (introd., trad. e notas de Maria Helena da Rocha Pereira), Lisboa, Fundação Calouste Gulbenkian, 1976, 392 d, p. 115.

[2] Cf. Gérard Genette, *Introduction à l'architexte*, Paris, Seuil, 1979, p. 14-15. O trecho em que Genette elucida este ponto é o seguinte: "nous n'en sommes pas encore à un système des genres (...) il s'agit de *situations d'énonciation*; pour reprendre les termes mêmes de Platon, dans le mode narratif, le poète parle en son propre nom, dans le mode dramatique, ce sont les personnages eux--mêmes" (p. 17).

[3] Cf. Jean-Marie Schaeffer, *Qu'est-ce qu'un genre littéraire?*, Paris, Seuil, 1989, p. 12.

se encontram, como refere Aguiar e Silva, "os fundamentos de uma divisão tripartida dos géneros literários"[4] (não desconhecendo este autor a questão dos modos de enunciação consubstanciados nas "macro-estruturas literárias"), quer se veja, como Genette e Jean Marie-Schaeffer, uma elaboração sobre os modos discursivos de representação da literatura, estamos sempre em presença de uma fonte incontornável em estudos sobre os géneros literários.

2.1.2. A teorização de Aristóteles, na *Poética*, recobre componentes tidas em conta por uma longa tradição dos estudos literários. Tal pervivência diz respeito a componentes temáticas, formais e pragmáticas dos géneros de poesia considerados: epopeia, tragédia e comédia. Trata-se de elementos fundamentais da elaboração teórica que se revestem de interesse para a actual teorização sobre a questão dos géneros.

As noções de mimese e de verosimilhança, os conceitos de unidade, composição (relação entre parte e todo), organização, economia, ordem e harmonia do discurso, o entendimento estrutural da obra literária patente na estrutura da tragédia, e ainda a dimensão pragmática da literatura, constituem parâmetros conceptuais de fundamental importância para a teoria dos géneros literários.

Muitos dos estudos formalistas do nosso século encontraram na *Poética* uma herança que serviu de fundamento à teorização sobre a *especificidade estrutural* do texto literário, nomeadamente algumas formalizações levadas a cabo pelo estruturalismo e a semiótica (casos de, por exemplo, Todorov e Lotman), quando consideram propriedades formais como a *delimitação* e a *estruturalidade* do texto, conceitos de matriz aristotélica, no sentido em que dão conta da estrutura da obra (totalidade, organização, etc.), a exemplo do procedimento de Aristóteles em relação à abordagem das partes da tragédia. Estas são algumas das características relativas à composição da obra literária que nos chamam a atenção no texto de Aristóteles, o qual costuma ser apontado como fundador de uma teoria sistemática dos géneros[5].

---

[4] Cf. Vítor Manuel de Aguiar e Silva, *Teoria da literatura*, 5.ª ed., Coimbra, Almedina, 1983, p. 341.

[5] Para uma revisão de toda esta problemática, cf. M. A. Garrido Gallardo, "Una vasta paráfrasis de Aristóteles", in Miguel Á. Garrido Gallardo (org.), *Teoría de los géneros literarios*, Madrid, Arcos, 1988, pp. 9-27. Jean-Marie Schaeffer sistematiza as questões tratadas por Aristóteles quanto à arte poética e sua constituição genérica. Cf. *op. cit.*, pp. 11-25.

De facto, Aristóteles teorizou sobre questões gerais da literatura, privilegiando três géneros literários fundamentais, a epopeia, a tragédia e a comédia, e sistematizando os seus aspectos compositivos, tanto de natureza semântica como formal[6]. Metodologicamente, a elaboração levada a cabo por Aristóteles é de natureza empírica e indutiva, isto é, o estagirita descreve e analisa espécies de arte poética, considerando as suas componentes gerais, que se deduz constituirem a racionalidade dos géneros literários então praticados. Conquanto não analise detalhadamente as obras literárias que lhe servem de exemplo, baseia a sua teorização em obras representativas dos géneros coevos. A *Odisseia* e a *Ilíada*, de Homero, obras paradigmáticas na realização do épico, são consideradas também quanto à componente dramática patente nas partes em diálogo. Quanto aos dramas que lhe inspiram a teorização, os mais importantes pertencem aos grandes autores do século V a. C. (Ésquilo, Sófocles e Eurípedes).

Atribuindo à imitação um estatuto natural ("o imitar é congénito no homem"), portanto, não artificial, Aristóteles define o conceito de mimese a partir da noção de verosimilhança (o poeta deve imitar o verosímil), tendo em conta, por conseguinte, o contexto sócio-cultural de que emanam as prescrições temáticas e formais, donde as fábulas, os caracteres da tragédia obedecerem a leis de verosimilhança[7].

A dimensão pragmática na teoria de Aristóteles pode ser avaliada pela função de gnose intelectual subjacente à representação: "o aprender não só muito apraz aos filósofos, mas também, igualmente, aos demais homens"[8]. Como afirma Lubomír Dolezel, "ao referir o aspecto 'função' como uma especificação da 'arte mimética', Aristóteles revela-se como um dos iniciadores 'arcaicos' dos estudos de pragmática literária: a relação do texto com o seu usuário"[9].

---

[6] A respeito do conceito de literatura, como se sabe, o termo é desconhecido na época clássica, admitindo-se como seu correspondente o termo *poesia*, que designa o universo dos géneros poéticos: "falemos de poesia – dela mesma e das suas espécies", in Aristóteles, *Poética* (com trad., pref., introd., coment. e apend. de Eudoro de Sousa), Lisboa, Imprensa Nacional-Casa da Moeda, 1986, p. 103.

[7] Aristóteles lembra que "não é ofício de poeta narrar o que aconteceu; é sim, o de representar o que poderia acontecer, quer dizer: o que é possível segundo a verosimilhança e a necessidade" (cf. Aristóteles, *op. cit.*, p. 115).

[8] *Idem*, p. 107.

[9] Cf. Lubomír Dolezel, *A poética ocidental. Tradição e inovação*, Lisboa, Fundação Calouste Gulbenkian, 1990, pp. 38-39. Nesta obra, Lubomír Dolezel procedeu a uma sistematização teórica dos quatro momentos fundamentais da poética: a poética de Aristóteles, a poética dos mundos possíveis (cujo patrono é o suíço

2.1.3. A epístola em que Horácio se dirige aos Pisões constitui o texto da chamada "Arte poética", título que, como se sabe, se deve a Quintiliano[10]. Questões literárias relativas a géneros, criação e recepção são abordadas neste texto, cuja dimensão doutrinária e normativa é explicitamente reclamada por Horácio, quando diz: "ensinarei, nada escrevendo eu próprio, o valor e a missão do poeta: de onde vêm os recursos do talento, o que inspira e forma o poeta, o que convém escrever e o que não convém e aonde levam a qualidade e o erro"[11]. O tratamento destas questões é intimamente dependente da concepção da arte em Horácio, que entende que o belo artístico se caracteriza pela adequação à realidade e respeito pelas conveniências. Um dos aspectos mais importantes da poética horaciana é o estabelecimento de uma conhecida regra para épocas posteriores (Classicismo e Neoclassicismo), a da unidade de tom, que prescreve a rigorosa separação dos géneros: "se não posso nem sei observar as funções prescritas e os tons característicos dos diversos géneros, por que hei-de ser saudado como poeta? (...) Mesmo a comédia não quer os seus assuntos expostos em versos de tragédia e igualmente a ceia de Tiestes não se enquadra na narração em metro vulgar, mais próprio dos socos da comédia. Que cada género, bem distribuído ocupe o lugar que lhe compete"[12]. No respeito pela conveniência, tendo como fito último atingir o belo, o poeta deve dominar o assunto de que trata; assim, não terá dificuldade em manejar técnicas retóricas do discurso, como a eloquência e a ordenação.

Acerca da matéria da criação literária, duas alternativas são contempladas: a imitação da tradição e a criação de caracteres novos, sugerindo prudência no tratamento de novos temas. Bom senso, decoro

---

Breitinger), a poética morfológica de Goethe e a poética semiótica. Na análise dos fundamentos epistemológicos de cada estádio da poética, Dolezel descortinou-lhes o "modelo mereológico", designação que recobre o carácter estrutural destas poéticas. Tal modelo revela o carácter estrutural da obra literária: "A derivação mereológica é o procedimento dominante na formação do modelo aristotélico; ela dá origem às seis categorias medulares da estrutura – as 'partes' da tragédia" (*op. cit.*, p. 42).

[10] Uma informação nesse sentido pode ser colhida em Roberto de Oliveira Brandão, "Introdução", in *A poética clássica. Aristóteles, Horácio, Longino*, São Paulo, Cultrix, 1981, p. 6, ou em Angelo Marchese e Joaquín Forradellas, *Diccionario de retórica, crítica y terminología literaria*, Barcelona, Ariel, 1989, p. 325.

[11] Horácio, *Arte poética* (introd., trad. e coment. de R. M. Rosado Fernandes), Lisboa, Inquérito, s. d., p. 101.

[12] *Idem*, p. 69.

e cuidados com a linguagem, por atinência ao gosto do público, são outras recomendações a ter em conta na criação de acções.

Na caracterização do público de teatro, Horácio define a sua competência a partir do seu gosto e da sua função no espectáculo. Por isso, na díade autor-público, a preocupação fundamental é o estabelecimento de uma comunicação que tenha em conta efeitos perlocutórios, isto é, que aja sobre o destinatário. Donde preferir-se o procedimento da mimese ao da diegese, por o primeiro exprimir uma mais forte emoção do que o segundo. Este é o aspecto comunicacional que mais sobressai da poética horaciana, isto é, os efeitos estéticos que a arte, subordinada ao conceito de belo, deve produzir sobre o público: "não basta que os poemas sejam belos: força é que sejam emocionantes e que transportem, para onde quiserem, o espírito do ouvinte"[13]. Tendo, pois, em conta a íntima conexão da poesia com o público, recomenda-se a observação de dois princípios, o da utilidade e o da agradabilidade e a concisão do discurso, numa nítida preocupação com a qualidade estética: "os poetas ou querem ser úteis ou dar prazer ou, ao mesmo tempo, tratar de assunto belo e adaptado à vida"[14].

No processo de elaboração ficcional, o poeta deve ter em conta a força do referente social e cultural, bem como o critério da verosimilhança. Daqui se depreende uma noção realista de representação que haveria de caracterizar as concepções teóricas de diversos períodos literários, como na época contemporânea aconteceu com o Realismo, o Naturalismo ou o Neo-realismo.

No que diz respeito às concepções acerca do acto criador, Horácio postula dois momentos inerentes à criação artística, a inspiração e o trabalho, não estabelecendo, no entanto, nenhuma prioridade entre ambos, dando a entender uma complementaridade entre uma atitude natural (o engenho espontâneo) e o procedimento artificioso (o labor).

2.1.4. No *Tratado do sublime*, no qual a poética se associa à retórica, interessam-nos, para a questão dos géneros, os seguintes aspectos, que mantêm uma relação entre si: a concepção da criação literária, o conceito de gosto e as dimensões compositiva e pragmática do discurso[15].

---

[13] *Idem*, p. 71.
[14] *Idem*, p. 105.
[15] A respeito da autoria desta obra, afirma Roberto de Oliveira Brandão: "Ignora-se o nome do autor da obra. Esta é provavelmente do século I d. C. e seu autor

O *sublime*, naquele *Tratado*, constitui um estado de espírito resultante dos efeitos que o discurso pode causar no destinatário: "*no Sublime consiste a suma perfeição e excelência dos discursos*"[16], susceptível de suscitar elevação, arrebatamento, profundidade, grandeza. Tal efeito de disposição psicológica ou moral é estreitamente dependente da feição (do estilo) do discurso, isto é, da sua elaboração retórica.

Uma vez que a capacidade artística de produzir a linguagem sublime se adquire com a prática, o autor do *Tratado do sublime* considera cinco fontes capazes de a gerar, sendo as duas primeiras de certo modo inatas: *elevação de espírito; afecto veemente e cheio de entusiasmo; disposição das figuras* (de pensamento e de palavras); *nobreza da expressão* (escolha de vocábulos, dicção elegante e figurada); *composição do discurso*[17]. Na teorização sobre a elaboração retórica do discurso, são consideradas, a título de exemplificação, componentes semânticas e formais das obras literárias, pelo que o seu modo de abordagem se torna extremamente didáctico.

Nesta poética do *Sublime* verifica-se uma abertura para a consideração do lugar do destinatário na comunicação estética; assim, nota-se uma espécie de tácito entendimento entre produtores e receptores, incluindo autores, críticos e leitores (o texto refere-se a "ouvintes"), acerca dos procedimentos poéticos e retóricos que modelam o discurso, bem como dos seus efeitos.

É de acordo com este contexto pragmático que se deve compreender o conceito de gosto[18], absolutamente dependente da sua validação por um público hegemónico: "Enfim, o julgo bom e verda-

---

se chamou Longino, ou Dionísio, ou Dionísio Longino. Muitos preferem dizer Anônimo" (cf. Roberto de Oliveira Brandão, *op. cit.*, pp. 11 e 69). Sobre esta questão, veja-se ainda a "Introdução" de Maria Leonor Carvalhão Buescu ao *Tratado do sublime de Dionísio Longino* (trad. de Custódio José de Oliveira), Lisboa, Imprensa Nacional-Casa da Moeda, 1984, pp. 9-24.

[16] Cf. Maria Leonor Carvalhão Buescu, *op. cit.*, p. 44.

[17] *Idem*, p. 57.

[18] Pode-se falar em gosto hegemónico como o representativo de um grupo sócio-cultural dominante. No "Tratado do Sublime", encontra-se provavelmente uma primeira formulação deste conceito, que está na base da sua reelaboração em textos posteriores, incluindo os de carácter didáctico, como as *Lições elementares de poética nacional*, de Francisco Freire de Carvalho (6.ª ed., Lisboa, Tip. Rolandiana, 1860): "aquilo que os homens concordemente admirarem, isso deverá ser tido por belo, e o Gosto verdadeiro e exato será aquele que mais se conformar com o sentir universal dos homens" (pp. 26-27), *apud* Roberto de Oliveira Brandão, *op. cit.*, p. 15.

deiro Sublime aquele que sempre agrada, e a todos"[19]. Nesta criteriologia do gosto, recordamos a tópica horaciana do *utile dulci*. Estamos em presença de concepções do discurso extremamente dependentes do sentido moralizante atribuído à arte na época à qual remonta o *Tratado do sublime*, o que explica esta íntima associação das vertentes estética e pedagógica.

As vias de instauração do sublime, se, por um lado, deixam entrever a orientação normativa própria das poéticas clássicas, por outro lado, apontam para uma superação da rigidez dos géneros, prescrita por Aristóteles e Horácio, o que constitui uma possibilidade de renovação da criação literária, fruto da inspiração e do labor artístico[20].

2.1.5. Caracterizando-se o sistema literário do Classicismo pela imitação dos modelos da antiguidade greco-clássica (de que Homero, na épica, e Sófocles e Eurípedes, na tragédia, são referências emblemáticas), as poéticas clássicas que os divulgaram constituíram condicionamentos da sua prática e metalinguagem literárias. No entanto, neste período de imitação dos modelos greco-clássicos, as formas literárias não se mantiveram estagnadas, processando-se a evolução de acordo com a transformação de elementos particulares. Como refere Massaud Moisés, a propósito da evolução da tragédia, "os teóricos da Renascença acolheram, em princípio, a doutrina de Aristóteles, mas acrescentaram-lhe outros postulados que, favorecidos pelas mudanças operadas nas próprias peças, geraram um tipo novo de tragédia"[21]. Por outro lado, alguns géneros não imitados dos antigos e, portanto, não permeáveis ao sistema rigidamente codificado, começaram a surgir, pondo em causa as prerrogativas das poéticas e do gosto clássicos.

Nesta abordagem muito sumária das principais poéticas clássicas, fontes da teoria dos géneros, destacamos uma elaboração de tipo globalizante, que consagra a totalidade do discurso e seus condicionamentos nos pólos da produção e da recepção, defluentes, por um lado, de valores estéticos e, por outro, de uma orientação

---

[19] Cf. Maria Leonor Carvalhão Buescu, *op. cit.*, p. 56.

[20] E aqui temos que invocar a concepção horaciana da criação artística, que admite, como vimos, a conjugação da arte e da natureza.

[21] Cf. Massaud Moisés, *Dicionário de termos literários*, 4.ª ed., São Paulo, Cultrix, 1985, pp. 495-498.

sistemática e genérica. As poéticas clássicas continuam válidas, na medida em que consideraram elementos de carácter abstracto, genérico e universal do discurso literário.

Em diversos momentos, estas poéticas foram retomadas. Assim, ainda que esquematicamente, podemos considerar que, no Classicismo (época de teorização sobre os géneros literários pouco fecunda), foram *seguidas à risca* (como uma espécie de pauta dos poetas), ao passo que, no Romantismo, foram postas em causa e, durante todo o século XX, têm sido reconsideradas por diversas correntes da teoria e da crítica literária, que as retomaram e reelaboraram, de acordo com os quadros teóricos contemporâneos, o que demonstra a vitalidade desse legado cultural. Na semiótica estrutural, teorizando a partir de dominantes conceptuais como *estrutura* e *função*, o texto da *Poética*, de Aristóteles, concebido como uma teoria sistemática do discurso literário, voltou a ser retomado [22].

À luz da estética da recepção, da pragmática literária e da teoria da enunciação (teorias dominantes e de sentidos confluentes no actual momento dos estudos literários), é possível recuperar e pedagogizar ensinamentos destes textos que constituem pilares históricos da teoria dos géneros.

Pelo que vimos, na relação entre géneros literários e poéticas clássicas, observou-se a impositividade destas na fixação de um conceito normativo de género literário, entendido como modelo de criação literária e não como é visto actualmente, enquanto categoria histórica, sujeita à mudança e, portanto, com uma realização variável.

Tal orientação sistemática e normativa, que teve vigência sobretudo no Classicismo, constitui o pano de fundo sobre o qual se elaboraram, do Romantismo para cá, teorizações que puseram em causa a rigidez dos géneros, quase sempre em nome da historicidade, da individualidade e da autonomia da arte literária, orientação de que Croce avulta como o maior representante.

Uma conclusão se extrai da relação entre géneros e poéticas clássicas: a orientação normativa dos géneros não constitui um requisito estatutário e universal dos géneros, considerados intrínse-

---

[22] A propósito da importância dos conceitos de *estrutura* e *função* na teorização literária contemporânea, ver Wolfgang Iser, "Problemas da teoria da literatura atual: o imaginário e os conceitos-chaves da época", in Luiz Costa Lima (sel., introd. e rev. téc.), *Teoria da literatura em suas fontes*, vol. 2, 2.ª ed. rev. e ampl., Rio de Janeiro, Francisco Alves, 1983, pp. 359-383.

camente; resulta antes da impositividade de um sistema de normas poéticas num dado contexto histórico, o que demonstra a dimensão institucional dos géneros.

A relação existente entre géneros históricos e poéticas é uma relação teoricamente explicada em função de dois procedimentos: a *submissão* (reiteração) ou a *desobediência* (derrogação), no sentido em que, na prática da criação literária, os géneros se realizam, ora segundo o influxo das poéticas que se instituem como cânone, ora no sentido de contrariar as orientações normativas. Este entendimento da relação entre géneros e poéticas parece-nos válido para a interpretação dos sistemas históricos de géneros.

No sistema literário do Modernismo e do pós-modernismo (incluindo a literatura contemporânea), dada a complexidade dos fenómenos teóricos e dos históricos, deixa de ter sentido o conceito de norma, pois estamos a viver, há mais de um século, uma época em que os géneros literários se realizam num horizonte de profunda liberdade artística e, portanto, são refractários à consolidação de regras, para além da relativa rapidez com que se exaurem as próprias poéticas. Deste modo, conceitos de *norma* e de *modelo*, aplicados à categoria de género literário, tendem a ser extremamente relativizados, senão mesmo substituídos por outros, como o conceito de "horizonte de expectativa". As poéticas da modernidade, na esteira do Romantismo, orientam a realização dos géneros na prática literária de um modo distinto do sistema literário do Classicismo, em que géneros como a epopeia, a tragédia e a comédia se realizaram sobretudo de acordo com as leis prescritas pelas poéticas dominantes. A diferença fundamental é que, no último caso, verifica-se uma dialéctica entre poética teórica e a criação literária dos escritores, num regime de profunda liberdade artística. É o que se passa com o *Frei Luís de Sousa*, em que o drama criado por Almeida Garrett homologa uma poética do drama romântico que a "Memória ao Conservatório Real" logra ser. À guisa de outro exemplo, refira-se a produção literária da geração da *Presença*, que, como se sabe, teve em conta a elaboração teórico--estética que os seus principais mentores levaram a cabo.

Entende-se, assim, que a relação entre géneros e poética é uma relação constante que ao longo dos tempos assume configurações diversas. As transformações que os géneros sofrem contribuem para o surgimento de novas poéticas, como aconteceu no amplo período do Classicismo ao Romantismo. No Romantismo, a multímoda realização dos géneros literários deu lugar a uma nova poética (o culto do génio e da liberdade artística, a mistura dos géneros, etc.), cuja inovação principal foi ter posto em causa os modelos clássicos.

Para a compreensão do modo de realização dos géneros literários em determinado período, formando o que se designa por sistemas de géneros, é necessário ter em conta o conjunto das obras literárias e a orientação das poéticas dominantes, quer se trate de poética implícita (veiculada pelos textos literários), quer de poética explícita (patente em textos de doutrina estética, em artes poéticas, etc.). A estruturação dos conceitos de género resulta, assim, de uma íntima articulação entre teoria (a racionalidade, o sistema) e prática (a realização histórica), a exemplo da compreensão da literatura em dois níveis mutuamente relacionados: por um lado, teórico, de compreensão abstracta dos seus universais e, por outro, hermenêutico, de compreensão empírica e analítica, em que as obras são consideradas individualmente, no modo como realizam os universais de género, na sua relação com o sistema literário[23] e com sistemas de género.

2.2. O legado da teorização romântica dos géneros literários

2.2.1. É comum dizer-se que, actualmente, a teoria da literatura atravessa diversas encruzilhadas com evidentes reflexos no campo dos estudos literários, em particular na interpretação dos textos literários e, por conseguinte, no ensino da literatura. No movente campo teórico, de difícil destrinça, é possível observar o legado da tradição romântica de reflexão sobre a literatura e outras artes. De facto, o Romantismo constitui a tradição da modernidade[24] em diversas áreas: da filosofia à

---

[23] O sistema literário de um determinado período pode ser entendido como a sua racionalidade, a sua ideia teórica e abstracta. Neste sentido, fala-se em sistema literário do Classicismo, do Barroco, do Neoclassicismo, do Romantismo, do Modernismo. A determinação da racionalidade de um determinado período histórico da literatura exige a consideração das obras produzidas nesse período, bem como da sua metalinguagem literária, na qual intervêm factores estéticos como o gosto e o cânone.

[24] Utilizamos o conceito de "modernidade" referindo-nos à época contemporânea, período histórico que estamos a viver e que corresponde a uma das fases da época moderna, pós-romântica. Uma abordagem do conceito de modernidade com base na história da cultura, encontra-se em Matei Calinescu, *Cinco caras de la modernidad*, Madrid, Editorial Tecnos, 1991, pp. 67-75. Explicando as oposições entre antigo e moderno ou entre modernidade e cristandade, relacionadas com este

estética, da história da arte à literatura, da filologia à crítica e a outras disciplinas, este movimento (que corresponde a um tempo de constituição da literatura como ciência) contribuiu decisivamente para o estudo científico dos factos sociais, culturais e artísticos.

A teorização romântica sobre os géneros literários fundamenta-se em duas vertentes metodológicas complementares: por um lado, a busca das essências universais e intemporais (de cariz aristotélico); por outro, a atenção votada aos comportamentos históricos. Verifica-se, do ponto de vista metodológico, uma aliança muito fecunda entre teoria e prática, isto é, entre intentos teorizantes e intentos de crítica histórica.

O Romantismo, com a sua vocação historicista, propiciou o conhecimento das literaturas antigas. Os estudos de carácter histórico, que então se empreenderam, fundaram a crítica histórica, cuja crescente especialização a dotou de instrumentos que permitiram a elaboração de leis gerais sobre o fenómeno literário. Assim se esboçam duas vertentes complementares de abordagem da literatura, só metodologicamente indissociáveis: uma vertente sistemática (teorizante) e outra de compreensão histórica (heurística e interpretativa)[25]. Em síntese, podemos dizer que, no âmbito da primeira, inserem-se os estudos sobre sistemas de géneros, por exemplo, o sistema de géneros do Romantismo, enquanto que, no âmbito da segunda vertente, situa-se a reflexão crítica sobre as obras desse período.

Nas duas épocas aqui referidas (romântica e contemporânea) pode-se observar o eclectismo na abordagem dos géneros literários, o

---

conceito, o autor considera quatro fases no seu uso: o medieval, o do Renascimento ao Iluminismo, durante o período romântico, e o uso a partir da segunda metade do século XIX.

[25] Prospectando sobre a crítica literária, a partir de pensadores alemães, quanto à questão do universal e do particular, escreveu William K. Wimsatt: "Não constituiria grande exagero afirmar que toda a crítica alemã romântica se dedicou ao problema de saber como é que a literatura reconcilia experiência sensória e ideias (o 'particular' e o 'universal', de Warton e Johnson). A sua crítica incidia, por isso, num plano superior da especulação, no problema de saber como a literatura reconcilia o temporal com o transcendental, o objecto material externo e duvidoso com o sujeito espiritualmente seguro e consciente de si mesmo, o mundo exterior da 'natureza' e da observação científica com o mundo interior dos esquemas e da vontade e da moral, o contingente mundo da *história* com o mundo necessário do *sistema*", in William K. Wimsatt, Jr. e Cleanth Brooks, *Crítica literária. Breve história,* Lisboa, Fundação Calouste Gulbenkian, 1971, p. 445.

que imprime às teorias, no seu conjunto, alguma conflitualidade[26]. Sirva de exemplo desse eclectismo a discordância entre os teóricos acerca da correlação tempo-género e tempo-sujeito, que mereceram abordagens de modo nem sempre coincidente[27].

Na modernidade, a questão dos géneros aufere de centralidade na teoria literária mas também nos campos da história e da crítica literárias, e, por extensão, diz também respeito ao ensino da literatura. É uma questão implicada em qualquer reflexão sobre a obra literária e susceptível de ser abordada a partir de diversos ângulos, podendo solicitar instrumentos conceptuais e metodológicos específicos, por exemplo, da teoria do texto, da pragmática, da retórica, da estilística ou da narratologia.

Perspectivando o impacto sócio-cultural da heterogeneidade do saber em termos da sua difusão, incluindo a que se realiza através do ensino, nos dois tempos aqui considerados, podemos encontrar algumas nuances. Assim, enquanto a especulação se cingia a círculos mais limitados, atingindo o ensino uma minoria muito restrita, sob a égide romântica, não se fazendo sentir tanto os problemas da sua difusão, hoje, com a proliferação dos espaços em que o saber teórico circula e se discute (Ensino Secundário e Superior, revistas literárias, jornais e outros meios de difusão cultural), é necessário ter em conta a heterogeneidade de linguagens, de conceitos e de metodologias, numa diversidade interpretada por alguns como um sinal da relatividade espistemológica no campo dos estudos literários. Esta situação explica que nem sempre seja possível encontrar perspectivas concordantes

---

[26] No capítulo 1, ficou demonstrado esse eclectismo no que diz respeito à teorização sobre os géneros na teoria da literatura contemporânea.

[27] Acerca dos desacordos teóricos entre autores românticos, observa Vítor Manuel de Aguiar e Silva que "a teoria romântica dos géneros literários é multiforme e, não raro, revela-se caracterizada por tensões e contradições que defluem das antinomias mais profundas da filosofia idealista subjacente ao romantismo", in *Teoria da literatura*, op. cit., p. 360. Por seu turno, Gérard Genette, no já referido estudo em que comenta a heterogeneidade dos fundamentos da divisão triádica dos géneros (a questão que mais discordâncias suscita entre os teóricos), afirma: "l'histoire de la théorie des genres est toute marquée de ces schémas fascinants qui informent et déforment la réalité souvent hétéroclite du champ littéraire et prétendent découvrir un 'système' naturel là où ils construisent une symétrie factice à grand renfort de fausses fenêtres" (in *L'introduction à l'architexte*, Paris, Seuil, 1978, p. 49). Para Genette, estas configurações *forçadas* e *provisórias* apresentam, no entanto, uma importante *função heurística*.

sobre critérios de coerência científica, tal a pluralidade dos discursos sobre a literatura nos diversos contextos de ensino e cultura.

Este panorama teórico e metateórico traz diversas implicações ao estudo da literatura e também, como não poderia deixar de ser, à abordagem da questão dos géneros. A face mais visível desta questão relaciona-se com problemas de classificações dos textos e de tipologias. No entanto, interrogando a justificação desta problemática, no conjunto de outras questões teóricas que dizem respeito aos textos, em geral, e à literatura, em particular, fica-se com uma visão mais ampla da sua função de dispositivo teórico que intervém na nossa compreensão da realidade textual. Como refere Dominique Combe, "le genre est en somme l''horizon' qui surplombe la lecture. La théorie des genres, elle, est le fait de la 'science' qui les transforme, à distance, en un objet de connaissance"[28].

A reflexão teórica, filosófica, crítica e estética levada a cabo pelos românticos não se apresenta de modo sistemático: trata-se sobretudo de um período de descobertas, de especulação em torno de questões fundamentais sobre a arte literária. Nesta reflexão, refira-se a atenção consagrada à obra literária, na sua realidade imanente ou nas suas superestruturas genéricas decorrentes de universais literários. Assim, na abordagem das obras literárias, são tidas em conta articulações do tipo obra-linguaguem, obra-história ou obra-formas literárias. Esta orientação pode ser observada na especulação de muitos textos teóricos do Romantismo, que manipulam conceitos como *organicidade*, *individualidade*, *totalidade* e *microcosmo artístico*, entendidos como categorias teóricas sobre a identidade da literatura. Por tudo o que se disse sobre o estado da reflexão entre os autores românticos, torna-se fundamental o enquadramento conseguido por estudos actuais, que nos dão uma visão abrangente dos intentos teóricos que se apresentam nesses textos de modo disseminado e fragmentário[29].

---

[28] Cf. Dominique Combe, *Les genres littéraires*, Paris, Hachette, 1992, p. 13.

[29] Entre outros estudos sobre o Romantismo (que contêm reflexões sobre teorias estéticas, incluindo a questão dos géneros) refiram-se William K. Wimsatt, Jr. e Cleanth Brooks, *op. cit.*, capítulos XVI-XIX, pp. 410-518; Ph. Lacoue-Labarthe e J.-L. Nancy, *L'absolu littéraire. Théorie da la littérature du romantisme allemand*, Paris, Seuil, 1978; Javier Arnaldo (antol. e ed.), "Introdução", in *Fragmentos para una teoría romántica del arte*, Madrid, Tecnos, 1987, pp. 9-41; Peter Szondi, *Poésie et poétique de l'idéalisme allemand*, Paris, Gallimard, 1991; Philippe Van Tieghem, "Les théories romantiques (1800-1850)", in *Les grandes doctrines littéraires en*

O objectivo fundamental dos filósofos e teóricos românticos na reflexão em torno de questões literárias era conhecer a identidade abstracta da literatura, o "absoluto literário", expressão que traduz o âmbito genérico e totalizante da especulação de uma realidade cujos contornos específicos se procurava definir. Como dizem os autores de *L'absolu littéraire*, referindo-se à literatura na *idade da crítica*, ela "se voue à la recherche exclusive de sa propre identité, entraînant même avec elle tout ou partie de la philosophie et de quelques sciences (...) et dégageant l'espace de ce que nos appelons aujourd'hui, d'un mot que les romantiques affectionnaient tout particulièrement, la 'théorie'"[30]. Para Philippe Lacoue-Labarthe e Jean-Luc Nancy, os textos teóricos do Romantismo alemão constituem o ponto de partida de uma reflexão em torno de várias questões relacionadas com a busca do conhecimento da literatura e com a sua *formalização possível*. Entre outras questões, nestes textos objecto de especulação sobre a obra literária, refiram-se a da linguagem (e a possibilidade da utilização de um *modelo linguístico da sua auto-estruturação*) e a da *problemática do sujeito* (individual, histórico e social), sendo esta última a que se reveste de maior complexidade. De facto, como veremos já de seguida, as marcas do social e da fragmentação do sujeito inscrevem-se na obra literária, nela se expondo uma dissolução do sujeito numa imagem, elaborada como que em espelho, da "literatura como auto-crítica" e da "crítica como literatura". Trata-se, pois, de um movimento circular do texto para a crítica e vice-versa, que corresponde ao horizonte da "croyance à l'inscription dans l'oeuvre, de ses conditions de production ou de fabrication à la thèse d'une dissolution, dans l'abîme du sujet, de tout procès de production – bref, dans tout ce qui commande à la fois la littérature comme auto-critique et la critique comme littérature"[31].

France, Paris, PUF, 1963, pp. 155-210; e Lilian R. Furst, *Romanticism*, Londres, Methuen, 1971. Não consultámos textos teóricos do Romantismo em alemão por não dominarmos esta língua, mas fizemo-lo noutras línguas (francês, inglês e espanhol), embora tivéssemos optado, também para os outros Romantismos, por seguir Ph. Lacoue-Labarthe e J.-L. Nancy, Peter Szondi, Javier Arnaldo e ainda Luíza Lobo (trad., sel. e notas), *Teorias poéticas do Romantismo*, Porto Alegre, Mercado Aberto, 1987.

[30] Cf. Ph. Lacoue-Labarthe e J.-L. Nancy, *op. cit.*, p. 27.
[31] *Idem*. Os textos teóricos do Romantismo foram produzidos, sensivelmente, entre 1755 e 1810. Um grupo de vanguarda, o círculo literário e filosófico de Iena, teve na revista *Athenaeum* (1798-1800, num total de três volumes) um importante centro

2.2.2. O principal contributo da teorização romântica sobre os géneros literários reside na elaboração de vias para o seu entendimento sob a influência de uma poética filosófica e histórica. Nesta teorização coexistem duas vias de abordagem, ambas tendo como modelo de referência a literatura grega. Assim, pode observar-se nessa especulação a origem posterior de sistemas teóricos, baseados numa óptica historicista e numa óptica essencialista, esta última orientada para a procura de uma teoria universal e intemporal das formas [32]. À guisa de comprovação dessas duas orientações, vejamos, resumidamente, alguns dos contributos teóricos mais importantes. Seguindo a cronologia histórica do Romantismo europeu, indicaremos, em primeiro lugar, os contributos de autores alemães, depois os ingleses, e, por último, os franceses [33].

Comecemos pela referência ao conteúdo do *Projecto* ou *Programa de sistema* de Schelling, Hölderlin e Hegel, manifesto que constitui um marco histórico. Neste texto pretende-se mostrar a união da poesia com a filosofia, defendendo-se aquela como uma arte maior, que passa a ser a nova mitologia, a nova *religião da humanidade*, desempenhando o sentimento estético a unificação dos actos do

---

difusor. Dele fizeram parte nomes como Wilhelm Schlegel, Friedrich Schlegel, Schleiermacher, Novalis e Schelling, autores de boa parte desses textos.

[32] A respeito destas vias teóricas, veja-se o estudo de Dominique Combe (*op. cit.*, pp. 50-65) e ainda Goethe, *Écrits*, Paris, Klincksieck, 1983, pp. 97-122. Acerca da manifestação da orientação essencialista, Jean-Marie Schaeffer esclarece a sua ligação à tradição aristotélica: "comme l'a montré l'analyse de la *Poétique* d'Aristote, la conception essencialiste n'est pas une invention du romantisme. Mais ce qui chez Aristote n'était somme toute qu'une tentation, à laquelle certes il ne résistait pas toujours mais contre laquelle il disposait lui-même de l'argument décisif, à savoir la distinction entre objets naturels dotés d'une finalité interne et objets culturels soumis à une finalité externe, va devenir l'attitude dominante de la théorie littéraire à partir du romantisme et se retrouvera (...) à la fois dans les systèmes philosophiques idéalistes et dans les poétiques historiques d'inspiration évolutioniste" (in *Qu'est-ce qu'un genre littéraire?*, Paris, Seuil, 1989, p. 35).

[33] Seguimos o procedimento de diversos autores em antologias dos textos teóricos ou em obras de panorâmica histórica sobre o Romantismo, de que são exemplos, respectivamente, Luíza Lobo, *op. cit.* (que organizou a antologia de textos teóricos respeitando a ordem cronológica do surgimento do Romantismo nos principais países), e Alberto Ferreira, que escreve: "admite-se que os centros maternais do processo do romantismo tenham sido a França, a Alemanha e a Inglaterra – e são sobretudo os alemães que melhor parecem caracterizar e definir genericamente o romantismo" (cf. Alberto Ferrreira, *Perspectiva do romantismo português*, 3.ª ed., Lisboa, Litexa Portugal, s. d., p. 9).

filósofo e do poeta: "Estoy convencido de que el acto más elevado de la razón, aquél en el que ella abraza todas las ideas, es un acto estético y *verdad* y *bondad* sólo están hermanadas *en la belleza*"[34].

No que diz respeito aos fundamentos mais importantes sobre o conceito de género literário, bem como sobre os critérios de classificação, vejamos a posição de alguns autores. Em Schiller, encontramos uma classificação de cariz abstracto e essencialista, que denota uma orientação aristotélica assumida também por Goethe. O autor considera dois géneros intemporais de poesia: a *ingénua* e a *sentimental*, correspondendo a primeira à identificação com a natureza e a segunda, ao anseio da natureza perdida, termos que recobrem oposições posteriores entre clássicos e românticos (Goethe) ou entre o apolíneo e o dionisíaco (Nietzsche). Uma parte do trecho em que Schiller postula as duas categorias estéticas de poesia é a seguinte: "Les poètes sont partout (...) les gardiens de la nature. Là où ils ne peuvent pas l'être tout à fait et où déjà ils éprouvent sur eux-mêmes l'influence destructive de formes arbitraires et artificielles, ou encore là où ils ont eu à lutter contre ces formes, ils paraîtront en témoins et en vengeurs de la nature. Ou bien ils seront nature, ou bien ils chercheront la nature perdue"[35]. Dominique Combe, interpretando a exposição de Schiller, comenta que a poesia ingénua corresponde *à arte das origens*, anterior ao artifício da vida moderna. Constituem subgéneros da poesia ingénua o lirismo, a epopeia, o drama e a descrição, enquanto a poesia sentimental se apresenta na modalidade satírica ou elegíaca[36].

Friedrich Schlegel, referindo-se às relações entre "poésie de nature" e "poésie d'art", explicitou a necessidade de se elaborar uma teoria geral da poesia: "Une théorie véritable de la poésie commencerait par la différence absolue, la séparation à jamais irréductible de l'art et de la beauté brute. Elle présenterait leur lutte et s'achèverait avec l'harmonie parfaite de la poésie d'art et de la poésie de nature"[37].

---

[34] Cf. Javier Arnaldo, *op. cit.*, p. 230. Sobre a autoria deste manifesto, escreve este autor: "su autoría sigue sometida a discusión, aunque, por lo general, su redacción se atribuye a Schelling, mientras que se tiene a Hölderlin y Hegel por conspiradores o, al menos, por receptores inmediatos" (p. 33).

[35] *Apud* Dominique Combe, *op. cit.*, pp. 52-53. A obra, citada por D. Combe, em que Schiller considera as duas categorias de poetas, é *Poésie naïve et poésie sentimentale*, Paris, Aubier, 1947.

[36] Cf. D. Combe, *op. cit.*, pp. 52-54.

[37] Cf. fragmento n.º 252, de Friedrich Schlegel, publicado na revista *Athenaeum*, incluído em Ph. Lacoue-Labarthe e J.-L. Nancy, *op. cit.*, p.134.

A harmonia suprema, entre as duas formas, encontra-se nos antigos, devendo, numa perspectiva histórica e filosófica, proceder-se à elaboração de uma *filosofia das artes*, da "poésie en général et des genres et espèces"[38].

Por sua vez, August Wilhelm Schlegel (nas *Lições sobre a arte e a literatura*) explica a questão da imitação da natureza, concedendo à "poésie de nature" um carácter original, matricial e absolutamente dependente da linguagem. Na evolução da poesia, considerada pelos irmãos Schlegel, este é o primeiro estádio, sendo o segundo o da "poésie d'art", de que a mitologia é a primeira realização: "aux premières époques de la culture est née dans le langage et à partir de lui (...) une vision poétique du monde, c'est-à-dire une vision gouvernée par la fantaisie. C'est la mythologie"[39].

A especulação em torno dos géneros, em Friedrich Schlegel, orienta-se para uma poética dos géneros baseada, por um lado, na história, e, por outro, em fundamentos transtemporais. Numa perspectiva histórico-cultural, este filósofo estabeleceu as seguintes épocas da poesia: épica, lírica e trágica. Por outro lado, num outro texto, apresenta um conceito de grande utilidade para uma conceptualização universal da arte literária, o conceito de *forma*. É num fragmento citado por Peter Szondi que podemos ler a seguinte afirmação daquele filósofo: "Il existe une *forme* épique, une *forme* lyrique, une *forme* dramatique, sans l'esprit des anciens genres poétiques qui ont porté ces noms, mais séparées entre elles par une différence déterminée et éternelle. – En tant que *forme*, l'épique l'emporte manifestement. Elle est subjective-objective. – La forme *lyrique* est seulement *subjective*, la forme *dramatique* seulement objective"[40].

Se aproximarmos o conceito de forma do moderno conceito de modo literário, vemos esboçar-se em Friedrich Schlegel a distinção entre modos e géneros literários. No mesmo sentido, Dominique Combe comenta esse fragmento: "Schlegel propose, comme la rhétorique, une théorie intemporelle des 'modes' qui contribuent à l'historicité des 'genres'"[41].

Schelling, um dos mais importantes filósofos do Romantismo alemão, levou a cabo uma especulação filosófica voltada para o estudo

---

[38] *Idem*, p. 135.
[39] *Idem*, p. 349.
[40] Cf. Peter Szondi, *op. cit.*, p. 135.
[41] Cf. Dominique Combe, *op. cit.*, p. 56.

da arte, em que reúne os propósitos teórico, crítico e histórico[42]. No seu sistema poético, as *Ideias* são consideradas "la substance et en quelque sorte la matière universelle et absolue de l'art, d'où procèdent tout d'abord, comme produits accomplis, toutes les oeuvres d'art particulières"[43]. De acordo com o pressuposto atrás aludido, a ideia de poesia corresponde a uma idealidade arquetípica. O trecho a seguir transcrito, da introdução ao curso sobre Filosofia da Arte (Iena, 1802--1803), apresenta o esquema teórico das formas fundamentais de poesia: "Lyrisme = formation de l'infini en fini = particulier. Épos = = présentation (subsomption) du fini dans l'infini = universel. Drame = = synthèse de l'universel et du particulier. C'est selon ces formes fondamentales qu'il faut donc construire l'art tout entier, aussi bien dans sa manifestation réelle que dans sa manifestation idéale"[44].

Hölderlin é considerado o primeiro autor que propõe um sistema teórico de géneros e que avança em direcção à teoria da mistura dos géneros. Baseando-se na psicologia dos heróis homéricos, concebe uma tipologia de herói (homem natural ou ingénuo, heróico ou violento e ideal) que participa, em proporção variável, na composição dos géneros literários, concebidos segundo a tríade aristotélica – epopeia, tragédia e lírica[45]. Vejamos a sua classificação e definição dos géneros: "Le poème lyrique, d'apparence idéale, est naïf par sa signification. (...) Le poème épique, d'apparence naïve, est héroïque par sa signification. (...) Le poème tragique, d'apparence héroïque, est idéal par sa signification"[46]. Comentando o trecho, Peter Szondi observa, na sequência de F. Schlegel, que a proposta de Hölderlin implica um sistema genérico, pois os géneros considerados "forment ensemble un système dont le principe de déduction – ce de quoi et selon quoi les trois genres poétiques dérivent – est la série des trois tons"[47].

A teoria dos géneros de Hegel (elaborada no Curso de Estética), para além de se inspirar em Aristóteles, baseia-se na filosofia idealista,

---

[42] Cf. Ph. Lacoue-Labarthe e J.-L. Nancy, *op. cit.*, pp. 394-406.
[43] *Idem*, p. 404.
[44] *Idem*, p. 405.
[45] Cf. Dominique Combe, *op. cit.*, pp. 56-58.
[46] *Apud* D. Combe, p. 57. Os textos em que Hölderlin reflecte sobre os géneros (nos anos de 1798-1800) são "Les différents modes de la poésie" e "Sur la différence des genres poétiques", incluídos em *Oeuvres*, da Gallimard.
[47] Cf. P. Szondi, *op. cit.*, p. 265.

da qual retira a noção de evolução dialéctica do espírito, que aplica à evolução histórica dos géneros. Considera que a poesia manifesta relações com a matéria e com o espírito, com o objectivo e com o subjectivo. Assim, recuperando da tradição aristotélica a distinção entre conteúdo e forma, distingue três géneros (épica, lírica e drama). A épica, vocacionada para representar um quadro objectivo, representa o primeiro estádio da evolução dos géneros; a lírica, associada à subjectividade, representa o segundo estádio, enquanto que o drama opera a síntese do objectivo e do subjectivo[48]. Outra particularidade do sistema de Hegel é a negação da distinção de género e a defesa da ideia da unidade da poesia, considerada forma primordial ("forme première"), e por isso, de natureza totalizante. Também Nietzsche, mais tarde, defendeu o projecto romântico da busca do *absoluto artístico*, a realizar-se através da síntese dos géneros, que se tornam, no seu sistema, categorias estéticas.

Vejamos dois contributos do Romantismo inglês: Wordsworth e Coleridge (representantes, respectivamente, da faceta social e intimista do Romantismo) reflectiram em textos teóricos sobre questões poéticas comuns a outras literaturas europeias. Conforme lembra Luíza Lobo, "enquanto Wordsworth punha em prática o aspecto revolucionário do Romantismo, buscando falar ao 'povo' emergente a partir da Revolução Francesa e as mudanças sociais democráticas da Inglaterra, Coleridge desenvolvia o pólo da linguagem, elaborando-a no sentido do imaginário, numa mimese desvinculada da verossimilhança com relação ao real"[49]. Mas ambos revelam uma comum preocupação com o estilo e com a elaboração da obra. Assim, Wordsworth diz, a respeito das *Lyrical ballads*, que a sua preocupação com a dicção poética é no sentido de escrever um texto utilizando uma linguagem facilmente compreensível pelo povo: "Meu objetivo foi imitar e, tanto quanto possível, adotar a própria linguagem humana"[50]. Na definição de Coleridge do poema encontramos uma clara noção da importância da dimensão compositiva da obra como um todo: "um poema é aquela espécie de composição que se opõe à linguagem da ciência ao propor como objeto *imediato* o prazer, não a verdade; e

---

[48] O texto em que Hegel abordou a questão dos géneros (teorizando sobre o seu carácter objectivo e subjectivo) encontra-se em *Esthétique*, vol. 4, Paris, Aubier, 1944, pp. 86-290 (capítulo III – "Les différents genres poétiques").

[49] Cf. Luíza Lobo, *op. cit.*, p. 9.

[50] *Idem*, p. 173.

se diferencia de todas as outras espécies (tendo *seu* objeto em comum com ele) ao propor-se um prazer tal, a partir do *todo*, que seja compatível com uma gratificação distinta de cada *parte* que o compõe"[51].

Da vasta teorização francesa que incidiu sobre a questão dos géneros literários, avultam, em primeiro lugar, as posições de Victor Hugo sobre os géneros. O texto mais célebre é, como se sabe, o prefácio do *Cromwell*, onde propôs uma interpretação histórica da génese dos géneros e defendeu a fusão destes no drama, enquanto género capaz de exprimir a complexidade da literatura moderna[52]. Antes desse celebrado texto, Victor Hugo já havia recusado a pureza dos géneros própria da orientação normativa das poéticas clássicas. No prefácio a *Odes et ballades* (1826), escreveu: "On entend tous les jours, à propos de productions littéraires, parler de la *dignité* de tel genre, des *convenances* de tel autre, des *limites* de celui-ci, des *latitudes* de celui-là; la *tragédie* interdit ce que le *roman* permet; la *chanson* tolère ce que *l'ode* defend, etc. L'auteur de ce livre a le malheur de ne rien comprendre à tout cela. (...) La seule distinction véritable dans les oeuvres de l'esprit est celle du bon et du mauvais"[53].

Refira-se ainda a posição de Stendhal, que, em *Racine et Shakespeare*, teceu importantes considerações sobre géneros cultivados no seu tempo e sobre o gosto do público de teatro. Interessado em demonstrar a diferença da tragédia romântica em relação às regras observadas pelas tragédias clássicas, escreveu: "Afirmo que a observância das unidades de *lugar* e de *tempo* é um hábito francês, *hábito profundamente enraizado* e que dificilmente abandonaremos (...) mas afirmo que essas unidades não são de modo algum necessárias para provocar uma emoção profunda e o verdadeiro efeito dramático"[54].

Por não dizerem respeito directamente à questão dos géneros literários, deixamos de lado outros autores franceses, que, no entanto,

---

[51] *Idem*, p. 205.

[52] Entre outras passagens do texto em causa, Victor Hugo explica a actualidade do drama e suas potencialidades para exprimir a harmonia dos contrários, no seguinte trecho: "Nous voici parvenus à la sommité poétique des temps modernes. Shakespeare, c'est le Drame; et le drame, qui fond sous un même souffle le grotesque et le sublime, le terrible et le bouffon, la tragédie et la comédie, le drame est le caractère propre de la troisième époque de poésie, de la littérature actuelle" (in "Préface" de *Cromwel*, Paris, Nelson Éditeurs, s. d., p. 28).

[53] In Dominique Combe, *op. cit.*, p. 7.

[54] Cf. Luíza Lobo, *op. cit.*, p. 140.

contribuíram para a formação da poética do Romantismo, como Rousseau ("point de départ principal pour la formation en Europe de cette 'impatience' devant 'toutes les limites'"[55]), Mme. de Staël (importante para a histórica distinção entre a literatura do norte e do sul), Chateaubriand (a faceta religiosa e a paixão romântica) ou Lamartine (o destino social da poesia)[56].

Todos estes contributos teóricos reflectem-se na estética e na ciência literárias contemporâneas, que, de diversas formas, os reelaboraram. A importância desta elaboração reside principalmente no facto de ter sido fundamental para a fundação da teoria, da história e da crítica literárias, através de uma especulação em torno de questões que, ainda hoje, são consideradas essenciais. De entre os aspectos mais importantes que pudemos ver reflectidos nesses textos teóricos, avultam: a noção de que a arte constitui um objecto passível de ser apreendido cientificamente; a compreensão das formas literárias como formas elaboradas da linguagem (caracterizando-se por uma dimensão comunicacional); a atenção dada ao processo de produção artística e à figura do sujeito criador; a comparação entre as artes; enfim, o carácter transcendente e essencialista da estética clássica que, projectando-se no Romantismo, viria a ser substituído pela noção de imanência, na estética moderna, de acordo com a crença na autonomia da obra como entidade dotada de unidade e organicidade[57]. Refira-se ainda a consideração da *Poética* de Aristóteles como referência teórica fundamental (por exemplo, em Hölderlin, Goethe e Hegel) e, finalmente, a noção da historicidade da literatura, de clara herança romântica.

Pode dizer-se que a poética romântica, voltada para a valorização da obra literária, numa perspectiva histórica e sistémica, significa o primeiro estádio para uma abordagem sistemática das obras literárias

---

[55] Cf. Álvaro Manuel Machado, *Les romantismes au Portugal. Modèles étrangers et orientations nationales*, Paris, Fundação Calouste Gulbenkain, 1986, p. 27.

[56] Textos teóricos destes autores encontram-se antologiados por Luíza Lobo, na obra que vimos citando.

[57] O termo "obra" tem no Romantismo dois significados distintos: de acordo com uma visão idealista, designa "o absoluto literário" que se pretende conhecer com instrumentos da estética transcendental; de acordo com uma visão aristotélica (perfilhada por Goethe, por exemplo), a obra é uma entidade perspectivada enquanto estrutura imanente. É este segundo sentido que vair ser, mais tarde, retomado por Roman Ingarden, na consideração da obra como uma entidade orgânica.

em seus traços genéricos, abordagem que, seguindo específicos caminhos, tem sido levada a cabo por diversas correntes críticas – do Formalismo Russo à semiótica, da estética da recepção à pragmática. A teorização romântica sobre os géneros literários, como se acaba de mostrar, não é tão sistemática como a que apresenta, hoje, a semiótica dos géneros ao servir-se de instrumentos emprestados, fundamentalmente, à semiótica do texto e à história literária. No entanto, não se lhe pode negar uma primeira reflexão respeitante a componentes de âmbito enunciativo e semântico-pragmático que, hoje, com a especialização no domínio da genologia, tendem a ser observadas como universais literários.

Como já tivemos oportunidade de verificar, a teorização literária romântica decorria de certos pressupostos, que um Javier Arnaldo analisa: a função da arte, a concepção do processo da criação artística, a dimensão crítica inerente, isto é, a auto-reflexão como uma das vertentes da literatura, e o problema da representação pelos vários tipos de discurso (simbólico, alegórico e mitológico). A dado passo da introdução à antologia já citada daquele autor, escreve ele que "el compromiso entre el conocimiento artístico y el intelectual es un motivo que impregna toda la crítica estetica del Romanticismo. (...) la plenitud de la reflexión se fundamentava en la infinitud de la conexión de las partes y en una identificación entre el pensamiento y la concepción, que aproximaba la heurística y la poética a la hermenéutica del objeto poético"[58]. Com este estudioso espanhol como exemplificação, de entre outros que poderíamos chamar à colação, concluímos, uma vez mais, pela clara relevância da especulação romântica sobre a arte e a literatura para a compreensão moderna das formas literárias históricas e do discurso literário na sua universalidade possível.

2.2.3. Mais de um século separa as teorias literárias do Romantismo e da contemporaneidade. Neste lapso temporal, implantou-se o paradigma positivista nos estudos literários: desde o determinismo de um Taine, ao biografismo, ao historicismo lansoniano, ao psicologismo, à vigência dos diversos estruturalismos, já no nosso século, o objectivo que animou a teoria literária foi explicar o fenómeno literário reduzindo-o a factos[59]. Para os positivistas e, mais tarde, para os

---

[58] Cf. Javier Arnaldo, *op. cit.*, p. 38.
[59] Utilizamos o conceito de paradigma na acepção de Collingwood, como um "sistema de pressupostos absolutos" (*apud* Eduado Prado Coelho, *Os universos da*

estruturalistas, tratava-se do facto objectivo, embora a objectividade não seja da mesma natureza, porque, enquanto os métodos inspirados na filosofia positivista procuravam leis objectivas para explicar a obra literária sobretudo em suas circunstâncias externas, e perseguiam o documento humano subjacente ao monumento literário, o estruturalismo privilegia as características estruturais do texto literário.

De acordo com a filosofia idealista que se desenvolveu no período romântico, a obra literária foi objecto de uma apreciação crítica que visava, em última instância, a construção de sistemas históricos. Paralelamente a esta tendência, desenvolveu-se uma outra via de pesquisa interessada nas essências e arquétipos.

A crítica romântica, se bem que visando o conhecimento da literatura, não procedeu a uma análise tão sistemática e ditada por leis como a crítica de inspiração positivista, pois enquanto a primeira se orientava por um discurso multiforme, de acordo com a sua tendência para amalgamar a especulação teórica e filosófica, a segunda procurava cingir-se a uma pesquisa objectiva dos condicionamentos sócio-culturais da obra literária e da forma como esta traduz a verdade humana.

De facto, como é por demais sabido, nas estéticas que sucedem ao Romantismo, a principal preocupação é a compreensão do elemento humano, social e cultural representado na obra literária. Neste sentido, no Realismo (mas sobretudo no Naturalismo ortodoxo, representado por Zola), a obra é explicada segundo leis científicas que demonstram a tese da influência no comportamento humano da hereditariedade, do meio ambiente e do contexto histórico.

Os métodos positivistas partiam de pressupostos biográficos, piscológicos, raciais, sociais, históricos e outros que não observam a materialidade da obra, isto é, os efectivos processos de criação literá-

---

crítica, Lisboa, Edições 70, 1982, p. 41). Na longa exposição sobre os problemas que a definição deste conceito apresenta, Eduardo Prado Coelho afirma que o paradigma "condiciona as teorias, mas não é teoria – está *antes* dela, *acima* dela. E o paradigma está *representado* pelas regras, mas não consiste no que delas se pode enunciar" (p. 45). Do ponto de vista sociológico, acrescenta o autor, o paradigma constitui o "conjunto de procedimentos, hábitos e instrumentos metodológicos" (p. 42). De acordo com estas noções, falar de paradigma formalista nos estudos literários, significa ter como referências subjacentes um quadro de referências teóricas, certos pressupostos universais que servem à teoria, em diversos subdomínios daquele campo disciplinar (correntes críticas, orientações metodológicas no campo do estudo da literatura, etc.).

ria, que traduzem princípios constitutivos dos géneros literários. No entanto, a crítica histórica e positivista foi importante no século passado, até aos primórdios do actual, quando se tratou de esboçar os limites históricos, geográficos e linguísticos das literaturas nacionais.

Costuma-se apontar Hippolyte Taine como um dos pioneiros mais importantes deste trabalho. Na introdução à *Histoire de la littérature anglaise*, Taine estabeleceu o método para a crítica literária contemporânea, baseado no estudo de três "forças primordiais": a raça, o meio e o momento. Concebia a obra como "une copie des moeurs environnants", como um documento histórico, através da qual se podia alcançar o conhecimento preciso do homem, de suas formas de sentir e de pensar, de seus hábitos, da sua fisionomia, etc.[60].

Teófilo Braga foi um seguidor da concepção de história literária de Taine (embora radique parcialmente a sua filosofia da história literária em Bacon, que cita), na medida em que, partindo daqueles pressupostos já enunciados, para o estudo da literatura portuguesa, desde os seus alvores, considera haver duas espécies de factores para o desenvolvimento da sua história: *factores estáticos* (raça, tradição, língua e nacionalidade) e *factores dinâmicos* (meio social e épocas históricas, isto é, sucessão das literaturas modernas e sua interacção)[61].

Por sua vez, Gustave Lanson defendeu um método *histórico--literário* para o estudo da literatura. Tanto no prefácio à história da literatura francesa (de 1894) como posteriormente no ensaio "La méthode de l'histoire littéraire" (de 1910), Lanson afasta-se das orientações tainianas, reclamando-se de Sainte-Beuve como um dos seus mestres. O trabalho do historiador é o de sistematizar o conhecimento da literatura baseado numa série de elementos e fundamentos: "J'ai profité de tous les travaux qui pouvaient apporter des notions positives sur les écrivains et sur les écrits: faits biographiques ou bibliographiques, sources, emprunts, imitations, chronologie, etc.; ce sont là des éléments d'informations qui font comprendre plus et mieux"[62].

---

[60] Cf. H. Taine, "Introduction", in *Histoire de la littérature anglaise*, 2.ª ed. rev. e aum., Paris, Hachette, 1866, pp. III-XXXII.

[61] Cf. Teófilo Braga, *História da literatura portuguesa. Idade Média*, vol. 1, Lisboa, Imprensa Nacional-Casa da Moeda, 1984 (1870), pp. 59-124 e 125-170.

[62] Cf. Gustave Lanson, "Avant-propos", in *Histoire de la littérature française*, 12.ª ed. rev., Paris, Hachette, 1912, p. X. Neste mesmo texto, Lanson chama a atenção para os limites do método científico na história literária: "ni l'objet, ni les moyens de

Que herança deixaram as principais teorias dos géneros literários do passado? Como temos vindo a expor, trata-se sobretudo de um legado teórico-metodológico fundamental para o estudo de obras, correntes, movimentos e períodos literários, legado esse que tem sido submetido a um reexame em virtude de desenvolvimentos teóricos actuais que atentam em aspectos para os quais o seu alcance teórico e metodológico se mostrava insuficiente.

É a partir da fundação da teoria literária como ciência da literatura, e do consequente desenvolvimento de áreas como a história literária, a estilística, a narratologia ou a teoria do texto, que o estudo da obra literária é dotado de instrumentos conceptuais e metodológicos cada vez mais específicos. Estes permitem um estudo mais rigoroso, não só da sua natureza semiótica, mas também de questões de pragmática do discurso literário (relação do texto com o autor, com a recepção empírica, com o contexto sócio-cultural, etc.).

O contributo maior da teorização romântica sobre a literatura, incluindo a questão dos géneros literários, consiste no facto de ter aberto caminhos para o estudo dos géneros enquanto sistemas teóricos e históricos, o que só veio a consolidar-se de uma forma sistemática no Formalismo Russo e, mais tarde, nos estudos de um Hans Robert Jauss (no âmbito da estética da recepção) e de um Genette (no domínio da narratologia), que têm alcançado foros de uma poética teórica. De facto, a noção de género literário como princípio organizador das obras, propugnada pelo Formalismo Russo, e também aceite por Jauss, veio clarificar o entendimento do modo de existência dos géneros, entre a imanência (a obra, o texto, a história) e a transcendência (o nível genérico, abstracto, universal e intemporal).

A afirmação da teorização romântica sobre os géneros literários, implicou, como se sabe, a contestação da teoria dos géneros literários vigente no Renascimento classicista e ainda no Neoclassicismo. Embora constituindo um quadro teórico de referência fundamental para o exame da literatura desse período, a poética clássica mostrou-se

---

la connaissance littéraire ne sont, dans la rigueur du mot, scientifiques" (p. VIII). No mesmo sentido, no ensaio "La méthode de l'histoire littéraire" defendeu a legitimidade da crítica impressionista: "l'homme qui décrit ce qui se passe en lui quand il lit un livre, sans rien affirmer de plus que ses réactions intérieures, fournit à l'histoire littéraire un témoignage précieux comme nous n'en aurons jamais trop", in *Essais de méthode de critique et d'histoire littéraire* (org. de Henri Peyre), Paris, Hachette, 1965, p. 32.

insuficiente para a compreensão dos discursos literário e metaliterário dos escritores românticos. Em nome da historicidade da arte e da liberdade criadora, o Romantismo recusou aspectos da teorização clássica dos géneros literários, como sejam a ideia de pureza dos géneros, da separação e hierarquia dos estilos, ou ainda as regras que norteavam a criação literária.

Desde o Romantismo, verifica-se uma reconhecida alteração do campo literário, testemunhada pela importância crescente atribuída a novas formas literárias. Com a permanente mudança de configuração da realidade literária, pondo, por vezes, em causa códigos poéticos em voga, o estudo de uma determinada época literária solicita uma diversificação metodológica. Tal fenómeno de diversificação traz consigo um dos sentidos nucleares do Romantismo – a sua vocação crítica – que configura um horizonte que ainda é o da nossa época. É a literatura moderna, no entanto, aquela que mais realiza o desiderato romântico da originalidade da criação (e lembremo-nos da inovação febril inerente aos movimentos de vanguarda que atravessaram o Modernismo), que justamente solicita uma aparelhagem crítica diversificada, capaz de atentar nos múltiplos exemplos de discurso literário que se afirmam sob o signo da mudança, da inovação e da originalidade.

A moderna crítica literária revê-se, portanto, na tradição da crítica romântica, guiadas ambas pelo mesmo impulso de auto-descoberta. Se, para os românticos, o *absoluto literário* estava por definir, por caracterizar e categorizar, actualmente, apesar do grau de especialização atingida pelos instrumentos teóricos e metodológicos na abordagem da literatura, o certo é que as obras literárias continuam a pôr em causa as normas poéticas, os géneros literários e os próprios conceitos teóricos. Nesse sentido, a apreensão do *absoluto literário* moderno deve levar em linha de conta a complexidade da realização histórica das formas literárias e a dimensão compósita dos processos discursivos[63]. Justamente neste sentido interpretamos as palavras dos autores de *L'absolu littéraire*, que consideram que a "crítica contemporânea é uma elaboração da crítica romântica" e que a obra identifica-se com "o absoluto literário", em suma, o género literário do

---

[63] Entre os principais teóricos da modernidade que reflectiram sobre esta tendência e cuja recepção se fez sentir no nosso espaço cultural, mencionem-se os nomes de Mikhail Bakhtine, Maurice Blanchot, Roland Barthes, Julia Kristeva e Gérard Genette.

absoluto[64]. No entanto, estamos perante um outro absoluto literário, porque o campo literário se configura de outro modo e as perspectivas teóricas alteraram-se e diversificaram-se. Seja como for, o facto de os nossos instrumentos se terem especializado, só favorece uma abordagem cada vez mais particularizada do fenómeno literário, quer na dimensão arquitextual do texto literário, quer na sua concretude materializada nas obras, ou na dimensão histórica destas últimas. E nesta perspectiva, o domínio dos estudos sobre os géneros permanece de grande importância para diversas áreas disciplinares: da teoria, à crítica e à história literária e, por extensão, ao ensino da literatura.

Como procurámos demonstrar, os contributos das poéticas clássica e romântica são redimensionados pela estética moderna, num longo percurso de reflexão crítica que desemboca na *pluralidade* característica da modernidade dos estudos literários. Da poética à retórica ou à pragmática, os horizontes que se abrem ao conhecimento do fenómeno literário são muitos, com novas problemáticas, incluindo as de carácter didáctico, que particularmente nos interessam.

No próximo capítulo, abordaremos os géneros literários e o ensino da literatura, dedicando-nos, num primeiro momento, ao estudo da representação dos modos e géneros no processo de leitura e, num segundo momento, às modalidades de leitura praticadas no Ensino Secundário.

---

[64] Cf. Ph. Lacoue-Labarthe e J.-L. Nancy, *op. cit*, p. 21.

CAPÍTULO 3
GÉNEROS LITERÁRIOS E ENSINO DA LITERATURA

3.1. Representação dos géneros literários na leitura escolar

3.1.1. Propomo-nos reflectir, neste subcapítulo, sobre a leitura literária na escola, fazendo uma primeira abordagem dos modos e géneros nas práticas de leitura. Daremos especial atenção aos processos de representação das obras literárias no processo da leitura.

Comecemos por considerar alguns pressupostos para o entendimento actual da leitura literária. Às certezas da filologia tradicional, respondem, hoje, hermenêuticas que estão longe de acreditar numa verdade possível. São contra a fixação do texto num tema, numa ideia, em palavras que o aprisionem. Em diversos níveis de ensino, fala-se da liberdade de interpretação e dos direitos do leitor. Daniel Pennac, por exemplo, numa abordagem anticonvencional da leitura, em *Comme un roman*, apresenta um decálogo dos direitos do leitor que nos faz pensar na necessidade de estratégias de ensino da literatura que contemplem justamente o pólo da recepção [1].

Maria de Lourdes Ferraz, num artigo sugestivamente intitulado "O ensino da literatura e a lição desconstrucionista de Paul de Man", reflecte sobre a questão do ensino da literatura na actual situação de reestruturação dos cursos de Letras, invocando essa perspectiva. Considera como úteis ensinamentos a abertura a leituras plurais, relativizando assim o próprio sentido da leitura, mas reclamando, ao mesmo tempo, a objectividade no caminho escolhido. Pondera Maria de Lourdes Ferraz: "não a impossibilidade da leitura-interpretação, mas a impossibilidade de uma só leitura e a não-existência de uma leitura verdadeira; a abertura permanente às reformulações da leitura-

---

[1] Cf. Daniel Pennac, *Comme un roman*, Paris, Gallimard, 1991, pp. 145-146. Alguns dos dez direitos do leitor enumerados por Pennac são os de não ler, de saltar páginas, de não terminar um livro e também o de não se pronunciar.

-teoria-leitura; finalmente a aprendizagem de que o único critério (que não é primariamente estético) para a apreciação dos discursos que a literatura sugere é o do rigor analítico desses mesmos discursos"[2]. Por seu turno, Fernanda Bernardo, numa reflexão sobre a leitura na perspectiva de Jacques Derrida, interroga-se acerca dos pressupostos ideológicos da leitura: "como continuar também a ignorar que a praxis da leitura, a simples – mas, sem dúvida, sem simplicidade – postura 'diante' de um 'texto' é eminentemente (ultra)-ético-política?"[3].

A estética da recepção e a semiótica literária redimensionaram o estudo da obra literária, propondo uma perspectiva não exclusivamente estética na sua abordagem, mas também do fenómeno da recepção, conferindo uma maior complexidade ao estudo da obra literária, quanto à sua significação (aspectos semântico-pragmáticos e procedimentos retórico-estilísticos) e ao papel do leitor na constituição do sentido[4]. Completa o campo teórico a investigação que se dedica à leitura em situação, tendo em conta as operações cognitivas implicadas do leitor empírico[5].

Iser traçou um quadro teórico de abordagem da leitura baseado em instrumentos teórico-metodológicos da fenomenologia da obra literária e da psicologia da percepção. Interessam a Iser os problemas do efeito estético das obras literárias no processo da recepção pela

---

[2] In *Colóquio/Letras*, 100 (Novembro-Dezembro de 1987), p. 144.

[3] Cf. Fernanda Bernardo, "O dom do texto: a leitura como escrita – o programa *gramat*ológico de J. Derrida", in *Revista Filosófica de Coimbra*, 1 (1992), p. 180.

[4] Umberto Eco desenvolveu uma teorização de cariz pragmático sobre a interpretação do texto literário, considerando, para além das estruturas textuais (ideológicas, discursivas, etc.), outros aspectos (retomados da doutrina dos interpretantes, de Peirce), como "as circunstâncias da enunciação, as relações com o co-texto, os pressupostos que o intérprete realiza, o trabalho inferencial de interpretação do texto", in *Leitura do texto literário. Lector in fabula*, Lisboa, Presença, 1979, pp. 49-50.

[5] Para além da obra de Umberto Eco citada na nota anterior, que aborda a leitura numa perspectiva pragmática e cognitiva, referimos alguns estudos sobre as operações mentais da leitura, como os de Michel Descotes, "La lecture méthodique: un problème de rèpresentations?", in *Le Français Aujourd'hui*, 90 (Junho de 1990), pp. 31-39; Eni Pulsinelli Orlandi, "O inteligível, o interpretável e o compreensível", in Regina Zilberman e Ezequiel Theodoro da Silva (org.), *Leitura. Perspectivas interdisciplinares*, São Paulo, Ática, 1988, pp. 58-77; e Maria de Lourdes Sousa, "Ler na escola", in Fátima Sequeira *et alii*, *O ensino-aprendizagem do Português. Teoria e práticas*, Braga, Universidade do Minho, Centro de Estudos Educacionais e Desenvolvimento Comunitário, 1989, pp. 45-75.

leitura[6]. Assim, ao abordarmos empiricamente uma questão da recepção literária, não descuramos alguns aspectos da teoria de Iser, que adiante explicaremos. A perspectiva do nosso estudo da leitura dos alunos é conhecer as imagens que elaboram das obras literárias e investigar uma específica questão metodológica das práticas escolares de leitura: qual a importância que os modos e géneros literários desempenham no processo de representação das obras literárias?

Ao abordar os géneros literários no contexto da leitura escolar, temos em mente que constituem um aspecto da racionalidade da literatura e são de natureza convencional, contratual e pragmática[7]. Isso significa que o estudo das obras literárias pode beneficiar do conhecimento que os géneros e modos nos proporcionam e que se reflecte na leitura. Como instrumentos teóricos, aplicamo-los para melhor apreender a racionalidade da literatura.

No estudo sobre a forma como os textos literários são representados pelos alunos, visamos um problema específico da sua recepção escolar. Justamente uma das questões que Iser levanta, no prefácio do seu estudo sobre a leitura, é: "comment les textes sont-ils accueillis?"[8]. Não focaremos, no entanto, problemas relacionados com a percepção do texto literário na perspectiva de Iser, que teorizou sobre o processo mental da percepção. Apesar disso, não deixaremos de tirar partido das suas reflexões para a nossa compreensão dos problemas da interpretação literária, tanto no que diz respeito à estrutura do texto como à estrutura do acto de ler. O que escreveu Iser sobre a constituição semântica do texto através da leitura e a estruturação da intelecção (partindo da teorização de Ingarden a respeito da indeterminação da obra literária e da importância da recepção como condição indispensável para a sua concretização) constitui para nós um contributo teórico não despiciendo, mesmo se não adoptamos a sua metodologia.

Já do modelo semiótico da leitura proposto por Umberto Eco, em *Lector in fabula*, podemos recolher um subsídio metodológico de grande utilidade, na medida em que a considera numa perspectiva mais pragmática, isto é, mais tendente a focar as actividades do leitor.

---

[6] Wolfgang Iser, *L'acte de lecture. Théorie de l'effet esthétique*, Bruxelas, Pierre Mardaga, 1985.

[7] Autores como Todorov, Genette e Jean-Marie Schaeffer, entre outros, veiculam esta posição.

[8] Cf. Iser, *op. cit.*, p. 8.

Abordaremos a leitura dos alunos, segundo Eco, como uma operação de aplicação de processos de *cooperação textual* através dos quais aqueles interagem com os textos[9]. Privilegiaremos as operações dos leitores-alunos na interpretação dos constituintes temáticos, formais e arquitextuais, pretendendo, deste modo, estudar problemas cognitivos da leitura.

Michel Otten mostra a importância de uma análise do processo de leitura segundo uma perspectiva cognitiva, em que o leitor, enquanto "leitor-texto", no seu curioso conceito, reage, reconhece configurações do texto e realiza o trabalho de interpretação: "l'acte de lecture est donc une opération d'application: le lecteur-texte, a partir de ses connaissances, de ses codes (mais aussi de son désir), réagit à certaines configurations du texte qu'il reconnaît ou croit reconnaître; cette reconnaissance est suivie de tout un travail d'ajustement d'où sortira l'interprétation définitive"[10].

Também Teun van Dijk chama a atenção para a importância de uma perspectiva cognitiva na abordagem dos problemas da comunicação literária, dizendo que, sem ela, "no se puede conseguir un conocimiento serio de los efectos emotivos de la interpretación literaria, en donde están implicados nuestras necesidades, deseos, aspiraciones, gustos y otros 'sentimientos'"[11].

De acordo com estes subsídios teórico-metodológicos, estudaremos as representações que os alunos elaboram dos textos, ou seja, quais as operações intelectuais que realizam para apreender o conteúdo semântico, como detectam os procedimentos formais e como observam a vinculação dos procedimentos estético-literários das obras a um determinado arquitexto de modo ou de género.

Vejamos, a seguir, as questões que nos interessam sobre a leitura literária na escola.

---

[9] Acerca do conceito de cooperação, escreveu Eco que "um texto postula o próprio destinatário como condição indispensável não só da sua própria capacidade comunicativa concreta, como também da própria potencialidade significativa" (cf. Umberto Eco, *op. cit.*, p. 56).

[10] Cf. Michel Otten, "Sémiologie de la lecutre", in Maurice Delcroix e Fernand Hallyn (org.), *Introduction aux études littéraires. Méthodes du texte*, 2.ª tir., Paris, Ducolot, 1990, p. 342.

[11] Cf. Teun A. van Dijk, in José Antonio Mayoral (org.), *Pragmática de la comunicación literaria*, Barcelona, Arco, 1987, p. 177.

3.1.2. A partir da observação de diversas práticas de leitura (do 8.º ao 12.º anos de escolaridade), chegámos a algumas conclusões provisórias sobre as representações que se elaboram acerca dos textos literários [12]. Numa primeira aproximação à leitura escolar dos jovens, consideramos que, na maior parte dos casos, fazem-na apressada, incompleta e pouco profunda. Por outro lado, a representação do conteúdo semântico dos textos, normalmente, é amparada pelo professor, ainda quando suscita, maieuticamente, as respostas dos alunos. Mesmo as referências culturais, míticas, simbólicas e filosóficas são descodificadas pelo professor, que assim preenche a memória do aluno, porém não substituindo a sua leitura. A complexa rede de elementos internos e externos que confere significação ao estilo das obras e dos autores também é desmontada, a par e passo, pelo professor. Enfim, os conteúdos representados da leitura dos textos literários configuram uma espécie de amálgama [13]. No término da escolaridade do Secundário e à entrada para os cursos superiores (incluindo os de Línguas e Literaturas das Faculdades de Letras), a representação que os alunos fazem das obras literárias é precária, no que às convenções literárias diz respeito, incluindo as de modo e de género. O seu conhecimento dos modos e géneros literários e de outras tipologias discursivas também é bastante sumário. E isto acontece mesmo com alunos (entre os 15 e os 17 anos) que afirmam ler fora da escola, interessando-se por obras como *Memórias de Adriano, O nome da rosa* ou *Memorial do convento*, o que significa que a dificuldade de compreensão literária, de concretização dos constituintes das obras, ocorre sobretudo na leitura escolar, orientada por estratégias de ensino específicas, controlada, verificada e avaliada pelo professor.

Uma das dificuldades que se pode apontar na leitura da obra literária é a de estabelecer associações a nível sintagmático e paradigmático, operação que exige a explicitação de procedimentos metodológicos concretos. Com os alunos que oferecem mais resis-

---

[12] Apresentamos aqui alguns dados sobre o trabalho de campo que começámos a realizar no ano lectivo de 1991-92, com o objectivo de esboçar a nossa metodologia de estudo para a análise dos problemas da leitura literária no Ensino Secundário, em particular os que se prendem com as competências de leitura dos alunos. No entanto, é na parte II (capítulos 2 e 3) que nos ocuparemos de modo sistemático desta questão, analisando as imagens que os alunos retêm das obras literárias, a partir de um estudo de testes de avaliação.

[13] Nos capítulos terceiros da parte II e da parte III, voltaremos a esta questão de modo mais pormenorizado.

tências à leitura, ou com mais dificuldades, é frequente uma reduzida inteligibilidade das obras. Nesses casos, pode dizer-se que o leitor sofre uma espécie de atrofiamento das operações discursivas (relacionadas com a apreensão de sentidos da obra) e, quando chega ao final da leitura, confunde dados, troca cenários, relega para segundo plano pormenores significativos, quando não os silencia simplesmente.

A situação de representação que se reveste de maior sucesso e facilidade é, comummente, a de géneros narrativos, dependente, todavia, da complexidade semântica das obras em estudo.

Maior dificuldade revelam os alunos na compreensão do discurso lírico. Tal resistência tem a ver, entre outros factores, com o diminuto espaço consagrado à poesia no currículo escolar. Mas esta não se nos afigura a causa principal, já que, tradicionalmente, a poesia é considerada de mais difícil leitura do que a narrativa. A maior espessura semântica do texto lírico exige modos de leitura específicos que proporcionem o desvelamento de sentidos e da sua complexidade temática. Em vista destas dificuldades, entendemos que se deve proporcionar aos alunos o contacto com uma grande diversidade estética de textos poéticos, dos mais acessíveis (um Augusto Gil) aos mais complexos e plurissignificativos (um Herberto Helder), procurando inculcar uma atitude de ponderação relativamente ao cânone literário escolar, isto é, a leitura de todos os tipos de texto, incluindo aqueles que oferecem maiores resistências à leitura em virtude da sua complexidade[14].

Quanto à adesão ao texto dramático, é notória alguma simpatia pelas actividades de representação, a começar pela simples leitura que valoriza a dimensão teatral deste tipo de texto, a par de uma atenção consagrada às personagens dramáticas, nomeadamente à sua verosimilhança, merecendo menor interesse aspectos relativos à estrutura externa. Exemplificando uma situação ocorrida em aula, a atribuição de significados a personagens vicentinas como Inês Pereira (*A farsa de Inês Pereira*) e Isabel (*A farsa de "Quem tem farelos?"*), sobretudo através de elementos do cómico e sua função ideológica, suscita respostas muito adequadas e reveladoras da empatia dos alunos.

---

[14] Utilizamos o conceito de cânone, de acordo com a acepção pedagógico-cultural que lhe emprestam Carey Kaplan e Ellen C. Rose, como "o elenco de autores e obras incluídos em cursos básicos de literatura por se acreditar que representam o nosso legado cultural" (*apud* Carlos Reis, in *O conhecimento da literatura. Introdução aos estudos literários*, Coimbra, Almedina, 1995, p. 38).

Das componentes textuais mais apreendidas, podemos dizer, desde já, que as principais prendem-se com os elementos de natureza semântica, verificando-se maior indecisão na captação de elementos técnico-compositivos e retórico-estilísticos. À excepção da identificação de personagens e temas, no que diz respeito à narrativa e ao drama, as respostas dos alunos são extremamente variáveis. Maior dificuldade revelam, neste aspecto, os alunos do antigo Curso Unificado do Ensino Secundário. Considerando a expressão, oral e escrita, quer nas intervenções em aula, quer a partir de textos que pudemos apreciar, é evidente que a dificuldade de dialogar com os textos deve-se à falta de uma maior destreza nas operações de leitura implicadas e, ao mesmo tempo, à falta de competências discursivas.

Alguns autores consideram didacticamente eficazes práticas de leitura que abordam os lugares estratégicos dos textos literários. No caso de géneros narrativos, sugerem, por exemplo, a abordagem, por parte dos alunos, do *incipit* de vários textos, através de determinados pressupostos semióticos e auxiliados por operações intelectuais que temos vindo a referir. Com uma actividade desta natureza, os alunos são levados a identificar elementos característicos de uma determinada matriz de género, por exemplo, a do romance realista.

Esta perspectiva é muito frequente no contexto da didáctica da literatura em França, onde têm vindo a ocorrer renovadas práticas de leitura que privilegiam lugares estratégicos do texto como títulos, subtítulos, epígrafes, prefácios, princípios e fins e mesmo badanas e contracapas. O objectivo é, para além da já mencionada configuração de esquemas narrativos, colocar o estudante em contacto com o livro como objecto, na sua totalidade material e semiótica. A partir destas zonas limiares (*seuils*, como lhes chama Genette)[15], é suposto que tais movimentos de leitura despertem nos leitores o desejo de empreender outras leituras, entre as quais as tradicionalmente praticadas, como a leitura integral[16].

Constituindo, embora, exercícios de leitura muito válidos, as práticas de leitura em torno do *incipit* textual parecem-nos pouco fecundas, se não se tiver em conta a leitura integral das obras.

---

[15] *Seuils* é justamente o título do livro de Genette, publicado em 1987 pela editora Seuil.

[16] Ver Jean Verrier, *Les débuts de romans*, Paris, Bertrand-Lacoste, 1988, e Marie-France Azéma e Michel Mougenot, "Étude comparée des débuts de roman", in AA.VV., *Nous enseignons la littérature*, Paris, Syros, 1986, pp. 149-151.

O Ensino da Literatura

Se adoptadas em exclusividade, e tendo em vista a escassez de tempo para a leitura integral, elas podem reduzir ainda mais o contacto do estudante com as obras, de pouco lhe servindo a configuração de esquemas narrativos deste tipo.

Relativamente ao texto narrativo, a consciência estruturante é mais notória, se bem que as relações internas nem sempre sejam levadas a cabo integralmente e se verifique uma percepção parcelar: o aluno aprecia uma obra porque se identifica com uma personagem (a Joaninha das *Viagens na minha terra* é um caso típico), mas nem sempre é capaz de verbalizar o sentido da adesão, o que nos parece fundamental. Mesmo aceitando a identificação afectiva com personagens, temas, situações, comportamentos, é preciso verbalizar esta relação, pois a linguagem que funda os mundos artísticos e que pode servir de deleite ao homem é veículo de comunicação. Ora, para que a interacção verbal tenha lugar, propiciando a leitura crítica, e obviando, ao mesmo tempo, as dificuldades de verbalizar e interpretar o sentido dos textos, uma autora como Alida Toussaint-Dekker propõe modos de leitura que desenvolvam as capacidades argumentativas dos alunos [17].

A título de exemplificação das perguntas do leitor ao texto literário, de matriz narrativa, consideremos o começo do romance *O crime do padre Amaro*, de Eça de Queirós:

> "Foi no Domingo de Páscoa que se soube em Leiria que o pároco da Sé, José Miguéis, tinha morrido de madrugada com uma apoplexia. O pároco era um homem sanguíneo e nutrido, que passava entre o clero diocesano pelo 'comilão dos comilões'. Contavam-se histórias singulares da sua voracidade. O Carlos da Botica – que o detestava – costumava dizer, sempre que o via sair depois da sesta, com a face afogueada de sangue, muito enfartado:
> – Lá vai a jibóia esmoer. Um dia estoura!" [18].

O fragmento transcrito contém elementos que accionam um horizonte de expectativa. A partir deste início, o leitor pode empre-

---

[17] Ao privilegiar uma prática de leitura que contempla texto e leitor, afirma Alida Toussaint-Dekker: "On peut en conclure qu'un dialogue critique qui mène à un jugement de valeur ne pourra se passer d'une argumentation. Celle-ci sera surtout valable si elle se fonde sur des critères explicités et illustrés à l'aide d'exemples pris dans le texte". Cf. "Théories et pratiques de l'enseignement de la littérature", in *Le Français dans le Monde* ("Littérature et enseignement. La perspective du lecteur"), n.º especial (Fevereiro-Março de 1988), p. 158.

[18] Cf. *O crime do padre Amaro*, Lisboa, Livros do Brasil, s. d., p. 15.

ender um percurso de interpretação, tendo em atenção elementos como o espaço físico e social, a focalização narrativa, a posição ideológica do narrador, etc. O prosseguimento da leitura irá preencher a expectativa inicial, confirmando ou não os pressupostos interpretativos desencadeados logo pelo título, que esboça a possibilidade de tratar-se de um romance de personagem. A análise do *incipit* constitui, deste modo, uma forma de motivação para a leitura integral, um ponto de partida para actividades mais globalizantes e sistemáticas.

Evidentemente, as pistas de leitura que o professor possa dar, funcionando como elementos de esclarecimento em determinadas zonas do texto, não recobrem unicamente a sintagmática narrativa. Outras implicações de carácter semântico e estilístico surgem no percurso interpretativo. Para o efeito, uma série de questões, enquanto desencadeamento da leitura, poderá ser facultada ao aluno, que tomará a iniciativa de informar-se para *ajudar o texto a funcionar*, como pretende Umberto Eco [19].

3.1.3. Os problemas que estamos a identificar confirmam o que se sabe a respeito da crise do ensino da literatura e a concomitante crise da leitura, as quais têm sido, há mais de duas décadas, e um pouco por toda a parte, objecto de debate téorico.

Em *Nous enseignons la littérature*, diz-se que os ritos da leitura ("imposée, passive, ennuyeuse") de excertos escolhidos fazem *figura de dinossauro*; que a leitura faz-se com pouco ou nenhum gosto e prazer, e assim, com os alunos a lerem cada vez menos, o nível do saber e usufruto literários é mais baixo [20]. Um assunto sempre presente nos debates em torno da leitura literária é a questão da motivação e do prazer de ler. É possível destacar, na extensa bibliografia sobre esta matéria, duas vertentes fundamentais: uma, que se preocupa com a constatação do insucesso, e outra, que pondera sobre estratégias nos cenários didáctico-pedagógicos.

Considerando as dificuldades de leitura e a necessidade de conduzir os alunos para a prática da leitura activa, nomeadamente em contexto escolar, concordamos com Germaine Finifter, que, ao fazer um diagnóstico extremamente realista desta situação, afir-

---

[19] Cf. Umberto Eco, *op. cit.*, p. 55: "um texto quer que alguém o ajude a funcionar".

[20] Cf. Viviane Buhler-Berville, in *Nous enseignons la littérature*, *op. cit.*, pp. 17-41.

mou: "Ils n'aiment pas lire parce qu'ils ne savent pas lire!"[21]. Se é verdade que qualquer leitura reclama um pacto, quais os que podemos estabelecer com leitores que, via de regra, desconhecem o funcionamento semântico-pragmático, a dimensão estética do objecto literário com que se deparam? A questão didáctica a resolver é a da dilucidação dos protocolos de leitura que implicam o leitor[22].

Uma primeira resposta às questões atrás enunciadas é a da óbvia necessidade de incentivar processos práticos de leitura que obriguem a memória a funcionar desde um primeiro contacto com o texto. Trata-se de treinar as direcções do olhar, de despertar o aluno para o trabalho da leitura, com vista a uma melhor competência. Ora, se os alunos demonstram resistência à leitura, é natural que esta assuma formas particulares. Nessa altura, trata-se de trabalhar com os possíveis efeitos do texto sobre o leitor, que podem ser de aceitação ou recusa, de compreensão ou incompreensão. Dada a experiência verbal e discursiva do indivíduo, acreditamos que, mesmo o de pouca instrução, é capaz de penetrar no universo dos textos, mas a situação da leitura escolar exige um contacto mais especializado com a obra literária. Exige um pronunciamento sobre o conteúdo dos livros, baseado em conhecimentos, visto que há rubricas programáticas a cumprir em nome das quais os alunos são avaliados[23]. Uma posição pragmática face ao problema é a responsabilização do leitor, o seu empenhamento nas actividades de leitura, com vista a cumprir objectivos previamente delineados, para o que é preciso considerar as suas operações cognitivas.

Ao aluno importa, progressivamente, familiarizar-se com os aspectos semântico-pragmáticos dos textos literários e conhecer vários tipos de textos e discursos, de forma a tornar-se mais competente na leitura, ao mesmo tempo que amplia o seu horizonte de expectativas. Se entendermos que a *leitura activa* implica a verbalização do que se lê, a competência discursiva torna-se um factor fundamental de aprendizagem, pois constitui, no processo da leitura, um suporte para

---

[21] *Idem*, p. 37.

[22] A propósito destas questões, nomeadamente alguns esclarecimentos acerca das confusões metodológicas que envolvem a leitura, ver Robert Scholes, *Protocolos de leitura*, Lisboa, Ed. 70, 1991 (capítulo II).

[23] A leitura na escola não é alheia a este conjunto de factores que acabam exercendo pressão sobre todos os que fazem parte do processo educativo, sendo os alunos os mais directamente implicados, por nem sempre lograrem o sucesso escolar para prosseguirem nos seus estudos.

a compreensão e a interpretação. Assim, à medida que constrói imagens das obras literárias, o aluno-leitor deverá ir formalizando uma consciência abstracta dos elementos constitutivos dos géneros literários, pelo que se deve pensar num trabalho centrado em actividades como comparar e seleccionar elementos textuais, antever hipóteses de sentido, pesquisar informações, enfim, actividades relacionadas com a apreensão das componentes semânticas e dos procedimentos formais. Deste modo, trata-se de pôr em acção uma concepção e uma metodologia da leitura como prática interactiva em que o leitor dá os primeiros passos, em solidão, acabando por partilhar os seus movimentos com outros leitores.

Sabendo-se que a compreensão é um horizonte que se forma progressivamente e que funciona de modo diferente para cada leitor, há que treinar as operações intelectuais de interacção com os textos, que podem assumir diversas formas, como a intuição, a pré-compreensão, a verificação de hipóteses, e tomar em consideração as *relações com o co-texto*, as *circunstâncias da enunciação*, os *pressupostos* e o *trabalho inferencial*, incluindo a *abdução*[24].

Cremos que, na prática do ensino, as operações intelectuais são tanto ou mais eficazes quanto se tiver desenhado um conjunto de objectivos a perseguir, que tenham em conta, como meta final, a mudança de atitude do aluno na leitura literária, para o que há que reflectir sobre actividades que impliquem tarefas produtivas. Tal orientação metodológica é voz corrente na pedagogia da leitura de orientação pragmática, que considera situar-se o aluno no centro do processo de ensino-aprendizagem.

Nos anos terminais do Ensino Secundário (11.° e 12.° anos), espera-se que os alunos desenvolvam estas operações mentais e queremos acreditar que têm competência para fazê-lo. Mas nem sempre a prática confirma as postulações teóricas. Nesses anos, de verdadeira iniciação à história da literatura portuguesa, de crescente familiarização com os modos e géneros literários, traduzida numa abordagem rigorosa do texto, a capacidade de atribuir e justificar o sentido do que se lê constitui competência fundamental, necessária

---

[24] Ver Umberto Eco, *op. cit.*, pp. 53-90, e *Tratado de semiótica general*, Barcelona/México, Lumen/Nueva Imagen, 1978, no qual define abdução: "como cualquier otra interpretación de contextos y circunstancias no codificados, representa el primer paso de una operación metalinguística destinada a enriquecer el código. Constituye el ejemplo más evidente de PRODUCCION DE FUNCION SEMIOTICA" (pp. 237-238).

sobretudo aos alunos que seguirão os cursos superiores de Letras. Importa assegurar, nesta fase propedêutica dos estudos literários a nível superior, uma progressiva inteligibilidade da natureza complexa do discurso literário. Para a realização de um tal projecto, torna-se necessária uma intensa prática de leitura e a concomitante reflexão sobre os procedimentos estético-literários, o que nem sempre acontece com os jovens leitores. Nesta fase, é suposto que os alunos dominem operações intelectuais e procedimentos metodológicos elementares da leitura, como os que temos vindo a comentar (a selecção de elementos textuais, a previsão de sentidos); no entanto, há situações de dificuldades para os alunos que podem exigir do professor um trabalho centrado nestas operações básicas de leitura.

A importância que a vertente cognitiva da abordagem do texto literário assume em qualquer situação de ensino da leitura na escola, nos níveis em apreço, não impede que se considere uma outra dimensão que lhe é complementar, isto é, a relação afectivo-existencial com o texto, que se traduz na experiência do prazer do texto[25]. Mas qualquer uma dessas concepções pode cair no vazio interpretativo, com resultados pouco eficazes, se não for amparada por uma metodologia de leitura.

Ora, as metodologias de leitura contemplam procedimentos analíticos que se revestem de racionalidade, como a análise textual, que prepara a compreensão e o juízo crítico. Constrói-se a leitura entre a compreensão subjectiva, feita de intuição, de *adivinhação espontânea*, e a compreensão objectiva, baseada em associações que se estabelecem entre os diversos níveis do texto. Tais níveis de compreensão e de análise assumem configurações diversas, graus específicos de dificuldade, de acordo com os objectivos específicos dos exercícios de leitura.

A chamada leitura escolar pressupõe ainda o debate, a discussão, enfim, a circulação de ideias. No espaço colectivo que é uma sala de aula, além do professor, é sabido que são poucos os alunos que intervêm. As oportunidades são as mesmas, as habilidades não.

---

[25] E, nesta medida, uma aproximação crítica ao texto literário (simultaneamente objectiva e subjectiva) como a que propôs Serge Doubrovsky, afigura-se ainda actual. Na exposição sobre "La critique comme phénoménologie", Doubrovsky explica a natureza da relação do crítico com a obra: "Ce rapport, qui constituerait, en science, l''équation personelle' du savant, devient, quand il s'agit de littérature, l'*engagement total* du critique, qui le met en jeu sur tous les plans, intellectuel comme affectif" (in *Pourquoi la nouvelle critique*, Paris, Mercure de France, 1966, pp. 71-72).

O Ensino da Literatura

A atitude deles é normalmente de escuta, quando o professor espera justamente a sua palavra. Considerando que muitos são renitentes ao discurso oral, é comum o professor ter uma perspectiva das imagens que fazem da obra literária somente através dos seus escritos, como o teste diagnóstico, os questionários de verificação de leitura, os testes de avaliação formativa e somativa[26]. Considerando os obstáculos inerentes à leitura e as suas várias implicações na vida escolar, acreditamos que um trabalho centrado nas dificuldades dos alunos pode contribuir para o sucesso escolar, não somente no ensino--aprendizagem da literatura, na disciplina de Português, mas também em outras disciplinas do currículo[27].

3.1.4. Dadas as imagens que os alunos elaboram acerca das obras literárias, procuramos avançar, desde já, com algumas opções no que diz respeito a uma pedagogia da leitura literária. Sabemos que vários cenários ocorrem na prática pedagógica, podendo apontar-se como mais frequentes a situação dos alunos que têm uma razoável competência linguística, literária e cultural, a dos que, embora possuindo competências, não têm hábitos de leitura e consequentemente não sabem como proceder e, finalmente, a dos que demonstram mais

---

[26] Os termos *teste diagnóstico, formativo* e *somativo* designam comummente instrumentos de avaliação do ensino-aprendizagem. O teste *diagnóstico* avalia os conhecimentos no início de um ciclo de aprendizagem, enquanto o *formativo* permite avaliar as aprendizagens durante o processo de ensino. A avaliação *somativa* "procede a um balanço de resultados no final de um segmento de ensino-aprendizagem, acrescentando novos dados aos recolhidos pela avaliação formativa e contribuindo para uma apreciação mais equilibrada do trabalho realizado", espelhando, pois, os testes somativos "um quadro final de resultados conseguidos". Cf. António Carrilho Ribeiro e Lucie Carrilho Ribeiro, *Planificação e avaliação do ensino-aprendizagem*, Lisboa, Universidade Aberta, 1990, pp. 359-360. O capítulo "Tipos de avaliação" apresenta uma caracterização das formas de avaliação aqui referidas. O termo frequentemente utilizado no Ensino Secundário, quanto a um dos tipos de teste, é *sumativo* e não *somativo*, visto os professores nem sempre aderirem à última designação por considerarem que implica o conceito de adição, de acumulação, enquanto o primeiro sugere a ideia de súmula, menos quantificadora. Seja como for, adoptamos a designação de avaliação e testes *somativos*, uma vez que a sua criação e uso extenso se encontram documentados na obra referida, destinada precisamente à formação de docentes.

[27] O quadro conceptual deste trabalho será apresentado no capítulo 3 da última parte, onde proporemos uma metodologia da leitura como prática interactiva, de acordo com princípios teóricos agora avançados sobre a pedagogia da leitura.

limitações do que seria de admitir. Pelo exposto, torna-se possível considerarmos de toda a pertinência pedagógica a concepção da leitura como *prática interactiva*. Mas devemos dizer também que essa orientação enfrenta alguns problemas. Desde logo, a heterogeneidade dos alunos constitui um problema, pois não possuem todos as mesmas capacidades de aprendizagem e competências linguísticas e literárias, o que exige, em cada situação, um tratamento específico.

De facto, qualquer professor, enquanto *mestre*, sabe que deve pretender a promoção da inteligência, da perspicácia e da sensibilidade do aluno e tem a memória de situações diversas, desde as dos amantes da literatura, que estabelecem uma relação afectiva com o texto, cumprindo, ao mesmo tempo, os objectivos da leitura escolar, às dos alunos que, podendo gostar de ler, resistem ao ritmo do calendário escolar e aos conteúdos programáticos, nomeadamente às obras de leitura integral.

O professor, mesmo quando não consegue romper barreiras e resistências, não deixa de dar o seu testemunho pessoal para uma importante vocação pedagógica do ensino da literatura – a de contribuir para a formação humanística do indivíduo. A relação com o livro felizmente que não se limita ao espaço de um ano lectivo e a vida pode levar o leitor resistente, ainda que passado muito tempo, a gostar de ler. Se afloramos o percurso do professor, é com o intuito de relativizar a questão do insucesso dos alunos na leitura literária, pois ele não é o único mediador da literatura junto dos alunos. Considera-se que a frequentação dos livros é prova de cultura, embora nem sempre o que fique nos leitores da relação com os livros seja passível de verbalização através dos exercícios escolares de leitura. Por isso, pode ocorrer que um aluno que lê assiduamente fora da escola não tenha sucesso nas actividades de leitura integral. Por outro lado, a situação contrária também é possível: o sucesso na disciplina de Português não significa necessariamente um atestado de cultura literária.

A elaboração de actividades por parte do professor, para levar a cabo as operações produtivas, coloca-se todas as vezes que se pensa num novo texto, o que torna inviáveis esquemas muito rígidos sobre como ensinar o conto, o romance, a novela, a poesia trovadoresca ou os sermões de Vieira. No entanto, porque o texto literário é um sistema semiótico, não nos afastamos da sua dimensão comunicativa e, por isso, defendemos uma didáctica dos modos e géneros literários suportada metodologicamente pela pragmática e pela estética da recepção.

Como veremos mais adiante, quando nos consagrarmos a uma reflexão mais demorada sobre a opção metodológica que, desde já, perfilhamos, esta traduzir-se-á em estratégias de leitura com vista a que o leitor se situe no universo dos textos, reagindo com respostas diversas, como o gesto de interpretar ou experienciando somente a situação da fruição. Assim, a pouco e pouco, o jovem leitor adquire uma capacidade de interagir com o texto literário que se reflecte no renascer da empatia, por vezes ausente da leitura escolar, e no prazer que experimenta em explorar os mundos possíveis da literatura[28]. As estratégias didácticas do professor, nesta perspectiva, privilegiam uma articulação entre o conhecimento científico da literatura e os modos de apreensão, na leitura, da sua expressão multiforme.

À questão que os professores dos anos terminais do Ensino Secundário costumam levantar acerca das competências que os alunos devem possuir para os cursos superiores de Línguas e Literaturas é possível responder com as instruções dos programas escolares, que consideram uma das finalidades da disciplina de *Português A* "proporcionar a aquisição de métodos e técnicas que reforcem ou permitam o domínio das operações intelectuais inerentes à prática do discurso e à reflexão linguística e estético-literária"[29]. De acordo com Umberto Eco, poderíamos referir a urgência de uma especial disponibilidade para fazer *passeios inferenciais* (certamente trabalhosos), mas sobretudo a consciência de que essa orientação de interpretação exige dispositivos e instrumentos didácticos eficazes. A tudo isto não são alheias as operações de leitura, materializadas em actividades produtivas, apoiadas por instrumentos adequados. Se concordamos com Fidelino de Figueiredo, quando diz que "ler é uma técnica e uma arte"[30], entendemos que recomendações de tarefas genéricas, como interpretar, analisar e comentar, trazem resultados que nem sempre satisfazem os professores de todos os níveis de ensino,

---

[28] A respeito do conceito de mundo possível, escreveu Hilary Putnam: "On pose l'existence d'un ensemble d'objets abstraits appelés 'mondes possibles', qui représentent les différents états de choses possibles, ou les différents histoires de mondes possibles" (in *Raison, vérité et histoire*, Paris, Minuit, 1981, p. 37). Sobre este conceito de *mundo possível*, ver também Carlos Reis e Ana Cristina M. Lopes, *Dicionário de narratologia*, 4.ª ed., rev. e aum., Coimbra, Almedina, 1994, pp. 244-246.

[29] Cf. *Português. Organização Curricular e Programas. Ensino Secundário*, 3.ª ed. rev., Lisboa, DGEBS-Direcção-Geral dos Ensinos Básico e Secundário, 1992, p. 25.

[30] In *Últimas aventuras*, Rio de Janeiro, Empresa A Noite, s. d., p. 194. Mantivemos a ortografia da época.

incluindo o superior. Perfilhamos, por isso, uma pedagogia da literatura que pressupõe um modo não individualista de estar no ensino, implicando a troca de experiências, o diálogo de várias vozes, a produção, circulação e discussão de materiais didácticos, numa perspectiva de actividades levadas a cabo por professores e alunos.

3.2. Modalidades de leitura no Ensino Secundário

3.2.1. Introdução: questões teóricas e metodológicas

1. Consideraremos, neste subcapítulo, os principais tipos de leitura praticados no ensino da literatura no Secundário, dando especial relevo à análise literária, à leitura metódica e à leitura integral. Procuraremos ter em conta perspectivas teóricas subjacentes aos diversos tipos de leitura, sustentadas por diversos autores, bem como a sua configuração nos programas escolares.

Um fecundo debate existe actualmente em torno das metodologias de leitura literária em cenário escolar. O ponto principal é, quanto a nós, a dificuldade de o professor se situar, por um lado, em relação aos diversos domínios teóricos implicados na questão do ensino e da leitura e, por outro, em relação às recentes inovações pedagógicas, que carreiam diversos saberes disciplinares.

Na recente bibliografia sobre a didáctica da leitura literária pode apreender-se a explicitação muito recorrente de certas orientações norteadoras de novas metodologias, duas delas parecendo-nos fundamentais. Primeiramente, a recusa das concepções teóricas sobre a leitura vinculadas à tradição dos estudos estruturalistas, em virtude do seu enfeudamento à imanência do texto. Em segundo lugar, e por oposição, o enfatizar a centralidade do leitor, do que decorre a concepção de novas formas e estratégias voltadas para os processos de leitura.

Um lugar-comum na abordagem destas questões de metodologia, em diversos autores, é a afirmação, por vezes veemente, em tom de polémica, de que as formas de leitura do passado prestavam pouca atenção ao leitor[31]. Parece-nos, no entanto, que, à custa de se sobreva-

---

[31] Tal posição encontra-se, por exemplo, em Jacqueline Mouriceau, no artigo "De la 'voix' du texte aux 'voies' du sens. De l'explication de texte à la lecture méthodique", in *Confluências* ("Le Maître et son Disciple"), 9 (Dezembro de 1993), pp. 265-283.

lorizarem as novidades pedagógicas, cai-se numa negação das bases teóricas consolidadas, o que nos parece inadequado, na medida em que, também neste domínio, não pode haver progresso teórico contra a pertinência do saber acumulado.

De facto, não podemos recusar, de todo, contributos teóricos como os do estruturalismo, por exemplo, embora possam parecer inadequados a uma moderna pedagogia da leitura. Nesse percurso, pensamos que há que reconhecer a pertinência de exercícios de leitura que fizeram época nos estudos literários (como a tradicional *análise literária*), muitos dos quais consideravam a importância do leitor, mas não abordavam, de modo sistemático, as formas da sua convocação no processo de leitura. O que importava, então, era o texto.

É preciso distinguir, pois, na formulação de práticas reputadas como novas, o alcance teórico e metodológico de teorias e práticas filiadas no paradigma semiótico-estrutural[32]. Quando se fala na fortuna desse lastro teórico, está sobretudo em causa a sua divulgação na e pela comunidade do ensino superior, porque os mediadores (com pouca ou nenhuma especialização) do Ensino Secundário, ostentam, como se sabe, um perfil científico extremamente variável, do que decorre uma natural diversidade (e, por vezes, uma certa simplificação) na transposição de metodologias de leitura para a prática pedagógica. Assim, na apreciação das metodologias de leitura, recentes ou tradicionais, devem ser ponderados factores de ordem institucional, como o contexto sócio-cultural da sua produção e recepção e ainda a forma como os manuais literários as divulgam.

Posto isto, a oportunidade de discutir tipos de leitura justifica-se por três razões fundamentais. A primeira prende-se com a necessidade de nos situarmos em relação à informação teórica acerca deste assunto, em função dos objectivos deste trabalho. A segunda tem a ver com a recente introdução, na prática pedagógica do Ensino Secundário, através dos novos programas de Português, de formas de leitura, como a *leitura metódica*, em termos conceptuais e metodológicos reputadas

---

[32] Uma súmula dos vários paradigmas teóricos encontra-se em Vítor Manuel de Aguiar e Silva, "Teorização literária", in *Actas do X Encontro de Professores Universitários Brasileiros de Literatura Portuguesa. I Colóquio Luso-brasileiro de Professores Universitários de Literaturas de Expressão Portuguesa*, Lisboa/ /Coimbra/Porto, Universidade de Lisboa/Instituto de Cultura Brasileira, 1986, pp. 259- -273. No capítulo 1 da parte III ("Relações entre paradigmas didáctico-pedagógicos e teórico-literários no ensino da literatura"), faremos uma exposição sobre paradigmas teóricos da literatura.

como novas. A terceira razão, decorrente das duas anteriores, é a importância de se deslindarem problemas de métodos de leitura.

Partindo do pressuposto de que a finalidade das teorias sobre a leitura é a sua aplicação na prática, importa-nos reflectir sobre o seu alcance didáctico, pelo que não podemos descurar as novas orientações sobre a leitura, presentes quer em textos de índole teórica ou didáctica, quer em programas de Português. Ao lado de questões teóricas, é importante reflectir sobre a forma como neles se apresenta a informação sobre questões de metodologia. Reputamos como fundamental, neste sentido, reflectir sobre a legibilidade pedagógica também quando os textos apresentam unicamente uma informação teórica e não indicam os procedimentos concretos de leitura.

A dilucidação destas questões será fundamental para avançarmos, na parte II, com o estudo do *corpus* do nosso trabalho, que mostrará o alcance pedagógico das práticas escolares de leitura, nomeadamente a forma como, através de diversos tipos de leitura, os alunos elaboram imagens das obras literárias.

2. Consideremos, então, algumas formas de leitura, a fim de apreender os seus pontos de sustentação teórica. Vejamos quais os pólos sobre que se centram os exercícios e qual o tratamento dado por diversos autores. Tentemos responder às seguintes questões: quais os tipos de leitura considerados pela comunidade teórica? Como são definidas pelos estudiosos as diversas modalidades? São por demais conhecidas, desde há muito tempo, diversificadas formas de leitura escolar do texto literário, nas quais é possível encontrarmos interacções, pontos de confluência, sendo, pois, descabida uma abordagem isolada de cada uma delas. Considerando as adoptadas no cenário português, devemos referir: a *análise literária*, o *comentário de texto*, a *interpretação de texto* e, ultimamente, a *leitura metódica* e a *leitura extensiva*. Se considerarmos a influência da escola francesa em Portugal, devemos ainda nomear a *explicação de texto*.

Debrucemo-nos sobre a análise literária, por se tratar de um exercício com grande tradição no ensino da literatura. Para Massaud Moisés, "a análise constitui, precipuamente, um modo de ler, de ver o texto e de, portanto, ensinar a ler e a ver"[33], enquanto para Carlos Reis constitui um "exercício escolar através do qual o aluno se inicia na

---

[33] In *A análise literária*, 7.ª ed., São Paulo, Cultrix, 1984, p. 22.

prática da leitura enquanto leitura crítica"[34]. Em outro passo da mesma obra, e apresentando uma definição mais técnica, afirma que a análise literária é "uma leitura que procura fazer uma descrição circunstanciada dos elementos técnico-compositivos que integram um texto e atingir, em conexão com essa descrição, as suas dominantes semânticas"[35].

A obra do professor brasileiro (cuja primeira edição data de 1969) tem um alcance teórico e didáctico distinto da de Carlos Reis. Anima o primeiro o intento de apresentar um conjunto de técnicas que servem a um método muito genérico de investigação textual[36], enquanto que o segundo, preocupando-se com a leitura crítica do texto literário, faz depender a análise de opções teórico-críticas (estruturalismo, semiótica, psicanálise, estilística)[37]. Enquanto o primeiro restringe a sua metodologia às finalidades precípuas da análise, que, na sua opinião, deve limitar-se a alcançar as *forças motrizes* do texto[38], o segundo postula operações metodológicas específicas de opções

---

[34] In Carlos Reis e José Victor Adragão, *Didáctica do português*, op. cit., p. 137. O conceito de leitura crítica utilizado por Carlos Reis inspira-se nas orientações da "nova crítica" francesa, conforme se depreende da recorrência a autores como Serge Doubrovsky, cujo conceito de crítica é utilizado por aquele numa aproximação à leitura crítica, que define como "uma actividade sistemática que, partindo do nível da expressão linguística, se assume como processo de descodificação e avaliação estética do discurso literário", in *Técnicas de análise textual*, 3.ª ed. rev., Coimbra, Almedina, 1981, p. 23. Jacinto do Prado Coelho também já utilizara a expressão "leitura crítica" no célebre artigo "Como ensinar literatura" (in *Ao contrário de Penélope*, Lisboa, Bertrand, 1978, p. 66), no qual faz um balanço das orientações da nova crítica e da sua aplicabilidade à leitura literária.

[35] Cf. *Didáctica do português*, op. cit., p. 138.

[36] Escreve Massaud Moisés: "nesta obra, procura-se oferecer antes umas preliminares metodológicas que um método de análise literária. (...) Desse modo, as técnicas aqui sugeridas almejam servir, não a um método específico, mas a qualquer método de investigação textual, seja qual for a bagagem doutrinária de quem o emprega" (op. cit., p. 20).

[37] Afirma Carlos Reis: "Estamos convictos de que uma análise que se pretenda efectivamente rigorosa deve subordinar-se, antes de mais, a uma perspectiva crítica definida" (in *Técnicas de análise textual*, op. cit., p. 40). Num texto posterior, que dista deste cerca de dez anos, refere o autor: "a leitura literária comporta não só uma vertente crítica, como solicita também atitudes metodológicas precisas" (cf. *Didáctica do português*, op. cit., p. 130).

[38] Por "forças motrizes" entende o autor "a permanência de certos padrões de comportamento perante a realidade, de certos modos de ver o mundo, de certos valores, de certas soluções para os problemas humanos, de certas ideias fixas, de certos moldes mentais" (cf. Massaud Moisés, op. cit., p. 31).

teóricas, aplicadas aos objectivos da leitura crítica, a realizar-se em duas fases, de análise e de interpretação.

No entanto, fazendo uma leitura atenta dos exemplos de análise apresentados pelos dois autores, encontramos aspectos comuns: num primeiro momento, a consideração da materialidade textual e a hierarquização da informação, e, num segundo, o desenvolvimento da análise. O mesmo se pode dizer relativamente ao entendimento dos autores sobre o processo de leitura, que implica a compreensão intuitiva[39], a descrição analítica e a síntese interpretativa.

Quanto às finalidades pedagógicas inerentes a este exercício, vejamos a posição daqueles dois estudiosos. Diz Massaud Moisés que a análise literária "encerra objectivos pedagógicos ou formativos, ou seja, a edificação ética do estudante, realizada quando este pratica, com o máximo de rigor e objetividade, a fragmentação interpretativa dos textos e confronta seus resultados com as páginas que outros estudiosos consagraram às mesmas obras"[40]. Já Carlos Reis entende que a finalidade pedagógica da análise literária é iniciar o aluno na leitura crítica[41].

Apesar de haver mais concordância entre muitos estudiosos do que divergências relativamente aos princípios fundamentais da análise literária, verifica-se, por vezes, uma certa discordância relativamente às suas finalidades. Afinal, a análise é apenas um método de descrição ou constitui também uma operação interpretativa? Pensamos que o seu entendimento é diverso, consoante os contextos (críticos, didácticos, ensaísticos, etc.) em que nos situarmos. Apesar da importância didáctica da análise literária, permanecem evidentes, entre convergências e divergências, os seus limites intrínsecos, ainda recentemente apontados numa obra a que poderíamos chamar de referência enciclopédica: "malgré le recours de plus en plus fréquent et de plus en

---

[39] A propósito do fenómeno da compreensão intuitiva, Guy Michaud entende, de facto, que a primeira fase da explicação do texto é a intuição (cf. *L'oeuvre et ses techniques*, Paris, Nizet, 1957, pp. 11 e 17). Também quanto à compreensão, numa outra perspectiva de análise do discurso, diferente da de G. Michaud, Eni Pulsinelli Orlandi escreve: "ter acesso à compreensão é atingir (desconstruir) a relação enunciação/enunciado, formulação/constituição do sentido", in Regina Zilberman e Ezequiel Theodoro da Silva (orgs.), *op. cit.*, p. 74. Ver ainda, sobre a compreensão, Odete Santos, "Para uma *teoria da compreensão dos discursos*", in *O português, na escola, hoje*, Lisboa, Caminho, 1988, pp. 79 ss.

[40] Cf. Massaud Moisés, *op. cit.*, p. 12.

[41] Coincidentemente, Jacinto do Prado Coelho considera que a análise e a interpretação constituem as duas etapas essenciais do processo da leitura (cf. *op. cit.*, pp. 59 e 63-66).

plus diversifié aux procédures des sciences humaines (de la linguistique à la psychanalyse), l'analyse littéraire n'a pas encore réussi à dégager une méthode scientifique de description et d'explication des textes, produisant des résultats véritables et répétables – comme tout résultat scientifique"[42].

3. A situação actual dos estudos literários, em particular no que diz respeito ao ensino da literatura, revela a justeza das seguintes palavras de Paul de Man: "em princípio, o saber deve poder ensinar--se. No caso da literatura, este saber implica pelo menos duas áreas complementares: factos históricos e filológicos como condição preparatória para a compreensão e métodos de leitura ou interpretação. A última é confessadamente uma disciplina aberta, que pode, no entanto, esperar desenvolver-se por meios racionais, apesar de crises internas, controvérsias e polémicas"[43]. Ora, a posição deste autor sobre a leitura e a interpretação – a ideia de um domínio disciplinar em processo de desenvolvimento – confirma o que se verifica relativamente aos métodos de leitura praticados na escola. Fala-se muito, hoje, na necessidade de se reverem metodologias de leitura praticadas no passado. Se prestarmos atenção às práticas escolares de leitura, sobretudo às que advêm dos novos programas de Português, verificamos uma mudança nos métodos de leitura e de interpretação e mesmo nos modos de pôr em prática antigos métodos. A grande mudança verifica-se quanto aos exercícios de análise, preferencialmente centrados na figura do professor (no passado) e que, doravante, se pretende que venham a ser centrados no aluno. Deste modo, esboça-se uma diferença entre dois modelos de aluno: o do passado e o do presente. Se o primeiro se caracterizava por uma atitude mais passiva, capaz, no entanto, de assimilar o saber ensinado pelo professor, em virtude das suas capacidades de estudo e bagagem cultural, em relação ao segundo (o aluno da escola de massas) pretende-se uma atitude mais interventiva, de modo a que por ele passe, efectivamente, o processo da aprendizagem, em cuja construção deve colaborar[44].

---

[42] In Jacques Demougin (dir.), *Dictionnaire historique, thématique et technique des littératures. Littératures française et étrangères, anciennes et modernes*, Paris, Larousse, 1990, p. 68.
[43] In *A resistência à teoria*, Lisboa, Ed. 70, 1989, p. 24.
[44] Desenvolveremos mais pormenorizadamente as diferenças entre os dois tipos de estudante no capítulo 1 da parte III.

Se, com diversos autores, compreendemos a diversidade de nuances metodológicas com que os exercícios escolares são apresentados em obras de carácter didáctico, em particular em manuais escolares e obras sobre os problemas do processo de compreensão na leitura, entendemos necessária uma permanente busca dos seus princípios orientadores. Neste sentido, cabe aos professores de literatura do Ensino Secundário operarem com os conceitos fundamentais de análise e interpretação, sistematizados e divulgados por pioneiros como Wolfgang Kayser e adaptá-los a práticas que se pretendem inovadoras. A obra *Análise e interpretação da obra literária* (já citada neste trabalho), apresenta orientações fundamentais de análise, pelo que se torna imprescindível como fonte teórica para a consideração de categorias literárias que intervêm na organização da obra literária[45].

Tendo-se chegado, actualmente, a uma espécie de recusa do discurso teórico no ensino da literatura, em contexto do Secundário, verifica-se uma tendência para se operar com métodos de leitura mais voltados para a interiorização do conhecimento por parte do aluno, do que decorre uma valorização dos processos desenvolvidos pela instância receptiva. Mas isto não significa que se descure a abordagem de certas problemáticas, como a relação da obra com o sistema literário (em conexão com a reiteração ou transgressão de códigos poéticos) ou os processos de semiose textual, aspectos importantes para a inteligibilidade daquela na história da literatura.

Na prática pedagógica dos nossos dias, começam a sentir-se os reflexos das mutações dos paradigmas teóricos dos estudos literários. O termo "uso" é uma palavra-chave em diversos discursos sobre a leitura literária. Bem podemos dizer que o momento actual é dominado pela noção pragmática de uso, por exemplo, das finalidades práticas

---

[45] Se as obras de Carlos Reis e Massaud Moisés, aqui comentadas a propósito da questão da análise literária, constituem um auxiliar indispensável na inteligibilidade de modelos de análise literária, outras fontes teóricas devem ser consideradas, ainda que não apresentem as mesmas virtualidades didácticas. É o caso da importantíssima obra de Wolfgang Kayser. Dada a grande extensão com que esta matéria é tratada por Kayser, optamos por não considerá-la, pois isso implicaria uma demora mais prolongada do que aquela que, no momento, queremos consagrar à abordagem da análise literária. No entanto, retemos dois aspectos fundamentais que o autor indica (no prefácio à primeira edição portuguesa) para o estudo da obra literária e que se reflectem na análise: a compreensão da sua existência autónoma e o estudo das leis que regem a sua organização.

que se podem atribuir à leitura. Subjacentes a exercícios que valorizam o processo de leitura, e em particular às actividades de produção de sentido, encontramos os fundamentos teóricos da pragmática linguística e comunicacional, da estética da recepção e de outros domínios teóricos que se situam na convergência de uma concepção pragmática da leitura dos textos na escola, incluindo os literários. A reflexão sobre uma concepção pragmática da literatura (com consequências no plano da leitura e da interpretação literárias) tem sido feita, de certo modo, por muitos autores que defendem a importância que o receptor assume no processo de comunicação literária. Retenhamos como pioneiros neste domínio, entre outros, e para só citar alguns dos mais importantes, Jauss, Wolfgang Iser e Umberto Eco, cujos contributos sobre recepção, hermenêutica e semiótica literárias têm servido a uma fundamentação teórica de diversas orientações actuais no campo dos estudos sobre a leitura literária[46].

Preconizando-se, hoje, um pouco por toda a parte, novas práticas de leitura orientadas para a recepção do texto literário, as quais têm em conta o acto de ler e o processo da leitura, bem como as competências do leitor, verificam-se também algumas reservas a exercícios literários que tiveram grande voga no ensino da literatura, como a explicação de texto e a análise literária. No que diz respeito à análise literária, têm ocorrido algumas críticas, veladas ou não, tanto às orientações que se vinculam a metodologias de cariz estruturalista, quanto à que um Massaud Moisés defende (como "modalidade estético-filosófica de análise literária"), por não contemplarem a explicitação dos procedimentos concretos, o que nos parece uma questão mal colocada. O que se passa é que as metodologias de leitura, normalmente esboçadas em sede teórica, ao serem transpostas para a prática pedagógica,

---

[46] Jauss, Iser, Eco são, de facto, teóricos a que recorrem muitos estudiosos da literatura, à guisa de fundamentação teórica das suas abordagens do fenómeno da leitura. Para além destes autores, poderíamos acrescentar, entre muitos outros, o nome de Michel Charles, que aborda a leitura numa perspectiva da poética e da retórica textual, considerando aquela inscrita no próprio texto (cf. *Rhétorique de la lecture*, Paris, Seuil, 1977). Para uma verificação da recorrência a esses autores, vejam-se Maurice Delcroix e Fernand Hallyn (org.), *op. cit.* (capítulo VI, "La lecture", pp. 314-359); *Le Français dans le Monde* ("Littérature et enseignement. La perspective du Lecteur"), *op. cit.*; Regina Zilberman, *Estética da recepção e história da literatura*, São Paulo, Ática, 1989; e ainda Jacinto do Prado Coelho *et alii*, *Problemática da leitura. Aspectos sociológicos e pedagógicos*, Lisboa, INIC/CLEPUL, 1980.

sofrem o impacto da realidade sobre a qual impende um conjunto de factores que vão desde os objectivos de ensino aos conteúdos programáticos, incluindo a situação do aluno, sendo difícil para os professores, por vezes, actualizarem, com propriedade, as suas directrizes, sem caírem no reducionismo e na simplificação.

Seja como for, é também pela consideração dos resultados do ensino da literatura, no Secundário, que se tem mudado a filosofia de ensino e se tem questionado o centro do processo, com as cambiantes de que temos conhecimento e que se caracterizam pela mudança de abordagens, centradas no paradigma textual, para outras, no paradigma comunicacional.

Na prática, é necessário que se considerem factores fundamentais da transposição, como a pertinência conceptual dos instrumentos, a garantia das possibilidades de utilização pedagógica, o acompanhamento da realização das operações intelectuais envolvidas na organização do conhecimento, etc. Este aspecto é muito importante no que diz respeito às novas modalidades de leitura literária.

Consideremos algumas questões que devem ser ponderadas em relação à leitura metódica. As orientações teóricas sobre esta modalidade de leitura revestem-se de um certo grau de hermetismo, sendo necessário aos seus utilizadores intuírem as estratégias de leitura que implicam, para que a *metodologia do exercício* se converta em procedimentos operatórios no acto de ler[47]. A adequação dos conceitos teóricos aos procedimentos metodológicos e didácticos torna-se obviamente necessária para os professores do Ensino Secundário, sobretudo se tivermos em conta que a sua bagagem científica nem sempre acompanha a evolução dos domínios teóricos de referência da sua especialidade.

---

[47] Utilizamos o conceito de metodologia no sentido atribuído por Carlos Reis, que o precisa nos seguintes termos: "Fala-se de metodologia quando é possível estabelecer um conjunto de regras de comportamento de propensão finalística e de alcance transindividual; por isso, uma metodologia não só propicia conhecimento como viabiliza a sua comunicação, em parte pela acção de uma metalinguagem acessível aos iniciados e directamente relacionada com um certo cenário teórico--metodológico, deliberadamente adoptado como horizonte de referência" (cf. *op. cit.*, p. 130). Por outro lado, verificamos que Wolfgang Iser entende que, "em geral, as teorias proporcionam as categorias básicas, enquanto os métodos fornecem os instrumentos dos procedimentos interpretativos" (Wolfgang Iser, "Problemas da teoria da literatura actual: o imaginário e os conceitos-chave da época", in Luiz Costa Lima (sel., introd. e rev. téc.), *Teoria da literatura em suas fontes*, vol. 2, 2.ª ed. rev. e ampl., Rio de Janeiro, Francisco Alves, 1983, p. 363.

3.2.2. Da análise literária à leitura integral

1. Vejamos como é concebida a leitura metódica nos novos programas de Português do Ensino Secundário: primeiro que tudo, trata-se de um forma que valoriza o processo da leitura e, por isso, é designada como leitura metódica, devendo o seu desenrolar pôr em acção as atitudes intelectuais do leitor. Referem os novos programas:

> "A leitura metódica, feita sobre excertos ou obras integrais, desenvolve-se por fases de complexidade crescente, de modo a que o aluno vá adquirindo autonomia e rigor na construção progressiva de uma significação do texto a partir de hipóteses de leitura. O percurso é acompanhado pela aquisição gradual de um vocabulário rigoroso e pertinente.
>
> Esta forma de leitura permite-lhe esclarecer, confirmar ou corrigir a sua primeira reacção. Para o efeito, o aluno reflecte sobre, por exemplo, a estrutura do texto, a expressão do tempo e do espaço, a modalização, o vocabulário, a articulação lógica, a conexão sintáctica, o processo figurativo, o aspecto verbal, os tipos de frase, os efeitos estilísticos, a funcionalidade da descrição, a pertinência do título e elementos paratextuais, os actos do discurso, os registos de língua, a construção de períodos e parágrafos, o estatuto da personagem, o ritmo, ... – sem que esta enumeração de algum modo implique qualquer preocupação de o aluno realizar uma análise exaustiva. Ultrapassa, por conseguinte, a simples paráfrase ou o espectáculo passivo da linearidade textual, recusa o preconceito estético e ideológico, indissocia forma e conteúdo, observa a dinâmica que os elementos constitutivos do universo textual geram entre si, avalia a interacção ou constrói a intencionalidade"[48].

Antes de discutirmos a relação da leitura metódica com outras formas de leitura e de abordarmos a sua aplicação didáctica, consideremos alguns aspectos relacionados com a sua formulação.

No texto do programa acima citado não se encontra uma definição clara do conceito de leitura metódica; apenas se indica o objecto da leitura metódica (excertos ou obras integrais), as suas fases e a finalidade. Notamos algumas insuficiências na formulação deste tipo de exercício, para além da já mencionada ausência de definição e da clarificação dos níveis de abordagem textual sobre os quais a leitura metódica deve incidir. A informação fornecida a respeito dos aspectos a reflectir pelo aluno constitui uma enumeração caótica, faltando uma

---

[48] Cf. *Português. Organização curricular e programas. Ensino Secundário*, op. cit., p. 63. O modo de apresentação da leitura metódica é muito semelhante à sua definição nos programas escolares franceses. Cf. o texto do *B. O. Spécial*, n.° 1, de 5-2-1987, *apud* Alain Boissinot e Michel Mougenot, *Techniques du français. Langages littéraires*, vol. 2, Paris, Bertrand-Lacoste, 1990, p. 10.

sistematização dos diversos *elementos constitutivos do universo textual* e ainda o esclarecimento dos níveis de significação textual em causa. Quanto à finalidade da leitura, era preciso explicar, num texto desta natureza, o que se entende por *autonomia do aluno na construção da significação do texto*, exemplificando as fases e os passos para se atingir tal objectivo. E quanto à observação da *dinâmica dos elementos no universo textual*, não se faz referência a possíveis opções críticas que proporcionem métodos para a realização dos exercícios de leitura, cabendo ao professor descortinar os pressupostos teóricos. Diz-se que "é o próprio texto, pela sua natureza, que exige o método mais adequado, facto que, desde logo, implica a rejeição de modelos únicos de abordagem"[49]. Ora, pensamos que o contemplar orientações metodológicas, de acordo com opções teóricas precisas, não significa, de modo algum, enfeudamento a modelos de análise.

O texto do programa refere, de facto, elementos constituintes do percurso de leitura. Não é difícil notar nas formulações sobre a leitura metódica, no programa, uma aceitação implícita das orientações da teoria do texto, da estética da recepção e da pragmática. Mas era preciso a explicitação destes ou de outros pressupostos, já que o destinatário imediato do programa, o professor, pode não estar preparado para deduzi-los, e, por conseguinte, para apreender as suas implicações metodológicas nas estratégias didácticas de leitura.

Outro aspecto na formulação do exercício da leitura metódica que importa considerar é a não distinção nos dois programas (*Português A* e *Português B*) das finalidades e dos seus modos de concretização, já que o texto programático é exactamente o mesmo. Deste modo, fica ao critério do professor decidir qual a melhor forma de aplicação, o que redunda forçosamente na realização de trabalhos de grande heterogeneidade. Esta indefinição não é alheia ao que seja o entendimento acerca das competências de leitura que os alunos devem desenvolver nos dois cenários do programa. Para alguns professores que tivemos oportunidade de contactar, a leitura metódica é "um tipo de leitura mais profunda", como, para outros, se trata de "uma leitura orientada" ou de "uma leitura de estudo".

Vejamos as semelhanças e diferenças entre a leitura metódica e a análise literária. No que diz respeito à valorização do texto ou obra de

---

[49] Cf. *Português. Organização curricular e programas. Ensino Secundário*, op. cit., p. 63.

estudo, não encontramos diferença substancial entre os pressupostos destes tipos de leitura. Ambas valorizam a constatação da unidade do texto ou da obra em questão, a indissociação entre forma e conteúdo, a recusa da paráfrase, etc. É curioso notar que as fases da análise literária (intuição, análise e interpretação) correspondem, de certo modo, às da leitura metódica ("attente initiale et première découverte, observation systématique du texte, identification d'une organisation spécifique, construction d'une hypothèse de signification, synthèse finale")[50]. No entanto, é forçoso que observemos que a análise literária, tal como tem sido praticada numa longa tradição do ensino da literatura no Secundário, se circunscreve ao texto (o seu principal objecto), enquanto que a leitura metódica, embora não deixando de preocupar-se com fundamentos teóricos de análise dos textos, visa, explicitamente, desenvolver a autonomia do leitor diante do texto literário[51]. De acordo com esta orientação de leitura, pretende-se que os procedimentos de análise, previstos na leitura metódica, passem a ser apropriados pelo aluno, na medida em que a leitura metódica visa desenvolver comportamentos intelectuais face ao texto, incluindo, evidentemente, o de análise. Isto mesmo se pode verificar nas orientações programáticas, quando se diz: "les exigences d'une lecture méthodique permettent de donner plus de rigueur et plus de force a ce qu'on nomme d'habitude explication"[52].

---

[50] Cf. Alain Boissinot e Michel Mougenot, *op. cit.*, p. 10. Citamos o texto francês sobre a leitura metódica em virtude de o mesmo apresentar, pormenorizadamente, as etapas do exercício, o que não acontece com os programas de Português do Ensino Secundário. As únicas indicações neste sentido encontram-se apresentadas de modo esquemático na rubrica "Acto de ler", onde são nomeadas componentes do acto de ler, como o "impacto da leitura", a "apreensão do sentido global" e a "interpretação" (cf. *Português. Organização curricular e programas. Ensino Secundário, op. cit.*, p. 65)

[51] Não estando aqui em causa cotejar as etapas dos diversos tipos de leitura, mostrando a especificidade de cada um, limitamo-nos a referir algumas obras que as abordaram e que reputamos fundamentais. Assim, vejam-se, acerca das etapas da leitura crítica, Jacinto do Prado Coelho, *Ao contrário de Penélope, op. cit.*, pp. 58-66, e Carlos Reis, *Técnicas de análise textual, op. cit.*, pp. 39-45. Consideramos ainda Massaud Moisés, *op. cit.*, pp. 37-38 (uma proposta diferente da de outros autores sobre as etapas da análise literária), e Guy Michaud, que, em *L'oeuvre et ses techniques* (*op. cit.*, pp. 15-19), aborda as etapas da explicação de texto.

[52] Alain Boissinot e Michel Mougenot, *op. cit.*, p. 10. Entendemos o termo--conceito de *explicação*, que surge na citação em francês, como equivalente à análise, no contexto português.

Uma das modalidades de leitura mais praticadas, no Ensino Secundário, é a chamada leitura integral da obra literária, que, como veremos mais adiante, constitui uma forma de leitura metódica. Sendo um tipo de leitura extremamente rotineiro, nem por isso ela tem sido abordada de modo sistemático. De resto, a sistematização das metodologias de análise concerne, de um modo geral, a fragmentos textuais, mas não à entidade orgânica que é a obra. É, então, a partir dos muitos trabalhos de abordagem empírica de obras literárias que podemos extrair ilações sobre a conceptualização de estratégias didácticas da leitura da obra integral.

Uma abordagem de questões conceptuais e metodológicas da leitura integral encontra-se num texto de Carlos Reis, que opera uma distinção entre análise literária e leitura integral[53]. Esta é considerada como uma modalidade de leitura que realiza um "movimento de índole globalizante e relacional" em oposição à análise literária, centrada sobre uma unidade textual mais restrita e com objectivos relacionados com a leitura imanente. No que diz respeito às "implicações pedagógicas" da leitura integral, chama-se a atenção para a importância de um posicionamento crítico e avaliativo, "na acepção ampla que concorre para fazer da Literatura um meio de valorização cultural"[54]. Entre outros aspectos da didáctica da leitura da obra integral, são examinados pelo autor problemas de motivação e metodologia (como as circunstâncias físicas em que deve ocorrer a primeira leitura "silenciosa e privada"), em conexão com a questão das planificações de ensino. O autor aborda ainda as possíveis vertentes da leitura integral ("estéticas, históricas, éticas, etc."), as estratégias textuais a serem contempladas, consoante as *dominantes ideológicas e temáticas*, as *características modais e genológicas*, propondo sugestões de gestão em aula para a sua realização.

Vejamos outro posicionamento, o de Gérard Langlade, sobre a leitura integral. Orientando-se para um entendimento da leitura na prática pedagógica enquanto actividade de recepção literária e de interactividade textual, considera que duas dimensões devem merecer a ponderação dos professores, a primeira respeitante ao processo de leitura e a segunda, à questão dos instrumentos a fornecer aos alunos. Assim, segundo as suas palavras, a primeira dimensão corresponde à "l'organisation et la conduite proprement dites de la lecture et de

---

[53] Cf. *Didáctica do português, op. cit.*, pp. 137-153.
[54] *Idem*, p. 142.

l'étude de l'oeuvre intégrale"; a segunda dimensão, decorrente da primeira, concerne ao que ele entende por "rôle de l'enseignant dans un processus d'apprentissage centré sur l'élève, et visant à le doter des outils nécessaires à une lecture-étude autonome et assurée"[55]. A justificação desta metodologia faz-se presente na consideração de dois aspectos fundamentais: *o acto de ler como construção de sentido* e as diversas *competências que o leitor* deve adquirir, explicitando-se ainda os fundamentos teóricos das orientações e estratégias didácticas a serem empreendidas.

Diversos percursos de leitura integral são apresentados, discutindo-se formas de *entradas textuais* ("entrée dans l'oeuvre"), que vão do paratexto à leitura metódica, abordando a relação leitura-estudo, de que a leitura tabular é um exemplo. De entre os conceitos teóricos implicados na leitura integral, refiram-se os relativos à obra narrativa, como sejam os de ficção, narração, para além da distinção entre autor e narrador, narratário e leitor, enunciação, focalização, tempo romanesco[56].

Do que temos vindo a expor, conclui-se que os termos em que Carlos Reis e Gérard Langlade concebem a leitura integral da obra literária correspondem, grosso modo, ao que se conhece, hoje, sobre a leitura metódica[57]. Por outro lado, de acordo com o que se expôs anteriormente sobre a análise literária, parece claro que esta constitui uma outra forma de leitura metódica.

Atentemos noutra modalidade de leitura, tão recente quanto a metódica, a chamada leitura extensiva, em que vários textos são cotejados, podendo ter como ponto de partida uma situação de leitura metódica. Nos novos programas de Português do Ensino Secundário, a leitura extensiva é definida como "actividade que alarga o âmbito e

---

[55] Ver Gérard Langlade, *L'oeuvre intégrale*, vol. 1, Toulouse, CRDP, 1991, p. 13.

[56] Os quadros sinópticos e as fichas de leitura tabular, elaborados pelo autor, apresentam interessantes soluções didácticas. O segundo volume desta obra é consagrado a exemplos de leitura integral e a relatos de experiências pedagógicas, seguindo a metodologia apresentada no primeiro volume. Cf. Gérard Langlade, *L'oeuvre intégrale*, vol. 2, Toulouse, CRDP, 1992.

[57] Referindo-se à perspectiva da leitura metódica de Michel Descotes (na obra *La lecture méthodique. De la construction du sens à la lecture méthodique*, Toulouse, CRDP, 1989), Langlade identifica estas duas práticas de leitura nos seus fundamentos basilares: "Les enjeux et la démarche restent en effet fondamentalement les mêmes, bien que soumis aux caractères spécifiques et aux dimensions de l'oeuvre saisie dans son intégralité" (cf. G. Langlade, *op. cit.*, vol. 1, p. 13).

complementa as finalidades da leitura metódica". Considera-se também que aquela "preocupa-se em reunir e confrontar diversos textos (e outros documentos) dotados de coerência temática ou problemática, contemporâneos ou não, nacionais ou estrangeiros, a fim de proporcionar ao aluno os instrumentos e as competências de uma prática autónoma da leitura movida por desejo e prazer"[58]. Sem prejuízo de, a partir dos objectivos específicos inerentes à leitura extensiva e dos parâmetros enunciados no programa, podermos deduzir os seus fundamentos teóricos, a formulação do conceito de leitura extensiva carece de fundamentação teórica. Como se disse, o objecto sobre o qual incide esta forma de leitura pode ser um texto literário ou não, independentemente da extensão, isto é, um fragmento textual ou obra completa. Várias práticas culturais e tipos de documentos podem ser considerados na leitura extensiva, incluindo gravuras, imagens, fotografias, cartazes, texto publicitário, propagandístico ou informativo, um sonho ou um filme.

Esta modalidade de leitura aproxima-se da actividade escolar praticada em França sob a designação de "regroupement de textes", forma de leitura relacional, em que vários textos são confrontados, com o objectivo de apreender uma temática comum ou problemas de natureza estético-literária. No plano conceptual, esta actividade de leitura é devedora do conceito de intertextualidade, tendendo a realizar a transferência didáctica de teorias de Kristeva e Genette.

2. Abordemos algumas discordâncias teóricas relativamente à realização das modalidades de leitura aqui consideradas. No que diz respeito à leitura metódica, podem ocorrer atitudes de suspeição da parte dos que defendem uma imagem do professor como centro transmissor do saber. Tal atitude defensiva tende a recusar o princípio da interactividade pedagógica e, no caso da leitura, mostra resistências à revisão de métodos e processos de ensino. Mas, se encontramos resistências, também entre os que aceitam as novas práticas de leitura é possível verificar controvérsias, como acontece quanto ao entendimento do que significa, na prática, a construção da leitura. Assim, em nome da recusa da reprodução de um sentido imposto pelo professor sobre os textos, defende-se, hoje, de acordo com as inova-

---

[58] *Português. Organização curricular e programas*, op. cit., p. 61. A formulação sobre esta modalidade de leitura no programa de *Português B* é semelhante à do *Português A*.

ções pedagógicas sobre diversificadas práticas de leitura, a validade das interpretações livres, de formas de leitura menos orientadas e rígidas. Esta posição pressupõe que a escola deve aceitar as vivências pessoais dos alunos, de acordo com as quais possam fazer leituras diferentes da escolar, sendo esta apenas mais uma forma de leitura, no caso uma leitura regulada por regras e convenções disciplinares. Uma outra posição defende que a escola tem a obrigação de ensinar jovens em período de formação intelectual, que, quase sempre, não têm competências suficientes para interagir de modo satisfatório com os textos.

Aceitamos a insistência na pluralidade da leitura dos indivíduos numa sala de aula e a implícita recusa de uma aprendizagem baseada na reprodução da fala do mestre, pois a repetição de um discurso não permite a apropriação das técnicas subjacentes à sua elaboração. Tudo seria muito diferente se, actualmente, as competências literárias, o nível cultural, a maturidade intelectual e os saberes linguísticos dos alunos lhes proporcionassem os meios para o sucesso nas leituras. Não sendo este o caso, permanece, quando se repete o discurso do mestre, a frágil imitação e não a inteligente, pessoal e criativa impregnação, o que acontecia noutros tempos (no contexto de um meio escolar mais culto, mas também mais elitizado), mais do que na actual escola de massas. Por outro lado, não aceitamos uma liberdade interpretativa que não respeite os limites do próprio texto, conforme voz corrente de diversos teóricos, como Umberto Eco[59]. A escola deve assegurar o acesso ao saber: daí a necessidade de proporcionar aos alunos, no campo da leitura, situações de aprendizagem diversificadas, mas sempre orientadas pelo professor, cujo dever profissional é ensinar. A ideia é que a leitura individual do aluno possa ser partilhada em diversas actividades pedagógicas, de modo a favorecer a interactividade dos leitores com os textos (no colectivo da turma), respeitando-se, de forma coerente e orientada, o princípio da leitura interactiva defendido pelos novos programas, sem dúvida uma das suas inovações mais importantes.

Resolvida esta questão sobre os modos de realizar a leitura na escola, que envolve as aludidas posições pedagógicas, culturais e institucionais, há que atender à articulação entre factores de ordem

---

[59] Sobre a questão da liberdade interpretativa dos textos, veja-se *Les limites de l'interprétation*, Paris, Grasset, 1992, e as intervenções de Eco, in Stefan Collini (org.), *Interpretação e sobreinterpretação*, Lisboa, Presença, 1993.

teórica, metodológica e pedagógica subjacentes ao contexto e aos processos de uma aula. Para a efectivação satisfatória desta articulação torna-se necessário ponderar meios didácticos capazes de assegurarem práticas de leitura com resultados satisfatórios, questão que se prende com os instrumentos a serem fornecidos aos alunos [60].

Actualmente, encaminhamo-nos, na prática do ensino da literatura, para a adopção de uma concepção pragmática da leitura, o que implica alertar o estudante para os usos que pode fazer da literatura, dos discursos e dos textos em geral. Curiosamente, e contrariando ideias que circulam no ensino sobre a liberdade absoluta do acto de ler e interpretar, a hermenêutica subjacente a esta concepção enfileira-se numa orientação racionalista-cognitivista, de acordo com a qual se acredita que é possível apreender, conceptualizar e sistematizar os processos de representação do texto literário [61]. O professor tem de ter presente essa racionalidade do discurso, sabendo-se que ela não antecede a leitura, antes resulta da cooperação entre leitor e texto.

Quanto ao modo de implicação dessa racionalidade na análise do discurso, ela é pressuposta na abordagem das estruturas textuais, que o exercício procura descortinar e interpretar. Já na leitura metódica, sendo o ponto de partida inicial a elaboração de inferências semânticas, de acordo com o impacto do texto sobre o leitor, no sentido de antecipar sentidos possíveis, não se verifica uma valorização, num primeiro momento, das estruturas textuais. Depois do impacto inicial, e tendo em vista a interpretação, é suposto considerar--se a forma e a significação do texto, pelo que a racionalidade do discurso literário não está ausente nesta modalidade de leitura.

A leitura literária praticada na instituição escolar faz uso de termos, conceitos, categorias, enfim, de uma série de instrumentos técnico-literários e metaliterários que permitem apreender o discurso literário. Narrador, narratário, focalização narrativa, discurso narrativo, intriga, enredo, tema, assunto, motivo, etc., são termos, conceitos,

---

[60] No capítulo 3 da parte III, exemplificaremos modos de elaboração de instrumentos de leitura, no quadro da organização de projectos pedagógicos para o ensino da literatura.

[61] Nesta afirmação está implícita a noção de que o texto literário é objecto de um conhecimento científico. Uma interessante problematização das possibilidades de conhecimento dessa racionalidade do discurso literário encontra-se em Carlos Reis, "Didáctica da literatura e criação literária", in *op. cit.*, p. 119, e na introdução a *O conhecimento da literatura. Introdução aos estudos literários*, *op. cit.*, pp. 12-23.

categorias literárias com as quais lidamos constantemente: constituem a racionalidade do discurso sobre a literatura e, por conseguinte, conferem à aprendizagem da leitura literária certos protocolos que garantem a sua legitimidade teórica.

Atentemos em como, na análise literária e na leitura metódica, podem ser abordadas as categorias dos géneros literários, em duas vertentes metodológicas complementares. Uma, hipotético-dedutiva, consiste na verificação de componentes genológicas, previamente consideradas. Na prática pedagógica, tendo em conta, por exemplo, a leitura de um romance, o professor fornece aos alunos uma informação sobre os seus constituintes genológicos, a verificar ao longo da leitura. A outra vertente metodológica privilegia a descoberta pelos alunos, através do método indutivo, de componentes genológicas nos textos, de acordo com as suas competências literárias, mas conduzidos, no entanto, pelo professor na pesquisa de elementos suficientes de interpretação. Ambas as possibilidades não se excluem, sendo de pensar que, com a leitura metódica, pratica-se mais o método indutivo, no sentido de proporcionar ao aluno-leitor a descoberta dos elementos dos géneros configurados nos textos. Mas isto não obsta a que, quando necessário, o professor opte por uma exposição de tipo dedutivo, mesmo no modelo da leitura metódica. Já no âmbito da tradicional análise literária, os professores tendiam a praticar sobretudo uma abordagem hipotético-dedutiva, uma vez que, de acordo com o espírito do exercício, se pretendia exemplificar um método de análise que servisse de modelo em situações posteriores.

No que diz respeito a fontes teóricas úteis a uma informação sobre os géneros a ser adaptada ao cenário escolar, sobretudo no caso do 12.º ano de escolaridade (orientação para os cursos superiores de Línguas e Literaturas), refira-se, entre muitos outros exemplos, a *Teoria da literatura* de Wellek e Warren e ainda obras de um Massaud Moisés, onde se encontram subsídios para uma síntese que o professor poderá elaborar sobre as características temáticas e formais dos géneros literários, de acordo com as necessidades didácticas pontuais [62].

Quanto ao modo como a informação relativa aos modos e géneros literários é veiculada nos programas escolares, verifica-se

---

[62] Cf. Massaud Moisés, *A criação literária. Prosa*, 12.ª ed., São Paulo, Cultrix, 1985, e *A criação literária. Poesia*, 11.ª ed., rev., São Paulo, Cultrix, 1989.

uma apresentação sumária e esquemática das suas categorias, como, por exemplo, quanto ao texto poético, em que apenas são explicitadas, entre outras, componentes temáticas, estilísticas e versificatórias [63].

3. Sabendo-se que a racionalidade não é o único alvo do processo de leitura e que o espaço de uma aula pode abrigar modos de inteligibilidade do texto literário não convencionais, debrucemo-nos sobre uma forma de leitura comummente designada de *leitura livre*. Em vista das mutações metodológicas que tomam em consideração as limitações dos alunos, tende-se a contemplar formas de leitura que garantam sobretudo a compreensão semântica dos textos em detrimento da análise das formas. É o que se passa com a prática da leitura livre, na qual, muitas vezes, está em causa mais *o que diz o texto* (os sentidos que o leitor possa intuir) do que os modos *como o texto o diz* (a textualização dos sentidos através de procedimentos retórico--literários específicos).

A *leitura livre* é uma forma de leitura comummente relacionada com a *leitura recreativa* ou *lúdica*, isto é, aquela que o leitor comum faz sem qualquer tipo de imposição ou obrigação de pronunciar-se sobre o que leu. Em cenário escolar, costuma-se recomendar que seja praticada esporadicamente, em alternativa a práticas mais sistemáticas, não devendo, por isso, de modo algum, substituir os exercícios escolares de interpretação. Desde que não substitua a leitura de estudo, não deixa de constituir um considerável factor de motivação, podendo dinamizar outras formas de leitura mais exigentes. Seguindo o pensamento do escritor e professor Daniel Pennac, podemos dizer que a leitura livre é uma forma de leitura que estimula múltiplos direitos do leitor. Desde o direito de apenas ler e se calar, ao direito de interromper a leitura, saltar ou retornar ao mesmo trecho para experimentar a suprema satisfação que caracteriza o *bovarysmo*, "cette satisfaction immédiate et exclusive de nos sensations: l'imagination enfle, les nerfs vibrent, le coeur s'embale" [64].

A *leitura livre*, ritual de fruição textual, pode ser feita tanto pelo professor como pelo aluno, de modo a que ambos cumpram o desígnio de experienciar a descoberta de um prazer único, o que por certo cons-

---

[63] Cf. *Português. Organização curricular e programas. Ensino Secundário, op. cit.*, p. 68.
[64] Cf. Daniel Pennac, *Comme un roman*, Paris, Gallimard, 1991, p. 163.

titui uma forma de motivação para a realização de actividades mais complexas, próprias da análise literária ou da leitura integral. De resto, a motivação desempenha um papel fundamental no desencadear do acto de ler e está sempre relacionada com as nossas pulsões mais profundas, evidentemente inexplicáveis num primeiro acercamento do texto: "nos raisons de lire sont aussi étranges que nos raisons de vivre. Et nul n'est mandaté pour nos réclamer des comptes sur cette intimité-là"[65]. Apesar desta dimensão de liberdade inerente à leitura, sobretudo quando visamos os seus aspectos pedagógicos e culturais, a leitura escolar tem implicações cognitivas que em nenhum momento podem ser esquecidas. Neste sentido, saberá o professor conciliar a dimensão institucional (as obrigações da escola) com a dimensão humanista e cultural (a valorização da pessoa do aluno)? As vias para atingir esta meta (um horizonte ideal a perseguir) são múltiplas e não se pode prever o tempo nem o espaço em que se verifica a conjunção de dever e prazer.

Daniel Pennac, referindo-se ao fenómeno da compreensão em situação de exame escolar, ilustra a especificidade do processo de aquisição de conhecimento como descoberta do prazer de saber: "la question de savoir ce que nous avons 'compris' (question finale) ne manque pas d'intérêt. Compris le texte? oui, oui, bien sûr... mais compris surtout qu'une fois réconciliés avec la lecture, le texte ayant perdu son statut d'*énigme* paralysante, notre effort d'en saisir le sens devient un plaisir (...) et le plaisir de comprendre me plongeant jusqu'à l'ivresse dans l'ardente solitude de l'effort"[66].

Se a *leitura livre* pode constituir uma fonte de prazer, também as outras formas de leitura são reclamadas como fonte de fruição estética. A própria leitura metódica, cuja metodologia pode levar-nos a pensar que se trata de um exercício rígido, pretende atingir diversos níveis de conhecimento, incluindo o do prazer: "la lecture méthodique n'est plus alors seulement un exercice scolaire, mais aussi la source d'un plaisir: plaisir de la découverte de formes et de significations nouvelles, plaisir d'une communication qui cherche à être aussi riche et profonde que possible"[67].

Concluímos este capítulo recordando que o ensino da literatura tem sido, desde sempre, uma esfera de actividade bifronte, em sentidos

---

[65] *Idem*, p. 175.
[66] *Idem*, pp. 135-136.
[67] In Alain Boissinot e Michel Mougenot, *op. cit.*, p. 9.

materializados por instâncias como teoria e prática, professor e aluno. O grande desafio que se coloca, ao professor, na prática da leitura, é como fazer a articulação das diversas dimensões. Todo o professor deve colocar-se as seguintes questões: o que a prática deve pedir à teoria? O que a teoria pode dar à prática? Tais interrogações emergem das implicações didácticas e pedagógicas inerentes aos diversos modelos de leitura praticados na escola, implicações que, na parte III, exploraremos noutras direcções.

PARTE II

CONFIGURAÇÃO E RECEPÇÃO DOS GÉNEROS

CAPÍTULO 1
CONFIGURAÇÃO DOS MODOS E GÉNEROS LITERÁRIOS NAS OBRAS *FREI LUÍS DE SOUSA*, *OS MAIAS* E *ORFEU REBELDE*

1.0. Considerações prévias

Na parte I deste trabalho – "Géneros literários e estudos literários" – equacionámos a questão dos géneros literários numa perspectiva teórica, histórica e didáctica. No capítulo 1, "Os géneros na teoria da literatura contemporânea", procedemos a uma contextualização histórica da problemática dos géneros literários, procurando convocar as fontes teóricas que estabeleceram a distinção entre modos e géneros e especificar os domínios disciplinares de que procedem tais distinções (linguística, poética, estética, antropologia e filosofia).

No capítulo 2, "Os géneros na tradição clássica e no Romantismo", centrámos a nossa atenção em dois momentos da teoria sobre os géneros, que abordámos separadamente. O subcapítulo 2.1. trata das orientações normativas dos géneros literários na tradição clássica patenteadas no Livro III d'*A República*, de Platão, na *Poética*, de Aristóteles, na *Arte poética*, de Horácio, e no *Tratado do sublime*, de Dionísio Longino. No subcapítulo 2.2., aborda-se o legado da teorização romântica dos géneros literários no discurso crítico contemporâneo, que se manifesta na projecção de perspectivas teóricas e de instrumentos conceptuais e metodológicos. Procurámos destacar a permanência de fundamentos essenciais, ainda hoje válidos, como a tendência, de matriz aristotélica, para a teorização sobre os universais literários e, por outro lado, a perspectiva histórica da literatura.

No capítulo 3, estudámos diversos aspectos da problemática dos géneros literários no ensino da literatura. No subcapítulo 3.1., considerámos a representação dos géneros no processo de leitura, apresentando uma exposição teórica sobre a interacção texto-leitor, sobre exercícios de leitura centrados nas operações mentais dos alunos, e exemplificámos algumas situações por nós observadas, reservando, no entanto, para a parte II, o tratamento exaustivo do material recolhido nas práticas pedagógicas que acompanhámos no Ensino Secundário. No subcapítulo 3.2., detivemo-nos em torno de questões metodológicas da leitura literária, designadamente sobre a especificidade de exercícios escolares de leitura, como a tradicional *análise literária* e o recente exercício da *leitura metódica*, consignado nos novos programas de Português do Ensino Secundário.

As razões que nos levaram à escolha das obras *Frei Luís de Sousa*, *Os Maias* e *Orfeu rebelde* para a constituição do *corpus* literário do nosso trabalho prendem-se com a sua legibilidade pedagógica, desde logo patente na integração nos programas escolares. Para além deste aspecto "institucional", trata-se de obras que exemplificam com nitidez a concretização de categorias dos modos e géneros literários, sendo didacticamente permeáveis à leitura em contexto escolar. Por esta razão, elas fazem parte do chamado *cânone literário escolar*, isto é, do *corpus* de obras literárias indicadas para leitura integral nos programas escolares, com excepção de *Orfeu rebelde*, cuja leitura se tem feito apenas parcialmente.

A legibilidade pedagógica de uma obra explica-se não somente pelo facto de as suas leituras se repetirem por décadas, mas também em função de factores de ordem estética. As obras aqui estudadas reiteram e renovam procedimentos dos modos e géneros num processo de elaboração literária com a marca da originalidade estética. Não vamos debruçar-nos sobre a fortuna estética destas obras, pois isso nos distanciaria da questão dos géneros que, por ora, nos ocupa.

Sendo nosso propósito, neste trabalho, reflectir sobre a questão dos géneros literários e o ensino da literatura, entendemos que uma tal tarefa se desenrole com maior sucesso ao estudarmos formas de realização da leitura das obras que elegemos para o nosso *corpus*, visto elas representarem de modo exemplar categorias dos modos e géneros. De outro modo, se a nossa escolha recaísse sobre uma obra como *Húmus*, de Raúl Brandão, acreditamos que teríamos certas limitações em observar, de modo satisfatório, as imagens que os alunos fazem da sua textualidade, visto que a sua elaboração, ao implicar um tratamento inovador de categorias literárias, exige um leitor com uma maturidade literária superior à que, comummente, se encontra no Ensino Secundário. Entendemos que a percepção genérica das categorias dos modos e géneros é fundamental para a leitura da obra literária em níveis que ainda são de aprendizagem de processos e estratégias discursivas. Por isso, não considerámos obras em que os modos e géneros se configuram num processo estético de grande contaminação, como é o caso de *Húmus,* em que a narratividade se imbrica com a poeticidade e em que procedimentos estilísticos da novela, do romance e do poema se amalgamam no tecido textual, complexificando a interpretação textual. Pretendendo auscultar problemas de representação na leitura literária, visámos situações que potencialmente oferecessem um maior rendimento dos resultados observados; assim, entendemos que a representação dos modos e géneros em obras como *Frei Luís de Sousa, Os Maias* e *Orfeu rebelde* oferece menos dificuldades ao leitor escolar do que numa obra como *Húmus.*

Antes de abordarmos o modo de configuração dos modos e géneros nessas obras, atentemos em alguns aspectos relativos à sua recepção literária. Um leitor do Ensino Secundário (em especial do 11.º e 12.º anos), qualquer que seja a sua bagagem literária, ao confrontar-se com a leitura destas obras, ainda nas primeiras páginas, põe em acção um modelo mental de modo e género literários, independentemente do seu grau de profundidade. No caso da leitura d'*Os Maias*, por exemplo, à medida que a leitura avança, confirma ou refuta as hipóteses que elabora acerca do universo textual, hipóteses acerca da configuração das personagens, do devir da intriga, enfim, de diversos elementos da composição e do conteúdo do romance. No processo da leitura, trata-se de acompanhar, avaliar e corrigir o processo de representação mental, o que implica, da parte do professor, considerar o funcionamento do *regime genérico* das obras, a fim de promover e desenvolver os horizontes de leitura do aluno, pois quanto maior for o seu conhecimento acerca da complexidade dos textos, mais apetrechado estará para a sua leitura [1].

Este comportamento dos alunos ao longo da leitura literária consiste num processo de activar a sua *percepção das convenções genéricas*. Esta questão hermenêutica foi dilucidada, entre outros, por

---

[1] A expressão *regime genérico* é utilizada por Jean-Marie Schaeffer para designar a "pertença" dos textos em relação a uma *classe genérica* (cf. Jean-Marie Schaeffer, *Qu'est-ce qu'un genre littéraire?*, Paris, Seuil, 1989, pp. 64-78). O autor chama a atenção para o carácter complexo e ambíguo da relação de pertença, já que uma obra pode conter investimentos de diferentes géneros, numa manifestação de *multiplicidade genérica*; por isso mesmo, a noção de pertença merece ser utilizada com alguma precaução.

Thomas Kent, para quem a teoria dos géneros se relaciona com a interpretação literária e pode ser estudada como uma subcategoria da semiótica. T. Kent considera, na senda do entendimento desta questão hermenêutica por parte de outros teóricos como Derrida, Jauss, Iser e Hirsch, que a *percepção genérica* de um texto é uma espécie de pré--condição para o acto de interpretação [2]. É ponto aceite (mas não muito estudado) que o leitor, quando lê um texto, se confronta com convenções genéricas, cujas classes, em termos arquitextuais, é capaz de identificar. O ensaio de Thomas Kent, ao enfatizar a importância da habilidade do leitor ao lidar com as convenções genéricas, abre muitas pistas ao estudo da função dos universais literários na leitura da obra literária [3].

Tendo em conta o propósito do nosso estudo, de reflexão científica sobre a didáctica, entendemos necessário esclarecer o sentido da sondagem que realizámos sobre a forma como os alunos configuram os modos e géneros literários na leitura das obras que fazem parte do *corpus*. Assim, a partir da pesquisa empírica, recolhemos dados sobre a leitura dos alunos, o que permitirá, face aos problemas encontrados, apresentar uma caracterização de tipo gené-

---

[2] Ver Thomas Kent, "Interpretation and genre", in *Interpretation and genre. The role of generic perception in the study of narrative texts*, Londres/Toronto, Associated University Press, 1986, pp. 143-166. O passo que confirma o que acima escrevemos é o seguinte: "As different their methodological approaches to interpretation and as different as their assumptions about literature may be, Iser, Jauss, and Hirsch seem to share a fundamental agreement that generic perception forms a primordial moment of literary awareness, and as such, it is one of the preconditions for all literary understanding. Even Jacques Derrida's conception of genre, which is radically antiformalist, acknowledges the importance of the moment of generic perception" (p. 149).

[3] Sobre este assunto são importantes também os escritos de Jauss sobre a recepção, em particular sobre a natureza da experiência estética e a função comunicativa do horizonte de expectativa, em *Pour une esthétique de la réception*, Paris, Gallimard, 1978, pp. 123-157 e 257-262. Ver também o que escreveu em *Experiencia estetica y hermeneutica literaria*, Madrid, Taurus, 1986, especialmente a primeira parte. Ver ainda Wolf Dieter Stempel, em "Aspects génériques de la réception", in Gérard Genette *et alii*, *Théorie des genres*, Paris, Seuil, 1986, que entende que a recepção literária consiste num processo genérico de concretização e de actualização do texto literário, como se verifica por esta citação: "d'après l'opinion générale, le genre historique est à considérer comme un ensemble de normes (de 'règles de jeu', comme on a dit aussi) qui renseignent le lecteur sur la façon dont il devra comprendre son texte; en d'autres termes: le genre est une instance qui assure la compréhensibilité du texte du point de vue de sa composition et de son contenu" (p. 170).

rico sobre o funcionamento da percepção genológica no processo da leitura literária.

Partimos da noção, comummente aceite, de que a criação literária é movida pela activação de um horizonte arquitextual que funciona como fonte geradora do discurso literário. Este horizonte arquitextual é, pois, constituído por categorias genéricas, codificadas e convencionais, que se combinam de modo articulado para a produção de sentido, sendo possível identificar componentes (de natureza modal ou genológica) em diversos níveis do discurso e em estratégias manifestadas na obra literária [4]. Em causa está um entendimento do conceito de género literário como código, segundo a formulação de Maria Corti, para quem o processo de codificação desencadeia um processo de comunicação [5]. Esta mesma perspectiva é perfilhada por Jean-Marie Schaeffer, no âmbito de uma teorização pragmática sobre os géneros. Na abordagem da lógica do funcionamento dos géneros no texto literário (seguindo rumos teóricos traçados, entre outros, por Todorov e Genette), considera que os géneros se actualizam em procedimentos que se situam em diversos níveis de realização do acto literário. Schaeffer concebe o discurso como um *acto comunicacional* e como *mensagem realizada*, indicando, para o primeiro nível, componentes relacionadas com a intencionalidade comunicativa, com o destinatário da obra e com a sua função, e para o segundo, componentes de tipo semântico e sintáctico [6]. Em virtude de este modelo perspectivar a questão dos géneros sob o prisma de uma pragmática textual e comunicacional (englobando os pólos da produção e da recepção),

---

[4] Seguimos a conhecida conceituação ingardeniana de obra literária como uma produção multistratificada e dotada de unidade orgânica. Segundo Ingarden, a obra constitui "uma construção orgânica cuja unidade se baseia na particularidade dos estratos singulares" (cf. Roman Ingarden, *A obra de arte literária*, 2.ª ed., Lisboa, Gulbenkian, 1965, p. 45). Para uma síntese acerca das relações entre texto e obra, ver Carlos Reis (em co-autoria com José Victor Adragão), *Didáctica do português*, Lisboa, Universidade Aberta, 1990, pp. 143-144. Seguindo sugestões teóricas de Walter Mignolo, Umberto Eco e Ingarden, sugere Carlos Reis um entendimento da obra, por um lado, nas suas dimensões de "organicidade, intencionalidade estético--cultural e representatividade histórica" e, por outro, nas vertentes de autonomia e abertura. Um desenvolvimento maior desta questão pode ler-se em Carlos Reis, *O conhecimento da literatura. Introdução aos estudos literários*, Coimbra, Almedina, 1995, pp. 169-226.

[5] Ver Maria Corti, *Principii della comunicazione leteraria*, Milão, Bompiani, 1976, pp. 155-156.

[6] Cf. Jean-Marie Schaeffer, *op. cit.*, pp. 116 ss.

reveste-se de grandes potencialidades hermenêuticas, pelo que o consideramos um modelo operatório possível, sem que isso signifique ser ele o único válido.

É de acordo com esta concepção pragmática dos géneros que se deve entender a sua dimensão teórica (abstracta) e empírica (concreta, referencializável). De outro modo, os códigos dos géneros (semânticos, formais, estilísticos) subsumem elementos de carácter abstracto, como o espaço, o tempo, a personagem, a acção, etc., que somente atingem referencialidade quando realizados nas obras: "comme les déterminations génériques sont elles-mêmes fortement contextualisées, on comprend qu'elles soient instables"[7]. De acordo com esta noção teórica, a abordagem da configuração dos modos e géneros deve orientar-se para a ponderação do grau de importância atribuído às diversas categorias, tendo sempre em conta factores de ordem estética e histórico-literária.

Fica claro, por outro lado, que, se o comportamento dos géneros literários obedece a convenções estéticas com a marca da historicidade, a explicação das mudanças que os géneros sofrem deve apoiar-se na história das obras, no sentido de compreender a evolução e transformação dos géneros, de acordo com a lição de Jauss[8]. No que diz respeito a estratégias metodológicas acerca da compreensão, no processo da leitura literária, da configuração das categorias de modos e géneros, entendemos válido (de acordo com o que temos vindo a expor) considerar os procedimentos literários sem perder de vista o sistema literário em que se situam as obras e as prerrogativas desse sistema: conjunto de normas estéticas, impositividade de cânones, etc.

Considerando as obras que vamos abordar, entendemos que nelas se verifica a reiteração de convenções dos géneros, sem que isto esgote a sua complexidade estética. O facto de o *Frei Luís de Sousa* reiterar convenções da tragédia e do drama romântico não basta para a nossa compreensão da obra. Do mesmo modo, seria muito simples se, para compreendermos *Os Maias*, precisássemos apenas de identificar os traços genéricos do romance. Todas estas operações são de facto empobrecedoras se visamos conhecer as obras na sua complexidade

---

[7] Jean-Marie Schaeffer, *op. cit.*, p. 142.

[8] Um dos trabalhos mais célebres em que Jauss defende uma teoria histórica dos géneros é "Littérature médiévale et théorie des genres", in Gérard Genette *et alii*, *op. cit.*, pp. 37-76.

literária e não apenas destacar os elementos que exemplificam os modos e géneros.

Roman Jakobson foi um dos autores que trouxe um contributo fundamental para a compreensão moderna do funcionamento dos modos e géneros literários, atendendo à forma como estes se realizam na obra literária, isto é, segundo graus variáveis, podendo-se falar de predomínio deste ou daquele modo. Serve à compreensão deste fenómeno o conceito jakobsoniano de "dominante"[9].

No que concerne ao *Frei Luís de Sousa*, obra em que a dominante modal é o modo dramático, deparamos com a intersecção da narratividade, patente, por exemplo, na representação da história da família de Manuel de Sousa Coutinho. De facto, através dos discursos das personagens temos acesso à narração de acontecimentos passados e presentes (e também a informações a nível espácio-temporal), o que constitui um procedimento tipicamente narrativo. Com a obra *Orfeu rebelde*, estamos diante do discurso lírico, que tradicionalmente propende para a enunciação da subjectividade do eu, para um estatismo das acções e do tempo. No entanto, sem que se ponha em causa a matriz lírica da obra, é possível encontrar sugestões de narratividade no facto de o discurso poético representar a condição do poeta com os contornos de uma fábula mitopoética, isto é, a do sujeito que assume uma figura de cariz romântico. A representação da figura de poeta, para além de se escorar na narratividade, implica ainda a dramaticidade (que se volve numa semântica do trágico) como um modo de encenação conceptual do sujeito[10].

Também n'*Os Maias*, para além do modo dominante – o narrativo –, verificam-se afloramentos do dramático, concretamente na interferência da tragédia no desenvolvimento da acção. Assim, e de acordo com leituras que os críticos têm feito desta dimensão da obra, na intriga principal observa-se a ocorrência de uma fábula trágica, cujos momentos altos são o incesto e a morte de Afonso da Maia[11].

---

[9] O conceito de *dominante*, como se sabe, foi elaborado pelo Formalismo Russo. Num texto de Jakobson sobre a génese deste conceito e sua aplicação à poética e à história literária, lemos o seguinte: "la dominante peut se définir comme l'élement focal d'une oeuvre d'art: elle gouverne, détermine et transforme les autres éléments. C'est elle qui garantit la cohésion de la structure" (in *Quéstions de poétique*, Paris, Seuil, 1973, p. 145).

[10] Desenvolveremos esta questão ainda neste capítulo.

[11] Sobre a questão do trágico n'*Os Maias*, ver Alberto Machado da Rosa, "Nova interpretação de *Os Maias*", in *Eça, discípulo de Machado? Um estudo sobre*

Consideramos a prioridade de, na prática da leitura literária, se levar em linha de conta as relações semânticas e sintácticas entre categorias de género (relações entre personagem e espaço, personagem e acção, etc.). Por outro lado, por uma questão de economia e coerência interpretativa da complexidade semiótica própria da obra literária, torna-se necessário destacar o nível em que se situam as categorias, considerando-as integradas em dois níveis básicos: o de curto alcance (microestrutural) e o de longo alcance (macroestrutural) para além dos níveis semióticos que temos vindo a referir (semântico, sintáctico e pragmático).

1.1. O arquitexto de *Frei Luís de Sousa*

Na abordagem arquitextual de *Frei Luís de Sousa* devem ser contemplados os conceitos de drama, drama romântico e tragédia. A primeira categoria tanto pode designar o conceito de modo literário dramático como pressupor uma referência a géneros literários que se desenvolveram a partir do Romantismo: drama histórico, drama sentimental, drama de actualidade, etc. No caso de *Frei Luís de Sousa*, compreendemos a pertinência destes conceitos ao atentar nos aspectos formais e semânticos da obra. Assim, o conceito de drama designa simultaneamente um quadro comunicacional (atinente à enunciação do modo dramático) e uma classe genérica (o drama como género literário). Quanto à utilização do conceito de tragédia, a obra configura elementos estruturais deste género literário, mesmo se não observam todas as características cultivadas pelos clássicos, como o uso do verso.

Seguindo interpretações históricas sobre a obra, tentemos, então, esboçar o modo de configuração da *tragédia* e do *drama romântico* no *Frei Luís de Sousa*[12]. Como referem diversos críticos, na senda da

---

Eça de Queirós, 2.ª ed., rev., Lisboa, Presença, 1979, pp. 257 ss. Ver também a análise de Carlos Reis da "acção trágica" e da "ideologia do trágico", na *Introdução à leitura d'Os Maias,* 4.ª ed., Coimbra, Almedina, 1981, pp. 91-98 e 167-175.

[12] Vejam-se os seguintes estudos fundamentais: Teófilo Braga, *Garrett e o Romantismo*, Porto, Lello, 1903, e *Garrett e os dramas românticos*, Porto, Lello, 1905; Andrée Crabbé Rocha, *O teatro de Garrett*, 2.ª ed., Coimbra, 1954 (1944); Wolfgang Kayser, "Interpretação do 'Frei Luís de Sousa'", in *Análise e interpretação da obra literária*, vol. 2, 5.ª ed., Coimbra, Arménio Amado, 1970 (1948); António Salgado Júnior, "Uma interpretação de 'Frei Luís de Sousa' (ensaio de apuramento da sua génese)", in *Labor,* XXIV (1960), pp. 520-535; Álvaro Júlio da Costa Pimpão,

primeira interpretação da obra levada a cabo pelo próprio Garrett, no texto da "Memória ao Conservatório Real", fonte de interpretações posteriores, o *Frei Luís de Sousa* deve à tragédia as seguintes componentes estruturais: uma fábula trágica, um universo regido por leis superiores (as leis da religião católica e da moral social que substituem a função da mitologia pagã), a presença de personagens trágicas, a consideração da *lei das três unidades* (unidade de acção, de espaço e de tempo), ainda que contrariando os rígidos preceitos antigos. Quanto aos elementos que situam a obra no drama romântico, refiram-se a problemática nacional que lhe serve de substância temática (o conteúdo textual mais visível sendo a acção opressiva dos governadores de Lisboa sobre nacionalistas como Manuel de Sousa Coutinho) e as motivações de ordem biográfica, relacionadas com o percurso pessoal de Almeida Garrett[13].

Se é verdade, como disse Todorov, que "les genres sont précisément ces relais par lesquels l'oeuvre se met en rapport avec l'univers de la littérature"[14], a compreensão da configuração dos géneros no *Frei Luís de Sousa* deve levar em consideração o sistema literário em relação ao qual a obra se situa. Decisivo para a compreensão da especificidade genológica do drama é o prólogo "Memória ao Conservatório Real", que contém uma verdadeira doutrina estética sobre o teatro. Assim, uma leitura da obra orientada por este texto pode dar-nos pistas interpretativas sobre diversas

---

"O 'Frei Luís de Sousa' de Almeida Garrett", in *Escritos diversos*, Coimbra, Universidade de Coimbra, 1972, pp. 253-277; António José Saraiva, "O conflito dramático na obra de Garrett", in *Para a história da cultura em Portugal*, vol. 1, 4.ª ed., Lisboa, Bertrand, 1978, pp. 65-80, e "A evolução do teatro de Garrett. Os temas e as formas", in *Para a história da cultura em Portugal*, vol. 2, 4.ª ed., Lisboa, Bertrand, 1979, pp. 11-34. Entre outros (a não esquecer Rodrigues Lapa, *Frei Luiz de Sousa de Almeida Garrett*. Com o texto revisto, notas e prefácio, Lisboa, s/n, 1941), estes autores prepararam o caminho para abordagens didácticas ao serviço de diversas edições escolares, que se encontram citadas na nota 28.

[13] Vários críticos chamaram a atenção para a circunstância biográfica como motivação do drama: tendo tido Garrett uma ligação extra-conjugal com Adelaide Pastor, da qual resultou o nascimento da sua filha Maria de Noronha, veria, talvez, na criação de *Frei Luís de Sousa*, escrito depois da morte daquela, em 1841, uma forma para mitigar sentimentos de culpa. Para uma síntese das diversas interpretações desta obra, tendo em conta motivações biográficas e estéticas, ver o artigo de Prado Coelho, in Jacinto do Prado Coelho (dir.), *Dicionário de literatura*, 4.ª ed., Porto, Figueirinhas, 1990, p. 351-353.

[14] Cf. Tzvetan Todorov, in *Introduction à la littérature fantastique*, Paris, Seuil, 1976, p. 12.

componentes textuais em que os códigos de género se realizam numa perspectiva de recorrência ou de ruptura de convenções genológicas. O texto alerta-nos para vários aspectos da obra. Desde logo, a modelização da fábula, segundo pressupostos estéticos do Romantismo (o tópico da naturalidade e da simplicidade, o primado da autenticidade e da verdade), aos quais o escritor atribui uma função estética [15]. Depois, o realce da componente histórica do argumento, dimensionada segundo princípios da estética romântica de valorização da história nacional, e a especificidade do trágico de acordo com a cosmovisão cristã. Além disso, deparamos com o distanciamento das formas do drama sentimental então cultivado, em favor do drama romântico como o género literário coevo mais apto a comunicar uma mensagem pedagógica e cultural do teatro [16].

A fortuna de *Frei Luís de Sousa* tem sido atribuída à qualidade estética da obra, que o escritor logrou atingir graças a uma realização exemplar da tragédia em combinação com o aproveitamento de elementos do drama romântico. A atmosfera de grande densidade, que mantém o leitor suspenso, resulta do tratamento do modo trágico num registo romântico, se bem que, na opinião de Kayser, a peça fique a dever mais à tragédia do que ao drama romântico: "o *Frei Luís de Sousa* tem pouco do drama histórico, – ou não seria a tragédia pura que é" [17].

Considerando a importância do *trágico* nesta obra, procuremos aprofundar a questão, do ponto de vista teórico. Utilizamos o conceito de *modo trágico* seguindo a teorização desenvolvida por Carlos Reis

---

[15] A estes dois aspectos, refere-se Garrett em dois passos da "Memória ao Conservatório Real": "Na história de Frei Luís de Sousa (...) há toda a simplicidade de uma fábula trágica antiga (...) os leitores e os espectadores de hoje querem pasto mais forte, menos condimentado e mais substancial: é povo, quer verdade". Cf. Maria João Brilhante (org.), *Frei Luís de Sousa de Almeida Garrett*, 2.ª ed., Lisboa, Comunicação, 1987, pp. 59 e 74. A verdade para Garrett, como se diz neste trecho, é baseada no substrato histórico e plasmada no romance e no drama histórico, no drama e na novela de actualidade. Todas as citações de *Frei Luís de Sousa* serão feitas a partir desta edição.

[16] Garrett considera o drama de actualidade, o drama histórico, o romance e a novela formas mais aptas a exprimirem a cosmovisão romântica, enquanto desvaloriza as que eram prestigiadas pelo sistema literário do Neoclassicismo, como os sonetos e os madrigais (*op. cit.*, p. 74). Por outro lado, a opção pela prosa justifica-se em função do perfil cultural do público leitor (camadas de uma nascente classe média interessada pelas letras e pelas artes), no qual a prosa poderia exercer um impacto superior ao de formas cultivadas pela tradição clássica, institucionalmente mais elitizadas.

[17] Cf. Wolfgang Kayser, *op. cit.*, p. 296.

acerca da problemática dos modos literários. Apoiando-se em Roman Ingarden, Earl Miner e Alastair Fowler, opera uma distinção entre *modos fundacionais* da literatura (o lírico, o narrativo e o dramático) e *modos derivados* (o cómico, o trágico, o épico, o elegíaco, o novelístico, o histórico, o biográfico, o autobiográfico, etc.). O autor aproxima o conceito de *modo derivado* do conceito ingardeniano de *essencialidades*: "é possível entender como *modos derivados* aquilo a que Roman Ingarden chamou *essencialidades*". As "essencialidades" definidas por Ingarden (*qualidades simples* ou também *derivadas*) são, entre outras, o sublime, o trágico, o terrível, etc. Noutro passo, justificando a aproximação, afirma: "E tal como aquilo a que temos chamado modos derivados, também as essencialidades são **derivadas**, neste caso a partir de conflitos, ambientes, figuras, etc., que podem tornar-se marcantes numa obra literária particular, conferindo-lhe, desse modo, uma determinada tonalidade modal"[18].

De acordo com esta perspectiva modal do trágico, a sua abordagem no *Frei Luís de Sousa* leva-nos a atentar na presença dos seguintes elementos: as personagens trágicas, os indícios trágicos, o destino, a catástrofe (que corresponde ao desenlace inspirando os sentimentos de terror e piedade).

Vejamos outros contributos sobre o trágico. Para Emil Staiger, o trágico não se vincula necessariamente à dramaturgia, podendo relacionar-se com a metafísica. Por conseguinte, o modo trágico configura-se também em obras dramáticas, mas não necessariamente em tragédias, podendo verificar-se, de igual modo, em obras que configuram outros géneros literários, como a epopeia e o romance. Staiger explica o trágico como um estado de "explosão do mundo, de um homem, de um povo ou de uma classe"; o seu surgimento corresponde a uma crise do mundo, ao fracasso, ao desespero sem salvação, enfim, a uma trágica desgraça "que rouba ao homem seu pouso, sua meta final, de modo que ele passa a cambalear e fica fora de si". É o conhecido *rompimento da ordem do mundo*[19].

---

[18] In Carlos Reis, *O conhecimento da literatura. Introdução aos estudos literários*, op. cit., p. 246. Ver ainda pp. 239-246.

[19] Cf. *Conceitos fundamentais de poética*, Rio de Janeiro, Tempo Brasileiro, 1975, pp. 147-148. Acerca de uma abordagem filosófica da tragédia no Romantismo europeu, observou Jeffrey N. Cox que "as the comments on tragedy by writers like Hegel, Schopenhauer, Shelley, and Hugo suggest, the romantics also sought to replace the moral emphasis of the doctrine of poetic justice with what Raymond Williams, in discussing Hegel's theory, has called 'a methaphysic of tragedy'. For the romantics,

Ora, um elemento fundamental na economia do texto de Garrett é precisamente a tensão dramática, evoluindo para uma atmosfera trágica, que nos é dada a perceber desde o início do primeiro acto, com subtis sugestões de rompimento da ordem estabelecida. Como se vê, sendo o trágico uma categoria literária, é também um conceito filosófico, cujo entendimento é importante para a sua configuração como categoria estética que se realiza nas obras literárias.

Stefan Morawski, filósofo polaco, num estudo sobre o trágico, aborda as forças que se jogam no universo trágico, situando-se numa perspectiva ontológica e sociológica que interessa à questão dos modos e géneros literários [20]. Para a compreensão do trágico e sua dimensão estruturante da tragédia, é necessário, diz o autor, que se decifrem os "nós antinómicos da existência": eu/outro; eu/sociedade; eu/natureza; eu/transcendência. O modo conflituante como estas forças entram em interacção demonstra que não há união possível entre elas, dada a irredutibilidade das antinomias. Justamente, o trágico reside na impossibilidade de superação dos nós antinómicos da existência.

Outra noção importante para a compreensão da realização do trágico é a oposição entre factos e valores: "the first of these is the idea that the tragic arises from an insurmountable incongruity between the order of facts, on the hand, and, on the other, the order of values; in other words, an irreconcilable conflict of 'is' and 'ought'. The second is the idea that the tragic is the outcome of an inevitable clash between two values of the highest standing, leading to the elimination of one of them" [21]. Assim, no universo trágico, a realidade factual do herói é constantemente ameaçada pela incongruência insuperável entre valores opostos: entre o que é e o que deve ser. De acordo com este entendimento filosófico do trágico, podemos dizer que, no *Frei Luís de Sousa*, o modo trágico surge precisamente num universo em que forças antinómicas entram em acção, configuradas pela oposição entre *realidade estável* e *valores ameaçados*. Desde o início do drama, dois planos surgem em conflito: o da realidade aparentemente estável

---

the tragic was no longer identified with a particular aesthetic form, but ratherwith a vision or philosophy of life" (cf. "Romanticism and tragedy", in *In the shadows of romance: romantic tragic drama in Germany, England and France*, Athens, Ohio Univ. Press, 1987, p. 14).

[20] Cf. Stefan Morawski, "On the tragic. A confession and beyond", in J. Fisher (ed.), *Essays on aesthetics*, Filadélfia, Temple Univ. Press, 1983, pp. 278-292.

[21] Cf. *op. cit.*, p. 280.

(felicidade da família) e o da possível destruição da estabilidade, em nome de valores morais. Trata-se de valores sancionados pela moral cristã, que condena o casamento de Madalena com Manuel de Sousa Coutinho, depois de se saber que se encontra vivo D. João de Portugal.

Neste ponto do conflito, a desgraça abate-se sobre as personagens, cuja única salvação é espiritual, já que, perante a lei que governa o seu mundo, não podem viver em pecado. *Respeito à lei divina* e *amor conjugal e filial* constituem os valores antinómicos que levam ao desfecho trágico, representado sobretudo pela morte de Maria em cena. Como diz S. Morawski, referindo-se aos valores antinómicos, "the tragic derives from *coincidentia oppositorium*: the human existence torn by antinomic values. Our choice among the values is necessitated by our status as frail creatures needing shelter and nurturance. Yet none of the options are self-sufficient and satisfying"[22]. Prisioneiras de contradições – moral religiosa e amor terreno (*coincidentia oppositorium*) –, as personagens tornam-se causadoras e vítimas do trágico.

Entendemos a presença do modo trágico no *Frei Luís de Sousa* como uma realidade extra-literária de uma semanticidade semelhante à dos mitos e símbolos que podem ser presentificados como signos paraliterários no texto. De acordo com as palavras de Kayser, "o trágico e o cómico são fenómenos que atravessam diagonalmente a literatura"[23], do que decorre que a presença destes modos se resolva em procedimentos literários de tipo temático, estilístico, etc.

Em síntese, a realização do modo trágico no drama de Garrett concilia, quanto a nós, o *sentido modal* próprio do discurso literário e o *filosófico-sociológico* (a irredutibilidade entre forças antinómicas da existência), sentidos que vão ao encontro das concepções clássicas do trágico, provenientes tanto da teorização literária como da filosofia.

Um dos autores que com maior profundidade abordou a tragicidade de *Frei Luís de Sousa*, procurando desvendar os elementos estruturais da tragédia, foi Wolfgang Kayser, para quem a noção do trágico, pertinente para a compreensão do drama, se afasta de uma visão idealista, segundo a qual "uma figura trágica é uma figura activa empenhada na defesa de uma ideia". Por isso, considera que "todo o mundo deste drama não é estruturado moralmente, mas sim fatalisticamente. De novo se prova como é estreita de mais perante esta

---

[22] *Idem*, p. 288.
[23] Cf. Wolfgang Kayser, *op. cit.*, p. 300.

tragédia aquela concepção idealista do trágico, que procura a culpa pessoal, e como fim da tragédia, exige a harmonia da ordem mundial"[24].

Concordamos com Kayser que não existe culpa pessoal; no entanto, segundo a concepção do trágico de Morawski, tenderíamos a ver no desfecho (a entrada no convento dos esposos) uma solução necessária para repor a ordem, isto é, os valores religiosos ameaçados. De facto, apenas este aspecto já seria suficiente para o desfecho. O trágico desta peça está na situação irremediável da família, como bem assinalou o próprio Kayser: "o mundo de Garrett é com efeito de tal feição que o regresso do primeiro marido causa a desonra da mulher e da filha e lhes tira assim toda a base da existência"[25].

Como Kayser demonstrou, o drama de Garrett baseia-se no modelo do drama de destino romântico e, em particular, na tragédia alemã de destino[26]. Com efeito, e para sintetizar, os elementos essenciais do trágico nesta obra são o *destino* e a *fatalidade*. Aceitando o ponto de vista de Morawski de que as forças antinómicas comandam a existência, podemos entender a coexistência, no drama, de dois pólos antinómicos: o indivíduo e o destino, acabando o último por sair triunfante, em nome da ordem social e da moral religiosa. A orientação do drama para o acontecimento fatal, desde o início, faz da fatalidade o elemento mais visível ao longo do texto, sobrecarregando-o de sinais ominosos no que diz respeito à vivência do tempo, do espaço e das acções.

Também Jacinto do Prado Coelho realçou a forma como Almeida Garrett tratou o destino, segundo o cânone da tragédia clássica: "imbuído do culto do que Racine chamava 'la merveilleuse simplicité', Garrrett compreendeu que a essência da tragédia não é a acção inesperada, mas a contemplação de pungentes situações paradigmáticas, em que o Homem defronta o enigma do Destino"[27].

---

[24] *Idem*, pp. 290-291 e 295.
[25] *Idem*, p. 288.
[26] Uma tipologia da tragédia romântica de destino foi proposta por Gorner que, como refere Kayser, "provou que para a tragédia de destino são típicos cinco grupos de motivos: incesto, profecia de uma desgraça, maldição sobre uma família, assassínio de parentes, regresso", entendendo Kayser que estes motivos encontram-se presentes no *Frei Luís de Sousa*: "todos os motivos se agrupam em torno de uma família e ligam-se numa cadeia ininterrupta ao serviço de um destino imperante, que conduz à destruição dessa família" (p. 299 ss.).
[27] Jacinto do Prado Coelho, *op. cit.*, p. 353.

De facto, a grandeza trágica do drama de Garrett não reside nos pormenores estruturais da tragédia, nem na peripécia da fábula (vinda do Romeiro), nem no progressivo reconhecimento de D. João de Portugal, mas nos problemas humanos, morais e de consciência com que se confrontam as personagens, nos seus sentimentos de culpa e nos sinais ominosos presentes desde o início do drama, que contribuem para adensar o clima trágico, culminando na catástrofe final.

Na impossibilidade de comentarmos todas as interpretações sobre a tragicidade de *Frei Luís de Sousa*, façamos ainda uma breve referência a Massaud Moisés, que compara a tragédia de Garrett com as tragédias gregas, examinando-a à luz de elementos estruturais do género, de acordo com a sua teorização na poética aristotélica. Eis alguns pontos da análise de Massaud Moisés: o trágico reside no inexorável da situação; o drama localiza-se no interior das personagens (o drama de Madalena é um drama ético-religioso, consistindo o seu conflito na impossibilidade de conciliação entre valores da honra e do amor); a religião católica desempenha a função da mitologia na tragédia clássica. Na análise das diversas sequências dramáticas, observa o autor a contenção das falas, a modulação do discurso, realçando a importância do adensar da atmosfera trágica sobretudo a partir da chegada do romeiro [28].

A questão da tragicidade de *Frei Luís de Sousa* é complexa e, embora diversos autores a tenham abordado, pode suscitar outras leituras, pois, tal como Wolfgang Kayser assinalou, "ainda não está bem determinada a essência trágica do drama" [29].

---

[28] Cf. Massaud Moisés, *A análise literária*, 7.ª ed., São Paulo, Cultrix, 1984, pp. 257 ss. O tratamento didáctico de *Frei Luís de Sousa* foi levado a cabo em diversos estudos, com vista ao seu ensino escolar. Salientamos os mais importantes e mais conhecidos: o de Luís Amaro de Oliveira, uma "realização didáctica" da obra, publicado pela Porto Editora, a *Introdução à leitura do Frei Luís de Sousa* de João Daniel Marques Mendes (Coimbra, Almedina, 1983) e o já referido estudo de Maria João Brilhante. Uma das leituras mais recentes sobre o *Frei Luís de Sousa* é uma introdução que Ofélia Paiva Monteiro escreveu para uma edição da obra publicada pela Livraria Civilização Editora (Porto, 1987), que apresenta novas achegas para a abordagem do arquitexto e do intertexto literário (conceito de drama, acção trágica e ironia trágica), retoma a análise do subtexto histórico e convalida interpretações anteriores, como as de Wolfgang Kayser e Costa Pimpão.

[29] Cf. Wolfgang Kayser, *op. cit.*, p. 295.

1.2. A configuração de género n'*Os Maias*

Abordaremos a configuração do modo narrativo e do género literário *romance* n'*Os Maias*, orientando-nos pelo esquema semiótico proposto por Jean-Marie Schaeffer como um modelo possível. Assim, o acto comunicacional realizado por Eça de Queirós, n'*Os Maias*, compreende três níveis: o da *enunciação*, realizado pela narrativa, o da *destinação*, que visa o seu público leitor, e o da *função*, que corresponde aos intentos culturais do escritor subjacentes ao projecto das "Cenas da Vida Real"[30]. A mensagem realizada no enunciado textual deste acto comunicacional integra ainda os níveis semântico e sintáctico[31].

A organização das componentes narratológicas releva de uma organização sintáctica e todos os elementos deste nível têm, na economia da obra, uma função semântica. O funcionamento não compartimentado dos diversos níveis é, aliás, uma característica do processo semiósico de significação do texto literário e, por conseguinte, também do processo de compreensão na leitura. Isto mesmo pode interpretar-se nas palavras de Schaeffer quando se refere ao problema "des liens entre les marqueurs textuels de l'intentionalité communicationnelle et les déterminations proprement syntaxiques et sémantiques de l'oeuvre"[32]. Entre as marcas textuais carregadas de intencionalidade destacamos o título e o subtítulo, por serem as que mais chamam a atenção do leitor. Outros elementos da retórica do romance também são investidos de uma intencionalidade cujos sentidos cabe à leitura descortinar[33].

---

[30] A ideia deste projecto foi anunciada por Eça em cartas dirigidas a Chardron, entre 1877 e 1878 (cf. Eça de Queirós, *Correspondência*, vol. 2 (leitura, coord., pref. e notas de Guilherme de Castilho), Lisboa, Imprensa Nacional-Casa da Moeda, 1983, pp. 300-303).

[31] Segundo Jean-Marie Schaeffer (cf. *op. cit.*, pp. 112-116), pelo nível sintáctico pode-se "designer l'ensemble des éléments qui encodent le message", englobando os seguintes elementos: "contraintes gramaticales, traits phonétiques, prosodiques et métriques, caractéristiques stylistiques, organisation macrodiscursive (narratologique, dramatologique, etc.)". No nível sintáctico, compreende-se também a organização estrutural da narrativa, nos termos em que foi conceptualizada, entre outros, por Claude Bremond e Roland Barthes.

[32] *Idem*, p. 107.

[33] Abordaremos, na parte III, estes investimentos quando tratarmos das possíveis leituras da obra em contexto escolar.

À análise da obra interessa, pois, que se observe a articulação entre o nível da enunciação e o nível da função, de modo a evidenciar os procedimentos macrodiscursivos e as motivações semânticas e estéticas que lhes subjazem. A abordagem destes procedimentos tem sido feita em diversos trabalhos que denotam uma preocupação com a leitura e o ensino desta obra em sede universitária. Entre os mais importantes, há que ter em conta os de cariz semiótico e estrutural, de Carlos Reis, que incidem sobre a globalidade textual (examinando exaustivamente o plano da história e o plano do discurso) e suas motivações estéticas [34]. Outro tipo de abordagem é a sociológica, levada a cabo por Isabel Pires de Lima, que, com base nas perspectivas metodológicas do estruturalismo genético (de Goldmann), e em combinação com outros contributos teóricos no âmbito da sociologia do romance, procura explicar a obra "como expressão de uma visão do mundo feita sobre o percurso de desilusão da Geração de 70 e sobre a consciência desistente dos Vencidos da Vida" [35]. Refira-se ainda a perspectiva de um Alan Freeland, que, orientando-se para o pólo da recepção, considera a relação pragmática que o texto estabelece com o leitor, através de estratégias retóricas a nível macrodiscursivo [36].

Não podemos deixar de mencionar contributos que são considerados históricos. Num ensaio já antigo, Alberto Machado da Rosa defende que o sentido do romance se constitui através de três dimensões, a histórica, a simbólica e a trágica, que se projectam na obra para a "reprodução imanente e transcendente da realidade", com uma finalidade ideológica que ultrapassa a primeira instância de significação, isto é, a representação da sociedade da época, o que permite àquele crítico fazer a seguinte afirmação: "Os *Maias* são, superficialmente, um fresco caricatural da sociedade portuguesa do século XIX em forma de crónica de costumes, com fortes características de romance folhetinesco" [37]. Num ensaio inserido em *Ao contrário de Penélope* [38], Jacinto do Prado Coelho analisa a obra à luz do princípio da coesão estrutural e semântica, considerando que

---

[34] Cf. Carlos Reis, *Introdução à leitura d'Os Maias, op. cit.*

[35] Cf. Isabel Pires de Lima, *As máscaras do desengano. Para uma abordagem sociológica de "Os Maias" de Eça de Queirós,* Lisboa, Caminho, 1987.

[36] Cf. Alan Freeland, *O leitor e a verdade oculta. Ensaio sobre* Os Maias, Lisboa, Imprensa Nacional-Casa da Moeda, 1989.

[37] Cf. Alberto Machado da Rosa, *op. cit.*, p. 343.

[38] Cf. Jacinto do Prado Coelho, "Para a compreensão d'*Os Maias* como um todo orgânico", in *Ao contrário de Penélope*, Lisboa, Bertrand, 1976, pp. 167-188.

"o projecto global de escrever, de explicar Portugal como problema é, no romance, o seu mais forte princípio de unidade, desdobrando-se nos temas centrais do Amor e do Ódio, abrangendo a história dos Maias, a tragédia de Carlos e a comédia lisboeta". Entre outros aspectos da composição da obra, analisa a interdependência entre acção e tempo e a estratégia da ironia como forma de matizar o impacto do insólito que o incesto configura[39]. António José Saraiva, por seu turno, orienta-se para uma leitura da obra de Eça, procurando traçar a evolução do escritor[40]. Em relação a *Os Maias*, aquele ensaísta considera, no capítulo intitulado "Um inquérito à vida portuguesa", que Eça realizou uma *análise sociológica* da burguesia portuguesa. Nesta perspectiva de interpretação, ele sublinha os *objectivos* a que o escritor se propôs, o *método* utilizado e o *diagnóstico* a que chegou, bem como a visão de conjunto que o norteava. Quanto ao método, diz-nos que, para Eça, tratava-se de "considerar o homem como um produto ou um 'resultado', e classificá-lo em tipos, ou classes variáveis conforme as condições", enquanto em relação ao diagnóstico concluía pela "*incapacidade da classe dirigente*, isto é, da burguesia, cujos rebentos são Acácio, Ernestinho, etc., e cujos produtos são, politicamente, o constitucionalismo e o jacobinismo republicano, e, literariamente, a retórica romântica"[41].

No que diz respeito à abordagem dos procedimentos literários na obra, há que ter em conta outros elementos de amplo alcance, a nível sintáctico, tanto como retórico. Referimo-nos à presença de tipos de discurso que o romance, como género sincrético e pluridiscursivo que é, tem a capacidade de incorporar, a exemplo da argumentação, da dissertação e do ensaio[42].

As componentes compositivas que, regra geral, sobressaem na leitura da obra, na convergência dos níveis sintagmático e paradi-

---

[39] *Idem*, p. 188.
[40] In *As ideias de Eça de Queirós*, Lisboa, Bertrand, 1982, pp. 117-138.
[41] *Idem*, p. 133.
[42] Como se sabe, deve-se a Bakhtine o pioneirismo na abordagem da natureza pluridiscursiva do romance. Sobre as formulações teóricas de Bakhtine, ver os seguintes textos: *Esthétique et théorie du roman*, Paris, Gallimard, 1978; "Composition et genre", in *La poétique de Dostoievsky*, Paris, Seuil, 1970, pp. 145--237; "Les genres du discours", in *Esthétique de la création verbale*, Paris, Gallimard, 1984, pp. 265-308. Por outro lado, na obra de Tzvetan Todorov, *Mikhail Bakhtine. Le principe dialogique suivi de Ecrits du Cercle de Bakhtine*, Paris, Seuil, 1981, encontra-se uma síntese da teorização de Bakhtine sobre os géneros (ver sobretudo pp. 123-131).

gmático, são de natureza semântica, já que o código semântico-
-pragmático é aquele que se apreende numa primeira instância de leitura. Assim, um aspecto que se descortina com maior evidência, no
nível semântico, é a temática da obra (que pode ser inferida como a
crítica social à sociedade burguesa da Regeneração), a qual sustenta e
comprova a intencionalidade comunicativa d'*Os Maias*.

É em função deste sentido nuclear que devemos compreender as
opções literárias levadas a cabo pelo escritor no processo de
construção de uma combinatória na qual têm fundamental importância,
entre outros, os seguintes elementos: composição da acção, delimitação da intriga principal e secundária, desenho das personagens,
configuração dos ambientes e espaços sociais, modos de representação
narrativa, estratégias literárias a nível macrodiscursivo e procedimentos retórico-estilísticos. Entre estas, poderíamos considerar as
formas de introduzir a história na ficção, de acordo com uma das
prerrogativas da mimese realista.

O entendimento do conceito de género literário n'*Os Maias*
demanda, como temos vindo a referir, o reconhecimento pragmático de
um conjunto de procedimentos textuais, tanto a nível semântico como
sintáctico, sendo através desse reconhecimento que o leitor identifica
os códigos do romance de acordo com o modelo de género interio-
rizado na sua *enciclopédia* literária. Assim, é entre o sistema do género
romance, a obra individual e o intertexto literário e cultural no qual ela
se situa que devemos radicar, metodologicamente, abordagens que
permitam apreender a representação das categorias literárias do
romance. A análise da configuração dos modos e géneros n'*Os Maias*
implica, pois, a compreensão da construção de uma combinatória, para
o que não basta o conhecimento teórico do conceito de género literário;
precisamos ainda de operar com o conceito histórico de género, porque
o escritor, no processo de criação do romance, tem à sua disposição
modelos anteriores – os do romance realista e naturalista configurando-se como os mais importantes. Por isso, em situação de leitura no
Ensino Secundário, há que delimitar estratégias que contemplem a
abordagem destes modelos.

Ao estudar a elaboração do romance, não podemos perder de
vista diversos problemas que foram abordados pela crítica queirosiana.
Carlos Reis e Maria do Rosário Milheiro, ao analisarem a preocupação
construtiva de Eça na elaboração do romance, sublinham o interesse de
se relacionar a perspectiva do escritor com a concepção ingardeniana
da obra literária como uma produção multistratificada. Retemos desse

estudo sugestões sobre articulações entre componentes da narrativa e determinados estratos textuais. Dizem os autores: "não se trata agora de fazer corresponder categorias da narrativa a estratos localizados na estrutura polifónica da obra literária e analisáveis por meio dessa 'incisão transversal' de que fala Ingarden. Mas deve reconhecer-se o que existe de comum, pelo menos no plano das sugestões operatórias, entre uma descrição regida pelo princípio da pluristratificação e os procedimentos construtivos que Eça privilegia"[43].

Ao longo desta exposição temos vindo a considerar subsídios teóricos e perspectivas metodológicas que reputamos complementares e, em alguns casos, mesmo coincidentes. A opção por determinado prisma teórico resulta, em última instância, dos elementos específicos a considerar, de acordo com a complexidade da obra literária. Assim, vejamos Schaeffer: "une oeuvre littéraire, comme tout acte discursif, est une réalité sémiotique complexe et pluridimensionnelle: de ce fait, la question de son identité ne saurait avoir de réponse unique, l'identité étant au contraire toujours relative à la dimension à travers laquelle on l'appréhende"[44]. Notamos que este ponto de vista sobre a pluridimensionalidade da obra já se encontra na teorização de Ingarden, embora numa perspectiva diferente.

Atentemos nas categorias de maior representatividade semântica na obra em apreço, justamente por serem as mais directamente implicadas no processo da leitura, em que o leitor actualiza o modelo teórico de género literário. A categoria da personagem é, como já se referiu, aquela que mais chama a nossa atenção. A elaboração das personagens n'*Os Maias* (e também em muitas outras obras) obedece evidentemente às convenções estéticas do Realismo. O escritor actualiza e recria certas convenções genéricas realizadas pelas obras do Realismo e do Naturalismo, mas também do Romantismo, como um quadro anterior que não pode deixar de intervir na produção e na recepção da obra. De facto, Eça ostenta ingredientes românticos na configuração de certos temas, quadros, situações e personagens, de

---

[43] Cf. Carlos Reis e Maria do Rosário Milheiro, *Construção da narrativa queirosiana. O espólio de Eça*, Lisboa, Imprensa Nacional-Casa da Moeda, 1987, p. 127.

[44] Jean-Marie Schaeffer, *op. cit.*, p. 80. Uma outra sugestão teórica que pode servir de auxílio metodológico é a de Iuri Lotman sobre a organização estrutural da obra literária, enquanto *sistema modelizante secundário*. Veja-se *A estrutura do texto artístico*, Lisboa, Estampa, 1978.

acordo, como sabemos, com os intentos de crítica social própria do romance realista-naturalista.

A compreensão da representação das personagens queirosianas solicita o conhecimento do intertexto histórico-literário, a fim de considerar certos modelos do escritor. Assim, uma personagem como Luísa, d'*O primo Basílio*, não pode ser totalmente compreendida sem que relacionemos a sua composição com traços de personagens de outros universos literários: a figura da mulher romântica, heroínas como Ema Bovary, Margarida Gautier, etc. Deste modo, compreendemos que o conceito de personagem se deixa preencher por várias realizações, consoante as obras em questão, sendo, em níveis distintos, um conceito teórico e histórico. Com efeito, na leitura de um romance, o que nos permite a interpretação das personagens é, por um lado, os elementos que o texto nos oferece e, por outro, o nosso modelo interpretativo, espécie de código que orienta as operações hermenêuticas.

Em contexto de leitura escolar, trata-se de levar a cabo as operações hermenêuticas que possibilitem o investimento desses modelos, de acordo com as necessidades didáctico-pedagógicas, sendo frutífera a interpretação dos tipos de personagens representadas, bem como dos seus modos de representação pelo discurso (processos de caracterização, modos de focalização narrativa, etc.). No caso d'*Os Maias*, a caracterização física e psicológica obedece prioritariamente aos processos da estética realista, em conjugação com alguns processos da estética naturalista, estes últimos aplicados na representação de um número mais reduzido de personagens[45].

A produtividade semântica da personagem, bem como de outras categorias (acção, espaço, tempo, etc.) e estratégias textuais levadas a cabo na sua representação, relaciona-se intimamente com os sentidos que a obra veicula. Pretendendo o autor, como se sabe, realizar uma obra com preocupações de crítica dos esquemas por que se governava a burguesia decadente e, por conseguinte, uma determinada época e espaço social, interessava-lhe pôr em cena personagens representativas de tal situação. Para caracterizar, analisar e criticar esse ambiente de degra-

---

[45] Sobre a questão da focalização narrativa n'*Os Maias*, veja-se Carlos Reis, *Introdução à leitura d'Os Maias*, op. cit., pp. 101-124, e *Estatuto e perspectivas do narrador na ficção de Eça de Queirós*, 3.ª ed., Coimbra, Almedina, 1984, pp. 115-175, e também Margarida Vieira Mendes, "'Pontos de vista' internos num romance de Eça de Queirós: 'Os Maias'", in *Colóquio/Letras*, 21 (1974), pp. 34-47.

dação moral, de *desencanto* e *desengano*, criou um friso de personagens que corporificam, no seu conjunto, os vícios da sociedade coeva.

A exemplaridade da categoria do espaço n'*Os Maias* pode ser observada pela forma como surge na obra. Enquanto que a estratégia discursiva convocada para a representação do espaço físico e psicológico é, preferencialmente, a descrição, verifica-se o predomínio da narração na representação do espaço social, associado embora a uma permanente intenção de *dar a ver*, recorrendo-se, por isso, também à descrição. Dada a sua importância nesta obra, o contexto histórico é representado através de inúmeros elementos, que surgem tanto nos segmentos narrativos como nos descritivos. Na consideração do contexto histórico, não deixamos de observar aspectos do espaço e do tempo, categorias fundamentais no romance realista.

Numa análise que relacione os elementos da intriga romanesca com o plano do discurso, uma outra categoria narrativa que importa considerar é a do narrador, interessando descortinar o seu modo de realização textual, a sua função semântica e estética. Esta categoria é central no romance, por ser a que orienta a nossa compreensão da diegese, assumindo, portanto, a responsabilidade pela emissão do relato.

Em contexto didáctico, na abordagem destas componentes, trata--se de fazer opções consoante o nível de leitura crítica e os objectivos de ensino-aprendizagem a atingir. Sejam quais forem as opções, elas deverão ter em conta, entre outras questões, a génese da obra, o texto que nos chegou e as leituras posteriores.

Considerando ainda o nível das relações entre texto e intertexto literário, tratar-se-á de estudar as múltiplas relações entre *Os Maias* e outros textos literários. A representação de um eixo sincrónico permite-nos apreender o *modelo teórico* do género numa realização histórica, de acordo com ensinamentos da estética da recepção. Neste sentido, a informação metodológica necessária ao entendimento da configuração dos conceitos de modo narrativo e do género *romance* n'*Os Maias* permite o alargamento dos conhecimentos dos estudantes sobre um conjunto de referências que poderão ser investidas em outras situações, respeitando-se sempre os problemas particulares que a leitura de cada obra suscita. De facto, não se pretende apenas fazer com que os alunos compreendam *o modelo* de romance, mas também que percebam a exemplaridade do modo narrativo, através da realização das suas categorias num tipo de romance, o realista.

Em qualquer estudo sobre os géneros há que ter em conta o carácter histórico das suas convenções. No caso do romance, género em permanente evolução, não se pode deixar de considerar o facto de os seus códigos serem de uma natureza movente. Como disse Bakhtine, "le roman ne possède pas le moindre canon! Par sa nature même il est a-canonique. Il est tout en souplesse. C'est un genre qui éternellement se cherche, s'analyse, reconsidère toutes ses formes acquises. Ce n'est possible que pour un genre qui se construit dans une zone de contact direct avec le présent en devenir!"[46].

Sublinhada a importância de se considerar o carácter histórico dos géneros literários (Bakhtine, Jauss) e o seu funcionamento semiótico (Genette, Schaeffer), sempre em contexto de ensino da literatura, sintetizemos os elementos que configuram a exemplaridade do modo narrativo e do romance n'*Os Maias*. Por exemplaridade entendemos, repita-se, a nítida configuração de categorias narrativas que servem de instrumentos cognitivos no processo da leitura e que têm, portanto, uma importante função hermenêutica. Tendo em conta o plano da história, tal exemplaridade manifesta-se, desde logo, na delimitação de dois planos da acção (intriga e crónica de costumes) e na elaboração das intrigas (a principal, envolvendo Carlos da Maia e Maria Eduarda, e a secundária, com Pedro da Maia e Maria Monforte). Outras categorias do plano da história, como as personagens e o espaço, são facilmente apreendidas no processo da leitura. Das personagens, permanecem na memória do leitor sobretudo os tipos sociais marcantes: Alencar (o poeta ultra-romântico), Cohen (a encarnação do espírito materialista na figura do banqueiro), Gouvarinho (em quem se concentra a deliquescência política da nação), etc. No que diz respeito ao espaço físico, para referir apenas um dos tipos de espaço, embora o texto forneça elementos caracterizadores, a sua apreensão, muitas vezes, é menos definida do que a das personagens, temas e acções, visto ser modelizado sobretudo através da descrição, estratégia a que certos leitores são menos sensíveis. Quanto à exemplaridade das categorias que estamos a tratar, no plano do discurso narrativo, há que atentar também na sua realização a nível linguístico, nos procedimentos estilísticos que traduzem a verosimilhança realista e os intentos de crítica social[47]. As estratégias discursivas subjacentes à

---

[46] Cf. Mikhail Bakhtine, *Esthétique et théorie du roman, op. cit.*, p. 472.

[47] Atente-se em alguns procedimentos estilísticos como o *registo animista*, na descrição da realidade subordinada a uma visão de grande dinamismo e plasticidade, e o *impressionista*, na representação discursiva dos contornos da realidade, segundo a impressão que ela suscita no observador. Para a produção desses registos, o escritor

construção do romance suscitam, pois, uma abordagem que diz respeito à sua organização no plano de uma retórica textual, em cuja instância podemos ver a representação de códigos do romance e seu rendimento no plano de uma estilística textual.

Se é verdade que as categorias do modo narrativo, actualizadas nos códigos do romance, se representam claramente n'*Os Maias*, não devemos prender-nos a este facto de natureza teórica (distinção entre modos e géneros) para explicar a fortuna estética da obra. Para tal, teríamos de enveredar pela sociologia da leitura, com o apoio de subsídios teóricos e metodológicos que permitissem explicar o sucesso da obra (as suas traduções, edições, etc.), segundo uma orientação e finalidade alheias a este trabalho.

Interessando-nos a obra enquanto objecto de leitura escolar, iremos expor a investigação e os resultados desse assunto ainda nesta parte II, analisando as leituras dos alunos e tomando, então, um posicionamento mais avaliativo (reservamos para a parte III a apresentação de estratégias de leitura escolar), pelo que, aqui, nos limitamos a realçar a exemplaridade com que *Os Maias* realizam as categorias do modo narrativo e do romance.

1.3. O modo lírico em *Orfeu rebelde*

A leitura do texto lírico pode apresentar alguns problemas relacionados com a dificuldade de apreendê-lo semântica e formalmente devido ao seu carácter abstractizante, ao contrário da narrativa, propensa para a exteriorização[48]. A apreensão dos sentidos,

---

utiliza vários recursos como a sinestesia e a hipálage, para além de um uso estilístico especial do adjectivo, do verbo, do advérbio e de outras categorias gramaticais. Os procedimentos referidos traduzem, em suma, um estilo vocacionado para a prática da ironia (com uma função de crítica social) e para a representação pictórica da realidade. Estas questões estão sumamente contempladas na obra de Ernesto Guerra da Cal, *Língua e estilo de Eça de Queirós*, 4.ª ed., Coimbra, Almedina, 1981.

[48] A propósito do universo representado na poesia lírica, disse Hegel: "Il ne s'agit donc pas ici d'une totalité substantielle se développant sous la forme d'événements extérieurs, mais l'intuition, le sentiment, la méditation de la subjectivité repliée sur elle-même expriment même le plus substantiel et le plus concret comme faisant partie du sujet, comme se rattachant étroitement à ses passions, dispositions et réfléxions, comme naissant en lui au moment même où il s'exprime", in *Esthétique*, vol. 4, Paris, Aubier, 1944, p. 89.

na poesia, exige, mais do que no caso da narrativa, uma especial competência linguística e literária. De facto, só um leitor com acuidade filológica e sentido estético estará apto a decifrar as imagens do poema, a compreender a sua modulação rítmica, a estabelecer relações no plano da sua construção sintáctica, etc.

Por outro lado, a diversidade de manifestações do texto lírico constitui um factor que aumenta as dificuldades da sua legibilidade pedagógica, sobretudo se tivermos em conta a necessidade de levar o estudante a adquirir uma noção genérica do modo lírico, bem como a conceptualizar as convenções de géneros literários líricos. Hegel observou esta questão no tratamento da obra de arte lírica, afirmando que, "en ce qui concerne le poème lyrique, en tant qu'oeuvre d'art poétique, il est difficile de le caractériser d'une façon générale, tant est grande la variété des modes de conception et des formes aussi bien que celle des contenus"[49]. Considerando a poesia moderna, as dificuldades de interpretação podem ser maiores devido à sua rebeldia a processos de codificação. De facto, desde o Romantismo até às múltiplas manifestações do Modernismo, e não esquecendo as estéticas finis-seculares, a história da poesia moderna é pautada pela busca de novas e originais soluções estéticas, o que se reflecte na permanente transformação das formas poéticas[50].

---

[49] Cf. Hegel, *op. cit.*, p. 186.

[50] No ensaio *Sctructures de la poésie moderne*, Paris, Denoël/Gonthier, 1976 (1956), Hugo Friedrich apresenta uma sugestiva e fundamental caracterização da poesia moderna, abordando, entre outros, Baudelaire, Rimbaud e Mallarmé. No primeiro capítulo da obra, examina os aspectos em que a poesia moderna se apresenta como *dissonante* em relação aos padrões da estética romântica. Assim, fazem parte das estruturas dissonantes o culto da obscuridade, uma nova concepção de mundo e de língua, em nome da qual os poetas valorizam antes a expressão e já não o conteúdo, de acordo com a noção de que o poema fala à inteligência mais do que à alma. Na elaboração discursiva, verifica-se uma atitude de transformação dos materiais (a nível do léxico, da sintaxe, do ritmo, da sonoridade, etc.), que traduz o carácter experimental desta poesia que se impõe como uma "comunidade de estrutura". Friedrich chama a atenção para um aspecto que, de certo modo, se relaciona com a questão dos géneros literários. Secundando argumentos de Lautréamont, comenta que a lírica moderna, pela sua absoluta singularidade (imagens incisivas, visão despoetizada da própria poesia, etc.), apresenta uma impossibilidade de precisão e de assimilação, afirmando-se diferente e distante do resto da literatura. No que à questão genológica diz respeito, podemos pensar que esta prática de um estilo individual faz com que a poesia moderna ilustre muito mais as potencialidades do modo lírico em detrimento da reiteração de géneros literários poéticos.

Ao contrário de outras épocas, em que vigoraram poéticas prescritivas, não há, no discurso poético moderno, lugar para a imposição de géneros, apesar da ressurgência das chamadas "formas fixas" como o soneto. A poesia moderna é de todas as formas literárias a menos permeável a processos de codificação, a exemplo dos que ocorrem em géneros literários como o romance, o conto, a novela, a tragédia ou o drama histórico[51]. Em virtude da diversidade de manifestações do texto lírico, o seu ensino em contexto escolar implica a adopção de diversas estratégias metodológicas, como a problematização acerca da natureza da linguagem poética, a consideração de diferentes realizações estéticas dos géneros poético-líricos, a tomada de consciência do papel dos cânones poéticos, sem perder de vista as situações de reiteração ou de superação de códigos estéticos (é o caso das obras epigonais e das que instauram a ruptura e surgem como potencialmente inovadoras).

Uma obra como *Orfeu rebelde* oferece a oportunidade para realizar este estudo, pelas particularidades com que realiza o modo lírico. Refira-se, desde já, que ela não nos permite uma abordagem de códigos de género, o que não significa que tal impossibilidade seja reveladora de qualquer limitação, conforme adiante demonstraremos.

Muitas outras obras nos serviriam para demonstrar a exemplaridade e as potencialidades do modo lírico: o pendor subjectivo e reflexivo, a tendência para a manifestação de emoções e estados interiores, etc.[52]. Considerando que a compreensão semântica das características do modo lírico é uma questão complexa, visto apresentar dificuldades para o leitor em processo de formação, entendemos

---

[51] Embora se verifiquem procedimentos literários comuns a diversos autores, isto não é suficiente para a sua constituição em códigos poéticos absolutamente estáveis.

[52] Utiliza-se o termo *lírico* associado a termos como *texto, discurso* ou *poesia*, considerando-se certas características textuais. Assim, quando se fala em *texto lírico* designa-se implicitamente um tipo de texto pertencente ao modo lírico. No entanto, de acordo com o uso e a tradição, o termo *lírico* é utilizado na acepção de género literário, o que nos parece incorrecto de acordo com a conhecida distinção entre modos e géneros literários. Para uma informação teórica e didáctica, vejam-se, entre outros trabalhos importantes, os de: Clara Rocha, "Didáctica do texto poético", in *Cadernos de Literatura*, 10 (1981), pp. 42-55; Carlos Reis, "Metodologias críticas e géneros literários", *idem*, pp. 13-24, e "A poesia lírica", in *O conhecimento da literatura. Introdução aos estudos literários, op. cit.*, pp. 305-339; e ainda Vítor Manuel de Aguiar e Silva, "O texto lírico", in *Teoria da literatura*, 5.ª ed., Coimbra, 1983, pp. 582-596.

ser *Orfeu rebelde* uma obra bastante acessível à leitura escolar, pela exemplaridade da realização do modo lírico, que se traduz no plano da configuração das componentes semântico-pragmáticas e retórico--estilísticas, bem como no efeito estético resultante.

Por outro lado, o facto de esta obra não se situar numa linha de ruptura de códigos estéticos constitui um factor que favorece o seu estudo. Isto quer dizer que, diante de discursos caracterizados por um grande hermetismo (o de um Herberto Helder, António Ramos Rosa ou da poesia simbolista), podem os alunos apresentar dificuldades de compreensão semântica e, por conseguinte, serem perturbadas, anuladas ou diminuídas a inteligibilidade do texto e a fruição estética.

Uma leitura orientada de *Orfeu rebelde* propicia, pois, a aquisição de esquemas conceptuais do modo lírico, que contribuem para a compreensão de um dos modos de realização da literatura. É justamente a eficácia semântico-pragmática deste discurso poético que garante as suas possibilidades de comunicação com o leitor, o que, no plano didáctico-pedagógico, não se pode deixar de considerar[53]. De outro modo, em contexto escolar, prevê-se que um leitor minimamente capaz aceda às componentes semântico-pragmáticas e valorize a sua dimensão estética.

Na consideração empírica desta questão, atentemos em alguns aspectos de *Orfeu rebelde*. O discurso literário tematiza a condição de poeta, apresentando, ao mesmo tempo, uma reflexão de cariz ontológico sobre a existência e a dimensão metafísica do homem. Esta dimensão ontológica é, em outro registo, assumida pelo poeta ao

---

[53] Sabendo-se que todo o texto contém os sinais da sua orientação para o leitor, há casos em que vacila a interacção deste com aquele. Se compararmos a legibilidade semântica de *Orfeu rebelde* com a de *Oaristos*, de Eugénio de Castro, é notória a maior complexidade do segundo em relação ao primeiro, o que não significa uma maior eficácia estética nem qualidade literária, que dependem da especificidade estética das obras e do modo como são "concretizadas" na leitura. Tanto Eugénio de Castro como Torga exemplificam o modo lírico (em termos de conteúdo e de expressão), mas a poesia de Eugénio de Castro, pelos inovadores procedimentos discursivos e estilísticos, torna-se de difícil legibilidade semântica, sendo necessário que o leitor possua conhecimentos da poética do Simbolismo e de outras correntes estéticas finisseculares. Ora, nada disso ocorre em relação à poesia de Miguel Torga, em virtude de a sua linguagem poética ser, sobretudo para o leitor escolar, mais acessível do que a de Eugénio de Castro. Não se conclua que recusamos o estudo escolar de Eugénio de Castro. A questão aqui em causa é a da inteligibilidade dos textos para os alunos, isto é, o grau de legibilidade das componentes discursivas e das categorias dos modos e géneros literários.

afirmar que "escrever é um acto ontológico"[54]. Um sugestivo exemplo desta dimensão do texto é plasmado nos seguintes versos: "Cavo,/ Lavo,/ Peneiro,/ Mas só quero a fortuna/ De me encontrar"[55].

Três vectores semânticos estruturam os sentidos fundamentais do discurso: a figura mitopoética do poeta; a figura e a demanda mitopoéticas da poesia; a figura e a demanda mitopoéticas do ser. Com a expressão *figura mitopoética* designamos os conceitos mítico e poético, na medida em que o discurso poético instaura a figura como mito (poético e verbal). Nas figuras do poeta, da poesia e do ser, o termo *figura* é entendido como um signo discursivo (transfrástico) que designa o conjunto de enunciados textuais que nos permitem compor uma imagem do poeta, da poesia e do ser[56].

As componentes temáticas são textualizadas através de um discurso predominantemente metapoético, que se fundamenta no intertexto mítico greco-clássico, ao qual os poetas da cultura ocidental recorreram como fonte de inspiração, reconhecendo em certas figuras míticas um valor paradigmático da poesia, como é o caso da de Orfeu.

A legibilidade semântico-pragmática do discurso poético de *Orfeu rebelde* sustenta-se ainda no plano da enunciação retórico-estilística. Desde logo, estamos diante de uma poesia construída com uma forte intenção perlocutória, destacando-se, entre as estratégias de maior eficácia estética (e que suscitam uma maior compreensão por parte do leitor), a discursividade e o impacto das imagens. Em Miguel Torga, a discursividade serve à expressão de um imaginário que prolonga, a exemplo de outros poetas modernos, como um José Régio ou Vitorino Nemésio, o filão romântico (não exclusivamente português) da perquirição ontológica e da reflexão sobre a problemática religiosa e existencial.

Façamos uma síntese dos elementos que permitem comprovar as opções discursivas a nível enunciativo e que denotam uma escrita sob o signo da repetição, o seu traço estilístico mais significativo, que se traduz numa estratégia positivamente condicionadora, em termos comunicativos, do impacto da sua mensagem.

---

[54] Cf. Miguel Torga, *Diário XII*, 2.ª ed., Coimbra, Ed. do Autor, 1977, p. 150.

[55] Cf. Miguel Torga, *Orfeu rebelde*, 2.ª ed. rev., Coimbra, Ed. do autor, 1970, p. 81.

[56] Cf. Cristina Mello, "A demanda mitopoética da poesia em *Orfeu rebelde*", in AA.VV., *Aqui, neste lugar e nesta hora. Actas do primeiro congresso internacional sobre Miguel Torga*, Porto, Universidade Fernando Pessoa, 1994, pp. 325-334.

A construção redundante permite-nos apreender a forma como se estruturam, ao longo do livro, de modo coerente, as figuras deste discurso. O projecto essencial de *Orfeu rebelde* consiste, assim, numa reflexão sobre os imponderáveis da poesia, à qual o poeta confere um valor ontológico. De acordo com este sentido, o texto encena a figura de um drama, em cujo centro actua o sujeito poético. A entidade principal do discurso é, pois, o poeta miticamente demandando o ser e a poesia, de um modo obsidiante, o que se reflecte nos planos semântico e formal do discurso, em procedimentos estruturantes de uma poesia de grandes efeitos persuasivos. Deste modo, o anaforismo semântico, em *Orfeu rebelde*, constitui uma necessidade retórica, de acordo com a intencionalidade semântico-pragmática da obra, isto é, a necessidade de tematizar a figura do poeta e da demanda da poesia e do ser.

Chamemos a atenção para um outro aspecto que, de certo modo, também se relaciona com a questão dos modos literários: o semantismo de recorte trágico. Interpretamos a demanda do ser e da poesia como uma espécie de fábula poética disseminada no texto: o poeta procura o ser e a poesia, mas sabe, de antemão, que a sua busca tem limites. Deste modo, o texto de *Orfeu rebelde* remete-nos para o intertexto mítico indiciado a partir do título do livro. O horizonte que se nos descortina é o seguinte: o texto encena as impossibilidades de o poeta atingir o objecto da demanda devido à sua impotência, qual "herói" incapaz de superar os dilemas com que se vê confrontado, numa viagem órfica, semelhante, portanto, à de Orfeu. Deste modo, o semantismo de recorte trágico e dramático pode ser entendido de acordo com uma concepção do trágico enquanto sentimento funda-mental inerente ao homem e que ao longo da história tem sido explicado por diversas disciplinas (filosofia, antropologia, psicologia, literatura). O sentimento dramático-trágico que alimenta a poesia de Miguel Torga é de cariz metafísico (incluindo a questão religiosa) e existencial e sustenta uma visão conflituosa da existência humana. Esta forma *problemática* de experienciar a realidade e de ver o mundo é inspirada na filosofia do escritor e filósofo espanhol Miguel de Unamuno, autor de um importante ensaio sobre esta questão: *Do sentimento trágico da vida* (1914)[57]. Em termos conceptuais, a

---

[57] Sobre estas questões, ver Jesús Herrero, "Poeta do sentimento trágico da vida", in *Miguel Torga poeta ibérico*, Lisboa, Arcádia, 1979, pp. 87-96. As considerações que fizemos sobre o trágico, na alínea 1.1. deste capítulo (sobre a

expressão *tom dramático* adequa-se mais à conceptualidade expressa pelo discurso de Torga, sendo a expressão *tom trágico* um pouco excessiva.

Continuando a análise do discurso poético de *Orfeu rebelde*, vejamos os procedimentos estilísticos mais importantes e respectivas funções estéticas. Destacamos, em primeiro lugar, a feição analisante do discurso, patente numa estruturação de tipo tópico-comentário. Esta estrutura analisante corresponde a uma discursividade convergente, com recorrência ao paralelismo e à simetria sintácticos. Tal organização pode ser surpreendida também na feição cumulativa dos períodos, assegurando a coesão textual. A recorrência ao aposto e à repetição torna a progressão temática pausada e o discurso alongado e circunloquial. A imbricação temática do discurso é reforçada também no plano da versificação, com um ritmo muito marcado, que o uso da rima acentua. Estamos diante de uma poesia propícia à leitura em voz alta, marcada por uma cadência ampla, desenvolvida, de certo modo solene, que reforça a sua intencionalidade comunicativa. Para esta orientação contribui a representação de temas de forte impacto semântico como os da morte, da justiça, da liberdade, da insatisfação e do sofrimento.

Atentemos nos procedimentos que configuram a reiteração temática. A repetição transpoemática traduz a obsessão por certos lexemas e temas fundamentais que sustentam a busca poética e ontológica, e que se estruturam de modo antinómico, como a oposição vida/morte e o binómio imanência/transcendência. A recorrência desta polaridade pode apresentar-se através de outras expressões antinómicas como caminho/eternidade. Por outro lado, a reiteração semântica, com a anáfora, garante os nexos versificatórios e reforça a expressividade[58]. Ao longo do livro alicerça-se uma identidade

---

configuração dos modos e géneros no *Frei Luís de Sousa*), enquanto *conceito literário* ("essencialidade", "modo literário derivado") e enquanto *conceito filosófico*, são válidas para a interpretação do trágico em *Orfeu rebelde*. No entanto, não consideramos necessário para a abordagem da representatividade do modo lírico, nesta obra, apresentar uma exposição do tipo da que fizemos em relação ao drama de Garrett.

[58] Entre outros exemplos, mencionamos os seguintes: "Em cada gesto,/ Em cada grito,/ Em cada Verso!" (p. 14); "Outro ano,/ Outra flor, outro perfume" (p. 40). A anáfora polissindética marca uma cadência rítmica de grande poder sugestivo: "É como se os ribeiros,/ E as torrentes,/ E os rios,/ E os lagos que há no mundo/ Se juntassem num trágico oceano/ Sem margens de sossego" (p. 60). Repare-se que a recorrência a lexemas que contêm o sema da água confere uma expressão hiperbólica ao sofrimento do poeta, cuja profundidade é comparada à imensidão do mar.

pessoal, pela reiteração semântica da figura do poeta, com relevo para os títulos dos poemas ("Identificação", "Biografia", "Depoimento", "Profissão", etc.), elementos gramaticais como os adjectivos e os deícticos e ainda o próprio processo metafórico.

Outras figuras de repetição utilizadas em *Orfeu rebelde* são a enumeração e a acumulação (formas de amplificação)[59], que se adequam ao estilo enfático e persuasivo do discurso poético de Miguel Torga. Nos versos "O que penso,/ O que sinto,/ O que digo/ E o que faço/ É que pede castigo"[60], a enumeração visa a valorização da condição do sujeito: na verdade, é toda a sua vida que "pede castigo". O processo característico da acumulação consiste no acrescentamento de elementos: "On ajoute des termes ou des syntagmes de même nature et de même fonction, parfois de même sonorité finale"[61]. Por vezes, os elementos da enumeração e da acumulação surgem individualizados, assim chamando a atenção para o enunciado que os encerra: "Encarar,/ Castigar/ E perdoar" e "Belo,/ Raro,/Acabado"[62].

A estrutura poemática obedece a um encadeamento lógico-discursivo que respeita a gramaticalidade tradicional, começando quase sempre por um enunciado que constitui um tópico, o restante do texto sendo o seu comentário. Por vezes, o tópico pode aparecer noutros locais do texto, que não no seu início. Numa boa parte dos

---

[59] Segundo Bernard Dupriez, o objectivo da amplificação é "dévélopper les idées par le style, de manière à leur donner plus d'ornement, plus d'étendue ou plus de force". Quanto à dificuldade em precisar com nitidez a especificidade da enumeração e da acumulação, considera Dupriez que nem sempre é possível distingui-las com clareza, e acrescenta: "l'une et l'autre peuvent être longues, baroques (...) Mais l'accumulation garde quelque chose de moins logique: elle saute d'un point de vue à l'autre, semble pouvoir se poursuivre indéfiniment, tandis que l'énumération a une fin, même si les parties énumerées sont contradictoires". Cf. *Gradus. Les procédés littéraires. (Dictionnaire)*, Paris, 10/18, 1984, pp. 21-22 e 41.

[60] Cf. Miguel Torga, *op. cit.*, p. 58.

[61] Cf. Dupriez, *op. cit.*, p. 21.

[62] Miguel Torga, *op. cit.*, pp. 13 e 29. Refiram-se ainda outros exemplos de acumulação: "A procura não sei/ De que palavra, síntese ou imagem!" (p. 30); "Passou o inverno, veio a primavera,/ Deitou-se a noite, ergueu-se a madrugada" (p. 32). Na sequência dos versos "Dois homens num só rosto!/ Uma espécie de Jano sobreposto,/ Inocente,/ Impotente,/ E condenado/ A este assombro de se ver forrado/ Dum pano de negrura que desmente/ A nua claridade do outro lado" (p. 15), a acumulação de quatro adjectivos (sobreposto, inocente, impotente, condenado) contribui para a caracterização minuciosa do conflito íntimo do poeta. Sem preocupação de exaustividade, encontrámos outros exemplos deste procedimento estilístico em poemas como "Alvo" (p. 56), "Preito" (p. 36) e "Identificação" (p. 47).

poemas, o tópico é expresso através de uma metáfora desenvolvida pelos enunciados seguintes. Este tipo de estruturação não comporta, regra geral, o tratamento de vários temas num mesmo poema. Cada poema desenvolve apenas um tema, que eventualmente poderá ter duas isotopias, como é o caso da reflexão simultaneamente metapoética e ontológica, em "Descida aos infernos". No tópico textual encontra-se, pois, concentrada a ideia principal do poema e, por vezes, uma palavra-chave. É o que se verifica no poema "Letreiro", que apresenta uma série de enunciados que sugerem um posicionamento ético, dos quais um se destaca, no terceiro verso, cumprindo justamente a função de tópico poemático: "Nasci subversivo". Marcada a importância deste verso-chave, ao sublinhar-se a receptividade que ele desencadeia, podemos concluir que o lexema "subversivo" constitui a plavra-chave do poema.

A estrutura tópico-comentário corresponde ao que Díez Borque refere como *estrutura analisante-sintetizante,* em que "la afirmacion o ideia inicial es desarrollada en el texto que, a su vez, tiene una conclusion que procede de la idea inicial". A estrutura analisante comporta "una afirmacion o un postulado y vários que los desarrollan o demuestran"[63].

Os poemas de *Orfeu rebelde* instituem-se como um longo texto pleno de recorrências temáticas que retomam impressivos investimentos semânticos (imagem de poeta, da poesia e do ser), garantindo a homogeneidade e a coerência textual e, por conseguinte, a comunicação poética. O principal eixo semântico de *Orfeu rebelde* estrutura-se em torno da problemática da criação poética, experimentada e reflectida por uma figura de poeta com atributos de recorte romântico (a rebeldia, a insatisfação, a sinceridade) e correspondentes problemas ontológicos, metafísicos e existenciais (a vida, a morte, a justiça, a liberdade, etc.), problemas que, como já dissemos, estruturam a temática da obra.

Quanto à leitura escolar de *Orfeu rebelde*, o que a torna pertinente do ponto de vista didáctico-pedagógico é, para além dos valores estéticos, a clara inteligibilidade do discurso, dimensão que, como temos vindo a expor, se configura de modo distinto nas obras literárias. Desde o Modernismo, verifica-se na poesia ocidental a aliciante

---

[63] Cf. José María Díez Borque, *Comentario de textos literarios (método y práctica)*, 15.ª ed., Madrid, Playor, 1988, pp. 50-51 (onde são comentados esquematicamente os principais modelos estruturais).

manobra dos significantes, de modo a instaurar no plano da significação a prática da arbitrariedade. Mas a poesia de Miguel Torga alicerça-se na base de um outro agenciamento dos materiais linguísticos, submetidos a um discurso de grande clareza e legibilidade, em que todos os elementos formais obedecem a uma composição lógica que os congrega, nada sendo arbitrário. Estamos diante de um estilo na mais pura tradição culta da língua, portanto, de matriz clássica, factor que, só por si, justifica o seu ensino em contexto escolar. Em conclusão, quer pela maneira como em *Orfeu rebelde* se concretizam as potencialidades do modo lírico, quer pela grandeza do seu lirismo moderno, mas de tradição clássica, trata-se de uma obra de grande funcionalidade e eficácia pedagógica.

1.4. Conclusões provisórias

As obras que estudamos no nosso trabalho configuram características dos modos e géneros segundo um processo que implica, necessariamente, a combinação de procedimentos, de tons e de registos. Segundo Jean-Marie Schaeffer, "il n'existe d'inventions génériques *ex-nihilo*, mais seulement des réménagements, amalgames ou extensions à partir d'horizons génériques déjà disponibles"[64]. Assim, o *Frei Luís de Sousa* realiza, transformando, procedimentos da tragédia e do drama romântico, enquanto *Os Maias* operam a síntese de procedimentos da ficção romanesca com procedimentos da tragédia. No que diz respeito a *Orfeu rebelde,* pertença inequívoca do modo lírico, verifica-se uma elaboração discursiva com a inscrição de um tom dramático, que podemos entender no sentido das *essencialidades* segundo Ingarden. Sendo *Orfeu rebelde* uma obra que não configura nenhum género literário, a sua realização estética é forçosamente distinta das obras que observam convenções dos géneros, mas nem por isso deixa de configurar características arquitextuais; o seu arquitexto é antes o do modo lírico, que não, portanto, o de um qualquer género literário. Como diz Carlos Reis, "outras categorias literárias podem também ser entendidas como categorias **arquitextuais:** o verso e as suas modulações técnicas, as figuras de retórica, certos repertórios temáticos, míticos e simbólicos, revestem

---

[64] Cf. Jean-Marie Schaeffer, *op. cit.*, p. 153.

igualmente carácter convencional, sendo dotados de variada tensão institucional e diversamente aceites pelos sujeitos que, em determinados quadros histórico-culturais, enunciam os textos literários"[65].

O horizonte arquitextual a partir do qual *Orfeu rebelde* instaura uma particular realização estética é, enfatizemos, o do lirismo romântico, caracterizado pela afirmação voluntariosa do sujeito e pelo correspondente investimento na mitologia de matriz greco-clássica e judaico-cristã, à qual os poetas modernos reconheceram a paternidade da poesia da tradição ocidental. De acordo com este voluntarismo e esta liberdade, a obra lírica é, se se pode dizer, o refazer perpétuo do ideal romântico do absoluto literário.

As obras aqui consideradas, independentemente do grau de surpresa estética em relação a códigos poéticos dos sistemas literários em que se situam, configuram exemplarmente características arquitextuais dos modos e géneros literários. Como demonstrámos, o modo de conhecer o género implica detectar a sua configuração através de um conjunto de procedimentos literários, já que ele corresponde à totalidade dos processos estéticos e estilísticos[66]. Os géneros são uma espécie de estrutura compósita que a literatura realiza. Como categoria compósita e abstracta, não os podemos conceber de modo unívoco, mas apenas intuir, conceptualizar e racionalizar a sua realização nas obras, já que, como dizem Lacoue-Labarthe e Nancy, dado ser um conceito abstracto, "on ne peut jamais *voir* le genre littéraire"[67].

---

[65] Cf. Carlos Reis, *O conhecimento da literatura. Introdução aos estudos literários*, op. cit., pp. 231-232.

[66] Como diz Bakhtine, "Là où il y a style, il y a genre", in *Esthétique de la création verbale*, op. cit., p. 271.

[67] Cf. Ph. Lacoue-Labarthe e J.-L. Nancy, *L'absolu littéraire*, Paris, Seuil, 1978, p. 387.

CAPÍTULO 2
A LEITURA DE *FREI LUÍS DE SOUSA*, *OS MAIAS* E *ORFEU REBELDE* NO ENSINO SECUNDÁRIO

2.0. Considerações preliminares

O nosso propósito, neste capítulo, é analisar a leitura que um grupo de alunos do Ensino Secundário (11.° e 12.° anos) realizou das obras *Frei Luís de Sousa*, *Os Maias* e *Orfeu rebelde*, através de um estudo de nove testes de avaliação somativa[1]. Integrado na estratégia metodológica do nosso trabalho, iniciámos, há algum tempo, o contacto com práticas pedagógicas em escolas do Ensino Secundário, o que nos permitiu assistir a aulas consagradas ao estudo destas obras[2]. Interessavam-nos as reacções de leitura dos alunos, para podermos estudar as imagens que fazem das obras, incluindo, obviamente, a forma como são representadas na sua leitura as categorias dos modos e géneros literários.

Para a consecução deste projecto inicial de estudo, abordaremos dois tipos de informação: primeiramente, e em termos globais, as

---

[1] Não estando prevista nos programas escolares a leitura integral de *Orfeu rebelde*, mas sim a de um conjunto de poemas representativos da poesia de Miguel Torga (entre outros tipos de texto, como o diarístico), contámos com a disponibilidade dos professores e dos alunos para que a realizassem.

[2] Para o estudo de testes aplicados no Ensino Secundário, resolvemos contactar estabelecimentos escolares sobretudo de Coimbra, ligados ao ramo de formação educacional da Faculdade de Letras, como sejam as Escolas Secundárias Infanta Dona Maria, Quinta das Flores e José Falcão. Além disso, para diversificar o âmbito geográfico, cultural e social da amostragem escolar, tivemos acesso a materiais das Escolas Secundárias de Alexandre Herculano (no Porto) e de Ermesinde, onde já leccionáramos, nos anos 70 e 80, mas aproveitámos para o *corpus* principal de testes somente os desta última. Para outras finalidades, e não só neste capítulo, trabalhámos também com a Escola Secundária Jaime Cortesão (de Coimbra), aliás a primeira a ser contactada. Foram envolvidos 163 alunos.

imagens que retêm das obras estudadas e as competências de análise e de interpretação de texto demonstradas. O segundo tipo de informação, mais preciso e objectivo, prende-se com a profundidade do conhecimento de componentes semânticas e procedimentos técnico--literários que configuram categorias do discurso literário, incluindo as de modo e género literário.

A amostra de leitura apresentada pretende ser exemplificativa dos problemas relacionados com a leitura da obra literária e o conhecimento da literatura (saberes literários, interpretações) por alunos do Ensino Secundário, sem todavia entrar em linha de conta com qualquer abordagem sociológica do leitor (origem social dos alunos, ambiente cultural familiar, hábitos de leitura, etc.).

Para realizar a investigação empírica necessária, observámos sequências de aulas consagradas ao estudo das obras do nosso *corpus* literário, com vista à recolha, através de diversas formas, das informações que nos interessavam. Nestas práticas pedagógicas, tivemos a oportunidade de observar as situações em que os alunos se manifestavam a propósito das obras, nomeadamente na participação oral. Quanto à informação escrita, acompanhámos, também na aula, a elaboração de textos pouco extensos, como as fichas de leitura, que visam orientar o aluno para relacionar informações sobre as obras, de modo a realizar sínteses interpretativas das diversas componentes. Para além dessas variadas fichas de leitura, apreciámos também questionários de verificação de leitura (aplicados antes do estudo da obra) e inquéritos sobre a leitura da obra (no final do estudo). Todos estes documentos constituem o nosso *corpus* didáctico secundário; para o *corpus* didáctico primário, estabelecemos os testes de avaliação somativa, por se revestirem de maiores garantias de credibilidade didáctica para os objectivos deste trabalho.

A dimensão genológica que nos interessa abordar a partir dos testes dos alunos relaciona-se sobretudo com o investimento da representação das categorias de modo e género literário, no processo da leitura, isto é, que categorias são retidas, como são compreendidas e que papel desempenham na eficácia da leitura. Assim, neste capítulo, pretendemos, a partir de várias situações de leitura, pôr em evidência conteúdos literários que os alunos retêm das obras, através de um instrumento didáctico, os testes de avaliação, tradicionalmente de grande relevância pedagógica. Ao descrevermos as leituras dos alunos, descortinaremos componentes genológicas convocadas na sua interpretação das obras. No entanto, será apenas no próximo capítulo

("Problemas de representação genológica na leitura") que nos dedicaremos a uma problematização da relação entre representação dos géneros e compreensão literária, retomando, então, os dados empíricos sobre as leituras que aqui apresentaremos.

Pela sua importância no cenário escolar, um teste de avaliação é o instrumento que, potencialmente, revela melhor o espectro dos conhecimentos do aluno. Esta noção de teste é porventura discutível porque o aluno tanto pode saber mais como menos do que os conhecimentos evidenciados numa prova de avaliação, mas, dada a nossa metodologia de trabalho, o instrumento básico a ser analisado será o teste somativo. Em cada teste, apreciámos as respostas dos alunos de acordo com os seus objectivos específicos, que estão relacionados com os mínimos de aprendizagem, isto é, com aquilo que o aluno tem de saber para alcançar, em termos de avaliação de conhecimentos, uma informação suficiente na matéria. O nosso estudo do *corpus* permitiu recolher dois tipos de informação: *o que* e *como* os alunos lêem; por outras palavras, e no caso dos testes, os conhecimentos literários e a profundidade da sua compreensão.

As respostas dos alunos, nos testes, pressupõem, em primeiro lugar, conteúdos de ensino-aprendizagem leccionados, fornecendo, ao mesmo tempo, uma imagem das suas competências literárias, linguísticas e discursivas[3]. Deste modo, na nossa análise dos testes, tivemos como objectivo principal avaliar a capacidade de aquisição de conhecimentos dos alunos, em função dos conteúdos ensinados, e detectar as competências demonstradas no final do estudo das obras.

A leitura integral, pela sua especificidade, evidencia e sistematiza componentes da obra com vista à inteligibilidade dos seus sentidos fundamentais[4]. De acordo com esta noção da leitura integral, como uma actividade que implica uma selecção de conteúdos programáticos de ensino-aprendizagem, os alunos são orientados para lerem a obra cumprindo um projecto de leitura.

Os testes revelam o estudo padronizado, de acordo com um conjunto de conteúdos de aprendizagem comummente contemplados, o que remete para uma espécie de cânone textual e de cânone interpre-

---

[3] São as competências adquiridas desde o Ensino Básico e que continuam a ser desenvolvidas ao longo do Ensino Secundário.

[4] A especificidade conceptual e metodológica da leitura integral foi abordada no subcapítulo 3.2.

tativo das obras literárias[5]. As questões dos testes abrangem, individualmente ou não, vários aspectos das obras, correspondentes a conteúdos de aprendizagem, que podemos relacionar com as componentes macroestruturais e outras. Além disso, os conteúdos literários constituintes dos testes e outros trabalhos envolvem, no seu conjunto, directa ou indirectamente, categorias dos modos e géneros literários.

A determinação do horizonte das respostas dos testes de avaliação (*conteúdos* e *profundidade de resposta*) foi guiada pela nossa expectativa acerca das capacidades interpretativas dos alunos, pelo que privilegiámos dois tipos de informação, a saber, *conteúdo* e *nível de resposta*. No entanto, a fim de nos certificarmos da legibilidade das nossas orientações, solicitámos uma apreciação por parte dos professores, que tiveram a oportunidade de confirmar as *linhas de resposta* que estabelecemos, de acordo com os conteúdos programáticos ensinados e os objectivos dos testes de avaliar o conhecimento global das obras e a capacidade de aplicar conhecimentos literários.

Seguindo esta metodologia, determinámos previamente conteúdos de resposta – da mais à menos completa – distribuídos por três *níveis de proficiência* (tratados percentualmente), que nos pareceram suficientes como patamares de compreensão: *bom, suficiente* e *insuficiente*. Para esse efeito elaborámos tabelas de respostas (aperfeiçoadas ao longo do tratamento dos testes), no intuito de objectivar as orientações possíveis das respostas a todas as questões[6].

O nível 3 (bom) traduz o horizonte da resposta ideal, podendo conter, ainda assim, alguma incorrecção. O nível 2 (suficiente) revela uma resposta que pode ser incompleta ou excessiva no que diz respeito às informações solicitadas, revelando ausência de espírito de selecção da informação pedida, com incorrecções de pouca monta ou mesmo uma eventual incorrecção grave. O nível 1 (insuficiente) caracteriza-se por a resposta ser muito incompleta ou por veicular demasiadas informações (não pedidas) e ainda por apresentar incorrecções de

---

[5] Os conteúdos de aprendizagem são normalmente registados nas planificações didácticas na rubrica "conteúdos programáticos". Um outro instrumento disponível, que contém o registo de conteúdos programáticos de leitura, são os manuais didácticos.

[6] Na versão original deste trabalho apresentámos três tipos de anexos relativos ao trabalho de campo: os testes de avaliação somativa, as tabelas relativas aos conteúdos dos testes e competências nas respostas e, ainda, os gráficos com percentagens e níveis de proficiência quanto às questões.

gravidade variável; contemplámos, neste nível, o caso em que o aluno dá uma informação não solicitada por não ter compreendido a questão.

A nossa análise permite esclarecer diversos aspectos que estão sempre envolvidos nos testes de avaliação:

- dimensão da memória de leitura dos alunos;
- conteúdos de resposta que remetem para conteúdos de ensino-aprendizagem;
- capacidade de descodificar os enunciados das questões e identificar o que se pede;
- capacidade de explicar, relacionar e inferir sentidos;
- capacidade de distinguir o essencial do acessório;
- capacidade de identificar, analisar e interpretar procedimentos literários;
- capacidade de relacionar componentes literárias e explicar a sua função na obra;
- capacidade de utilizar conhecimentos adquiridos.

A apreciação das respostas e a determinação dos diversos níveis também leva em conta a competência discursiva do aluno, na medida em que, num texto, conteúdo e forma são indissociáveis. Não sendo nosso propósito analisar a escrita do aluno (os seus problemas de expressão), entendemos que ela pode interferir no conteúdo que estamos a observar e, por conseguinte, determinar a atribuição do nível da resposta.

No que concerne ainda à metodologia do estudo dos testes neste capítulo, faremos uma *descrição pormenorizada* dos dados analisados, abordando o conteúdo das respostas de cada questão e apresentando uma síntese das efectivamente dadas pelos alunos, de acordo com os níveis de proficiência estabelecidos. Embora a nossa exposição possa tornar-se monótona e algo repetitiva, neste primeiro momento de abordagem dos testes, entendemos não dever prescindir de uma análise minuciosa do *corpus*, partindo do particular para o geral, para podermos, posteriormente, problematizar os resultados das três situações de leitura estudadas, com a validade probatória que nos confere a apresentação dos dados (a parte de investigação empírica do nosso trabalho). Por outro lado, esta apresentação minuciosa dos dados justifica-se pela finalidade de, na parte III deste trabalho, proporemos estratégias de ensino conducentes à superação de dificuldades que, neste momento, vamos pôr em evidência. Defendemos, pois, a necessidade de apresentar todo um conjunto de informações sobre a leitura que os alunos realizaram das obras literárias exemplificativas dos modos dramático, narrativo e lírico, para destrinçarmos os problemas da *representação dos modos e géneros literários*, relacionados com a leitura e a compreensão da obra literária, e assim podermos apresentar, na parte III, uma tentativa de teorização sobre o ensino da literatura alicerçada num estudo da *recepção concreta* das obras, que agora iniciamos.

2.1. A leitura de *Frei Luís de Sousa*

O estudo desta obra, no Ensino Secundário, tem beneficiado, ao longo dos tempos, de um considerável espaço e prestígio, ao lado da *Castro,* de António Ferreira, bem como de obras de Gil Vicente. Esta importância pode ser atestada pela atenção que têm merecido, no Ensino Secundário, estudos com orientação didáctica, como a já antiga edição preparada por Luís Amaro de Oliveira (de 1973), a de João Daniel Marques Mendes (de 1983) e também a interpretação de Maria João Brilhante (1982), sem esquecer trabalhos como o de Wolfgang Kayser (1948), que figuram sempre nas leituras recomendadas aos alunos [7]. Estes e outros trabalhos, incluindo os manuais didácticos, reflectem-se no ensino da obra, num aproveitamento patente nos conteúdos programáticos, na ponderação de percursos de leitura e de estratégias didácticas e pedagógicas de ensino.

Como obra de leitura integral, *Frei Luís de Sousa* beneficia de cerca de 12 tempos lectivos, embora se verifique, em planificações anuais, uma previsão de entre oito a dez aulas e, por vezes, apenas seis [8].

Observámos duas situações de leitura integral, numa turma de 11.º ano de Estudos Humanísticos, da antiga reforma, e em duas turmas de 12.º ano, da nova reforma, que cumpriam o programa de *Português A*. Nos novos programas, o estudo é forçosamente reduzido a um menor número de aulas, em virtude do vasto leque de leituras a realizar, abrangendo obras dos séculos XIX e XX e ainda textos de literatura estrangeira [9]. Apesar da especificidade de cada situação de

---

[7] No capítulo anterior já nos referimos a estas obras.

[8] Colhemos informações sobre estas questões através da consulta de planificações didácticas e ainda de depoimentos prestados pelos professores.

[9] Nas duas situações observadas, os alunos do 12.º ano tiveram um melhor resultado comparativamente ao apresentado pelos alunos do 11.º ano, estes com um programa menos extenso do que o daqueles. O factor determinante para uma leitura

estudo (tempo e profundidade), nas práticas lectivas que considerámos, foram leccionados os mesmos conteúdos programáticos, o que traduz uma prática corrente. Arrolamos, a seguir, aqueles que são os conteúdos programáticos habitualmente contemplados no ensino desta obra:

    a) contextualização histórico-literária da obra;
    b) "Memória ao Conservatório Real": orientações de interpretação do drama;
    c) a estrutura dramática e a função de cada acto;
    d) personagens representadas: elementos de caracterização e centralidade;
    e) o conflito dramático: surgimento e desenvolvimento; *hybris* e *pathos* das personagens principais; personagens secundárias;
    f) tipos de acção: acções representadas e narradas, interiores e exteriores[10];
    g) elementos trágicos na representação do espaço e do tempo; presságios trágicos proferidos sobre as personagens;
    h) a "lei das três unidades";
    i) componentes do drama romântico[11].

A leccionação destes conteúdos programáticos pressupõe a formulação de objectivos de ensino-aprendizagem no sentido de levar o aluno a adquirir e consolidar competências literárias relacionadas com o conhecimento de categorias genológicas, como as da tragédia grega e procedimentos característicos do drama romântico.

Uma formulação de objectivos específicos, para um teste sobre *Frei Luís de Sousa*, pode considerar que o aluno deve:

1 – Ser capaz de analisar um texto literário dramático.
2 – Conhecer a obra na sua totalidade.

---

menos profunda dos alunos do 11.º ano foi, quanto a nós, as suas limitadas competências literárias e um fraco empenhamento na leitura.

[10] Sintetizamos as referências relativas à acção dramática, existentes em planificações, com esses conceitos que retomamos de Patrice Pavis, *Diccionario del teatro. Dramaturgia, estética, semiologia*, Barcelona/Buenos Aires/México, Paidós, 1983, p. 9.

[11] Os conteúdos programáticos, tal como os apresentamos aqui, reflectem, de certo modo, a sua formulação em planificações que consultámos, podendo alguns encerrar alguma imprecisão conceptual.

3 – Sistematizar componentes estético-literárias da "Memória ao Conservatório Real"[12].

4 – Reflectir sobre os seguintes aspectos da obra:

   a) o conflito dramático vivido pelas personagens e as relações que estabelecem entre si;
   b) a relação entre os diversos tipos de acção;
   c) a configuração da "lei das três unidades";
   d) o estatuto clássico e romântico das personagens;
   e) elementos de representação ideológica;
   f) elementos clássicos e românticos da linguagem e do estilo garrettiano.

Como se verá, nos três testes que apreciámos, figuram, essencialmente, os conteúdos literários que passamos a referir esquematicamente (sendo a nossa especificação sobretudo operatória, já que todos os conteúdos, incluindo os aqui não referidos, confluem para a abordagem das questões).

Teste I:
   – interpretação da obra de acordo com orientações da "Memória ao Conservatório Real";
   – caracterização da personagem Telmo;
   – recursos estilísticos;
   – tempo e espaço trágicos;
   – presságios sobre a sorte das personagens;
   – "lei das três unidades".

Teste II:
   – caracterização das personagens Telmo, D. Madalena e Maria;
   – tempo e espaço trágicos;
   – configuração ideológica da personagem Manuel de Sousa Coutinho.

Teste III[13]:
(tema 1)
   – caracterização das personagens;

---

[12] Entre outros elementos, são consideradas informações sobre a génese da obra, sua filiação na tragédia grega e no drama romântico e a concepção pedagógica do teatro defendida por Garrett.

[13] O enunciado deste teste apresentava quatro questões de desenvolvimento, de resposta alternativa, devendo os alunos responder apenas a uma delas. A segunda questão não foi contemplada pelos alunos.

    – categorias da tragédia clássica;
    – elementos do drama romântico;
    – tempo e espaço dramáticos;
    – presságios trágicos;
(tema 3)
    – elaboração estética;
    – génese da obra: fontes históricas e literárias;
    – representação ideológica;
    – intencionalidade comunicativa;
(tema 4)
    – acções pregressas, acções em cena;
    – reacções psicológicas;
    – presságios trágicos;
    – peripécia, reconhecimento, clímax, desenlace.

O primeiro teste, ao contemplar um maior número de questões, pormenoriza aspectos que os alunos devem abordar. Pelo contrário, as questões enunciadas no segundo e no terceiro, sugerem, de modo implícito, quais os conteúdos de articulação na resposta. Entendemos que uma elaboração mais aberta, como é o caso dos dois últimos testes, se justifica em função das competências literárias e da maturidade intelectual destes alunos de 12.º ano, isto é, da sua capacidade de organizar os conhecimentos, com maior autonomia do que os alunos do 11.º ano, da antiga reforma, aos quais era costume apresentar testes de avaliação com questões de âmbito muito específico, solicitando, por exemplo, a caracterização das personagens ou a identificação do assunto do texto.

Para a análise dos testes sobre *Frei Luís de Sousa*, elaborámos três tabelas, nas quais registámos, de modo sumário, os conteúdos das respostas. Estas tabelas são um instrumento que nos permite observar, na leitura dos testes, com certa objectividade, o conhecimento que o aluno revela da obra, as suas competências literárias e a forma como analisa um texto dramático.

Apresentaremos, a seguir, os testes e também o nosso posicionamento interpretativo acerca dos mesmos, com o qual pretendemos esboçar algumas possibilidades de resposta dos alunos às questões formuladas. Por último, vamos ocupar-nos da apreciação das respostas dos alunos, de acordo com os parâmetros metodológicos acima definidos.

2.1.1. Apresentação do teste I[14]

Vejamos o primeiro teste (dividido em duas partes), que apresenta, logo no início, uma citação da "Memória ao Conservatório":

> Na história do *Frei Luís de Sousa* (...) há toda a simplicidade de uma fábula trágica antiga. Casta e severa como as de Ésquilo, apaixonada como as de Eurípedes, enérgica e natural como as de Sófocles, tem, de mais do que essas outras, aquela unção e delicada sensibilidade que o espírito do Cristianismo derrama por toda ela, molhando de lágrimas contritas o que seriam desesperadas ânsias num pagão, acendendo até nas últimas trevas da morte, a vela da esperança que se não apaga com a vida[15].

O enunciado da questão da primeira parte, é o seguinte:

> A "Memória ao Conservatório" é considerada muitas vezes como apresentação, interpretação e justificação do *Frei Luís de Sousa*. Partindo do excerto acima transcrito, elabore um breve comentário expondo a sua opinião quanto a essa relação.

O fragmento da "Memória ao Conservatório" seleccionado para o teste apresenta dois vectores fundamentais da obra: a sua ligação à tragédia clássica e a dívida para com uma cosmovisão cristã, de matriz romântica. Assim, uma direcção de resposta possível seria, em primeiro lugar, especificar os elementos estruturais do drama correspondentes à tragédia clássica. Em segundo lugar, e pressupondo que os alunos equacionaram anteriormente a estesia cristã ("aquela unção e delicada sensibilidade que o espírito do Cristianismo derrama por toda ela"), prevíamos que referissem a sua concretização na obra. Deste modo, poderiam comentar a configuração ideológica das personagens no que diz respeito a uma forte religiosidade cristã, explicando emoções, sentimentos, comportamentos e atitudes. Por outro lado, poderiam assinalar a solução que Garrett encontrou para o desenlace (o abandono da vida secular), distinto das catástrofes típicas das tragédias gregas[16].

---

[14] O teste foi aplicado a uma turma do 11.º ano da antiga reforma, orientando-se para os cursos de Estudos Humanísticos, da Escola Secundária José Falcão, no ano lectivo de 1992/1993.

[15] Cf. Maria João Brilhante (org.), *Frei Luís de Sousa de Almeida Garrett*, 2.ª ed., Lisboa, Comunicação, 1987, p. 59.

[16] Garrett chama a atenção para este aspecto: "a catástrofe é um duplo e tremendo suicídio; mas não se obra pelo punhal ou pelo veneno: foram duas mortalhas que caíram sobre dois cadáveres vivos: – jazem em paz no mosteiro, o sino dobra por eles; morreram para o mundo, mas vão esperar ao pé da Cruz que Deus os chame quando for a sua hora" (*idem*, p. 60).

Uma outra direcção de resposta, mais atenta à consideração da globalidade do texto, poderia, a exemplo do que fizeram alguns alunos, considerar, individualmente ou em conjunto, aspectos relacionados com as três características estruturais da "Memória": *apresentação, interpretação* e *justificação*[17]. Por esta via, poderiam sintetizar a globalidade do texto, considerando, entre outros, os seguintes elementos: fontes literárias, características estruturais da obra, de acordo com o cânone da tragédia clássica, e soluções, de acordo com a estética romântica[18].

Dos 18 alunos observados (correspondentes à totalidade da turma), nove (50%) apresentam uma resposta suficiente (nível 2), denotando um esforço de compreensão do enunciado, enquanto oito (44,5%)[19] indicam na resposta o que se pode chamar de tópicos da questão, isto é, nomeiam características da tragédia clássica e do drama romântico configuradas pelo *Frei Luís de Sousa*, o que nos parece insuficiente (nível 1), não só atendendo ao enunciado da questão, mas também pelo carácter preconcebido da resposta. Uma aluna (5,5%) revela uma extraordinária acuidade interpretativa da questão, apresentando uma boa resposta (nível 3), que se distingue por ser a única que conseguiu objectivar o seu conteúdo. Vejamos resumidamente este caso: no que diz respeito à *apresentação*, a aluna referiu o tipo de personagens ("de alta estirpe"), a opção pela prosa ("mais de acordo com a obra" e "mais acessível ao povo"). Quanto à *interpretação* e *justificação*, notou, respectivamente, elementos de caracterização das personagens, do espaço e do cenário e, depois, explicou as fontes e a intencionalidade da obra: "a obra pretende educar o povo, ensiná-lo. Todos devem compreender a obra e tirar dela as suas conclusões".

A segunda parte do teste principia com um pequeno excerto para ser comentado:

> TELMO (*só*) – Virou-se-me a alma toda com isto: não sou já o mesmo homem. Tinha um pressentimento do que havia de acontecer... parecia-me que

---

[17] O enunciado da questão demonstra um aproveitamento de um texto de Maria João Brilhante (*idem*, p. 20).

[18] Uma síntese das componentes trágicas da obra, elaboradas segundo uma cosmovisão romântica, costuma ser veiculada em diversos manuais didácticos. Ver João Augusto da Fonseca Guerra e José Augusto da Silva Vieira, *Textos de literatura portuguesa (11.º ano. Área D)*, Porto, Porto Editora, 1987, p. 82.

[19] Esta percentagem, como a maior parte delas, foi arredondada, para facilitar a leitura, mas de modo a que, somada às outras, pudesse perfazer os 100%.

não podia deixar de suceder... e cuidei que o desejava enquanto não veio. – Veio, e fiquei mais aterrado, mais confuso que ninguém! – Meu honrado amo, o filho do meu nobre senhor está vivo... o filho que eu criei nestes braços... vou saber novas certas dele – no fim de vinte anos de o julgarem todos perdido – e eu, eu que sempre esperei, que sempre suspirei pela sua vinda... – era um milagre que eu esperava sem o crer! – eu agora tremo... É que o amor desta outra filha, desta última filha, é maior, e venceu... venceu, apagou o outro. Perdoe-me, Deus, se é pecado. Mas que pecado há-de haver com aquele anjo? – Se ela me viverá, se escapará desta crise terrível? – Meu Deus, meu Deus! (*Ajoelha*) Levai o velho que já não presta para nada, levai-o por quem sois![20].

É o seguinte o enunciado da primeira questão da segunda parte do teste:

1. Contextualize e interprete o excerto.

Sabendo-se que, muitas vezes, os alunos não lêem as obras de leitura integral na sua totalidade, uma questão como esta, concernente à contextualização, dá ao professor uma informação sobre a profundidade da leitura. Vejamos algumas referências que os alunos poderiam fazer para localizar o texto na acção dramática, tendo em conta os momentos fundamentais do conflito (peripécia, reconhecimento, clímax, catástrofe). Prevê-se que tivessem em consideração a sucessividade dos acontecimentos, ao longo do acto III, mencionando a proximidadade deste monólogo do reconhecimento definitivo que Telmo fará de D. João de Portugal (o texto situa-se na cena IV e o reconhecimento completo verifica-se na cena V)[21]. Por último, podiam aludir à relação problemática (de insegurança, tensão e receios) que se estabelece entre as personagens, sem todavia aprofundar o comentário sobre Telmo, o que já fariam na questão seguinte.

Os alunos atenderam mais à contextualização do que à interpretação, apresentando, por vezes, paráfrases do texto. Quanto aos resultados da nossa apreciação dos testes, a oito alunos (44,5%) atribuímos o nível 1, sete alunos (39%) atingiram o nível 2, dois alunos (11%), o nível 3 e um deles (5,5%) não respondeu.

---

[20] O texto reproduz a quase totalidade da cena IV do acto III (cf. Maria João Brilhante, *op. cit.*, pp. 204-205).

[21] O reconhecimento é progressivo: na cena XIV do acto II, D. Madalena fica a saber que D. João está vivo; na cena seguinte deste acto, o romeiro identifica-se como D. João de Portugal, diante de Frei Jorge, quando aponta para o seu retrato; finalmente, no acto III, cena V, dá-se a identificação completa, diante de Telmo.

A segunda questão incide sobre a análise da personagem Telmo:

2. Caracterize a personagem:
   a) relevo e função;
   b) relação com outras;
   c) dimensão simbólica.

Vejamos os conteúdos mínimos que poderiam ser contemplados nas respostas. No que toca ao relevo, havia que caracterizá-lo na sua representatividade no conflito dramático, devendo mencionar-se a posição dos estudiosos sobre a sua centralidade[22]. Quanto à função representada pela personagem Telmo (aspecto contemplado por todos os alunos), refira-se o papel de confidente de D. Madalena e Maria, o que permite entendê-lo como personagem secundária[23]. Era possível ainda comentar a função de elo com o passado, pois é em torno desta personagem que se organizam, no presente da acção dramática, as suas memórias. Quanto à relação de Telmo com outras personagens, havia que atentar na dimensão ambígua dos sentimentos que manifesta, dividido entre dois afectos (o antigo afecto por D. João de Portugal e o que dedica a seus amos e, de modo particular, a Maria). A crença sebastianista (associada ao regresso de D. João de Portugal) é um elemento de dimensão simbólica que atravessa o texto dramático e, portanto, facilmente apreensível pela leitura. A tudo isto associe-se a função de desencadear, através das suas palavras, agouros e presságios trágicos comungados por D. Madalena.

No conjunto das respostas a esta questão (não considerada por um aluno), o nível 3 foi atingido por quatro alunos (22,2%), enquanto o nível 2 foi atribuído a oito (44,5%), que apresentaram respostas incompletas, faltando a abordagem da função simbólica ou de outros elementos da questão. Finalmente, as respostas de cinco alunos (27,8%), porque muito incompletas e com uma deficiente articulação de conteúdos, situam-se no nível 1.

---

[22] António José Saraiva, por exemplo, considera que Telmo é uma personagem principal, enquanto a generalidade dos críticos não lhe atribui esta proeminência no drama. Cf. António José Saraiva, "A evolução do teatro de Garrett. Os temas e as formas", in *Para a história da cultura em Portugal*, vol. 2, 4.ª ed., Lisboa, Bertrand, 1979, pp. 11-34.

[23] Patrice Pavis apresenta a seguinte definição de confidente: "Personaje secundario que recibe las confidencias del protagonista, lo aconseja o lo guía. Presente sobre todo en la dramaturgia de los siglos XVI al XVIII, reemplaza al coro, tiene un rol de narrador indirecto y contribuye a la exposición y luego a la comprensión de la acción" (in *Diccionario del teatro. Dramaturgia, estética, semiologia, op. cit.*, p. 90).

A terceira questão é de âmbito estilístico:

> 3. Assinale os recursos estilísticos que marcam o conflito interior por ela vivido.

Este monólogo proferido por Telmo revela um discurso sobrecarregado de emotividade, sugerida por vários procedimentos estilísticos, entre os quais a exclamação, a interrogação, as reticências, a apóstrofe, a anáfora, a repetição, as frases curtas, a desconexão sintáctica, a pausa e a gradação.

No cômputo geral das respostas, cinco alunos (27,8%) referem correctamente alguns recursos e têm o cuidado de dar exemplos, situando-se no nível 3. A maioria – seis alunos (33,3%), no nível 2, e sete alunos (38,9%), no nível 1 – limita-se a referir alguns recursos, não dando a devida atenção à expressividade estilística do texto.

Vejamos a quarta questão deste grupo, cujos conteúdos genológicos se prendem com o problema do cânone trágico na obra:

> 4. O espaço e o tempo estão no *Frei Luís de Sousa* ao serviço da tragicidade. Exponha a sua opinião quanto à questão da "lei das três unidades".

Examinando as respostas dos alunos, verificámos que a maior parte não contempla os dois aspectos da questão. Alguns abordam somente a tragicidade do espaço e do tempo, enquanto outros consideram somente a "lei das três unidades".

Tendo em conta o estudo realizado em aula, os alunos poderiam referir-se às posições dos estudiosos sobre a "lei das três unidades", segundo os quais não existe rigorosa unidade de espaço e de tempo, de acordo com o cânone da tragédia clássica. Por outro lado, verifica-se no *Frei Luís de Sousa* uma funcionalidade do espaço e do tempo ao serviço da tragicidade. Entendemos que os alunos, quanto ao último aspecto, poderiam mencionar a especificidade semântica da realização destas categorias na peça, ou seja, a forma como se realiza a concentração do espaço e do tempo. Lembramos que foram lidos textos de natureza ensaística que abordam a tragicidade do espaço, patente, por exemplo, na sua redução e no crescente despojamento do cenário [24].

Encontramos sete casos (38,9%) de respostas muito incompletas (nível 1), em que a explicitação dos conteúdos fica prejudicada com as

---

[24] Um texto normalmente aconselhado sobre esta questão é a conhecida interpretação de Wolfgang Kayser sobre o *Frei Luís de Sousa*.

dificuldades de articulação do discurso. Oito alunos (44,5%), que atingiram o nível 2, referem com deficiências um dos aspectos da questão, a tragicidade do espaço e do tempo ou o problema da "lei das três unidades". Uma resposta mais completa, do nível 3, foi apresentada por três alunos (16,6%), que concretizam a questão da condensação do tempo e da tragicidade das datas[25]. Estes alunos não só explicam a funcionalidade dos espaços (palácios de Manuel de Sousa Coutinho e de D. João de Portugal) como abordam, de forma pormenorizada, a sua tragicidade, referindo os elementos do cenário que comportam um simbolismo desta natureza: primeiramente, o retrato de D. João de Portugal, no amplo espaço de um salão antigo; mais tarde, num espaço mais fechado e de atmosfera religiosa, as cruzes, as velas e outros objectos utilizados nas cerimónias litúrgicas.

2.1.2. Apresentação do teste II[26]

O segundo teste do nosso estudo apresenta, para comentário, o princípio da cena II do acto I:

Telmo
(*chegando ao pé de Madalena, que o não sentiu entrar*)
A minha senhora está a ler?...
Madalena
(*despertando*)
Ah! Sois vós, Telmo... Não, já não leio: há pouca luz de dia já; confundia-me a vista. E é um bonito livro este! o teu valido, aquele nosso livro, Telmo.
Telmo
(*deitando-lhe os olhos*)
Oh! Oh! livro para damas – e para cavaleiros... e para todos: um livro que serve para todos; como não há outro, tirante o respeito devido ao da palavra de Deus! Mas esse não tenho eu a consolação de ler, que não sei latim como o meu senhor... quero dizer como o Sr. Manuel de Sousa Coutinho – que, lá isso!... acabado escolar é ele. E assim foi seu pai antes dele, que muito bem o conheci: grande homem! Muitas letras, e de muito galante prática, e não somenos as outras partes de cavaleiro: uma gravidade!... Já não há daquela gente. (...)

---

[25] No discurso destes alunos são mencionadas as seguintes referências, que marcam o tempo do conflito dramático: a) por um lado, o fechamento do tempo: 21 anos, um ano, oito dias, três dias, um dia; b) por outro, os momentos do dia que vão culminar na catástrofe: a tarde, o anoitecer e o amanhecer.

[26] O teste foi aplicado, no ano lectivo de 1993/1994, a uma turma da Escola Secundária Infanta Dona Maria, do 12.º ano da nova reforma, que seguia o programa de *Português A*.

Madalena
Olhai, Telmo; eu não vos quero dar conselhos: bem sabeis que desde o tempo que... que...
Telmo
Que já lá vai, que era outro tempo.
Madalena
Pois sim... (*suspira*) Eu era uma criança; pouco maior era que Maria.
Telmo
Não, a senhora D. Maria já é mais alta.
Madalena
É verdade, tem crescido de mais, e de repente, nestes dois meses últimos...
Telmo
Então! Tem treze anos feitos, é quase uma senhora, está uma senhora... (*à parte*). Uma senhora, aquela... pobre menina!
Madalena
(*com as lágrimas nos olhos*)
És muito amigo dela, Telmo?
Telmo
Se sou! Um anjo como aquele... uma viveza, um espírito!... e então que coração!
Madalena
Filha da minha alma! (*pausa; mudando de tom*). Mas olha, meu Telmo, torno a dizer-to: eu não sei como hei-de fazer para te dar conselhos. Conheci-te de tão criança, de quando casei a... a... a... primeira vez, costumei-me a olhar para ti com tal respeito – já então eras o que és, o escudeiro valido, o familiar quase parente, o amigo velho e provado de teus amos...
Telmo
(*enternecido*)
Não digais mais, senhora, não me lembreis de tudo o que eu era.
Madalena
(*quase ofendida*)
Porquê? Não és hoje o mesmo, ou mais ainda, se é possível? Quitaram-te alguma coisa da confiança, do respeito, do amor e do carinho a que estava costumado o aio fiel de meu senhor D. João de Portugal, que Deus tenha em glória?
Telmo
(*à parte*)
Terá...[27].

Antes de procedermos à apreciação das questões deste teste, façamos um breve parêntesis para explicar as circunstâncias em que foi aplicado, bem como aspectos pedagógicos do estudo desta obra, realizado em Dezembro, isto é, no primeiro período do ano escolar.

---

[27] Cf. Maria João Brilhante, *op. cit.*, p. 80.

De acordo com informações da professora da turma, estes alunos demonstravam, nesta época do ano, muitas deficiências no comentário de textos. Assim, em virtude das suas fracas competências discursivas e literárias, manifestavam dificuldade em reflectir sobre uma questão que não fosse de resposta directa. No entanto, no final do ano lectivo, revelaram um melhor domínio da oralidade e da escrita, bem como conhecimentos literários satisfatórios.

A nossa apreciação das respostas dos alunos não coincide com a avaliação a que foram sujeitos neste período, visto que a professora teve em consideração estimulá-los para uma melhoria de resultados, pelo que, no conjunto, estes não foram desfavoráveis. Vejamos as competências literárias demonstradas pelos alunos na resolução do teste em apreço[28]. Na primeira questão, de comentário de texto, tiveram mais sucesso, o que pensamos dever-se ao facto de integrar tópicos (em alíneas) que os alunos deveriam considerar, o que, de certo modo, facilitou a elaboração da resposta. Eis o enunciado da questão:

> 1. Considerando a cena II do acto I, de que se transcreveu acima o seu início, elabora um comentário de texto, contemplando, entre outros elementos que julgares pertinentes, os seguintes:
> *a*) a função da leitura;
> *b*) a forma como Telmo e D. Madalena encaram o passado;
> *c*) a apresentação de Maria;
> *d*) o uso das reticências nas falas de D. Madalena[29].

Os elementos que deveriam ser contemplados no comentário de texto são os seguintes: em primeiro lugar, o carácter indicial da leitura de D. Madalena; em segundo lugar, a incómoda lembrança do passado com D. João de Portugal (experimentando sentimentos de culpa pela opção que tomou) e, em contraponto com este desconforto, a forma como Telmo vê o passado, que lhe continua a despertar uma lembrança positiva, de acordo com a emulação que sente pela figura do seu antigo

---

[28] O teste foi por nós elaborado e aplicado no mês de Abril de 1994, tendo decorrido cerca de quatro meses após o término do estudo da obra, e contribuiu para a ponderação dos conhecimentos dos alunos, influindo, de algum modo, na avaliação a que foram sujeitos já para o final do ano lectivo. A avaliação pela professora do estudo desta obra não contemplou um teste de tipo somativo tradicional, mas sim uma dissertação na qual os alunos deveriam estabelecer um confronto entre o *Frei Luís de Sousa* e *O gebo e a sombra*, de Raúl Brandão, tendo em conta uma comparação dos elementos trágicos de cada uma das obras.

[29] Na elaboração das primeiras duas questões do teste, fizemos uso das "linhas de leitura" de Maria João Brilhante, ligeiramente modificadas, na edição que realizou de *Frei Luís de Sousa* (cf. *op. cit.*, p. 231).

amo, sobre cujo desaparecimento mantém ainda uma atitude de dúvida; quanto à representação de Maria, seria de notar atributos característicos de uma configuração romântica, como a fragilidade física e a excepcionalidade do carácter. Finalmente, no que diz respeito ao último elemento da questão, o conteúdo da resposta que se nos afigura pertinente seria uma explicação da função das reticências de exprimirem os sentimentos de pavor, angústia e temor experimentados por D. Madalena.

Vejamos as respostas dos 17 alunos: dez alunos (58,9%) apresentaram uma resposta suficiente (de nível 2), não considerando, no entanto, a primeira alínea; um grupo de quatro alunos (23,5% do total) apresentou um resumo da obra, não contemplando os elementos solicitados, pelo que se quedou no nível 1. Quanto ao horizonte mais completo, isto é, de nível 3, considerámo-lo atingido por três alunos (17,6%), que abordaram todos os tópicos da questão [30].

A segunda questão requer a capacidade de abstracção e de relacionamento de componentes semânticas e ideológicas:

> 2. Tendo em conta o terceiro acto, explica a força do destino e a acção da Igreja (moral cristã).

Antes de mais, torna-se necessária uma referência ao sentido da acção inelutável e destruidora do destino neste acto final, concretizando a desgraça que os presságios trágicos assinalam desde o início do drama. No que diz respeito à acção moral da Igreja, entendemos que os alunos poderiam debruçar-se sobre a religiosidade da personagem D. Madalena, em obediência à qual experimenta sentimentos de culpa pelo amor que sentia por Manuel de Sousa Coutinho. A própria solução final respeita a ideologia cristã, que crentes como os desta família de alta estirpe social não podiam (nem desejavam) pôr em causa. Os conceitos de âmbito semântico-pragmático envolvidos nesta questão e que, por condicionarem os comportamentos dramáticos de

---

[30] Segundo depoimento de alguns alunos, houve omissão de dados na referência "a função da leitura", pelo que não foram capazes de identificar o que se pedia logo na primeira alínea da primeira questão. Ora, a primeira frase do texto é uma fala de Telmo ("A minha senhora está a ler?") que remete imediatamente para a cena anterior, em que D. Madalena medita nos versos de Camões: "Naquele engano d'alma ledo e cego/ Que a fortuna não deixa durar muito...". Trata-se da leitura que aquela estava a fazer de uma passagem de *Os Lusíadas* (canto III) que evoca a infelicidade amorosa de Inês de Castro. Na medida em que D. Madalena compara a sua sorte com a de Inês de Castro, a leitura dos versos camonianos adquire um sentido indicial de uma tragédia que possa advir, abalando a sua felicidade conjugal e familiar.

pendor trágico, de algum modo se relacionam com códigos genológicos, são a *ideologia* e o *destino*[31].

Apenas um aluno (5,9%) apresenta uma elaboração que respeita o horizonte de uma resposta satisfatória, de nível 3, recorrendo inclusive a conceitos teóricos realizados pela orgânica da obra, como o de destino e de personagem. Escreve ele que "o destino é no 'Frei Luís de Sousa', o principal agente trágico do determinar dos acontecimentos e no evoluir psicológico e físico das personagens"; e, logo mais, acrescenta que, "como agente concreto do Destino, encontramos a Igreja, num papel determinador da sentença à família óproba, pela sua dissolução e separação irremediável à luz de uma moral cristã".

O nível 2 traduz uma compreensão aproximada da questão e foi atribuído a quatro alunos (23,5%), que fizeram, na generalidade, um resumo do acto III ou somente do desenlace trágico. A maior parte dos alunos, isto é, 11 (64,7%), revelou dificuldades na articulação dos conteúdos da resposta, apresentando um resumo da obra ou dos acontecimentos principais. Atribuímos a esses alunos o nível 1 porque ficou claro que, talvez por a não compreenderem, não deram a devida atenção à questão. Por último, um aluno (5,9%) não respondeu à questão.

É sobre Manuel de Sousa Coutinho que versa a última questão:

> 3. Identifica os elementos do drama que permitem atribuir a Manuel de Sousa Coutinho o estatuto de personagem clássica e romântica.

Os traços clássicos que a personagem configura são, desde logo, a origem social (é nobre e letrada), a grandeza moral, a altivez e o culto da honra. Por outro lado, certas características, como a *hybris* e o *pathos*, contribuem para a configuração de uma representação clássica. Quanto aos traços românticos, realçamos, em primeiro lugar, o nacionalismo, a religiosidade (foi cavaleiro da ordem de Malta), bem como o sentimentalismo que as suas atitudes denunciam no desfecho trágico. Também quanto à entrada no convento (o único modo de mitigar o pecado do adultério, mesmo se cometido inocentemente), em obediência à moral cristã, bem como quanto à opção pela vida literária,

---

[31] A componente ideológica pode ser entendida como um macro-signo semântico-pragmático do drama romântico, enquanto que o destino se inscreve como um tópico estrutural (*um argumento*) que assegura a coesão do drama, como bem demonstrou Kayser quando disse que o *Frei Luís de Sousa* é uma *tragédia de destino* (in *Análise e interpretação da obra literária*, vol. 2, Coimbra, Arménio Amado, 1970, p. 299). Segundo a teoria dos géneros, a expressão *tragédia de destino* remete para um subgénero literário.

estamos perante soluções que reiteram uma cosmovisão romântica, ficando claro, nestas atitudes, o sentido do sacrifício penitencial e o da evasão, ambos de contornos ideológicos românticos.

Tratando-se de uma questão que exige uma assinalável acuidade interpretativa, as respostas dos alunos vêm demonstrar uma falha neste aspecto. Assim, 10 alunos (58,9%) não conseguiram atingir o alcance da questão, apresentando uma resposta que consideramos incipiente, de nível 1. Como exemplo, veja-se a resposta de um dos alunos: "A personagem de Manuel de Sousa Coutinho é considerada uma personagem com elementos clássicos e românticos. Elementos clássicos devido ao procedimento, e pela resposta que opta para a resolução deste problema, abdicar de tudo e ir para um convento; elementos românticos, pois é uma personagem 'cheia de amor', a qual reparte por sua filha, esposa e todos aqueles que lhe são mais chegados".

Como se vê, o aluno confunde características clássicas e românticas, ao justificar a atitude de entrar para o convento, uma vez que se trata antes de uma resolução de acordo com a moral cristã do que de uma atitude em obediência ao estatuto clássico da personagem. Por outro lado, a bondade, o sentimento de amor familiar e paternal não são específicos de uma atitude romântica.

Já no escalão imediatamente superior (nível 2, de resposta suficiente), encontrámos quatro alunos (23,5%) que revelam um esforço de compreensão da questão, destacando-se das suas respostas uma referência correcta a elementos clássicos e românticos configurados pela personagem. Assim, no que diz respeito aos primeiros, por um lado, mencionaram a origem familiar e social da personagem, o seu racionalismo (homem de "sangue frio"), e, por outro, o facto de ser vítima da fatalidade e do destino. Quanto aos segundos elementos, os alunos referiram-se ao patriotismo, demonstrado na forma como Manuel de Sousa Coutinho reagiu à dominação filipina, ao refúgio no convento e à evasão através da opção pela vida de escritor. Registe-se ainda que três alunos (17,6%) não responderam à questão.

2.1.3. Apresentação do teste III [32]

A realização deste teste consistiu, segundo indicações explícitas do professor, no enunciado, no desenvolvimento de um tema a

---

[32] O teste foi realizado no ano lectivo de 1993/1994, na Escola Secundária Infanta Dona Maria, numa turma do 12.º ano da nova reforma, orientando-se pelo programa de *Português A*.

escolher de entre quatro e que tinha como objectivo a redacção de um texto sobre a obra estudada, bem estruturado, coeso e claro, que evidenciasse a capacidade de produção do texto argumentativo. Dirigindo-se a alunos da nova reforma – numa turma com um total de 24, que, note-se, podiam optar por respostas diferentes –, a elaboração deste teste norteou-se pela preocupação de respeitar a pedagogia dos novos programas, no que diz respeito à necessidade de estimular a autonomia do aluno. Assim, optou-se por oferecer um leque de temas à escolha, considerando que, posteriormente à realização do teste, ainda poderiam completar lacunas. Com esta estratégia pedagógica, tiveram os alunos mais um incentivo para continuar o estudo da obra.

Consideramos que a generalidade dos alunos teve, em diversos aspectos, um desempenho satisfatório. Para além do conhecimento do enredo do drama, demonstraram uma razoável assimilação de conceitos teóricos de género e de modo, o que não é alheio às competências de compreensão e análise de um texto dramático que desenvolveram, no ano anterior, em que estudaram as categorias da tragédia clássica, aquando da leitura integral da *Castro,* de António Ferreira.

Detenhamo-nos no primeiro tema de desenvolvimento, escolhido por um grupo de 19 alunos[33]:

1. Será o *Frei Luís de Sousa* uma tragédia de destino?

Trata-se de uma questão que levanta um problema central deste drama de Garrett. Deste modo, na sua dilucidação, há que considerar, entre outros, os seguintes aspectos: a) a *hybris* cometida pelas personagens, anteriormente à acção dramática; b) a forma como a consciência de uma fatalidade trágica surge e se adensa até ao clímax e à catástrofe final, através de todo um clima ominoso, presente nos presságios trágicos enunciados em falas das personagens; c) o drama das personagens quando se tornam vítimas do destino; d) o desenrolar dos acontecimentos ao longo dos três actos; e) os elementos trágicos que se manifestam a nível do espaço e do tempo.

A resposta solicita a capacidade de explicar esses elementos, demonstrando o conhecimento de características genológicas e o

---

[33] Um dos factores que determinou a escolha por um maior número de alunos desta questão foi o facto de terem realizado, em aula, um estudo da "Memória ao Conservatório". Compreende-se que tenham optado por uma questão que lhes permitia aplicar conhecimentos adquiridos recentemente.

entendimento do conceito de *destino trágico*. Os alunos poderiam considerar momentos importantes do conflito dramático, certas falas e atitudes das personagens e ainda monólogos significativos como o de Manuel de Sousa Coutinho, que, antes de atear as chamas ao palácio, lembra a morte trágica do pai "caindo sobre a sua própria espada" (cena XI, acto I). Quanto a aspectos genológicos implicitamente envolvidos na questão, poderiam referir-se a conceitos da tragédia grega, como os de *fatum*, *hybris* e *pathos*. A título exemplificativo, um comentário sobre a personagem D. Madalena, nesta questão, pressupunha uma alargada referência à cena II do acto I, justificando ainda referências a outros momentos do drama, nos quais ela é o alvo da atenção do dramaturgo. Outros elementos a ter em conta no respeitante à configuração trágica da personagem D. Madalena são: a manifestação da fatalidade através do medo que assola o seu espírito e o sentimento de culpa pelo amor dedicado a Manuel de Sousa Coutinho, sendo ainda esposa de D. João de Portugal. Finalmente, para que se explicasse cabalmente a manifestação do destino na tragédia, os alunos deveriam referir-se ao desfecho trágico, comentando o significado das soluções nele contidas. Entre outros sentidos já mencionados, havia que dilucidar o da *morte psicológica* e o do *sacrifício penitencial*, de acordo com os ditames da religião cristã.

A satisfação desta expectativa de resposta devia demonstrar, para além de um conhecimento metaliterário (relacionado com os elementos trágicos e românticos da obra), a capacidade de organizar um discurso integrando diversos conteúdos envolvidos na questão, de que referimos os principais.

Num grupo de 19 alunos que escolheram este tema, cinco obtiveram o nível 3. Destacámos, entre eles, duas alunas que demonstraram, através de um discurso pessoal e bem elaborado, uma excelente criatividade na assimilação dos saberes. Tiveram em conta argumentos suficientes na explicação da tragicidade das personagens, considerando, por exemplo, as suas atitudes anteriores ao surgimento do conflito e durante o seu desenvolvimento. Comentaram os elementos ominosos mais significativos e referiram-se ao envolvimento das personagens na acção dramática, utilizando sempre uma metalinguagem pertinente.

No nível 2, situam-se 12 alunos sensíveis ao motivo da fábula trágica[34], tendo referido, sumariamente, as personagens marcadas pelo

---

[34] Wolfgang Kayser, referindo-se ao motivo da fábula trágica, faz a seguinte ponderação: "Um casamento pecaminoso (o "crime" de Madalena) e com ele o

destino e algumas manifestações da fatalidade a nível do tempo e do espaço. Este nível caracteriza-se basicamente por uma abordagem rápida da questão, acompanhada quase sempre por uma paráfrase da obra, que, no entanto, revela uma apreciável memória de leitura.

Dois alunos não ultrapassaram o nível 1, evidenciando um fraco conhecimento da obra. Num caso, trata-se de um aluno que revelou total ausência de conhecimentos literários e de memória de leitura; noutro caso, os aspectos sobre a obra são tratados com demasiada superficialidade, apresentando ainda graves problemas de expressão.

O segundo tema proposto aos alunos, através do enunciado "Analise o valor estético e humano do *Frei Luís de Sousa*", não foi escolhido por nenhum dos alunos. A terceira proposta de tema é a seguinte:

3. Exponha o significado pessoal e universal de *Frei Luís de Sousa*.

A questão exige uma reflexão sobre dois aspectos da obra: o primeiro diz respeito à génese do drama e à questão das motivações biográficas, e o segundo, à mensagem intemporal por este plasmada. Para a abordagem destes aspectos poderiam os alunos comentar a relação entre vida e obra no Romantismo, referindo-se à tendência do escritor romântico para o exercício da projecção autobiográfica através da literatura. Para uma correcta ponderação desta dimensão da obra, torna-se necessário considerar a elaboração que Garrett fez da conhecida motivação biográfica, bem como o tratamento que deu a fontes históricas nas quais se baseou.

No que diz respeito ao segundo elemento da questão (o "significado universal" da obra), haveria que reflectir, desde logo, acerca da mensagem de patriotismo inerente ao gesto de Manuel de Sousa Coutinho, a evocação de Camões como génio incompreendido pela sociedade e figura tutelar da nossa história. Mas outras dimensões da obra configuram sentidos universais, podendo através dela pensar-se em questões da moral social como a fidelidade, o adultério, o divórcio e a situação dos filhos ilegítimos.

Apenas três alunos, do total de 24, escolheram este tema. De entre estes, dois apresentaram uma resposta à qual foi possível atribuir o nível 3, enquanto um aluno apresentou uma resposta

---

estigma de um nascimento maculado, uma família ameaçada pelo destino (os Sousas), a mudança para um lugar ominoso, aparecimento de presságios significativos, fatalidade das datas, o marido que volta, a renúncia ao mundo – são estes os motivos pelos quais o acontecimento se liga ao final necessário" (*op. cit.*, p. 293).

apenas suficiente (nível 2). As duas respostas mais completas desenvolvem elementos relativos à génese do drama e ao seu significado universal: as referências constantes à figura de Camões, o patriotismo de Manuel de Sousa Coutinho, a questão do adultério, a situação de Maria, etc.

Finalmente, o último tema proposto foi abordado pelo grupo mais reduzido, isto é, de dois alunos, que se situaram no nível 2. A questão era a seguinte:

> 4. Mostre como no *Frei Luís de Sousa* se articula a acção externa com a psicológica.

Acontecimentos e factos fulcrais do plano da "acção externa" são a partida de D. João de Portugal para a Batalha de Alcácer Quibir (e o seu suposto desaparecimento) e o incêndio no palácio de Manuel de Sousa Coutinho, motivando a mudança para o palácio que fora de D. João de Portugal. Com a mudança de espaço, e ao deparar com o retrato de D. João de Portugal, D. Madalena perde o controle emocional, torturada pela percepção da desgraça que pode abater-se sobre a sua família.

Quanto a aspectos da acção psicológica que os alunos deveriam referir como determinantes para o adensar da atmosfera trágica, mencione-se a meditação de D. Madalena sobre a situação de Inês de Castro (como já se disse, na cena I do acto I), que estabelece um clima de grande tensão psicológica. Um outro acontecimento do plano externo que se articula com a acção psicológica, e que poderia ser indicado, é a visita que Maria faz a D. Joana de Castro. Estando sozinha, D. Madalena sente-se mais angustiada (assim surgindo um clima propício ao aumento do seu *pathos*). Através da confissão que faz a Frei Jorge, sente-se mais aliviada, verificando-se uma melhoria, embora aparente, no seu estado emocional, uma vez liberta de fantasmas obsidiantes. Esta situação estabelece, por assim dizer, o anticlímax do drama, o contraponto ao clímax. O estado de acalmia aparente ainda mais reforça a espectacularidade da explosão do conflito, no momento do seu auge, isto é, do desenlace trágico.

As respostas acerca da articulação entre a "acção externa" e a psicológica mostram-se suficientes, tendo os alunos respeitado o horizonte interpretativo desta derradeira questão. Assim, entre outros elementos, referiram-se à partida de D. João de Portugal e ao seu suposto desaparecimento, ao incêndio no palácio de Manuel de Sousa Coutinho e à mudança para o de D. João de Portugal, à cena na sala dos retratos e à visita de Maria a D. Joana de Castro, mostrando a relação entre os acontecimentos e o seu significado simbólico. A consciência da relação entre os dois planos da acção "externa" e "interna" (do foro íntimo) é notória na seguinte afirmação: "há uma articulação notável de pequenos elementos, por vezes insignificantes, mas que podem ter consequências trágicas". Uma parte de outra resposta, embora com deficiente expressão, mostra a compreensão do simbolismo trágico da destruição do retrato de Manuel de Sousa Coutinho: "é um presságio do que irá acontecer, e D. Madalena sente-o. Toda a sua inquietação quando vê o retrato em chamas, que, à partida, não teria importância, pois Manuel continua vivo, vai-se interligar com a primeira visão de D. Madalena, ao chegar ao palácio do seu primeiro marido, do retrato de D. João de Portugal".

Finalmente, vejamos os dados completos. Num total de 24 alunos, dois deles (8,3%) situaram-se no nível 1. A maioria dos alunos, isto é, 15 (correspondente a 62,5%), obteve o nível 2. Os restantes sete (29,2%) alcançaram o nível 3.

2.2. A leitura d'*Os Maias*

Comecemos por considerar elementos do contexto didáctico de leitura integral d'*Os Maias*, como os conteúdos programáticos normalmente constantes das planificações didácticas e os objectivos dos testes de avaliação somativa, seguindo-se uma síntese dos conteúdos literários dos testes que analisámos e a metodologia adoptada na sua apreciação.

A leitura d'*Os Maias* tem uma assinalável importância no contexto do ensino da literatura portuguesa no Secundário, ocupando, no conjunto das actividades de ensino, o maior número de tempos lectivos[35]. A profundidade da leitura depende, de certo modo, da orientação do curso e do tempo consagrado ao estudo, sendo um facto que, em turmas de Estudos Humanísticos, são explorados, com certa exaustividade, os processos narrativos e retórico-estilísticos e, por outro lado, é maior a quantidade de textos comentados em aula. Tal não acontece com turmas de Estudos Científicos, em que se pratica,

---

[35] As situações que estudámos, recorde-se, integravam-se todas no 11.º ano do Curso Complementar Diurno do Ensino Secundário (antiga reforma).

regra geral, um tipo de leitura menos profunda e demorada, visando sobretudo desenvolver o gosto literário, mas que não investe em competências literárias que impliquem um aprofundamento de conceitos teóricos. Sem prejuízo da especificidade do trabalho desenvolvido por cada professor, os conteúdos programáticos contemplados nas planificações didácticas de ensino desta obra, são, resumidamente, os seguintes[36]:

    a) aspectos da vida e da obra de Eça de Queirós;
    b) o contexto histórico-literário da obra;
    c) a intriga principal e a intriga secundária;
    d) as personagens principais, secundárias e tipos;
    e) o espaço físico e o espaço social;
    f) o tempo histórico, o tempo da história e o tempo psicológico;
    g) a crónica de costumes e a representação social;
    h) a perspectiva narrativa: focalização omnisciente e focalização interna;
    i) o discurso directo e o discurso indirecto; o monólogo interior e o discurso indirecto livre;
    j) a linguagem e o estilo de Eça.

A abordagem destes conteúdos programáticos tem sido orientada, em termos bibliográficos, por trabalhos considerados fundamentais para a compreensão da complexidade estética da obra. Entre os estudos mais utilizados pelos professores, na prática pedagógica, contam-se os de Alberto Machado da Rosa, de Jacinto do Prado Coelho e, sobretudo, de Carlos Reis, *Introdução à leitura d'Os Maias*. Esta última obra, pelas potencialidades didácticas que encerra, em particular a sistemática abordagem, tanto de aspectos técnico--literários do romance (de acordo com as categorias fundamentais da narrativa) como dos vectores semânticos, muito apraz ao professor pela orientação que presta ao trabalho didáctico. Testemunham ainda a sua projecção, no cenário didáctico, a organização de conteúdos programáticos e o estabelecimento de linhas de leitura de alguns manuais didácticos que a ela se reportam.

---

[36] O contributo específico de cada turma (uma de Estudos Humanísticos e duas de Estudos Científicos) será evidenciado mais adiante, na descrição de cada situação. O número de aulas leccionadas, em cada caso, foi, respectivamente, de 20, 12 e 16.

Num conjunto de planificações que observámos, e que denota o aproveitamento de orientações científicas e didácticas presentes em trabalhos como os que acabámos de nomear, pode ser exemplificada uma formulação dos conteúdos de uma planificação didáctica que aqui transcrevemos [37]:

- A questão Coimbrã
- A Geração de 70
- As Conferências do Casino
- O Realismo/Naturalismo
- O título e o subtítulo. Níveis de acção
- As personagens e a sua caracterização
  - principais, secundárias, tipos
  - modelos de educação
- O espaço
  - físico
  - social
  - psicológico
- O tempo
  - da história
  - do discurso
  - psicológico
- O ponto de vista do narrador
  - focalização omnisciente (primeiros capítulos)
  - focalização interna (Vilaça, Carlos, Ega)
- A ideologia
  - do narrador e da personagem central
  - do trágico
  - o tema do incesto
  - as personagens dotadas de um carácter excepcional e superior
  - a força do destino – "o *fatum*"
  - os presságios
- O simbólico
  - no espaço

---

[37] Tendo consultado um conjunto de planificações d'*Os Maias*, realizadas no âmbito do Estágio Pedagógico de Português, sob coordenação da Faculdade de Letras da Universidade de Coimbra, indicamos os conteúdos programáticos que constam de uma das planificações do grupo de estágio de Português, do ano lectivo de 1990/1991.

- na personagem
- nos objectos
- A linguagem e o estilo de Eça de Queirós em *Os Maias*.

A fim de evidenciar a coerência dos elementos literários envolvidos nos vários instrumentos pedagógicos, apresentamos, a seguir, uma formulação possível de objectivos específicos para um teste somativo sobre *Os Maias*. Considera-se, portanto, que o aluno deve:

1 – Ser capaz de analisar um texto literário narrativo.

2 – Demonstrar conhecimento do romance na sua totalidade, tendo sobretudo em atenção os capítulos estudados nas aulas.

3 – Reflectir sobre os seguintes aspectos da obra:

a) a relação entre a intriga e a crónica de costumes, entre o título e o subtítulo;
b) a presença das diferentes gerações;
c) a educação;
d) o diletantismo;
e) os ambientes sociais;
f) a polémica literária;
g) a relação entre o espaço e a personagem;
h) elementos simbólicos e trágicos;
i) os tipos de focalização;
j) procedimentos estilísticos mais representativos.

Nos três testes sobre *Os Maias* que estudámos, verifica-se uma homogeneidade de conteúdos literários, apesar de as situações de ensino observadas apresentarem algumas particularidades, traduzidas na profundidade do estudo em aula, o que decorre, como já se observou, do número de aulas leccionadas, da orientação específica do curso e também do nível dos alunos. Tais circunstâncias, como facilmente se compreende, condicionam a apreensão de imagens da obra, tanto no que diz respeito a aspectos semânticos e compositivos como à memória de leitura dos diversos capítulos.

Sumariemos, através de tópicos, os conteúdos literários destas provas:

Teste I:
– assunto do texto;
– intrigas principal e secundária;
– caracterização da personagem Carlos da Maia;

- ponto de vista narrativo: focalização omnisciente e focalização interna;
- processos estilísticos (expressividade dos adjectivos, dos verbos e das figuras de estilo);
- ideologia da personagem (Carlos e Vilaça);
- episódios da crónica de costumes;
- personagens secundárias e tipos sociais;
- intencionalidade do autor.

Teste II:
- intrigas principal e secundária;
- personagens principais, secundárias e tipos sociais;
- episódios da crónica de costumes;
- processos estilísticos (expressividade do imperfeito verbal, dos adjectivos, dos advérbios, da repetição, das figuras de estilo e do discurso indirecto livre);
- intencionalidade do autor.

Teste III:
- intrigas principal e secundária;
- personagens principais, secundárias e tipos sociais;
- ponto de vista narrativo: focalização interna;
- tipo de discurso: monólogo interior;
- processos estilísticos (expressividade do condicional, do gerúndio e das comparações);
- representação ideológica.

Para a análise dos testes sobre *Os Maias* elaborámos tabelas a fim de registar informações diversas como as principais operações intelectuais e discursivas implicadas na resolução daqueles, o desempenho relativamente à aplicação dos conhecimentos adquiridos, o nível da competência de análise de um texto narrativo e ainda a profundidade dos conhecimentos acerca da obra, tendo em conta, em particular, os conteúdos programáticos de ensino.

Passemos, a seguir, à apreciação do horizonte interpretativo das questões contempladas em três testes sobre *Os Maias* e das respostas dadas pelos alunos. Em todas as operações de leitura realizadas pelos alunos, trataremos de evidenciar o seu entendimento das componentes genológicas.

2.2.1. Apresentação do teste I[38]

O teste contém duas partes: uma primeira, consagrada à análise do texto, a seguir transcrito, e uma segunda, com uma questão de maior desenvolvimento, para avaliar o conhecimento global da obra.

O dia famoso da *soirée* dos Cohens, ao fim dessa semana tão luminosa e tão doce, amanheceu enevoado e triste. Carlos, abrindo cedo a janela sobre o jardim, vira um céu baixo que pesava como se fosse feito de algodão em rama enxovalhado: o arvoredo tinha um tom arrepiado e húmido; ao longe o rio estava turvo, e no ar mole errava um hálito morno de sudoeste. Decidira não sair – e desde as nove horas, sentado à banca, embrulhado no seu vasto *robe-de--chambre* de veludo azul, que lhe dava o belo ar de um príncipe artista da Renascença, tentava trabalhar: mas, apesar de duas chávenas de café, de *cigarettes* sem fim, o cérebro, como o céu fora, conservava-se-lhe nessa manhã afogado em névoas. Tinha destes dias terríveis; julgava-se então "uma besta"; e a quantidade de folhas de papel, dilaceradas, amarfanhadas, que lhe juncavam o tapete aos pés, davam-lhe a sensação de ser todo ele uma ruína.

Foi realmente um alívio, uma trégua naquela luta com as ideias rebeldes, quando Baptista anunciou Vilaça, que lhe vinha falar de uma venda de montados no Alentejo, pertencentes à sua legítima.

— Negòciozinho – disse o administrador, pousando o chapéu a um canto da mesa e dentro um rolo de papéis – que lhe mete na algibeira para cima de dois contos de réis... E não é mau presente, logo assim pela manhã...

Carlos espreguiçou-se, cruzando fortemente as mãos por trás da cabeça:

— Pois olhe, Vilaça, preciso bem de dois contos de réis, mas preferia que me trouxesse aí alguma lucidez de espírito... Estou hoje de uma estupidez!

Vilaça considerou-o um momento, com malícia.

— Quer Vossa Excelência dizer que antes queria escrever uma bonita página do que receber assim perto de quinhentas libras? São gostos, meu senhor, são gostos... Ele é bom sair-se a gente um Herculano ou um Garrett, mas dois contos de réis, são dois contos de réis... Olhe que sempre valem um folhetim. Enfim, o negócio é este.

Explicou-lho, sem se sentar, apressado, enquanto Carlos, de braços cruzados, considerava quanto era medonho o alfinete de peito que Vilaça trazia (um macacão de coral comendo uma pêra de ouro) e distinguia vagamente, através da sua neblina mental, que se tratava de um visconde de Torral e de porcos... Quando Vilaça lhe apresentou os papéis, assinou-os com um ar moribundo[39].

O texto mostra um espaço e um tempo físicos: é o dia da *soirée* dos Cohens e uma manhã de nevoeiro em que Carlos está recolhido nos

---

[38] Trata-se de um teste aplicado a uma turma da antiga reforma do 11.º ano de Estudos Humanísticos da Escola Secundária Quinta das Flores, no ano lectivo de 1990/1991.

[39] Cf. Eça de Queirós, *Os Maias*, Lisboa, Livros do Brasil, s. d., capítulo IX, pp. 252-253.

seus aposentos a tentar trabalhar. O fragmento concentra-se na representação de Carlos, dando elementos sobre o aspecto físico e psicológico. Assim, das duas personagens representadas no texto, a mais importante é Carlos, sendo Vilaça aquela que tem a função de estabelecer a oposição de valores que interessa ao narrador pôr em confronto.

Parece-nos importante realçar as estratégias textuais na representação de Carlos da Maia, neste momento da acção, através das quais são veiculados elementos psicológicos e também ideológicos. Assim, em primeiro lugar, a personagem é situada numa actividade (Carlos ocupado com o seu livro) e, depois, é posta em situação de diálogo. Ora, acedemos ao estado psicológico de Carlos, isto é, à sua dificuldade de produzir uma bela página, justamente a partir destas duas situações. O desinteresse pelo negócio proposto por Vilaça é condicionado por aquele estado de espírito, de prisioneiro da incapacidade de escrita. A depreciação do alfinete de peito de Vilaça indicia não só esse alheamento pelo lado material da vida como também o requintado gosto, ambos em contraposição ao entusiasmo do administrador, sendo possível inferir duas atitudes ideológicas antagónicas, como veremos mais adiante.

Consagremo-nos à apreciação das respostas dos alunos (uma turma constituída por 19), tendo em conta o horizonte interpretativo de cada uma delas. A primeira questão envolve uma operação de inferência do conteúdo global do texto:

    1. Indica, em breves palavras, o assunto do texto.

A competência ideal de resposta, de acordo com os conteúdos programáticos, manifestar-se-ia numa referência sintética ao assunto do texto, operação em que os alunos demonstraram dificuldades. Uma inferência, nesse sentido, apontando para a descrição das dificuldades de Carlos em escrever, não foi, pois, encontrada.

Assim, quatro dos alunos (21%) fizeram uma identificação errada do assunto do texto, ficando-se, portanto, pelo nível 1, enquanto que 15 deles (79%) demonstraram uma limitada capacidade de síntese interpretativa, apresentando um reconto do texto e, em alguns casos, referindo-se ao estado de espírito de Carlos da Maia, tendo, por isso, atingido o nível 2.

A segunda questão diz respeito à análise da representação de Carlos, no texto:

    2. Caracteriza a personagem central e o seu estado de espírito.

Uma resposta completa poderia contemplar, entre outros, os seguintes elementos: bloqueado, sem imaginação, desmoralizado, mole, com "o cérebro afogado em névoas", apresenta um gosto refinado (na forma como se veste e na apreciação do alfinete de peito de Vilaça), manifesta desinteresse pelos negócios. O aluno poderia concluir que a descrição deste dia de trabalho de Carlos é exemplificativa da sua natureza diletante.

Não encontrámos, no conjunto dos testes, respostas que atentassem na totalidade do texto e em enunciados particulares fundamentais para a compreensão da personagem. A maior parte dos alunos, isto é, 16 (84,2%), recuperou o texto em discurso próprio, propondo uma caracterização incompleta da personagem, pelo que alcançaram o nível 2. Um pequeno número de alunos, apenas três (15,8%), mostrou muitas dificuldades em captar os elementos discursivos caracterizadores da personagem, ficando-se pelo nível 1.

Atentemos nas questões relativas ao ponto de vista narrativo, no texto.

>2.1. Identifica o processo com o qual o narrador procurou expressar melhor esse estado de ânimo.
>2.2. Transcreve as expressões mais significativas.

Considerando as respostas dos alunos, pareceu-nos prudente não estabelecer com rigor as linhas de resposta a estas questões. Na nossa leitura do enunciado (confirmada pela professora), o termo "processo" refere-se a *processo narrativo*. O ponto de vista narrativo, neste texto, combina a perspectiva omnisciente do narrador e a focalização interna de Carlos. Assim, a resposta dos alunos deveria contemplar uma referência aos dois tipos de focalização, o que não aconteceu. Por outro lado, poucos alunos apontaram o exemplo mais elucidativo do recurso à focalização interna, situado no último parágrafo: trata-se do segmento narrativo que traduz a observação de Carlos a respeito do adereço que Vilaça traz ao peito. Alguns alunos falaram da presença do monólogo interior neste texto, o que considerámos incorrecto.

Nas respostas, houve muitos alunos que interpretaram o termo "processo" de forma menos precisa e referiram-se a outras componentes textuais, apresentando dois tipos de resposta. Uns afirmaram que *o processo que o narrador utilizou é a descrição*; outros, que *o processo é a comparação do estado de espírito de Carlos da Maia com o tempo.*

Ponderando a precisão e a profundidade demonstradas na apreensão de conteúdos textuais e genológicos, atribuímos, na primeira parte da questão (2.1), o nível 2 a seis dos alunos (31,6%) e o nível 1 a 11 alunos (57,9%), enquanto dois alunos (10,5%) não responderam. Na segunda parte da questão (2.2), tivemos um resultado mais fraco: 14 dos alunos (73,7%) apresentaram uma resposta insuficiente, ou seja, do nível 1, e apenas quatro deles (21%) tiveram uma resposta suficiente, de nível 2. Também aqui, houve um aluno que não respondeu (representando 5,3%).

A terceira questão exige a capacidade de detectar e interpretar os procedimentos estilísticos, no texto, ao serviço da descrição, conteúdo programático que a professora sempre teve em vista ao longo do estudo da obra. Eis o enunciado:

> 3. Faz o levantamento dos aspectos descritivos do primeiro parágrafo e explica a sua conotação e expressividade.

Atentemos em alguns elementos textuais que podem favorecer certas direcções de resposta. O fragmento constitui uma descrição impressionista de uma manhã de nevoeiro, condicionada pela forma como o enunciador capta e exprime a paisagem através de sugestivas imagens, dando-lhe uma coloração plástica, que nos transmite a sensação de espessura e de volume: "céu *baixo*, arvoredo *húmido*, rio *turvo*, ar *mole*" (sublinhados nossos). A descrição desta atmosfera climática serve sobretudo para projectar no tempo e na natureza, como elementos condicionadores da emotividade e do humor, o estado de ânimo de Carlos: "o cérebro, como o céu fora, conservava-se-lhe nessa manhã afogado em névoas".

O primeiro período estabelece uma oposição entre um tempo presente e um tempo passado, que pode ser compreendida através dos traços sémicos da positividade e da negatividade, presentes na oposição entre luz e sombra: "o dia (...) ao fim dessa semana tão luminosa e tão doce, amanheceu enevoado e triste". No segundo período, temos uma descrição plasticamente expressiva de um quadro de nevoeiro: "um céu baixo que pesava como se fosse feito de algodão em rama enxovalhado". A visualização do aspecto das árvores é sugerida através dos adjectivos "arrepiado" e "húmido" e ainda de uma subtil notação: "tinha um tom". A descrição dessas duas realidades do nevoeiro (céu e arvoredo) conexiona-se com a representação do estado emocional de Carlos, que experimenta a sensação de um peso que atordoa os sentidos.

A temperatura que se fazia sentir é conotada na seguinte frase: "e no ar mole errava um hálito morno de sudoeste". Tal sobreposição de imagens serve para a caracterização do ar, primeiramente, através de um adjectivo inusitado ("mole") e, além disso, da sensação de calor que se espalha em diversas direcções, sugerida pelo verbo errar: "errava um hálito morno". Temos a impressão de estarmos diante de uma paisagem pictórica, conseguida graças a essa profusão de imagens que a colorem, como se o artista estivesse a pintá-la numa tela.

O horizonte de resposta a esta questão poderia incluir uma observação acerca da utilização expressiva dos adjectivos, verbos e outros elementos ao serviço de uma captação impressionista do real. Os alunos poderiam assinalar ainda a utilização do imperfeito verbal (próprio da narração de um acontecimento que teve lugar no passado), em combinação com o pretérito mais-que-perfeito ("vira", "decidira"), o que introduz uma nota de variação e dinamismo, quebrando a monotonia da utilização de uma única forma do pretérito perfeito.

Previmos ainda que mencionassem figuras de estilo como a comparação e a personificação, nos segmentos "céu baixo que pesava como se fosse feito de algodão em rama enxovalhado" e "o cérebro, como o céu fora, conservava-se-lhe nessa manhã afogado em névoas".

Esta questão, que implicava aplicar conhecimentos adquiridos sobre procedimentos característicos do estilo queirosiano, revelou vários problemas de interpretação. No geral, e com limitações, os alunos demonstram compreender os procedimentos da descrição, mas a explicação da sua conotação e expressividade é muito limitada, ficando, pois, aquém das expectativas de aprendizagem. Nas respostas, verificámos alguns casos de entendimento errado de categorias gramaticais, o que influenciou a nossa apreciação dos resultados globais. Assim, dez dos alunos (52,6%) situam-se no nível 1, oito (42,1%) no nível 2 e um (5,3%) não chegou a responder.

Uma outra questão, a quarta, incide sobre a descodificação de elementos semânticos do texto, de grande amplitude conceptual:

> 4. As duas personagens do texto manifestam aqui dois conceitos de vida diferentes. Refere-os.

Em causa está a capacidade de inferir valores ideológicos e de encontrar um conceito que traduza a ideologia representada por cada personagem, implicando, novamente, a operação de abstracção semântica.

Um total de seis alunos (31,6%) atingiu o nível 3, porque apreendeu e referiu, de modo sintético, os conceitos em causa (idealismo e materialismo), havendo alunos que afirmaram: "Carlos é um diletante" e "Vilaça é um burguês". Nos escalões inferiores, deparámos com uma identificação muito comentada dos conceitos: oito alunos (42,1%) apresentaram uma resposta suficiente, de nível 2, enquanto cinco (26,3%) não chegaram a identificar os referidos conceitos, cotando-se com o nível 1.

A última questão, sobre a obra no seu conjunto, encontra-se, como dissemos, separada das restantes:

> Os Maias – Episódios da vida Romântica – são um expressivo retrato da sociedade lisboeta da segunda metade do século XIX. Recordando o estudo feito, explica, sucintamente, os aspectos em que incide a crítica social.

Os alunos deveriam atentar na representatividade dos episódios e cenas da "crónica de costumes" (o jantar do Hotel Central, o sarau do teatro da Trindade, a cena do jornal *A Tarde*, o jantar dos Gouvarinhos, etc.), bem como na cena final (o passeio de Carlos e Ega), referindo-se a aspectos e instituições da vida social (educação, literatura, finanças, cultura, política, jornalismo) sobre os quais incide a crítica social. Considerava-se, pois, forçoso, nas respostas, um comentário sobre as personagens-tipo.

No nível 3, encontrámos quatro alunos (21%) que apresentaram uma razoável referência a episódios, cenas, assuntos e personagens representativos da crítica social, enquanto outros cinco (26,3%) se limitaram a uma abordagem suficiente, de nível 2, sendo que a maior parte, no total de dez (52,7%), demonstrou uma deficiente captação dos conteúdos envolvidos na questão, com respostas que revelam um nível mais fraco (nível 1), caracterizando-se por uma precária articulação e um excesso de deriva interpretativa.

2.2.2. Apresentação do teste II[40]

O teste apresenta quatro questões, as três primeiras incidindo sobre o texto seguinte:

> Guimarães não descia. No segundo andar surgira uma luz viva, numa janela aberta. Ega recomeçou a passear lentamente pelo meio do largo. E agora, pouco a pouco, subia nele uma incredulidade contra esta catástrofe de

---

[40] Este teste foi aplicado na Escola Secundária Quinta das Flores a alunos de uma turma do 11.º ano de Estudos Científicos, no ano lectivo de 1991/1992.

dramalhão. Era acaso verosímil que tal se passasse, com um amigo seu, numa rua de Lisboa, numa casa alugada à mãe Cruges?... Não podia ser! Esses horrores só se produziam na confusão social, no tumulto da Meia Idade! Mas numa sociedade burguesa, bem policiada, bem escriturada, garantida por tantas leis, documentada por tantos papéis, com tanto registo de baptismo, com tanta certidão de casamento, não podia ser! Não! Não estava no feitio da vida contemporânea que duas crianças, separadas por uma loucura da mãe, depois de dormirem um instante no mesmo berço, cresçam em terras distantes, se eduquem, descrevam as parábolas remotas dos seus destinos – para quê? Para virem tornar a dormir juntas no mesmo ponto, num leito de concubinagem! Não era possível[41].

O núcleo semântico deste texto é constituído pela representação das angústias de Ega mediante o revelar do parentesco entre Carlos e Maria Eduarda. Trata-se de um momento fundamental da intriga, pois o acontecimento que o monopoliza, e que constitui uma função nuclear na diegese, vai precipitar a eclosão da tragédia.

De acordo com o horizonte interpretativo de cada questão, esboçado a partir dos conteúdos programáticos leccionados, vejamos as respostas dos 11 alunos que constituíam a turma.

O teste principia com uma questão de tipo contextualizante:

1. Situa o texto transcrito na acção global d'*Os Maias*. (Deves contar, *sinteticamente*, a intriga até ao momento deste extracto).

O horizonte da resposta mais completa, ao qual correspondeu apenas uma aluna, contempla a situação do texto no fim do episódio do sarau do Teatro da Trindade, uma referência aos momentos cruciais da intriga e, por extensão, aos espaços onde decorrem as acções nucleares (Hotel Central, casa na Rua de São Francisco e Quinta dos Olivais).

Foram seis (54,5%) os alunos que apresentaram uma informação suficiente, tendo contextualizado correctamente o texto e, por isso, situaram-se no nível 2. Embora com deficiências na elaboração da síntese da intriga (identificação incompleta ou excessiva da informação), referiram alguns momentos principais: a primeira visão de Maria Eduarda por Carlos, no Hotel Central, a visita como médico à Rosa, estando a mãe ausente, enfim, o conhecimento e o estabelecimento de relações[42]. Mas quatro alunos (36,4%), fosse por incor-

---

[41] Cf. Eça de Queirós, *op. cit.*, capítulo XVI, p. 621.
[42] Notamos, nessas respostas, uma assimilação de elementos apresentados por Carlos Reis, in *Introdução à leitura d'Os Maias*, 4.ª ed., Coimbra, Almedina, 1981, p. 88.

recção quanto aos nexos lógicos da acção, por não identificarem o episódio do sarau do Teatro da Trindade que antecede este encontro ou por se concentrarem excessivamente nos antepassados de Carlos, apresentaram uma resposta insuficiente, isto é, de nível 1.

O conteúdo da questão seguinte é de natureza estilística:

> 2. Destaca os processos estilísticos que te pareçam mais relevantes neste fragmento.

Atribuímos o nível 1 (insuficiente) a sete alunos (63,6%), situação em que referiram apenas um procedimento estilístico e procederam a identificações incorrectas, acompanhadas, quase sempre, de algumas imprecisões e equívocos quanto ao discernimento de categorias gramaticais. O patamar seguinte é o nível 2, no qual temos três alunos (27,3%), de respostas que se caracterizam por uma identificação de elementos facilmente apreensíveis (repetição, ironia, exclamações, interrogações). Uma apreciável identificação dos procedimentos estilísticos (horizonte do nível 3) foi demonstrada por apenas uma aluna (9,1%), que analisou correctamente os exemplos identificados. Neste horizonte interpretativo mais completo incluímos, para além dos elementos anteriormente referidos, o discurso indirecto livre, que não lhe passou despercebido, bem como a utilização expressiva do imperfeito verbal, dos advérbios e adjectivos, do paralelismo sintáctico e da nuance oralizante da linguagem.

Passando à terceira questão, verifica-se que se prende directamente com o domínio da expressão escrita:

> 3. Imagina que és Ega e que te cabe o papel que, a partir deste momento, terá de ser o seu. Tenta transmitir os sentimentos, as emoções, tudo o que sentirias nessa situação, e como achas que desempenharias a tarefa.

Esta questão pretendia sobretudo avaliar a competência de escrita e a capacidade de invenção e de expressão do aluno. No entanto, não deixava de permitir uma avaliação do conhecimento que o aluno tinha da obra, em particular da evolução da intriga principal e das personagens. De acordo com esta expectativa, a seis alunos (54,5%), atribuímos o nível 1, a dois (18,2%), o nível 2, e a três deles (27,3%), o nível 3.

A quarta questão contempla uma reflexão sobre a função dos episódios da crónica de costumes:

> 4. Estudaste três episódios fundamentais na economia global da obra: o episódio do jantar do Hotel Central, o episódio das corridas de cavalos e o episódio do sarau literário do Teatro da Trindade.

Tendo em atenção a temática do romance e a intenção de Eça de Queirós ao escrevê-lo, reflecte sobre o papel desses episódios na obra e diz se consideras que o escritor atingiu os objectivos que se propôs, justificando a tua opinião.

O perfil de uma resposta completa, que nenhum dos alunos conseguiu preeencher, deveria contemplar, entre outros, os seguintes elementos: a função dos episódios da crónica de costumes na representação da sociedade burguesa, evidenciando certas facetas e atitudes; a intenção de desvendar a·vida familiar, social e cultural decadente. Referindo-se às personagens que consubstanciam tipos sociais e a cenas mais marcantes, para além do que atrás se disse, os alunos lograriam explicar a forma como Eça atingiu os *objectivos que se propusera*.

Considerando os três episódios a comentar, sempre de acordo com os conteúdos programáticos, como lembra a professora no enunciado da questão, seria desejável que contemplassem as orientações de resposta que passamos a indicar. Com respeito ao episódio do jantar do Hotel Central, os alunos deveriam atentar nos temas da literatura, da economia, das finanças, da política e da história. No episódio das Corridas, seria de notar que sobressai a representação de uma camada social sem identidade própria e dependente de padrões de gosto do estrangeiro. Quanto ao sarau literário do Teatro da Trindade, deveriam apontar as questões focalizadas: a literatura, a cultura e a política.

A apreciação das respostas levou-nos a atribuir o nível 2 a sete alunos (63,6%), cujo discurso contemplava, com algumas deficiências, conteúdos previstos, sendo possível constatarmos uma razoável competência de leitura e capacidade de assimilar conhecimentos. O restante dos alunos, quatro (36,4%), não ultrapassou o nível 1 e demonstrou uma memória de leitura muito superficial do romance, não permitindo uma referência aos episódios estudados, nem a sua interpretação, por falta do conhecimento de componentes como os tipos sociais representados ou a intencionalidade do autor.

2.2.3. Apresentação do teste III[43]

Como os anteriores testes sobre *Os Maias*, também este principia com um texto objecto de comentário:

> Sim, o avô! Ele partia com Maria, ele entrava na ventura absoluta; mas ia destruir de uma vez para sempre a alegria de Afonso, e a nobre paz que lhe tornava tão bela a velhice. Homem de outras eras, austero e puro, como uma

---

[43] O teste foi aplicado na Escola Secundária de Ermesinde, a alunos do 11.º ano (da antiga reforma) de Estudos Científicos, no ano lectivo de 1992/1993.

dessas fortes almas que nunca desfaleceram – o avô, nesta franca, viril, rasgada solução de um amor indominável, só veria libertinagem! Para ele nada significava o esponsal natural das almas, acima e fora das ficções civis; e nunca compreenderia essa subtil ideologia sentimental, com que eles, como todos os transviados, procuravam azular o seu erro. Para Afonso haveria apenas um homem que leva a mulher de outro, leva a filha de outro, dispersa uma família, apaga um lar, e se atola para sempre na concubinagem: todas as subtilezas da paixão, por mais finas, por mais fortes, quebrar-se-iam, como bolas de sabão, contra as três ou quatro ideias fundamentais de Dever, de Justiça, de Sociedade, de Família, duras como blocos de mármore, sobre que assentara a sua vida quase durante um século... E seria para ele como o horror de uma fatalidade! Já a mulher de seu filho fugira com um homem, deixando atrás de si um cadáver; seu neto agora fugia também, arrebatando a família de outro – e a história da sua casa tornava-se assim uma repetição de adultérios, de fugas, de dispersões, sob o bruto aguilhão da carne!... Depois as esperanças que Afonso fundara nele – considerá-las-ia tombadas, mortas no lodo! Ele passava a ser para sempre, na imaginação angustiada do avô, um foragido, um inutilizado, tendo partido todas as raízes que o prendiam ao seu solo, tendo abdicado toda a acção que o elevaria no seu país, vivendo por hotéis de refúgio, falando línguas estranhas, entre uma família equívoca crescida em torno dele, como as plantas de uma ruína... Sombrio tormento, implacável e sempre presente, que consumiria os derradeiros anos do pobre avô!... Mas, que podia ele fazer? Já o dissera ao Ega. A vida é assim! Ele não tinha o heroísmo nem a santidade que tornam fácil o sacrifício... E depois os dissabores do avô, de que provinham? De preconceitos. E a sua felicidade, justo Deus, tinha direitos mais largos, fundados na Natureza!...[44].

O texto representa o dilema que aflige Carlos, através de um discurso em monólogo interior indirecto, no qual reflecte sobre a hipótese de o avô sofrer uma dolorosa e trágica decepção, no caso de assumir a relação com Maria Eduarda. Neste momento da intriga, a relação de Carlos com Maria Eduarda, cujo envolvimento os levara ao amor físico, é de plena paixão e desejo de fuga.

A primeira questão solicita uma operação de contextualização do texto na obra:

    1. Situa o texto transcrito na acção de *Os Maias*.

A necessidade de bem situar o texto na acção obrigava a ter em conta uma larga referência a acontecimentos, espaços e personagens principais, observando-se ainda a sucessão temporal das acções e momentos fundamentais da intriga. Assim, haveria que considerar a ocorrência do incesto inconsciente (no capítulo XIII), a decisão,

---

[44] Cf. Eça de Queirós, *op. cit.*, capítulo XIV, pp. 451-452.

implícita no texto, de partirem para o estrangeiro e o sentido de fuga dessa solução. O estado de equilíbrio do amor entre Carlos e Maria Eduarda, o envolvimento de Ega na relação, a ausência de Castro Gomes são factos da diegese que poderiam ser observados na articulação da resposta. Uma informação completamente acessória, mas que poderia enriquecê-la, seria uma referência ao local onde se encontrava Afonso, nesse momento da acção, isto é, na Quinta de Santa Olávia.

Alguns alunos, quatro (14,8% do total de 27 da turma), com uma razoável memória de leitura, observaram esta direcção de resposta do nível 3, enquanto 11 alunos (40,7%), com nível 2, apresentaram um resumo da acção principal, que, apesar das informações necessárias à contextualização do episódio, enferma de algumas deficiências, por informação excessiva, incorrecta ou incompleta. Por último, 12 alunos (44,5%), com nível insuficiente, demonstraram uma leitura deficiente da obra, entre cujas respostas encontrámos situações em que não contextualizaram correctamente o texto, confundiram os nexos lógicos da acção, apresentando informações muito insuficientes, enfim, não distinguindo o essencial do acessório.

A segunda questão incide sobre a focalização narrativa, no fragmento textual em questão:

> 2. Identifica o tipo de focalização predominante neste excerto e relaciona essa opção do narrador com a natureza do texto.

Trata-se de um discurso em monólogo interior indirecto, patenteando a perspectiva narrativa de Carlos. Estamos, pois, diante de um caso inequívoco de focalização interna.

Estabelecemos as linhas de resposta a esta questão considerando que o nível "bom" deveria conter uma referência ao monológo interior[45], aceitando, para o nível "suficiente", a ausência de identificação deste tipo de discurso.

Apreciando as respostas, encontrámos apenas um aluno (3,7%) que abordou os conteúdos previsíveis de modo satisfatório, ao qual atribuímos o nível 3. No nível 2, tivemos 15 respostas (55,6%) que apresentaram, globalmente, uma explicação limitada da focalização interna, com algumas imprecisões. No nível 1, englobando 11 alunos

---

[45] Conforme depoimento da professora que leccionou nesta turma, ao não ter sido precisada, em aula, a distinção entre monólogo interior e monólogo interior indirecto, considerava-se satisfatório que os alunos indentificassem, no fragmento sobre o qual incidiu o teste, a presença do monólogo interior.

(40,7%), encontram-se os que, ou não identificaram a focalização interna ou, fazendo-o, apresentaram uma explicação incorrecta deste procedimento narrativo[46].

A terceira questão apela à capacidade de interpretação textual do aluno:

> 3. Confronta a visão que Carlos tem do seu relacionamento com Maria Eduarda com a hipotética forma como Afonso o encararia, se dele fosse informado, neste momento da acção.

Atentando o aluno, por um lado, nos sentidos de grandiosidade com que Carlos e Maria Eduarda vivenciam o seu amor e, por outro, da desgraça que seria para Afonso a partida de ambos, estaria apto a descodificar vários pormenores reveladores da visão dos dois homens. Seria razoável que se considerasse a gravidade da situação em que se encontra Carlos (de certo modo contrariando as normas sociais que o avô representa) e, por conseguinte, vivenciando a dimensão quase transcendente deste *amor impossível*, que o leva a antecipar, imaginariamente, um desfecho infeliz e trágico.

Eis os dados que a nossa análise detectou: 10 alunos (37%) situam-se no nível 1, na medida em que não descodificaram o texto com vista a inferir as visões em causa, restringindo a resposta a uma paráfrase do texto ou a citações de enunciados que concentram as visões das personagens; no segundo escalão, sete alunos (26%) aproximaram-se dos sentidos que sintetizam a visão de Carlos, conseguindo uma referência aproximada dos conceitos. Finalmente, dez repostas (37%), às quais atribuímos o nível 3, incidiram na ideia da grandiosidade do amor segundo Carlos, explicitando situar-se este acima das conveniências, em oposição ao sentido de desgraça que teria para Afonso, um defensor da moral, das conveniências, dos bons costumes, do Dever, da Justiça, da Sociedade e da Família.

---

[46] Vejam-se dois comentários sobre a focalização interna, que consideramos, respectivamente, suficiente e insuficiente: a) "neste excerto podemos encontrar focalização interna porque o narrador integra-se na personagem Carlos da Maia e através dele dá a sua opinião sobre as atitudes e considerações dessa personagem"; b) "neste excerto verifica-se a focalização interna porque o autor conta a história pensando e sentindo como se fosse ele que estivesse a viver a história. O autor entra numa fase 'sentimentalista' porque ele veste-se de Afonso da Maia e sente todas as consequências que podem advir do relacionamento de Carlos com Maria Eduarda". Repare-se no equívoco do aluno confundindo autor e narrador e, por outro lado, mostrando uma visão ingénua da categoria da personagem.

As duas questões que iremos comentar seguidamente são de âmbito estilístico:

> 4. Comenta a utilização frequente do Condicional e do Gerúndio, neste texto. Dá exemplos.

Os dois tempos aqui utilizados servem para exprimir sentimentos de Carlos em relação a si próprio e ao avô. Assim, o condicional adequa-se sobremaneira às hipóteses de Carlos sobre as possíveis reações de Afonso, no caso de uma eventual partida para o estrangeiro com Maria Eduarda[47]. Quanto ao gerúndio, acentua o sentimento de desgraça irreversível, da dimensão errante que a vida de Carlos passaria a ter, na opinião de Afonso da Maia[48]. O perfil da resposta mais completa, de acordo com o ensino desta matéria, deveria contemplar, por um lado, o sentido de previsibilidade do futuro, inerente ao condicional, sugerindo pensamentos e acções que Afonso teria na sequência do gesto de Carlos e, por outro, a ideia de continuidade do sofrimento de Afonso e da irreversibilidade da queda de Carlos, tratando-se, nos dois casos, de tempos que servem à expressão verbal da introspecção do protagonista e do seu estado de perturbação emocional. Os alunos poderiam orientar a sua resposta segundo duas possibilidades: fazendo um comentário genérico do uso do condicional e do gerúndio, no texto, e dando alguns exemplos, ou, de outro modo, comentando cada exemplo, sem prejuízo de uma explicação, ainda que sumária, da função semântica dos tempos.

A este horizonte de resposta do nível 3, corresponderam três alunos (11%), enquanto que, no segundo escalão (nível 2), destacaram-se dez alunos (37%), que apresentaram um comentário e uma exemplificação suficiente, mas com limitações. O nível 1 foi o mais frequente, com 14 alunos (52%) a apresentarem uma resposta insuficiente. Duas situações estão abrangidas neste nível insuficiente. Por um lado, alunos que, embora apresentando uma explicação

---

[47] Os exemplos correctamente citados pelos alunos são: "Homem de outras eras, austero e puro (...) o avô, nesta franca, viril, rasgada solução de um amor indomínável, só veria libertinagem!"; "Para Afonso haveria apenas um homem que leva a mulher de outro, leva a filha de outro, dispersa uma família, apaga um lar e se atola para sempre num leito de concubinagem"; "E seria para ele como o horror de uma fatalidade!".

[48] Os exemplos dados pelos alunos são os seguintes: "Deixando atrás de si um cadáver"; "arrebatando a família de outro"; "vivendo por hotéis de refúgio" e "falando línguas estranhas".

aceitável, não atenderam a uma parte da questão e, portanto, não corresponderam ao pedido de exemplificação; por outro, a situação dos que redigiram um comentário com demasiadas insuficiências.

Quanto à questão concernente à análise das comparações, o enunciado é o seguinte:

> 5. Faz o levantamento das comparações existentes, ao longo do texto, explicando a sua expressividade.

Algumas comparações que ocorrem neste fragmento têm a função de veicular as cogitações de Carlos a respeito da forma como o avô reagiria ao seu definitivo envolvimento com Maria Eduarda, assumindo, deste modo, uma função premonitória[49]. Duas outras comparações servem para estabelecer o retrato de homem de sólida moral que é Afonso da Maia: "puro, como uma dessas fortes almas"; "ideias fundamentais (...) duras como blocos de mármore".

Vejamos as respostas dos alunos. No nível mais completo, os alunos deveriam indicar exemplos mais significativos e proceder a uma descodificação semântica. Sete alunos (26%) orientaram a sua resposta de modo a contemplar estes conteúdos do nível 3, enquanto seis (22%) fizeram um levantamento incompleto, apresentando uma explicação aceitável da expressividade, ainda que com limitações, situando-se, por isso, no nível 2. Uma grande maioria não comenta cada um dos exemplos, apresentando antes o sentido do conjunto. Atribuímos o nível 1 a 14 alunos (52%) que não souberam explicar a expressividade dos poucos exemplos referidos (ou, se o fizeram, foram demasiado parcos), sendo que alguns deles, ao confundirem categorias gramaticais, acabaram por atraiçoar o sentido do texto. As limitações no domínio da análise estilística reveladas por estes alunos prendem-se com dificuldades de inferência do sentido dos enunciados particulares (em frases ou segmentos de frase), ou dos exemplos no seu conjunto, relacionados com os vectores semânticos do texto. Esta dificuldade de produzir inferências traduz uma resistência ou impossibilidade em estabelecer relações, o que se prende com incapacidades diversas, isto é, limitações de base ou prática insuficiente destas operações intelectuais.

---

[49] Encontramos este tipo de comparação nos seguintes exemplos: "todas as subtilezas da paixão, por mais finas, por mais fortes, quebrar-se-iam, como bolas de sabão"; "uma família equívoca crescida em torno dele, como as plantas de uma ruína...".

A última questão está integrada numa segunda parte do teste e solicita um comentário ao seguinte texto:

> *Os Maias* encerram um pensamento, destinam-se a fazer pensar. Com ironia grave, alertam sobre os perigos do amor-paixão, põem em dúvida a justeza dos "espíritos fortes" (pois não teve razão Vilaça ao prevenir de que as paredes do Ramalhete eram fatais?), desafiam as leis da verosimilhança, combinam positividade e transcendência [50].

Após o texto de Prado Coelho, segue-se o enunciado:

> Com base na leitura d'*Os Maias*, comenta desenvolvidamente as afirmações acima transcritas.

A citação concentra a ideia essencial da conclusão do conhecido ensaio de Prado Coelho, a de que a obra de Eça encerra uma dimensão pedagógico-cultural: "*Os Maias* (...) destinam-se a fazer pensar[51]". Esta ideia-chave é desenvolvida no segundo período da citação e engloba dois vectores concentrados nos termos "positividade" e "transcendência". Considerando que *positividade* remete para a dimensão de realidade social da obra (o universo da sociedade burguesa da Regeneração), o aluno poderia direccionar o seu comentário para este vector referindo-se à crónica de costumes e aos episódios da vida social. Em relação ao segundo vector – *transcendência* –, o aluno, notando uma explicação que lhe é dada no co-texto da própria citação, a referência de Vilaça às "fatais" paredes do Ramalhete ("os perigos do amor-paixão"), poderia relacionar este tópico com a intriga principal e a secundária, retirando da observação desta componente estrutural da obra outros elementos para ponderar na sua resposta. Com efeito, as duas intrigas contêm elementos que podem ser avaliados sob o signo da tragicidade, como o incesto entre Carlos e Maria Eduarda, a morte de Afonso, o suicídio de Pedro da Maia. Seja como for, nas respostas, dever-se-iam considerar os dois planos da estrutura da obra: o plano da acção trágica e o plano da crónica de costumes, conteúdos que foram objecto de estudo.

Analisemos as respostas dos alunos a esta questão. Numa primeira leitura, estivemos atentos ao rigor das respostas, isto é, à necessidade de se atender à informação solicitada no enunciado. Assim, encontrámos uma maioria de 13 respostas (48%), a que atribuímos o nível 1.

---

[50] Cf. Jacinto do Prado Coelho, "Para a compreensão d'*Os Maias* como um todo orgânico", in *Ao contrário de Penélope*, Amadora, Bertrand, 1976, p. 188.

[51] Os alunos não leram o ensaio, mas a professora serviu-se dele nas aulas.

Neste conjunto, deparámos com casos em que, ou não se referem à obra estudada ou fornecem uma informação não pedida. Referiram-se os alunos aos intentos de crítica social inerente à obra, bem como a características do Realismo e do Naturalismo que ela configura: observação da realidade, interesse pela temática da educação, etc. Apesar da validade destas informações, considerámos que as respostas são insuficientes, na medida em que os alunos não souberam relacionar planos da obra (intriga e crónica social) com componentes estético--literárias como os temas, a representatividade das personagens e dos ambientes, bem como as soluções retórico-estilísticas. No segundo escalão (nível 2), encontram-se as respostas de 12 alunos (44,5%) que já referem e relacionam, embora com um desenvolvimento reduzido, a acção trágica e a crónica de costumes. No terceiro nível de resposta, cujo horizonte interpretativo já referimos, encontrámos apenas dois alunos (7,5%) de um total de 27. Se o nosso intuito fosse classificar as respostas dos alunos, teríamos uma outra atitude de ponderação quanto aos conhecimentos demonstrados, que não devem ser desprezados em circunstâncias de avaliação. Mas, no nosso estudo, a perspectiva de leitura dos testes rege-se pelo objectivo que temos vindo a perseguir: a apreciação da representação, pelos alunos, de conteúdos literários, sobretudo de tipo genológico. De acordo com esta orientação metodológica, a partir das respostas e com o rigor possível, temos procurado detectar as capacidades de assimilação de conhecimentos (acerca das obras literárias leccionadas pelos professores) que se relacionam com a questão dos modos e géneros literários.

2.3. A leitura de *Orfeu rebelde*

O estudo da poesia de Miguel Torga, no Ensino Secundário, está contemplado no programa da disciplina de "Literatura Portuguesa" do 12.º ano de escolaridade, via de ensino, da antiga reforma, bem como nos programas *Português A* e *Português B* (ambos da nova reforma), que surge no contexto do estudo da lírica contemporânea.

Nos programas da nova reforma, o estudo desta matéria fica substancialmente reduzido, se comparado com a situação na antiga reforma, em virtude de o leque de leituras ser bastante mais extenso do que nos programas antigos.

Nas planificações escolares sobre a lírica contemporânea, do 12.º ano de escolaridade da antiga reforma, costuma-se atribuir cerca de 30 aulas ao estudo da poesia de Fernando Pessoa e cerca de 12 à de Miguel Torga (tempo bastante reduzido), consagradas, em regra, aos seguintes conteúdos programáticos [52]:

    a) aspectos da vida e da obra de Miguel Torga;
    b) Torga e a geração da *Presença;*
    c) vectores temáticos da poética torguiana: o desespero humanista, o telurismo e a problemática religiosa;
    d) a dimensão metapoética e o drama da criação poética;
    e) a poetização de mitos greco-clássicos;
    f) elementos estilísticos e versificatórios.

Para a leccionação destes conteúdos programáticos, os professores apoiam-se numa pequena bibliografia sobre Miguel Torga, de que salientamos: Jesús Herrero, *Miguel Torga, poeta ibérico,* Lisboa, Arcádia, 1979; Maria Helena da Rocha Pereira, "Os mitos clássicos em Miguel Torga", in *Colóquio/Letras,* 43 (Maio de 1978); Eduardo Lourenço, "O desespero humanista de Miguel Torga e o das novas gerações", in *Tempo e poesia,* Porto, Inova, 1974; e Fernão de Magalhães Gonçalves, *Ser e ler Torga,* Lisboa, Vega, 1987.

Na experiência que realizámos, de acordo com os objectivos do nosso trabalho, acompanhámos a leitura de *Orfeu rebelde* na sua totalidade, intervindo, inclusive, nas aulas. Num primeiro momento, apresentámos aos alunos algumas orientações de leitura da obra, a realizar-se no domicílio, pedindo-lhes que se pronunciassem brevemente, por escrito, sobre a temática de cada poema. Numa segunda etapa, pedimos-lhes que identificassem temas propostos por nós. Com a primeira actividade, pretendíamos verificar uma leitura espontânea e, com a segunda, avaliar a capacidade de reconhecer os temas do livro. A seguir a este contacto individual com a obra (que decorreu no período de três semanas), procedemos a uma exposição de carácter globalizante sobre a mesma, em aula, ocupando dois tempos lectivos.

Quanto às inferências semânticas elaboradas pelos alunos, por escrito, tivemos a oportunidade de lhes explicar as que considerámos plausíveis e as que se evidenciaram não pertinentes. Para avaliar o

---

[52] Estes conteúdos são apresentados ainda em alguns manuais didácticos: cf. Luís de Lima Barreto, *Literatura portuguesa, 12.º ano,* Lisboa, Texto Editora, 1990, e A. Costa, *Textos de literatura portuguesa (12.º ano de escolaridade, via ensino),* Porto, Asa, 1983.

O Ensino da Literatura

desempenho dos alunos nestas actividades de leitura prévia, determinámos, tal como em relação ao conjunto de testes apreciados neste capítulo, os mesmos três níveis de proficiência.

Na primeira turma, um aluno figura no nível 1, por apresentar uma resposta que considerámos insuficiente, dez alunos tiveram uma resposta suficiente (nível 2) e quatro representaram o melhor nível de resposta (nível bom, isto é, 3). De acordo com o desempenho destes alunos, concluímos que consideraram os poemas de um grande hermetismo. Um dado significativo da opacidade dos textos para os alunos é o facto de somente um aluno ter sugerido uma proposta aceitável de tema para o poema "Eurídice" ("perdição e condenação"). Há poemas, como "Circum-navegação"[53], em que menos de metade da turma conseguiu descodificar o tema. A generalidade das inferências são de tipo autobiográfico; por exemplo, o poema "Ameaça de Morte", segundo alguns alunos, "fala do poeta e da sua biografia".

Na segunda turma, com 19 alunos, dois situam-se no nível 1, por apresentarem inferências muito aquém do sentido do texto, enquanto a maioria (16 alunos) deu uma resposta satisfatória (nível 2) e um aluno se destacou, no nível 3. Nesta turma, houve uma grande incidência em temas da poesia de Torga estudados em aula, acontecendo, muitas vezes, que, com este procedimento, se equivocassem no reconhecimento da temática dos poemas de *Orfeu rebelde*, justamente por não se concentrarem nos textos e aplicarem conhecimentos de forma descontextualizada.

Na terceira turma, de 13 alunos, três figuram no nível 1, cinco no nível 2 e quatro no nível 3, verificando-se o mesmo comportamento anteriormente descrito.

Tratemos, agora, de descrever os testes dos alunos. No que diz respeito ao trabalho realizado com a primeira turma (12.° ano de escolaridade, via de ensino), apenas uma parte de um teste somativo foi dedicada ao nosso assunto; as demais questões dizem respeito a outras matérias leccionadas. Quanto às outras duas turmas, o teste fornecido aos alunos foi elaborado por nós e tem, em ambos os casos, a mesma estrutura, assim constituída: uma primeira questão de comen-

---

[53] Entre as identificações de temas dos poemas feitas pelos alunos, que considerámos acertadas, a propósito dos poemas "Renúncia", "Via Sacra" e "Estratégia", salientamos as seguintes: discurso sobre o que é o poeta, o que é ser poeta, a singularidade do homem que é o poeta, a poesia, a vida, a criação e a morte.

tário de texto e uma segunda contendo um tema de desenvolvimento sobre o conjunto da obra.

Quanto aos objectivos específicos dos testes, tendo em conta o estudo da poesia de Torga e, em particular, a leitura de *Orfeu rebelde*, consideramos que o aluno deveria:

1 – Ser capaz de comentar um poema.
2 – Demonstrar conhecimento de poemas da obra *Orfeu rebelde*.
3 – Demonstrar conhecimento da temática da poesia de Torga estudada em aula.
4 – Reflectir sobre os seguintes aspectos da obra:

   a) temática da criação poética e estatuto do poeta;
   b) poetização de mitos greco-clássicos e símbolos bíblicos;
   c) a estrutura fónica, rítmica, métrica e sintáctica dos poemas;
   d) a unidade temática e formal do livro.

Consagremo-nos à recepção de *Orfeu rebelde*, cujos conteúdos literários deixam entrever a assimilação de conteúdos programáticos leccionados.

2.3.1. Apresentação do teste I[54]

De todos os testes constantes do nosso *corpus* didáctico, este é o que apresenta apenas uma questão sobre a obra em estudo, incidindo sobre a análise de um poema.

> Miserere nobis
>
> O que um verso demora!
> A esta mesma hora,
> Quantos poetas, como eu, à espera!...
> Passou o inverno, veio a primavera,
> Deitou-se a noite, ergueu-se a madrugada,
> E a voz
> De todos nós
> Cativa na garganta estrangulada!
>
> Nenhum sinal no céu de próximo milagre;
> Os adivinhos mal nos adivinham;
> E os restantes humanos,

---

[54] O teste foi aplicado a uma turma do 12.º ano de escolaridade, via de ensino (da antiga reforma), da Escola Secundária Infanta Dona Maria, no ano lectivo de 1991/1992.

> Há infinitos anos
> Que apenas tecem
> A teia da rotina,
> Como o instinto os ensina.
>
> E resta-nos a força
> Que empurra os cegos contra a claridade.
> Ter confiança é deslaçar metade
> Do nó do tempo que o destino aperta.
> Suprema descoberta
> Doutros que no passado não desesperaram,
> E foram premiados, e cantaram.
>
> Mas pesa como um luto
> Este silêncio hostil.
> E fere como a raiva dum cilício
> A certeza da morte
> Colada ao corpo.
> Que desgraça
> Desconhecida,
> Se a mudez ultrapassa
> A nossa vida!

A questão solicita um primeiro procedimento analítico e um segundo, interpretativo:

> Lê com muita atenção o poema apresentado, faz dele uma cuidadosa análise a nível de significante e de significado, e redige, em seguida, um comentário global do mesmo, procurando integrá-lo na temática torguiana estudada, e dando relevo à mensagem que o poeta pretende transmitir. Não te esqueças de reflectir sobre o título do poema e de o relacionar com o tema do mesmo.

O poema traduz um lamento sobre os imponderáveis da criação poética. Reflecte o poeta sobre a demora de um verso, sentida como um tormento ("silêncio hostil"), um luto e um cilício. O poema, porque de difícil congeminação, é comparado a um milagre (o milagre do nascimento de Cristo). Estes limites da criação traduzem uma idealização do estatuto da poesia, só ela capaz de redimir o silêncio e o vazio, além da morte, que afligem o poeta: "Que desgraça/ Desconhecida,/ Se a mudez ultrapassa/ A nossa vida!".

Serve esta consideração sobre alguns sentidos fundamentais do poema para explicitar possíveis linhas de resposta, como a tematização sobre o acto poético, a dificuldade da escrita (da criação), a vivência da espera (comparada com o estado de iminência que precede o milagre), o estatuto idealizado da poesia e, por inerência, do próprio poeta.

Vejamos as análises dos alunos. O conspecto das respostas, numa turma de 15 alunos, de acordo com o que foi solicitado na questão, é o seguinte: cinco alunos (33,3%) situam-se no nível 1, sete alunos (46,7%) apresentam uma resposta que consideramos suficiente (nível 2) e três alunos (20%) correspondem ao horizonte interpretativo de uma boa resposta (nível 3), ao terem atentado em todos os aspectos da questão. Praticamente todos os alunos demonstraram uma compreensão global do poema, sendo que alguns tiveram dificuldade no reconhecimento da temática por não conseguirem expressar o significado literal do título [55]. Um dado a respeito da dificuldade de compreensão semântica dos poemas é a tendência dos alunos para as inferências de tipo autobiográfico, aliás, não só do poema "Miserere nobis", mas de muitos outros, aquando da primeira leitura da obra.

Apenas uma aluna apresenta, no seu comentário global, uma articulação entre significante e significado [56], sendo que a maioria refere elementos do nível significante (recursos estilísticos e elementos versificatórios) sem integrá-los no plano semântico. Estes alunos demonstram capacidade de abstrair conteúdos de índole semântica e estilística (descodificar versos, frases, conotações, imagens, etc.), tendo estado atentos à mensagem do poema, de confiança nos poderes demiúrgicos da criação. Referiram-se ainda aos sentimentos antinómicos do desespero e da esperança vivenciados pelo poeta no processo criativo. A dificuldade maior residiu na articulação de elementos, em explicar com argumentos pertinentes, devido não apenas à incapacidade de reconhecimento de componentes do poema, mas também às limitadas competências discursivas. Quanto à expectativa de compreensão do título, nenhum aluno foi capaz de satisfazê-la, o que se prende, na nossa opinião, com limitações de ordem cultural.

---

[55] Transcrevemos algumas propostas de temas que nos parecem acertadas: "a criação poética", "a consciência do homem como poeta"; "a oscilação entre o desencanto, o desespero e a esperança de um dia ser premiado"; "a singularidade do poeta e a poesia como meio de imortalização".

[56] Na articulação entre os níveis de significado e de significante, apesar da simplicidade do comentário e de uma pequena impropriedade, a aluna logrou corresponder à expectativa da questão, escrevendo: "A espera é traduzida pela enumeração: 'Passou o inverno, veio a primavera,/ Deitou-se a noite, ergueu-se a madrugada'. É de salientar a variedade de verbos muito expressiva nestes dois versos e o animismo: 'Deitou-se a noite, ergueu-se a madrugada', como se a noite e a madrugada fossem dois seres vivos".

Acerca da integração do poema na temática da poesia torguiana, estudada em aula, apenas alguns alunos atenderam a este aspecto. Citamos da resposta de um aluno a seguinte passagem, que denota uma consciência da unidade temática da obra: "este poema está relacionado com outos poemas que abordam a mesma temática. Assim, por exemplo, no poema 'Esperança', Torga busca e rebusca a esperança de algo novo sem perder a fé. Também neste poema a esperança nunca desaparece. No poema 'Orfeu rebelde', Torga aborda a problemática da morte e da passagem inexorável do tempo; também neste poema é feita uma breve referência à 'certeza da morte'".

Tendo tido a oportunidade de assistir a práticas pedagógicas nesta turma, durante parte do primeiro e do segundo períodos do ano lectivo, pudemos apreciar trabalhos monográficos realizados, como, por exemplo, os consagrados à obra *A sibila*, de Agustina Bessa Luís. Por outro lado, aquando do estudo da poesia contemporânea, orientámos os alunos na leitura integral de obras de poetas do século XX, após o que redigiram um breve comentário, manifestando a sua adesão e compreensão. Solicitámos ainda a colaboração destes alunos para um exercício de leitura intertextual, que se concretizou num comentário de dois poemas com o título de "O Infante", de Fernando Pessoa e de Miguel Torga [57]. Orientados para fazerem o comentário destes poemas, atentando em componentes que indicáramos previamente – temática representada, campo imagético, aspecto simbólico e elementos estilísticos –, os alunos consideraram que o estilo de Pessoa é mais elaborado que o de Torga, este mais simples, directo e de fácil compreensão. Para eles, o estilo de Pessoa é mais simbólico que o de Miguel Torga, pois este último alude, de modo menos hermético, à figura do Infante. De acordo com esta direcção de leitura, valorizaram, no texto do último, as referências explicitamente enaltecedoras do Infante D. Henrique (retrato do colectivo português), enquanto que, no poema de Pessoa, encaminharam-se mais para uma referência às imagens que sugerem, simbolicamente, elementos históricos da mentalidade colectiva portuguesa, como, por exemplo, a crença na aventura dos Descobrimentos e o sonho do Império. No confronto que os alunos estabeleceram entre os dois poemas ressalta ainda a percepção de um outro elemento semântico, relacionado com os anteriores, o patriotismo, tendo os mesmos considerado ser Fernando Pessoa mais patriota do que Miguel Torga.

---

[57] O primeiro poema pertence à *Mensagem* e o segundo a *Poemas ibéricos*.

2.3.2. Apresentação do teste II[58]

A primeira questão apresentada aos 19 alunos da turma foi a seguinte:

1. Analisa o poema abaixo transcrito, de Miguel Torga, considerando os seguintes elementos: o título e a temática, a concepção poética implícita, os recursos estilísticos e as referências míticas e simbólicas.

Orfeu rebelde

Orfeu rebelde, canto como sou:
Canto como um possesso
Que na casca do tempo, a canivete,
Gravasse a fúria de cada momento;
Canto a ver se o meu canto compromete
A eternidade no meu sofrimento.

Outros, felizes, sejam rouxinóis...
Eu ergo a voz assim, num desafio:
Que o céu e a terra, pedras conjugadas
Do moinho cruel que me tritura,
Saibam que há gritos como há nortadas,
Violências famintas de ternura.

Bicho instintivo que adivinha a morte
No corpo dum poeta que a recusa,
Canto como quem usa
Os versos em legítima defesa.
Canto, sem perguntar à Musa
Se o canto é de terror ou de beleza.

Este poema ocupa um lugar central na poesia e no conjunto da obra de Miguel Torga. Nele se plasma a imagem romântica do poeta insubmisso às regras e crente no poder salvífico da poesia, só ela capaz de o prolongar para além da vida. O poema desenvolve o tema da rebeldia do artista, cifrada na referência à figura mitológica de Orfeu, num lugar estratégico como o título. A este sentido fundamental associa-se o da individualidade do criador, que assume o seu caminho pessoal eivado de preocupações existenciais. Relacionando estes sentidos com a preocupação em relação à efemeridade da vida, a noção de sofrimento ganha especial relevo por remeter quer para os obstáculos da criação, quer para preocupações de teor metafísico.

---

[58] O teste foi aplicado na Escola Secundária Quinta das Flores, no ano lectivo de 1993/1994, a uma turma de 12.º ano da antiga reforma, via de ensino.

Em oito alunos (42,1%), aos quais atribuímos o nível 2 (suficiente), na resposta à primeira questão, verificou-se uma aproximação razoável aos sentidos do poema, apesar de algumas deficiências de compreensão (leitura indevida ou superficial) e de expressão (discurso confuso, problemas de concretização de ideias, etc.)[59]. Seja como for, neste grupo de alunos foi clara a compreensão do estatuto do poeta, o que se nota também na correcta interpretação do título do poema. Entre outros elementos contemplados na análise dos alunos, mencione-se a referência ao simbolismo do rouxinol e o comentário de cada estrofe, individualmente, com uma atenção à estrutura textual do tópico--comentário.

Uma aluna (5,3%), à qual atribuímos o nível 3 (bom), elaborou um texto bastante completo, tanto do ponto de vista do conteúdo como da organização e da exposição da análise, dando-se conta do conflito antinómico que preocupa o poeta, entre a imanência e a transcendência: ("Que o céu e a terra, pedras conjugadas/ Do moinho cruel que me tritura").

Dez alunos (52,6%), aos quais atribuímos o nível 1 (insuficiente), apreenderam, no conjunto, a ideia principal do poema, desenvolvida nos temas da rebeldia e do sofrimento. A nível do significante, referiram a composição estrófica (três sextilhas), o esquema métrico e rimático, bem como o predomínio dos versos decassilábicos. No entanto, as análises foram superficiais, revelando dificuldades de compreensão de um texto poético, deficiências de articulação lógica do discurso e muitos problemas de expressão, em particular no que dizia respeito à estruturação textual. Concluímos que, tanto no caso do nível 1 como no de nível 2, houve falta de um contacto mais estreito com os poemas.

Completa este teste uma segunda questão, com vista a verificar a memória de leitura dos alunos sobre o conjunto dos poemas de *Orfeu rebelde*.

2. Numa cuidada dissertação, comenta as características principais do lirismo torguiano, exemplificando as tuas afirmações com referências à obra *Orfeu rebelde*.

---

[59] Entre outras formulações elaboradas pelos alunos, referimos as seguintes: "afirmação da rebeldia do poeta", "sofrimento da criação poética"; "condição de poeta rebelde"; "rebeldia, fúria, inconformação – e a insatisfação de Torga"; "revolta, insatisfação e sofrimento".

Constituía uma resposta suficiente, e sem prejuízo de outros elementos de ponderação, uma referência, ainda que incompleta, aos seguintes vectores temáticos: a problemática da criação poética (aludindo à mitificação da poesia como paradigma inatingível); o estatuto do poeta e seus principais atributos,[60] bem como os dilemas com que se debate (de cariz existencial, religioso e ontológico), e, enfim, a concepção humanista e ética da poesia como forma de intervenção cívica e social.

No que diz respeito à concepção do fazer poético, os alunos poderiam referir a importância que a inspiração assume em certos poemas metapoéticos como força impulsionadora da escrita, directriz de criação que se completa com a noção do trabalho sobre a palavra e, consequentemente, com uma concepção da arte poética como a de artifício formal. Ainda poderia ser contemplado no discurso dos alunos um comentário sobre referentes culturais, míticos e simbólicos que atravessam o livro (mito de Orfeu e Eurídice, etc.). Estas e outras componentes semânticas poderiam ser livremente abordadas pelos alunos, respeitando-se, pois, a subjectividade da leitura literária e a abertura de sentidos que caracteriza o discurso lírico.

Examinando as respostas dos alunos, encontrámos 12 casos (63,1%) em que considerámos insuficiente o conhecimento demonstrado da obra. O conjunto caracteriza-se por uma referência esquemática a generalidades e a informações captadas da exposição realizada sobre a obra, pelo que lhes atribuímos o nível 1. Alguns alunos limitaram-se a mencionar temas recorrentes (do desespero humanista, do sentimento telúrico, da problemática religiosa, da natureza, da criação poética, do sofrimento, da efemeridade da vida), sem, no entanto, aludir à sua realização na obra. Quanto a aspectos discursivos, os alunos retiveram apenas a elaboração do tipo tópico--comentário, aliás um aspecto contemplado na nossa exposição, em aula, sobre a obra.

No discurso dos alunos são diminutas as referências a poemas do livro, bem como a temas mais constantes. Assim, é de valorizar a seguinte passagem da resposta de um aluno, apesar das limitações de expressão apresentadas, nomeadamente a nível da pontuação: "As suas mais frequentes temáticas são a imagem do poeta – 'Letreiro' – o drama da criação poética – 'Frustração' – a rebeldia – 'Orfeu rebelde'

---

[60] Autenticidade, sinceridade, rebeldia, revolta e insatisfação são alguns dos atributos mais importantes do poeta.

– a vida e a morte – 'Claro-escuro' – a liberdade – 'Flor da liberdade' – a efemeridade da vida – 'Chicotada'".

Os três alunos (15,8%) aos quais atribuímos o nível 2 (suficiente), embora não apresentassem uma resposta satisfatória, arriscaram-se a fazer algumas considerações pessoais, embora apresentando contradições. É o caso, por exemplo, de um aluno que comentou a redundância temática em *Orfeu rebelde*[61]. Ainda sobre os vectores semânticos da obra, refira-se a seguinte afirmação de um aluno, que se destaca pela adequação interpretativa: "Torga é simultaneamente o poeta da angústia e o poeta da esperança. (...) Poeta da angústia pela ausência do absoluto, da perfeição, ausência de Deus".

Uma abordagem pessoal é também a que se pode constatar na seguinte afirmação, que considerámos uma boa resposta (5,3%), de nível 3, a despeito da débil elaboração discursiva e de uma visão ingénua da poesia: "para mim Torga é um poeta do mundo e para o mundo. (...) É um poeta profundamente revoltado contra muitos acontecimentos e procedimentos políticos e sociais. A sinceridade em relação a si próprio e à sua visão do mundo é característica presente em todos os seus poemas. (...) Torga é um poeta que exterioriza o seu sofrimento, a sua revolta, os seus medos e o que vê de uma forma muito explícita e com quem o leitor se acaba por identificar mesmo que ao princípio o tenha rejeitado".

Apesar de o contributo destes alunos ter sido muito positivo no contacto que com os mesmos mantivemos, em que pudemos observar uma singular disponibilidade para realizar as actividades, verificámos, na apreciação dos seus textos, que o investimento na leitura do livro ficou aquém das nossas expectativas, com três alunos (15,8%) a não responderem à questão.

2.3.3. Apresentação do teste III[62]

A primeira questão apresentada, neste teste, tal como nos anteriores, solicita um comentário de texto.

---

[61] Referindo-se aos temas da obra, o aluno afirmou que a "repetição temática torna muitas vezes a leitura cansativa, ou seja, /o poeta/ trata esses temas, embora repetitivos, de maneira diferente e interessante".

[62] Teste realizado na Escola Secundária Infanta Dona Maria, no ano lectivo de 1993/1994, aplicado a uma turma do 12.º ano de escolaridade, integrada na nova reforma, que se orientava pelo programa de *Português B*.

1. Comenta o poema abaixo transcrito, de Miguel Torga, considerando os seguintes elementos: o título e a temática, a concepção poética sugerida, os recursos estilísticos e as referências simbólicas.

Relâmpago

Rasguei-me como um raio rasga o céu.
Iluminei-me todo de repente.
Negrura permanente
De noite enfeitiçada,
Quis ver-me com pupilas de vidente,
E arrombei os portões à madrugada.

Mas nada vi. Caverna de pavores,
Só com tempo e vagar eu poderia
Encarar,
Castigar
E perdoar
Tanta abominação que em mim havia.

O poema "Relâmpago" insere-se num conjunto que tematiza a criação poética. De acordo com o poema, o acto poético realiza-se em duas fases: na primeira estrofe, através da metáfora do relâmpago, aponta-se para a fase de inspiração, enquanto que na segunda estrofe se sugere a fase do trabalho lento e penoso da escrita. O investimento no tópico da criação é complementar de um discurso sobre o perfil do poeta, que busca o auto-conhecimento, a sua face disfórica, plena de "abominação" (face que é "caverna de pavores" e "negrura permanente"). Se o fenómeno do relâmpago sugere a iluminação do interior do poeta, não é através dele que se consuma o conhecimento; este é um processo lento, que não se compadece com a rapidez dos meios utilizados, fenómenos instantâneos, quais sejam a luz do raio e do relâmpago e o olhar das "pupilas de vidente".

Vejamos as capacidades de leitura e de comentário textual deste grupo de 13 alunos, tendo em conta o enunciado que lhes foi proposto, na primeira questão. Um total de seis alunos (46,2%) apresentou uma interpretação demasiado simplista, fazendo, por vezes, inferências autobiográficas não pertinentes, pelo que considerámos as suas respostas insuficientes (nível 1)[63]. No escalão seguinte (nível 2), temos quatro

---

[63] Um exemplo daquilo que poderíamos designar de imaturidade de compreensão do texto poético encontra-se no seguinte passo do comentário de um aluno: "o título e a temática deste poema, remetem para uma euforia do poeta, ele estava a sofrer e talvez por isso seja uma desvantagem ser poeta, porque sofremos ao falarmos dos nossos problemas".

alunos (30,8%), que, não deixando de fazer aproximações de teor confessionalista (projectando-se no texto), demonstram uma compreensão da problemática da criação e do conhecimento.

É comum encontrarmos nos comentários de texto que considerámos de um nível suficiente uma exposição que não observa todos os tópicos da questão, mas que apresenta, mesmo assim, alguns acertos. Três alunos (23%) destacam-se, no nível 3, não tanto pela articulação de componentes textuais, mas por manifestarem uma capacidade de intuir sentidos e pela razoável competência de escrita, o que lhes permitiu interpretar o poema, de uma forma global ou por partes. Estes alunos estiveram atentos à produtividade semântica de alguns elementos textuais, como o verbo "rasgar" (utilizado no primeiro verso como metáfora do difícil e tortuoso processo de conhecimento), a imagem da "caverna de pavores" ou da "noite enfeitiçada", incluindo os sentidos associados à imagem do relâmpago.

Quanto à configuração formal do poema, grande parte dos alunos desta turma identificou as estrofes como não isométricas e o esquema de três a dez sílabas.

A segunda questão, de desenvolvimento, é semelhante à que foi apresentada no teste anterior, pelo que escusamos de comentar aqui as linhas de resposta.

> 2. Numa cuidada exposição, elabora um comentário sobre a poesia de Miguel Torga, tendo em conta a leitura que fizeste do livro *Orfeu rebelde*. Deverás referir os temas da obra, a concepção da criação poética, as referências míticas e simbólicas, bem como outros aspectos que considerares importantes.

Atentemos nas respostas dos mesmos 13 alunos. Num grupo de quatro (30,8%), dois simplesmente não responderam e outros dois não apresentaram elementos que justifiquem uma referência, por demasiado incipientes, merecendo, portanto, como que um nível 0.

O nível 1 (insuficiente), atribuído a dois alunos (correspondendo a 15,4%), patenteia uma muito precária apreciação semântica. O primeiro aluno afirmou que "o poeta expressa bem um ponto comum na maioria dos poemas de *Orfeu rebelde*: o seu eu; e todos demonstram tristeza e sofrimento", enquanto o segundo, embora apresentando mais informações, propôs a mesma leitura autobiográfica, que desenvolveu de forma bastante repetitiva.

O nível 2, atribuído a sete alunos (53,8%), fica a dever-se a referências e comentários breves e precários aos poemas "Letreiro", "Orfeu rebelde", "Exortação", "Descida aos infernos", "Via-sacra", "Miserere nobis", "Cordial", "Circum-navegação", "Exame" e

"Mudez". Nenhum aluno atingiu o nível 3, enquanto alguns apreenderam a unidade temática da colectânea de poemas, como se pode constatar pela seguinte afirmação: "através da leitura da obra, apercebi-me de que, no meu entender, existia um fio condutor em toda a obra. Há como que uma relação entre todos os poemas e os seus temas".

Quanto à temática da obra, as referências recorrentes são "o poeta" e "a poesia", quer se fale da criação poética, da inspiração, da frustração, da revolta, da rebeldia ou da solidão.

Concluímos este capítulo considerando que, através da leitura dos testes dos alunos, cujos dados acabámos de apresentar, estamos em condições de, no próximo capítulo, proceder a uma sistematização dos problemas de representação genológica e interpretação literária. Pretendemos, pois, aprofundar o conhecimento sobre a forma como os alunos, no processo de leitura literária, configuram componentes fundamentais dos modos e géneros literários, isto é, a maneira como compreendem as personagens e as categorias de tempo e espaço numa obra dramática ou num romance; as categorias do trágico; os temas de um poema; os recursos estilísticos do discurso literário e a forma como estes e outros elementos arquitextuais condicionam a eficácia da leitura literária.

CAPÍTULO 3
PROBLEMAS DE REPRESENTAÇÃO GENOLÓGICA NA LEITURA

3.0. Considerações preliminares

O modo de configuração das categorias genológicas prende-se, fundamentalmente, com o conhecimento de categorias e as actividades de leitura realizadas. Assim, neste capítulo, estarão em evidência, constantemente, dois vectores de problematização: o da compreensão genológica e o das estratégias da leitura integral.

Neste sentido, o objecto a problematizar é a representação das características da narrativa e do drama, no romance e no drama romântico, que foram estudados pelos alunos (*Os Maias* e *Frei Luís de Sousa*), bem como as componentes do modo lírico na obra poética *Orfeu rebelde*. A premissa da qual partimos é a seguinte: se perceber um texto literário é também compreender a manifestação de categorias genológicas, de acordo com autores como Thomas Kent, Wolf Dieter Stempel ou Jean-Marie Schaeffer, enquanto factor fundamental da comunicação literária, a nossa exposição tenderá a demonstrar que, na leitura, se verifica uma estreita relação entre as capacidades de compreensão e o horizonte genológico do leitor. Por outras palavras, não basta possuir uma *enciclopédia* literária mínima para ter sucesso na interpretação literária. Antes de mais, é preciso saber construir sentidos.

Partimos da noção do acto de leitura aceite por diversos autores (Iser, Eco, Todorov, Boissinot) como uma operação de aplicação de conhecimentos, considerando que a representação genológica consiste num investimento em categorias dos modos e géneros literários, como pré-condição da compreensão literária, assim desencadeando procedimentos e estratégias discursivas.

O nosso propósito é reflectir sobre os problemas apresentados pelos alunos (nos testes que estudámos) ao aplicarem categorias genológicas em diversas estratégias de interpretação, problemas que se relacionam com o rendimento heurístico que eles retiram das categorias e que se reflecte, também, na profundidade da leitura realizada. Como entende Thomas Kent, as categorias genológicas desempenham uma importante função heurística de interpretação, daí depreendendo-se que a eficácia da leitura literária está intimamente relacionada com o grau de conhecimentos teóricos: quanto mais ampla for a percepção genérica, mais profunda será a leitura literária. Pelo contrário, uma utilização deficiente das categorias genológicas, com problemas de entendimento conceptual ou dificuldades operatórias, pode significar que elas ficam aquém das suas potencialidades heurísticas e interpretativas, o que acabará por redundar numa leitura superficial da obra.

É sabido que um aluno do nível que estamos a considerar (recorde-se, do 11.° e do 12.° anos de escolaridade) conhece categorias dos modos e géneros literários. Mas este facto não é garantia de que saiba interpretar um texto, segundo as exigências didáctico-pedagógicas da leitura literária. Para que as categorias desempenhem uma função heurística, têm que ser usadas no processo de leitura. Por isso, a nossa auscultação da representação genológica centra-se no modo como o aluno as utiliza em diversas operações interpretativas, o que acaba por nos oferecer também uma imagem da profundidade da leitura das obras. No nosso estudo da leitura escolar, não podemos deixar de operar com dois vectores metodológicos: por um lado, a compreensão da projecção das categorias genológicas na leitura literária; por outro, uma ponderação sobre como o trabalho de construção da leitura (e, por conseguinte, de interpretação) permite que o aluno utilize conhecimentos genológicos. É um facto que ambas as atitudes, isto é, as operações com as categorias e as realizadas com as obras, mantêm uma relação de interdependência. Atentando, pois, nas operações de leitura (as realizadas e as não realizadas), atingimos o perfil das competências literárias dos estudantes.

Sabemos que todo o leitor minimamente competente (do nível que estamos a considerar) é capaz de ter uma percepção dos traços fundamentais dos modos e também dos géneros vigentes no sistema literário contemporâneo, como o conto e o romance. Sabendo-se, então, que existe esta compreensão abstracta dos modos e géneros, o nosso trabalho incidirá sobre os problemas concretos do funcionamento imbricado da dimensão teórica e empírica daqueles nos actos de leitura.

Para conhecer a forma como os alunos se servem das categorias genológicas, procurámos analisar os procedimentos interpretativos que, no seu conjunto, dão uma imagem das suas atitudes na leitura do texto literário (atitudes de compreensão ou de incompreensão) e que se manifestam, no caso da nossa investigação empírica, nos exercícios de interpretação que lhes foram propostos nos testes de avaliação.

Encontrámos deficiências de compreensão e de utilização de conceitos como lirismo, tom, atmosfera, focalização narrativa, autor, poeta, etc., e também um grande desconhecimento de procedimentos discursivos implicados na descrição, no monológo interior ou no discurso indirecto livre. Verificámos dificuldades de objectivar, desenvolver e problematizar questões que, de modo diverso, envolvem a capacidade de mobilizar conhecimentos teóricos.

Analisando os procedimentos dos alunos, deparámos com diversas dificuldades, que podemos classificar de teóricas e metodológicas[1]. São problemas de cognição conceptual e aproveitamento de categorias genológicas, de estratégia de leitura de uma obra ou texto; de conhecimento do funcionamento destes; são, enfim, problemas de memória de leitura e de carência de instrumentos metodológicos de análise e interpretação. As dificuldades teóricas manifestam-se quando o aluno revela problemas na conceptualização das convenções genológicas. O segundo tipo de dificuldades verifica-se nas estratégias de leitura que mobilizam as categorias genológicas em diversas operações. Dada a inextricabilidade de ambos os tipos de dificuldade, justifica-se que os abordemos em conjunto.

Como sabemos, a leitura é um processo de representação de conteúdos que se realiza através de um programa complexo acerca do qual o aluno conhece muito pouco, faltando-lhe, pois, o entendimento do processo de construção da interpretação, bem como de instrumentos adequados de leitura. Assim, a falta de aptidão dos alunos para a leitura crítica de uma obra literária traduz um desconhecimento de estratégias e de instrumentos, a começar pela dificuldade de objectivação verbal

---

[1] Outros autores que consultámos também destacam nos seus trabalhos sobre os problemas de leitura dos alunos estes dois tipos de dificuldades ou obstáculos. Ver Bernard Veck *et alii*, *Production de sens. Lire/écrire en classe de Seconde*, Paris, INRP, 1988, e Maria de Lourdes Sousa, "Ler na escola", in Fátima Sequeira *et alii*, *O ensino-aprendizagem do português*, Braga, Universidade do Minho, Centro de Estudos Educacionais e Desenvolvimento Comunitário, 1989, e *A interpretação de textos nas aulas de português*, Porto, Asa, 1993.

do sentido dos textos. Interessa-nos estudar justamente o processo interpretativo, para conhecer as dificuldades concretas enfrentadas pelos alunos, as quais constituem motivo de insucesso na leitura. Os diversos exercícios de leitura, comentário e interpretação de texto carecem do conhecimento de estratégias específicas (inventariar, seleccionar e relacionar dados, arrolar argumentos, estabelecer juízos de valor, etc.) para efectuar produtivamente operações intelectuais implicadas no acto de leitura, como a dedução, a indução ou a abdução. Por outro lado, as insuficiências de análise que detectámos mostram que os alunos desconhecem instrumentos e estratégias de leitura próprios do romance, da obra dramática ou lírica, sendo possível, a partir do estudo das suas leituras e, generalizando os problemas encontrados, deduzir que experimentam dificuldades de interpretação de qualquer tipo de texto. A dificuldade na leitura está ligada, como temos vindo a demonstrar, ao desconhecimento do processo de construção da leitura, que requer capacidades para utilizar o saber literário.

A análise dos problemas com que se defrontam os alunos, na representação dos modos e géneros na leitura das obras do *corpus*, dá-nos elementos concretos que nos permitem reflectir sobre a especificidade dos actos de leitura realizados: sobre os saberes prévios dos alunos (competência literária e linguística, bagagem cultural) e sobre as estratégias levadas a cabo na produção de sentidos.

Abordaremos, a seguir, questões que consideramos relevantes nas operações de leitura dos alunos, a saber:

    a) a representação dos contextos histórico-literários;
    b) a relação entre literatura e história;
    c) a relação entre literatura e outras práticas artísticas;
    d) a configuração dos sistemas literários;
    e) a configuração dos conceitos de modo e género literário;
    f) a retenção e operacionalização de componentes estruturais das obras e dos textos analisados (integração de categorias literárias e componentes das obras em estratégias de leitura);
    g) a articulação entre texto e obra;
    h) a apreensão de componentes temáticas, ideológicas, simbólicas e míticas;
    i) a conceptualização e a utilização de categorias da narrativa;
    j) a conceptualização e a utilização de categorias do drama;

k) a conceptualização e a utilização de categorias da lírica;
l) a conceptualização e a utilização de conceitos estilísticos.

A distinção das diversas operações, não obstante a sua profunda interligação, deve-se unicamente a necessidades metodológicas de tratamento dos obstáculos com que se depararam os alunos. Acresce que todos eles estão relacionados com a representação de categorias genológicas no processo de leitura. Trata-se, em suma, de problemas de entendimento conceptual e de trabalho com as categorias genológicas, que se reflectem na compreensão e interpretação da obra literária.

3.1. Contexto, obra e componentes estruturais

3.1.1. Os conteúdos das obras mais consolidados pelos alunos, no âmbito da leitura integral, são aqueles considerados didacticamente como os mais representativos para a compreensão dos vectores fundamentais, numa perspectiva de leitura imanente. Verifica-se, assim, um maior investimento em aspectos intrínsecos das obras, em detrimento de aspectos histórico-literários, no plano das operações de contextualização. A abordagem de elementos de ordem contextual ocorre a partir do esclarecimento de questões, ao longo da leitura das obras, privilegiando-se antes a compreensão pontual de factos de índole histórico-literária do que uma visão globalizante e aprofundada. Neste sentido, é de modo indirecto que podemos apreender o conhecimento dos alunos acerca das relações entre *literatura e história*. No caso d'*Os Maias*, isto acontece quando se pronunciam, por exemplo, sobre a representação social na obra, sobre as personagens e ambientes que evocam um determinado tempo histórico. A consideração da relação história-literatura também pode ser detectada em outras situações, quando o professor questiona directamente o aluno sobre o contexto histórico da obra, por exemplo, sobre a época em que se situam *Os Maias*.

O conhecimento que os alunos detêm dos *sistemas literários* (configurados em períodos, movimentos, correntes literárias, cânones, códigos estéticos, etc.) é adquirido ao longo da escolaridade do Ensino Secundário, sendo possível afirmar que retêm algumas imagens mais marcantes, traduzidas em características temáticas, em perfis de personagens, em processos discursivos e retórico-estilísticos. Assim, o Romantismo representa, no imaginário desses leitores, o culto do eu e do herói sentimental, enquanto o Realismo representa a busca da *verdade artística*, a valorização da realidade empírica, histórica e social, em detrimento da representação do herói individual.

Dos sistemas literários a que pertencem as obras estudadas, os alunos retêm ainda elementos genéricos sobre períodos literários (Romantismo, Realismo, Modernismo), sobre gerações (Geração de 70, Geração da *Presença*) e sobre acontecimentos literários e culturais (Questão Coimbrã, Conferências do Casino). Em relação aos propósitos culturais, literários e estéticos de um autor ou de um grupo literário, surgem, nos discursos dos alunos, esporadicamente, alguns comentários bastante simplificados, que remetem para noções veiculadas pelas exposições dos professores. Assim, quando se manifestam a respeito da intencionalidade de uma obra ou de um autor, referem propósitos estéticos que o escritor teve em mente realizar. No caso d'*Os Maias*, é frequente mencionarem a intenção de Eça de Queirós em fazer uma crítica à sociedade, informação que acaba por constituir um estereótipo no discurso dos alunos. Mais raro é relacionarem princípios estéticos com componentes literárias da obra, sobretudo quando este procedimento não tenha sido treinado em aula. Em causa está, pois, uma grande falta de autonomia de interpretação da parte dos alunos.

Quanto à representação da relação entre *literatura e outras práticas artísticas*, outra dimensão que o estudo da obra literária pode contemplar, é praticamente nulo o conhecimento observado, o que se explica em função de dois factores: em primeiro lugar, o fraco domínio deste assunto decorre de não ser normalmente considerado prioritário no estudo da obra literária, em situação de leitura integral; segundo, os alunos não têm experiência, portanto, de estabelecer relações entre práticas artísticas (por exemplo, entre a literatura e a pintura).

No que diz respeito aos *conceitos de modo e género*, vejamos que conhecimentos detêm os alunos. Na prática pedagógica, a informação normalmente abordada acerca dos mesmos é sumária, detendo-se o professor sobre a especificidade semântico-pragmática (traços de conteúdo, elementos formais e função social), incluindo, por vezes, uma referência à formação e evolução dos géneros, o que pode verificar-se a propósito de uma explicação sobre o romance realista, ou em outro contexto de ensino, como o da distinção entre conto popular e conto literário.

Nos diversos exercícios de leitura, os alunos reconhecem as características dos modos e géneros, de acordo com o saber que possuem, sendo, muitas vezes, anterior ao estudo da obra sobre a qual o teste incide. Isto significa que a informação teórica sobre as características dos modos e géneros, embora ministrada em termos sumários, é constantemente retomada, o que permite uma aprendizagem continuada desta questão central do discurso literário. Aos alunos deste nível de ensino não é exigido que se pronunciem sobre os conceitos de modo e género, diferentemente do que ocorre no ensino universitário. Tem-se por adquirido que o aluno sabe em que consiste o drama, a lírica, o conto e o romance, etc., e considera-se que o ensino dos textos literários, embora envolvendo exposições de tipo teórico sobre os modos e géneros, dispensa a avaliação dos termos em que o aluno assimila estes conceitos, pelo que não se lhe exige uma sua definição. Por isso, pode mesmo afirmar-se que os alunos nunca são confrontados com a necessidade de dissertar, por exemplo, sobre os conceitos de modo lírico, de modo narrativo e dramático ou com a necessidade de apresentar uma definição de romance, de conto, poema ou soneto.

Quanto à forma como nos testes de avaliação os alunos demonstram conhecimento dos conceitos de modo e género, é através da identificação e comentário das categorias modais e genológicas que se evidenciam as imagens que deles fazem. O nível empírico de apreensão dessas convenções parece corresponder às capacidades dos alunos do Ensino Secundário e estar de acordo com as suas necessidades de aquisição e aplicação de noções teóricas e quadros conceptuais úteis para a compreensão do texto literário. De facto, neste nível de ensino, em que as operações interpretativas desenvolvidas se centram sobretudo nos textos, não se tem vislumbrado a exigência de uma reflexão teórica por parte dos alunos sobre os conceitos utilizados. Assim se compreende que os testes não contenham questões que envolvam dissertações sobre conceitos de modo e de género literário, com o que estamos de acordo. Mas justificava-se uma maior insistência na explicação dos conceitos teóricos em apreço, pois é frequente notarmos uma utilização não pertinente dos mesmos.

3.1.2. Debrucemo-nos sobre a mobilização de *componentes estruturais* das obras e dos textos analisados. As componentes estruturais retidas das três obras correspondem aos conteúdos programáticos de ensino-aprendizagem. Para dar um exemplo da obra *Frei Luís de Sousa*, os alunos referem-se ao enredo, à representação das personagens, à tragicidade do drama, enfim, a elementos sobre o espaço e o tempo.

A operacionalização das componentes estético-literárias das obras, nos testes, apresenta diversos problemas. Desde logo, os alunos manifestam pouca mobilidade na articulação de elementos de análise, de modo a atender à especificidade das questões, o que traduz uma dificuldade de objectivar conceptualmente procedimentos interpretativos. Em função do desconhecimento de estratégias para utilizarem as suas competências literárias, manifestam a tendência para referir componentes das obras sem atender ao que é pedido nas questões. No que diz respeito ao drama garrettiano, esta dificuldade surge, por exemplo, numa ponderação solicitada pelo professor sobre a questão da "lei das três unidades" e sobre as características da tragédia grega e do drama romântico. Excluindo as situações em que os alunos não articulam componentes estruturais na sua resposta, em virtude de uma deficiente descodificação do enunciado, verifica-se, regra geral, uma informação apreendida por blocos, pois não notam a ligação entre elementos estruturais da obra e, por isso, os abordam de modo separado. Assim, a informação assimilada pelo aluno é apresentada sem que se note um esforço de relacionar conhecimentos e aplicá-los de uma forma integrada. Trata-se, como se vê, da falta de mobilidade para organizar os conhecimentos nas operações interpretativas.

As dificuldades de operacionalização do saber literário quanto às obras estudadas levam-nos à questão do processo de assimilação de conhecimentos. É um lugar-comum que a leitura é um processo de síntese que obriga à sistematização de conteúdos. O pouco investimento do aluno na aplicação do saber reflecte a parca colaboração no processo da sua construção, já que, como sabemos, praticamente não se confronta com operações de leitura que impliquem a sistematização de conhecimentos. A situação pedagógica em que se encontra o aluno é a de repetir os conteúdos de ensino-aprendizagem que assimila através das sínteses do professor. O conhecimento sobre as obras literárias traduz-se, pois, em blocos de informação confusa, aos quais recorre em situações de avaliação, e que, combinados com as suas intuições pessoais, dão origem a comentários com grandes insuficiências: falta de argumentação, argumentos não pertinentes, simplificação das questões, etc. Tais obstáculos projectam-se na pertinência dos sentidos que se investem na leitura literária. No que diz respeito às temáticas dos textos contemplados nos testes, verifica-se, por vezes, uma abordagem apressada, sendo mais fácil a identificação do que a sua explicação.

Vejamos alguns dos problemas nos testes sobre *Orfeu rebelde*. Em virtude do perfil subjectivo da lírica, do tom aparentemente autobiográfico do discurso poético (e do que se conhece a respeito destas motivações na obra de Torga, incluindo a poesia), os alunos foram levados, por vezes, a fazerem uma leitura impressionista e biográfica, que apresenta algumas simplificações e distorções do significado de componentes dos poemas de *Orfeu rebelde*. Entre estes problemas, refiram-se a visão ingénua da poesia, a banalização da complexidade do acto criador e a simplificação de temáticas recorrentes na obra. Eis alguns exemplos:

> Torga quer dizer que é preciso ter confiança em si próprio pois todo o esforço vale a pena, ficando eternizado e "glorificado" para sempre nos corações de todos que o conhecem. Ele tem medo da "morte espiritual", a morte dos seus versos – da sua incapacidade de ser poeta, do medo, da crítica que o persegue;
>
> – o título e a temática deste poema, remetem para uma euforia do poeta, ele estava a sofrer e talvez por isso seja uma desvantagem ser poeta porque sofremos ao falarmos dos nossos problemas;
>
> – quando comecei a ler a obra *Orpheu Rebelde*, a primeira coisa que me veio à cabeça foi: "Meu Deus que amargura, solidão e vazio'. Como normalmente, quando estou triste, também escrevo poesia, interessou-me bastante analisar os poemas, lê-los ou simplesmente senti-los. Com alguns até me identifiquei!

No primeiro exemplo, estamos diante de uma simplificação da problemática da criação poética; no segundo, de um caso de distorção do sentido da reflexão metapoética; finalmente, no terceiro exemplo, o aluno projecta sentimentos pessoais na obra estudada, assumindo o tom de diálogo com um sujeito ausente, provavelmente o professor.

Ainda em relação à organização de componentes literárias na abordagem de *Orfeu rebelde*, os alunos abordam aspectos semânticos e formais dos poemas de modo separado; embora possam ter a consciência de que um poema constitui um todo orgânico, ao comentá-lo não conseguem articular planos de significação. Assim, é frequente comentarem, em primeiro lugar, a temática dos poemas, seguindo-se uma identificação de aspectos formais como o tipo de esquema métrico e rimático.

3.1.3. Vejamos como os alunos apreendem componentes literárias e categorias modais e genológicas do *texto dramático* e do *texto lírico* na leitura de *Frei Luís de Sousa* e de *Orfeu rebelde*.

Dos conceitos da tragédia clássica realizados no drama de Garrett, os alunos referem-se com mais frequência aos de índole semântica ou temática (*hybris, pathos, ananke*), aos pragmáticos (*katharsis*) e ainda àqueles relacionados com a estrutura da obra (*peripeteia, anagnorisis, katastrophe*).

Quanto a conceitos relacionados com a estrutura externa e interna do drama de Garrett, utilizam, entre outros termos, os de acto, cena, didascália, enredo, desenlace e ainda expressões como conflito dramático. Ao explicarem que a obra é uma "tragédia de destino", verifica-se uma referência incompleta a componentes do drama que realizam esta sua célula fundamental, como os elementos ominosos recorrentes nas falas das personagens e a carga trágica projectada no espaço e no tempo dramáticos. Alguns alunos, no entanto, revelam capacidades de elaborar uma interpretação desta questão, como no seguinte exemplo: "A obra de Almeida Garrett intitulada *Frei Luís de Sousa* é sem dúvida uma obra marcada pela fatalidade do destino. Essa fatalidade está presente na atitude das personagens, na apresentação do cenário e nos elementos ominosos".

Embora a situação mais comum seja uma correcta compreensão dos conceitos, há casos em que a sua inserção num enunciado deixa dúvidas sobre o seu entendimento em virtude de uma expressão deficiente, como no seguinte emprego do termo *destino*:

> O destino, ou seja, o reaparecimento de D. João de Portugal e a consequente separação de D. Madalena e de Manuel de Sousa Coutinho, o seu segundo marido e pai de Maria, ao ver concretizado tudo o que previra (o regresso do homem misterioso e a separação dos pais), é todo ele representado no terceiro acto da obra.

Atentemos na utilização dos conceitos de *coro* e *confidente*. Um problema de rigor e adequação do discurso ao conteúdo ocorre no uso destes termos em frases do tipo: "Telmo é o coro da tragédia grega", "Telmo tem a princípio um papel sem grande significado: umas vezes é confidente das tragédias clássicas, outras é o coro das mesmas". É bastante rara uma utilização dos conceitos acompanhada de uma explicação da sua realização na obra, como a que propõe acertadamente um aluno, que afirma: "Telmo vai comentando e pronunciando o desfecho dramático da acção". Por outro lado, há alunos que utilizam estes conceitos como referentes a uma mesma função [2].

---

[2] Na nota 23 do capítulo anterior, citámos uma definição do conceito de *confidente*, que, conforme Patrice Pavis, acabou por substituir o de *coro*. Sobre o entendimento da utilização do coro na dramaturgia, há que atentar, portanto, nos

A mesma situação ocorre com a utilização do conceito de fatalismo (como se pode ver na frase a seguir citada, em que não é clara a sua percepção pelo aluno), num comentário à primeira cena do drama: "o fatalismo é notório principalmente na leitura que Madalena fazia antes de Telmo entrar".

No que diz respeito à estrutura do drama, os alunos raramente articulam componentes estruturais como a localização no texto dos momentos correspondentes à evolução do conflito dramático. Na explicação da estrutura trágica do drama, em particular da "lei das três unidades", referem-se à forma como na obra é configurada a unidade de acção, de espaço e de tempo. Quanto à natureza romântica do drama, atentam sobretudo em aspectos aqui já referidos, isto é, o nacionalismo e o patriotismo de Manuel de Sousa Coutinho, descurando o sebastianismo que Maria e Telmo encarnam.

Vejamos uma explicação preconcebida da natureza trágica e romântica da obra *Frei Luís de Sousa* que denota o desconhecimento de estratégias interpretativas necessárias a um comentário problematizante. Apesar de longo, o texto justifica a citação:

> A Doutrina Literária quanto a esta obra apresenta-a Garrett como já vimos na Memória ao Conservatório. Reconhece-lhe todos os atributos de uma tragédia clássica. É uma tragédia pelo conteúdo e um drama romântico pela forma. É uma tragédia porque a acção é simples, as personagens são nobres e aristocráticas, existe uma sonoridade no estilo, existe uma progressão dramática até ao momento dramático, a anagnorise, o coro de Telmo e Frei Jorge, os fatalismos, os pressentimentos. A utilização da Hybris, como desafio, Pathos que quer dizer conflito e cakasktrofe (*sic*) que quer dizer a catástrofe, serenidade clássica entre os 2 esposos. Tudo isto leva a dizer na 'Memória ao Conservatório' que seja uma Tragédia Clássica, mas dizendo também que poderá ser um drama romântico com a utilização do espírito cristão, com o dramatismo do incêndio, a utilização da lei das três unidades, o período de tempo da História que na tragédia clássica deveria ser de 24 horas mas em *Frei Luís de Sousa* passa esse período. Como diz no texto, "há toda a simplicidade de uma fábula trágica" (...) É esta a relação entre tragédia clássica e drama romântico na "Memória ao Conservatório Real".

---

contextos histórico-literários precisos, pois as formas e funções do coro modificaram-se ao longo dos tempos, tornando-o um conceito complexo e dinâmico. Parece-nos que a sua utilização não deve ser tão simplista, a ponto de poder-se estabelecer uma identificação sinonímica entre os dois termos. Cf. Patrice Pavis, in *Diccionario del teatro. Dramaturgia, estética, semiologia*, Barcelona/Buenos Aires/México, 1983, Paidós Comunicación, pp. 100-104.

Apesar de o texto do aluno revelar algum conhecimento da "Memória ao Conservatório" e do drama garrettiano, não traduz um discurso coeso e deixa de observar elementos que mereciam um maior desenvolvimento. Por outro lado, nem todos os elementos referidos constam da "Memória ao Conservatório", o que denuncia enraizados hábitos escolares de falta de ponderação sobre os conteúdos a incluir nas respostas, procedimento que denota, sem dúvida, má assimilação e aproveitamento insuficiente de conhecimentos, além da já referida dificuldade no domínio da produção de um texto escrito, ainda que elementar[3]. Outros pormenores reveladores da assimilação precipitada, de que deriva um conhecimento superficial de categorias literárias, são a forma como o aluno escreve o equivalente grego do termo catástrofe e o seu equívoco sobre o significado de *pathos*.

Desta apreciação dos processos de representação de *categorias literárias do drama* pelos alunos fica claro que são limitadas as suas capacidades de compreensão genológica, apesar da pertinência com que utilizam muitos conceitos. Por outro lado, a apreensão global da obra revela-se aquém das expectativas desejáveis em alunos deste nível de escolaridade (11.º e 12.º anos).

Detenhamo-nos nas imagens que eles elaboram sobre o texto lírico. Os comentários textuais que apreciámos são mais precários do que os elaborados sobre o texto narrativo e o dramático, caracterizando-se por uma grande superficialidade. Desde logo, notámos pouco conhecimento de *características do texto lírico* (e correspondentes *termos* e *conceitos*), ocorrendo frequentemente simplificações e distorções de sentido, para além da detecção aleatória e superficial de elementos.

Vejamos algumas situações de uso de conceitos atinentes ao modo lírico, a começar pelo termo *lirismo*, de que retemos duas referências: "as características principais do lirismo torguiano são o

---

[3] Numa análise de saberes teóricos (retórica, história literária, etc.) patenteados no discurso dos alunos do nível que estamos a considerar, no contexto do ensino da literatura francesa, em França, Bernard Veck refere-se ao respeito pelo *contrato disciplinar*, isto é, o cumprimento de um conjunto de normas, envolvendo informações ensinadas, métodos de avaliação, etc. Cf. Bernard Veck *et alii*, *Trois savoirs pour une discipline. Histoire littéraire. Rhétorique. Argumentation*, Paris, INRP, 1990, p. 11. No caso dos procedimentos interpretativos dos nossos alunos pode falar-se de respeito pelo contrato disciplinar, na medida em que estes manifestam a tendência para reproduzirem o saber ensinado, se bem que fiquem muito aquém das expectativas dos professores.

sentimento telúrico, o drama da criação poética, o desespero humanista e o sofrimento em relação à efemeridade da vida"; "todo o lirismo torguiano, principalmente depois de ter lido a obra *Orfeu Rebelde*, é como que uma caminhada do poeta". No primeiro exemplo, o conceito de lirismo é entendido enquanto sinónimo de poesia, abrangendo os temas do conjunto da obra poética de Torga. Quanto ao segundo, não nos parece clara a cognição do lirismo, inclusive pelo carácter semanticamente vago e quase vazio do enunciado. Uma expressão utilizada pelos alunos, semanticamente próxima de lirismo, é "arte poética", sendo frequentemente empregue quando se trata de comentar os temas de *Orfeu rebelde*.

Quanto à entidade responsável pela produção do discurso, os alunos referem-se, indistintamente, tanto a *poeta* e a *autor* (por vezes, usando o nome do poeta), como a *eu poético*, a *eu lírico* e a *sujeito poético*, demonstrando, em todos os casos, a compreensão da subjectividade característica da entidade que enuncia o discurso.

Na abordagem da problemática da criação poética, não se verifica a utilização de uma metalinguagem literária. Embora os alunos se apercebam de que há poemas, em *Orfeu rebelde*, concentrados semanticamente em torno do estatuto do poeta e da imagem que este elabora da poesia, notando, provavelmente, a dimensão metapoética da obra, não explicitam este conhecimento nos comentários de texto. Deste modo, expressões e termos como *dimensão metapoética, metapoesia, metapoemas* e correlatos não são utilizados.

A configuração da unidade semântica e formal do poema no discurso dos alunos revela-se deveras deficiente, uma vez que não chegam a apreender a sua unidade, embora mostrando aperceberem-se de que um poema comporta temas e recursos estilísticos. Sobre a enunciação do discurso lírico, referem o recurso a imagens e à redundância, explicitando tratar-se esta de repetição temática, em afirmações como: "o poeta fala sempre de si", "o poeta repete o tema da poesia", "o poeta fala sempre da mesma coisa". Por último, o objecto textual, o poema, é designado também por "composição poética" ou "construção poética".

3.1.4. O estabelecimento de articulações entre *texto e obra* constitui uma operação fundamental no processo de leitura de uma obra literária. Ao longo da leitura vão sendo armazenadas na memória informações que o leitor recupera no processo de interpretação, seleccionando elementos que investe em diversas estratégias de leitura.

As respostas dos alunos fornecem-nos dados sobre o modo como estabelecem relações entre texto e obra; uma forma mais directa de auscultar o conhecimento deste aspecto é repararmos como contextualizam um fragmento textual no conjunto da obra. Mais frequentemente, apresentam deficiências na realização desta relação, sendo raro que retirem proveito nas operações interpretativas implicadas nas questões de contextualização.

Examinemos estes problemas mais de perto. Tendo em conta um exercício de contextualização de um monólogo de Telmo (cena IV do acto III de *Frei Luís de Sousa*), verificámos, em alguns casos, uma contextualização indevida, na medida em que indicaram que o excerto pertenceria ao acto II. Este erro, sintomático de uma memória de leitura deficiente, surge também nas confusões acerca de momentos da acção dramática. Um exemplo frequente ocorre a propósito da localização no texto da *anagnorisis* (o reconhecimento de D. João de Portugal) patente no segundo teste sobre *Frei Luís de Sousa*. Assim, muitos alunos não foram capazes de responder correctamente ao solicitado na questão porque não relacionaram a fala de Telmo (no início da segunda cena do primeiro acto) – "A minha senhora está a ler?" – com o que se passa na cena anterior, na qual, justamente, Madalena lê uma passagem d'*Os Lusíadas*. Por outro lado, devemos realçar duas operações interpretativas d'*Os Maias*, em que os alunos levaram a cabo uma articulação entre um fragmento de texto e o conjunto da obra. A primeira diz respeito à contextualização do monólogo de Ega após o Sarau do Teatro da Trindade.

Algumas frases utilizadas pelos alunos são: "o texto situa-se no final da intriga"; "no fim do Sarau da Trindade"; "no episódio do Sarau da Trindade"; "enquadra-se praticamente no final da obra, corresponde ao momento de mais evolução do romance entre Carlos e sua irmã". Para além destas referências, mais ou menos precisas (mas com problemas de expressão), os alunos, atendendo à solicitação imperativa de que deveriam contar "sinteticamente a intriga até ao momento deste extracto", apresentaram um longo discurso, que julgamos preconcebido, pela homogeneidade das respostas, em que insistiam nos seguintes elementos: descrição do Ramalhete, apresentação das três gerações da família dos Maias, educação de Pedro, episódio da paixão com Maria Monforte, educação, estudos e viagem de Carlos, reencontro de Carlos com Ega, em Lisboa, conhecimento de Maria Eduarda, etc. Estas referências, que são correctas, resultam menos de uma elaboração pessoal e mais da assimilação de exposições do professor. Contemplam, evidentemente, diversas sínteses que o aluno memoriza e utiliza sempre que é solicitado a pronunciar-se, o que ocorre sobretudo em situações de avaliação. Além disso, juntamente com elementos da intriga, os alunos indicam outros desnecessários, como as referências aos capítulos iniciais.

Considere-se o segundo exemplo de contextualização, no terceiro teste sobre *Os Maias*. Nas relações que os alunos estabeleceram entre o texto contemplado no teste e o conjunto da obra, tanto ao situá-lo na acção do romance, como ao estabelecer um confronto entre a visão de Carlos e a hipotética reacção de Afonso da Maia acerca do seu relacionamento com Maria Eduarda, recorreram escassamente a elementos da obra necessários a uma boa interpretação. Entre os procedimentos adoptados, verifica-se o recurso à paráfrase, como tentativa de corresponder ao procedimento da contextualização e de suprir lacunas de leitura, notadas também em vários enganos e hesitações sobre o devir da intriga [4].

Refira-se ainda, no mesmo teste, uma situação que revela problemas de articulação do discurso. É o caso do aluno que diz: "só que o avô não vê com bons olhos este romance, devido a vários presságios e graças ao que tinha sucedido a seu filho Pedro". Tendo elementos suficientes para uma argumentação pessoal (para além da visão do avô, o aluno sabe que os presságios funcionam como elementos indicadores do desfecho trágico), não consegue, no entanto, explicar cabalmente o confronto de visões, em virtude de dificuldades de interpretação, mas também de expressão, manifestas num discurso pouco claro. Esta atitude revela que a memória de leitura é bastante limitada, permanecendo da obra somente um resumo muito condensado e, por conseguinte, os alunos detêm escassos elementos para realizar as operações de contextualização [5].

---

[4] Algumas frases típicas são: "o texto situa-se na fase em que Carlos decide fugir com a irmã" e "Afonso compararia o caso de Carlos com o caso de Pedro". Ora, constatações deste tipo não relevam de uma estratégia interpretativa eficaz, no sentido de relacionar elementos que o texto fornece com outros anteriores ou posteriores.

[5] A leitura é uma síntese memorial parafrástica, mas a interpretação literária requer a retenção de muitos elementos sobre a obra. Uma concepção de leitura como processo de síntese e paráfrase é defendida por Cesare Segre, que afirma: "O que é assimilado na leitura e subsiste, depois, retirado do texto, é uma paráfrase, cada vez

Em comparação com a de uma obra poética, a compreensão da obra narrativa e dramática favorece mais significativamente uma visão textual de conjunto e, portanto, fornece elementos para o estabelecimento de relações entre fragmentos de texto e a globalidade da obra. Com efeito, não se pode analisar bem uma passagem d'*Os Maias* ou de *Frei Luís de Sousa* sem conhecer integralmente as obras; já em relação à poesia, é possível a análise de um poema sem o conhecimento do macrotexto em que se insere, sendo, no entanto, mais fecunda se remeter para outros textos.

Nos comentários de poemas de *Orfeu rebelde*, os alunos tinham a oportunidade de integrá-los na obra, mesmo se nem sempre se exigiu esta operação. No entanto, pouquíssimos foram aqueles que se lembraram de incluir uma menção a outros poemas e temas. Quanto à abordagem do lirismo torguiano no macrotexto de *Orfeu rebelde*, contemplaram algumas relações entre os poemas do livro; os dois comportamentos revelam que os alunos só estabelecem relações intertextuais quando explicitamente solicitadas, atitudes que, no seu conjunto, denunciam falta de autonomia interpretativa.

Um dos aspectos mais importantes, na apreensão da relação entre um poema e a obra enquanto unidade, manifesta-se sobretudo a nível temático desta e na *distribuição* dos poemas. Nas práticas pedagógicas em que interviemos, tivemos a oportunidade de levar os alunos a aperceberem-se desta ligação, mas, não obstante o interesse e a participação demonstrados, não conseguiram utilizar este conhecimento na interpretação da obra em situação de avaliação, talvez em virtude de uma leitura demasiado ligeira.

---

mais resumida". No mesmo artigo, aborda este autor a leitura como "representação dinâmica" de elementos textuais (de palavras-chave, por exemplo), chamando a atenção para a especificidade desta representação: "Assim, a leitura enriquece a síntese memorial com os resultados da comparação entre os elementos formais já registados e os elementos que foram sendo postos em relevo no prosseguimento da leitura", in *Enciclopédia Einaudi*, vol. 17 (Literatura-Texto), Imprensa Nacional-Casa da Moeda, Lisboa, 1989, p. 23 (verbete sobre "Discurso"). Não está em causa recusar, nos procedimentos interpretativos dos alunos, o recurso à paráfrase nos termos em que é explicada por Cesare Segre; o que se evidencia, no entanto, nas suas respostas, é a ausência de uma leitura completa das obras, resultando obviamente em comentários falseadores ou empobrecedores dos textos.

3.2. Personagem e perspectiva narrativa

3.2.1. A personagem é uma das categorias literárias que os alunos representam com maior eficácia (sobretudo nas obras narrativas, mas também nas dramáticas), apreendendo elementos fundamentais da sua configuração (caracterização, centralidade, função semântica, etc.). Assim, do romance *Os Maias*, retêm-se personagens principais, secundárias e tipos, elementos que as caracterizam (físicos e psicológicos) e acções protagonizadas. Os alunos apreendem as personagens como um elemento estrutural do romance, embora não explorem, a contento, nos seus comentários, a sua dimensão ideológica e simbólica. Mais uma vez, como se depreende, é por falta de retenção de elementos da obra que diversos aspectos são abordados de modo superficial[6].

Nos discursos dos alunos, encontrámos formas directas e indirectas de representar as personagens de um romance. Entre as primeiras, estão as análises que incidem sobre uma personagem particular; entre as segundas, as abordagens de componentes estruturais e semânticas (intriga, representação espácio-temporal, questões ideológicas, etc.) que implicam comentários ao envolvimento das personagens na acção e à sua função semântica. Assim, tanto pode o aluno debruçar-se sobre um passo da obra que concentre elementos significativos da representação da personagem, como referir-se a extensões textuais mais longas.

Apesar da consciência que os alunos revelam da importância da personagem no romance, esta categoria poderia ser mais operatória quanto à interpretação, se soubessem tirar partido do seu potencial semântico. Entre as limitações apresentadas, encontramos a redução e a simplificação[7]. Consideramos procedimentos de redução as abor-

---

[6] O facto de alguns alunos referirem, nos seus comentários sobre as personagens d'*Os Maias*, que Carlos da Maia e João da Ega representam, no princípio das suas vidas, os ideais culturais da Regeneração (crença na reforma espiritual, cultural, política e social, etc.), não significa que tenham verificado elementos sobre esta questão em determinados passos do romance, nem que tenham lido textos de natureza ensaística que a abordam. Como se sabe, este é um aspecto contemplado nos conteúdos programáticos da leitura integral. Já a desejável operação de relacionar esta informação com a cronologia histórica das três gerações da família dos Maias não ocorre, talvez por desconhecimento da necessidade de o fazer.

[7] A redução, isto é, o dizer menos do que se deve dizer, é um caso de simplificação, mas a inversa pode não ser verdadeira. Simplificar é, por vezes, aligeirar, banalizar ou mesmo deturpar.

dagens demasiado sumárias das personagens no que diz respeito às atitudes, à ideologia, etc. O oposto à redução dos sentidos e da informação textual é a paráfrase, recurso que serve aos alunos quando não identificam enunciados textuais que concentram informações relevantes.

Tendo que se debruçar sobre elementos de caracterização da personagem Carlos da Maia num passo d'*Os Maias*, muitos alunos distanciam-se do texto que é objecto de análise e a abordam no conjunto da obra, recorrendo quase sempre a elementos contemplados nas exposições do professor. A não identificação de enunciados textuais portadores de significado sobre o estado de espírito da personagem deixa entrever uma incapacidade para elaborar inferências. Ambos os obstáculos, de identificação de enunciados e de descodificação semântica, verificam-se, por exemplo, na interpretação do estado de espírito de Carlos da Maia, que é comentado pelos alunos com a frase "Carlos é um diletante". A afirmação é correcta, mas, no contexto interpretativo em que se situa, torna-se redutora, pois o texto oferece vários elementos que são desprezados, além de que fica por explicar o traço captado (o diletantismo de Carlos)[8]. Para explicar este traço poderiam os alunos recorrer a outros elementos, situados noutros planos da obra, como as acções desempenhadas pela personagem ao longo do romance e aspectos do seu trajecto, o que não acontece, quer pela obnubilação da memória da leitura, quer por desconhecimento da importância desta operação. Na explicação do diletantismo de Carlos tinham a oportunidade de comentar outros aspectos do romance, realizando uma interpretação mais completa. Limitações deste tipo evidenciam falhas na interacção do leitor com o texto, que se devem, como temos vindo a comprovar, tanto ao desconhecimento de estratégias de apropriação de informações textuais, como a leituras superficiais, lacunares, ou mesmo à ausência de leitura.

Ainda quanto à resposta relativa à caracterização de Carlos, analisemos dois dos vários casos de paráfrase. No primeiro exemplo, escreveu o aluno:

> A personagem central do texto é Carlos da Maia, que naquele dia se julgava "uma besta", isto porque decidira não sair e ficar a trabalhar. O problema é que estava num dia mau para o fazer, pois sentia-se sem imaginação, enfim, sem vontade de trabalhar.

---

[8] A afirmação transcrita surge, evidentemente, inserida em discursos mais longos.

> Até o próprio dia amanheceu "enevoado e triste", assim como Carlos que ao ver todos aqueles papéis em branco, tal como o seu cérebro, se sentia todo ele uma ruína.

O comentário citado contém, pois, informações desnecessárias e parafrásticas, revelando falta de capacidade para objectivar sentidos e traduzi-los num discurso económico. Vejamos o segundo exemplo:

> Carlos era um moço jovem, inteligente, bonito, ajuizado, culto, viajado e muito querido na sociedade lisboeta, além disso era "chique a valer" como Dâmaso dizia. Porém, nessa manhã, estava mentalmente bloqueado não conseguia produzir nem trabalhar fosse o que fosse e isto frustrava-o e pensava julgar-se uma besta. É neste estado de espírito que Vilaça o encontra.

O primeiro período da resposta apresenta uma caracterização de Carlos (que, embora breve, é desnecessária) no conjunto da obra. Quanto ao comentário da caracterização da personagem, no texto, verifica-se, juntamente com a correcta identificação do seu estado de espírito ("Carlos estava mentalmente bloqueado"), a presença de enunciados parafrásticos ("não conseguia produzir nem trabalhar fosse o que fosse e isto frustrava-o e pensava julgar-se uma besta").

A personagem é uma categoria que permite interpretações diversificadas, graças à sua manifestação discursiva *redundante*, enquanto elemento constante da narrativa, que age, é descrita e outras se lhe referem[9]. Os problemas de representação desta categoria, nos discursos dos alunos, são devidos, não só ao desconhecimento de estratégias interpretativas, mas também ao escasso uso das estratégias que conhecem, mas a que nem sempre recorrem por falta de hábito, limitando-se, muitas vezes, a repetir as interpretações do professor. As limitações interpretativas desta categoria devem-se ainda a dificuldades de seleccionar elementos portadores de significação, o que tende a desfavorecer as explicações dos alunos, porque incompletas ou carecentes de fundamentação.

Quando na avaliação dos conhecimentos não se solicita, explicitamente, a abordagem de personagens, os alunos só muito brevemente se lhes referem. É o que acontece nas diversas abordagens dos episódios da crónica de costumes, em que apresentam resumos

---

[9] Sobre o protagonismo da categoria da personagem na narrativa, cf. Carlos Reis e Ana Cristina M. Lopes, *Dicionário de narratologia*, 4.ª ed., rev. e aum., Coimbra, Almedina, 1994, p. 314: "a **personagem** revela-se, não raro, o eixo em torno do qual gira a acção e em função do qual se organiza a economia da narrativa".

incompletos dos acontecimentos, descurando o comentário da função semântica e estética das personagens envolvidas.

A fim de comentar questões explicitamente orientadas para a avaliação da capacidade de produção textual, façamos uma referência às indicações dos programas escolares no que concerne a este assunto. A actividade de produção de texto mais frequente é a chamada "escrita elaborada sobre o texto"[10], na qual estão implicadas a compreensão e a interpretação. Os exercícios abrangidos por esta modalidade de escrita, conforme indica o programa, são a *contracção de texto*, a *explicação de texto* e o *comentário*, tratando-se, pois, dos tipos de textos mais produzidos em provas de avaliação. Uma outra modalidade de escrita é a que se realiza "a partir do texto", permitindo maior liberdade de interpretação (que, segundo os programas, dir-se-ia *ensaística*), mas subordinada à discussão e integração numa problemática previamente definida. No âmbito de uma última modalidade, a da "escrita com o texto", caracterizada pelo acrescentamento ou reinvenção textual, confrontaram-se os alunos de uma turma com um exercício no qual o professor pedia que se pusessem na situação de Ega, concretamente quando este é informado do parentesco entre Carlos e Maria Eduarda. Ora, tendo os alunos que imaginar uma estratégia para desempenhar a tarefa do amigo de Carlos, de acordo com as pistas dadas, deveriam imaginar os sentimentos e emoções que eles próprios sentiriam e como se comportariam nessa situação.

Um exercício desta natureza permite avaliar capacidades inventivas e interpretativas dos alunos, bem como a profundidade da leitura integral. Neste caso, verificou-se uma captação precária de elementos textuais e um limitado investimento no exercício de escrita criativa. Os alunos revelaram dificuldades em se imaginarem na situação das personagens (Ega, Carlos, etc.), assim demonstrando pouco conhecimento sobre a configuração das mesmas na narrativa. Exceptuando pouquíssimos casos, ainda assim sem nenhuma originalidade, não disseram como poderiam actuar, limitando-se a um comentário parafrástico do texto. Observaram elementos significativos, como a amizade entre Carlos e Ega, a gravidade da situação, o mal-estar e tensão de Ega, as possíveis reacções de Carlos, mas, ao não referirem a atitude que tomariam, revelaram falta de capacidade de invenção.

---

[10] A expressão consta do programa de Português do Ensino Secundário. Ver *Português. Organização curricular e programas. Ensino Secundário*, 3.ª ed. rev., Lisboa, DGEBS-Direcção-Geral dos Ensinos Básico e Secundário, 1992, p. 73.

Vejamos outra situação em que os alunos foram solicitados a pronunciar-se sobre as personagens. Trata-se do confronto que deveriam estabelecer entre "a visão que Carlos tem do seu relacionamento com Maria Eduarda com a hipotética forma como Afonso o encararia".

Excluindo as situações em que distorceram informações do texto, em virtude de leituras deficientes da obra ou da ausência de leitura integral, verificaram-se dificuldades em tirar ilações sobre a aceitação ou condenação da relação amorosa, consoante o ponto de vista de Carlos ou do avô.

A maioria dos alunos não apresentou argumentos de acordo com as visões de Carlos e de Afonso sobre esta questão. Desarmados de informações essenciais, apresentaram uma interpretação com limitações tanto de natureza cognitiva (não possuem toda a informação de que precisam) como metodológica (não sabem utilizar as informações de que dispõem).

A compreensão de personagens de *Frei Luís de Sousa* mostra-se semelhante à representação das personagens d'*Os Maias*, no que diz respeito à detecção das personagens principais e das secundárias. Quanto a aspectos específicos da representação da personagem na obra dramática, os alunos, de acordo com o conteúdo das questões dos testes, dão atenção aos diálogos, aos traços psicológicos e ideológicos mais marcantes, às atitudes e gestos em cena, sublinhados pelas didascálias, enfim, à função que desempenham no evoluir da acção.

No entanto, ao abordarem temas e problemas constantes dos testes, como os diversos tipos de acção, a questão do trágico ou a "lei das três unidades", os alunos poderiam tecer considerações de um modo mais profícuo sobre a caracterização das personagens, a função na economia da obra, a relação com outras, a dimensão simbólica e ideológica, etc. Mais do que no caso da interpretação das personagens d'*Os Maias*, os alunos são muito económicos nas abordagens das personagens dramáticas e, por não atenderem, de modo suficiente, à sua importância no conjunto da obra, retiram pouco rendimento heurístico e interpretativo do seu potencial semântico.

No comentário sobre as personagens Telmo e D. Madalena, na cena II do acto I, foi de modo incompleto que se referiram a elementos do discurso conotadores do perfil psicológico desta última. Nos seus comentários, não observaram devidamente aspectos do diálogo, como a dificuldade com que D. Madalena se refere ao seu passado ("quando casei a... a... a... primeira vez"), o seu suspiro (na sua terceira fala), revelador de angústia emocional, e as lágrimas de comoção face às seguintes palavras de Telmo sobre Maria: "Então! Tem treze anos feitos, é quase uma senhora, está uma senhora... (à parte). Uma senhora, aquela... pobre menina!".

Devido à indicação para serem comentadas, no próprio enunciado da questão, as reticências são o elemento estilístico mais observado, porque significativas do medo de falar do passado. No entanto, não se referem aos apartes de Telmo, nem às reticências com valor de presságio em relação a Maria: "É verdade, tem crescido mais e de repente, nestes dois últimos meses...".

As imagens que os alunos retêm das personagens de *Frei Luís de Sousa* resultam do mesmo modo que em relação a outras componentes, sobretudo dos saberes apreendidos na aula, em detrimento de um esforço pessoal de interpretação da sua representatividade. Parece-nos que uma causa deste procedimento recorrente é a falta de treino das operações de interpretação, que requerem a apreensão de elementos pressupostos no discurso, os subentendidos das falas das personagens, sem esquecer a importância das didascálias.

Na abordagem do estatuto clássico e romântico de Manuel de Sousa Coutinho, os alunos não atendem a todos os elementos envolvidos na questão, por desconhecimento da sua importância ou deficiente memória de leitura. Por outro lado, apresentam deficiências cognitivas do conceito de personagem romântica e de personagem clássica. Entre os casos em que não se lembram de todos os traços da personagem e os casos de dificuldades de interpretação, apreciemos o seguinte texto de um aluno:

> Manuel de Sousa Coutinho é uma personagem romântica mas também clássica, porque se preocupa com o bem da família. Manuel de Sousa Coutinho vai contra as ordens que recebeu de Lisboa, porque não gosta dos castelhanos que neste momento governam Portugal. Ele mostra ser um homem corajoso. Não se importa com D. João de Portugal, não tem medo que ele volte. Tem medo que Maria esteja doente, porque ela é a sua única filha. Quando o romeiro aparece na sua vida, ele segue o único caminho possível, o do hábito, porque embora ame a esposa e a filha, tem respeito pela Igreja e sente que só esta o pode salvar de se ver desonrado.

Notamos, neste caso, uma dificuldade de precisar, com clareza, os atributos da personagem e a sua proveniência, constituindo este discurso apenas um comentário impressionista.

No que diz respeito à função da personagem, os alunos privilegiam Telmo, apreendendo o papel de confidente de D. Madalena (o amigo que ouve e aconselha) e a função de estabelecer uma ligação entre o passado e o presente da acção dramática.

3.2.2. A abordagem da *perspectiva narrativa* em contexto escolar contempla uma informação teórica a respeito dos três tipos de focalização: omnisciente, externa e interna. Em articulação com a focalização, surge a questão dos *tipos de discurso*: o directo, o indirecto e o indirecto livre. Acerca da configuração destas duas componentes da narrativa, abordadas na leitura integral d'*Os Maias*, destacam-se as características semânticas e estilísticas de cada processo, a combinação dos pontos de vista e dos tipos de discurso.

Sintetizemos algumas articulações normalmente levadas a cabo pelos professores entre tipos de focalização e de discurso. Na focalização omnisciente, *o discurso é o do narrador*. Na focalização interna, o discurso das personagens pode surgir como discurso directo (nos diálogos) ou discurso indirecto livre, em que a voz da personagem se funde com a voz do narrador. Nos monólogos interiores indirectos observa-se a presença do discurso indirecto livre. Na focalização externa, um narrador distante limita-se a narrar o que observa enquanto testemunha que se pretende neutra e objectiva, sem apreciação e sem intervenção. No respeitante à situação do narrador em relação com a história narrada, são explicados outros conceitos aos alunos: o narrador heterodiegético, o homodiegético e o autodiegético. Todos estes conceitos constituem instrumentos operatórios que permitem aos alunos melhor compreender a realização do discurso da narrativa[11].

---

[11] As designações e conceitos de tipos de focalização, de narrador e de discurso correntes no Ensino Secundário revelam, quase na totalidade, uma procedência genettiana. Exceptua-se, no entanto, a focalização omnisciente, que Genette, quando trata das focalizações, não perfilha (cf. Gérard Genette, *Figures III*, Paris, Seuil, 1972, pp. 206-211). Sobre os tipos de narrador, por exemplo, ver o mesmo autor, *op. cit.*, pp. 255-265. Genette continuou a rejeitar a noção de *omnisciência* da focalização, em *Nouveau discours du récit*, Paris, Seuil, 1983, pp. 48 ss. A propósito destes conceitos do discurso narrativo, ver também as várias entradas, como as de "focalização", "perspectiva narrativa", "discurso da personagem" ou "narrador" e suas modalidades, in Carlos Reis e Ana Cristina M. Lopes, *Dicionário de narratologia, op. cit.*; Carlos Reis, *O conhecimento da literatura. Introdução aos estudos literários*, Coimbra, Almedina, 1995, pp. 353-373; Vítor Manuel de Aguiar e Silva, *Teoria da literatura*, 5.ª ed., Coimbra, Almedina, 1983, pp. 759 ss.

No caso do estudo escolar d'*Os Maias*, pretende-se que os alunos adquiram uma noção teórica da focalização omnisciente e da focalização interna e dos tipos de discurso em que estas se manifestam, o directo, indirecto e indirecto livre.

As articulações solicitadas nos testes que estudámos incidiram unicamente sobre modalidades de focalização narrativa e sobre os tipos de discurso, não se questionando os alunos sobre os tipos de narrador quanto à situação narrativa. Na realização das operações interpretativas envolvendo estes conceitos, apresentaram deficiências de compreensão, patente tanto na dificuldade de identificar as modalidades de focalização e os tipos de discurso como na explicação correcta de cada um deles.

Outro aspecto relacionado com a compreensão dos modos de focalização narrativa é a perspectiva do narrador em relação à "representação dos fundamentais sentidos ideológicos que regem a narrativa"[12], que se manifestam textualmente através de peculiares procedimentos discursivos. Apreciando os testes, depreende-se que os alunos não assimilam de modo suficiente as motivações ideológicas e consequentes implicações discursivas e estilísticas das modalidades de focalização. De facto, é de modo bastante contido que estabelecem articulações entre a focalização narrativa adoptada e o estatuto ideológico do narrador. Eis algumas explicações que apresentam acerca destes processos: o narrador omnisciente é *aquele que sabe tudo*; na focalização interna, o narrador *cede o seu ponto de vista à personagem* ou, então, *estamos diante do espaço introspectivo da personagem*. Quanto às marcas estilísticas dos dois processos narrativos e às motivações semânticas e estéticas das modalidades de focalização adoptadas, no conjunto da obra, nada dizem.

A utilização destes conceitos patenteia-se em duas situações fundamentais, isto é, em processos interpretativos que revelam a compreensão das categorias (mesmo se os alunos não referem os termos conceptuais) e em situações em que as identificam mas não explicam. Na análise de um fragmento d'*Os Maias*, contemplado no primeiro teste, os alunos revelaram uma compreensão aproximada da focalização interna, não conseguindo, na maioria dos casos, identificá-la no texto. Os conceitos utilizados pelos alunos na análise da focalização interna foram os seguintes: ponto de vista da personagem, focalização interna, monólogo interior, discurso indirecto (indevi-

---

[12] Cf. Carlos Reis e Ana Cristina M. Lopes, *op. cit.*, p. 316.

damente, por lapso) e discurso indirecto livre (este último designado, por vezes, através da expressão "discurso semi-directo)"[13].

Para a maioria dos alunos, a focalização interna corresponde à introspecção da personagem. No entanto, conforme vimos no capítulo anterior, é muito frequente a compreensão imprecisa deste procedimento, como na frase "o narrador entra dentro da personagem". Uma explicação da focalização interna, sem a devida menção aos termos que designam o conceito, pode ser observada no seguinte exemplo:

> O narrador nesta passagem concede o seu papel a Carlos, que através de uma introspecção nos dá a conhecer o seu espaço psicológico, as suas emoções, e os seus pensamentos.

Há situações em que os alunos fazem a seguinte aproximação: o monólogo interior traduz a introspecção da personagem, correspondendo este tipo de discurso à focalização interna e ao discurso indirecto livre. Embora parcialmente correcta do ponto de vista teórico, a identificação estabelecida não corresponde à modalidade de focalização e ao tipo de discurso presentes no fragmento analisado[14].

Atentemos em outros problemas relacionados com o entendimento dos enunciados das questões. O termo "processo" (no enunciado "identifica o processo com o qual o narrador procurou expressar melhor esse estado de ânimo", isto é, o estado de espírito de Carlos da Maia) não é descodificado pela maioria dos alunos como alusivo a um

---

[13] A designação de "discurso semi-directo", usada por alguns professores como equivalente a "discurso indirecto livre", explica-se pela forma como certas obras didácticas definem este conceito. Veja-se, por exemplo, Mário Carmo e M. Carlos Dias, *Introdução ao texto literário. Noções de linguística e literariedade*, Lisboa, Didáctica Editora, 11.ª ed., 1987, p. 97: "DISCURSO INDIRECTO LIVRE – Muito usado modernamente, é uma mistura dos discursos directo e indirecto".

[14] Trata-se de uma catálise situada no início do capítulo IX d'*Os Maias*. A identificação é parcialmente correcta porque o monólogo interior não se articula com o discurso indirecto livre, mas apenas com o discurso directo. O monólogo interior indirecto, este sim, conjuga-se com o discurso indirecto livre. Como refere Carlos Reis, "o **monólogo interior indirecto** entende-se como discurso em que o narrador confere uma certa organização formal (sobretudo através do discurso indirecto livre) à corrente de consciência da personagem" (in *Introdução à leitura d'Os Maias*, 1981, 4.ª ed., Coimbra, Almedina, p. 120). Ver também a abordagem destas categorias no *Dicionário de narratologia* de Carlos Reis e Ana Cristina M. Lopes, *op. cit.*, pp. 237--239 (sobre "monólogo interior") e pp. 318-321 (sobre o "discurso da personagem").

tipo de focalização. Assim se compreende a menção a outros procedimentos, de tipo estilístico, como a conotação, o recurso a metáforas, à adjectivação, etc.

Numa questão do terceiro teste sobre *Os Maias*, surgem dificuldades com a expressão "natureza do texto", que não é descodificada como referente a um tipo de discurso, isto é, o monológo interior[15]. Na explicação da *natureza do texto*, bastava que os alunos identificassem a presença do monólogo interior. Não se esperava que especificassem tratar-se de um monólogo interior indirecto, em virtude de não se ter abordado, em aula, as diferenças entre monólogo interior directo e monólogo interior indirecto[16]. Pelas mesmas razões, também não se exigia a identificação do discurso indirecto livre. Sintetizando esses problemas, verificaram-se equívocos a respeito dos conceitos de focalização interna e omnisciente e também do conceito de monólogo interior, acrescendo as dificuldades de relacionar a focalização interna com o "tipo de texto" que a exprime (monólogo interior).

Uma outra situação em que se solicitava a referência ao discurso indirecto livre, e que não teve qualquer sucesso, ocorreu no segundo teste sobre *Os Maias*. Questionados sobre os recursos estilísticos do texto, quase todos os alunos desprezaram a referência a este importante procedimento também de incidência estilística[17].

3.3. Semântica e estilo

3.3.1. A interpretação de *componentes temáticas, ideológicas, míticas* e *simbólicas* acarreta diversos problemas aos alunos. A articulação destas componentes nos seus discursos revela algumas indecisões, ambiguidades e incompreensões genéricas.

O obstáculo principal prende-se com o desconhecimento de estratégias de interpretação literária. Observa-se uma grande falta de

---

[15] A questão é formulada nos seguintes termos: "identifica o tipo de focalização predominante neste excerto e relaciona esta opção do narrador com a natureza do texto".

[16] Recordamos que somente três alunos, num total de 27, atenderam a este tópico da questão, mencionando cada um, respectivamente, as seguintes referências: "monólogo interior", "tipo reflexivo" e "diálogo interior".

[17] Apenas um aluno abordou o discurso indirecto livre, escrevendo, laconicamente: "discurso indirecto-livre ('Não podia ser! Esses horrores... Idade Média')".

mobilidade para identificar relações analógicas, seja entre palavras, entre breves segmentos textuais ou amplas extensões do discurso, que, organizados em campos semânticos específicos, estruturam a rede temática de um texto. Constata-se, pois, numa primeira observação, dificuldades de raciocinar em diversas direcções, de fazer inferências e tirar conclusões. Mas a dificuldade pode ser observada também na ausência de certos procedimentos interpretativos. Verificámos que os alunos não mobilizam a contento operações intelectuais (como a intuição, a dedução ou a abdução) para a captação da informação temática num texto ou obra, o que não deixa de reflectir-se na compreensão deficiente dos sentidos. Outro procedimento analítico que se manifesta deficiente, ou ausente nas operações, é a detecção da função temática de elementos discursivos.

No que diz respeito à leitura d'*Os Maias*, os alunos descuraram a explicação da função temática das personagens, das acções por elas realizadas, de elementos discursivos nos segmentos descritivos, etc.

No tocante às abordagens de *Orfeu rebelde*, é notória uma recorrência aos vectores semânticos da obra contemplados no discurso do professor, o que evidencia a quase ausência de operações intelectuais pessoais que favoreçam a compreensão de *componentes temáticas*[18]. Em suma, são problemas de utilização de métodos que implicam adequadas estratégias de análise para a identificação e a explicação da manifestação textual daquelas componentes.

Debrucemo-nos sobre a representação dessas componentes temáticas na leitura de *Frei Luís de Sousa*. Orientados para se concentrarem no terceiro acto, os alunos apresentaram, ao invés, um resumo da obra. Exceptuando o caso dos que, eventualmente, não se lembraram do último acto, o obstáculo maior consistiu na dificuldade de aplicar procedimentos operatórios implicados na operação de contextualização. Assim também se explicam as dificuldades de detecção de componentes ideológicas implicadas nas expressões "força do destino" e "acção da Igreja", a propósito de uma interpretação do terceiro acto. Ressalvando uma excepção, a generalidade dos alunos não argumentou com os sentidos inerentes às duas

---

[18] Acerca dos pressupostos conceptuais e metodológicos relacionados com a questão da análise dos temas, foi-nos extremamente útil o artigo "Tema e leitura crítica", de Carlos Reis, in *Construção da leitura*, INIC-Centro de Literatura Portuguesa da Faculdade de Letras, Coimbra, 1982, pp. 41-55.

expressões[19]. No que diz respeito à primeira, não consideraram, entre outros elementos, a noção de que o destino impede a felicidade, traz a separação inevitável e actua como força destruidora; quanto à segunda, não relacionaram a solução do drama com os valores da ideologia cristã, respeitados pela moral religiosa.

No comentário sobre o significado pessoal e universal desta obra, os alunos compreenderam tratar-se de uma questão de natureza ideológica, apesar de não convocarem componentes estruturais da obra para uma explicação cabal. Excluindo esta limitação, demonstraram ter entendido que os problemas da infidelidade, do adultério e dos filhos ilegítimos são perspectivados por Garrett de acordo com uma motivação pessoal, consciente da dimensão transindividual do seu caso.

Uma outra situação de interpretação, em que se manifestaram limitações de descodificação de componentes semânticas que estamos a considerar, surgiu na abordagem da personagem Telmo, em que os alunos negligenciaram a sua *função simbólica* (o sebastianismo), mencionando apenas a sua função de ligação entre o passado e o presente do conflito dramático.

Constatemos algumas situações de interpretação em que os alunos mais mobilizam as *componentes temáticas* e *ideológicas* d'*Os Maias*, nas seguintes operações: a) identificação do assunto do texto; b) abordagem da função das personagens; c) reflexão sobre a intencionalidade do autor e aspectos em que incide a crítica social; d) reflexão sobre a função dos episódios da crónica de costumes. No que diz respeito à identificação e comentário do *assunto do texto,* revelam os alunos dificuldades de objectivá-lo através de um enunciado que constitua um denominador comum do texto, o que traduz uma limitação de fazer inferências semânticas básicas sobretudo num discurso económico. O procedimento habitual é uma referência comentada ao assunto do texto. A mesma dificuldade de inferência semântica manifesta-se na consideração da *ideologia das personagens.* Por vezes, a falta de precisão, devido a dificuldades de expressão

---

[19] A excepção foi a de um aluno, de cujo teste já fizemos uma citação no capítulo anterior e que aqui retomamos: "O Destino é, em *Frei Luís de Sousa*, o principal agente trágico no determinar dos acontecimentos e no evoluir psicológico e físico das personagens; é assim que no terceiro acto concretiza-se o seu desígnio inexorável que se efectiva na dissolução daquela família através do seu aniquilamento quer moral, de Madalena e Manuel de Sousa, quer físico, de Maria".

verbal, leva a que realizem outros procedimentos, como a paráfrase, ou, então, um comentário bastante simplificado.

Atentemos na dificuldade de, consoante a questão posta pelo professor, integrar em estratégias interpretativas específicas *componentes ideológicas, temáticas* e *plano da acção* (intriga principal e crónica de costumes), de modo a estabelecer articulações entre conteúdos. No que diz respeito à apreensão da informação temática nos episódios da crónica de costumes, a operação demanda a análise de cada um dos episódios, considerando-se os discursos das personagens, os assuntos de que falam, as posições por elas assumidas, o seu papel na intriga principal, entre outros elementos de caracterização. Já um comentário dos episódios no conjunto da obra implica, por um lado, uma ponderação sobre a sua função retórica (explicitando, por exemplo, a funcionalidade intratextual) e, por outro, uma referência às motivações estéticas de Eça de Queirós, na sua idealização.

A mobilização de *componentes ideológicas* na abordagem d'*Os Maias* surge sempre que o aluno aborda, entre outros elementos, questões temáticas, personagens, momentos nucleares da obra e os episódios da vida social. Vejamos duas situações de representação de componentes que estamos a tratar. Na explicação dos aspectos em que incide a crítica social, os alunos hesitam em referir os episódios da obra nos quais se concentram aspectos de crítica social, bem como em precisar as questões temáticas que cada um configura. Para além destas dificuldades de articulação de elementos do romance, ficam-nos dúvidas sobre se os alunos apreendem as motivações estéticas da crítica social n'*Os Maias*.

No horizonte interpretativo dos alunos, a questão ideológica relaciona-se sobretudo com atitudes e valores encarnados por personagens principais e personagens-tipo (por exemplo, o Ultra-Romantismo representado por Tomás de Alencar) ou com temas recorrentes, como o da educação. Quando interrogados de forma menos directa e menos relacionada com as exposições do professor em aula, já apresentam dificuldades de raciocinar nas direcções que as questões solicitam. Foi, por exemplo, o que se verificou no comentário a uma afirmação de Jacinto do Prado Coelho, envolvendo a expressão "positividade e transcendência", relacionada com *Os Maias*, em que não conseguiram deduzir a referência implícita a dois planos da obra, o da realidade positiva (representação da sociedade da Regeneração) e o do insólito (a acção do incesto).

Nos testes que estudámos, não se observa a abordagem de elementos textuais de configuração ideológica, como o título e o subtítulo da obra, embora os alunos devessem fazê-lo, uma vez que foram alvo de reflexão em aula.

Como temos vindo a demonstrar em relação a *Os Maias*, a generalidade das operações interpretativas realizadas pelos alunos permite-nos apreender a forma como representam componentes ideológicas e simbólicas. Por outro lado, quando chamados a reflectir sobre componentes desta natureza, têm de traçar uma estratégia que articule diversos elementos da obra, pondo à prova capacidades de organizar os conhecimentos literários num discurso pessoal. Operação menos complexa, e na qual têm mais sucesso, é aquela em que se confrontam com o comentário da ideologia de uma personagem. Tendo que delimitar momentos da narrativa que correspondem a uma certa extensão de texto (caso dos episódios), também enfrentam obstáculos. Deduz-se da nossa análise que os alunos configuram mais facilmente uma componente como a personagem do que as componentes temáticas e ideológicas, não se dando conta das suas mútuas implicações. A dificuldade deriva da escassa retenção do conteúdo de partes significativas (capítulos, episódios, cenas), que, pelas informações veiculadas, são essenciais para o trabalho de síntese memorial de elementos temáticos e ideológicos.

Analisemos esses problemas com que se deparam os alunos, no caso da leitura de *Orfeu rebelde*. Destaquemos, primeiramente, a representação temática circunscrita à análise ou comentário de poema, cuja carência fundamental se deve à ausência de um método de análise do texto lírico. Excluindo situações de correctas apreciações semânticas, detectámos dificuldades de objectivar o sentido dos poemas, manifestas nos seguintes procedimentos: distorção do sentido do texto (patente em associações indevidas, em afirmações que constituem uma deriva), simplificação das problemáticas semânticas e deficiente descodificação de imagens, figuras de estilo e de procedimentos versificatórios, entre outros elementos discursivos de textualização temática.

A evidência de que os poemas não são apreendidos como uma estrutura orgânica, antes como entidades parcelares, são as frequentes referências desgarradas às suas temáticas, que não chegam a constituir uma apreensão coerente e clara do texto. Uma frase recorrente no discurso dos alunos, a propósito da indicação de temas, é a de que *o poeta fala-nos da poesia e da criação poética*, sem que seja acompanhada de uma concretização no texto através de um comentário sucinto, incluindo a citação de versos ou palavras-chave. Estamos diante de um problema de simplificação de sentidos, patente na conclusão tirada por um aluno acerca do tema de "Miserere nobis": "concluímos então, que o tema do poema é a falta de inspiração que os poetas em certos momentos têm que enfrentar". Apesar de limitações pontuais de expressão e de elaboração de um comentário ou análise, alguns alunos aproximaram-se da temática deste poema, isto é, a questão do sofrimento inerente à criação do texto, a dolorosa expectativa que precede o seu surgimento.

Na análise do poema "Orfeu rebelde", os alunos demonstraram razoável capacidade de apreender semanticamente a temática do poema, enunciando, entre outros sentidos pertinentes, a afirmação da rebeldia, do desespero e da revolta do poeta. Encontrámos, no entanto, situações de simplificação do sentido, de que são exemplos os seguintes comentários: "Neste poema, o poeta debate-se com o problema da efemeridade da vida"; "De todas as características e concepções estudadas em Miguel Torga, o desespero humanista poderá ser a que se adequa a este poema". Esta última citação ilustra bem a repetição do discurso do professor e a ausência de qualquer estratégia interpretativa pessoal.

No caso do comentário ao poema "Relâmpago", muitos alunos captaram os sentidos relacionados com a subjectividade do poeta, como o da interioridade problemática e do sofrimento, chegando a descrever a organização discursiva. Apesar das intuições acertadas (descodificação de imagens e metáforas relacionadas com o sentido do relâmpago), não conseguiram explicitar com precisão a sua temática. Uma frase que traduz bem esta dificuldade de verbalização é a seguinte: "O poeta tenta descobrir-se".

No tocante à representação temática referente ao conjunto dos poemas da obra, os alunos revelaram um conhecimento diminuto. Os elementos que indicaram sobre os poemas carecem de sistematização, manifestando-se deslocados, não inseridos numa estratégia interpretativa que contemplasse o macrotexto de *Orfeu rebelde*. As suas impressões de leitura, um tanto superficiais, não chegaram para organizar um comentário sobre os sentidos dominantes do livro.

Na explicação das características principais do lirismo torguiano, verificam-se frequentemente abordagens que se caracterizam pela simplificação e distorção dos sentidos da obra. Estamos diante de problemas de interpretação correlatos de dificuldades a nível da expressão escrita. Um exemplo de leitura simplista, algo ingénua, de discurso de certo modo infantil (tendo em conta o que deveriam ser as competências literárias dos leitores do 12.º ano do Ensino Secundário), verifica-se no seguinte comentário:

> Podemos descrever a poesia de Miguel Torga como uma poesia triste, onde só fala da solidão, do escuro e da infelicidade, incluindo os sacrifícios, da vida de um poeta.

As referências sobre os temas da obra são, por vezes, lacunares e apressadas, como se verifica na seguinte frase:

> As temáticas que o poeta utiliza são a imagem do poeta, como o "Letreiro", o drama da criação poética, como "Frustração", a rebeldia, como o "Orfeu Rebelde".

Nos testes de uma das turmas surgiram com frequência frases como "o centro da obra é o poeta"; "na maioria dos poemas, o poeta fala de si, reflecte sobre si".

As deficiências aqui comentadas não obstam a que realcemos alguns acertos interpretativos, como se verifica neste enunciado (apesar da sua simplicidade), que apresenta uma escorreita expressão verbal: "Na obra *Orfeu Rebelde*, Miguel Torga tenta caracterizar a sua poesia. Afirma que é um poeta diferente dos outros e que sofre por criar poesia".

O confrontar-se com o texto lírico exige procedimentos e estratégias práticas a que os alunos estão pouco habituados. A especificidade deste acto de leitura requer uma atmosfera de intimidade e recolhimento propícia à reflexão, uma atenção a elementos textuais relevantes, e requer ainda a elaboração de inferências abdutivas seguidas de um trabalho de confirmação de hipóteses de sentido. Favorece este conjunto de operações o gesto de sublinhar o texto e a redacção de notas à margem. Mas, tanto nestes como em outros procedimentos interpretativos, os alunos revelam pouco à-vontade. Neste sentido, a simples associação de ideias (entre imagens, frases e versos) não é praticada de modo rentável. Esta constatação ficou-nos sobretudo de sessões de leitura (no espaço da biblioteca escolar) com um grupo de seis alunos do 12.º ano de escolaridade, integrados na nova reforma (orientando-se pelo programa de *Português B*), em que pudemos observar situações de bloqueio verbal que experimentaram na interpretação de poemas de *Orfeu rebelde*, permanecendo em silêncio, sem conseguirem pronunciar uma palavra, apenas fazendo tentativas de interpretação depois de encorajados e auxiliados por nós.

Uma justificação possível para as dificuldades destes alunos poderá residir em alguma falta de sensibilidade para a poesia, decorrente da ausência de hábitos de leitura e de interpretação deste tipo de texto, para além de uma sofrível competência em língua materna[20].

A esmagadora maioria dos alunos não apreende os referentes míticos e simbólicos que estruturam o discurso de *Orfeu rebelde*, o que é visível, por exemplo, no facto de serem poucos a comentar o aproveitamento poético do mito de Orfeu e a referir a sua extracção greco-clássica.

Não obstante os problemas, em situação de teste de avaliação, de representação das componentes em apreço, muitos alunos manifestaram compreender os sentidos fundamentais da obra, quando em contacto pessoal com eles. No diálogo estabelecido sobre diversos aspectos da obra, verificou-se uma interessante e fecunda interacção com os textos através da partilha das impressões de leitura. Por outro lado, também cumpriram as actividades prévias de abordagem inicial da obra, através de exercícios de identificação de temas; por isso, esperávamos, na avaliação, um outro desempenho. No entanto, em conformidade com arreigados hábitos escolares, confrontados com a avaliação, muitos alunos optam sempre pelo recurso a saberes mal assimilados, o que redunda em discursos deficientes e, por extensão, na simplificação da complexidade do lirismo torguiano. Esta análise acaba reiteradamente por demonstrar a incapacidade generalizada para realizar diversas actividades de leitura, por falta de hábitos e diversas resistências (culturais, psicológicas, disciplinares, etc.), o que conflui para o não desenvolvimento da sensibilidade literária, em especial a do texto lírico.

3.3.2. A interpretação de um texto literário exige, também, a abordagem dos *procedimentos* de natureza *estilística* que a textualização de componentes genológicas envolve. Este nível de análise, teoricamente respeitado pela leitura metódica do texto literário, não é devidamente observado nas interpretações que os alunos fazem das obras do *corpus*, que apresentam várias limitações, também quanto ao entendimento dos aspectos estilísticos, como veremos a seguir.

---

[20] Apesar das dificuldades habituais na análise da poesia, acabámos por constatar, contra o que parecia não ser possível, que a melhor aluna de Português da turma a que nos referimos recebeu, no ano lectivo em que realizámos o nosso trabalho (1993/1994), um prémio nacional de poesia ("Portugal e o mundo", do Instituto da Defesa Nacional).

Atentemos em determinantes genológicas d'*Os Maias* recorrentes nos textos comentados pelos alunos e susceptíveis de uma análise estilística. Considerando a focalização narrativa, verifica-se uma sistemática falta de atenção para com a elaboração estilística dos tipos de discurso que mais correntemente a sustentam. No concernente à elaboração estilística na representação das personagens, os alunos, quando as comentam, são pouco sensíveis aos elementos de caracterização e valoração ideológica, como as conotações, a adjectivação ou as figuras de retórica. Do mesmo modo, ao observarem a representação do tempo e do espaço, não se apercebem do jogo entre narração e descrição, manifestando, pois, uma dificuldade em identificar os elementos do discurso que saturam os textos de uma expressividade marcante. É certo que reconhecem alguns recursos, mas aleatoriamente, tal acontecendo precisamente no texto do primeiro teste sobre *Os Maias*, em que, estando em causa as representações do tempo (sobretudo psicológico, mas também metereológico) e da personagem Carlos da Maia, através de uma dinâmica discursiva que imbrica estas duas componentes do romance, não demonstram uma compreensão satisfatória da função da descrição, referindo, é certo, imagens expressivas e suas conotações.

Tendo estudado em aula as características fundamentais do estilo queirosiano, os alunos, em comentário de texto, tendem a referir a totalidade das características sempre que sobre ele têm de pronunciar-se, cometendo evidentemente equívocos interpretativos. De acordo com esta atitude *mecânica*, indicam características que não se encontram nos textos analisados, como é o caso da sinestesia e da hipálage, as mais referenciadas. Trata-se de uma assimilação precária de componentes estilísticas, *debitadas* arbitrariamente, o que revela dificuldades de identificar os recursos estilísticos mais significativos.

Quando as questões de tipo estilístico são formuladas através de enunciados muito directos (justamente solicitando elementos abordados em aula, a nível do léxico ou da sintaxe), os alunos apresentam menos problemas na elaboração de uma resposta satisfatória, como pudemos constatar num comentário acerca da utilização das comparações e dos verbos no condicional e no gerúndio, num trecho d'*Os Maias*.

Vejamos algumas dificuldades surgidas na abordagem de elementos estilísticos na interpretação do texto dramático. Não se verificando, em todos os testes sobre *Frei Luís de Sousa*, a solicitação de um comentário estilístico, os alunos, no entanto, poderiam ponderar elementos desta natureza, como as modulações significativas do discurso nos diálogos, pelos sentidos que sugerem e que se relacionam com a subjectividade das personagens.

Recordando o comentário de dois textos, pelos alunos (um diálogo entre Madalena e Telmo, na cena II do acto I, e o monólogo de Telmo, na cena IV do acto III), notámos uma escassa atenção a significativos elementos do discurso quanto à elaboração estilística. Assim, não atentaram nas frases curtas e desconexas, desprezaram o significado do ritmo das frases (pausa, gradação, suspensão) e passaram ao lado de recursos estilísticos como a apóstrofe, que contribuem para uma mais fundamentada compreensão da expressividade textual.

Sabendo-se que a análise dos elementos discursivos de natureza estilística é fundamental para a compreensão do texto poético, atentemos nas dificuldades cognitivas dos alunos na representação de componentes estilísticas na leitura de *Orfeu rebelde*. Constatámos que o grau de captação dos elementos formais é muito débil, o que acarreta consequências de compreensão lacunar dos vectores semânticos do texto, por não se verificar o reconhecimento das relações entre estes e os recursos técnico-formais. Em virtude de tais problemas de compreensão, revelando pouco treino de leitura metódica, o texto poético revela-se-lhes como o mais denso e opaco, ficando desarmados diante de exercícios como os que lhes foram propostos. Conclui-se que não sabem pôr em prática estratégias de leitura, mesmo se ouvem, repetidamente, nas aulas, que o texto poético solicita uma análise microtextual, em articulação com elementos macrotextuais. Os obstáculos apresentados incidem, pois, sobretudo na articulação de elementos textuais dos níveis fónico, sintáctico e semântico. Isto não significa que não comentem um ou outro procedimento estilístico de cada um deste níveis, mas não o fazem com a noção da sua imbricação na tessitura do discurso poético.

A generalidade dos comentários apresentados pelos alunos é redutora e parafrástica das ideias nucleares do texto, cuja intuição não chega a ser comprovada pela análise, nem fundamentada pela interpretação. Eis alguns dos obstáculos mais significativos de incidência estilística:

> *a)* uma ausência de articulação entre significante e significado, pois, os reduzidos elementos identificados a nível do significante são desintegrados de uma estratégia de leitura demonstrativa de uma compreensão dos processos de construção do poema;

b) o desconhecimento da importância do título, como um elemento que concentra sentidos fundamentais e orienta a leitura, obsta a uma análise mais completa do texto;
c) a falta de acuidade para identificar e analisar palavras-chave não permite justificar e aprofundar inferências semânticas;
d) nos aspectos versificatórios, falha a identificação de esquemas métricos e rimáticos, assim como a captação do sentido do ritmo e das sonoridades mais significativas;
e) a falta de atenção para com os aspectos da elaboração sintáctica impede a abordagem da sintagmática textual;
f) a descodificação deficiente da expressividade de recursos estilísticos, como as metáforas, as conotações, a adjectivação e outros elementos semânticos, revela uma deficiente capacidade analógica;
g) os equívocos acerca de categorias gramaticais deixam entrever dificuldades no que diz respeito à estrutura da língua;
h) as dificuldades de seleccionar elementos fundamentais de análise e explicá-los, argumentando e comprovando, revelam a presença de problemas metodológicos.

Em virtude das incapacidades que inventariámos, a estratégia de análise ou o comentário textual, comummente seguidos pelos alunos, traduzem uma fidelidade a conteúdos programáticos estudados em aula, cumprindo assim o *contrato disciplinar*. Para além de uma, por vezes, aleatória explicação a nível temático, referem a estruturação baseada no tópico-comentário, sem que se explicite cada um deles. Em alguns casos, identificam a composição estrófica, a irregularidade da métrica e da rima (portanto, o padrão versificatório), extraindo, no entanto, ilações semânticas geralmente vagas e superficiais.

Entre outros aspectos do estilo poético torguiano não captados pelos alunos, refiram-se o tom eloquente e exortativo do discurso, o tipo de estruturação frásica, bem como o frequente recurso aos apostos, que conferem um prolongamento do discurso e das ideias e, no seu conjunto, caracterizam a feição retórica do discurso.

Como se viu, os problemas apresentados pelos alunos na configuração de elementos de natureza estilística na interpretação dos textos narrativo, dramático e lírico revelam obstáculos relacionados, no essencial, com a competência linguística, as capacidades de abstracção semântica e o domínio de uma informação teórica específica.

Iniciámos este capítulo reflectindo sobre a estreita relação entre a compreensão das categorias modais e genológicas do texto literário e o efectivo investimento do leitor na leitura, sendo que, quanto mais profunda for, tanto mais produtiva se revelará a aplicação daquelas categorias. A partir da apreciação dos testes dos alunos incidindo sobre as obras do *corpus*, conclui-se que, em muitos casos, a leitura realizada foi parcelar, já que muitos lêem somente textos em aula (ilustrativos de determinadas problemáticas), o que contribui também para impedir uma proveitosa e eficiente apreensão dos diversos elementos do discurso literário.

O tempo consagrado ao estudo d'*Os Maias* é um pouco maior do que o dedicado às outras obras. Tal facto revela que a memória de leitura daquela é superior (mais profunda, extensa e preenchida) à das outras obras do nosso *corpus*, permitindo, apesar de todas as limitações que analisámos, um trabalho de interpretação mais fecundo. Mas, independentemente do tempo de estudo, o conjunto dos obstáculos com que se deparam os leitores vem comprovar que a obra dramática e a lírica oferecem mais resistência à leitura.

Quanto ao *Frei Luís de Sousa*, a memória de leitura revela uma deficiente assimilação dos conteúdos programáticos e os conhecimentos demonstrados nos testes mostram-se abaixo das expectativas de ensino-aprendizagem. No caso de *Orfeu rebelde*, para cujo estudo o tempo lectivo foi diminuto (embora se tenham ocupado três semanas com actividades de leitura domiciliária), a memória de leitura é ainda mais superficial: as limitações apresentadas pelos alunos nos comentários de poemas deixam entrever que o texto lírico é aquele que oferece maiores dificuldades de cognição teórica e de interpretação.

Outro problema é o da gestão do tempo na realização dos testes, importante questão pedagógica, que, no entanto, não abordaremos, visto não se inscrever no domínio da nossa investigação.

Com esta abordagem do *funcionamento da compreensão genológica em contexto escolar do ensino da literatura*, no Secundário, através do estudo de operações intelectuais, heurísticas e interpretativas realizadas pelos alunos, nos testes de avaliação, incidindo sobre as obras do nosso *corpus*, pretendemos conhecer, mais de perto, os problemas com que se deparam e que constituem uma agravante para a inteligibilidade dos textos. Tratou-se, pois, de analisar a capacidade de os alunos apreenderem diversos aspectos do texto literário, fundamentais para o seu conhecimento e fruição, motivo de maior sucesso, não só na disciplina de Português, mas também na totalidade do desempenho escolar, cultural e comunicacional.

Constatámos que a capacidade de comentário textual é muito limitada e que as interpretações são, frequentemente, uma repetição do discurso do professor. Com efeito, os alunos aplicam muito pouco os conhecimentos pessoais na leitura literária. E por não colaborarem o suficiente com o texto, resulta que este, de acordo com a sua natureza de "mecanismo preguiçoso"[21], não funciona plenamente, ficando o rendimento da leitura abaixo do nível que inicialmente se pretendia atingir.

Os saberes são desintegrados de uma verdadeira estratégia interpretativa, assumindo a feição de conhecimentos que os alunos *declaram* porque não sabem proceder de outro modo.

As dificuldades que detectámos prendem-se com a compreensão da complexidade do texto literário e com procedimentos de análise e interpretação. Quanto às primeiras, refiram-se a dificuldade de abstracção semântica (que se reflecte tanto na compreensão de enunciados particulares como na da globalidade de um texto), a de relacionar elementos específicos com a totalidade do texto e a de estabelecer relações entre os níveis semântico, sintáctico e pragmático do discurso. No que diz respeito aos procedimentos de análise e interpretação literárias, são inúmeras as falhas apresentadas, desde a falta de capacidade para se detectarem adequadamente os sentidos do texto, às operações discursivas, como o resumo ou a paráfrase, deslocadas em relação ao solicitado nas questões (em virtude de inabilidade para realizar as estratégias heurísticas e interpretativas mais apropriadas), até aos comentários impressionistas, derivando para leituras ingénuas e de tipo autobiográfico.

Ao longo desta exposição acerca dos problemas na leitura literária escolar, sublinhámos a recorrência aos conteúdos de ensino sobre as obras literárias veiculados nas aulas dos professores, sem haver um trabalho de apropriação pessoal dos conhecimentos. Deste modo, os saberes prévios referidos, nos comentários de texto solicitados nos testes, assumem a feição de um *invólucro*, apresentando-se, ora fragmentados no discurso do aluno, ora condensados num resumo à guisa de introdução ou de conclusão.

---

[21] Cf. Umberto Eco, *Leitura do texto literário. Lector in fabula*, Lisboa, Presença, 1979, p. 55.

A frequência com que os alunos se servem de resumos mal elaborados das obras e de componentes passíveis de serem resumidas significa que não sabem corresponder aos procedimentos interpretativos solicitados; significa, em última instância, que não sabem identificar e sistematizar, ao longo da leitura, elementos de significação sobre a forma como um texto é construído e se oferece à compreensão do leitor.

As dificuldades metodológicas na aplicação dos saberes verificam-se igualmente em relação aos conhecimentos anteriores, isto é, aqueles que os alunos adquirem ao longo da escolaridade básica. Como vimos, os problemas cognitivos apresentam-se interligados. Assim, uma interpretação deficiente das personagens d'*Os Maias* reflecte-se na apreensão parcelar dos códigos ideológicos e temáticos da obra. Em relação à lírica, o comentário desorganizado e a explicação arbitrária dos vectores semânticos de um poema são indiciadores da falta de método de análise, patente também no modo fragmentário como os alunos abordam os recursos estilísticos, não observando a sua função no plano da significação textual.

Os problemas que analisámos interligam-se, simultaneamente, com a aplicação de categorias dos modos e géneros literários e com a leitura empírica. Porque o potencial semântico, heurístico e interpretativo das categorias literárias que temos vindo a considerar se revela dependente da profundidade da leitura, articulámos uma argumentação que contemplou, em simultâneo, os procedimentos de leitura dos alunos e a aplicação de categorias dos modos e géneros literários.

Com base em todo este movimento descritivo e interpretativo, levado a cabo nestes dois últimos capítulos, estaremos em condições de propor, na parte III do presente trabalho, orientações metodológicas e estratégias didácticas que contribuam para a solução de problemas de insucesso escolar no processo da leitura literária.

PARTE III

PARA UMA TEORIA DO ENSINO DA LITERATURA

CAPÍTULO 1
RELAÇÕES ENTRE PARADIGMAS DIDÁCTICO-PEDAGÓGICOS E TEÓRICO-LITERÁRIOS NO ENSINO DA LITERATURA

1.1. O estatuto da didáctica da literatura: conceitos e métodos

1.1.1. Depois de, na parte I deste trabalho, termos feito o enquadramento teórico da problemática dos géneros literários no âmbito dos estudos literários e do ensino da literatura e de, na parte II, termos demonstrado o modo de configuração dos géneros literários na sua articulação com os modos, nas obras do *corpus* literário, seguindo-se, na mesma parte, a apresentação e a problematização da sua leitura por um grupo de alunos do Ensino Secundário, através da análise de um conjunto de testes somativos, chegámos à parte III, "Para uma teoria do ensino da literatura". Procuraremos apresentar, nesta parte III, elementos teórico-práticos de reflexão atinentes à didáctica e ao ensino da literatura no nível Secundário que possam constituir subsídios para uma teoria do ensino da literatura.

Neste capítulo, procuraremos, primeiro, abordar o estatuto teórico das didácticas específicas e, em particular, da didáctica da literatura; reflectir sobre concepções e métodos de ensino-aprendizagem, tendo em conta o ensino da literatura; além disso, estabelecer articulações entre modelos de ensino-aprendizagem e concepções do estudo da literatura, de acordo com diversos paradigmas teóricos nos estudos literários. Sendo nossa intenção demonstrar ainda a *integração didáctica* de pontos de vista teóricos quanto ao ensino da literatura e à problemática dos géneros literários, retomaremos as implicações didácticas destas questões no capítulo 3.

Numa tradição que remonta aos princípios da apropriação escolar da literatura, tal como a entendemos progressivamente desde o século XVIII, o seu ensino tem garantido a transmissão da cultura literária, parte do património nacional e universal. O estudo da literatura, nesta sociedade, como já expusemos no subcapítulo 2.2., norteou-se fundamentalmente pelos métodos da história literária, tanto na sua versão positivista de inspiração tainiana como na versão histórico--literária de Lanson. Para os estudos literários, durante esse tempo, o seu objecto revestia-se de estabilidade. No que diz respeito aos processos de ensino-aprendizagem da literatura, a lógica por que se norteou essa tradição foi sempre a da transmissão. O perfil do receptor desse ensino (bem diferente do aluno dos nossos dias) era, de certo modo, adequado à lógica de ensino: culto, letrado, apto a aprender.

Com as revoluções operadas no seio dos estudos literários, no século XX, muitas mudanças se verificaram. Se o estudo escolar da literatura continua a ser garante de conhecimento das obras literárias e de cultura, já o sentido, os fundamentos e a pedagogia têm sofrido profundas alterações. Antes de mais, o texto literário deixa de ser um objecto estável quanto à sua natureza intrínseca, bem como ao seu significado histórico-cultural. Novas teorias de abordagem da literatura questionam os fundamentos de teorias anteriores, sucedendo--se uma proliferação teórica que, sob formas diversas, pretende dar conta do conhecimento da literatura. Por outro lado, a condição do receptor modificou-se, acarretando forçosamente mudanças nos métodos de ensino-aprendizagem. De facto, na sociedade dos nossos dias, por força da democratização da escola e em virtude do que se conhece sobre as insuficiências da aprendizagem, o ensino da literatura tem solicitado, cada vez mais, que se considere a forma como o receptor aprende.

Tais mutações implicaram a mudança de paradigmas nos estudos literários. Eduardo Prado Coelho, na sua dissertação de doutoramento, justamente subintitulada "Paradigmas nos estudos literários"[1], considera a existência de três paradigmas. O paradigma *filológico*, com uma vertente historicista e outra formalista, abrange os métodos históricos de abordagem da literatura de raiz positivista, no século XIX e, já no actual, os métodos formalistas preconizados pelo Formalismo Russo, pelo Círculo Linguístico de Praga e pela fenomenologia de Ingarden, entre outros, decisivos para a compreensão da literariedade. O paradigma *comunicacional* privilegia o processo da comunicação literária e abrange sobretudo a crítica de identificação, a estética da recepção e a pragmática do texto e da comunicação. O paradigma *metapsicológico* compreende as vertentes psicanalítica e metafísica,

---

[1] Ver Eduardo Prado Coelho, *Os universos da crítica*, Lisboa, Ed. 70, 1982.

em que é possível situarmos a crítica da consciência, a do imaginário e a psicanalítica.

Outro autor, Vítor Manuel de Aguiar e Silva, sintetizando a "transformação de paradigmas que nos últimos anos têm ocorrido na Teoria da Literatura", considera a existência de dois paradigmas fundamentais: o *formalista-estruturalista* e o *semiótico-comunicacional,* formulação a que temos recorrido [2].

Não estando aqui em causa entrar demoradamente no âmbito das teorias relacionadas com estes paradigmas, interessa-nos, no entanto, clarificar que, no ensino da literatura, é sobretudo a partir da emergência do paradigma comunicacional que se problematiza a importância do receptor, associada à correspondente preocupação com os processos pragmáticos de interacção textual. Se a teorização sobre o valor da instância do receptor na comunicação literária já tem a sua história (Jauss, Iser, Michel Charles e Eco são teóricos representativos), só recentemente, em Portugal, se começaram a sentir no ensino os ecos dessa mudança de paradigmas (para que apontam os novos programas de Português do Ensino Básico e Secundário). Em outros termos, isto significa que a abordagem da literatura, hoje, deve ter em conta a relevância de subsídios teóricos das últimas décadas, como os da teoria da recepção, da semiótica da leitura e da pragmática, nas vertentes linguística e literária.

Como em outros domínios disciplinares, caracterizados pela relatividade epistemológica de paradigmas e modelos, o momento actual dos estudos literários recusa a imposição de modelos teóricos rígidos, podendo observar-se uma tendência para a confluência de perspectivas às quais a comunidade científica recorre em diversos contextos teóricos, críticos ou de ensino. Para uns, as certezas da filologia, da estilística e da história literária são relativizadas e o sentido do texto deve ser perseguido no eixo da comunicação entre texto e leitor. Para outros, pelo contrário, como, por exemplo, Antonio García Berrio, deve-se reclamar também as certezas da filologia e da retórica [3]. Por isso, embora se possa falar do predomínio de um

---

[2] Cf. Vítor Manuel de Aguiar e Silva, "Teorização literária", in *Actas do X Encontro de Professores Universitários Brasileiros de Literatura Portuguesa. I Colóquio Luso-brasileiro de Professores Universitários de Literaturas de Expressão Portuguesa,* Lisboa/Coimbra/Porto, Universidade de Lisboa/Instituto de Cultura Brasileira, 1986, pp. 270-271.

[3] Conforme a orientação retórica da sua *Teoría de la literatura* (*La construcción del significado poético*), Madrid, Cátedra, 1989.

paradigma como o semiótico-comunicacional, o momento actual aponta para o carácter contingente dos modelos teóricos[4].

Na prática didáctica, esta situação de permanente mutação do quadro teórico deve reflectir-se na ponderação da recontextualização de teorias e métodos, o que constituirá uma atitude saudável para não se cair em comportamentos de ortodoxia teórica, sem que tal implique o cepticismo científico e a tendência para um novo tipo de impressionismo na leitura dos textos literários. Por isso, a ponderação de orientações teóricas deve levar em linha de conta factores didácticos, sem esquecer os aspectos sócio-culturais que definem o perfil dos leitores e as circunstâncias pedagógicas de recontextualização dos domínios teóricos.

Do exposto sobre a mutação teórica e metodológica na teoria da literatura contemporânea, compreende-se que novos domínios orientados para as questões da aprendizagem comecem a surgir. Um deles é significativamente o da didáctica dos géneros, em associação com teorias da leitura orientadas para os problemas da recepção, constituindo-se em subsídios metodológicos de grande utilidade para as actividades do ensino da literatura, como a leitura integral e a análise textual. É neste sentido que, nos estudos sobre a leitura, se tem começado a consagrar uma atenção especial ao sujeito-aprendiz e ainda aos processos de aprendizagem, considerando inevitavelmente a questão das capacidades, das competências e dos obstáculos na aprendizagem[5].

Este momento actual de interrogação sobre as perspectivas metodológicas de um ensino orientado para os problemas da recepção corresponde ao da *implantação* institucional da didáctica da literatura. Antes de abordarmos a sua especificidade, consideremos o que se entende por didáctica de uma disciplina, apresentando e comentando duas definições.

A primeira é de Karl Stockler, que afirma: "a didáctica de uma disciplina deve entender-se como uma ciência de integração de outras cuja função será a de elaborar uma teoria sobre o modo mais eficaz de organizar os processos de ensino e de aprendizagem, não deixando de

---

[4] Uma interessante problematização deste assunto encontra-se em Paul de Man, *A resistência à teoria*, Lisboa, Ed. 70, 1989, pp. 23-41.

[5] Nos subcapítulos 3.1. e 3.2. da parte I, apresentámos uma reflexão teórica sobre estes domínios, reservando para o capítulo 3, da parte em que nos encontramos, propostas teóricas passíveis de serem aplicadas no ensino da literatura.

atender aos interesses do sujeito que aprende, do objecto a transmitir e do objectivo a alcançar"[6].

A segunda definição é a que nos propõe Joaquim Neves Vicente: "por 'didáctica' (uma didáctica específica) entendemos aquele saber teórico-prático resultante de um processo de reflexão-investigação-acção, transverbal e transdisciplinar, que, para efeitos do ensino-aprendizagem de uma disciplina, interliga e articula: 1 – os saberes da ciência de origem, 2 – com uma ideia reguladora de educação e de escola (explicitada numa LBSE e num Curriculum Base), 3 – tendo em consideração os resultados das investigações empíricas em ciências de educação, 4 – em conexão com a 'praxis' (acção)"[7].

Ambas as definições consideram o saber, o aluno, o ensino e a aprendizagem e reclamam para a didáctica um estatuto teórico-prático, de natureza interdisciplinar. A função da didáctica de uma disciplina é, pois, de âmbito teórico-prático, cabendo-lhe realizar a integração de saberes diversificados. No caso da didáctica da literatura, esses saberes são os atinentes aos domínios específicos do ensino da literatura em articulação com outros relativos aos métodos, técnicas e processos de ensino-aprendizagem, não se admitindo uma separação entre os saberes teóricos e os saberes ligados à pedagogia do seu ensino. Nestas duas definições de didáctica, acentua-se a sua condição de disciplina em permanente elaboração, em virtude da natureza bipolar (teórica e prática), bem como a necessidade de se considerarem os contributos de outras disciplinas, que, por sua vez, também estão em processo de elaboração. Neste sentido, a didáctica caracteriza-se por ser aberta a outras disciplinas, sendo a sua consolidação sempre relativa e provisória.

Qualquer definição de didáctica, que integre o campo disciplinar específico e o campo do ensino e da aprendizagem, arroga-se o direito de pensá-la como uma "'teoria' reguladora e configuradora das práticas de ensino-aprendizagem"[8].

De acordo com a noção de didáctica como disciplina que integra saberes, pode considerar-se que a didáctica da literatura realiza a integração de paradigmas teóricos e críticos, de metodologias de leitura, cabendo-lhe o estudo das implicações didácticas dos saberes

---

[6] Cf. Lothar Bredella, in *Introdução à didáctica da literatura*, Lisboa, Dom Quixote, 1989, p. 12.

[7] Cf. Joaquim Neves Vicente, "Subsídios para uma didáctica comunicacional no ensino-aprendizagem da filosofia", in *Revista Filosófica de Coimbra*, vol. 1, 2 (Outubro de 1992), p. 354. A sigla LBSE significa Lei de Bases do Sistema Educativo.

[8] *Idem*, p. 355.

teóricos no ensino da literatura. A expressão "ensinar literatura" remete, simultaneamente, para domínios dos estudos literários e para a pedagogia (ciência do ensino integrada nas chamadas ciências da educação), que estabelece métodos de ensino e aprendizagem [9].

O *objecto* último da didáctica da literatura é, pois, o ensino--aprendizagem da literatura. Assim, cabe a esta didáctica estudar os problemas do ensino da literatura e, nesta medida, reclama-se de um estatuto teórico e prático. Consideramos como domínios fundamentais de reflexão desta didáctica, entre outros, a articulação entre paradigmas teóricos e críticos, em função das actividades do seu ensino, os modos de apropriação didáctica dos diversos saberes teóricos e ainda as metodologias de leitura literária.

No âmbito da disciplina da didáctica da literatura, justifica-se uma reflexão de acordo com os objectivos gerais da educação, de aspectos globais do ensino da literatura (educacionais, culturais e pedagógicos), como o sentido formativo da disciplina, a relevância pedagógica e social e a importância deste estudo para a compreensão que o sujeito tem de si e do mundo.

---

[9] Retomamos a dilucidação feita por Jean Verrier a propósito das fronteiras entre didáctica e pedagogia, seguindo concepções de dois autores - J. P. Astolfi (especialista em didáctica das ciências) e G. Mialaret (segundo Verrier, um dos fundadores das ciências da educação): "La distinction entre didactique et pédagogie est maintenant très largement reprise à propos de toutes les disciplines (...) Pour J. P. Astolfi, la didactique travaille en amont et en aval de la réflexion pédagogique. Et elle englobe le mode d'intervention de l'enseignant auquel elle fournit une 'gamme de possibles'. Pour G. Mialaret, la didactique inclut également la pédagogie. Mais pour tous, la pédagogie est centrée sur l'élève, et la didactique sur le savoir" (in *La lecture des textes littéraires: rôle de l'enseignement dans la réflexion théorique. Bilan et perspectives*, Paris, Universidade de Paris 8, 1992, p. 32 – policopiado). Concordamos com a inclusão das questões pedagógicas, que dizem respeito aos processos e estratégias de ensino do domínio da didáctica, mas já não concordamos com a afirmação de que a didáctica se centra unicamente sobre o saber. Na nossa opinião, a didáctica concerne simultaneamente (e dialecticamente) ao saber de referência de uma disciplina e ao seu ensino. Este trabalho de Jean Verrier constituiu a habilitação para dirigir pesquisas, assumindo a feição de um balanço de leitura na área do ensino da língua e literatura francesas. Por sua vez, Daniel Lacombe, numa esclarecedora síntese sobre o âmbito da didáctica, afirma: "la didactique concerne essentiellement la transmission des connaissances et des capacités; et elle constitue, par conséquent, le noyau cognitif des recherches sur l'enseignement (in *Enciclopaedia universalis*, Paris, 1985, vol. 6, p. 114). Também discordamos do entendimento da didáctica como transmissão de conhecimentos, por esta ideia não incluir a noção de aprendizagem inerente a qualquer processo de ensino.

O campo da didáctica da literatura é bastante amplo e complexo, abrangendo o domínio disciplinar e o do ensino-aprendizagem; contempla a abordagem dos saberes teóricos e seus modos de integração e apropriação, os currículos, programas, planificações, métodos e estratégias de ensino e a problemática da avaliação. No que diz respeito às questões específicas do ensino-aprendizagem da literatura, pensamos caber à didáctica considerar, entre outros, os seguintes aspectos: os objectivos do ensino-aprendizagem da literatura, as competências a serem desenvolvidas pelos alunos, a especificidade cognitiva e pragmática dos processos de compreensão do texto literário, enfim, as questões mais directamente ligadas à prática pedagógica, isto é, à consecução das aulas propriamente ditas. Quanto aos domínios específicos do estudo da literatura, cujas articulações na teoria e na prática cabe à didáctica realizar, refiram-se os de âmbito teórico – didáctica dos géneros literários, periodização literária – que se conexionam com domínios práticos como o da leitura literária nas diversas modalidades que os programas escolares recomendam.

1.1.2. A compreensão da especificidade da didáctica passa pela consideração de várias dimensões que a integram. Isabel Alarcão, num artigo em que caracteriza o perfil da disciplina, procede a um reconhecimento exaustivo das dimensões que a definem, entre as quais retemos a *dimensão analítica* ("dissecar e compreender"), *racional* ("abstracção a partir do concreto"), *integradora, investigativa, clínica* ("situação experimentada pelo aluno"), *praxiológica* ("aprender a fazer fazendo") e *metapraxiológica*[10].

Com a consolidação institucional da didáctica numa área científica, e dada a amplitude desta disciplina, desenvolveram-se paradigmas de investigação. Pérez Gómez considera a existência de cinco paradigmas didácticos. O *paradigma presságio-produto* centra-se na definição do professor eficaz. O *paradigma processo-produto* tem como objecto principal o estudo dos métodos de ensino. Os paradigmas *mediacionais* tomam em atenção o cenário físico e social em

---

[10] Cf. Isabel Alarcão, "A Didáctica curricular: fantasmas, sonhos e realidades", in Isabel Pinheiro Martins *et alii* (eds.), *Actas do 2.º Encontro Nacional de Didácticas e Metodologias de Ensino*, Aveiro, Universidade de Aveiro, Secção Autónoma de Didáctica e Tecnologia Educativa, 1991, pp. 299-309. A caracterização feita por Isabel Alarcão constitui um contributo fundamental para a percepção dos vários aspectos constituintes da didáctica, que nem sempre são referidos em conjunto.

que se situa o aluno, os seus comportamentos e os do professor, bem como o currículo. A ideia reguladora do *paradigma mediacional*, centrado no professor, é o ensino, assumindo este um papel decisório no que diz respeito às questões de estratégias e planificações, bem como na abordagem de problemas mais gerais como a situação de ensino. O *paradigma mediacional*, centrado no aluno, tem como objectivo o estudo dos modos de promoção das estratégias cognitivas dos alunos, interessando-se pelas relações bidireccionais na aula. Os elementos de investigação prioritários do *paradigma ecológico* (que respeita a noção de negociação escolar) são a definição do papel dos elementos intervenientes na prática pedagógica, considerando-se os saberes e as experiências dos alunos, e também os modos de comunicação na aula (comunicação linguística e gestual, modos de utilização do espaço, etc.) [11].

Um exaustivo inventário das áreas de investigação da didáctica da literatura (o mais completo que conhecemos até ao momento) é apresentado por Martos Núñez, que considera três sectores. Num primeiro, incluem-se os paradigmas didácticos e literários, a psicologia de aprendizagem da literatura, destrezas verbais, implicações didácticas da produção, recepção e processamento de textos. Num sector particularizado, integram-se temas específicos como o ensino da história da literatura, os seus modelos curriculares, a didáctica da poesia ou aplicações de métodos de abordagem das obras. Finalmente, um terceiro sector engloba temas pontuais como livros de texto, documentos materiais ou recursos gráficos [12].

Convém notar que, além da existência de uma investigação seguindo paradigmas como os que Pérez Gómez recenceia, verificam-se, actualmente, no âmbito dos estudos literários, dois tipos de investigação dos problemas do ensino da literatura. Um desses tipos é de natureza eminentemente teórica, realizado por estudiosos da literatura, num grupo restrito de investigadores (como o da teoria empírica da literatura, de Siegfried Schmidt), que, não tratando directamente de

---

[11] Cf. A. Pérez Gómez, "Paradigmas contemporáneos de investigación didáctica", in *La ensenanza: su teoría y su práctica*, 2.ª ed., Madrid, Akal/ /Universitária, 1985, pp. 95-138 A nossa breve referência aos paradigmas de investigação é elaborada a partir da leitura do extenso artigo de Pérez Gómez e apoiada numa síntese de Eloy Martos Núñez, em *Métodos y diseños de investigación en didáctica de la literatura*, Madrid, C.I.D.E., 1986, pp. 36-42.

[12] Cf. Eloy Martos Núñez, *op. cit.*, pp. 45-48.

questões didácticas, produzem reflexões sobre o entendimento actual do fenómeno literário que subsidiam os trabalhos da comunidade científica, incluindo o seu aproveitamento pela didáctica da literatura. A par desse tipo de pesquisa, centrada em problemas de natureza eminentemente teórica, esboça-se uma linha de investigação-acção que aborda as questões reais suscitadas pela prática pedagógica. Esta segunda linha é a adoptada pela revista *Pratiques*, cujos trabalhos associam aspectos teóricos e outros relacionados com a aprendizagem dos assuntos que elegem como tema de estudo [13].

Em síntese, podemos dizer que os centros de interesse tradicionais de uma didáctica específica abrangem os saberes de referência dessa disciplina, os métodos e estratégias de ensino e os processos de aprendizagem.

Até aqui, temos abordado vertentes da didáctica de uma disciplina, aproximando-nos da didáctica da literatura, considerando as questões tal como elas são colocadas *objectivamente* em sede teórica.

Passaremos a abordar os contributos para uma problematização da didáctica da literatura sob um outro ângulo, o da perspectiva da

---

[13] A investigação-acção, em franco desenvolvimento, constitui uma modalidade que se pretende inovadora, com um carácter essencialmente prático. É um tipo de investigação colectiva, em torno de um projecto nascido de problemas da prática real, visando algum tipo de intervenção. António Joaquim Esteves refere o *carácter complexo* e o *processo colectivo*, sendo que este "instaura *novas regras de acção*, com repercussão quer na comunidade dos investigadores e técnicos, quer nos grupos, instituições e populações em estudo, quer nas instituições burocráticas envolvidas, quer no relacionamento recíproco entre elas" (in Augusto Santos Silva e José Madureira Pinto (orgs.), *Metodologia das ciências sociais*, Porto, Afrontamento, 1990, p. 271). O mesmo autor sublinha a dialéctica entre teoria e prática, de acordo com Kurt Lewin, para quem a "'action-research' baseia-se numa 'acção de nível realista sempre seguida por uma reflexão autocrítica objectiva e uma avaliação de resultados'" (*idem*, p. 265). Na sua metodologia são utilizados métodos qualitativos, afastando-se assim da investigação de tipo experimental, cuja técnica se baseia em métodos quantitativos. Algumas distinções entre investigação experimental e investigação-acção são comentadas num trecho de Martos Núñez a respeito das duas perspectivas adoptadas na ciência: "una perspectiva que se pregunta *cuál es la estructura del fenómeno* (explicación) y otra que se pregunta *cuál es su función*". A primeira visa "*establecer leyes y generaciones, y por tanto más dependiente del enfoque cuantitativo y de los métodos de la comunidad científica*". A segunda trata "ante todo de *comprender* el fenómeno educativo a fin de extraer criterios o normas que puedan aplicarse a la *práctica de la enseñanza* (...) Por eso este enfoque interesa más a la *comunidad escolar* y se acomoda mejor a lo que Corey definió como *investigación en la acción*" (cf. Martos Núñez, *op. cit.*, pp. 35-36).

crítica ideológica dos seus fundamentos. Esta é a perspectiva de Lothar Bredella, que interroga concepções, modelos e princípios didácticos comummente aceites no próprio espaço de teorização da didáctica da literatura.

Partindo da concordância sobre a concepção da didáctica como uma disciplina que integra outras, Bredella apresenta uma teoria sobre a forma de pensar o ensino e a aula de literatura. O autor põe em causa modelos assentes numa visão da didáctica como disciplina que soma outras, como a sociologia, a psicologia ou a pedagogia. Neste sentido, discorda de modelos didácticos que enfermam de uma *concepção tecnológica da literatura*, que encaram a didáctica como um programa conducente à realização de fins pré-determinados, sem espaço para a interrogação de processos e, por consequência, do papel do sujeito que aprende.

A questão fundamental para Bredella é o modo como a didáctica da literatura consegue relacionar entre si os factores envolvidos, quais sejam os de, com a intenção de atingir um objectivo, sem perder de vista os interesses dos alunos, tomar em consideração precisa o *objecto a transmitir*, manifestando o autor a consciência de que não existe uma subordinação externa desses vários factores. Para ele, a definição de modelos didácticos só pode ser concebida a partir das situações autênticas em que se desenrolam os processos didácticos. Bredella, aceitando embora a concepção da didáctica da literatura como *disciplina que integra outras*, entende que, como *modelo descritivo*, dela não transparece *o peso dos diversos factores* que intervêm no ensino da literatura, o que só pode ser dimensionado a partir da consideração do conceito de literatura e da teoria que lhe subjaz, com consequências no respeitante aos objectivos da educação e ao papel do receptor.

Através da perspectiva crítica do autor, também é examinada a tradicional distinção, de raiz positivista, entre teoria e prática, que permite pensar a didáctica como uma disciplina de mediação do saber, concepção de que ele discorda. Segundo esta distinção, de resto bastante divulgada, à didáctica cabe a prática e à teoria cabe a ciência. Mas Bredella, valorizando a importância do conhecimento científico na didáctica da literatura, considera que "se se pretender obter o conhecimento científico do objecto na sua 'diferença pedagógica', o conhecimento daquilo que o constitui é imprescindível"[14]. É a partir

---

[14] Cf. Lothar Bredella, *op. cit.*, p. 28.

deste momento que este estudioso nos propõe uma reflexão sobre concepções da literatura e do seu ensino, discutindo os fundamentos ideológicos e epistemológicos de legitimação do ensino da literatura. Assim, são abordadas questões fundamentais como a concepção do objecto de ensino (a literatura), a pertinência de orientações teóricas, concepções e métodos de leitura literária, o estatuto do sujeito--aprendiz e a concepção da aula de literatura.

As interrogações deste autor sobre o ensino da literatura encaminham-se ainda para a questão dos modos de apropriação da literatura pela instituição escolar, através do seu ensino, questão que diz respeito não só ao cânone literário escolar mas também aos modos de ler a obra literária. A *crítica ideológica* de Bredella recobre, sem dúvida alguma, o *território* da didáctica da literatura. A posssível aplicação da sua proposta na aula de literatura passa, quanto a nós, pela revisão de concepções e metodologias didácticas actuais, pela consideração dos programas escolares, dos conteúdos literários, das orientações teóricas e metodológicas consagradas nos programas, bem como pela tomada de decisão a respeito de se levar a cabo, na prática do ensino da literatura, o desiderato de Bredella, isto é, a efectiva consideração das experiências de leitura do aluno.

A investigação-acção pode constituir uma forma de pôr em prática algumas ideias de Bredella, por se centrar no estudo dos processos de aula, das práticas de leitura, das representações que os alunos fazem da literatura (conteúdos representados e processos de representação), numa íntima associação entre uma vertente empírica e outra teórica[15].

Um outro aspecto que começa a ser considerado em algumas didácticas específicas, como a da matemática, da filosofia e do francês, na abordagem de questões do ensino e da aprendizagem, é o problema da especificidade do conhecimento a ser transmitido pelo professor e recebido pelo aluno, tendo em conta a origem desse saber nas diversas disciplinas científicas e a forma como é didactizado.

O processo de transposição caracteriza-se por adaptações e conformações, pois o saber escolar, nos níveis que estamos a considerar, não corresponde exactamente aos saberes teóricos, sejam os da matemática, da filosofia ou da literatura. Sendo o discurso escolar

---

[15] A teorização de Bredella sobre a educação e a aprendizagem vai ao encontro dos princípios consagrados na Lei de Bases do Sistema Educativo, nomeadamente no que diz respeito à pessoa do aluno.

utilizado no ensino da literatura predominantemente de carácter explicativo, é nas diversas concretizações desses discursos que devemos procurar os elementos da transposição.

Assim, e de acordo com o que se conhece sobre a prática da leitura escolar dos textos literários, podemos dizer que os elementos de transposição abrangem desde as operações metodológicas aos conceitos teóricos utilizados como instrumentos de leitura dos textos literários.

A natureza da transposição caracteriza-se frequentemente, não obstante o que é pensado em sede teórica da didáctica, por situações de amálgamas, simplificações e reducionismos, de que é exemplo o esquematismo de que se reveste a transposição de metodologias de abordagem do texto literário no cenário escolar. Isso é notório, tanto nos instrumentos didácticos de ensino, como nos manuais escolares ou no produto final do ensino, isto é, nos procedimentos de leitura realizados pelos alunos. Uma situação da prática pedagógica que nos mostra como a assimilação dos saberes se pode tornar redutora é precisamente a da avaliação, de que contemplámos uma das suas formas, na parte central deste trabalho.

Ora este problema dos *desvios* diz respeito ao processo de didactização ou, para falar como Yves Chevallard (especialista em didáctica da matemática, recorde-se), ao *processo de transposição do saber teórico em objecto de ensino*. Este autor abordou os problemas da transposição didáctica do saber teórico para os saberes de ensino, definindo o conceito de transposição nos seguintes termos: "au sens restreint, la transposition didactique désigne donc le passage du savoir savant au savoir enseigné"[16].

Não estando aqui em causa fazer uma recensão do seu estudo sobre os *problemas da transposição*, não podemos deixar de referir alguns aspectos fundamentais, dada a importância de que se revestem para a abordagem do ensino da literatura e para o ensino de diversas outras matérias. Tenhamos em conta dois aspectos fundamentais da teorização deste didacta: a consideração dos objectos do saber e o processo de transposição.

Primeiro, distingue conceitos matemáticos, *paramatemáticos* ("noções-instrumentos" como a noção de equação, de parâmetro) e *protomatemáticos* (relacionadas com as capacidades que a actividade

---

[16] Cf. Yves Chevallard, *La transposition didactique du savoir savant au savoir enseigné*, 2.ª ed. rev. e aum., La Pensée Sauvage, 1991, p. 20.

matemática exige, como a de reconhecimento). Explica este estudioso que no acto de ensino se dá mais importância à aprendizagem dos saberes teóricos e conteúdos da disciplina do que aos saberes auxiliares (as noções paramatemáticas e protomatemáticas), que é suposto os alunos aprenderem, podendo constituir objectivos de ensino, mas não objectos de ensino, acabando por ser minimizados, quando não negligenciados. Ora, tal como os conteúdos são transpostos através de programas escolares e de outros instrumentos didácticos, torna-se necessário um meio de didactizar os saberes metodológicos [17].

Segundo, quanto ao processo de transposição, considera Chevallard que se verifica uma dissociação entre a *textualização do saber* e a sua efectiva aprendizagem, por força de não se considerar o sujeito da aprendizagem, concluindo que a heurística escolar é uma "idéologie d'enseignants et un artefact psychologique" [18]. Tal mecanismo de ensino constitui o que o autor designa como *despersonalização do saber*. E com esta crítica ao sistema de ensino, o autor aborda a especificidade do *tempo da aprendizagem*. Entendendo-se o processo didáctico como uma *interacção entre um texto do saber* e um *tempo da aprendizagem*, chama a atenção para o não isomorfismo entre a duração do ensino e a duração da aprendizagem, questão importante para uma revisão da noção de *temporalidade da aprendizagem*, que assume um lugar central na teorização sobre a transposição didáctica dos saberes. Na prática pedagógica, os professores, embora possam ter em conta o tempo da aprendizagem, estão sujeitos às imposições do próprio sistema de ensino, a começar pelo cumprimento dos programas, o que condiciona todo o processo de ensino-aprendizagem. Para este autor, este tipo de didáctica "se légitime alors par la fiction d'une conception de l'apprentissage comme 'isomorphe' au procès d'enseignement dont le modèle ordennateur est le texte du savoir en sa dynamique temporelle" [19]. Tal crítica permanece válida já que, como pensamos, se dirige ao sistema de ensino e não, em particular, aos professores.

---

[17] O que está em causa, por um lado, é a maior divulgação dos conteúdos e, por outro, as dificuldades de um investimento didáctico na renovação dos métodos de ensino. Como diz Chevallard, "Le savoir - les contenus – offre une *variable de commande très sensible* (...). Tout au contraire les méthodes (...) constituent un moyen d'action *très peu performant*" (*idem*, p. 30).

[18] *Idem*, p. 61.
[19] *Idem*, p. 62.

Tendo-nos interessado, neste momento, uma reflexão sobre importantes contributos teóricos conseguidos por diversos didactas aqui abordados, voltaremos, em próximos capítulos, às suas propostas, nomeadamente àquelas potencialmente pedagogizáveis no contexto do ensino da literatura, pertinentes para a questão central do nosso trabalho, a problemática dos géneros literários.

1.2. Articulações entre paradigmas didácticos e literários

1.2.1. Consideremos duas concepções básicas do que seja a aprendizagem. A primeira entende que a aprendizagem determina uma mudança na conduta do indivíduo, enquanto a segunda entende que ela realiza uma mudança nas estruturas cognitivas [20]. Às duas concepções correspondem, respectivamente, o paradigma comportamental e o paradigma cognitivista.

Para as teorias comportamentais a aprendizagem resulta de uma mudança de hábitos que se desenvolvem segundo o princípio do estímulo-resposta. Os processos de aprendizagem mais conhecidos e estudados são o condicionamento clássico e o condicionamento operante, que determinaram modelos de aprendizagem distintos [21].

O objectivo das teorias de aprendizagem cognitivistas é descrever e caracterizar os processos, os factores subjacentes à aprendizagem, a partir de métodos centrados na abordagem de três questões fundamentais: as estratégias cognitivistas (que visam determinar que habilidades intelectuais devem ser aprendidas), os esquemas mentais

---

[20] Sobre as duas concepções dilucida García Cabero: "Para uno, la conducta resultado del aprendizaje se explica por la asociación entre una situación estimular dada y una respuesta satisfactoria. (...) Para otros, el aprendizaje supone un cambio mental, un cambio en las estructuras mentales del sujeto, el cual recibe una información y la procesa en conformidad con los proprios conocimientos y experiencia" (in Ángel Aguirre Baztán e José M.ª Álvarez Aparicio (eds.), *Diccionario de psicología para educadores*, Barcelona, PPU, 1988, p. 37).

[21] Eloy Martos Núñez explica os dois tipos de condicionamento nos seguintes termos: "El condicionamento clásico constituye un aprendizaje asociativo, es decir, es un aprendizaje donde un estímulo previamente incapaz de suscitar una respuesta incondicionada acaba provocándola a consecuencia de su asociación con el estímulo dado. (...) *El condicionamento operante* es otro proceso de aprendizaje conductista que implica que las personas adopten constantemente acciones deliberadas que operen sobre su entorno". Cf. Eloy Martos Núñez, *op. cit.*, pp. 19-20.

de representação do conhecimento (metacognição) e os processos de organização e optimização do conhecimento[22]. Não é nosso objectivo abordar as teorias cognitivistas que serviram de suporte a metodologias de ensino-aprendizagem, mas antes dilucidar os fundamentos teóricos das posições didácticas mais comuns no que diz respeito aos métodos de aprendizagem.

Tradicionalmente, consideram-se dois métodos de aprendizagem: o método directivo e o método não directivo. Vejamos o entendimento de Carl Rogers em relação às pedagogias não directivas. Considerando que o ser humano tem uma potencialidade natural para aprender, defende que é mais fácil fazê-lo através de actos tendentes não só a assimilar conhecimentos, mas também a modificar o comportamento, num ambiente em que o aluno participa no processo de aprendizagem. Por isso, é muito importante que a aprendizagem inclua o próprio processo de aprender, numa permanente abertura à experiência e à mudança. Dessas ideias se depreende um ensino centrado no aluno, na sua liberdade de escolher direcções, bem como a noção de docente como facilitador dos processos de aprendizagem. No entanto, o próprio Rogers admitiu não estarem preparados, nem as escolas, nem o sistema, para tal *ensino não directivo*[23]. As pedagogias não directivas desenvolveram-se sobretudo na senda da teorização de Piaget e correspondem a elaborações teóricas de tipo cognitivista, construtivista e sócio-construtivista[24].

Dois métodos, perfilhando o paradigma cognitivista, são defendidos por diversos autores: o método indutivo e o método dedutivo. O primeiro é francamente não directivo e faz uso de técnicas que

---

[22] Ver Victoria Trianes, "Cognitivismo", in Ángel Aguirre Baztán e José M.ª Álvarez Aparicio (eds.), *op. cit.*, pp. 79-81.

[23] Cf. Marco Antônio Moreira, *Ensino e aprendizagem. Enfoques teóricos*, São Paulo, 1985, pp. 75-83 e 85-94.

[24] O cognitivismo é uma corrente da psicologia desenvolvida nos anos 50 (cf. o artigo de Victoria Trianes referido na nota 22). Falamos aqui de construtivismo enquanto teoria pedagógica da aprendizagem, desenvolvida paralelamente ao surto teórico do cognitivismo, tendo sido divulgada sobretudo a partir das teses construtivistas de Piaget sobre a aprendizagem. Muitos autores que desenvolvem a teorização construtivista, segundo um posicionamento arreigado na interacção social e visando a demarcação deste pendor comunicacional, utilizam a designação sócio--construtivista. Neste sentido, a teorização de um Wygotski (já em 1928-30) reclamado como construtivista, não deixa de ser sócio-construtivista. Enfim, o prefixo "sócio" traduz um nível de aplicação do construtivismo.

levam o aluno a descobrir o conhecimento por si próprio; o segundo, também encarando o aluno no centro do processo de aprendizagem, recusa o uso exclusivo do método não directivo para o ensino de todas as matérias de um curso e considera que o processo de aprendizagem é um processo de recepção. A posição de equilíbrio, como assinala Martos Núñez, será a de utilizar com sabedoria os dois métodos, isto é, de forma a que os processos de um e de outro melhor favoreçam a aprendizagem[25].

A reflexão sobre o ensino-aprendizagem da literatura pode tirar partido dos estudos com base em teorias cognitivistas e construtivistas da aprendizagem de diversas matérias. As teorias cognitivistas têm sido consideradas em muitos estudos no domínio da linguística, do ensino da língua materna e das línguas estrangeiras, nomeadamente sobre os aspectos cognitivos da aprendizagem. Dada a proximidade entre estes domínios e a didáctica da literatura, sobretudo no que diz respeito às questões da leitura, cremos que esta disciplina poderá ir buscar um subsídio metodológico a outros campos, como os aqui referidos, que com ela confinam.

O sistema escolar, através de diversas instâncias que fazem doutrina ("leis de base", programas, livros escolares), bem como da própria prática pedagógica, defende, de há muito, uma pedagogia de ensino baseada na *interactividade pedagógica.*

Ora, este modelo de *aprendizagem dialógica*, como lhe chamam uns, ou *interactiva*, como lhe chamam outros, enraíza-se nas teorias cognitivistas e construtivistas do ensino e da aprendizagem. O modelo interactivo da aprendizagem é, pois, assumido, hoje, por diversas disciplinas teóricas, como a pedagogia e a didáctica geral, bem como as didácticas específicas – da didáctica da filosofia à didáctica do francês, da didáctica da história à didáctica do inglês.

No que diz respeito ao ensino das línguas, têm-se vindo a desenvolver estudos de matriz cognitivista e construtivista voltados

---

[25] Sobre os métodos indutivo e o dedutivo na aprendizagem, dos teóricos mais representativos temos, respectivamente, Bruner e Ausubel. Para a descrição dos modelos (aprendizagem por descoberta e aprendizagem por recepção ou aprendizagem significativa), ver Eloy Martos Núñez, *op. cit.*, pp. 23-29, e *Dicionário de psicologia* (*op. cit.*), pp. 47-53. Ver também J. S. Bruner, "The act of discovery", in *Harvard Educational Review*, 31 (1961), pp. 21-32 e D. P. Ausubel *et alii*, *Psicología educativa. Un punto de vista cognoscitivo*, 2.ª ed., México, Trillas, 1983, *apud* Ángel Aguirre Baztán e José M.ª Álvarez Aparicio (eds.), *op. cit.*, pp. 50 e 53.

para os problemas da aprendizagem, cujos pressupostos, de algum modo, são convergentes com os da pragmática linguística[26].

A tónica dos modelos interactivos é posta no processo de elaboração do conhecimento. De acordo com as teorias cognitivistas e construtivistas, o conhecimento resulta de um processo de interacção comunicacional e, por outro lado, alicerça-se nas estruturas cognitivas do indivíduo, que lhe permitem alcançar novos estádios de compreensão e de aprendizagem.

Neste sentido, para a pedagogia interactiva há que respeitar dois princípios teóricos, ou seja, que a aprendizagem alicerça-se nos saberes prévios e que o processo de compreensão é um processo interactivo, comunicacional. Disso decorre a adopção de estratégias de ensino-aprendizagem que levem em consideração os conhecimentos prévios, bem como a interactividade entre pares[27]. Favorecem, pois, a interactividade pedagógica tipos de aula em que os alunos têm a oportunidade de se exprimir, de aprender com o outro, de modo a que a aprendizagem não redunde num solipsismo.

Como em outras matérias, o ensino da literatura conclama, pela própria natureza dialógica do discurso literário, processos interpretativos que são de interacção comunicacional e social. Traduzindo-se o estudo da literatura, no Ensino Secundário, no ensino dos modos de ler os textos literários, enraíza-se em paradigmas teóricos hoje aceites pela comunidade científica e aqui já referidos – o paradigma semiótico e o comunicacional. Os processos de conhecimento do texto literário alicerçam-

---

[26] Em Portugal, no que diz respeito a publicações sobre o ensino do português, testemunham a orientação pragmática autores como Fernanda Irene Fonseca e Joaquim Fonseca, em *Pragmática linguística e ensino do português*, Coimbra, Almedina, 1977. Quanto a obras mais recentes destes linguistas, com subsídios teóricos para o ensino do português, refiram-se: de Joaquim Fonseca, *Pragmática linguística. Introdução, teoria e descrição do português*, Porto, Porto Editora, 1994, e de Fernanda Irene Fonseca, *Gramática e pragmática. Estudos de linguística geral e de linguística aplicada ao ensino do português*, Porto, Porto Editora, 1994. Uma outra obra que versa a recontextualização didáctica da pragmática, da psicologia cognitiva e da teoria da enunciação aplicadas ao domínio da escrita é, de Fernanda Irene Fonseca (org.), *Pedagogia da escrita*, Porto, Porto Editora, 1994.

[27] Um contributo fundamental, no que diz respeito à aplicação dos princípios da pedagogia interactiva num domínio específico (o ensino do Francês), constitui a reflexão levada a cabo por Marie-Louise Martinez, num artigo publicado na revista *Pratiques*, em número consagrado à problemática pedagógica. Cf. "Le socio--constructivisme et l'innovation en français", in *Pratiques* ("L'innovation pédagogique"), 63 (Setembro de 1989), pp. 37-62.

se, de acordo com a pragmática da comunicação literária, num fundamento cognoscitivo e hermenêutico básico – a compreensão –, que significativamente constitui o fundamento reclamado pelas teorias de ensino-aprendizagem baseadas no cognitivismo e no construtivismo. Para além disso, o modo especial de compreensão do discurso literário, de acordo com os pressupostos da pragmática da comunicação literária, baseia-se, como se sabe, na interacção entre texto e leitor. Somos assim chegados a um ponto de convergência entre paradigmas didácticos e paradigmas teóricos do estudo da literatura. Essa convergência foi conseguida pela coincidência de objectivos entre a concepção do texto literário como artefacto semiológico implicando autor e mediadores (o professor, por exemplo) e a concepção do ensino como um processo de aprendizagem. A evolução da teoria da literatura, de um paradigma formalista para outro aberto à consideração da instância receptiva, pressupõe a interactividade didáctico-pedagógica, podendo dizer-se que, de acordo com o paradigma comunicacional, temos um entendimento do aluno-leitor como centro fulcral do processo de ensino-aprendizagem da literatura.

Acerca dos modos de organização das práticas pedagógicas (um domínio da didáctica curricular), norteadas pela interactividade pedagógica, surgem vários problemas que o próprio sistema educativo ainda não resolveu. Com efeito, é grande a desfasagem entre a teoria da interactividade pedagógica e a sua prática real no ensino, que, como se observa em diversas instâncias (práticas pedagógicas, reuniões escolares, colóquios, etc.), nunca chegou a ser efectivada de uma forma organizada e sistemática, sendo esta uma das aporias das teorias do ensino e da aprendizagem, na sua ligação com as políticas educativas.

Independentemente dos critérios da prática pedagógica, que quase sempre surgem como aferidores da verdade em matéria de ensino, a investigação prossegue no encalço de soluções para a prática. Neste domínio, o tipo de investigação que se afigura a muitos como o mais válido é a investigação-acção, justamente pela sua natureza interventiva nos problemas reais da prática pedagógica.

Alguns contributos de diversos estudiosos sobre uma pedagogia da leitura centrada nos processos cognitivos de compreensão e produção do sentido constituem potenciais fundamentos para uma renovação das concepções e metodologias de ensino da literatura, no Secundário.

Num artigo sobre concepções de aprendizagem e suas implicações no plano da aprendizagem das línguas estrangeiras, Jean Janitza chama a atenção para a noção de "linguagem interior", desenvolvida por Wygotski, noção que se reveste de grande interesse para uma metodologia da leitura literária. Segundo Wygotski, o indivíduo possui uma *linguagem interior* (a *linguagem egocêntrica*, para Piaget) que tende a ser recalcada no processo de desenvolvimento social, mas que, no entanto, não desaparece. Podendo entender-se esta linguagem interior como um diálogo permanente que o sujeito mantém consigo próprio, haveria muitas vantagens na mobilização deste diálogo interno nas estratégias de leitura do texto literário. As pistas neste sentido, de certo modo, são esboçadas pelo autor, que pondera sobre a pertinência da sua aplicação, pressupondo, da parte do aluno, "une activité consciente et volontaire à un certain stade au moins de l'apprentissage, d'autre part elle exige chez l'enseignant un guidage stratégique et tactique qui favorise cette activité interne consciente et volontaire"[28]. No que diz respeito à leitura literária, a realização deste tipo de aprendizagem recomendaria a utilização de instrumentos de leitura, de modo a favorecer o treino de capacidades intelectuais no processo de construção de sentidos.

De acordo com o que se sabe hoje acerca do modo como o leitor constrói sentidos do texto, o estudo de Bernard Veck sobre os modos de apropriação do saber constitui um auxiliar precioso da investigação dos processos de representação dos saberes literários implicados no ensino da literatura[29].

Outros contributos sobre os processos específicos de interacção na compreensão textual tornam-se importantes, na medida em que trazem ao nosso conhecimento abordagens baseadas em experiências pedagógicas. É o caso dos trabalhos de Guy Denhière, que analisa o processo de interacção (do ponto de vista teórico e prático) tendo em conta as estruturas afectivas, ideológicas e cognitivas do sujeito, bem como as estruturas dos textos[30].

---

[28] Cf. Jean Janitza, *"Trois conceptions de l'apprentissage"*, in *Le Français dans le Monde*, 231 (Fevereiro-Março de 1990), p. 44.

[29] Ver Bernanrd Veck *et alii*, *Trois savoirs pour une discipline. Histoire littéraire. Rhétorique. Argumentation*, Paris, INRP, 1990.

[30] Cf. G. Denhière e D. Legros, "Compreendre un texte: Construire quoi?, Avec quoi?, Comment?", in *Revue Française de Pedagogie*, 65 (Outubro-Dezembro de 1983), pp. 19-29. A mesma abordagem cognitivista dos problemas da compreensão textual foi desenvolvida numa obra dirigida pelo autor: *Il était une fois... Compréhension et souvenir de récits*, Lille, Presses Universitaires de Lille, 1984.

Torna-se, pois, cada vez mais pertinente, em função dos trabalhos com uma vertente prática, a consideração em sede da didáctica (tanto na formação inicial como na formação contínua) dos problemas reais da aprendizagem, problemas que, no que diz respeito aos processos cognitivos de compreensão, são comuns a diversas disciplinas [31].

Por tudo o que se disse, não podemos deixar de perfilhar as propostas de Viegas Abreu, que defende uma concepção de ensino--aprendizagem baseada numa *teoria cognitiva e relacional da motivação e da aprendizagem*. O ponto de partida de Viegas Abreu é o modelo interactivo do sistema educativo, de acordo com o qual, no seio de cada disciplina, haveria que considerar o aluno como um elemento activo do processo de aprendizagem. Segundo este princípio básico, seria de toda a vantagem a adopção no ensino da literatura de metodologias adequadas aos processos de aprendizagem, distanciando-se de um modelo de ensino centrado exclusivamente nos conteúdos a ensinar. É assim que entendemos a proposta de uma *metodologia de ensino construtivista, relacional e dinâmica*, capaz de promover a "renovação qualitativa dos métodos de ensino e de aprendizagem" [32].

1.2.2. Os modelos de ensino-aprendizagem acima descritos podem ser relacionados com concepções e métodos de ensino da literatura. Trata-se de certas acomodações entre paradigmas teóricos do estudo da literatura e concepções do ensino-aprendizagem subjacentes à transposição didáctica destes paradigmas. Em tempos de reforma educativa e do ensino, coexistem as duas concepções, do *ensino transmissivo de conteúdos* e da *lógica da aprendizagem*.

Atentemos nas possíveis correspondências entre paradigmas do estudo da literatura, modelos didácticos e métodos de ensino. Os paradigmas de estudo da literatura que temos vindo a considerar contêm não somente os fundamentos metodológicos da leitura do texto literário como também uma imagem do sujeito-aprendiz e do tipo de

---

[31] Tendo em conta o ensino da língua francesa, e partindo de um ponto de vista cognitivista, Remy Porquier e Emmanuelle Wagner chamam a atenção para a importância do estudo, em sede teórica, dos processos de aprendizagem dos alunos, segundo uma concepção funcional e comunicativa da formação, "où l'apprentissage constitue non pas un pôle mais un axe fondamental". Cf. "Etudier les apprentissages pour apprendre à enseigner", in *Le Français dans le Monde*, 185 (Maio-Junho de 1984), p. 93.

[32] In "Motivação, aprendizagem e desenvolvimento" ("Oração de Sapiência", na Abertura Solene das Aulas na Universidade de Coimbra), Coimbra, 1994.

estratégias de ensino a serem utilizadas na prática pedagógica, conforme demonstraremos. Cabe à didáctica da literatura descortinar essas relações e estudar as formas mais viáveis para a realização da transposição, tendo em conta diversos factores[33].

Ao paradigma formalista adaptam-se modelos de ensino baseados na *transmissão dos saberes* teóricos sobre a literatura, em virtude de visarem um conhecimento positivo e *racional* da obra literária. Assim, o ensino da literatura orientado pelas teorias formalistas (linguístico-estruturais) norteia-se por uma concepção de herança positivista no estudo da literatura, tendo em conta o objectivo dos métodos de cariz formalista: conhecer racionalmente a obra literária através do estudo do seu sistema orgânico.

Ao paradigma comunicacional correspondem modelos de ensino que visam a experiência da recepção literária, através da qual, segundo um processo de interacção entre leitor e texto, é possível atingir sentidos da obra literária, que, podendo traduzir um conhecimento objectivo, não constituem, no entanto, o alvo principal da leitura. Ao paradigma comunicacional adaptam-se modelos de ensino orientados por uma *lógica de aprendizagem*, baseados na *construção do saber* e norteados pela interactividade pedagógica.

Consideremos aspectos da integração didáctica das teorias acima referidas, nomeadamente daquelas que tiveram uma maior divulgação no Ensino Secundário.

O objecto das metodologias de abordagem do texto literário baseadas no estruturalismo são, como se sabe, as estruturas textuais. As estratégias de leitura visam operações como o estabelecimento do modelo actancial ou a determinação da gramática da narrativa (sequências, catálises, indícios e informantes). O esforço do aluno, ao realizar tais operações analíticas, consiste, sobretudo, na aplicação de esquemas operatórios. A realização deste tipo de estratégias de leitura revela uma lógica de ensino que se limita ao carácter aplicacionista de esquemas operatórios, redundando num processo de repetição muitas vezes descontextualizado de uma estratégia global de leitura. Bem sabemos que a leitura do texto literário não deve subordinar-se a este esquematismo, mas a transposição de metodologias, inspiradas no paradigma formalista, para o contexto do Ensino Secundário, enfermou, como se sabe, de uma aplicação redutora. Por outro lado, ao

---

[33] As opções têm sempre a ver, não unicamente com questões teóricas, mas também com as determinações da política educativa.

sublinharmos que o *ensino transmissivo* ocorre justamente quando se recorre aos métodos estruturalistas, estamos a generalizar comportamentos mais praticados. Com efeito, pode verificar-se o recurso à pedagogia interactiva na transposição do paradigma formalista no estudo da obra literária, embora não seja prática corrente.

A aplicação do paradigma comunicacional no ensino da literatura, de acordo com as orientações dos próprios programas escolares, há-de nortear-se por uma *concepção dialógica* da aprendizagem. Do ponto de vista metodológico, tal pedagogia interactiva deve, pois, tirar partido de teorizações, sobre a leitura literária, oriundas da estética da recepção e da pragmática da comunicação literária[34].

A literatura, segundo a teorização formalista, é objecto de um conhecimento positivo (tendo em conta os conceitos de *estrutura* e de *sistema*), enquanto nas teorias pragmáticas é objecto de uma interrogação com base nos processos de interacção entre texto e leitor (Eco). O alvo principal das práticas de leitura, inspiradas nas teorias pragmáticas, é a experiência estética (Jauss), os *efeitos estéticos* do texto sobre o leitor (Iser), valorizando-se uma pedagogia da leitura que, aceitando a pluralidade de interpretações, não deixe de respeitar os limites impostos pelo texto.

Como se demonstrou, os diferentes modelos de ensino (recorde-se, baseados numa lógica de ensino ou numa lógica de aprendizagem) reflectem a forma como a instituição escolar, face aos saberes teóricos sobre a literatura, efectua a sua apropriação e transposição. Mas também as mudanças teóricas condicionam mudanças nos métodos de ensino-aprendizagem. Nesta direcção teórica, vejamos o que afirma Bredella quanto ao sujeito da aprendizagem: "seja qual for a teoria literária que preside à abordagem da literatura, quer essa teoria seja psicológica, marxista, hermenêutica ou estruturalista, o tipo de abordagem por que se optou pressupõe que foram tomadas algumas decisões de longo alcance tanto para o sujeito da aprendizagem como sobre o sentido formativo do objecto"[35]. Esta observação sobre a íntima relação entre objectivos educacionais (o sentido formativo da educação) e opções teóricas mostra como é encarado o leitor-aluno, de certo modo determinado, à partida, pela teoria.

---

[34] Cf. Cristina de Mello Laranjeira, "Problemática da leitura literária no Ensino Secundário", in *Anais do Forum de Literatura e Teoria Literária*, Vila Real, UTAD, 1991, pp. 167-173.

[35] Cf. Lothar Bredella, *op. cit.*, p. 13.

Nas metodologias formalistas, o aluno deve aprender categorias e quadros conceptuais que lhe permitam configurar uma gramática dos textos, enquanto que, nas de inspiração comunicacional, ele deve exercitar a competência de estabelecer uma relação adequada com os textos. Pode deduzir-se que o sujeito-aprendiz encontra-se muito mais implicado nas teorias pragmáticas e hermenêuticas do estudo da literatura (inspiradas no paradigma comunicacional) do que nas teorias baseadas no paradigma formalista[36].

Num relevante artigo sobre os paradigmas teóricos da literatura, já considerado neste trabalho, Wolfgang Iser observa que, em várias correntes teóricas (estruturalismo, semiótica, estética da recepção), a dimensão semântica constitui-se como fundamental no texto literário: o *sentido seria o seu horizonte final*[37]. Problematizando o processo de interpretação do texto literário e a sua dimensão ficcional, o autor chega à conclusão de que o semantizável do texto é apenas a sua face apreensível pelos diversos modelos teóricos. O texto, para ser compreendido, necessita de ser naturalizado, traduzido, semantizado. Para Iser, "tal transferência pressupõe que exista no texto uma dimensão que necessita da transferência semântica, para que esta se encaixe nos quadros de referência dominantes"[38]. Considera o autor que esta *dimensão última* do texto literário é o imaginário, que caracteriza bem "a origem do discurso ficcional". A característica principal do imaginário é, segundo o mesmo autor, o seu carácter difuso, portanto, capaz de assumir múltiplas figurações.

Concordando com a actualidade das reflexões de Iser para a didáctica da literatura dos nossos dias, pensamos que elas podem servir

---

[36] É também sobre o receptor que reside o principal investimento da abordagem da leitura por Lothar Bredella, que toma em consideração o papel da consciência e da experiência estéticas no acto de compreensão e de interpretação do texto literário. As fontes desta posição teórica sobre a leitura são, entre outras, Gadamer, Mukarovsky, Iser e Jauss (cf. Bredella, *op. cit.*, pp. 136-148).

[37] Reportando-se aos conceitos de estrutura, função e comunicação, que tematizaram o sentido do texto literário ao longo da evolução do discurso crítico na teoria literária contemporânea, afirma Iser: "o conceito de estrutura abre a possibilidade de descrever a produção do sentido, o conceito de função de preencher a determinação concreta do sentido e o de comunicação, o de elucidar a experiência do sentido" (Wolfgang Iser, "Problemas da teoria da literatura atual: o imaginário e os conceitos-chaves da época", in Luiz Costa Lima (sel., introd. e rev. téc.), *Teoria da literatura em suas fontes*, vol. 2, 2.ª ed., rev. e ampl., Rio de Janeiro, Francisco Alves, 1983, p. 378).

[38] Cf. *op. cit.*, p. 379.

de fundamentos teóricos a uma metodologia de leitura orientada para a interacção pragmática do leitor com esta dimensão última do texto literário: o seu imaginário. Nesta óptica, e antecipando reflexões a desenvolver posteriormente, as estratégias didáctico-pedagógicas de leitura seriam baseadas na interacção de imaginários (imaginário do leitor e imaginário do texto). A vantagem pedagógica de uma abordagem deste tipo é propiciar uma leitura fundada na especificidade do processo de significação do texto ficcional (através da semantização do seu imaginário) e na especificidade do processo subjectivo da leitura, no qual o sujeito também investe o seu imaginário. O modelo pedagógico que se verificará poder coadunar-se com uma metodologia de leitura do imaginário (da dimensão ficcional do texto literário) é a pedagogia interactiva (norteada pelas teorias cognitivistas e construtivistas da aprendizagem), em virtude de favorecer um contexto em que se aprende a construir, dialogicamente, as possibilidades de leitura do texto literário.

Noutra direcção, consideremos uma teorização sobre a interpretação do texto literário, levada a cabo por Walter Mignolo, que pode contribuir para uma fundamentação didáctica dos modos de abordagem do texto literário[39]. O autor distingue dois modos de compreensão da literatura, que constituem subsídios metodológicos para o ensino-aprendizagem de modos de ler o texto literário. O primeiro modo, de *compreensão hermenêutica*, constitui um primeiro grau de compreensão e caracteriza-se pela participação activa do leitor. Verifica-se, por exemplo, na leitura escolar orientada para a apreensão dos aspectos semânticos e formais ou para a captação da intencionalidade do texto. Um segundo grau é o da *compreensão teórica*, que visa a observação do texto na perspectiva de reconstruí-lo, tendo em conta as características do discurso literário e a aplicação de esquemas teóricos. Este nível de compreensão pode exigir uma reflexão sobre questões relativas à ficcionalidade, ao modo de configuração dos géneros literários, etc.

Vejamos o alcance da proposta de Walter Mignolo para o ensino da literatura no Secundário. Como se sabe, a abordagem dos textos contempla normalmente actividades de interpretação e de compreensão teórica, não ocorrendo, no entanto, a explicitação pelo professor do *sentido* e da função destas práticas, faltando aos alunos, frequen-

---

[39] Cf. Walter D. Mignolo, "Comprensión hermenéutica y comprensión teórica", in *Revista de Literatura*, tomo XLV, 90 (1983), pp. 5-38.

temente, uma consciência da especificidade metateórica das suas actividades de leitura. Entendemos que a compreensão de tipo teórico é fundamental, por fornecer aos alunos instrumentos que lhes permitem uma cognição racionalizada das componentes do texto literário passíveis de serem apreendidas.

Esta metodologia revela-se muito adequada para a didáctica dos modos e géneros literários, na medida em que recomenda a utilização dos critérios semânticos, formais e pragmáticos dos modos e géneros literários e distingue duas vertentes de compreensão, uma hermenêutica e outra teórica, que entram em linha de conta, respectivamente, com a leitura e interpretação dos textos literários e a clara percepção de esquemas teóricos que informam a racionalidade do discurso sobre a literatura.

Uma aplicação didáctica desta proposta de Mignolo foi feita por Martos Núñez. No estudo do conto tradicional e da novela de aventuras, entende este autor que a compreensão interpretativa (hermenêutica) pode realizar-se através de diversos tipos de leitura, como a *compreensiva* (com base numa abordagem semântica) ou a *valorativa* (com base em critérios histórico-literários, biográficos e outros). Já a compreensão teórica implica a reconstrução do funcionamento dos textos, através de modelos semiológicos ou estruturais[40].

Consideramos que esta teorização dos modos de compreensão do texto por Walter Mignolo (numa linha de abordagem dos aspectos formais e semânticos) pode constituir um precioso auxílio para a didáctica da leitura literária, se, como pensamos, ela se integrar num conjunto de outros modos de abordagem, incluindo os que se reclamam da pragmática da leitura literária.

Dada a necessidade de considerarmos neste trabalho subsídios provenientes da prática do ensino, dedicaremos o próximo capítulo a uma reflexão acerca das práticas pedagógicas que tivemos a oportunidade de observar. No último capítulo, procuraremos tirar partido das potencialidades didáctico-pedagógicas da teorização de Wolfgang Iser e Walter Mignolo sobre os modos de compreensão do texto literário.

---

[40] Cf. Eloy Martos Núñez, *op. cit.*, pp. 13-17.

CAPÍTULO 2
A PRÁTICA PEDAGÓGICA DO ENSINO DA LITERATURA

2.1. Práticas pedagógicas de leitura

2.1.1. Contemplando, neste trabalho, a representação dos géneros literários na recepção da literatura, no Ensino Secundário, é o momento de consagrarmos um capítulo a uma reflexão sobre a aula de Português e literatura, onde esta se ensina e se aprende[1]. O objectivo deste capítulo é abordar o ensino da literatura, tendo em conta a questão dos modos e géneros literários, no espaço das aulas a que assistimos, para encontrar resposta à seguinte questão: qual o relevo dado às categorias genológicas no ensino da literatura, no Secundário?

A aula de literatura obedece a regras mais ou menos precisas, estabelecidas por um *contrato disciplinar institucional* que "define as normas do ensino-aprendizagem, incluindo objectivos, conteúdos, métodos e tempos, e que condiciona o modo como se aprende literatura na escola"[2].

Tendo em conta sumários de aula, planificações, fichas de leitura, cadernos de alunos, testes de avaliação diagnóstica, formativa e somativa, entre outros instrumentos e documentos didácticos, temos uma visão global de todo o processo de ensino-aprendizagem. Mas, apesar do conhecimento que estes documentos nos proporcionam, pensamos que não devemos deixar de tomar em consideração as aulas, na medida em que constituem a sede real e concreta dos actos de

---

[1] No subcapítulo "Representação dos géneros literários na leitura escolar", fizemos uma primeira abordagem da questão dos géneros no ensino da literatura (para traçar uma metodologia), tendo, então, necessidade de nos reportarmos a aspectos da prática pedagógica. No entanto, consideramos que somente agora estamos em condições de fazer uma abordagem mais aprofundada e sistemática das práticas pedagógicas observadas, tendo em conta o nosso objecto de estudo.
[2] Cf. Cristina Mello e Graça Trindade, "Leitura do conto na escola: uma experiência", in *O Professor*, 49 (Março-Abril de 1996) pp. 19-26.

ensino. A problemática dos géneros literários (nossa questão teórica principal do ensino da literatura) resolve-se na leitura literária, cujo processo escolar revela, de modo muito diverso, o cumprimento do contrato disciplinar. Por outras palavras, os aspectos genológicos, enquanto objecto de ensino, surgem a propósito da leitura integral das obras literárias, sendo abordados de acordo com os objectivos específicos da leitura de cada obra e os conteúdos programáticos seleccionados.

Realizando o ensino-aprendizagem da literatura a transposição de saberes literários, as práticas pedagógicas são o lugar fundamental ("o laboratório") desta transposição, de acordo com o significado que lhes é conferido pelo sistema didáctico, formado pelo professor, pelo aluno e pelo saber. Consagremo-nos, então, a uma descrição genérica da aula de literatura, tendo em conta o lugar que nela ocupa a abordagem dos modos e géneros literários.

A questão dos modos e géneros é tratada tanto nos cursos anteriores como nos posteriores à nova reforma do sistema educativo português, com maior incidência nos de orientação humanística do que nos de científica [3]. As práticas pedagógicas da disciplina de Português no Curso Complementar e da disciplina de Literatura Portuguesa no 12.º ano de escolaridade (os níveis de ensino que mais frequentámos) consistem, fundamentalmente, em práticas de abordagem do texto literário, numa implicação entre este, o professor e os alunos. No que diz respeito à nossa temática teórica – modos e géneros literários – as aulas envolvem um saber teórico que o professor lhes adequa, assumindo uma feição empírica, na medida em que o tipo de abordagem dos géneros se traduz no comentário, análise e interpretação de componentes semânticas e estéticas das obras que concretizam as categorias modais e genológicas. Explicações teorizantes podem, no entanto, surgir em determinados contextos interpretativos e sempre justificadas por necessidades pragmáticas de compreensão, quer estas tenham sido pensadas previamente pelos professores, quer suscitadas pelos alunos, no decorrer das aulas. O ensino deste saber de referência principal no nosso trabalho é, pois, muito dependente das situações de leitura. O processo de transposição tem em conta objectivos e conteúdos de ensino, as problemáticas privilegiadas nos textos, de acordo com a sua especificidade semântico-pragmática e estético-

---

[3] Trataremos os problemas em conjunto, particularizando a sua especificidade quando necessário, em cada uma das vias de orientação.

-literária. Em função dos conteúdos que são objecto de abordagem em aula, o professor vai fornecendo informações teóricas acerca das categorias genológicas.

O aluno é um elemento fundamental do sistema didáctico de que vimos tratando, cujas competências linguísticas, discursivas, textuais e literárias constituem um factor importante de todo o processo de ensino da literatura, determinando a ponderação de conteúdos de ensino e estratégias didáctico-pedagógicas [4].

A transposição dos conteúdos genológicos ajusta-se ainda a métodos de ensino, que abordámos no capítulo anterior, em função da complexidade dos textos. Assim, no caso de uma aula consagrada à leitura de um poema de Camões, no 9.° ano de escolaridade, que exige sobretudo a utilização de estratégias didácticas adequadas à compreensão semântica do texto, é possível o professor recorrer ao método indutivo, propiciando condições para a interactividade pedagógica. Através de perguntas sobre o sentido de alguns versos, de certos lexemas presumivelmente desconhecidos, sobre os esquemas rimáticos recorrentes, consegue o professor orientar os alunos para a apreensão de componentes temáticas e estilísticas do poema. Já um comentário, no 11.° ano, de uma passagem d'*Os Maias* (implicando a dilucidação de conceitos como Realismo e Naturalismo), ou a análise de um poema de Torga, no 12.° ano, centrada em componentes estético-literárias com as quais não estão familiarizados (elementos simbólicos de extracção bíblica ou greco-clássica), podem aconselhar o recurso ao método dedutivo, isto é, a exposições que condensem uma informação teórica, previamente elaborada pelo professor. Do mesmo modo, para abordar o conceito de endecha, numa aula do 9.° ano, a professora recorreu a uma definição, fazendo, pois, uma exposição de carácter teórico-dedutivo perfeitamente ajustada à natureza deste conteúdo de ensino.

Mas não só a natureza dos textos e o objectivo das suas abordagens condicionam a opção por métodos de ensino. Também a formação científica, pedagógica e cultural do professor, e ainda a sua sensibilidade e bom senso, determinam a tendência para a adopção de uma atitude mais ou menos directiva, a opção por um ensino de tipo transmissivo ou baseado na interactividade pedagógica, bem como o tipo de aulas, mais centradas nos conteúdos e no professor ou, pelo

---

[4] Os aspectos sócio-culturais que definem o perfil dos alunos e que condicionam o processo de aprendizagem não serão considerados no nosso trabalho, visto não se inscreverem no seu âmbito.

contrário, elegendo o aluno como principal centro do processo de ensino-aprendizagem.

Neste sentido, uma aula que respeite o princípio da interactividade pedagógica desenrola-se proporcionando a participação dos alunos e o investimento dos seus saberes. No que diz respeito à leitura literária, este modelo de ensino determina uma metodologia que se observa na aula pela repartição do protagonismo do professor com o dos alunos, numa partilha dos discursos, estimulando o raciocínio, a enunciação de hipóteses de leitura, os processos para compreenderem a configuração textual das categorias genológicas, de acordo com a natureza dos textos e as actividades de leitura. Por outro lado, em aulas mais centradas no professor, é este, como se sabe, que expõe os diferentes aspectos de abordagem das obras, propondo aos alunos a sua leitura dos textos, podendo esta apoiar-se ou não na consulta de bibliografia crítica.

O recurso à interactividade na prática da leitura reveste-se de grande alcance pedagógico quando o professor prevê estratégias didácticas para além do diálogo, forma mais viva e dinâmica de interacção entre os alunos. Uma estratégia que se mostra eficaz na compreensão das obras é a elaboração de pequenos textos através dos quais o aluno tem a oportunidade de se pronunciar sobre aspectos semânticos e formais, de incidência genológica e estética, evidenciando os seus obstáculos cognitivos. O instrumento didáctico mais utilizado para este efeito são as fichas de leitura, de configuração formal diversificada, a que os professores recorrem com certa frequência. O recurso à pedagogia interactiva poderia, com efeito, garantir o rendimento dos saberes teóricos dos alunos se tal opção se traduzisse na *reelaboração* e *aplicação* dos conhecimentos, o que nem sempre acontece em virtude do escasso tempo dedicado a essa fase do processo de ensino-aprendizagem.

2.1.2. Nas práticas pedagógicas a que assistimos, consagradas ao estudo da poesia, do conto, do texto dramático ou de novelas e romances, observámos que os fragmentos lidos e comentados em aula configuram, em grande parte, um reduzido *corpus*. No caso de obras como *Viagens na minha terra* e *Os Maias*, a recorrência a um mesmo conjunto para análise deve-se à sua representatividade semântica e estética. Diversos ensaios sobre as obras contempladas nos programas e também em manuais escolares, segundo objectivos e estratégias distintos, incluem os mesmos textos, o que, por consequência, inspira aos professores a sua escolha para uso nas aulas. Outro factor que tem motivado este procedimento didáctico (a insistência nos mesmos conteúdos programáticos e textos para análise) é a necessidade de preparar os alunos para, em igualdade de circunstâncias, realizarem provas subsequentes, como a Prova Geral de Acesso e a Prova Específica de Acesso à Universidade.

A leitura escolar dos textos literários implica actividades de compreensão e expressão oral e escrita, mobilizando diversificadas operações discursivas. Entre as mais frequentes que observámos, nomeiem-se o resumo, o comentário, a análise textual e a análise ideológica.

Com o resumo, visa-se a recuperação do conteúdo semântico dos fragmentos ou de aspectos particulares das obras, para, através da sua presentificação em aula, se proceder a estudos específicos. É o que acontece, no caso da leitura integral de romances, com o recurso frequente a resumos de capítulos, garantindo, deste modo, o comum entendimento dos textos em apreço. Para além de resumos de capítulos, fazem-se ainda resumos de acções principais ou secundárias, de episódios, cenas narrativas, etc. Com respeito a uma componente como a personagem, visando simultaneamente abordar segmentos temporais da diegese, pode solicitar-se, por exemplo, no caso d'*Os Maias*, um resumo do percurso de Pedro da Maia e, no caso das *Viagens na minha terra*, um resumo da permanência de Carlos na Inglaterra.

Quanto ao texto dramático, é comum o recurso ao resumo de um acto com os mesmos objectivos que acabámos de assinalar para o texto narrativo, com vista à presentificação do enredo do drama, exigindo, por hipótese, a explicação da evolução das personagens e das principais acções por elas protagonizadas.

Os resumos têm, pois, uma função nuclear nas práticas pedagógicas de leitura integral, marcando, muitas vezes, o seu início e fim. No início da aula, estabelecem o sumário do texto a abordar. Trata-se de uma função mnemónica de presentificação de conteúdos dos textos, inclusive para os alunos, que, eventualmente, não tenham feito a leitura prévia, garantindo o comum entendimento dos discursos que se produzirão.

Numa aula sobre *A sibila*, de Agustina Bessa Luís, a que assistimos, a professora indicou uma finalidade para a operação discursiva do resumo de um capítulo, através da qual mostrava ser possível "uma leitura baseada na concatenação dos factos". O recurso sistemático ao resumo de um capítulo desta obra garantiu que, ao longo do seu estudo, os alunos fossem captando e analisando, entre outros elementos, a representação das personagens, os eventos diegéticos significativos, a configuração do espaço e do tempo e a focalização narrativa. Como se vê, tais elementos da diegese e do discurso têm uma importância fundamental na inteligibilidade da estrutura da obra. No final da leitura, todos os alunos eram capazes de reflectir sobre a história d'*A sibila*, estabelecendo articulações entre categorias literárias representadas e distinguindo tempos e acontecimentos históricos.

No caso de textos de leitura mais complexa para os alunos como, por exemplo, episódios d'*Os Lusíadas*, no 9.º ano de escolaridade, o resumo constitui uma estratégia que permite avaliar a compreensão semântica, assim como o desempenho na descodificação da cerrada enunciação discursiva.

Mais rara é a utilização do resumo como método e prática de análise do texto lírico, ocorrendo apenas com poemas de longa extensão. Nas aulas a que assistimos, consagradas ao estudo de poemas da lírica de Camões, Bocage, Pessoa ou Torga, esta operação cedeu o lugar à identificação e ao comentário da temática dos poemas[5]. A poesia, pelas suas características de sintetismo, ambiguidade, subjectividade e poder de sugestão, mais do que de descrição e desenvolvimento de acções, não propicia, de facto, um resumo, que, no seu caso, é sempre muito mais empobrecedor do que em relação à narrativa ou ao texto dramático.

Juntamente com o resumo surge a análise textual, que observa os elementos mais significativos dos textos, podendo-se privilegiar diversas abordagens, desde a identificação e o comentário de componentes das obras (por exemplo, o espaço onde se encontra a personagem Joaninha de *Viagens na minha terra*) até uma interpretação de aspectos simbólicos e ideológicos, implicando todas as componentes genológicas desta novela.

Nas actividades de leitura integral de obras narrativas, há professores que recorrem ao comentário global de um capítulo (associado

---

[5] Professores e alunos utilizam indistintamente os conceitos de tema e assunto, ocorrendo, por vezes, a clarificação do âmbito de cada um, isto é, quando se torna necessário, em virtude do surgimento de equívocos conceptuais. Verificámos este desentendimento nas respostas a duas questões que colocámos, por escrito, a alunos do 9.º ano do Curso Unificado e do 11.º ano do Curso Complementar da área ABCE, respectivamente, sobre o assunto d'*Os Lusíadas* e o d'*Os Maias*.

ou não à análise de questões particulares) com o objectivo de abordar a sucessão dos acontecimentos da diegese, o comportamento das personagens, o devir da intriga, dando atenção aos elementos semânticos e estéticos que suscitem alguma ponderação mais demorada, quer de tipo metaliterário, quer linguístico. Expressões como "comentário global" ou "análise global" são, comum e indistintamente, referidas aos alunos e também utilizadas nos sumários das aulas. Em síntese, os tipos de abordagem mais frequentes são o comentário, a análise e a interpretação, designados pelos adjectivos "global", "semântico" ou "ideológico", podendo ocorrer também sem qualquer expressão designativa da sua especificidade. A indecisão terminológica demonstra, quanto a nós, o grau de subjectividade com que estes exercícios são concebidos pelos professores, propiciando uma grande diversidade de abordagens, o que não é alheio às dificuldades experimentadas pelos alunos na compreensão dos exercícios escolares de leitura. Mesmo sabendo-se que o professor tem consciência da especificidade das práticas de leitura, não podemos deixar de notar que a diversidade de conceitos, expressões e termos com que são designadas provoca nos alunos alguma incompreensão, nem sempre conseguindo precisar o âmbito e as estratégias de cada uma delas, isto é, não dominando aquilo que se poderia designar de código do exercício[6].

Na análise ideológica dos fragmentos textuais, como estratégia da leitura integral, costumam abordar-se os assuntos, as ideias representadas, a relação com componentes macroestruturais e também os aspectos a nível da linguagem e do estilo. Muitas vezes, a análise ideológica é suportada por textos críticos que os professores consideram acessíveis aos alunos e, quando não constam do manual escolar, recorrem à reprodução de trechos de obras ensaísticas. Assim, exemplificando, é frequente, em aulas em que se trata da temática social d'*Os Maias*, proceder-se a comentários de tipo ideológico, com base num ensaio de Jacinto do Prado Coelho[7].

A prática da análise estilística é mais frequente na abordagem do texto poético, mas ocorre também no texto narrativo, nomeadamente

---

[6] Parece-nos que há vantagem em precisar o âmbito de cada uma destas operações junto dos alunos, não só por necessidades pedagógicas na aula, mas também porque se lhes exige, em situação de avaliação, que correspondam às estratégias destes tipos de leitura. Desenvolveremos este aspecto no próximo capítulo.

[7] Trata-se do texto "Para a compreensão d'*Os Maias* como um todo orgânico", in *Ao contrário de Penélope*, Lisboa, Bertrand, 1978, pp. 167-188.

na interpretação de trechos descritivos (descrição de personagens, de espaços físicos, ambientes sociais, etc.). O recurso à análise estilística pode efectuar-se na abordagem de elementos significativos do ponto de vista linguístico e discursivo, sendo diversas as situações em que se justifica, embora raras vezes ultrapassando o nível imanente, isto é, não se procedendo a articulações com componentes técnico-literárias, como a focalização narrativa, que as justificariam.

Destaquemos outros aspectos genológicos recorrentes nas aulas do 10.º, 11.º e 12.º anos, observáveis no discurso dos professores, que utilizam, comummente, termos e expressões como texto narrativo, obra narrativa, romance, poesia, lirismo, tom, ironia, e outros, sem que sintam necessidade de defini-los. Isto não significa que, na realização de diversas actividades de leitura, não considerem o seu âmbito [8].

Em relação aos conceitos do modo lírico, nos textos respectivos, as estratégias de ensino atentam sobretudo nos aspectos semânticos, nomeadamente os temáticos, que ocupam muito tempo, em virtude da necessidade de que os alunos transponham a barreira da sua opacidade. Ainda condicionados pelas limitações de compreensão do texto literário, os professores não insistem nos aspectos versificatórios, que são abordados episodicamente, ocupando um reduzido espaço nas aulas, embora na apreciação desta componente do texto lírico tenham a preocupação de a relacionar com o plano do significado. A situação de avaliação é praticamente a única em que os alunos são confrontados com o exercício da análise ou do comentário textual e, de um modo bastante esquemático, persistem na abordagem dissociada de

---

[8] É costume fornecer-se aos alunos textos informativos que abordam características modais e genológicas. No 11.º e 12.º anos de escolaridade dos cursos de orientação humanística, recomenda-se a leitura de capítulos de obras como a de Carlos Reis, *Técnicas de análise textual*, ou de F. Costa Marques, *A análise literária*. No entanto, mais frequentemente, são indicados textos de características bastante simplificadas, inseridos em obras didácticas, incluindo manuais escolares, procedimento justificado pela necessidade de rápida consulta de uma informação pontual e acessível aos alunos. Exemplificando as obras didácticas, temos as de Maria Feliciana Brum *et alii*, *Português-B. 10.º ano*, 2.ª ed., Lisboa, Texto Editora, 1993; de Mário Carmo e M. Carlos Dias, *Introdução ao texto literário. Noções de linguística e literariedade*, 11.ª ed., Lisboa, Didáctica Editora, 1987, ou ainda a de Maria Beatriz Florido *et alii*, *Análise da comunicação. Estilística e análise textual. Elementos de história da língua*, Porto, Porto Editora, 1981, pp. 80-95. Em relação ao manual da Texto Editora, a informação sobre o texto lírico e dramático é demasiado escassa e pouco elaborada, o mesmo não acontecendo quanto ao texto narrativo.

elementos semânticos e versificatórios. A despeito do que temos vindo a comentar quanto às práticas de leitura realizadas em aula, os alunos recebem indicações para a leitura de textos no domicílio e, por vezes, elaboram comentários textuais, não havendo, no entanto, pelas limitações que se conhecem, oportunidade para um acompanhamento eficaz destes trabalhos.

De acordo com informações colhidas junto dos professores a respeito do ensino da poesia, no âmbito dos programas da antiga reforma, os conceitos de lirismo, poema e poesia eram apresentados aos alunos no 7.º e no 8.º anos. Por isso, não se incluíam, nos programas relativos aos anos terminais do Secundário, em que centrámos o nosso estudo, orientações sobre a abordagem do texto lírico, o que não era impeditivo, em situação de incompreensão explícita dos alunos, de o professor explicar aqueles conceitos[9].

Como pudemos observar em aulas consagradas ao conto literário e conto popular, mas também às *Viagens na minha terra*, *Os Maias* e *A sibila*, a matriz de estudo do modo narrativo continua a ser a genettiana, isto é, a da distinção entre componentes da história e do discurso.

Muitos outros conceitos são utilizados com a aparente compreensão dos alunos, sem que, nas situações que observámos, se tenha verificado sempre uma definição de todos eles, como no caso do emprego do termo *mimese*, a propósito d'*A sibila*. No contexto da abordagem do conto popular, foi utilizado o conceito de verosimilhança, convocado devido a elementos que, por pertencerem ao plano do maravilhoso, "não são verosimilhantes". Tanto o conceito de maravilhoso como o de verosimilhança não provocaram, naquele momento, uma definição conceptual, embora fossem nomeados e percebidos os seus constituintes isolados.

A ideologia é um termo muito recorrente nas aulas de Português. Numa aula sobre *Os Lusíadas*, estando a professora a comentar as "oposições aos Descobrimentos", utilizou o termo-conceito de "ideologia", explicando-o como "um conjunto de ideias que se organizam a respeito de uma dada coisa", precisando que a oposição ideológica aos Descobrimentos é representada, por exemplo, através do Velho do Restelo.

---

[9] Um exemplo de manual, há alguns anos utilizado no referido nível de ensino, que contém uma informação sobre aspectos formais e semânticos do texto lírico, é o de Álvaro Gomes *et alii*, *Pre Textos. 7.º ano de escolaridade*, 3.ª ed., Porto, Asa, 1985. Ver especialmente as páginas 237-254.

Termos como *enunciado*, *enunciação*, *discurso*, *sintagma*, *sintagmática* e *texto*, entre muitos outros, são também utilizados (menos no Curso Unificado e mais no Complementar e ainda no 12.º ano), não se verificando, da parte dos alunos, uma sua incompreensão explícita, o que nem sempre se deve a uma cognição positiva, podendo tratar-se de um sintoma de alheamento e desinteresse. Entendemos que deve haver ponderação na utilização da metalinguagem teórica, mas torna-se fundamental que se precise, no discurso pedagógico, o significado dos recorrentes conceitos linguísticos, semióticos e metaliterários que porventura os alunos desconheçam.

Na já referida turma do 12.º ano de Humanísticos (que se dedicou ao estudou do romance *A sibila*), verificámos uma frequente utilização de conceitos, termos e categorias da narrativa sobre os quais realizou a professora uma abordagem preliminar, através de exposição teórica. Na avaliação da leitura prévia deste romance, a professora pediu aos alunos que explicassem como termina o primeiro capítulo, tendo um deles afirmado que "acaba depois de uma microdiegese de Isidra e com uma prolepse: projecção de Maria, já velha". Com estes alunos, pudemos ainda observar o conhecimento dos registos do discurso, que assumem uma importância fulcral na obra. Assim, uma aluna pronunciou-se sobre o discurso modalizante num fragmento, dizendo que "a narradora não dá nenhuma certeza do que afirma e utiliza palavras como talvez". Uma outra aluna referiu-se ao discurso abstracto, do qual deu um exemplo retirado do início do primeiro capítulo.

A observação da metalinguagem teórica, nesta turma a que nos vimos reportando, também foi possível a partir do recurso a um texto de Álvaro Manuel Machado. Referindo-se ao *processo narrativo da circularidade*, a professora comentou-o nos seguintes termos: "a narradora tem um assunto principal a narrar, mas sempre volta à narrativa principal para continuar a tecer o fio da história, com o auxílio da memória". A seguir, explicou aos alunos que esta estratégia narrativa concretiza o "processo da rosácea", cujo esquema foi esboçado no quadro, com o sinal da compreensão dos alunos[10]. Esquemas como este constituem um precioso auxílio na compreensão dos processos literários, tendo, por isso mesmo, uma grande utilidade pedagógica, embora a sua utilização nos pareça episódica.

---

[10] Cf. Álvaro Manuel Machado, "A arte da rosácea", in *Agustina Bessa Luís. O imaginário total*, Lisboa, Dom Quixote, 1983, pp. 35 ss.

Vejamos, através de uma síntese de quatro aulas, as componentes genológicas implicadas no estudo dos três primeiros capítulos d'*Os Maias*, numa turma de 11.º ano de Estudos Humanísticos, da antiga reforma. Numa primeira aula, foram abordados vários aspectos configuradores de um horizonte de leitura. Assim, o comentário do título e do subtítulo serviu para delinear a arquitectura da obra, de certo modo indiciada nesses dois lugares estratégicos do texto, isto é, a presença de uma acção principal em torno da família dos Maias e uma acção secundária, em cujo âmbito são representados importantes quadros e episódios da vida romântica. A explicação da função dos quatro capítulos iniciais, isto é, de prólogo à intriga romanesca, ocupou ainda um primeiro tempo da aula. Seguiu-se um comentário de personagens e espaços representados no primeiro capítulo[11]. Na passagem em que é descrito o Ramalhete, a professora fez notar os seguintes aspectos: a alusão a Vilaça, a referência à Quinta de Santa Olávia e ao presságio de Vilaça a propósito das "paredes fatais" do Ramalhete. No segmento textual relativo às obras no Ramalhete, deteve a atenção dos alunos na caracterização feita pelo narrador da personagem Esteves, significativa enquanto elemento da sociedade que se vai representar ao longo do romance. Na descrição dos aposentos de Carlos, considerou-se o prenúncio de uma vida dispersa, enquanto na descrição do jardim do Ramalhete se observou a importância da linguagem e das figuras de estilo na captação realista da paisagem (lembrando que Eça de Queirós se situa, pelo gosto da descrição minuciosa, na continuidade de Garrett).

A respeito do tratamento do tempo nesta obra, a professora abordou a cronologia histórica dos acontecimentos principais, a duração do romance de Carlos e Maria Eduarda, bem como a forma como o discurso dá a conhecer, manipulando, o tempo da intriga. Como exemplo deste processo, referiu-se à função da analepse inicial, explicando ainda a dos sumários, de exprimir "tudo o que comprime a acção". A título de "trabalho de casa", solicitou aos alunos que indicassem as personagens que "gravitam à volta de Caetano da Maia, Afonso da Maia, Pedro da Maia e Carlos".

Numa segunda aula, também consagrada ao primeiro capítulo, foram abordados o percurso de Afonso da Maia, abrangendo a juventude em Lisboa e a permanência em Inglaterra, a educação de

---

[11] A edição adoptada d'*Os Maias* foi a publicada por Livros do Brasil.

Pedro da Maia, a figura de Maria Eduarda Runa e a caracterização de Maria Monforte. Para além disso, procedeu-se a um comentário dos indícios trágicos e da função do discurso sumarial dentro da analepse.

A terceira aula foi ocupada com o estudo do segundo capítulo. No princípio, os alunos leram alguns trechos que contêm elementos de caracterização de Pedro da Maia, notando acontecimentos como as viagens com Maria Monforte à Itália e a Paris, as *soirées* em Arroios, bem como o episódio do ferimento do "italiano". A docente destacou a influência do meio ambiente sobre as personagens, nos casos de Pedro, Maria Monforte e Carlos. Nessa ocasião, leram-se trechos sobre a caracterização de Tancredo e sobre a fuga de Maria Monforte. Chamou-se a atenção para os indícios de fatalidade em relação a Pedro e para a insinuação de uma atmosfera trágica. Foram ainda abordados aspectos estilísticos.

Na quarta aula, consagrada ao estudo do terceiro capítulo, observou-se, em primeiro lugar, que começa com uma elipse, conceito retomado da aula anterior, lembrando a professora que, com a elipse, "o tempo da narrativa corre muito depressa". A problemática fundamental deste capítulo é a educação de Carlos, de acordo com o modelo britânico, representada em oposição à educação portuguesa de Eusebiozinho, de cariz conservador. Através do comentário de diversas passagens do texto, a professora conduziu os alunos à observação do posicionamento, de aceitação ou desaprovação, por parte de diversas personagens do tipo de educação de Carlos. Esta operação interpretativa foi aproveitada para uma referência a outras personagens que fazem parte do círculo familiar de Carlos, em Santa Olávia, como Brown, o seu preceptor, e ainda para chamar a atenção dos alunos para a importância progressiva que vai assumindo Carlos, "o membro da família d'*Os Maias* que mais se destaca na narrativa".

No final da aula, foi fornecido aos alunos, para leitura domiciliária, um texto de William Beckford, no qual o eminente viajante reflecte sobre a educação dos portugueses[12].

Ao longo destas aulas, a professora utilizou diversos conceitos e categorias genológicas que os alunos supostamente compreendiam. No entanto, após ter realizado dois tipos de avaliação (formativa e somativa), pôde observar deficiências acerca do entendimento de

---

[12] Cf. William Beckford, *Diário de William Beckford em Portugal e Espanha*, 2.ª ed. rev., Lisboa, Biblioteca Nacional, 1983, p. 45.

características genológicas e estéticas, vindo, posteriormente, a elucidar os alunos sobre a sua especificidade conceptual.

No conjunto das quatro aulas, foram abordados diversos aspectos do romance como a temática da educação, a personagem, a representação do espaço social, procedimentos discursivos e estilísticos, em articulação com as vertentes semânticas da crítica social.

No final da leitura integral deste romance de Eça, em 20 aulas, teve lugar a sistematização de todas as componentes do romance: as personagens, os espaços físicos, os ambientes sociais, a temática da educação, a questão do trágico, a dimensão simbólica, etc. Consideramos que os conteúdos abordados naquelas quatro aulas espelham o que em outras sucede com respeito ao tratamento das componentes genológicas do romance. A articulação realizada, ainda que os professores acompanhem a sequência dos capítulos, abrange as grandes linhas temáticas do romance e categorias genológicas, tratando-se, pois, de um procedimento metodológico muito frequente na abordagem de outros romances de leitura integral.

Consideremos o estudo de conceitos literários com uma dimensão periodológica e genológica. Numa aula sobre *Os Maias*, em outra turma, foram abordados os conceitos de Ultra-romantismo, Realismo e Naturalismo. Ora, a explicação destes conceitos demanda, por um lado, a consideração da sua especificidade periodológica e, por outro, a indicação dos modos e géneros literários mais versados na vigência de cada um desses períodos, bem como uma informação sobre os códigos estéticos que configuram[13]. Verificando os conhecimentos dos alunos, num primeiro momento, a professora obtete afirmações como "o Naturalismo é o que é natural", "o Ultra-romantismo consiste no exagero do romantismo". A professora, completando e corrigindo intuições dos alunos, afirmou que o Realismo pretende "estudar a personagem e saber o que ela é (boa ou má) enquanto que o Naturalismo vai ao pormenor". A categoria genológica que os alunos retiveram da exposição foi a da personagem,

---

[13] O Ultra-romantismo, além de constituir um subperíodo literário, pode ser entendido enquanto corrente literária; o Realismo e o Naturalismo, sendo períodos literários, apresentam também características de movimentos. Para uma informação sobre o entendimento destes conceitos, ver Vítor Manuel de Aguiar e Silva, *Teoria da literatura*, 5.ª ed., Coimbra, Almedina, 1983, pp. 414 e 424, e Carlos Reis, *O conhecimento da literatura. Introdução aos estudos literários*, Coimbra, Almedina, 1995, pp. 409-412 e 435 ss.

ficando com a noção de que constitui um elemento nuclear da narrativa.

No contexto da leitura integral d'*Os Maias*, verifica-se, por vezes, a abordagem de conceitos periodológicos logo no início do estudo da obra, procedendo-se, por outro lado, a uma explicação sobre a especificidade temática do drama romântico, da novela ultra--romântica, da poesia do Ultra-romantismo, com o objectivo de estabelecer as fronteiras destas formas literárias com o romance realista. Este procedimento completa-se com a abordagem das mesmas questões, quando suscitadas pela sua tematização na obra. Com efeito, é muito frequente esta estratégia de abordar conceitos literários de âmbito periodológico ou genológico (e suas implicações semânticas e estéticas nas obras literárias), a partir dos próprios textos e evitando as exposições teóricas prévias. No caso d'*Os Maias*, é, por exemplo, a partir do episódio do jantar do Hotel Central que surge a oportunidade didáctica de dilucidar com os alunos a especificidade do Realismo e do Naturalismo.

A descrição constitui uma componente dos textos do modo narrativo forçosamente objecto de análise, em virtude da sua produtividade semântica no que diz respeito à caracterização das personagens, dos espaços físicos, das atmosferas humanas e sociais, entre outros elementos do universo narrativo por ela modelizados. Apreciemos dois significativos exemplos de abordagem da componente descritiva em dois conhecidos textos: a descrição do Vale de Santarém, no capítulo décimo de *Viagens na minha terra*, e a descrição do Ramalhete, no primeiro capítulo d'*Os Maias*. No primeiro caso, os elementos descritivos determinaram a sua apreensão semântica, quando alguns alunos, questionados sobre o assunto do texto, responderam: "Garrett está a descrever o Vale de Santarém". Concordando com o conteúdo da afirmação e corrigindo a referência a Garrett no lugar da referência ao narrador, a professora insistiu na "visão panorâmica" em relação a esse espaço, patente, em particular, na expressão "maciço de verdura", passando à enumeração, em conjunto com os alunos, de outros elementos textuais que concorrem para a feição descritiva daquele passo.

Quanto à análise do trecho em que o Ramalhete é objecto de descrição, na abertura do romance, a professora apresentou uma imagem fotográfica, em acetato, de uma casa antiga, conseguindo, através desta estratégia didáctica, chamar a atenção dos alunos para o relevo desse espaço físico no romance. Através de várias perguntas, orientou os alunos para elaborarem inferências semânticas sobre a imagem da casa, ao mesmo tempo que foi analisando e comentando os recursos estilísticos do trecho. Os alunos apresentaram várias hipóteses interpretativas sobre o aspecto físico e humano sugerido pela fotografia, dizendo, por exemplo, tratar-se de "uma casa moderna – a ponte sobre o Tejo, a esplanada" e de "gente mais ou menos abastada". A professora iniciou, então, no quadro, uma síntese sobre o aspecto interior e exterior do Ramalhete ("riqueza decadente" no interior *vs* exterior de "aspecto tristonho"), que os alunos completariam sozinhos, em trabalho domiciliário, através do preenchimento de uma ficha de leitura, com a indicação de pormenorizarem os espaços privilegiados na descrição, incluindo o quintal.

A representatividade semântica e a função estética dessas duas descrições, referidas em relação à totalidade de cada obra, são comentadas normalmente com brevidade, devido aos muitos aspectos a serem apreciados, como as categorias da narrativa, em articulação com a análise de trechos dos romances em causa, incidindo sobre diversas problemáticas.

No caso de outros tipos de texto, por exemplo, do conto, graças à sua breve extensão, é possível atender às exigências da leitura sintagmática e paradigmática, dedicando mais espaço a relacionar categorias da narrativa com elementos temáticos, ideológicos e estilísticos. O facto de se abordarem com brevidade aspectos que demandariam outra demora justifica-se em função do tempo, que condiciona as opções didácticas e explica a recorrência ao resumo e à síntese.

Um dos elementos do texto literário a que se tem dado alguma atenção, nas práticas de leitura escolar, é o título, cujo sentido merece uma explicação dos professores. No entanto, não existe uma prática de se desenvolverem actividades de leitura a partir deste lugar estratégico do texto, talvez em virtude de enraizados hábitos de abordagem de conteúdos das obras através da síntese de problemáticas e da apreciação de categorias literárias. Uma excepção ocorre quanto ao título e subtítulo d'*Os Maias*, normalmente objectos de uma reflexão interessante, não alheia ao facto de constituírem justamente um dos aspectos daquilo que já referimos como o cânone interpretativo d'*Os Maias*.

A abordagem dos textos numa perspectiva intertextual (a análise contrastiva de diversos textos ficcionais ou o relacionamento do texto ficcional com o texto ensaístico, por exemplo) ocupava um lugar verdadeiramente episódico nas aulas a que assistimos, em particular nas que se regiam pelos antigos programas de Português. No entanto, nos novos programas da reforma educativa, através da leitura extensiva, preconizam-se actividades de tipo intertextual, como o agrupamento de textos subordinados a uma temática comum. Esta orientação reflecte-se, por outro lado, nos manuais didácticos, que contemplam estratégias para a leitura intertextual [14]. A eficácia destas formas de alargar o campo da leitura integral a outros textos só pode ser conseguida se se considerar o tempo necessário à sua realização. Segundo a opinião de professores que têm leccionado os novos programas desde a fase de experimentação pedagógica, os exercícios de leitura com base em estratégias de tipo intertextual retiram ainda mais espaço ao estudo aprofundado das obras de leitura integral.

Das situações pedagógicas observadas concluímos que tal interacção pragmática com os textos tem mais sucesso na abordagem de textos narrativos de reduzida extensão, como o conto, quando comparada com a que se verifica na leitura de romances. Infelizmente, a extensão destes últimos, somada ao esforço interpretativo exigido para a sua compreensão, constitui um factor que desencoraja os alunos renitentes à leitura, embora seja uma obrigação escolar. Mas não é apenas a extensão dos textos que constitui um óbice à leitura; também os textos poéticos suscitam problemas, como ocorreu, por exemplo, na análise de poemas de Bocage e de Camões, em que os alunos se mostraram menos intervenientes, atendendo a que todos consideravam que se revestiam de grande hermetismo.

Na abordagem das obras de leitura integral, a interacção dos alunos com os textos também apresenta limitações. Sabendo-se que a generalidade dos alunos que lêem as obras o faz apenas no começo do seu estudo em aula, os comentários incidem apenas sobre os capítulos ou fragmentos estudados em presença do professor. Esta circunstância leva a que muitos docentes orientem a abordagem das obras por capítulos, de modo a que os alunos possam ir lendo os capítulos à medida que são abordados em aula. Tal tipo de estudo é forçosamente mais precário do que se a leitura em aula constituísse uma segunda leitura, pois só a releitura confere a possibilidade de

---

[14] Estratégias intertextuais são, explícita e inequivocamente, apresentadas logo no título ("Influências, afinidades, tradições") de um subcapítulo dedicado à poesia quinhentista, do seguinte "livro do professor": Cristina Duarte *et alii*, *Cadernos de literatura. Português 11.º ano A e B. Livro do professor*, Amadora, Raiz Editora, 1994, pp. 9-10.

melhor interagir com os textos de forma dinâmica e activa, investindo os conhecimentos da primeira leitura. Em suma, a interacção pragmática com os textos, forma de interactividade pedagógica, é condicionada pelo interesse dos alunos, pela leitura prévia e ainda pelo número de aulas consagrado ao estudo das obras, o que determina o ritmo e a profundidade do estudo [15].

Como se vê, as causas das dificuldades de compreensão, tanto na leitura, como na escrita, devem-se às limitadas competências linguísticas, discursivas e textuais, para além das estratégicas. Por outro lado, uma justificação para a compreensão lacunar e deficiente é, como se disse, o facto de muitos alunos não realizarem *efectivamente* a leitura dos textos, sobretudo quando se trata de obras completas. Exemplifiquemos uma situação de dificuldade na compreensão e na produção textual, a propósito do conto popular, que demonstra a falta de competências estratégicas. Observando um grupo de alunos a realizar um trabalho escrito sobre o conto popular (no 10.º ano de *Português B*), verificámos a ausência de domínio de técnicas elementares de produção de um texto escrito. O texto a produzir, de natureza informativa, deveria centrar-se no significado do conto popular e contemplar os seus elementos temáticos e compositivos. Ouvindo o diálogo dos alunos, deduzia-se que conheciam características do conto popular e, no entanto, não conseguiam organizar um plano para a produção de um texto. As características eram mencionadas pelos membros do grupo de um modo aleatório, não lhes ocorrendo fazer o seu registo, para, depois de hierarquizá-las, redigir o texto. Uma vez por nós alertados para a necessidade de se anotarem as ideias que iam surgindo, acabaram por produzir, a contento, o texto solicitado [16].

---

[15] Tocamos aqui num ponto muito importante do ensino-aprendizagem, não só da literatura, como também de outras matérias. Frequentemente, a questão das deficientes leituras dos alunos tem a ver com a sua escassez, o que se deve ao desinteresse e desmazelo. Ora, a escola tem a obrigação de ensinar e o aluno, o dever de aprender. A discussão acerca das soluções para os problemas relacionados com o alheamento dos alunos das suas obrigações escolares não faz parte do tema do nosso trabalho, embora, ao estudarmos as estratégias de leitura (em particular nos capítulos 3 e 4 desta parte), venhamos a reflectir sobre estratégias para um tipo de ensino da literatura em que o aluno seja mais empenhado.

[16] Esta experiência prova a necessidade de se darem aos alunos instruções precisas sobre as estratégias para realizarem os exercícios de leitura e de escrita, pois, como pudemos verificar, eles apreendem os textos como uma entidade estranha, amorfa, com a qual não sabem lidar. Em outra situação (numa escola secundária francesa), observámos uma atitude de maior desembaraço dos alunos, que, tendo que

Estando em causa a detecção das componentes semânticas de poemas de Pessoa e de Torga (no 12.º ano de escolaridade), para passarmos a um exemplo em relação à poesia, manifestaram os alunos dificuldades em objectivar os sentidos dos poemas por desconhecimento de referentes históricos, míticos e simbólicos. As mesmas dificuldades ocorreram no estudo de obras de Gil Vicente ou na leitura d'*Os Lusíadas* (no 9.º ano de escolaridade), em que os professores precisaram de consagrar um significativo espaço das aulas a exposições de carácter histórico-cultural.

2.2. Dificuldades de transposição didáctica

2.2.1. A abordagem escolar das componentes genológicas das obras literárias é dependente dos objectivos gerais estabelecidos pelos programas e seguidos na prática pedagógica; nos programas de Português (antigos e novos) orientados para os cursos da área de Ciências, consideram-se como objectivos fundamentais o desenvolvimento das competências comunicativas e a formação do gosto do leitor, ocupando os saberes literários um lugar subsidiário. Já nos programas de orientação humanística, os aspectos teóricos do discurso literário têm uma outra relevância, ocupando um espaço maior nas actividades de ensino da literatura.

O discurso dos professores sobre as categorias modais e genológicas surge em situação de leitura das obras literárias e visa o esclarecimento de componentes semânticas e estéticas das obras, esperando-se que os alunos, em novas situações de leitura, identifiquem as categorias que foram objecto de comentários ou mesmo de definição conceptual.

A abordagem levada a cabo pelo professor não visa normalmente uma sistematização de categorias genológicas, não havendo a preocupação de consagrar um grande tempo a uma informação

---

interpretar um texto poético, o sublinhavam, anotando elementos que consideravam importantes para a sua interpretação. Isso revela-nos que esses alunos do mesmo ano de escolaridade estavam mais alertados para os mecanismos da semiose textual e para as estratégias da leitura metódica. Refira-se, no entanto, que este tipo de actividade, decorrente dos novos programas – "Instructions Officiels" –, não reflecte a realidade do ensino em França, conforme nos disseram, em entrevista, os professores do Liceu de Sèvres, no âmbito de um estágio que fizemos, em 1992, no Centre International d'Études Pédagogiques (CIEP).

aprofundada como a fornecida sobre os géneros literários em obras de teoria da literatura. Podendo ocorrer uma exposição prévia sobre as categorias modais e genológicas implicadas nas obras de leitura integral em curso, o mais frequente é remeter os alunos para livros que apresentam as características fundamentais do texto narrativo, lírico e dramático [17].

O discurso pedagógico sobre os modos e géneros literários e suas características textuais é compreensivelmente um discurso fragmentário e que ocorre pontualmente, isto é, a propósito da compreensão de categorias genológicas representadas nas obras. Por exemplo, no estudo de um romance, se a actividade de leitura em causa é o resumo de um capítulo ou episódio, o professor chama a atenção para as acções e personagens mais importantes, para o espaço representado, os elementos a nível do tempo, etc. Já tratando-se de uma passagem descritiva, o objectivo principal é a análise de elementos estilísticos e a compreensão da sua função na representação de categorias genológicas (o espaço, a personagem, etc.) e na produtividade temática do texto. No entanto, é frequente, no final do estudo de uma obra, o professor elaborar a síntese dos aspectos estudados e recapitular as características genológicas implicadas. Mas o intuito de sistematização teórica destas matérias só se verifica em estádio posterior [18].

---

[17] Nos 11.° e 12.° anos de escolaridade dos cursos de orientação humanística, costuma-se recomendar a leitura de capítulos de obras como *Técnicas de análise textual* (de Carlos Reis) ou *A análise literária* (de F. Costa Marques). No entanto, mais frequentemente, recomendam-se textos de apoio, de características bastante simplificadas, inseridos em obras didácticas, incluindo manuais escolares, procedimento justificado pela necessidade de rápida consulta de uma informação pontual e acessível aos alunos. Exemplificando obras didácticas com aceitação nos anos 80, ainda sob uma perspectiva estrutural, temos as de Mário Carmo e M. Carlos Dias, *op. cit.,* e a de Maria Beatriz Florido *et alii, op. cit.,* pp. 80-95.

[18] Não significa que no 12.° ano de escolaridade não se aprofundem as noções teóricas, mas é no Ensino Superior que ocorre uma sistematização mais rigorosa. Tendo apreciado um conjunto de trabalhos monográficos sobre obras literárias, de alunos da cadeira de Introdução aos Estudos Literários, da Universidade de Aveiro, no ano lectivo de 1992/1993, verificámos que, na generalidade, revelam superiores competências literárias e discursivas (em relação aos alunos do 12.° ano de escolaridade), sendo capazes, por isso mesmo, de expor, de modo mais exaustivo e desenvolto, o conhecimento adquirido em aula (e também através do estudo pessoal). Estas imagens confirmam as competências literárias que observámos, em outros alunos, desta feita directamente, como docente da cadeira de Introdução aos Estudos Literários, na Universidade de Trás-os-Montes e Alto Douro (UTAD), durante o ano lectivo de 1986/1987.

No contexto da leitura integral, as componentes dos géneros são abordadas em diversas actividades de leitura e escrita, não constituindo uma finalidade, no entanto, como se disse acima, o estudo sistemático de todos os conceitos teóricos implicados, mas apenas a sua dilucidação oportuna, isto é, quando se verificam nos textos abordados, quer se configurem a nível temático, quer técnico-literário. Para dar um exemplo, estando uma professora a comentar um fragmento d'*Os Maias*, abordou a focalização omnisciente, mas não a focalização interna; a opção justifica-se por se dirigir a alunos de Estudos Científicos, num ano em que foi atribuído à leitura integral d'*Os Maias* um reduzido número de aulas (apenas 12), em virtude de consagrar algum tempo lectivo com actividades da *área-escola* (uma exposição sobre Miguel Torga).

Com frequência, certos conceitos são apenas referidos, mas não explicados, por os professores suporem que os alunos possuem uma razoável competência genológica que dispensa, por exemplo, a explicação do que seja o texto narrativo, lírico e dramático, ou o conceito de lirismo, o que nem sempre acontece, acabando eles por revelar, sobretudo nos testes de avaliação somativa, um conhecimento deficiente destes conceitos [19].

A partir das aulas a que assistimos, podemos concluir que a importância dada aos géneros literários no ensino da literatura consiste fundamentalmente em garantir o adequado uso que o aluno possa fazer dos seus códigos. Conhecer as características de um género é importante porque alerta o leitor para uma compreensão dinâmica e activa dos textos, da mesma forma que conhecer outros discursos artísticos (a pintura, a música, o cinema) permite uma melhor apreciação do discurso literário. Nas aulas a que assistimos, verificou-se que os alunos que demonstravam maior competência genológica eram os que realizavam uma leitura mais profunda dos textos. Quando se reportavam às obras em estudo, nomeavam os respectivos elementos compositivos, alguns constituindo componentes genológicas.

Exemplifiquemos o nível de compreensão do discurso narrativo. Os alunos apreendem com facilidade, entre outros, os seguintes

---

[19] Esta constatação não nos impede de reconhecer que os alunos possuem algumas competências genológicas. Assim, quando o professor aborda componentes do conto, não as confundem com as de outro género narrativo. As categorias mais presentes em situação de leitura são as do modo narrativo, o que explica a maior facilidade de compreensão e de interpretação de componentes do texto narrativo, em detrimento de outras menos estudadas, como as do texto dramático ou lírico.

elementos compositivos: a caracterização directa e indirecta das personagens, o tempo da história e suas marcas cronológicas, a vivência psicológica do tempo pelas personagens, os elementos caracterizadores do espaço a nível físico, psicológico e social. De outra categoria fundamental da narrativa, a acção, identificam a intriga com certa nitidez, manifestando maior hesitação na apreensão da lógica das acções. Mostram mais dificuldade na compreensão dos diversos aspectos do discurso da narrativa. Mas, tanto no que diz respeito aos elementos constituintes do plano da história, como aos do discurso, verifica-se um investimento reduzido no *relacionamento entre categorias* em todas as actividades de abordagem da obra integral, incluindo as exposições dos professores, em aula, a elaboração de textos escritos pelos alunos (sobretudo em regime de trabalho domiciliário) e as provas de avaliação.

Como quer que seja, os conhecimentos literários dos alunos dos anos que estamos a considerar devem permitir-lhes saber que numa narrativa literária se encontram provavelmente a narração de uma história e a existência de personagens, a representação de espaços e tempos, etc. Isto explica-se em virtude de os leitores possuírem um saber genológico incorporado na sua enciclopédia pessoal, ainda que de modo difuso. Portanto, o discurso dos alunos sobre as obras, por mais impressionista que seja, evidencia um uso de categorias de género, com eficácia variável.

O problema da aplicação dos conceitos de género coloca-se na elaboração de quadros e esquemas mentais (imagens das categorias nos textos), o que se relaciona com o problema das competências de leitura, incluindo a dificuldade de realizar todo o tipo de inferências[20]. Por isso, no conjunto das competências de leitura literária, as categorias genológicas não propiciam um rendimento heurístico satisfatório. Muitos professores, conscientes deste obstáculo, procuram incentivar o aluno à permanente reelaboração, de modo a tornar mais evidentes e precisos os seus conhecimentos do discurso literário. Observámos uma atitude deste tipo numa aula em que o professor remeteu os alunos para a consulta de conceitos de natureza estilística.

Depreende-se que os problemas na representação dos saberes teóricos, incluindo as categorias dos géneros literários e outras categorias discursivas, devem-se às dificuldades de aprendizagem na

---

[20] Aprofundaremos esta questão no próximo capítulo.

disciplina de língua materna (abrangendo os domínios da leitura e da escrita), relacionadas com as limitadas competências dos alunos (técnica, linguística, textual, discursiva e referencial)[21]. A falta destas competências não pode deixar de afectar a compreensão das obras literárias, tanto no que diz respeito às operações mentais de leitura como à elaboração de textos escritos, no âmbito das actividades da leitura integral e da análise literária[22].

O parco investimento nas operações de leitura das componentes de género reside, por outro lado, nas dificuldades de abstracção: os alunos não conhecem (ou não praticam suficientemente) as estratégias mentais desta e de outras operações intelectuais.

Consideremos o modo como se realiza a aprendizagem das componentes de género ao longo da leitura de uma obra literária. Os professores, conscientes de que a aprendizagem se realiza de modo progressivo, doseiam a informação sobre os conceitos teóricos que transmitem aos alunos. Para dar um exemplo, estando a explicar a modalidade de focalização adoptada pelo narrador num determinado passo de uma obra, não sentem necessidade de expor, ao mesmo tempo, os três conhecidos modos de focalização, mas apenas o que é patenteado no texto[23].

De acordo com a prática, sabe-se que nem tudo o que se ensina é devidamente assimilado, o que se deve a vários factores. Para além da falta de empenho e desinteresse nas actividades de leitura, os alunos não integram em estruturas cognitivas já formadas os conhecimentos adquiridos, também por não conhecerem estratégias e técnicas do processo de uma leitura activa, isto é, de uma leitura em que o sujeito realiza operações de interpretação. Ao professor fica a imagem de que os alunos têm uma fraca memória de leitura. O ensino dos conceitos genológicos serve à compreensão da arquitextualidade da obra literária, necessária à inteligibilidade da própria conformação

---

[21] Odete Santos delimitou, do ponto de vista da linguística textual, os problemas de compreensão dos textos em língua materna, explicitando as competências de que carecem os alunos. Por competências referenciais pode entender--se, de acordo com a autora, o conjunto de conhecimentos necessários à compreensão textual, incluindo os literários. Cf. *O português, na escola, hoje*, Lisboa, Caminho, 1988, pp. 113-125.

[22] A especificidade discursiva e metodológica da leitura integral e da metódica encontra-se abordada no subcapítulo 3.2. da parte I.

[23] A dilucidação do modo de ensino da perspectiva narrativa foi feita no capítulo 3 da parte II.

discursiva e textual, sem que haja o hábito de explicitar aos alunos a sua função no processo da leitura.

Em contexto didáctico-pedagógico, não se pode considerar o objectivo de ensino dos conceitos genológicos de forma isolada; há que perspectivá-lo de acordo com as competências linguísticas e literárias, a bagagem cultural e os objectivos de aprendizagem nos quatro domínios da disciplina de Português: ler, ouvir, falar, escrever. Esta *concepção integrada da aprendizagem* na disciplina de Português (de acordo com a qual se pretende que os quatro domínios sejam contemplados de forma harmoniosa), manifesta-se tanto na abordagem por parte dos professores de saberes literários (sempre no contexto da leitura integral das obras literárias), como na sua utilização pelos alunos em diferentes situações. Respeitando as capacidades de aprendizagem dos alunos nos diversos níveis escolares, os professores ponderam o tipo de informação a ensinar acerca das categorias genológicas, com mais ou menos profundidade e extensão, sendo natural ocorrerem, no processo de transposição, situações de simplificação e de reducionismo[24]. Quanto à última situação, o uso pelos alunos de conceitos e categorias genológicas, para além de permitir avaliar a sua propriedade, revela também as competências discursivas a nível da expressão oral e escrita.

A funcionalidade didáctico-pedagógica das categorias de modo e género literário, em associação com a estrutura de outros tipos de discurso, é comum a todas as situações de leitura, constituindo um instrumento retórico e estético de compreensão dos textos. Como se vê, o contexto pedagógico do Ensino Secundário determina, da parte do professor, o modo de abordagem dos géneros literários, incluindo a ponderação acerca das estratégias de ensino. Se a *enciclopédia literária* dos leitores explica o uso empírico das categorias genológicas, podemos dizer que os limites do horizonte genológico reflectem

---

[24] O conceito de *transposição didáctica* que temos vindo a usar ao longo deste trabalho corresponde aos de outros autores. Carlos Reis utiliza a expressão "integração didáctica" comummente adoptada no discurso teórico sobre as didácticas, enquanto Odete Santos adopta "recontextualização didáctica". Quanto a nós, a noção de *transposição* implica a *integração* e a *recontextualização* de saberes teóricos no processo didáctico. Ver a intervenção dos autores citados, na mesa-redonda "O professor de didáctica: integrador de saberes?", in Isabel Pinheiro Martins *et alii* (eds.), *Actas do 2.º Encontro Nacional de Didácticas e Metodologias de Ensino*, Aveiro, Universidade de Aveiro, Secção Autónoma de Didáctica e Tecnologia Educativa, 1991, pp. 719-743.

os limites daquela, ambas as vertentes acabando por condicionar a adequação do investimento dos conteúdos genológicos e, por conseguinte, o sucesso nas actividades heurísticas e interpretativas.

Como temos vindo a demonstrar, no processo de leitura, o aluno realiza diversas operações interpretativas, em que mobiliza conhecimentos genológicos, revelando uma percepção mais ou menos funcional – activa e dinâmica – destes últimos. Nas aulas a que assistimos não teve lugar uma auto-avaliação deste processo, nem qualquer estratégia didáctico-pedagógica que permitisse ao aluno explicitar e melhor conhecer o seu processo interior de leitura[25]. Embora considerando que este aspecto deve ser objecto de ensino (o que aprofundaremos no próximo capítulo), já entendemos que é compreensível o tipo de abordagem das categorias genológicas realizado pelos professores, que, como já se disse, não visa, no nível de ensino observado, o estudo de teorias, mas antes a compreensão de componentes presentes nos textos. O que está em causa não é, como se vê, a reflexão teórica ou metateórica sobre categorias genológicas (incluindo, ou não, a sua verificação nas obras), a exemplo do que ocorre na investigação teórica ou didáctica.

2.2.2. Ao longo deste trabalho, por diversas vezes, aludimos ao facto de que nas práticas pedagógicas não são explicitamente abordados muitos conceitos genológicos, todavia utilizados no decorrer dos discursos dos professores e alunos, pressupondo-se a sua compreensão por estes últimos, que, embora possuindo um saber genológico, não o investem intensivamente nas suas operações inter-

---

[25] No artigo "La dérivation pédagogique", Alain Pagès e Joelle Pagès-Pindon ponderam a especificidade dos discursos científico e pedagógico, respectivamente, nos seguintes termos: "L'application est une activité de recherche scientifique: elle se situe dans le champ d'un discours scientifique; (...) c'est un discours fragmentaire qui puise dans le domaine des savoirs constitués, mais suit sa cohérence propre qui est de stimuler et de motiver des esprits". De acordo com esta posição, o discurso pedagógico recusa "l'approfondissement de théories longuement elaborées", pratica "la varieté, le mélange, voire l'éclectisme des savoirs" e procura "non l'ambition d'une totalité, mais la simplification, la clarification, le jeu même dans le savoir" (*Le Français Aujourd'hui*, 63, Setembro de 1983, p. 23). A imagem que nos fica da prática do discurso pedagógico sobre assuntos genológicos traduz, de certo modo, o *eclectismo teórico dos saberes* e a simplificação didáctica, justificados, do ponto de vista dos professores, em nome da preocupação de clarificar pontualmente as questões, mais do que de realizar a sua abordagem teórica aprofundada, o que não faz parte dos objectivos do ensino da literatura no Secundário.

pretativas, o que se prende, como temos vindo a analisar, com os problemas da compreensão, as dificuldades de abstracção semântica e a falta de diversas competências.

Acreditamos que os problemas de compreensão, relacionados especificamente com o uso das competências genológicas, no nível que estamos a considerar, depende de diversos factores, o principal dos quais de natureza cognitiva. Com efeito, os leitores que observámos não fazem um uso intensivo das categorias genológicas, em virtude de não realizarem operações intelectuais específicas dos diversos procedimentos de leitura. Este facto leva-nos a concluir que fazem falta aos alunos o conhecimento e o treino das operações interpretativas que devem realizar com as categorias literárias.

Embora os alunos utilizem, frequentemente, conceitos genológicos, não têm consciência do seu valor cognitivo na compreensão e interpretação dos textos literários. Por isso, não podem fazer um uso esclarecido, inteligente e profícuo das categorias. Uma outra explicação para este facto pode ser encontrada se recuarmos no tempo da formação e do desenvolvimento do horizonte genológico dos jovens leitores, para compreender, pois, porque se mantêm aqueles obstáculos na compreensão e na interpretação do texto literário nos anos terminais do Ensino Secundário.

Como sabemos, desde muito cedo, o indivíduo habitua-se a reconhecer categorias genológicas, por exemplo, as que dizem respeito aos contos infantis, de tal modo que, já nos primeiros anos da escolaridade, é capaz de as identificar nas histórias que o professor lê, reconhecendo a personagem, a acção, o espaço ou o tempo. Com efeito, nos dois últimos anos do primeiro ciclo do Ensino Básico exercita-se o uso de categorias da narrativa, através da leitura e da dramatização de contos, de poemas ou de diálogos dramáticos, verificando-se uma primeira aprendizagem do universo semântico e compositivo dos textos.

No 5.º e 6.º anos de escolaridade (antigo curso preparatório, correspondendo actualmente ao segundo ciclo do Ensino Básico), sempre se tem valorizado a compreensão das categorias literárias, como as do modo narrativo, configuradas no conto, o género literário mais estudado nesses anos. No entanto, no conjunto das actividades de leitura, é dispendido um escasso tempo na abordagem das categorias genológicas, primeiro porque se prefere estimular a fruição dos textos e menos a aprendizagem das suas componentes estruturais. Por outro lado, as recomendações programáticas do ensino da língua obrigam a que se consagre um grande espaço a actividades de aprendizagem de leitura e escrita com fins comunicativos.

Nos 7.º, 8.º e 9.º anos de escolaridade continua a valorizar-se a vivência do universo imaginário dos textos e a dedicar-se pouco tempo ao ensino de categorias genológicas, com as quais os alunos se confrontam em situação de leitura, reconhecendo-as, é certo, mas não tendo oportunidades de aprofundar o seu conhecimento.

De acordo com os objectivos e conteúdos programáticos da disciplina de Português, em todos estes anos de escolaridade, não se justifica o ensino sistemático de saberes genológicos. Assim, as práticas de leitura orientam-se sobretudo para a compreensão semântica dos textos, mas sem a preocupação de aprofundar conhecimentos técnico-literários; por isso, os exercícios de leitura não são construídos de modo a que os alunos apliquem as suas competências genológicas. Chegados aos últimos anos da escolaridade secundária, as insuficiências apresentadas quanto aos conhecimentos literários e à capacidade de analisar, comentar e interpretar os textos, costumam ser justificadas como lacunas de base.

Que ilações podemos tirar a respeito do ensino-aprendizagem dos modos de ler os textos literários ao longo da escolaridade básica e secundária? Tendo em conta as orientações dos programas e as estratégias didáctico-pedagógicas sobre o ensino da literatura em todos os níveis, é possível afirmar que se trata de um ensino, nos primeiros anos, dirigido mais à compreensão linguística dos textos e à captação de valores da mensagem literária. Quanto aos anos terminais, valoriza-se o ensino de conteúdos literários no contexto da leitura integral e menos a aprendizagem de estratégias de compreensão na leitura[26]. Não temos dúvidas de que, em todos os níveis, a efectiva e proveitosa interacção com os textos demanda a mobilização de estruturas cognitivas e quadros mentais que só podem ser activados em

---

[26] De certo modo, é recente o surgimento, em Portugal, de trabalhos que se ocupam dos problemas da leitura (por exemplo, no âmbito dos mestrados em Ensino do Português), que, no entanto, se têm orientado, quase exclusivamente, para o Ensino Básico (1.º e 2.º ciclos). Para além do trabalho de Maria de Lourdes Dionísio de Sousa, *A interpretação de textos na aula de português* (já aqui referido e que se centra no 3.º ciclo do Ensino Básico), citamos os de Maria Emília Traça (*O fio da memória*, Porto, Porto Editora, 1992) e o de Maria José Costa (*Um continente poético esquecido: rimas infantis*, Porto, Porto Editora, 1992), ambos resultantes de dissertações de mestrado apresentadas à Faculdade de Letras do Porto, e dedicados, respectivamente, ao estudo do conto e da poesia, no Ensino Básico.

estratégias de leitura muito voltadas para o acompanhamento do modo como o leitor constrói os sentidos dos textos, inclusive nos anos terminais do Ensino Secundário[27].

Como tivemos a oportunidade de apreciar, em diversas situações, a deficiente aplicação dos conhecimentos genológicos dos alunos na leitura dos textos literários não lhes permite ir além de uma captação hesitante dos seus elementos compositivos. Em síntese, as componentes mais recorrentes nos discursos do professor e dos alunos quanto ao modo narrativo são a personagem, o espaço, o tempo, a acção e o narrador. A personagem será, no entanto, a categoria que os alunos mais retêm, o que se deve à sua aparência de realidade (sobretudo quando tende a mimetizar seres humanos) e também por estar sempre em evidência na narrativa, seja como agente da acção ou objecto de atenção do narrador ou de outras personagens. Com efeito, a totalidade das informações que a narrativa faculta sobre *o que é* e o *que faz a personagem*, dando diversificados elementos sobre a sua configuração (física, psicológica, ideológica, comportamental, etc.), explica ser ela a categoria que mais prende a atenção dos alunos[28].

Mas, quando diante de textos narrativos, pelas razões já aduzidas, os alunos apresentam uma atitude um tanto passiva, podemos deduzir que não sabem pôr a funcionar, de modo profícuo, a sua *enciclopédia* literária. Somente a partir dos procedimentos interpretativos explici-

---

[27] Esta explicação para as origens daquilo que pode ser considerado um mal-estar no ensino da língua e da literatura portuguesas, nestes anos escolares, considerando a problemática, entre outras, dos modos e géneros literários, é baseada em fontes diversas, entre as quais nomeamos, para além, naturalmente, de trabalhos científicos, a nossa experiência como docente dos antigos cursos Unificado e Complementar (durante quase uma década), a observação de práticas pedagógicas e o contacto com professores de diversos níveis de ensino.

[28] Sobre o carácter redundante da personagem na narrativa, disse Philippe Hamon: "Un personnage est donc le support des conservations et des transformations sémantiques du récit, il est constitué de la somme des informations données sur ce qu'il *est* et sur ce qu'il *fait*", in *Le personnel du roman. Le système des personnages dans "Rougon-Macquart" d'Émile Zola*, Genebra, Droz, 1983, p. 20. Sobre a natureza e a função da personagem na narrativa, em particular na romanesca, ver, para além da obra de Carlos Reis e Ana Cristina M. Lopes, *Dicionário de narratologia*, 4.ª ed., rev. e aum., Coimbra, Almedina, 1994, pp. 314-318; Robert Scholes e Robert Kellogg, *A natureza da narrativa*, São Paulo, McGraw-Hill do Brasil, 1977, pp. 111-144; Óscar Tacca, *As vozes da novela*, Coimbra, Almedina, 1983, pp. 121-135; e Roland Bourneuf e Réal Ouellet, *O universo do romance*, Coimbra, Almedina, 1976, pp. 211-243.

tamente indicados pelos professores é que tentam tornar presentes e aplicar diversas competências. Mesmo em relação à personagem, categoria mimética por excelência, muitos alunos não ultrapassam a visão antropomórfica com que a concebem (é natural que os alunos, jovens leitores, projectem nas personagens figuras do real). No entanto, a sintagmática textual em que a personagem se apresenta, é, para muitos alunos, em diversas situações, uma instância pouco familiar, por desprezarem segmentos discursivos importantes sobre as personagens ou das personagens, podendo-se concluir que lhes falta uma maior atenção perante o texto.

Se, para as categorias genológicas do modo narrativo (algumas das quais comuns ao modo dramático), os alunos elaboram pouco mais do que um traço estereotipado, no que diz respeito a conceitos do modo lírico não chegam, por vezes, a verbalizar uma característica de conceitos como lirismo, poesia, poema, poético, embora sejam capazes de utilizar estes termos, com mais ou menos correcção. Apesar de, nas aulas, apreenderem uma informação sobre aspectos temáticos dos textos poéticos, experimentam algum embaraço quando, em situação de teste somativo ou outra, têm de demonstrar autonomia interpretativa.

Na sequência do que temos vindo a expor, consideramos que os alunos apresentam, nas actividades de leitura, pouca desenvoltura verbal e discursiva, facto que se relaciona com a falta de prática de mobilizar a sua *enciclopédia* na interpretação dos textos. Assim, ao analisarem uma personagem romanesca, não recuperam informações fornecidas na extensão sintagmática, por abreviarem a leitura. É sabido que os leitores "preguiçosos" e ávidos de conhecer o devir da narrativa rumo ao desenlace, saltam partes descritivas, capítulos consagrados a analepses, acabando por resultar, da sua leitura, muitos espaços em branco, que, se preenchidos, constituiriam informações relevantes para o conhecimento da globalidade da obra.

Já dissemos que as informações que os alunos retêm das personagens e de outras componentes das obras literárias são, muitas vezes, um *espelho* da informação veiculada no discurso do professor, que, por sua vez, é também sumária e que traria mais significado para o aluno se ela o ajudasse a aprofundar o seu conhecimento dos textos. Normalmente isso não ocorre, porque a leitura dos alunos tem sido, cada vez mais, uma leitura passiva, sem a preocupação de realizar actividades de compreensão.

Quando começámos a contactar com práticas pedagógicas no Ensino Secundário, visávamos auscultar a recepção da leitura literária, em particular nos 10.º, 11.º e 12.º anos de escolaridade, nos quais a literatura portuguesa é objecto de ensino sob uma orientação histórico-literária (da Idade Média à Época Contemporânea), procurando detectar as imagens que os alunos fazem das obras, os conhecimentos técnico-literários, as metodologias didácticas e as estratégias pedagógicas utilizadas. Verificámos que as imagens que elaboram são muito superficiais, que a compreensão dos diversos níveis do texto literário apresenta problemas que, no seu conjunto, concluímos, estão ligados à incompetência de leitura. Quanto às metodologias didácticas e às estratégias pedagógicas que pudemos apreciar, por força do já referido contrato disciplinar institucional, elas espelham a lógica do ensino baseado na transmissão de matérias que os alunos repetem (desfigurando o conhecimento), não podendo desta forma ultrapassar os obstáculos que se apresentam na leitura do texto literário.

Pelo que temos vindo a expor, torna-se necessária a valorização de um ensino da literatura baseado na *efectiva* compreensão dos textos por parte dos alunos. Visamos, por isso, uma didáctica e uma pedagogia da literatura que favoreçam a actividade de compreensão e de interpretação literária. A proposta de integração de saberes, a abordar no próximo capítulo, ajusta-se perfeitamente ao ensino da literatura, que se materializa, nas aulas de Português, em práticas de leitura do texto literário. Visando o ensino do processo de interpretação, temos que orientar os alunos para construírem sentidos, para usarem as capacidades de compreensão intelectual dos discursos, num tempo em que os seus interesses se multiplicam por muitas outras áreas, vendo-se diminuídas as energias, o tempo e a motivação para as obrigações da leitura escolar das obras literárias.

CAPÍTULO 3
A INTEGRAÇÃO DE SABERES NO ENSINO DA LITERATURA: MODOS E GÉNEROS LITERÁRIOS

3.1. O contexto da leitura

3.1.1. Apresentaremos, neste capítulo, uma reflexão sobre estratégias de integração de saberes no ensino da literatura, tendo como horizonte teórico os modos e géneros literários e sua função na leitura literária. A noção, no ensino da literatura, de integração de saberes (teóricos, metodológicos e didáctico-pedagógicos) encontra-se fundamentada do ponto de vista didáctico no capítulo 1 desta parte.

O presente capítulo justifica-se pela necessidade de se apresentar uma reflexão sobre orientações didácticas e pedagógicas do ensino da literatura no Secundário, depois de termos feito, justamente no capítulo anterior, uma incursão pela prática pedagógica, no âmbito do trabalho de campo que realizámos. Considerando as representações que os alunos elaboram no processo da leitura literária, conforme as modalidades desta e as orientações didácticas, mas considerando também a realidade pedagógica que observámos nas dificuldades quotidianas, achamos que aquele desiderato da *integração dos saberes* se justifica, de facto, no ensino da literatura.

A questão da integração dos saberes na didáctica da literatura implica o reconhecimento de que o ensino se apoia em teorias e instrumentos metodológicos, bem como em estratégias de ensino--aprendizagem da literatura. A integração de saberes em contexto didáctico constitui um processo dinâmico, nunca acabado, dada a própria natureza evolutiva dos saberes teóricos sobre a literatura e o seu ensino, bem como a natureza dinâmica da prática pedagógica. Assim, a integração didáctica realiza-se na conjugação entre teoria e prática, num processo aberto à interrogação da própria noção de integração, que obriga o professor que ensina literatura a considerar a especificidade didáctica das situações do ensino, sem perder de vista questões teóricas, modalidades de leitura, níveis escolares e estratégias didáctico-pedagógicas [1].

Os diversos estudiosos discutem mais frequentemente os domínios teóricos que convergem na didáctica do que apresentam pistas sobre os modos da sua articulação no ensino. Partindo de uma afirmação de Claudine Garcia-Debanc ("la constitution d'une science pour l'enseignement passe nécessairement par l'élaboration d'un modèle intégrateur" [2]), pondera Jean Verrier: "Mais qui construira le modèle intégrateur? Certainement pas les chercheurs, les spécialistes, les savants, les universitaires". Seria de esperar que Verrier respondesse à interrogação remetendo para as responsabilidades dos professores que estão no terreno do Ensino Secundário, mas também estes sofrem as limitações impostas pelo peso dos exames e outros factores, pelo que, na sua opinião, "ils ne peuvent que se livrer à un bricolage imposé par la nécessité" [3]. Conclui o autor que talvez caiba aos didactas a tarefa da integração, chamando a atenção para a necessidade de uma articulação entre um espaço autónomo da didáctica e as áreas disciplinares que lhe são próximas, como a linguística ou a história literária. O ensino da literatura, se, por um lado, implica pôr em prática saberes teóricos, por outro, intervém na própria constituição destes últimos: "l'enseignement de la littérature, de la façon dont je le définirai plus loin, est un élément constitutif de ce que pourrait être un savoir savant en littérature" [4]. Para Verrier, não se pode pensar a didáctica sem considerar a prática autêntica da leitura, na qual se consuma o processo didáctico.

Reflectimos até aqui sobre estas questões a partir de dois ângulos fundamentais: o que as teorias e metodologias da literatura e da didáctica prescrevem sobre o ensino e o que a prática pedagógica realiza. Concordamos, com o professor francês, que o trabalho da *integração* não é uma tarefa exclusiva da investigação (na Universidade ou em outras instituições de ensino). A verdadeira sede prática

---

[1] A respeito das relações entre teoria literária, didáctica e ensino da literatura, ver Carlos Reis, "Reflexões genéricas sobre o estatuto da didáctica da literatura", in *O Professor* ("O ensino da literatura"), 26 (1992), pp. 40-44.

[2] *Apud* Jean Verrier, *La lecture des textes littéraires: rôle de l'enseignement dans la réflexion théorique. Bilan et perspectives*, Paris, Universidade de Paris 8, 1992, p. 35.

[3] *Idem*, p. 31.

[4] *Ibidem*.

onde os diversos saberes concorrem para a produção de aprendizagens é, de facto, a prática pedagógica, que justamente se destina a formar leitores e a desenvolver competências de leitura. Mas o fenómeno de retroacção é inevitável: se a prática realiza a transposição teórica, a teoria há-de alimentar-se dos efeitos da prática, tirando deles proveito para o desenvolvimento da própria teoria.

3.1.2. Em diversos estudos que dão conta do processo da leitura, em níveis (de ensino básico) inferiores àquele de que nos ocupamos, encontra-se, frequentemente, a afirmação de que a questão fundamental na leitura se liga ao problema da *compreensão*. É precisamente esta a via que se justifica para abordar os problemas dos alunos no que respeita à representação genológica na interpretação de textos literários. Com efeito, eles apresentam uma compreensão limitada, e, portanto, empobrecedora da complexidade da obra literária e também das possibilidades de desenvolver as suas capacidades de leitura, não só consolidando as aprendizagens anteriores, mas sobretudo realizando um trabalho de maior profundidade e exigência. É, pois, sob o signo da *compreensão* que vamos propor uma articulação de saberes indicados no título deste capítulo. Nomeemos, por ora, domínios que convergem para esta integração: a) uma semiótica dos géneros literários que beneficie do contributo das modernas teorias do discurso literário (de acordo com uma visão anti-dogmática dos géneros); b) uma metodologia da leitura, de base pragmática, voltada para os problemas empíricos da compreensão do texto literário, que, decorrendo das necessidades práticas, se posicione relativamente aos problemas das estratégias cognitivas, das actividades e das operações produtivas.

Lidamos com problemas específicos de compreensão do texto literário, conforme o tipo de actividades didácticas em questão, isto é, de leitura integral de obras literárias ou de seus fragmentos textuais e de textos de reduzida extensão, como um poema[5]. Os problemas apresentados pelos alunos na leitura de uma obra como *Os Maias* são muito mais difíceis de resolver, do ponto de vista de uma teoria pragmática da leitura, do que os considerados na maioria dos estudos que consultámos e que se centram na leitura escolar de textos pouco

---

[5] No caso de *Orfeu rebelde*, não se pode falar de fragmentos textuais, uma vez que cada poema constitui uma unidade acabada, configurando-se a hipotética leitura integral apenas do macrotexto, o que não se passa com *Os Maias* e com *Frei Luís de Sousa*, propícios também à leitura de excertos.

longos (contos, peças de teatro, poemas, fragmentos de romances, etc.)[6]. Recorde-se que foi através do estudo dos testes dos alunos incidindo sobre fragmentos textuais (mas com o objectivo de avaliar a leitura integral) que detectámos os problemas de compreensão das obras estudadas. Com efeito, os testes que analisámos implicam, por um lado, a análise de questões centradas num texto específico e, por outro, a compreensão globalizante das obras. Por isso, os problemas revelados nos testes dão-nos uma indicação sobre os conhecimentos em relação às obras, na sua totalidade.

Se, como dissemos acima, o conjunto dos estudos teóricos privilegia o texto de curta dimensão, o proveito que deles podemos retirar consiste sobretudo no tocante à metodologia das operações de leitura centradas em textos de reduzida extensão e menos na consideração de operações de compreensão implicadas na leitura integral de longos romances como *Os Maias*. Entre outras operações de leitura que os alunos realizam quando lêem textos de curta dimensão, refiram-se a inferência de aspectos semânticos, a detecção e a interpretação de elementos estruturadores (explícitos ou implícitos), que concretizam componentes do texto narrativo, dramático ou lírico. Na realização destas operações, os alunos apresentam sobretudo deficiências a nível dos raciocínios mentais implicados (inferências, abduções), bem como das competências referenciais e discursivas[7].

Sendo complexa a resolução das dificuldades de compreensão e interpretação de textos de reduzida dimensão, acrescem os problemas com textos muito extensos. Desde logo, os alunos têm dificuldade em realizar operações intelectuais de longo alcance textual e discursivo implicadas na leitura integral, como as articulações entre problemáticas estético-literárias e categorias genológicas[8]. Portanto, é a partir da constatação destes problemas (abordados, de um ponto de vista descritivo e analítico, nos capítulos 2 e 3 da parte II) que consideraremos, agora, propostas didácticas que contribuam para minorá-los.

---

[6] Entre outros, refiram-se os seguintes: Bernard Veck *et alii*, *Production de sens. Lire/écrire en classe de Seconde*, Paris, INRP, 1988; Michel Descotes, *La lecture méthodique. De la construction du sens à la lecture méthodique*, Toulouse, CRDP, 1989; idem (org.), *Lire méthodiquement des textes*, Paris, Bertrand-Lacoste, 1995; Gérard Langlade, *L'oeuvre intégrale*, vol. 1, Toulouse, CRDP, 1991; idem, *L'oeuvre intégrale*, vol. 2, Toulouse, CRDP, 1992.

[7] Cf. Odete Santos, *O português, na escola, hoje*, Lisboa, Caminho, 1988, p. 113.

[8] As questões teóricas e metodológicas da leitura integral foram abordadas no subcapítulo 3.2. da parte I.

Sabendo-se que o ensino da literatura, no Secundário, por força da sua natureza pragmática, envolve abordagens não expositivas de categorias genológicas, que surgem, no entanto, no contexto de percursos pedagógicos de leitura das obras literárias, a questão de índole didáctico-pedagógica que se coloca ao professor é, portanto, como realizar um ensino da literatura capaz de contemplar os seguintes aspectos: a) as estratégias que levem os alunos a lerem *efectivamente* as obras e não apenas trechos isolados; b) o treino das capacidades intelectuais e discursivas implicadas nos diversos tipos de leitura; c) a efectiva interacção entre leitor e texto (curto ou longo), num processo pragmático de produção de sentido; d) os conhecimentos teóricos necessários à inteligibilidade da obra literária na sua estrutura complexa, que se traduzam em instrumentos de leitura; e) as insuficiências dos alunos quanto à produção de textos escritos, de análise, comentário ou interpretação.

Uma estratégia para o desenvolvimento de capacidades de leitura consiste na atribuição de objectivos específicos, no estabelecimento das actividades envolvidas (*o que fazer*) e dos procedimentos heurísticos, intelectuais e cognitivos (*como realizar as actividades*).

No contexto da leitura literária, deve conjugar-se o ensino das estratégias de curto alcance textual e discursivo (a inferência, o comentário, a detecção de tópico, de tema, de subtema, a análise dos procedimentos discursivos a nível estilístico, na sua articulação com categorias genológicas, etc.), em textos completos de reduzida dimensão ou em fragmentos textuais, e o ensino das estratégias de longo alcance textual e discursivo (o estabelecimento de articulações entre componentes semânticas, categorias modais ou genológicas e opções estéticas); neste caso, em textos longos. Esta metodologia pode ser aplicada tanto na abordagem de textos representativos no conjunto das obras, como na consideração macrotextual destas, incluindo variados conteúdos de análise e níveis de significação.

Nesta proposta de integração de saberes temos em atenção as indicações consignadas nos programas escolares do Ensino Secundário a respeito da leitura, que deixam entrever uma metodologia devedora da pragmática literária, e também as perspectivas sobre teorização literária[9].

---

[9] Cf. *Português. Organização Curricular e Programas. Ensino Secundário*, 3.ª ed. rev., Lisboa, DGEBS-Direcção-Geral dos Ensinos Básico e Secundário, 1992, pp. 60-71.

Entendemos que se devem criar condições para assegurar uma efectiva aquisição de capacidades no domínio da leitura e da escrita, em todos os ciclos de Ensino Básico. Com os métodos tradicionais de ensino (inspirados na lógica da transmissão dos conteúdos), só muito lentamente os alunos desenvolvem as suas competências, e os mais fracos prolongam, até ao fim do Secundário, deficiências que deveriam ser sanadas mais cedo. Embora os professores estejam conscientes das inúmeras deficiências dos alunos, não podem acudir a todas as necessidades de aprendizagem, devido à obrigatoriedade do cumprimento dos programas. Discordamos das disposições programáticas a respeito das capacidades adquiridas na escolaridade básica (nomeadamente no 2.º e 3.º ciclos), no domínio da leitura e da escrita. Os resultados de diversas investigações, realizadas com base em dados concretos, permitem-nos conhecer mais de perto as insuficiências dos alunos. Por isso, entendemos que muitos resultados neste domínio (embora não privilegiando necessariamente o Secundário), devem ser considerados em diversas instâncias oficiais do ensino, de modo a serem conhecidos e postos à prova pelos professores que estão no terreno.

Do que foi possível conhecer a respeito dos obstáculos dos alunos na leitura, entendemos que necessitam de uma orientação diversificada, conforme os tipos de leitura, os objectivos e as actividades implicadas. Assim, considerando a leitura de textos breves, carecem de orientação para a captação de informações textuais relevantes, quer a nível semântico (intencionalidade comunicativa, mensagem, sentidos ideológicos, etc.), quer a nível sintagmático (a estrutura do texto, por exemplo), e também a nível das componentes genológicas implicadas. Os alunos não realizam inúmeras operações de leitura, por desconhecerem os procedimentos que têm de desenvolver, em suma, por não saberem bem o que fazer diante de um texto. Note-se que, em geral, as questões dos enunciados dos testes são elaboradas frequentemente em termos muito genéricos, com o recurso a verbos como "analise", "comente" ou "interprete" o texto, supondo-se que os alunos sabem em que consistem tais operações, o que infelizmente não corresponde às capacidades reais dos alunos, mesmo daqueles que frequentam o 12.º ano. Assim, em virtude de deficiências diversas, eles não observam metodicamente todas as etapas do processo de leitura, não aplicam as suas estruturas cognitivas na interacção com os textos, menosprezam informações textuais importantes, pelo que, em situação de interpretação, apresentam as lacunas que temos vindo a evidenciar.

Estes problemas aparecem indirectamente abordados em obras sobre a leitura, que estudam o processo de cognição textual, nos dois primeiros ciclos do Ensino Básico[10]. Nós entendemos que estas falhas dos alunos dos anos terminais do Ensino Secundário acontecem por não levarem à prática estratégias básicas de leitura (aquelas que supostamente aprenderam em anos anteriores, mas que ficaram adormecidas pela falta de uso), menos por incapacidade cognitiva, do que por questões relacionadas com a forma como lêem. Como se sabe, a metodologia de leitura mais praticada nos anos terminais do Ensino Secundário tem visado sobremaneira a transmissão do conhecimento sobre componentes estético-literárias das obras, de modo a iniciar o estudante na história da literatura portuguesa, o que é legítimo, sem dúvida, mas tem-se descurado a questão dos modos de aprendizagem da leitura literária. Se uma minoria de alunos possui competências necessárias para a leitura, a verdade é que a maioria não sabe desenvolver estratégias mentais de compreensão dos textos necessárias à realização dos diversos tipos de leitura escolar.

Em relação aos problemas dos alunos na leitura da obra integral, o principal deles é a falta de motivação. Reagem mal à metodologia da leitura integral, desde sempre praticada, que, conforme se sabe, não leva em linha de conta, na planificação, formas didácticas capazes de os auxiliar, servindo, ao mesmo tempo, como instrumentos de avaliação ao longo das actividades de leitura. O facto de os alunos serem avaliados, normalmente, apenas no fim do estudo da obra não parece beneficiar o acompanhamento do processo da leitura.

Em função do exposto, é irrefutável que os alunos do nível que consideramos apresentem também conhecidas limitações no domínio da língua materna, das quais tanto se tem falado em reuniões científicas sobre o ensino da língua e da literatura, tais lacunas emergindo em todas as situações de leitura e de escrita. Dadas as necessidades globais de aprendizagem dos alunos na disciplina de língua materna, entendemos que as matérias do ensino da literatura devem, de algum modo, articular-se com o ensino daquela.

Segundo diversos autores, o ensino da língua materna deve contemplar as dimensões comunicativa e funcional (que se traduzem no conhecimento da estrutura e do funcionamento da língua numa perspectiva sistémica e histórica), para além de constituir um

---

[10] Ver Jocelyne Giasson, *A compreensão na leitura*, Porto, Asa, 1993.

privilegiado meio cultural de valorização do indivíduo[11]. Levar em conta estas orientações na prática pedagógica implica a consideração da vertente linguística do texto literário no ensino da literatura, em virtude de ele se instaurar, antes de mais, na e pela língua. Isto significa que, para além da valorização da dimensão estética do texto literário, o ensino deve privilegiar também aspectos de natureza linguística, de modo a favorecer o conhecimento da língua e o seu funcionamento neste tipo muito particular de realização. De acordo com esta concepção, o princípio da aprendizagem integrada na disciplina de Português (incluindo os domínios do ler, ouvir, falar e escrever) há-de favorecer mais as necessidades de aprendizagem dos alunos do que o tradicional ensino da literatura, que contemplava sobretudo a transmissão de conteúdos literários sobre as obras.

O referido princípio da aprendizagem integrada no ensino da literatura deve ser considerado nas actividades de planificação e nas lectivas, sempre com uma ponderação sobre o estádio do conhecimento dos alunos, em particular o linguístico e literário, sem esquecer as competências técnicas e estratégicas.

Uma vez ressaltada a importância de uma articulação entre ensino da literatura e ensino da língua materna, cujos benefícios se adivinham nas abordagens didácticas das obras literárias e, por conseguinte, no investimento por parte dos alunos de categorias modais e genológicas no processo da leitura, não fazem sentido as longas exposições sobre problemáticas estéticas, vectores semânticos e procedimentos literários, dirigidas a quem não possua as competências de leitura necessárias para, em diversas situações, se pronunciar sobre os textos literários.

Com a cognição dos conceitos modais e genológicos, assim como das categorias literárias correspondentes, os alunos adquirem instrumentos conceptuais que lhes permitem interagir com as obras de modo mais profundo, apreendendo racionalmente certas componentes do discurso literário, fulcrais no ensino-aprendizagem, sobretudo para os alunos integrados na área de Estudos Humanísticos e que pretendem

---

[11] Vários autores que se têm ocupado de questões sobre Didáctica da Língua e Didáctica da Literatura significativamente também apontam estas directrizes. Vejam-se, por exemplo, José Victor Adragão e Carlos Reis, in Carlos Reis e José Victor Adragão, *Didáctica do Português*, Lisboa, Universidade Aberta, 1990, pp. 13-16 e 118-119; e Júlio Taborda Nogueira, "O ensino da Língua Materna: dimensão pragmática, formativa e cultural", in *Discursos*, 2 (Outubro de 1992), pp. 13-27.

ingressar nos cursos de Línguas e Literaturas; mas, para todos os grupos, o domínio da tessitura verbal da obra literária, incluindo o conhecimento dos seus códigos, garante uma fruição mais completa. De acordo com o actual Programa de Português do Ensino Secundário, pretende-se a formação de um leitor autónomo, que, progressivamente, vá atribuindo significação ao que lê. No caso das obras literárias estudadas nos anos terminais do Secundário, o processo de construção de significação nunca passa ao lado de características genológicas, quer o leitor as silencie (por desconhecimento) ou simplifique, quer as compreenda num acto de reflectida leitura, que evidencie a compreensão do processo de semiose textual e das suas profundas articulações genotextuais e arquitextuais[12]. Mais comummente ocorre a primeira situação, isto é, em diversas actividades de leitura, os leitores não observam (ou simplificam) as componentes genológicas, o que nos leva a pensar que o ensino da literatura no Secundário, até este momento, não tem correspondido às necessidades de aprendizagem. E, na mesma ordem de ideias, os alunos que acedem aos cursos de Letras, continuam a demonstrar uma muito deficiente preparação.

Dadas as limitadas competências dos alunos em língua materna, mesmo nos anos terminais do Ensino Secundário, nos quais a leitura literária ocupa um significativo espaço, entendemos que a sua prática exige uma revisão de métodos e estratégias. Frequentes vezes, por incúria, as estratégias didáctico-pedagógicas traduzem-se na aplicação de esquemas teóricos descontextualizados da prática, tendo dois tipos de efeitos negativos: por um lado, o desvirtuamento das problemáticas que ilustram; por outro, o alheamento dos reais problemas didácticos e pedagógicos implicados nas situações autênticas de leitura na escola.

3.2. O quadro conceptual da integração didáctica

3.2.1. De acordo com o que temos vindo a expor, o quadro conceptual que entendemos legítimo para a integração dos saberes

---

[12] É significativa, a esse respeito, uma das conclusões a que chega Karl Canvat, num artigo sobre a questão dos géneros na leitura literária, na escola: "amener les élèves à prendre conscience du rôle que joue le cadrage générique comme grille virtuelle de lecture ou comme filtre constructeur du sens constitue une étape essentielle dans l'interprétation d'un texte littéraire". Cf. Karl Canvat, "Interprétation du texte littéraire et cadrage générique", in *Pratiques* ("L'interprétation des textes"), 76 (Dezembro de 1992), pp. 33-53.

didácticos de que nos ocupamos (relacionados com a importância dos modos e géneros literários no ensino da literatura) norteia-se por três princípios que servem de orientação teórica, metodológica e prática: o princípio da *aprendizagem integrada*, o da *interactividade pedagógica* e o da *construção da aprendizagem*.

A *aprendizagem integrada* envolve, nas actividades do ensino da literatura, em complementaridade com o da língua materna, as quatro capacidades já referidas. Na aprendizagem da leitura, visamos especialmente o ensino-aprendizagem dos processos de compreensão, no caso vertente, das operações cognitivas, intelectuais e discursivas implicadas nas diversas modalidades de leitura, de acordo com a especificidade dos textos. Quanto ao domínio da escrita, visamos a aprendizagem dos seus modos de realização, de acordo com os tipos de textos a serem produzidos na escola. Do princípio da aprendizagem integrada decorre a aprendizagem dos processos de compreensão dos textos, incluindo as estratégias específicas das diversas modalidades de leitura, como o comentário textual, quer no domínio oral, quer no escrito. Deste modo, pode operar-se uma mudança no tipo de aula tradicional de literatura no Ensino Secundário, que, como estudámos no capítulo anterior, se desenrola preferencialmente em torno de discursos centrados no professor. Quanto à participação dos alunos, para além de ser episódica, nem sempre revela atitudes de compreensão, não se conhecendo, no modelo tradicional de aula, estratégias orientadas para a aprendizagem dos inúmeros saberes implicados na compreensão do texto literário, incluindo as competências metodológicas.

Com a constatação da necessidade de renovação pedagógica no ensino da literatura (e atendendo às orientações dos novos programas), passamos ao segundo elemento do quadro da integração didáctica que estamos a esboçar. A *interactividade pedagógica* diz respeito ao papel activo do aluno nas diversas actividades de ensino-aprendizagem: na planificação dos projectos de leitura, nas aulas, nas estratégias de avaliação, etc.

Defendemos a interactividade como uma forma de assegurar a compreensão do aluno nas diversas actividades de leitura literária, para o que podem concorrer positivamente instrumentos didácticos que lhe permitam ter consciência do seu estado de conhecimentos num dado momento. A estratégia pode efectivar-se através do discurso oral ou escrito, ou ainda com outros instrumentos como os quadros de leitura, de diversa configuração formal.

O processo interactivo concretiza-se através do trabalho de pares ou de grupo, do diálogo com o professor ou mesmo do *diálogo interno* que o aluno estabelece consigo próprio (ou monólogo interior, para usar uma expressão da teoria da narrativa). O importante é que, acompanhado pelo outro, o aluno se sinta estimulado a verbalizar as suas dificuldades.

Entendemos por *construção da aprendizagem*, no cenário didáctico-pedagógico, o desenvolvimento da autonomia intelectual do aluno, respeitando-se uma articulação entre *saber* e *saber fazer*. O domínio de diversos métodos e técnicas intelectuais favorece a construção da aprendizagem, tanto através de vários tipos de trabalho (individual e em grupo), como nas actividades implicadas no *tratamento da informação*[13]. Pretende-se assim que o aluno utilize instrumentos didácticos que constituam um suporte para a aprendizagem no domínio da língua e do texto literário, em particular nas actividades de leitura e de escrita. Por *aprender*, concebemos uma atitude de empenhamento e de esforço por parte do aluno em estratégias para adquirir ou aprofundar os conhecimentos literários implicados nos projectos de leitura e de escrita. Uma formulação semelhante do conceito de aprender é a de Philippe Meirieu, que Michel Descotes apresenta:

"1. avoir un projet ('c'est-à-dire être placé dans une situation où l'apprentissage ait un sens'),

2. mettre en oeuvre des opérations mentales ('invariants structurels ou élements incontournables par lesquels tout le monde doit passer'),

3. négocier ces opérations mentales avec la stratégie personnelle la plus efficace"[14].

De importância fundamental na relação pedagógica é, como diz Descotes, a *negociação*, ou seja, a realização de pactos pedagógicos, cujo estabelecimento e cumprimento, no ensino da literatura, implica que o aluno esteja plenamente consciente em relação às competências de leitura que deve adquirir ou desenvolver em cada etapa da aprendizagem[15].

---

[13] Justamente um dos objectivos da disciplina de Português no Ensino Secundário, nas duas orientações fornecidas aos vários cursos, é levar o aluno a "adquirir métodos e técnicas de pesquisa, registo e tratamento da informação" (cf. *Português. Organização Curricular e Programas, op. cit.*, pp. 26-27 e 90-91).

[14] In Michel Descotes, *La lecture méthodique, op. cit.*, p. 46.

[15] Uma interessante abordagem da progressão na aprendizagem (no domínio da didáctica do francês) é feita por Jacqueline Biard e Frédérique Denis, na obra *Didactique du texte littéraire*, Paris, Nathan, 1993, pp. 11-14.

3.2.2. Uma forma possível de concretizar este quadro da integração dos saberes no ensino da literatura é considerar duas vertentes didácticas no processo de ensino-aprendizagem, ou seja, uma *didáctica da leitura e da escrita* que se conjugue com uma *didáctica do texto literário*, tanto no que toca à estrutura textual como aos constituintes genológicos. Deste modo, a didáctica dos géneros assume a feição de uma didáctica do texto literário, concretizando-se nas situações de leitura e de escrita.

Vejamos mais de perto o cenário desta integração, tomando as estratégias de leitura como operações produtivas do aluno. Os elementos de modo e género assumem uma função importante se o professor operar com o horizonte genológico do aluno como ponto de partida para as actividades de leitura. Sabendo-se que a compreensão, na leitura, mobiliza desde as operações cognitivas a nível intelectual à aplicação de conhecimentos literários para compreender as informações textuais, o ensino de estratégias de leitura deve privilegiar essas vertentes fundamentais, conjugando-as no processo de compreensão e de produção de sentido.

A título de exemplo das diversas formas de interacção textual em que o aluno pode fazer o melhor uso das suas estruturas cognitivas e aplicar conhecimentos literários, entendemos que a antecipação dos sentidos do universo semântico dos textos constitui uma forma privilegiada. Tal estratégia didáctica deve tirar partido dos diversos elementos configuradores de um horizonte de sentido, como o título, o subtítulo ou o *incipit*.

Defendemos o ensino de operações produtoras de compreensão na leitura do texto literário, no Ensino Secundário, sem distinção quanto aos agrupamentos abrangidos pelos programas de *Português A* e *B*. Em ambos, visamos operações básicas de leitura presentes nas diversas fases do processo de construção de sentido, desde as mais simples às de maior complexidade[16]. Antes de mais, uma noção fundamental de que o aluno beneficia ao interiorizar é a de que o processo de leitura consiste justamente na construção do sentido, solicitando todo um trabalho do leitor, obedecendo a diversificadas fases e à realização de estratégias pragmáticas como a inferência e a abdução[17]. Como se sabe, a capacidade de inferir é desenvolvida muito

---

[16] Cf. *Português. Organização Curricular e Programas, op. cit.*, pp. 65 e 127.

[17] Entre outros trabalhos que abordam a inferência e a abdução, de um ponto de vista da sua prática no acto de leitura, refiram-se, para além do livro clássico de Umberto Eco (*Leitura do texto literário. Lector in fabula*, Lisboa, Presença, 1983),

cedo; no entanto, leitores passivos desenvolvem pouco a inferência e a abdução porque desprezam elementos textuais importantes para estas operações mentais que o trabalho de interpretação exige. Normalmente, a actividade inferencial não é ensinada no Ensino Secundário porque se supõe tratar-se de uma estratégia que o leitor-aluno normalmente realiza, o que se verifica, é certo, embora sem uma aguda consciência do seu valor estratégico. No entanto, é pedagogicamente conveniente o domínio das estratégias mentais utilizadas na leitura e na produção de textos, quer dizer, uma competência no seu desempenho, bem como o conhecimento da sua importância. Portanto, justifica-se que se explique aos alunos a função das estratégias inferenciais no processo da leitura, fazendo-os perceber que, muitas vezes, falham na interpretação textual por não as realizar.

Vejamos formas de inferência no processo da leitura literária. Umberto Eco distingue entre instrumentos pragmáticos do leitor e elementos que fazem parte da estrutura semântica do texto. De entre as operações de antecipação de sentido mais conectadas com as estruturas do leitor, refira-se a inferência do tópico que, segundo Umberto Eco, é "um instrumento metatextual, um esquema abdutivo proposto pelo leitor"[18]. Assim, a inferência pode ser realizada tanto a partir das estruturas cognitivas do leitor como da estrutura semântica dos textos, esta interdependendo das componentes dos modos e dos géneros literários. Por isso, com alunos do Ensino Secundário, a prática da inferência deve incidir sobre elementos textuais, sem nunca perder de vista os diversos enquadramentos modais e genológicos.

Como esquema abdutivo, a inferência constitui um imprescindível instrumento de leitura (perguntamo-nos sempre, como vimos em Eco: "de que fala este texto?"). Assim, a descoberta do tópico constitui uma das estratégias de leitura dos diversos tipos de texto. Ainda segundo Umberto Eco, são "marcadores de tópico" os títulos, os subtítulos, as expressões-guia, alguns dos quais constituem "lugares

---

Bernard Veck *et alii*, *Trois savoirs pour une discipline. Histoire littéraire. Rhétorique. Argumentation*, Paris, INRP, 1990, e Jocelyne Giasson, *op. cit.*, pp. 91-103 (onde se estudam modelos de inferência – lógica e pragmática –, a capacidade de inferir e estratégias para o seu ensino).

[18] Cf. Umberto Eco, *op. cit.*, p. 93. P. Violi comenta o entendimento de Eco da noção de tópico nos seguintes termos: "chez U. Eco, le terme de 'topic' est 'un outil pragmatique qui (...) fournit des premières hypothèses sur le texte, et, dans ce sens (...) règle et structure nos attentes, conditionnant le processus inférentiel et donc, en définitive, guidant l'interprétation du texte'" (*apud* Canvat, *op. cit.*, p. 44).

estratégicos" do texto e permitem ao leitor, através de um processo inferencial, antecipar o seu universo semântico. A relevância destes e de outros elementos textuais no processo da leitura permite que o aluno ponha em acção os seus conhecimentos genológicos, reconhecendo os elementos constituintes, primeiro, de uma forma esquemática e, depois, de modo mais clarificado e consciente, à medida que vai concretizando, confirmando ou rejeitando as hipóteses de interpretação. As diversas actividades de leitura constituem estratégias antecipatórias e, por isso, há que tirar partido de inúmeras formas de concretizá-las, respeitando-se a interactividade pedagógica, a construção da aprendizagem e, por acréscimo, a natureza lúdica do trabalho, motivadora e encorajadora do leitor para passos mais difíceis.

Mas as possibilidades de inferência não se resumem apenas a estas zonas do texto. Como o conhecimento do leitor a respeito das categorias genológicas também se faz presente no processo inferencial, justifica-se o ensino de operações de leitura em que se possam aplicar aquelas categorias. Como exemplo, considere-se o trabalho centrado na reacção do leitor ao título e ao *incipit* de uma obra narrativa, propiciando-lhe a inferência de aspectos semânticos e elementos técnico-compositivos de natureza genológica [19].

Perante um romance, o trabalho inferencial reveste-se de grande eficácia pedagógica, se utilizado como um método de leitura associado a outras estratégias, por exemplo, utilizando a estratégia da inferência na elaboração de tópicos ao longo da leitura (tópicos de capítulos, de episódios, de trechos descritivos, de cenas, etc.) [20]. Tais operações têm

---

[19] Esta estratégia é considerada sobretudo a partir das novas orientações dos programas escolares, no que diz respeito à pragmática do discurso. O reflexo desta orientação pode ser visto na forma como os manuais didácticos concebem os exercícios de leitura. Num dos manuais consultados deparámos com uma questão sobre o conto literário que, significativamente, revela uma preocupação com a interacção pragmática com o texto. Depois de se sugerir ao aluno que se pronuncie sobre títulos de contos (em termos de agrado e preferência), segue-se a questão: "faz uma breve apresentação do que pensas ser a acção (o que acontece, como termina)". Depois de um trabalho de confronto, em grupo, acerca das hipóteses de sentido sugeridas pelo título (primeira parte de um guião de leitura), segue-se a questão: "lê agora o conto e verifica que pontos comuns existem entre esse conto e o que imaginaste". As duas questões que transcrevemos privilegiam o processo pragmático da construção de hipóteses de sentido. Cf. Regina Rocha e Fernando Domingues, *Leitura(s). Português-B, 10.º ano*, Coimbra, Minerva, 1993, p. 128.

[20] Importantes subsídios metodológicos para uma abordagem didáctica da noção de cena, em contexto da prática pedagógica, podem ser encontrados no artigo

uma função operatória muito importante no processo interpretativo, na medida em que auxiliam na selecção e retenção de componentes estruturais da narrativa, das quais defluem aspectos semânticos. Em vista da multiplicidade dos elementos a inferir, o trabalho demanda a cooperação do colectivo da turma (por exemplo, em grupos), assim se cumprindo o desiderato da pedagogia interactiva.

Na leitura de um poema, a identificação do tópico poemático confunde-se, de certo modo, com identificar o seu tema[21]. Em virtude do maior hermetismo do texto poético, em comparação com o texto narrativo e o dramático, os alunos apresentam muitas dificuldades na captação da informação temática. Por isso, convém afastá-los de leituras rápidas, que não permitem um verdadeiro diálogo com os textos, nem oferecem fundamentos ao trabalho de interpretação. Os alunos devem saber interrogar o texto e encontrar respostas para as suas perguntas, sendo importante a explicitação, por parte de quem orienta, dos objectivos e estratégias envolvidos na leitura. Para tanto, é necessário que o professor tenha presente as dimensões do texto lírico passíveis de serem abordadas em situação didáctica. Um entendimento sobre os elementos a privilegiar na leitura deste tipo de texto encontra-se na seguinte afirmação: "ler poesia equivale, neste contexto, a apreender as emoções geradoras da comunicação, a captar os mundos imaginários sugeridos pela linguagem metafórica, a recriar a experiência estética com base nos elementos estruturadores"[22].

Por outro lado, é fundamental que se explique aos alunos a forma como a informação temática se manifesta no texto através de certos procedimentos formais[23]. A título de exemplo de estratégias que

---

"La notion de scène: construction théorique et intérêts didactiques", de Yves Reuter, in *Pratiques* ("Scènes Romanesques"), 81 (Março de 1994).

[21] U. Eco, que tratou a noção de *tópico* no âmbito da semiótica do texto narrativo, prefere utilizar *tópico* e não *tema*, em virtude de este se aproximar do conceito de fábula, na formulação de Tomachevski (cf. Umberto Eco, *op. cit.*, p. 93). Neste mesmo contexto, Eco, como outros autores, admite a existência de tópicos discursivos, quando se abstrai o "tema dominante" de um texto. É neste sentido que utilizamos o termo aplicado ao texto poético.

[22] Cf. *Português. Organização Curricular e Programas. Ensino Secundário*, p. 63.

[23] Veja-se, a esse respeito, o artigo "Tema e leitura crítica", de Carlos Reis (in *Construção da leitura*, Coimbra, INIC, 1982, pp. 41-55), onde se chama a atenção para os "artifícios técnico-formais que mais correntemente cumprem a função de significantes temáticos", como a imagem, o símbolo, as figuras de retórica e o ritmo.

permitem ao leitor acercar-se, por persistentes tentativas de captação da informação temática, refiram-se a descoberta de palavras-chave, a descodificação de imagens, a abdução de sentidos, a interrogação a respeito do tom do poema, das emoções, valores e ideias que possa encerrar. Mas, em todos os casos em que se ensinam os processos, há que não descurar os objectivos da leitura.

Com o texto lírico, a inferência de aspectos semânticos torna-se mais produtiva se as actividades de leitura contemplarem o contacto com outros textos do mesmo autor, de modo a que a apreensão de componentes temáticas e formais, ainda que difusa, favoreça o processo inferencial centrado num único texto. Dada a complexidade que apresenta a detecção da informação temática para o leitor, entendemos que, em situação de avaliação deste tipo de texto, se devem privilegiar várias formas de testar o conhecimento sobre os aspectos semânticos, pelo que não se nos afigura correcto atribuir demasiado valor a uma questão do tipo "qual é o tema do poema?".

3.3. Estratégias didáctico-pedagógicas de leitura: preliminares teóricos

3.3.1. Impõe-se agora fazer algumas considerações sobre certas estratégias de leitura, como é o caso da identificação do tópico textual e da elaboração de resumos. O tópico aproxima-se do resumo, na medida em que, por definição, ele é um resumo muito breve. Os elementos de ambos distinguem-se somente pela extensão, podendo o resumo conter mais elementos do que o tópico. O resumo faz parte do conjunto de textos cuja técnica o aluno deve dominar, sendo de grande utilidade na prática da leitura de textos longos, a propósito da condensação da informação textual. Uma forma de notar as implicações entre tópico e resumo é, por exemplo, a apreciação de um tópico inferido no princípio da leitura, com o resumo produzido no seu final, portanto, depois de se conhecer o conteúdo do texto. Trata-se de operações discursivas que treinam o raciocínio e que devem ser apropriadas pelo aluno como técnicas de leitura, pelo que há toda a conveniência em fazer com que as dominem.

Com o resumo estamos diante de uma estratégia holística de compreensão, já que a sua elaboração demanda a compreensão global dos textos. Se os alunos do Ensino Secundário, em princípio, não têm problemas em resumir um texto de reduzida dimensão (apesar das falhas de expressão que apresentam), o mesmo não se passa com a condensação de extensões mais vastas, como os capítulos de um romance ou de uma novela[24]. Uma forma de tornar as operações deste tipo de resumo mais produtivas, é exigir que os alunos indiquem, nos seus textos, elementos de ancoragem textual, como os momentos nucleares da intriga, em associação com elementos de representação espácio-temporal.

Uma outra estratégia holística de compreensão é o comentário, que suscita muitas dificuldades, tanto no entendimento dos elementos que devem ser contemplados, como no modo de os integrar. Embora os professores estejam de acordo quanto às directrizes metodológicas deste tipo de exercício escolar de leitura, a sua realização, na prática, diversifica-se. Dada tal margem de liberdade didáctica, convém sempre explicar aos alunos (procedendo-se também a uma exemplificação prática) as regras da sua realização, para que saibam, à partida, como percorrer o texto, de modo a recolher elementos que, devidamente ponderados, podem sustentar o comentário. Esta tarefa ganha em rendimento heurístico e interpretativo se os alunos a realizarem a partir das próprias estruturas textuais, que, de modo diverso, implicam as componentes arquitextuais de modo e de género.

Atendendo à estrutura formal das obras, a leitura ganha em intensidade, vivacidade e materialidade e o trabalho torna-se menos irreal ou vago, pois opera-se com elementos categorizáveis. Por sua vez, a compreensão do enraizamento da obra na história do género, para além de propiciar ao aluno contextualizá-la historicamente, oferece-lhe uma visão mais abrangente do fenómeno literário.

Se o comentário convoca os elementos das obras, através de um processo de des-construção e re-construção textual, não necessariamente sistemático, a interpretação, por vezes incluída no comentário, consiste numa forma mais rigorosa de inteligibilidade. Neste sentido, há toda a conveniência em explicar ao aluno as estratégias pelas quais o professor optou, de acordo com a sua formação científica e didáctica, respeitando, evidentemente, as metodologias críticas mais adequadas.

No âmbito da interpretação literária, encerram alguma complexidade as actividades de leitura que exigem operações de relacionamento de tipo globalizante (aproximações analógicas ou contras-

---

[24] Sobre a didáctica do resumo, ver J. P. Laurent, "L'apprentissage de l'acte de résumer", in *Pratiques*, 48 (1985). Ver também *Pratiques* ("Le résumé de texte"), 72 (Dezembro de 1991).

tivas). Podem designar-se estas operações, de acordo com Jocelyne Giasson, como *macroprocessos de compreensão* e também *de interpretação*. Utilizamos o termo *macroprocesso* no sentido que a autora lhe empresta, ou seja, de que os macroprocessos "orientam-se para a compreensão global do texto, para as conexões que permitem fazer do texto um todo coerente"[25].

Entre outros processos de *macrocompreensão*, a autora refere a identificação das ideias principais, o resumo e a utilização da estrutura do texto. São diversas as finalidades em que tais processos podem ocorrer. Na identificação de valores ideológicos e simbólicos configurados pela obra literária (romance, novela, drama, etc.), o aluno realiza macroprocessos de compreensão ao seleccionar elementos implicados, que surgem integrados num todo em que convergem aspectos temáticos, categorias genológicas e procedimentos técnico-literários. Dadas as dificuldades perante a complexidade das operações de leitura, por maior que seja a maturidade linguística, discursiva e literária de um aluno do Ensino Secundário, a tarefa nunca é simples e requer capacidades de permanente relacionamento e sistematização. Para isso, e mais uma vez, parece-nos ser de toda a conveniência o treino frequente de operações globalizantes como as que temos vindo a referir.

A aprendizagem acerca de como se organizam discursivamente os diversos tipos de texto que são objecto de estudo, na escola, deve processar-se de forma progressiva e recorrente, de modo a permitir que os saberes sejam conscientemente reinvestidos em novas situações de recepção e produção textual. Assim, por exemplo, a abordagem do conto, no 10.º ano de escolaridade, constitui uma forma de iniciar o aluno no treino sistemático de procedimentos de análise das categorias da narrativa. Seja qual for o objectivo da leitura do conto, a apreensão de componentes semânticas exige o conhecimento da estrutura do texto, para o que o aluno realiza operações incidindo sobre o "esquema" ou a "gramática da narrativa"[26].

Se, como insistem diversos autores (Jean-Marie Schaeffer, Thomas Kent, Alain Boissinot, Karl Canvat), a capacidade de utilizar

---

[25] Cf. Jocelyne Giasson, *op. cit.*, p. 33.

[26] Como se sabe, a gramática da narrativa remete para a estrutura dos textos narrativos, podendo ser definida como "uma representação interna idealizada das partes de uma narrativa típica" (Mandler e Johnson, *apud* Giasson), enquanto que o esquema remete para "uma estrutura cognitiva geral no **espírito** do leitor, que este utiliza para tratar a informação da narrativa" (cf. Jocelyne Giasson, *op. cit.*, p. 137).

quadros teóricos se traduz em alicerces para leituras mais profundas, a competência na delimitação da estrutura do conto prepara o aluno para operações de leitura incidindo sobre a estrutura textual de géneros com uma realização mais extensa. Na leitura de textos longos, como o romance, a compreensão das componentes semântico-pragmáticas exige um trabalho de construção de sentido, que se realiza pela percepção da produtividade semântica de todos os aspectos e da interdependência entre componentes genológicas.

Como vínhamos expondo acerca do ensino do conto no 10.º ano de escolaridade, a sua abordagem retoma conhecimentos anteriores dos alunos sobre a estrutura do texto narrativo, continuando-se a operar a delimitação da sintaxe da narrativa, segundo o tradicional modelo de introdução, desenvolvimento e conclusão, paralelamente à eventual divisão em sequências, segundo os esquemas de Propp, Bremond e Barthes. A compreensão desses ou de outros tipos de divisão que um conto possa justificar e a percepção da sintaxe narrativa, revelando uma estruturação mais ou menos canónica, constituem um modo de aprendizagem fundamental, não só pelas razões pedagógicas já referidas, mas também por aumentar a capacidade de compreensão da narratividade em outros tipos de discurso que não o literário. Acresce ainda que a competência narrativa também se traduz num maior domínio da escrita, concretamente na produção de textos narrativos que exemplificam géneros literários e também de textos que concretizam outros géneros do discurso, como a crónica, a reportagem ou a carta.

Os *macroprocessos* de compreensão textual implicados nas diversas formas de leitura devem ser ensinados enquanto estratégias de leitura. No caso do comentário textual, uma das vertentes contempla aspectos enunciativos que se podem delimitar na sintagmática textual, contemplando a outra a abordagem globalizante e paradigmática. Como as duas vertentes surgem frequentemente associadas nas estratégias de leitura dos professores, entendemos oportuno realçar algumas das formas que esta ligação pode assumir. Estando, por exemplo, a fazer incidir um comentário sobre o nível macroestrutural de uma obra, o professor há-de deter-se numa passagem para analisar elementos particulares (a nível semântico, técnico-literário ou estilístico) que mantêm relação com o plano global. Assim, a abordagem de natureza estilística pode processar-se visando o todo da obra (justificada em função das componentes semânticas, de opções estéticas e genológicas, etc.) ou merecer uma dilucidação pontual.

Visando a construção da aprendizagem, convém ensinar estratégias que os alunos venham a aplicar com autonomia e que se tornem, portanto, instrumentos recorrentes de leitura. No plano enunciativo, a exemplificação dos processos com que o professor interage com os textos a nível mental e prático reveste-se de grande utilidade, sobretudo promovendo a aquisição de procedimentos que se traduzam em rotinas para o aluno. Este deve perceber a importância de se deter, de vez em quando, em certos segmentos discursivos, sabendo que operações realizar. Por isso, justifica-se uma abordagem no âmbito da pragmática enunciativa, hoje tão recomendada nos programas escolares como reiterada pelas modernas gramáticas e por outro tipo de obras de carácter didáctico, que insistem muito nas suas potencialidades metodológicas [27]. Convém, no entanto, que a abordagem de elementos particularizados não seja impeditiva de um enquadramento no todo em que se integre, mobilizando, sempre que oportuno, diversificados elementos textuais, em articulação com categorias modais e genológicas, motivações estéticas e opções estilísticas. Assim, estando a abordar os aspectos enunciativos num soneto camoniano, torna-se oportuno o esclarecimento da sua valorização no quadro dos géneros literários poéticos cultivados pelo Classicismo. Deste modo, o aluno aprende a interrogar o sentido dos procedimentos discursivos e estilísticos, tendo em conta a produção textual de um autor e de uma época.

Apesar da valorização dos aspectos enunciativos do discurso literário em obras didácticas, sobretudo de procedência francesa, que abordam recentes modalidades de leitura escolar (como a leitura metódica), a utilização de tais obras pelos professores não deve obstar ao treino dos alunos em metodologias de leitura consagradas pela tradição dos estudos literários, sobretudo dos que se preparam para o ingresso nos cursos superiores de Línguas e Literaturas. Com efeito, é possível recontextualizar metodologias de abordagem do texto literário em obras sobre a análise literária, como as já referidas de Wolfgang Kayser, Massaud Moisés e Carlos Reis, de modo a torná-las operatórias no actual entendimento da leitura literária no Secundário, quanto aos fundamentos, objectivos e estratégias.

---

[27] Uma obra que segue esta metodologia é a já citada de Bernard Veck, *Trois savoirs pour une discipline. Histoire littéraire. Rhétorique. Argumentation.* Ver também Dominique Mainguenau, *Pragmatique pour le discours littéraire*, Paris, Bordas, 1990.

O ensino dos processos de compreensão na leitura literária, no qual as convenções de modo e de género literário estão implicitamente presentes, implica, em síntese, três aspectos didácticos fundamentais: primeiro, a elaboração de percursos de leitura que integrem actividades heurísticas do aluno, com vista ao reconhecimento daquelas convenções (por exemplo, a selecção de fragmentos textuais de um romance significativos quanto à representação do espaço físico); segundo, o ensino de estratégias de leitura que favoreçam a percepção de elementos de modo e de género (a inferência de sentidos sugeridos pelo título, o comentário do *incipit*, a abdução de temas, a análise de elementos simbólicos, etc.); finalmente, a avaliação permanente da evolução das competências do leitor na cooperação interpretativa com o texto literário.

Em síntese, ensinando a realizar estratégias de leitura, estaremos a favorecer o processo de construção da aprendizagem, ao fornecer instrumentos que possam antecipar o universo imaginário proposto pelos textos e reconstituir as suas componentes estruturais, tornando os alunos mais capazes de os valorar esteticamente. A integração didáctica de opções teóricas e estratégias metodológicas, cujos fundamentos didácticos e pedagógicos abordámos no capítulo 1 desta parte, implica, como temos vindo a demonstrar, a convergência de saberes teóricos e metodológicos, no domínio da leitura e da escrita. Mas como transferir para a prática didáctica estas possíveis formas de ensinar o aluno a aprender operações de leitura e de escrita, tendo sempre presente a dimensão cognitiva e a função heurística e interpretativa dos elementos genológicos?

3.3.2. A candente questão com que se confrontam os professores no ensino da literatura em contexto pedagógico é a das estratégias didáctico-pedagógicas. A grande dificuldade na abordagem das obras literárias reside na elaboração de estratégias capazes de garantir, de facto, a aprendizagem dos saberes teóricos e metodológicos envolvidos nas actividades de leitura, que implicam também a escrita. Vejamos como alguns instrumentos didácticos consideram a questão das estratégias. Nas inúmeras planificações que consultámos (sobretudo nas da antiga reforma), verifica-se uma pormenorização de conteúdos programáticos, indicando-se como estratégias e actividades didácticas, entre outras, a leitura, o diálogo, a tomada de notas, a análise, o comentário ou a interpretação. Quanto a planificações da nova reforma, orientando-se pela organização dos novos programas, são elaboradas de acordo com os diversos "blocos" dos programas ("tratamento da informação", "compreensão/expressão oral", "leitura", "escrita" e "funcionamento da língua"), com a indicação de actividades como leitura, produção de enunciados orais, apreensão do sentido global do texto, etc. Se nas planificações, dado o seu carácter esquemático, se entende a ausência de uma informação específica quanto às estratégias didácticas, já nos manuais escolares não se compreende a ausência de uma indicação sobre os procedimentos implicados nas diversas actividades de leitura.

Em diferentes instâncias oficiais do ensino, verifica-se uma convergência de posições quanto à importância do conhecimento das estratégias de aprendizagem. O documento oficial que defende uma nova filosofia de ensino, pelo qual se norteiam os professores, são os Novos Programas, os quais se reclamam da renovação pedagógica, de acordo com o espírito da nova reforma educativa. Assim, nos programas de Português do Ensino Secundário (*Português A e B*), afirma-se que "a aprendizagem também é susceptível de ser aprendida", traduzindo-se a aula de Português num "projecto globalizante de crescimento do ser através do saber e do saber fazer". As recomendações metodológicas explicitam o tipo de actividades que a realização do programa deve favorecer, quais sejam, as "actividades que propiciem a manifestação de competência ao nível do desenvolvimento intelectual, pois nele estão consignadas operações cognitivas de compreensão e representação, de relacionamento e de criatividade"[28].

Em actuais obras didácticas sobre o ensino da literatura é possível notar uma atenção a orientações teóricas decorrentes das remodelações dos programas escolares, publicadas sobretudo em França, onde a reforma começou em 1987. Os professores que estão no terreno têm, portanto, algumas fontes de apoio didáctico para a prática pedagógica, mas nem sempre as sugestões metodológicas constituem solução para os problemas com que se defrontam. Muitas propostas revelam-se insuficientes porque se restringem à apresentação dos instrumentos teóricos da leitura e descuram as aprendizagens, limitando-se a apresentar tópicos de conteúdos a ser abordados. Quando este tipo de obras integra actividades dirigidas aos discentes

---

[28] Cf. *Português. Organização Curricular e Programas. Ensino Secundário*, p. 46.

(é o caso dos manuais didácticos) raramente se verifica uma explicação de procedimentos metodológicos implicados nas actividades de leitura e escrita.

Nos manuais da nova reforma, observa-se, até ao momento, um conjunto de sugestões de leitura, sob rubricas designadas por "percursos didácticos" ou "guiões de leitura", que indicam conteúdos de abordagem dos variados tipos de textos, ficando a critério do professor a escolha daqueles que mais se adaptem ao nível do conhecimento dos alunos. Comentemos, então, dois enunciados, respectivamente, sobre o conto e o texto poético, integrados num manual didáctico. O primeiro diz: "Verifica que tom é usado no texto e relaciona-o com a intencionalidade e a situação comunicativa". No segundo, solicita-se ao aluno a apreciação de aspectos temáticos: "que isotopias aparecem?". Questões como estas só podem ser resolvidas se os alunos tiverem o conhecimento dos conceitos de "intencionalidade", "situação comunicativa", "tom" e "isotopia" (cuja inserção no manual obedece a rubricas do referido programa de Português)[29]. As questões afiguram-se-nos demasiado teóricas, abstractas, herméticas mesmo, para alunos do 10.º ano, não se prevendo a desejada eficácia na leitura, em termos de interacção pragmática com o texto.

Algumas obras que começam a surgir, normalmente em tradução, sobre os problemas da aprendizagem da leitura, como é o caso da já citada *A compreensão na leitura*, de Jocelyne Giasson, por se ocuparem mais do Ensino Básico, apresentam uma abordagem apropriada a um nível elementar, constituindo, de igual modo, para quantos investiguem na didáctica da língua e da literatura em outros níveis de escolaridade, um contributo científico indispensável. Todavia, para os professores do Ensino Secundário, não é tarefa fácil transferir essas metodologias para a solução de problemas que persistem nesse nível, obrigando-os a esforços de adaptação didáctica (e, em certos casos, de aprendizagem científica) que exigem um investimento nem sempre compatível com as solicitações da prática pedagógica[30].

---

[29] Cf. Regina Rocha e Fernando Domingues, *op. cit.*, pp. 133 e 315.

[30] As razões deste divórcio entre a investigação didáctica e a prática pedagógica têm a ver com o estatuto do professor do Ensino Secundário, com a sua carreira, na qual, até há bem pouco tempo, não se tinham previsto formas de assegurar com eficácia uma formação contínua que lhe permitisse o estudo destas e de outras questões. Na actualidade, temos como modalidade oficial mais conhecida de formação contínua o Programa Foco, assegurado não só pelas instituições de ensino superior

Quanto aos manuais escolares, que deveriam prestar um auxílio aos professores nas actividades de ensino-aprendizagem, mostram-se insuficientes, como vimos, já que continuam a insistir em conteúdos de ensino em detrimento de formas de aprendizagem. O estudo de questões didácticas e pedagógicas da aprendizagem, no domínio da didáctica da leitura, não significaria, de modo algum, subtrair tarefas e responsabilidades aos professores na ponderação dos processos didáctico-pedagógicos de ensino. Por mais percursos de orientação didáctica que se produzam, em diversos contextos de ensino e de investigação, bem sabemos que surgirão sempre problemas na prática pedagógica. Sendo o ensino da literatura uma actividade que implica a subjectividade das pessoas intervenientes, constituindo uma prática onde os saberes disciplinares constitutivos também se fundam nos actos de ensino, os saberes teóricos e instrumentos metodológicos provenientes de contextos científicos devem ser recontextualizados, isto é, adaptados a um processo muito complexo que envolve consabidos factores: o que ensinar, como ensinar, como avaliar, quais os instrumentos mais adequados, etc.

Na ponderação e elaboração de instrumentos didáctico-pedagógicos no ensino da literatura é forçoso não perder de vista o quadro conceptual que atrás esboçámos e que se norteia, repita-se, pelos princípios da aprendizagem integrada, da interactividade pedagógica e da construção da aprendizagem. Tal ponderação não é alheia às *estratégias de ensino*. Tendo utilizado o termo *estratégia* ao longo deste estudo (estratégia de leitura, estratégia interpretativa), precisaremos, de seguida, o sentido da sua utilização em sede didáctica, visto somente agora apresentarmos o quadro conceptual que norteia o nosso entendimento do ensino da literatura no Secundário. A definição do conceito de estratégia, tanto nas ciências da educação, como na linguística e na narratologia, parte do sentido lato do termo, conotado com o que lhe é fornecido pela linguagem militar, de planeamento e previsão geral de uma actuação destinada a atingir um ou vários objectivos. Umberto Eco adaptou o sentido militar do termo quando desenvolveu a sua teoria do "Leitor-Modelo", como sujeito capaz de realizar estratégias interpretativas de acordo com a sua enciclopédia e com as orientações do próprio texto, que, através de procedimentos específicos, engendra uma imagem de leitor-modelo [31].

---

como por outras entidades formadoras, de que são exemplo os centros de formação das asssociações de escolas (cf. Decreto-Lei n.º 249/92, de 9 de Novembro).

[31] Ver U. Eco, *op. cit.*, pp. 56-57.

Em contexto didáctico de ensino, perfilhamos o sentido de *estratégia* de acordo com o seu entendimento por António Carrilho Ribeiro e Lucie Carrilho Ribeiro: "por estratégia de ensino entende-se um conjunto de acções do professor orientadas para alcançar determinados objectivos de aprendizagem que se têm em vista"[32]. No caso que nos interessa agora, no ensino da literatura, entendemos que as estratégias constituem um conjunto de processos de ensino. O estabelecimento das estratégias envolve opções diversas: quanto aos procedimentos metodológicos de abordagem dos textos, de acordo com a sua natureza modal e genológica; quanto à selecção dos textos literários em função dos objectivos de aprendizagem e dos conteúdos programáticos; quanto à selecção de obras de referência teórica, com vista à informação que se deve transmitir aos alunos. Mas a determinação das estratégias envolve, ainda, a consideração de aspectos didácticos como a progressão na aprendizagem, o nível da turma, a especificidade das actividades de leitura e de escrita. Para tanto, o professor deveria proceder previamente ao enquadramento dos conjuntos nocionais referidos nos programas nos respectivos domínios teóricos como, por exemplo, da semiótica e das metodologias de leitura inspiradas na pragmática e na estética da recepção, a fim de elaborar estratégias didácticas com pertinência científica e adequação pedagógica, sempre em função das variáveis que caracterizam os diversos níveis de ensino[33].

Um outro aspecto importante na concepção das estratégias didácticas é o da ponderação sobre as dificuldades dos alunos na realização dos exercícios de leitura e de escrita, de modo a prever-se o ensino das operações cognitivas[34]. Quando se pede a um aluno do

---

[32] In *Planificação e avaliação do ensino-aprendizagem*, Lisboa, Universidade Aberta, 1990, p. 439.

[33] Para realizar este trabalho, os programas mostram-se insuficientes. Os professores precisam de actualizar permanentemente os seus conhecimentos no âmbito da teoria da literatura e da didáctica, para poderem compreender e aplicar as orientações dos programas. Uma obra que concilia a dilucidação de questões teóricas com a apresentação de estratégias de que os professores se podem servir com grande proveito é de Maria de Lourdes Alarcão, *Motivar para a leitura. Estratégias de abordagem do texto narrativo*, Lisboa, Texto Editora, 1995.

[34] A maioria dos autores insiste em que se criem estratégias que se traduzam em operações produtivas por parte dos alunos. Um contributo para a concepção das estratégias didáctico-pedagógicas atinentes à aprendizagem dos processos cognitivos, numa perspectiva interactiva, encontra-se na obra de Francine Cicurel, *Lectures interactives en langue étrangère*, Paris, Hachette, 1991.

Ensino Secundário que resuma um texto ou comente componentes textuais, supõe-se que domina as estratégias destes tipos de discurso, deparando-se-lhe, no entanto, muitos obstáculos na sua produção. Ora, se se prosseguir com instrumentos didácticos na leitura escolar que não atentem nos processos didácticos, na progressão e no tempo da aprendizagem, perpetuar-se-á a prática do passado. Referimo-nos à divulgação, nas décadas de 70 e 80, de instrumentos metodológicos para o exercício de uma crítica literária assente em bases científicas. Nessa altura, conheceram grande sucesso, tanto no Ensino Superior como no Secundário, as metodologias críticas fundamentalmente provenientes do estruturalismo. Hoje, o modo de apresentar os exercícios escolares de leitura nos manuais e obras congéneres deve, como temos vindo a dizer, explicitar as estratégias operacionais.

Quanto à atitude face aos problemas da aprendizagem, à pressão perante extensos conteúdos programáticos a ensinar (de acordo com a obrigatoriedade de se respeitarem as recomendações emanadas do Ministério da Educação), verificámos, no contacto com as escolas, que os professores não podem investir a contento no ensino dos métodos de aprendizagem. Ainda que conheçam as orientações didácticas dos novos programas (o caso de uma minoria), continuam, hoje, com os métodos antigos, isto é, a transmitir um discurso sobre as obras, descurando, obviamente, o desenvolvimento de competências dos alunos ao nível da leitura e da escrita[35]. Neste sentido, a elaboração de instrumentos didáctico-pedagógicos demanda uma reflexão sobre inúmeras vertentes disciplinares, que não se resumem evidentemente apenas às obras eleitas como objecto de ensino. Pensamos que os instrumentos didáctico-pedagógicos devem apresentar estratégias

---

[35] Muitas vezes, ao longo do nosso trabalho, temos deparado com questões que se prendem com os problemas dos professores, relativos às exigências do Ministério da Educação quanto ao cumprimento dos programas, que se tornam incompatíveis com os objectivos do Ensino Secundário enunciados na Lei de Bases do Sistema Educativo, a começar pelo primeiro: "assegurar o desenvolvimento do raciocínio, da reflexão e da curiosidade científica e o aprofundamento dos elementos fundamentais de uma cultura humanística, artística, científica e técnica que constituam suporte cognitivo e metodológico apropriado para o eventual prosseguimento de estudos e para a inserção na vida activa". Cf. Eurico Lemos Pires (apres. e coment.), *Lei de bases do sistema educativo*, Porto, Asa, 1987, p. 117. Mesmo não sendo nossa pretensão debater os mecanismos oficiais reguladores do cumprimento dos programas na prática pedagógica, é inevitável a referência a estas questões, na medida em que a nossa investigação envolve os problemas da prática pedagógica.

de ensino-aprendizagem que se orientem por uma *visão integrada* da aprendizagem na disciplina de Português. A vocação dos manuais didácticos escolares e obras congéneres é, pois, a de fornecer este apoio, não se limitando à transcrição de páginas dos programas, nem ao inventário de subsídios teóricos que os professores podem compulsar em obras de especialidade (sobre narratologia, lírica, teatro, etc.).

O que está em causa, quanto às orientações pedagógicas recentes, sobre as quais temos em vista delinear formas de integração dos saberes no ensino da literatura no Secundário, é que, defendendo-se em sede teórica (através de programas, livros e congressos), uma nova filosofia do ensino definitivamente preocupada com a aprendizagem, ainda não se conseguiu levá-la à prática, também por inadequação dos instrumentos didácticos disponíveis. Privilegiar a lógica da aprendizagem significa prever formas de ensinar a aprender, a pensar o processo da aprendizagem. Por isso, a reflexão que se tem feito no domínio do ensino da língua e da literatura, em diversos países (as realidades de França, Portugal e Brasil são as que pudemos conhecer mais de perto), pode contribuir para as necessidades actuais de reforma dos sistemas escolares de ensino, as quais não são alheias às transformações sócio-culturais. Autores como Jacqueline Biard, Frédérique Denis, Michel Descotes, Maria de Lourdes Dionísio de Sousa e Maria de Lourdes Alarcão, entre muitos outros, representam contributos significativos para uma didáctica do texto literário que toma em devida consideração as interacções de vertentes como a da teoria-prática, a da leitura-escrita e a do professor-aluno[36].

3.3.3. Na organização das actividades de estudo da literatura, defendemos os projectos pedagógicos, em virtude do grande compromisso que se estabelece em torno das actividades de ensino--aprendizagem, garantindo o empenhamento dos alunos durante todo o processo. Entendemos um projecto como um dispositivo pedagógico

---

[36] A produção na área da didáctica da literatura, em Portugal, é de certo modo recente e, por isso, ainda não se encontra, entre nós, uma extensa bibliografia que incida sobre os problemas teórico-práticos do ensino. A sua divulgação tem-se feito quase sempre em colóquios, nomeadamente universitários e através de publicações periódicas como a revista *Palavras*, da Associação Portuguesa de Professores, ou *O Professor*, ou de outras que, não sendo da especialidade, têm aberto um espaço a questões do ensino da língua e da literatura, como nos casos da *Diacrítica* e da *Discursos*.

materialmente mais amplo do que a tradicional planificação, embora possa englobá-la. A noção de projecto inclui, assim, a planificação didáctica dos textos, a execução de uma série de actividades, a progressão na aprendizagem e as formas de avaliação.

Os projectos pedagógicos para o ensino da literatura no Secundário envolvem, forçosamente, a determinação de actividades de leitura da obra literária e de produção textual, implicando a ponderação, entre outros, dos seguintes aspectos didácticos:

– natureza do projecto (para, por exemplo, a leitura de uma obra integral ou a leitura extensiva de um conjunto de textos);

– saberes teóricos de referência, a nível dos modos e géneros e das problemáticas estético-literárias envolvidas nos textos;

– competências de leitura literária a serem desenvolvidas pelos alunos;

– especificação de actividades a realizar nas aulas e em regime de trabalho domiciliário;

– actividades de leitura, de escrita e de pesquisa com exemplificação de estratégias para a sua realização;

– previsão do tempo necessário;

– formas de avaliação.

Não indicamos, neste breve leque de elementos de um hipotético projecto, aspectos específicos da compreensão do texto literário, a nível semântico e formal, já que decorrem da especificidade dos textos para leitura. Reiteramos a necessidade de os instrumentos de leitura conterem exemplos de operações intelectuais que os alunos devem realizar nas suas actividades, como a exemplificação do processo para detectar palavras-chave e inferir significados de um título de texto e, antes de mais, do processo de elaboração dos raciocínios dedutivo, indutivo e abdutivo, todos requeridos pela compreensão literária [37].

A elaboração de projectos pedagógicos implica que se leve a cabo a produção de vários documentos que constituem a sua dimensão material e que vão servir de suporte didáctico às práticas lectivas, para

---

[37] Algumas propostas didácticas deste tipo de leitura encontram-se em revistas já mencionadas no nosso trabalho, como *Le Français Aujourd'hui*, que contemplam, tanto pontos de vista teóricos sobre os níveis de abordagem dos textos, como aspectos relacionados com o processo de leitura do aluno. Como dois exemplos oportunos, de entre muitos outros que poderíamos citar, vejam-se: André Petitjean, "Linguistique textuelle et didactique des textes littéraires", in *Langues Modernes*, 3 (1990), pp. 48--57, e Pierre Slama, "Pour une littérature médiatrice de savoir", in *Nouvelle Revue Pédagogique*, 5 (Janeiro de 1991), pp. 9-16.

o que se torna necessário atender às opções teóricas, metodológicas e pedagógicas, relacionadas respectivamente com a natureza das questões literárias a ensinar, com os métodos de abordagem literária e com as estratégias pedagógicas.

A eficácia dos projectos pedagógicos exige a realização de trabalhos práticos pelos alunos, que podem ser materializados através de fichas, questionários, guiões ou diários de leitura e apresentados em diferentes suportes físicos, como o caderno diário, os *dossiers* ou as fichas de cartão[38].

Finalmente, para a avaliação das leituras do aluno ao longo de uma unidade didáctica, torna-se necessária a utilização de diversificados instrumentos de avaliação que garantam um efectivo acompanhamento das actividades realizadas.

De acordo com o que temos vindo a expor sobre os projectos de leitura, a sua pertinência pedagógica não suscita dúvidas. Sabendo-se que as componentes que integram uma planificação didáctica são normalmente objectivos gerais e específicos, conteúdos programáticos, estratégias didácticas, recursos, tempo e avaliação, os projectos de leitura podem constituir um dispositivo pedagógico menos esquemático e linear do que a planificação. Sem recusar a elaboração de planos de unidades de ensino, pode-se trabalhar também com projectos de leitura, visto que, pela sua amplitude, abrangem uma gama maior de aspectos envolvidos na prática da leitura.

Consideremos dois tipos fundamentais de instrumentos na realização desses projectos: as fichas e os guiões de leitura. As fichas são um instrumento didáctico recorrente na prática pedagógica, com uma utilização muito diversificada. Existem fichas sobre fragmentos textuais, um conto, uma obra dramática ou um romance. Normalmente, a ficha de leitura tem como objectivo principal avaliar o conhecimento do aluno acerca do texto ou obra sobre que incide. Um exemplo de ficha de leitura desta natureza é a elaborada por Luís Amaro de Oliveira sobre a leitura de *Frei Luís de Sousa*. Numa

---

[38] Uma interessante forma de materialização das fichas de trabalho é apresentada por Maria da Assunção Fernandes Morais Monteiro, em *"Jesus" de Miguel Torga: análise e proposta didáctica*, Bragança, Instituto Superior Politécnico de Bragança, 1994. As fichas são designadas por "material" e cada uma delas recebe um número (Material 1, Material 2, etc.). A própria ficha contém um conjunto de questões que devem ser nela trabalhadas. Essas estratégias ajustam-se, tanto do ponto de vista didáctico como pedagógico, ao nível da classe etária visada pela autora, isto é, abrangendo dos 10 aos 13 anos.

primeira parte, encontramos a secção A, "As categorias do processo dramático", com questões sobre acção, personagem, espaço e tempo. Na secção B, "Modalidades do discurso directo", os questionários dizem respeito ao diálogo, ao monólogo e aos apartes. A secção C limita-se a considerar brevemente "As espécies do género dramático". Seguem-se mais duas secções: "Intenção do autor ao conceber a obra" e "A opinião do leitor", ambas subdivididas em alíneas [39].

Paralelamente à utilização das fichas de leitura, começam a surgir, em contexto didáctico decorrente da nova reforma, os *guiões de leitura*, que se destinam a acompanhar o *processo* da leitura dos textos ou obras pelos alunos. Os conteúdos dessa espécie de roteiros servem, em simultâneo, de linhas de leitura e de questionário sobre conhecimentos adquiridos. Podemos pensar em dois tipos de guiões. O primeiro deles, de *natureza teórico-prática*, não especificamente voltado para a abordagem de um texto concreto, funciona como um instrumento metodológico norteador da leitura de um tipo de texto, abrangendo questões relativas a componentes de modo e de género. É o caso de um guião para a leitura do conto de autor do século XIX ou XX, no já citado manual escolar da autoria de Regina Rocha e Fernando Domingues. Foi concebido para ser aplicado na leitura de um conto de livre escolha dos alunos, de entre vários inseridos no manual. As questões do guião fornecem orientações para a análise de todas as categorias da narrativa (acção, intriga, personagens, espaço, tempo, narrador, narratário, etc.), dos elementos estilísticos, de aspectos da contextualização, integrando ainda uma rubrica de "avaliação" destinada a uma apreciação pessoal do conto [40].

Para além desses guiões destinados à consideração de componentes genológicas e modais dos textos narrativo, dramático ou lírico, podemos conceber um segundo tipo de guião que, sem abandono de imprescindíveis pressupostos teóricos, seja elaborado a pensar sobretudo no *percurso* do aluno, enquanto leitor de um texto individualizado, procurando o professor orientá-lo desde o primeiro momento da sua leitura prévia, portanto, antes do estudo em aula.

Tanto as fichas como os guiões são instrumentos didácticos de leitura crítica de componentes textuais (consoante a especificidade semântico-pragmática dos textos), podendo estas ser de tipo

---

[39] Cf. Luís Amaro de Oliveira, *Frei Luís de Sousa de Almeida Garrett*, Porto, Porto Editora, 1986, pp. 225-237.

[40] Cf. *op. cit.*, pp. 128-135.

paratextual (epígrafes, títulos, índices), arquitextual (categorias modais) e intertextual (a relação com outros textos literários, outros tipos de discursos ou práticas artísticas).

O guião para o acompanhamento do percurso da leitura deve conter indicações quanto às estratégias a realizar pelos alunos, sendo um instrumento para gerir num tempo longo. Para além de questionários, o guião pode integrar o preenchimento de quadros com vista ao registo de elementos retirados do texto ou resultantes das actividades de leitura, implicando a detecção de informações, a citação, o comentário, a análise e ainda a consulta de obras de referência. Esse tipo de guião, essencialmente prático, como se disse, é concebido para a abordagem de uma obra concreta, por exemplo, de *Viagens na minha terra*, apresentando um percurso de leitura de todos os capítulos e modos de abordagem dos aspectos temáticos, estilísticos e procedimentos formais e narrativos.

Já abordámos, de diversos ângulos, a importância dos géneros como instrumentos teóricos para a leitura e a interpretação literária. Vejamos agora alguns domínios de exploração de questões genológicas através dos guiões e fichas de leitura, começando pelas de âmbito intertextual. Através do cotejo de códigos temáticos e formais de obras literárias que patenteiem relações intertextuais é possível verificar, por exemplo, fenómenos de imitação ou de paródia. A exploração deste tipo de abordagem didáctica dos géneros pode ser favorecida pela utilização de textos de crítica literária ou de doutrina estética.

No contexto da leitura da obra integral surgem sempre questões genológicas que exigem uma atenção sobretudo quanto aos aspectos macroestruturais. Mas também a propósito de elementos discursivos de natureza estilística, ou seja, num plano enunciativo microestrutural, a análise não se alheia de categorias de tipo modal ou genológico. Por seu turno, as actividades de escrita ou de reescrita (cortes, acrescentos, etc.), a partir de textos dos géneros mais diversos, propiciam também o investimento no horizonte genológico do aluno[41].

---

[41] Cf. Denis Bertrand e Françoise Ploquin, *Cahier pour la création de textes*, Paris/Sèvres, CIEP/BELC, 1991, em que os autores apresentam interessantes e criativas estratégias para a prática pessoal da escrita centrada em formas e géneros como a autobiografia, a conversação, o conto e o romance. O objectivo do caderno de exercícios destinado aos alunos é "les entraîner de manière dynamique et soutenue à l'écriture, en vue de l'accomplissement ultérieur d'un texte. (...) On aboutit ainsi à un va-et-vient constant entre l'analyse et la production, sous la forme alternée d'observations ponctuelles, d'esquisses de pastiches et de micro-rédactions" (p. 6).

A maior dificuldade para o professor, quanto à utilização das fichas de leitura e guiões, reside na sua estruturação com coerência científica e adequação pedagógica. Entre outras tarefas didácticas que se colocam ao professor, tendo em conta os níveis semântico, sintáctico e pragmático do texto literário, ao conceber estratégias didáctico--pedagógicas para as fichas ou os guiões, refiram-se as seguintes:

– determinar objectivos de aprendizagem como a aquisição de conhecimentos literários ou o desenvolvimento de competências metodológicas e estratégicas;

– estabelecer objectivos no que concerne ao desenvolvimento das competências genológicas, na análise literária, e, portanto, da memória arquitextual do aluno, implicando ou não a *reactivação* do conhecimento do intertexto e ainda do sistema de géneros num dado período literário;

– conceber actividades de leitura concretas, como, por exemplo, o comentário da perspectiva narrativa num trecho de romance, incluindo a localização e o inventário dos procedimentos textuais;

– determinar as operações de compreensão na leitura, como a inferência de sentidos literais e conotativos, o relacionamento de componentes textuais, a constatação e a interpretação de procedimentos;

– contemplar actividades de escrita e respectivas estratégias com vista ao treino de produção de um conjunto variado de textos;

– prever operações de compreensão semântica e teórica (comentar um tema e relacioná-lo com determinações genológicas e periodológicas);

– conceber formas de contextualizar a obra literária no período literário a que pertence;

– prever fases de aprendizagem para cada actividade [42];

– contemplar actividades a realizar no âmbito do trabalho domiciliário, isto é, as tarefas mais simples, deixando as de maior complexidade, que envolvem, por exemplo, procedimentos de sistematização teórica, para resolução em aula.

Podemos considerar, em síntese, que os diversificados elementos intervenientes na elaboração de instrumentos didáctico-pedagógicos

---

[42] Na leitura metódica de um texto, considera-se, numa primeira fase, o levantamento de hipóteses de leitura e, numa segunda, a confirmação ou rejeição dos sentidos inferidos num primeiro momento. Já na abordagem de um determinado procedimento literário, considera-se, numa primeira fase, a sua detecção e, numa segunda, a sua explicação analítica.

dizem respeito a um núcleo restrito de critérios relativos a *componentes teóricas* dos géneros literários e dos géneros de discurso, *tipo de leitura* (integral ou parcelar, metódica ou extensiva, etc.), *nível de compreensão* dos alunos, *estratégias de leitura* e *actividades* (no domínio da leitura e da escrita) e *processos* e *fases de aprendizagem*.

Concretizando, em relação ao romance, o trabalho com guiões ou fichas de leitura permite que os alunos treinem instrumentos de análise literária[43]. Um razoável dispositivo pedagógico consiste na elaboração de um trabalho colectivo, de forma a que os guiões sejam atribuídos aos diversos grupos, condividindo entre si as actividades de leitura.

Noutra direcção didáctica, complementar das anteriormente expostas, Jacqueline Biard e Frédérique Denis abordam a preparação dos textos com vista à elaboração de percursos didácticos a partir da definição de *níveis de leitura*. Estes autores entendem o nível de leitura como "la lecture de l'ensemble d'un texte, portant sur l'ensemble de ses significations, mais une lecture qui s'en tient à un certain degré de complexité. Le niveau de lecture permet au professeur de transformer le texte en objet d'étude, traduisible en objectifs. Il s'actualise, pour l'élève, sous la forme d'un *parcours du texte*"[44]. Os procedimentos do professor comentados pelos autores são aproximadamente os seguintes: em primeiro lugar, o professor procede a uma análise do texto; depois, cria um dispositivo pedagógico, tendo em conta, entre outros elementos, a explicitação dos raciocínios e dos conhecimentos necessários à análise, pelos alunos, as articulações que devem ser estabelecidas, as passagens obrigatórias, etc.

Num Forum de Linguística e Didáctica[45], Maria José Costa, autora de guiões de leitura para o segundo ciclo do Ensino Básico, problematizou as questões didácticas relacionadas com os guiões de leitura de um conto[46]. Os seus guiões prevêem diferenciados níveis de leitura e, portanto, diferentes graus de compreensão, de acordo com a

---

[43] Ver Michel Descotes, *op. cit.*, pp. 149-153.
[44] Cf. *op. cit.*, p. 31. Sublinhado nosso.
[45] Forum organizado pela UTAD, em Abril de 1995, no qual tivemos a oportunidade de participar, incluindo a colaboração na "oficina didáctica" dirigida por Maria José Costa.
[46] Esta e outras sugestões de guiões constantes dos novos manuais escolares obedecem às recomendações do Programa de Língua Portuguesa do Ensino Básico. No programa para o 3.º Ciclo (7.º, 8.º e 9.º anos), nas indicações sobre a "leitura orientada" dos textos (nível de leitura mais aprofundado), consideram-se os guiões como um dos suportes para a sua realização. A metodologia preconizada é a que

complexidadade das actividades. Curiosamente, aqueles passos da proposta de J. Biard e F. Denis, quanto aos níveis de leitura, são coincidentes com os que Maria José Costa considera dever dar o professor na preparação pessoal dos textos visando a elaboração de guiões de leitura. Todos os que têm criado instrumentos deste tipo defendem a sua eficácia operatória, o que se traduz num auxiliar aliciante para a leitura das obras e dos textos, porque contempla a construção da aprendizagem. Com efeito, projectos com guiões realizados em grupo garantem a interacção entre os alunos, a criatividade, a descoberta, num processo em que o estímulo funciona em cadeia.

Neste capítulo, abordámos formas de integração de saberes teóricos sobre os modos e géneros em estratégias didáctico-pedagógicas do ensino da literatura, sem perder de vista as diversas modalidades de leitura do texto literário. Os aspectos metodológicos aqui expostos projectar-se-ão no próximo capítulo, em que trataremos de estratégias pedagógicas para a leitura das obras do nosso *corpus* literário, no Ensino Secundário.

"implique a distribuição de tarefas por pequenos grupos e a posterior apresentação e discussão, no colectivo, dos trabalhos realizados". Como suporte deste estudo, sugere-se justamente a elaboração de guiões de dois tipos: a) "guiões elaborados pelos professores cujos tópicos conduzam ao rigor da análise e que, simultaneamente, sejam abertos à pluralidade das interpretações"; b) "guiões produzidos pelos alunos em grupos de trabalhos e orientados pelo professor". Se bem que pouco se sugira sobre o conteúdo dos guiões, as indicações dadas constituem algumas pistas que os utilizadores (professores, alunos, autores de manuais) terão de desenvolver. Cf. *Ensino Básico. 3.° Ciclo. Programa de Língua Portuguesa, 7.°-9.° anos*, pp. 86 e 87.

CAPÍTULO 4
ESTRATÉGIAS DIDÁCTICO-PEDAGÓGICAS DE LEITURA

4.0. Considerações iniciais

As estratégias didáctico-pedagógicas que vamos propor para a abordagem das obras do *corpus* concretizarão duas vertentes da leitura literária no Ensino Secundário[1]: por um lado, orientações teórico-metodológicas, anteriormente expostas, sobre a leitura (no capítulo 3 da parte I) e, por outro, princípios didáctico-pedagógicos que apresentámos nos capítulos 1 e 3 desta parte III, quanto ao modo de integração didáctica dos saberes de referência no ensino da literatura. Não pretendemos que as nossas estratégias sejam as únicas a viabilizar o estudo das obras; elas constituem, isso sim, uma tentativa de dar conta do *processo didáctico* da leitura.

Os procedimentos metodológicos concretizarão orientações teóricas sobre o processo da leitura quanto ao *trabalho inferencial* na interpretação do texto (Eco), aos *macroprocessos de compreensão* segundo Jocelyne Giasson, às sugestões operatórias do conceito de Iser sobre o *imaginário do texto literário* no processo comunicativo e, finalmente, à distinção estabelecida por Mignolo quanto aos dois modos fundamentais de *compreensão hermenêutica* e *teórica*.

Nas orientações didáctico-pedagógicas, teremos em conta, para a *aprendizagem integrada*, actividades de ensino incidindo fundamentalmente sobre o texto literário, sem perder de vista a dimensão linguística, a propósito do comentário, da análise e da interpretação textual. Em cumprimento do princípio da *interactividade pedagógica*,

---

[1] Os anos de escolaridade que teremos em mente são o 11.º e o 12.º. Particularizaremos, quando for o caso, a adequação de estratégias no contexto do *Português A* (dominante de Humanidades) e do *Português B* (as restantes dominantes).

procuraremos esboçar formas de trabalho que suscitem a troca de opiniões, o aprender com o outro, seja no trabalho de pares ou de grupo, em aula ou fora dela, sem que, nas diversas formas de trabalho, o professor abdique da sua função de ensinar, cabendo-lhe, pois, um papel de orientador, de organizador das estratégias de ensino-aprendizagem. O princípio da *construção da aprendizagem* estará presente sobretudo na forma como respeitaremos o processo da sua progressão, pelo lugar que há-de assumir a metacognição dos processos de compreensão e interpretação nas nossas estratégias, dando-se especial atenção à aprendizagem dos métodos de leitura, de acordo com a natureza dos textos.

Para cada obra privilegiaremos as suas vertentes nucleares, que se traduzem, para efeitos didácticos, em conteúdos programáticos que são objecto de ensino, bem como um conjunto de estratégias didácticas e pedagógicas [2].

No caso das obras *Frei Luís de Sousa* e *Os Maias*, de há muito contempladas nos programas de Português do Ensino Secundário, os conteúdos programáticos que vamos referir não podem deixar de coincidir com o que se designa comummente por cânone interpretativo escolar das obras. Assim, serão diminutas as sugestões que apresentaremos, mais adiante, quanto aos conteúdos das obras estudadas, para além dos normalmente ensinados.

Uma das principais estratégias didácticas e pedagógicas que vamos privilegiar é o trabalho com *guiões de leitura*. Os elementos considerados na elaboração dos guiões são, fundamentalmente, conteúdos das obras e actividades de leitura e escrita envolvendo a compreensão e o comentário de textos, para além de outros aspectos, como a calendarização, sempre de acordo com o tempo necessário para se lerem as obras e realizarem todas as operações de interpretação.

---

[2] O objectivo da abordagem da leitura integral, neste estudo, é discutir os seus problemas científicos e didácticos. Ao apresentar, neste capítulo, estratégias didáctico--pedagógicas de leitura das obras do *corpus*, situamo-nos na perspectiva de abordagem dos problemas da leitura sem a pretensão de querer elaborar planos ou programas de ensino. Se fosse este o objectivo, teríamos obrigatoriamente de considerar, entre outros, aspectos fundamentais como: *contexto e justificação*; *quadro de objectivos*; *roteiro de conteúdos*; *plano de organização e sequência do ensino-aprendizagem*; *plano de avaliação* (cf. António Carrilho Ribeiro e Lucie Carrilho Ribeiro, *Planificação e avaliação do ensino-aprendizagem*, Lisboa, Universidade Aberta, 1990, p. 65). Como se depreende, isso ultrapassa o âmbito deste trabalho.

A organização dos guiões fundamenta-se na própria orgânica das obras, incluindo os elementos que as estruturam, a extensão textual, a divisão interna (por capítulos, secções, partes, actos, cenas, etc.). Trata-se, neste caso, da estrutura sintagmática da obra, que demanda uma leitura horizontal. Por outro lado, a elaboração genológica, ao interferir, como se sabe, no processo de representação, constitui um pressuposto orientador dos guiões. A consideração deste último aspecto suscita, como se depreende, um percurso vertical de leitura. Assim, n'*Os Maias*, sabendo-se que a acção do romance se organiza em torno de uma intriga principal e uma secundária, estes dois elementos estruturais constituem instrumentos operatórios dos guiões de leitura.

A leitura prévia de uma obra literária, de acordo com a exposição do capítulo anterior, é incontestavelmente uma actividade necessária ao seu estudo em aula, revelando-se, à luz do princípio da interactividade pedagógica, um requisito basilar das práticas lectivas. Na leitura integral, temos em mente um estudo vertical e outro horizontal, mas seria ingenuidade supor praticável a leitura em aula da totalidade de uma obra, por somente fora desse espaço se encontrarem as condições para o contacto demorado com os livros. Deverão os alunos ser auxiliados, desde esse primeiro contacto, tornando-se necessário, por isso, oferecer-lhes instrumentos didácticos adequados a essa fase. Quanto à motivação para o cumprimento de um programa de leitura, incluindo a fase inicial, é importante fazer sentir aos alunos a necessidade deste contacto pessoal com a obra. Assim, para que se cumpram as primeiras instruções de leitura, o professor precisa de se assegurar de que terão adquirido já os termos e conceitos que serão utilizados. No caso de obras do modo narrativo, uma forma possível de rever componentes de natureza modal será a leitura de um conto literário, género com o qual supostamente estão familiarizados. A partir de determinadas orientações de leitura, o professor levará os alunos a detectar os constituintes estruturais deste género literário. E ainda que a leitura integral incida sobre obras de outros géneros literários narrativos, como, por exemplo, o romance, a estratégia continua válida porque, à partida, estão esclarecidos quanto aos instrumentos teóricos necessários à metacognição no processo da leitura.

No caso do romance, uma estratégia, entre muitas outras, para rever conteúdos genológicos, criando simultaneamente um clima de predisposição para o trabalho, é o visionamento de um filme, seguido de comentário, salvaguardadas as respectivas especificidades de linguagem, o que permite a reconstituição, na memória, de componentes que intervêm no processo da leitura. Apesar da diferença de linguagens, algumas componentes estruturais do romance (acção, intriga, personagem, ambiente, etc.) são representadas na narrativa fílmica e, por isso, mais imediata e vivamente detectadas pelos alunos.

Antes de começarmos a apresentar as estratégias para a leitura das obras, consideremos ainda dois conceitos fundamentais, que adoptaremos na sua concretização: a *subjectivação* e a *objectivação*. Na interacção com o texto, as imagens apreendidas resultam de um processo de construção do sentido que se concretiza nessas duas formas fundamentais de compreensão. Os primeiros elementos que o leitor apreende caracterizam-se por uma visão intuitiva, apresentando-se de modo desconexo. Na torrente de ideias que mentalmente o texto lhe suscita, numa apreensão *subjectiva*, o leitor ainda não organiza o seu conhecimento do *universo imaginário* proposto pelo discurso. Sem prejuízo de outros entendimentos desta questão, as primeiras reacções do leitor não lhe conferem um conhecimento sistematizado do texto. A segunda etapa – a *objectivação* – caracteriza-se pelo acto mental de conferir coerência ao conjunto de informações captadas do texto. É nesta fase que o leitor infirma as suas pressuposições sobre o universo textual, conseguindo, através de determinados procedimentos, efectuar uma cognição tanto quanto possível objectiva. Nesta fase, detecta e relaciona elementos textuais e extratextuais, infere aspectos semânticos, categoriza arquitextualmente o texto, etc.

Com os conceitos de subjectivação e objectivação aplicados à leitura, aproximamo-nos do entendimento de explicação literária de Guy Michaud, que justamente integra as fases de operação mental na explicação do método: "comme toute opération mentale complète comporte trois phases successives, nécessaires et suffisantes: l'intuition globale primitive, l'analyse, la synthèse finale"[3].

As estratégias didácticas orientadas para as estratégias de compreensão podem concretizar formas de conhecer o funcionamento do leitor no processo cognitivo da leitura, nas etapas de subjectivação e de objectivação.

---

[3] Cf. Guy Michaud, *L'oeuvre et ses techniques*, Paris, Nizet, 1957, p. 17.

4.1. A construção da leitura de *Frei Luís de Sousa*

4.1.1. Abordemos, de seguida, algumas estratégias didáctico--pedagógicas de leitura de *Frei Luís de Sousa*, no Ensino Secundário. A construção da leitura desta obra, de acordo com o princípio da interactividade pedagógica, pressupõe, antes de mais, a sua leitura prévia, para que os alunos possam participar construtivamente em todas as actividades de estudo[4]. Trata-se de um texto que, dada a reduzida extensão e clara inteligibilidade do discurso, não levanta dificuldades a alunos do nível que estamos a considerar, pelo que entendemos que podem realizar a leitura prévia numa única etapa. Já no caso d'*Os Maias*, conceberemos uma forma de acompanhar os alunos na leitura prévia, em virtude da longa extensão do romance desencorajar os alunos com falta de hábitos de leitura. Consideramos, no entanto, fundamental para uma leitura aprofundada de *Frei Luís de Sousa* que os alunos estejam alertados para a importância do monumento estético que é esta obra e que se entreguem à sua leitura com prazer, numa atitude de disponibilidade para compreender e fruir o texto, aspectos que não devem ser descurados nas estratégias de motivação para o seu estudo.

Após a leitura prévia, justificam-se, então, as estratégias para a análise e a interpretação. Ponderemos, antes de mais, as actividades que envolvem a *compreensão hermenêutica* da obra. Um ponto de partida possível é chamar a atenção dos alunos para a antinomia essencial do universo trágico, isto é, a antinomia entre ordem e caos. A passagem da ordem ao caos configura-se nos dois momentos nucleares da obra, o início e o fim: uma família receia que uma tragédia sobrevenha e a destrua; a tragédia acontece e a família é destruída. Estes elementos podem ser apresentados aos alunos em esquema esboçado no próprio quadro negro da sala de aula. Esta simples constatação serve como ponto de partida para o inquirir das diversas transformações que se sucedem no drama, com vista a que se descortinem as suas causas.

---

[4] Das várias edições que se conhecem de *Frei Luís de Sousa*, parece-nos que as que melhor servem ao público escolar são as de Luís Amaro de Oliveira (Porto Editora, 1986) e de Maria João Brilhante (2.ª ed., Lisboa, Comunicação, 1987). A primeira é a mais utilizada na escola e tem servido para "fixar" análises do drama de Garrett. A nossa opção seria pela segunda, mais actualizada do ponto de vista teórico, crítico e didáctico, tanto mais que segue a edição de Rodrigues Lapa. Com efeito, tanto no texto da apresentação crítica como nas linhas de leitura, estamos diante de um trabalho que não pode deixar de ser considerado pelos professores, ainda quando optem por uma outra edição do drama garrettiano.

Noutros termos, a pergunta que os alunos podem fazer é: "o que acontece e porque acontece?". Tal pesquisa na obra pode ser feita utilizando justamente as categorias do drama, que servirão para activar as memórias subjectivas da leitura prévia (de personagens, cenas, diálogos, espaços, etc.). A exploração das diversas transformações das situações dramáticas resulta se o professor visar justamente que os alunos explicitem o objecto, o motivo e o processo das transformações, nas seguintes constatações: mudou a estrutura de uma família estável (a de D. Madalena) devido ao aparecimento de D. João de Portugal (seu primeiro marido), que partira para a batalha de Alcácer Quibir, tendo sido dado como morto. D. Madalena, acreditando na sua morte, depois de o ter mandado procurar, sem resultado, casou-se com Manuel de Sousa Coutinho. Com o regresso do primeiro marido, a tragédia passa a ser inevitável: os esposos retiram-se do mundo e a filha (estando doente) morre, devido ao choque psicológico provocado pela situação de *ilegitimidade moral* que atingiu a união dos pais. Esta teia de acontecimentos, de que os alunos se dão conta com facilidade, corresponde justamente ao argumento do drama.

Por outro lado, nesta fase inicial do estudo, justifica-se a explicitação, por parte dos alunos, da compreensão objectiva do fulcro da acção dramática, que reside no incêndio do palácio de Manuel de Sousa Coutinho, na chegada de D. João de Portugal (disfarçado de romeiro) e na morte de Maria, no momento em que se realizam as cerimónias litúrgicas de entrada de seus pais no convento. Esta auscultação inicial de elementos representados na primeira leitura tem como objectivo a reconstituição das várias componentes estruturais do drama, como o argumento, as personagens, os espaços, o tempo ou os elementos simbólicos.

4.1.2. A etapa que se segue, após esta fase de primeira compreensão semântica (esquemática e globalizante), é a análise dos elementos da obra que estruturam os seus sentidos fundamentais. Trata-se, então, de descortinar a configuração textual das componentes do drama. Duas hipóteses se perfilam: a primeira é a leitura linear do texto, cena por cena, recapitulando e comentando componentes do universo dramático; outra, mais sistemática, é um trabalho com quadros de leitura que permitam a apreensão visual da informação[5].

---

[5] Tais quadros de leitura corporificam os requisitos da **leitura tabular**. O modo de utilização deste tipo de leitura encontra-se exposto numa obra didáctica que esboça

Tendo em conta o nível de ensino em causa, parece-nos ser de maior eficácia a segunda, sobretudo se os alunos elaborarem os quadros de leitura fora da aula (individualmente ou em grupo), o que propicia, pela economia de tempo, um maior rendimento escolar de outras actividades didácticas, de maior complexidade e profundidade interpretativa, funcionando como suporte destas. Vejamos, então, as componentes estruturais que podem ser objecto de sistematização[6].

Para observar a configuração da acção dramática (de factos presentes e pregressos), pode operar-se do seguinte modo:

Acto	Principais acontecimentos
I	Casamento de D. Madalena com D. João de Portugal.
	Ida dos governadores de Lisboa para Almada.
	Incêndio no Palácio de M. S. Coutinho.
II	Maria relata o pânico de D. Madalena.
	Maria questiona a Telmo sobre a identidade da figura de um dos retratos (o de D. João de Portugal).
	Maria vai com o pai a Lisboa.
	Chegada do Romeiro.
III	Maria adoece gravemente.
	Manuel S. Coutinho e Madalena decidem tomar o hábito.
	Preparativos para a tomada de hábito.
	Cerimónia da entrada no convento.
	Maria entra em cena e morre.

Consideramos mais produtivo, pedagogicamente, como se sugeriu acima, que os alunos preencham o quadro de leitura, após dilucidação feita pelo professor sobre a pesquisa dos elementos necessários. Depois disso, justifica-se o comentário das cenas mais representativas e a sua contextualização no conflito dramático.

---

diferenciadas estratégias para a leitura integral. Gérard Langlade coloca-a ao serviço dos projectos de estudo solicitados pela leitura integral, explicando as suas potencialidades: "Pour assurer la continuité de l'étude et la clarté des repérages auxquelles elle donne lieu, la lecture tabulaire est d'un précieux secour. Il s'agit de présenter sous forme de tableaux diverses indications prélévées dans l'oeuvre; leur mise en rapport va offrir de nouvelles perspectives de sens" (in *L'oeuvre intégrale*, vol. 1, Toulouse, CRDP, 1991, p. 100).

[6] Pretendendo o professor trabalhar, exaustivamente, com a memória de leitura dos alunos, pode recorrer a um questionário, que revela a profundidade da leitura realizada.

Antes de os alunos passarem à sistematização de outras componentes do drama, é imprescindível a ponderação dos elementos seleccionados como, por exemplo, a configuração rápida da acção. Nesta altura, é produtivo chamar a atenção dos alunos para a brevidade da acção dramática, característica, de resto, da tragédia grega, género literário que *Frei Luís de Sousa* concretiza. Dada a tensa concentração da acção dramática, a fatalidade é a sua grande trave-mestra, manifestando-se desde o início do drama na configuração psicológica das personagens (problemas de consciência, medo, etc.), que se traduzem nas suas falas através de elementos extremamente significativos, do ponto de vista simbólico, que não devem ser desprezados nas diversas operações de leitura.

A compreensão das personagens de *Frei Luís de Sousa* requer que se considerem várias componentes que podem presidir à elaboração de um quadro de identificação (espécie de roteiro de leitura, por tópicos) como o que se segue, consagrado à personagem Maria [7].

As personagens de *Frei Luís de Sousa*

Nome: Maria de Noronha.
Centralidade: personagem essencial do drama [8].
Compleição física: frágil, doente.
Características psicológicas: dada à fantasia, com uma fértil imaginação.

---

[7] Não nos ocuparemos da configuração de outras personagens, por tal tarefa nos parecer, neste trabalho, de certo modo despicienda. O que aqui está em causa é antes a apresentação da metodologia da abordagem das personagens e não tanto o esgotar a abordagem desta componente categorial do drama.

[8] A posição de diversos estudiosos (Teófilo Braga, Costa Pimpão, António José Saraiva) sobre a centralidade das personagens de *Frei Luís de Sousa* foi recenseada por Jacinto do Prado Coelho no artigo que escreveu sobre esta obra para o *Dicionário de literatura* (4.ª ed., Porto, Figueirinhas, 1990, p. 352). Para os dois primeiros críticos, a personagem central é Maria, enquanto no entendimento de A. J. Saraiva seria Telmo. Analisando o conflito familiar neste drama, Maria João Brilhante afirma que Maria constitui um "núcleo da construção do texto", já que ela está sempre presente em cena, "mesmo quando apenas nas falas das outras personagens" (cf. Maria João Brilhante (org.), *Frei Luís de Sousa de Almeida Garrett*, op. cit. pp. 42-43). Uma outra interpretação é a de Wolfgang Kayser, que concede à família a maior proeminência na tragédia (cf. *Análise e interpretação da obra literária*, vol. 2, 5.ª ed., Coimbra, Arménio Amado, 1970, pp. 286-287). Estas posições sobre a função da personagem Maria na construção do universo dramático podem ser fornecidas aos alunos através de uma síntese elaborada pelo professor.

Dimensão ideológica e cultural: de acordo com a sua mentalidade idealista, é a personagem que, juntamente com Telmo, mais representa o culto do Sebastianismo e, além disso, manifesta também interesse por clássicos portugueses [9].

Dimensão trágica: profere agouros, que se concretizam em diversas situações, culminando na catástrofe final.

Relação com outras personagens: apresenta traços comuns às demais personagens; tem uma importante função no sistema de personagens do drama; os sentimentos exteriorizados em relação à família e a Telmo Pais denotam uma mentalidade romântica.

Exposto este roteiro, a sistematização destes e de outros elementos sobre a personagem exige que os alunos os recuperem da sua memória de leitura prévia, sendo também oportuno o comentário de cenas que oferecem elementos significativos acerca da sua representação [10].

A compreensão das referências temporais, tanto a nível da acção pregressa, como das que decorrem em cena, constitui uma operação que se realiza na sintagmática textual. Deste modo, os alunos devem proceder ao levantamento e transcrição das que são fornecidas pelas didascálias e também pelas falas das personagens e, após uma esquematização, inferir o seu simbolismo trágico.

Exemplifiquemos, de seguida, o enquadramento de algumas falas, que, por conterem importantes elementos relativos ao tempo, podem ser citadas, resumidas ou parafraseadas, com a indicação do acto e cena em que se encontram na obra, para facilitar a sua contextualização.

No acto I, D. Madalena recorda a Telmo que, durante sete anos, mandou procurar Manuel de Sousa Coutinho e exorta-o a acreditar no desaparecimento de D. João de Portugal:

> Pois dizei-me (...): a que se apega esta vossa credulidade de sete... e hoje mais catorze... vinte e um anos? (cena II).

No acto II (cena I) Maria, narrando os acontecimentos que determinam a mudança do acto I para o acto II (incêndio de um palácio e consequente mudança para o outro), diz:

> Há oito dias que aqui estamos nesta casa (...).

---

[9] O interesse pela cultura literária é patenteado em diversos momentos como, por exemplo, no acto II, cena I, em que Maria, em diálogo com Telmo, cita o princípio de *Menina e moça,* de Bernardim Ribeiro e, ainda na mesma cena, nas duas referências apreciativas a Camões.

[10] Entre outras cenas em que Maria é representada de modo mais significativo, refiram-se as cenas III e IV do acto I e as cenas I e II do acto II.

Por sua vez, D. Madalena exprime presságios funestos ao salientar a coincidência de datas muito marcantes:

> (...) faz hoje anos que... que casei a primeira vez; faz anos que se perdeu el-rei D. Sebastião; faz anos também que... vi pela primeira vez a Manuel de Sousa (cena X).

Na cena XIV, do mesmo acto, o Romeiro dá indicações sobre o tempo de ausência da pátria:

> (...) morei lá vinte anos cumpridos.
> Há três dias que não durmo nem descanso, nem pousei esta cabeça (...) faz hoje um ano – quando me libertaram (...).

Após o enquadramento destas falas, e conhecendo os alunos, previamente, a data da batalha de Alcácer Quibir (4-8-1578), estarão em condições de deduzir todas as outras datas (visualizando os dados em esquemas) e compreender a importância do simbolismo trágico das coincidências de acontecimentos que sucedem numa sexta-feira. Deste modo, poderão voltar a registar os acontecimentos já conhecidos, agora antepondo a data em que ocorreram.

Outras informações quanto ao tempo dramático, ainda eventualmente retidas, permitem a compreensão do tempo trágico, à luz da lei das três unidades da tragédia clássica. Um esquema como o elaborado por Luís Amaro de Oliveira sobre a concentração do tempo pode ser fornecido aos alunos após todo o trabalho pessoal de detecção e análise dos elementos textuais correspondentes à temporalidade[11].

Passemos à abordagem do espaço e seu significado na economia do drama através das informações dadas sobretudo pelas didascálias. Assim, pode pensar-se em actividades de leitura como a detecção de elementos significativos das atmosferas psicológicas, através dos cenários de cada um dos actos, observando-se objectos e outros elementos físicos. Um aspecto fundamental que configura a tragicidade do espaço é o cenário aberto do princípio do drama (com janelas que permitem avistar o Tejo e a cidade de Lisboa, ao fundo), cenário que, progressivamente, se vai fechando e despojando, com as mudanças operadas nos actos II e III.

Sabendo-se que os espaços traduzem também a psicologia das personagens, uma operação pertinente para a compreensão do clima trágico é a análise das relações entre aquelas duas categorias do drama.

---

[11] Cf. Luís Amaro de Oliveira, *Frei Luís de Sousa de Almeida Garrett, op. cit.*, pp. 132-133.

Neste sentido, poderiam orientar-se os alunos para interpretações acerca do ambiente luxuoso do primeiro acto, no palácio de Manuel de Sousa Coutinho, conduzindo-os primeiramente a inferir a estabilidade familiar sugerida pelo cenário e, depois, na análise deste acto, a reparar que tal estabilidade é apenas aparente, já que, desde o princípio do drama, D. Madalena e Maria se revelam personagens psicológica e emocionalmente instáveis e temerosas. Quanto à compreensão da importância do espaço onde decorre o segundo acto, a análise pode deter-se nas reacções das personagens D. Madalena e Maria. No caso da primeira, interessa explorar algumas falas de Maria, na cena I do acto II, em que, pela sua voz, é dado a conhecer o pavor em que se encontra a mãe após a mudança para o palácio de D. João de Portugal e, sobretudo, depois de se ter deparado com o retrato do antigo esposo. Outras passagens do texto que merecem uma atenção são as duas primeiras cenas do acto II, em que Maria, em diálogo com Telmo, pressente num dos retratos a figura de D. João de Portugal, o que é confirmado na segunda cena, através de uma intervenção de Manuel de Sousa Coutinho. Pela importância na evolução do conflito trágico, a cena nuclear de reconhecimento (cena XV, preparada pela cena XIV), na qual D. João se deixa reconhecer, ao identificar o retrato como sendo o seu, através do enunciado mais curto, incisivo e célebre do teatro português ("ninguém"), deve ser analisada, certificando-se o professor de que os alunos a compreendem como prenunciadora do fim da tragédia. Já no acto III, a produtividade semântica do espaço adequa-se ao maior adensamento do conflito trágico. Por isso, os elementos físicos são sobrecarregados pela força do trágico que esmaga as personagens.

As actividades didácticas implicadas na sistematização dos elementos acima considerados (acção, personagem, tempo e espaço) são, por um lado, de índole heurística (pesquisa de elementos textuais e correspondentes registos e esquematizações) e, por outro, de índole interpretativa: comentário de cenas exemplificativas dos aspectos a tratar, análise semântica e estilística de certos diálogos, estabelecimento de articulações a nível paradigmático, como, por exemplo, determinar a produtividade das acções e do sistema de personagens[12]. Neste nível de abordagem do texto, o professor realiza actividades de

---

[12] Sobre aspectos estruturais, semânticos e semióticos da construção da personagem no texto dramático, ver Patrice Pavis, *Diccionario del teatro. Dramaturgia, estética, semiología*, Barcelona/Buenos Aires/México, Paidós, 1983, pp. 354--362.

compreensão teórica, ou seja, de sistematização do conhecimento arquitextual da obra.

Uma outra possibilidade de leitura de *Frei Luís de Sousa* é a que propõe Carlos Reis, a partir da aplicação do esquema das seis funções dramatúrgicas estipuladas por Etienne Souriau. Tratando-se de uma análise do código actancial, propõe ao leitor uma sistematização teórica do universo dramático, à qual os professores poderiam recorrer para elaborar uma síntese do funcionamento semiótico do sistema de personagens[13].

4.1.3. Tendo contemplado, até aqui, o texto de *Frei Luís de Sousa*, passamos a considerar a abordagem didáctica do subtexto e do intertexto no qual se inscreve e cujo acesso tem sido tradicionalmente orientado pela "Memória ao Conservatório Real", fundadora das principais linhas de interpretação da obra.

Tendo em conta as competências literárias de um aluno do nível que estamos a considerar, o estudo da "Memória ao Conservatório", precedendo o conhecimento do texto dramático, apresenta obstáculos a quem desconheça a maior parte das suas referências literárias, históricas e culturais. Consideramos que, em virtude da sua cerrada complexidade, a leitura da "Memória ao Conservatório" deve ser feita em aula, depois do estudo do drama, de modo a permitir que o conhecimento deste favoreça a compreensão das diversas questões daquele texto doutrinário. Para a génese da obra, Garrett indica as fontes de que se serviu e que constituem elementos do intertexto histórico (uma comédia representada na Póvoa de Varzim, o drama *O cativo de Fez*, de António Joaquim da Silva Abranches, o romance *Luís de Sousa*, de Ferdinand Denis, etc.). Estas referências, bem como outros elementos históricos relativos ao argumento do drama (sobre a figura histórica de Frei Luís de Sousa, por exemplo), devem ser ponderados para a compreensão da temática nacional que se inscreve no texto[14]. Por outro lado, interessa também fazer uma referência às

---

[13] Cf. Carlos Reis, *Técnicas de análise textual*, 3.ª ed. rev., Coimbra, Almedina, 1981, pp. 370-374.

[14] Para um maior entendimento das fontes de que se serviu Garrett, pode o professor recorrer, entre outros, a um resumo, breve, mas completo e esclarecedor, de Luiz Francisco Rebello, "O *Frei Luís de Sousa* 150 anos depois", in *O Escritor*, 4 (Dezembro de 1994), p. 199, e a um comentário mais alargado de Maria Leonor Machado de Sousa, "'Frei Luís de Sousa' e a literatura europeia", *in Afecto às letras. Homenagem da literatura portuguesa a Jacinto do Prado Coelho*, Lisboa, Imprensa Nacional-Casa da Moeda, 1984, pp. 483-489.

motivações de raiz autobiográfica que conduziram Garrett à projecção de episódios da sua vida pessoal[15].

A questão da intencionalidade do drama é claramente enunciada por Garrett em termos que não deixam dúvidas de que o escritor se sentia incumbido de uma missão pedagógica, no sentido de elucidar o público sobre a premência cultural de um teatro novo, dado o momento histórico que se vivia, o que reclamava uma renovação através da expressão em géneros dramáticos, então em voga, como o drama histórico e o drama de actualidade. A sua abordagem deve ter em conta a necessidade de fornecer aos estudantes elementos suficientes para que compreendam a importância cultural e a dimensão institucional do teatro no tempo de Garrett.

Os aspectos genológicos de *Frei Luís de Sousa*, contemplados na "Memória ao Conservatório", também devem ser abordados nesse momento do estudo, em que os alunos já estarão ao corrente das componentes do drama histórico romântico e do *ethos* trágico da obra, todavia distinto do das tragédias gregas. Para um maior esclarecimento a respeito desta questão genológica pode proceder-se à sistematização das componentes de género (do antigo e moderno), que se entrelaçam no texto, produzindo, no dizer de Luiz Francisco Rebello, "uma tragédia romântica"[16]. No caso de o professor trabalhar com o programa de *Português A* (orientado para os cursos humanísticos), convém atentar nos conhecimentos prévios sobre as componentes estruturais da tragédia grega, adquiridos no 11.º ano, aquando do estudo da tragédia *Castro*, de António Ferreira. Deste modo, o professor proporcionará aos alunos a oportunidade de aplicarem os seus conhecimentos genológicos. Tal estratégia parece-nos muito mais eficaz do que longas exposições sobre as características da tragédia grega. A ideia é trabalhar sempre os saberes prévios dos alunos, como forma de, valorizando o que sabem, torná-los mais conscientes e motivados para alargar e aprofundar os conhecimentos, superando lacunas.

A abordagem dos aspectos acima referidos, contemplados na "Memória ao Conservatório Real", reveste-se de um maior ganho pedagógico se for levada a cabo de modo a respeitar a progressão na aprendizagem. Assim, numa primeira fase, o professor faz exposições

---

[15] No capítulo 1 da parte II (nota 13), já nos referimos ao tratamento desta questão na bibliografia sobre Garrett.

[16] Cf. Luiz Francisco Rebello, *op. cit.*, p. 200.

sumárias, procurando condensar a informação sobre as questões genológicas, de modo a permitir aos alunos uma apreensão objectiva da informação. A fim de assegurar a assimilação, por parte dos alunos, da compacta informação, passa a uma outra etapa na reflexão dos mesmos aspectos, então apoiada por textos críticos[17]. Assim, para os elementos genológicos de extracção clássica e romântica, procede-se à elaboração de registos de elementos textuais, semelhantes aos produzidos em obras de carácter didáctico, que dão lugar, depois, a um outro tipo de exploração, a partir de reflexões levadas a cabo por diversos autores[18].

Uma componente fundamental de *Frei Luís de Sousa* é a temática ideológica, filosófica e também cultural do sebastianismo, que se reflecte, em particular, na representação das personagens. A profundidade da sua abordagem depende, evidentemente, das disponibilidades de tempo e dos objectivos da leitura integral. Assim, não desejando o professor ir além de uma referência sumária, pode apresentá-la a partir de elementos recolhidos em obras de carácter geral como as enciclopédias e dicionários históricos e literários, socorrendo-se, ainda, de uma interessante informação fornecida por Garrett numa nota do drama[19]. Havendo maior disponibilidade de tempo (e sobretudo para o 12.º ano de escolaridade do *Português A*), pode proceder-se a uma reflexão sobre esta problemática do sebastianismo, conduzida a partir da sua pervivência na cultura e na

---

[17] Este procedimento justifica-se em função das capacidades de aprendizagem dos alunos do Secundário, ainda que num ano terminal. Já a nível universitário, é possível, como de facto ocorre, proceder à sistematização de conteúdos de aprendizagem recorrendo, em simultâneo, à reflexão de textos que apoiem a própria sistematização.

[18] Entre outros estudos críticos que poderiam ser utilizados pelos professores, refiram-se apenas alguns dos mais importantes: Wolfgang Kayser (*op. cit.*); António José Saraiva e Óscar Lopes, *História da literatura portuguesa*, 11.ª ed., corrig. e actual., Porto, 1979 (as páginas consagradas ao *Frei Luís de Sousa*, no capítulo sobre Almeida Garrett, são: pp. 744-750); Ofélia Paiva Monteiro, "Introdução" a *Frei Luís de Sousa*, Porto, Civilização, 1987, pp. 7-28; Luiz Francisco Rebello (*op. cit.*). Uma outra fonte bibliográfica é a obra de Carlos Reis e Maria da Natividade Pires, *História crítica da literatura portuguesa (o Romantismo)*, Lisboa, Verbo, 1993, que inclui, em diversos capítulos, textos doutrinários de Garrett e textos críticos de estudiosos desse período da literatura portuguesa.

[19] Trata-se do comentário sobre a crença popular no regresso de D. Sebastião, feito na Nota M por Garrett (cena II do acto I). Ver Maria João Brilhante, *op. cit.*, p. 100.

literatura, seja através de textos de carácter histórico, retirados de obras que abordam o sebastianismo pela via do mito histórico e da sua dimensão política e filosófica, ou de textos literários. Quanto à exemplificação do aproveitamento literário, revela-se de grande eficácia o recurso a textos poéticos. Entre outros poetas que glosaram o mito, reiterando-o, nesta perspectiva, encontram-se Fernando Pessoa, o mais importante, em diversos poemas da *Mensagem* e Miguel Torga, num poema como "D. Sebastião", de *Poemas ibéricos*[20]. Esta forma de leitura intertextual, depois de cumpridas as actividades da leitura integral, propiciando o aprofundar do conhecimento do intertexto no qual a obra se insere, constitui uma espécie de "prolongamento didáctico", isto é, a realização de práticas didácticas de tipo extensivo e complementar, úteis à consolidação dos conhecimentos adquiridos sobre a obra, em fases anteriores.

De acordo com esta orientação didáctica, pode prolongar-se o estudo do drama garrettiano, com o objectivo de aprofundar a compreensão da novidade estética que a obra a seu tempo representou e da qual o autor estava consciente (conforme se depreende da "Memória ao Conservatório Real"). Para esse efeito, a leitura de passagens de dramas românticos, exemplificativas do exagero do sentimento, das longas tiradas, de comportamentos melodramáticos (ingredientes literários patenteados pelo teatro no tempo de Garrett), permitirá aos alunos ter uma ideia dos tipos de drama que o escritor punha em causa e, simultaneamente, compreender a singularidade estética de *Frei Luís de Sousa*. É o caso, por exemplo, e independentemente da qualidade estética, dos dramas *Os dois renegados*, de Mendes Leal, ou de *O fronteiro de África ou três noites aziagas*, de Alexandre Herculano, dos quais poderão ser lidas e comentadas algumas cenas[21].

---

[20] António Quadros procedeu a uma análise de um vasto conjunto de textos literários portugueses e brasileiros (líricos, narrativos e dramáticos) que reiteram as mais diversificadas facetas do mito sebastianista. Cf. *Poesia e filosofia do mito sebastianista. O sebastianismo em Portugal e no Brasil*, vol. 1, Lisboa, Guimarães, 1982.

[21] Quanto à peça de Mendes Leal, decerto poderiam os professores colher elementos também no prefácio que o autor escreveu para a primeira edição (1839), mas optaríamos por seleccionar a cena VII do acto II, que se encontra antologiada por Luiz Francisco Rebello, em *O teatro romântico (1838-1869)*, Lisboa, Biblioteca Breve, 1980, pp. 99 ss., portanto, um trecho acessível, patenteado por um grande especialista em teatro. Do drama de Alexandre Herculano, seguiríamos, pelas mesmas razões, a escolha de Cândido Beirante e Jorge Custódio, isto é, a cena IV do acto II,

A concluir o estudo da obra, os alunos poderão ser levados a explicitar as diversas interpretações que ela permite. De acordo com o recente estudo, já citado, de Luiz Francisco Rebello, tratando-se de "obra poliédrica e polissémica, o *Frei Luís de Sousa* será o que resultar da incidência do foco que cada um de nós projectar sobre esta ou aquela das suas faces"[22]. Neste estudo, Luiz F. Rebello explora diversas dessas faces, algumas das quais (a política, a social, a psicológica e a literária), como o mesmo lembra, já tinham sido abordadas por outros autores. Mas o dramaturgo insiste em linhas de interpretação como a do *drama da absurda esperança sebastianista*, drama *de culpa e de expiação*, que é simultaneamente pessoal, existencial e religioso. Este autor dá especial relevo à *dimensão psicológica,* ao afirmar, em jeito de síntese: "podemos então ver no *Frei Luís de Sousa*, para além de um drama psicológico e moral de consciências, um drama autobiográfico, de fortes ressaibos psicanalíticos"[23]. Tendo em conta todos estes aspectos, será fácil levar os alunos a descortinarem a intemporalidade e actualidade do *Frei Luís de Sousa*, que patenteia "a marca do individual, do colectivo, do social e da história", como também acentuou Ofélia Paiva Monteiro[24].

Nestas estratégias didácticas para o estudo da obra de Garrett, demos prioridade ao texto dramático, não nos preocupando com a abordagem das marcas do espectáculo (aspecto que não deve ser descurado na leitura da obra, em contexto escolar), em virtude de privilegiarmos, fundamentalmente, as componentes genológicas do texto dramático.

4.2. A construção da leitura d'*Os Maias*

4.2.1. Vejamos, agora, estratégias de leitura d'*Os Maias*, no Ensino Secundário. Antes de mais, como se disse no início deste

---

que se encontra transcrita em *Alexandre Herculano. Um homem e uma ideologia na construção de Portugal (antologia)*, Lisboa, Bertrand, 1979, pp. 128 ss. Uma alternativa, mais pessoal, consultando a 1.ª edição impressa no Rio de Janeiro, em 1862, com o título *O fronteiro d'Africa ou tres noites asiágas. Drama historico portuguez*, em 1862, pela Tipografia Económica de J. J. Fontes, seria a escolha das cenas XI do acto I, XX do acto II e II do acto III.

[22] Cf. Luiz Francisco Rebello, "O *Frei Luís de Sousa* 150 anos depois", *op. cit.*, p. 203.

[23] *Idem*, p. 201.

[24] Cf. conferência proferida na Faculdade de Letras de Coimbra, em 3-1-95.

capítulo, consideramos que, na concepção e realização de estratégias didácticas para o estudo da obra literária, torna-se necessário ponderar formas que garantam a leitura efectiva da sua totalidade.

Reputamos como fundamental a leitura prévia d'*Os Maias*, como forma de garantir o conhecimento da obra quando se inicia o seu estudo em aula. Por se tratar de um longo romance, não se pode ter a ambição de que os alunos o leiam, com proveito e sucesso, no decorrer do estudo em aula, sobretudo se a sua abordagem se revestir de profundidade, de reflexão aturada, de releitura de certas partes, enfim, de todos aqueles passos requeridos por uma leitura verdadeiramente crítica. Ora, sabe-se que, muitas vezes, os alunos se servem de processos pedagogicamente incorrectos para adquirir noções gerais acerca do romance, recorrendo a obras que apresentam, de modo esquemático e redutor, os diversos conteúdos, como o resumo da intriga, a caracterização de personagens, a súmula de problemáticas abordadas nos episódios, etc., conseguindo, em certas ocasiões, obter resultados positivos, como em provas de avaliação centradas em aspectos coincidentes com os eventualmente tratados em apontamentos didácticos que circulam no mercado livreiro[25]. Se, de facto, a extensão deste romance tem sido um factor que desencoraja a leitura dos alunos, há que pensar em estratégias que contornem este obstáculo inicial.

Tendo em conta o desiderato da leitura integral, isto é, a leitura da totalidade da obra visando a compreensão dos vectores semânticos, das categorias literárias, dos procedimentos estilísticos, do contexto histórico-literário e da inserção periodológica, apresentamos, a seguir, um exemplo de guião para a leitura prévia d'*Os Maias*. Tratando-se de um longo romance, propomos um guião de leitura que constitui um programa faseado no tempo e um roteiro de leitura de todos os capítulos, estruturado fundamentalmente em torno da intriga, mas contemplando também outras componentes do romance. O objectivo de um roteiro como o que vamos propor é, pois, acompanhar os alunos na leitura da obra, chamando-lhes a atenção para a necessidade de objectivar por escrito a sua compreensão dos mais diversificados aspectos. Seguindo este programa, podem ler o romance no espaço de 25 dias, sendo este limite meramente exemplificativo.

---

[25] Ver a crítica a este tipo de obras feita por Carlos Reis, in *Discursos*, 2 (1992), pp. 164-165.

O roteiro assume a forma de questões sobre as quais devem os alunos pronunciar-se, por escrito, tratando-se, antes de mais, de recuperar, da primeira leitura, elementos fundamentais da narrativa, como a evolução da intriga principal. O privilégio concedido à intriga justifica-se, nesta fase de leitura, por ser o móbil que sustenta a expectativa do leitor em relação à extensa narrativa que se vai desenrolar. Mas também outros aspectos são contemplados, como o conhecimento das personagens e dos espaços que habitam, do tempo e de aspectos sócio-culturais.

Partimos da consideração de que, nesta fase, ainda que incipiente, o processo pragmático da leitura pode traduzir-se numa fecunda interacção com o universo imaginário proposto pelo texto, se o aluno possuir instrumentos que lhe permitam objectivar sentidos, componentes genológicas e procedimentos literários. Deste modo, o trabalho posterior de interpretação apresenta-se como tarefa mais rentável, porque fundamentada em conhecimentos anteriores, e mais agradável, porque o leitor se torna mais participativo, mais comprometido na cognição do universo do romance.

O guião permite avaliar diversas capacidades de leitura, como a de seleccionar informações textuais, a de inferir sentidos e formular juízos. A inferência de componentes semânticas (assunto, tópicos temáticos, dominantes ideológicas) e de categorias genológicas (personagem, espaço, tempo, etc.) constitui o fundamento básico de compreensão do romance, ainda nesta fase inicial de leitura, prevendo-se a retoma destas operações cognitivas aquando do estudo da obra em aula.

4.2.2. A título exemplificativo, apresentamos, a seguir, um guião de leitura prévia d'*Os Maias*, a ser precedido por indicações preliminares aos alunos, do tipo das que aqui esboçamos.

> O romance *Os Maias*, obra genial de Eça de Queirós, que vamos estudar, merece uma leitura prévia, feita em casa, ao sabor dos tempos livres dedicados à leitura. A fim de a facilitar, apresentamos um roteiro de leitura, a ser cumprido ao longo de 25 dias, após o que iniciaremos a sua abordagem, em aula.

Para cada capítulo, serão fornecidas pistas que ajudem o aluno a elaborar sucintas fichas de leitura consagradas, entre outros aspectos, ao registo de elementos relativos às personagens representadas no texto, a resumos da intriga principal, à interpretação de elementos concernentes aos espaços físicos e sociais e ainda à análise da configuração dos tempos da narrativa e do discurso.

As respostas às questões do guião devem ser registadas por escrito nos suportes habitualmente utilizados pelos alunos (cadernos, fichas ou *dossiers* de trabalho).

Vejamos, então, um programa de leitura para todos os capítulos da obra[26].

Capítulo I (pp. 5-31) – 1.º dia

Prestar atenção ao primeiro período do texto: "A casa que *os Maias* vieram habitar em Lisboa, no *Outono de 1875*, era conhecida na vizinhança da Rua de S. Francisco de Paula, e em todo o bairro das Janelas Verdes, pela Casa do *Ramalhete*, ou simplesmente o Ramalhete" (p. 5)[27]. Os elementos por nós sublinhados no trecho citado destacam-se neste breve início do romance e dizem respeito a três categorias da narrativa: espaço, personagem e tempo. Notar, ao longo da leitura deste primeiro capítulo, o desenvolvimento dado, pelo narrador, a este *incipit* do romance. Depois de lido o capítulo, procurar explicar as duas seguintes questões: a) Quem eram os Maias? (responder elaborando fichas com o registo de todos os elementos que permitam identificar as personagens representadas no capítulo); b) Que importância é concedida ao Ramalhete? (responder com referências a elementos físicos e simbólicos da descrição).

Capítulo II (pp. 32-52) – 2.º dia

Partindo da leitura da primeira página, do segundo capítulo, inferir qual o assunto nele desenvolvido[28]. Após a sua leitura, completar a caracterização de Pedro da Maia e de Maria Monforte.

Capítulo III (pp. 53-86) – 3.º dia

O capítulo III apresenta o espaço de Santa Olávia, para onde vão viver, depois do suicídio de Pedro, o protagonista do romance, Carlos Eduardo da Maia e seu avô, Afonso da Maia. Retirar informações do texto sobre a educação de Carlos.

Capítulo IV (pp. 87-112) – 4.º dia

Indicar a função deste capítulo, considerando o que, até este momento, é dado a conhecer a respeito de Carlos[29]. Reflectir sobre o texto seguinte:

---

[26] O tom impessoal (não considerando, pragmaticamente, a presença do receptor) e a feição esquemática do discurso nestas sugestões para um guião justificam-se no contexto destas estratégias, que não pretendem ser idênticas às adoptadas na prática pedagógica.

[27] As páginas indicadas referem-se, em todos os casos, à edição d'*Os Maias* da Editora Livros do Brasil, já citada.

[28] O assunto do capítulo é a apresentação de Pedro da Maia e Maria Monforte, pais de Carlos.

[29] A função do capítulo é apresentar a vida de Carlos, estudante em Coimbra e, já formado, em Lisboa, idealizando grandes projectos.

"Carlos, naturalmente, não tardou a deixar pelas mesas, com as folhas intactas, os seus expositores de medicina. A Literatura e a Arte, sob todas as formas, absorveram-no deliciosamente" (p. 90). Que espécie de personagem se nos afigura? Que relações podemos deduzir entre o Carlos que o avô educara para "ser útil ao seu país" (p. 88) e o Carlos que começa a revelar-se um *dandy* e um ocioso diletante? (pp. 98 e 128 ss.).

Capítulo V (pp. 113-144) – 5.º dia

Retirar elementos do capítulo que permitam compreender a vida de Carlos em Lisboa, caracterizada pelo mesmo diletantismo que revelara enquanto estudante em Coimbra. De que se ocupa Carlos em Lisboa? Nomear as suas relações sociais.

Capítulo VI (pp. 145-185) – 6.º dia

Referir o acontecimento crucial, neste capítulo, para o evoluir da intriga principal. Indicar espaços e ambientes significativos no respeitante à representação de mentalidades[30].

Capítulo VII (pp. 186-217) – 7.º dia

Reler os elementos registados a propósito do capítulo anterior. Inferir sentidos sobre a intriga amorosa. Pôr hipóteses sobre a sua evolução, isto é, as direcções que poderá tomar.

Capítulo VIII (pp. 218-251) – 8.º dia

Seleccionar uma passagem significativa do ponto de vista semântico e estilístico.

Capítulo IX (pp. 252-299) – 9.º e 10.º dias

Tendo em conta a importância dos ambientes, comentar a cena mais significativa do Baile dos Cohens e a imagem que Carlos captou dos condes de Gouvarinho, no dia em que fora ao chá na sua residência.

Capítulo X (pp. 300-344) – 11.º e 12.º dias

Explicar a importância do episódio de natureza social que ocupa um grande espaço neste capítulo[31].

Capítulo XI (pp. 345-380) – 13.º e 14.º dias

Mencionar os factos que fazem avançar a intriga neste capítulo[32].

---

[30] O acontecimento importante é a visão de Maria Eduarda por Carlos. Os dois espaços são a Vila Balzac e o jantar no Hotel Central.

[31] O episódio relevante é o das corridas no hipódromo (pp. 312 ss.).

[32] Carlos vai a casa de Maria Eduarda, dando início às visitas, de que resultará a afeição entre ambos.

Capítulo XII (pp. 381-419) – 15.º dia

Indicar os acontecimentos mais importantes da intriga principal.

Capítulo XIII (pp. 420-446) – 16.º dia

Carlos e Maria Eduarda visitam a Quinta dos Olivais. Comentar este momento da narrativa.

Capítulo XIV (pp. 447-502) – 17.º e 18.º dias

Que planos fazem Carlos e Maria Eduarda para o seu futuro? Referir o propósito e as consequências da visita de Castro Gomes a Carlos, no Ramalhete.

Capítulo XV (pp. 503-581) – 19.º, 20.º e 21.º dias

Redigir sínteses provisórias relativas à intriga principal e à vida social ao redor de Carlos, implicando personagens, atitudes, planos e acontecimentos [33].

Capítulo XVI (pp. 582-625) – 22.º dia

Antever as consequências da peripécia que tem lugar no Sarau do Teatro da Trindade.

Capítulo XVII (pp. 626-687) – 23.º e 24.º dias

Referir, por tópicos, os principais acontecimentos deste capítulo, relacionados com a intriga principal [34].

Capítulo XVIII (pp. 688-716) – 25.º dia

Este capítulo dá-nos a conhecer a vida de Carlos depois da separação de Maria Eduarda e da morte de Afonso. Reflectir e comentar a posterior trajectória de Carlos.

---

[33] Algumas ocorrências que poderiam ser referidas, através de tópicos ou palavras-chave, são: plano de partida com Maria Eduarda; Maria Eduarda revela o seu passado; Ega visita a Toca; serões na Toca; Maria vê o tio de Dâmaso, que conhece de Paris; o artigo de Dâmaso é publicado na "Corneta do Diabo"; Ega e Carlos vão ao jornal falar com Palma Cavalão; Ega e Cruges vão à casa de Dâmaso; Dâmaso torna-se amante de Raquel Cohen; Carlos volta para o Ramalhete; Maria Eduarda volta a habitar na Rua de S. Francisco; Afonso regressa de Santa Olávia; continuam os projectos de uma revista; tem lugar o episódio na Redacção do jornal "A Tarde".

[34] Ega revela a Vilaça o segredo de Maria Eduarda, que, por sua vez, o dá a conhecer a Carlos; incesto consciente; morte de Afonso; Carlos parte para Santa Olávia; Maria Eduarda parte para Paris.

Chegados ao fim da primeira leitura do romance, os alunos terão adquirido inúmeros conhecimentos sobre a obra, que permitem realizar um *efectivo estudo*, certamente com profundidade, apesar das limitações que condicionam as práticas reais de ensino.

4.2.3. Os conteúdos programáticos que apresentaremos a seguir, para um total de 20 aulas, abrangem os diversos aspectos literários d'*Os Maias,* de natureza temática, genológica, histórico-cultural e periodológica, que a leitura integral desta obra não pode deixar de considerar, dada a importância que assumem tanto do ponto de vista semântico, como estético e pragmático. A sequência pela qual apresentaremos os conteúdos programáticos respeita uma lógica de leitura fundamentalmente sequencial, do primeiro ao último capítulo, que nos parece adequada à compreensão dos diferentes aspectos do romance, assim permitindo realizar a reconstrução da narrativa, através da sua releitura. Abrimos o percurso com a estrutura do romance, com vista à compreensão da acção, do tempo, do espaço e das personagens. Segue-se a abordagem da temática da educação, justificada no contexto dos capítulos iniciais, e assim por diante. Outros conteúdos programáticos (a crónica de costumes, o *fatum*, o simbólico, o trágico, etc.) surgirão associados à evolução da intriga principal, rumo ao desenlace, após o que dedicaremos um espaço ao epílogo do romance.

A nossa opção pela distribuição de conteúdos de ensino--aprendizagem, num percurso de estudo da obra ao longo de 20 aulas, justifica-se pela necessidade de concretizar opções didácticas compatíveis com o tempo lectivo possível. Apresentamos, a seguir, os conteúdos programáticos para um percurso de estudo, contemplando sugestões de actividades a realizar pelos alunos, tanto em aula como em regime de trabalho domiciliário.

Para cada aula, apresentamos um assunto principal abrangendo diversas componentes de ensino.

Na 1.ª aula, apresentar-se-á um percurso de abordagem d'*Os Maias*, fundamentado na compreensão da estrutura da obra. Assim, justifica-se uma reflexão sobre o título e o subtítulo da obra, bem como sobre aspectos genéricos do espaço, do tempo, da acção principal e da acção secundária, de modo a delimitar um percurso de abordagem.

Considerando que o tempo, o espaço e a sociedade constituem vectores fundamentais para a compreensão d'*Os Maias*, convém esboçar o modo como se concretizam na obra. Essa realização didáctica pode ser feita por tópicos, utilizando-se breves enunciados, como os seguintes: *tempo histórico da narrativa* (segunda metade do século XIX, com recuos temporais); *sociedade representada* (aristocracia decadente e estratos da burguesia, como o funcionalismo público); *espaço físico e social* (Lisboa como metonímia de Portugal).

A apreciação destas componentes deve ser acompanhada com a indicação do seu surgimento nos primeiros capítulos da obra. Por isso, será pertinente explicitar o conteúdo diegético dos primeiros capítulos, consagrados à apresentação dos antepassados de Carlos, convocando-se três gerações históricas, culturais e literárias: a do Liberalismo idealista, correspondente aos anos da juventude de Afonso da Maia (anos 20); a do Romantismo sentimentalista, a geração de Pedro da Maia (anos 40); e, finalmente, a geração de Carlos, da Regeneração (ainda com laivos românticos), que, no romance, corresponde aos anos 70[35].

Justifica-se que, nesta primeira aula, para além do mais, se proceda à identificação do início da intriga principal, no capítulo VI. Todas estas operações de compreensão têm como suporte o comentário de passagens da obra. Caberá ainda uma apropriada referência ao contexto literário e cultural coevo (o das Conferências do Casino e, mais remotamente, o da Questão Coimbrã), para que os alunos compreendam, em momentos posteriores de interpretação, os ideais, valores e crenças das gerações históricas representadas no romance.

Como trabalho extra-escolar, sugere-se o registo de elementos da caracterização de Afonso da Maia e Maria Eduarda Runa, o que permitirá ao professor, na segunda aula, levar os alunos a estabelecer o confronto entre estas duas personagens tão diferentes e o filho Pedro, cuja apresentação, pelo narrador, deixa entrever significativas semelhanças com a mãe.

Na 2.ª aula, terá cabimento a abordagem da problemática da educação. Os três primeiros capítulos são os que mais concentram elementos sobre esta problemática, incidindo, em particular, sobre as personagens Pedro da Maia (no capítulo I e II), Carlos e Eusebiozinho (no capítulo III), pelo que se afigura necessária uma análise com certa demora, de modo a permitir que os alunos apreendam elementos da

---

[35] Joel Serrão considera possível estabelecer dois grandes ciclos da Regeneração: o das origens do liberalismo, até à decisiva charneira de 1851-1868; e o posterior, "desdobrando-se em novos nomes". Cf. Joel Serrão, *Pequeno dicionário de história de Portugal*, Porto, Figueirinhas, 1987, pp. 573-574.

representação das personagens, concedendo especial relevo a Carlos, por ser o protagonista do romance.

A representação da problemática da educação articula-se, por outro lado, com opções técnico-literárias, por exemplo, a nível da focalização narrativa. Assim, trata-se de explicar aos alunos as motivações estético-literárias da focalização omnisciente, relacionadas com a temática da educação, procedendo-se à análise de trechos exemplificativos.

Numa primeira fase exploratória, deve propiciar-se que os alunos tirem conclusões de dois aspectos fundamentais: primeiro, acerca dos dois modelos de educação, isto é, a portuguesa tradicional, de Pedro e Eusebiozinho, e a britânica, de Carlos; em segundo lugar, sobre os factores que explicam a existência e a sorte final da personagem Pedro da Maia, à luz do determinismo (influência da hereditariedade, da educação tradicional e do ambiente caracterizado por um Romantismo deliquescente)[36].

Através da leitura dos textos indicados na 2.ª aula, os alunos ficarão com um conhecimento sumário sobre a estética realista e naturalista. Para a 3.ª aula, sugere-se uma dilucidação de componentes da estética realista e da estética naturalista (a primazia de factores relacionados com o meio, a educação e a hereditariedade). A reflexão pode ser completada com base em textos doutrinários de Eça[37]. Depois disso, os alunos estarão em condições de deduzir as consequências das soluções estéticas na construção do romance: privilégio do meio social, com seus tipos, costumes e vícios; criação de uma intriga que escapa à

---

[36] A título de subsídio bibliográfico sobre a questão da educação, refira-se o ensaio de Alexandre de Albuquerque, "O problema da Educação em Eça de Queiroz", in *Revista da Faculdade de Letras*, tomo IV, n.ᵒˢ 1 e 2, 1937), pp. 197-227. Entre a segunda e a terceira aulas, os alunos poderão ler alguns textos que abordam, do ponto de vista teórico, a estética do Realismo e do Naturalismo, isto num momento em que já tenham deparado com procedimentos literários característicos, pois entendemos que a pesquisa de informação teórica sobre questões estéticas deve ser precedida do comentário de passos da obra. Os textos a fornecer aos alunos deverão possibilitar-lhes um conhecimento mais aprofundado dessas correntes estéticas, em particular das opções temáticas, técnico-literárias e estilísticas.

[37] Será pertinente a leitura de partes de alguns textos nos quais Eça expôs a sua posição teórica sobre o Realismo e o Naturalismo. Desde logo, a sua prelecção nas Conferências do Casino. Outro texto é o prefácio que escreveu para *Azulejos*, do Conde de Arnoso. Este texto encontra-se incluído em *Notas contemporâneas*, Lisboa, Livros do Brasil, s. d., pp. 95-113, e também (parcialmente) no volume VI da *História crítica da literatura portuguesa*, Lisboa, Verbo (sobre o Realismo e o Naturalismo), 1994, organizado por Maria Aparecida Ribeiro, pp. 209-213.

lógica do determinismo e do positivismo. Neste momento, justifica-se recapitular com os alunos os momentos fulcrais da intriga principal, a partir do capítulo VI. Como trabalho extra-escolar, sugere-se a elaboração de um esquema comparativo das vidas de Pedro e Carlos[38].

A 4.ª e a 5.ª aulas incidirão sobre um importante nível da acção d'*Os Maias*: a crónica de costumes (representações da vida romântica). Englobando este nível diversos episódios de carácter sócio-cultural e a representação ideológica de personagens, entendemos que o seu estudo pode ser feito através de trabalho de grupo. Entre outros elementos constantes dos episódios – o jantar do Hotel Central (capítulo VI), as corridas no hipódromo (cap. X), o episódio na Redacção do jornal *A Tarde* (cap. XV), o sarau no Teatro da Trindade (cap. XVI), etc. –, que deverão ser contemplados nos trabalhos dos alunos, nomeiem-se os seguintes: personagens, vida social, ambientes, costumes e mentalidades. A título individual, sugere-se a localização de passagens significativas sobre a relação de Carlos com Dâmaso, Cruges e outras personagens-tipo. Como síntese desse estudo, o professor comentará com os alunos a função dos episódios, explicando os conhecidos propósitos de Eça de Queirós de representar criticamente diversas "Cenas da Vida Real"[39].

Na 6.ª e na 7.ª aulas, serão consideradas as relações de Carlos da Maia com outras personagens. A compreensão das personagens exige uma reflexão sobre cada uma delas, atentando, simultaneamente, na sua individualidade e na relação com outras. Uma forma produtiva de realizar esta actividade é a procura, em diversos capítulos, de passagens significativas da sua representação, nas quais deverão os alunos deter-se para uma análise minuciosa, de acordo com as orientações do professor[40]. A leitura de passagens da obra deverá

---

[38] Depois de os alunos conceberem o esquema, pode-se fornecer-lhes para confronto o que foi elaborado por Maria António Gandra e Luís Amaro de Oliveira, no *Caderno para uma direcção de leitura de Os Maias*, Porto, Porto Editora, 1979, p. 16.

[39] Algumas referências de Eça acerca de projectos literários a esse respeito encontram-se em cartas que dirigiu ao seu editor francês. Cf. Eça de Queirós, *Correspondência*, vol. 2 (leitura, coord., pref. e notas de Guilherme de Castilho), Lisboa, Imprensa Nacional-Casa da Moeda, 1983, pp. 300-303.

[40] A fim de realizar o trabalho com economia de tempo, pode referir-se um conjunto de personagens significativas pela representatividade ideológica, bem como alguns capítulos, nos quais se privilegiam Ega (caps. IV, VI, IX, XVI e XVIII), Alencar (caps. VI, VIII, XVI e XVIII), Craft (cap. VI), Dâmaso (caps. VI e VII) e a Condessa de Gouvarinho (caps. IX e XII).

conduzir os alunos a inferir os traços característicos das personagens-tipo a nível moral, cultural, etc.[41].

A 8.ª aula privilegiará Ega no ambiente da Vila Balzac. Conhecendo os alunos as características do Naturalismo e do Realismo, o professor dedicará algum espaço ao comentário de uma passagem do capítulo VI (pp. 145-185), que privilegia a representação de traços de Ega (situado no espaço da Vila Balzac) de filiação ideológica procedente do Naturalismo, em processo de decadência.

A 9.ª aula será consagrada ao *fatum* na intriga principal, podendo ter como actividade principal o comentário de textos referentes à relação amorosa entre Carlos e Maria Eduarda, detendo-se o professor nos momentos mais importantes quanto à dimensão trágica da intriga principal. O objectivo é que os alunos possam captar os indícios do trágico no espaço, nos objectos e nos discursos das personagens[42]. Para trabalho domiciliário, recomenda-se a releitura de trechos da obra em que sobressai a componente simbólica.

Na 10.ª aula, caberá a vez de abordar o simbolismo trágico como uma estratégia retórica. Estando os alunos conscientes da importância dos aspectos simbólicos na elaboração da intriga, será propício aproveitar este conhecimento para os conduzir ao estabelecimento de relações entre momentos da narrativa, a fim de se aperceberem de que o simbolismo trágico funciona como uma estratégia retórica na construção do romance. Uma passagem significativa a esse respeito encontra-se no primeiro capítulo: trata-se da alusão de Vilaça a uma lenda segundo a qual "eram sempre fatais aos Maias as paredes do Ramalhete" (p. 7). Ora, na releitura desta passagem, o professor chamará a atenção para este indício do trágico. Pretendendo mostrar a produtividade semântica dos espaços, cotejará a descrição do Ramalhete no início e no fim do romance (pp. 5-10 e 707-711).

Na 11.ª aula, com vista ao aprofundar do conhecimento dos tipos de focalização narrativa, e considerando que os alunos já terão compreendido a função estética da focalização omnisciente e da focalização interna, torna-se oportuna a análise sistemática dos

---

[41] À guisa de exemplificação, refiram-se algumas personagens e suas características mais marcantes: Dâmaso (vícios da burguesia), Condessa de Gouvarinho (a ociosidade e o adultério), Alencar (o sentimentalismo romântico), Ega (traços românticos, realistas e naturalistas), Craft (o requinte esteticista, a cultura parnasiana).

[42] Entre outras passagens, mencione-se a descrição do quarto de Maria Eduarda, nos Olivais (pp. 433-435).

processos discursivos e estilísticos que se lhes associam. Um trecho significativo, para esta actividade, e exemplificativo da focalização interna, entre muitos outros, é o que patenteia a reflexão de Ega, após o sarau da Trindade, enquanto aguarda o tio de Maria Eduarda, no largo do Pelourinho, diante do Hotel Paris, onde aquele fora buscar o cofre para ser entregue a Carlos da Maia ou à sua irmã[43].

Retornando, neste momento, a um texto já lido, exemplificativo da focalização omnisciente (por exemplo, uma das passagens em que o narrador nos dá a conhecer os antepassados dos Maias), e, após a análise dos procedimentos característicos desta perspectiva de focalização, convém estabelecer o confronto entre ambas as modalidades, levando os alunos a compreenderem a função semântica e estética de cada uma.

Na 12.ª aula, analisar-se-á o desfecho trágico da acção. Justificam-se, entre outras, as seguintes operações interpretativas: a explicitação dos momentos fundamentais da intriga (aparição, encontro, incesto, separação); a aproximação da acção trágica com a tragédia clássica; uma referência a aspectos que presentificam a ideologia do trágico. Com vista à síntese deste último aspecto, será oportuno recordar vectores semânticos da obra situados num nível de análise mais profundo do que o da intriga. Assim, os alunos reflectirão sobre o significado da atitude de desistência, niilista e vencidista, que anima o universo humano representado na obra, e que homologa, de acordo com a intencionalidade da mimese realista, a história social, política e cultural com a qual dialoga intertextualmente.

Na 13.ª aula, os alunos terão chegado ao epílogo do romance. Os conteúdos abordados na aula anterior mostram a importância que assume a intenção de, através da narrativa de casos individuais (as histórias de Carlos e Maria Eduarda, de Pedro e Maria Monforte, a vida de Afonso da Maia, etc.), apresentar ao leitor toda uma problemática social, cultural, histórica e política do Portugal da segunda metade do século XIX. Esta é a direcção de leitura que parece poder presidir à interpretação do epílogo do romance.

Nas aulas seguintes, tratar-se-á das articulações macroestruturais, sendo, pois, oportuna a abordagem relacional (em particular para o 12.º ano da dominante de Humanidades) dos elementos que intervêm na estruturação do romance. Referimo-nos a um trabalho de reflexão

---

[43] O trecho em causa encontra-se na pág. 621 e abrange todo o parágrafo que começa com a frase "Guimarães não descia".

sobre as articulações textuais das categorias genológicas com vectores temáticos e ideológicos, e, ainda, com os procedimentos estilísticos, susceptível de ser realizado com guiões de leitura. Este tipo de estudo corresponde ao conceito de leitura extensiva, isto é, a que, de acordo com os programas do Ensino Secundário, se processa em articulação com a leitura metódica de uma obra integral.

4.2.4. O trabalho com guiões, tal como o concebemos para actividades de estudo extensivo da obra, incluindo a sua releitura, a investigação sobre problemáticas e a produção de texto, mantém uma analogia com os trabalhos de tipo monográfico, devendo ser realizado sobretudo fora do espaço da aula, a título individual ou em grupo, mas nela apresentado e discutido.

Neste sentido, o objectivo dos guiões, cujo entendimento metodológico e didáctico expusemos no capítulo anterior, é o de levar os alunos à releitura de certas partes da obra, de modo a compreenderem as relações entre categorias genológicas, componentes temáticas e procedimentos discursivos e estilísticos, tornando-os conscientes dos processos de construção do romance, numa perspectiva sobretudo de *compreensão teórica*[44]. Para esta finalidade, os alunos terão de realizar pesquisas sobre variadas questões, de índole cultural e ideológica até às de tipo técnico-literário, relacionadas com os procedimentos estéticos e estilísticos de Eça.

Através deste tipo de guiões, os alunos são confrontados com a produção de diversos tipos de texto, como o resumo, o relatório e o texto ensaístico[45]. Quanto aos instrumentos complementares destes escritos, mencionem-se os quadros, os esquemas e os gráficos. A apresentação oral dos trabalhos propicia a avaliação do desempenho no comentário livre ou no debate orientado. Finalmente, todos os

---

[44] A importância de trabalhos didácticos centrados na compreensão genológica dos textos é observada noutro contexto didáctico por Karl Canvat, no artigo "Interprétation du texte littéraire et cadrage générique", in *Pratiques*, 76 (Dez. de 92), pp. 33-53.

[45] Quanto às técnicas específicas dos diversos tipos de texto, os programas de Português do Ensino Secundário apresentam uma orientação bastante acessível ao professor. A esse respeito, vejam-se as indicações, no "Plano de organização do ensino/aprendizagem", sobre a *compreensão e a expressão oral*, bem como sobre a *prática da escrita* (cf. *Português. Organização Curricular e Programas. Ensino Secundário*, 3.ª ed. rev., Lisboa, DGEBS-Direcção-Geral dos Ensinos Básico e Secundário, 1992, pp. 54-57 e 72-77).

guiões deverão incluir como suporte bibliográfico textos de carácter ensaístico para a abordagem de diversos aspectos neles contemplados.

Vejamos, então, cinco exemplos de guiões.

O 1.º guião versará sobre a estrutura d'*Os Maias*, englobando, logicamente, a acção principal e a crónica de costumes. A abordagem da estrutura do romance solicita, em primeiro lugar, a delimitação de um primeiro nível da acção (nível principal) correspondente às intrigas principal e secundária. Em segundo lugar, trata-se de delimitar, na sintagmática da narrativa, um segundo nível de acção, o da crónica de costumes. Uma vez delineados estes dois níveis da diegese, pode passar-se a uma segunda fase, procurando apreender o modo como funcionam, numa imbricação dinâmica.

O 2.º guião terá como objectivo o estudo da galeria de personagens representadas n'*Os Maias*, devendo os alunos ocupar-se, em primeiro lugar, do universo das personagens centrais, secundárias e tipos sociais, realçando as relações que estabelecem entre elas. Num segundo momento, podem privilegiar-se os modos de apresentação das personagens, no que diz respeito a processos de caracterização, e, a seguir, uma reflexão sobre a função que desempenham a nível macroestrutural.

O 3.º guião será dedicado aos processos de focalização narrativa e aos diversos tipos de discurso. Uma orientação para a abordagem desses processos adoptados pelo narrador poderá incluir as seguintes actividades: a explicação exemplificada das focalizações omnisciente e interna, a análise dos respectivos procedimentos estilísticos e discursivos e, ainda, uma reflexão sobre o uso de cada um dos tipos de focalização em função das opções estéticas do autor. No que diz respeito aos tipos de discurso, recomenda-se igualmente uma explicação conceptual, seguida de exemplificação através de alguns enunciados a analisar estilisticamente. Desta forma, os alunos compreenderão as motivações estéticas de Eça no uso dos dois modos de focalização, bem como, em certos passos, a razão do seu hibridismo. Compreenderão também o privilégio de que usufrui a focalização interna e a função, de cariz estilístico, da intensiva utilização do discurso indirecto livre.

O 4.º guião tratará dos tipos e funções do espaço n'*Os Maias*, cuja importância se projecta na representação de outras componentes do romance. Um guião de leitura de partes da narrativa incidindo sobre a espacialidade deverá privilegiar, desde logo, a abordagem de cada episódio na economia global da obra, o tratamento que o escritor deu a cada um dos espaços (físico, social e psicológico), a relação entre o espaço e outras categorias como a personagem, que, em conjunto, contribuem para a produtividade semântica. Ora, um guião deste tipo auxilia a que se descortinem os vectores semânticos, estilísticos, simbólicos e ideológicos configurados pela componente do espaço, de acordo com orientações estéticas perfilhadas pelo escritor.

Finalmente, o 5.º guião constará de um trabalho sobre a elaboração dos tempos da história e do discurso. Com base na memória de leitura dos alunos, pode proceder-se ao registo das referências históricas que perpassam na narrativa d'*Os Maias*. Por outro lado, através de quadros de leitura, pode apresentar-se a correlação entre os tempos da história e do discurso, fazendo sobressair os ritmos da narração adoptados pelo narrador, em particular a analepse inicial, cuja função não deixará de ser comentada pelos alunos.

Para cada guião, deverão os professores indicar os capítulos que se devem apreciar em pormenor. Os subsídios bibliográficos para o cumprimento desta actividade são os que mencionaremos a seguir, a propósito das referências bibliográficas para o aprofundar do conhecimento de aspectos estruturais, como a arquitectura do romance, de estratégias literárias (a ambiguidade das personagens, o trágico, o simbólico, etc.) e problemáticas de índole sócio-cultural (a educação e o vencidismo).

4.2.5. A título de fundamentação teórica para esta abordagem didáctica do romance, em que temos vindo a considerar os vectores semânticos, as dominantes ideológicas, os procedimentos literários, etc., julgamos convir a leitura de textos críticos, sobretudo no âmbito do programa de *Português A* para o 12.º ano de escolaridade. Os subsídios bibliográficos que apresentaremos de seguida constituem sobretudo achegas para o professor, que, por certo, encontrará meios para realizar a sua transposição didáctica, indicando-os aos alunos, mas não na totalidade, visto tratar-se de ensaios especializados e, portanto, dirigidos a leitores com um nível mais elevado de conhecimentos literários, como os universitários.

Uma orientação possível para a consulta bibliográfica, será organizar os alunos em grupos de dois ou três e distribuir actividades de pesquisa para cada grupo. Após uma fase de recolha e selecção da informação, e depois de, por escrito, ponderar elementos de reflexão, os grupos poderão efectuar, em aula, uma exposição centrada em aspectos privilegiados no estudo anterior, de modo a aprofundá-los. Para todos os textos, convém a elaboração de tópicos de leitura, de modo a orientar a sua compreensão, além de permitir uma maior eficácia em consultas posteriores.

Desde logo, poderão ser lidos textos do próprio Eça, como, por exemplo, o que aborda o candente tema da educação, intitulado "As meninas da geração nova em Lisboa e a educação contemporânea". O texto, de 1872, situa os tipos de educação existentes em Portugal na época da Regeneração, coincidente com a que no romance é representada[46].

Outros subsídios bibliográficos podem concorrer para aprofundar reflexões sobre a obra. Embora repetindo referências, neste capítulo, a alguns autores, indicamos um conjunto de trabalhos cuja leitura pode contribuir para esclarecer pontos obscuros ou para a sistematização de questões de índole semântica ou formal, enfim, de opções estéticas do autor.

Para o estudo de todos os elementos estruturais do romance, contemplados de modo exaustivo, configura-se como fundamental a *Introdução à leitura d'Os Maias*, de Carlos Reis, obra incontornável nos níveis de ensino pré-universitário e superior, justamente por apresentar de modo sistemático uma abordagem da personagem, do espaço, da acção, do ponto de vista narrativo, do tempo e da ideologia, cada capítulo finalizado com sínteses esquemáticas e contendo ainda numerosas remissões para a obra, de grande utilidade heurística.

Como subsídio para uma abordagem das grandes linhas estruturais e semânticas do romance (intrigas principal e secundária, crónica de costumes, relação entre tempo e espaço, elaboração das personagens, função estética da ironia e do trágico), assinale-se a importância do ensaio de Jacinto do Prado Coelho, já citado anteriormente, "Para a compreensão d'*Os Maias* como um todo orgânico".

Sobre a dimensão histórica, simbólica e trágica d'*Os Maias* é bastante exaustivo o texto "Nova interpretação de *Os Maias*", de Alberto Machado da Rosa, in *Eça, discípulo de Machado? Um estudo sobre Eça de Queirós*, 2.ª ed., rev., Lisboa, Presença, 1979, pp. 253-298.

Sobre a visão sociológica de Eça na modelização do universo humano d'*Os Maias* será interessante consultar o capítulo "Um

---

[46] Cf. Eça de Queirós, *Uma campanha alegre*, vol. 2, Porto, Lello, 1979, pp. 107-133.

inquérito à vida portuguesa", in *As ideias de Eça de Queirós*, de António José Saraiva, Lisboa, Bertrand, 1982.

Também oportuno, numa linha de análise sociológica, é o trabalho de Isabel Pires de Lima, *As máscaras do desengano. Para uma abordagem sociológica de "Os Maias" de Eça de Queirós*, Lisboa, Caminho, 1987. A parte II é apropriada para uma utilização didáctica, na medida em que se aborda o *percurso de desistência* n'*Os Maias*, tendo em conta as personagens, o tempo, os ambientes, etc., estudando-se, ainda, a *estratégia da ambiguidade* na construção do romance.

Sobre questões da construção do romance, com uma abordagem de estratégias pragmáticas de manipulação do leitor, é indispensável a consulta, pelo professor, da obra de Alan Freeland, *O leitor e a verdade oculta. Ensaio sobre* Os Maias, Lisboa, Imprensa Nacional-Casa da Moeda, 1989.

Para uma pesquisa sobre a biografia de Eça, convirá colher uma informação, por exemplo, no *Dicionário de literatura* (dirigido por Jacinto do Prado Coelho), em verbete escrito por Ernesto Guerra da Cal, que oferece alguns elementos fundamentais sobre o escritor. No caso de uma pesquisa mais demorada, justifica-se a consulta de João Gaspar Simões,*Vida e obra de Eça de Queirós* (capítulo I – Infância), 2.ª ed., Lisboa, Bertrand, 1973.

Para a abordagem dos pressupostos teóricos da estética realista e naturalista, parece-nos fundamental que os alunos leiam fragmentos textuais das Conferências do Casino, em particular o texto de Eça, coligido posteriormente. A consulta dos textos pode ser efectuada no livro de Carlos Reis, *As conferências do Casino*, Lisboa, Alfa, 1990, cuja primeira parte consta de um estudo do autor[47].

Não podemos deixar de referir a importância da consulta, por parte do professor, de actas de encontros universitários em que *Os Maias* são objecto de variadíssimas aproximações. Mencionem-se os seguintes volumes de actas, de entre os mais importantes: *Eça e os Maias (Actas do 1.º Encontro Internacional de Queirosianos)*, Porto, Asa, 1990; o volume, coordenado por Carlos Reis, *Leituras d'Os*

---

[47] Como o próprio Carlos Reis afirma (em "Nota prévia", na pág. 89), adoptou, em casos específicos, uma síntese, feita por António Salgado Júnior, numa obra de 1930, das intervenções dos conferencistas, quando estes não nos legaram os textos. São evidentes, de qualquer modo, as vantagens na utilização, para o Ensino Secundário, deste livro mais recente e com um estudo actualizado.

Maias (actas da Semana de Estudos Queirosianos realizada na Faculdade de Letras de Coimbra, em 1988), Coimbra, Minerva, 1990. Deste último, destacamos dois ensaios: o de Isabel Pires de Lima, "Eça e *Os Maias*: pensar-se pensando Portugal" (pp. 43-51), e o de Américo Guerreiro de Sousa, "Microestruturas em Eça de Queirós: jogos de luz e de sombra n'*Os Maias*" (pp. 55-69).

A estes, acrescente-se uma publicação completamente dedicada a estudos sobre Eça de Queirós e à sua geração, com assinalável proveito científico e didáctico para a preparação do professor, a revista *Queirosiana*, editada pela Associação dos Amigos de Eça de Queirós, com dois números duplos, o 5/6 (Dez. de 93-Julho de 94) e o 7/8 (Dez. de 94-Julho de 95), onde foram publicados os textos apresentados no II Encontro Internacional de Queirosianos, realizado na Faculdade de Letras da Universidade de Coimbra, em 1992.

De oportunidade didáctica se revestem as quatro obras seguintes: de Ernesto Guerra da Cal, *Língua e estilo de Eça de Queiroz*, 4.ª ed., Coimbra, Almedina, 1981; o já referido volume IV da *História crítica da literatura portuguesa*, publicado pela Editorial Verbo (sobre o Realismo e o Naturalismo), de autoria de Maria Aparecida Ribeiro; de A. Campos Matos, tanto *Imagens do Portugal queirosiano*, Lisboa, Imprensa Nacional-Casa da Moeda, 1987, como o *Dicionário de Eça de Queiroz*, Lisboa, Caminho, 1988.

Mencionamos ainda algumas obras didácticas sobre *Os Maias* orientadas para o Ensino Secundário, que consideramos ser de útil consulta por parte dos alunos, desde que devidamente orientados pelo professor. São as seguintes: de José Ribeiro da Costa, *Eça de Queiroz. Os Maias em análise*, Porto, Porto Editora, 1990; de Júlio Oliveira Macedo, *Reler Eça de Queirós. Os Maias*, Porto, Asa, 1991; e, de Maria António Gandra e Luís Amaro de Oliveira, o já citado *Caderno para uma direcção de leitura de Os Maias*.

Temos consciência de que as propostas de trabalho didáctico aqui esboçadas não cabem todas numa unidade de ensino consagrada a *Os Maias*. Foi nossa intenção, em função da importância da obra e do lugar que ocupa no ensino, delinear estratégias didácticas diversificadas e passíveis de serem recontextualizadas na prática, de acordo com os projectos pedagógicos da sua leitura integral.

4.3. A construção da leitura de *Orfeu rebelde*

4.3.1. A metodologia subjacente às estratégias que vamos considerar para a leitura, em cenário escolar, da obra *Orfeu rebelde* obedece aos princípios didáctico-pedagógicos enunciados no capítulo anterior[48].

Tomando em consideração o princípio da *interactividade pedagógica*, esboçaremos actividades que favoreçam a comunicação entre os alunos, seja no trabalho de pares ou de grupo, sempre com uma intervenção actuante do professor. Nas diversas estratégias de interacção textual, daremos especial atenção ao processo de construção do sentido nas suas fases de diversa complexidade, desde a apreensão intuitiva à análise comprovadora. Associando-se ao princípio da interactividade pedagógica, o princípio da *construção da aprendizagem* será respeitado ao sugerirmos estratégias que viabilizem a didáctica da leitura do texto lírico, que aqui defendemos.

Visando justamente a progressão no conhecimento global de *Orfeu rebelde*, justifica-se apresentar aos alunos estratégias didáctico--pedagógicas de leitura que respeitem quatro fases de aprendizagem.

A primeira consiste na abordagem de um primeiro e pequeno conjunto de poemas (entre três a cinco) com a intensa ajuda do professor, no sentido de cumprir duas finalidades complementares: o contacto com o imaginário de alguns poemas e a aprendizagem de uma metodologia de abordagem do texto lírico.

A segunda é a fase principal de abordagem de um núcleo fundamental de poemas exemplificativos dos vectores temáticos da obra e das principais opções estilísticas de Torga. Este segundo conjunto inclui poemas que, pela sua representatividade semântica, desempenham uma importante função no macrotexto de *Orfeu rebelde*, sendo mais produtiva a sua abordagem se os alunos conhecerem antecipadamente alguns deles. Nesse momento, o professor terá uma constante intervenção, sugerindo, para todos os poemas em apreço, linhas orientadoras do trabalho de *compreensão hermenêutica* e *compreensão teórica*, em todas as operações de leitura e interpretação realizadas em aula.

---

[48] Embora esta obra não esteja considerada como de leitura integral nos programas escolares (o mesmo não ocorrendo em relação a qualquer obra poética), as estratégias didácticas que aqui apresentamos adequam-se ao 12.º ano de escolaridade, no cenário do programa de *Português A*.

Na terceira fase, de aprofundamento, os alunos continuarão a abordar alguns poemas do livro, mas com uma outra autonomia, podendo fazê-lo também em regime domiciliário.

A última fase do estudo será a mais breve, tendo como objectivo a sistematização dos conhecimentos adquiridos, de modo a permitir, de seguida, a avaliação das capacidades de análise, comentário e interpretação, tendo em conta os principais vectores temáticos e estilísticos de *Orfeu rebelde*.

Nestas considerações preliminares sobre as estratégias de ensino de *Orfeu rebelde*, queremos reiterar o carácter exemplificativo das nossas propostas. Tendo consciência de que, no estudo da poesia em cenário escolar, não se costuma contemplar uma obra poética na sua totalidade, mas apenas poemas esparsos de um autor, embora com o objectivo de proporcionar uma noção do conjunto, procuraremos que as estratégias para a leitura de *Orfeu rebelde* sejam adequadas a uma didáctica da leitura integral, no Ensino Secundário, de obras de poesia lírica.

Vejamos, com mais pormenor, um percurso de leitura de *Orfeu rebelde*. Antes do início do seu estudo em aula, o professor recomendará a leitura prévia, pedindo aos alunos que indiquem alguns poemas para serem lidos no espaço colectivo. Após a leitura dos textos seleccionados pelos alunos, seguida ou não de um comentário livre, o professor pedirá à turma que escolha três poemas para serem comentados, um dos quais oralmente.

A leitura para o comentário oral pode realizar-se com pares de alunos, constituindo uma reflexão propícia ao sublinhar de elementos textuais que chamem a atenção, à interrogação do texto para melhor o compreenderem, tomando sempre anotações. A vantagem do trabalho com pares de alunos consiste sobretudo no ganho cognitivo através do diálogo, num processo de interajuda devidamente acompanhado pelo professor, que estimula à interrogação do texto e esclarece as suas dificuldades.

Um poema possível para a exemplificação desta primeira aproximação à obra é "Câmara escura"[49]. Antes da sua leitura, convém que o professor descodifique o significado do termo "Jano" (recorrendo, por exemplo, a uma obra de mitologia grega como a de Robert Graves, *Os mitos gregos*, Lisboa, Dom Quixote, 1990). Para esta primeira actividade de comentário, não convirá sobrecarregar os

---

[49] Com a escolha deste poema pretendemos apenas que o primeiro texto comentado não seja dos mais conhecidos e estudados, como o poema "Orfeu rebelde".

alunos com directrizes de abordagem e, se possível, não dar nenhuma informação (a não ser que eles solicitem esclarecimentos), deixando-os interagir livremente com o poema.

Após a realização do comentário inicial, durante alguns minutos, o professor solicitará a produção oral de outros comentários, procurando colmatar deficiências na abordagem dos alunos ou aprofundar sentidos não apreendidos. Depois disso, dividirá a turma em dois grupos, de modo a que cada um trabalhe com um dos poemas escolhidos anteriormente do conjunto de três. Nesta segunda actividade, é preferível que os alunos se confrontem individualmente com o texto e que lhes sejam dadas mais orientações do que aquando do comentário anterior. Trata-se, pois, perante alunos de certa maturidade no contacto com o texto literário, de tornar presentes os procedimentos básicos do comentário do texto lírico, tanto no que diz respeito aos aspectos de conteúdo e formais, como ao modo de articular o discurso oral. Procura-se, assim, não só detectar vectores semânticos como bem argumentar e bem comprovar as afirmações produzidas com apoio no texto, fazendo sobressair os seus sentidos fundamentais.

Algumas noções sobre o processo de compreensão podem ajudar os alunos a ultrapassar a inibição no confronto inicial com o texto, que, muitas vezes, os deixa paralizados, sem saberem como o abordar. Uma estratégia possível para ajudá-los a superar esta dificuldade é a explicação da noção de leitura do texto lírico como um processo de permanente subjectivação e objectivação. Trata-se de consciencializar os alunos de que a primeira apreensão que a leitura da poesia permite é de tipo intuitivo. Numa apreensão subjectiva, o leitor intui vectores semânticos, infere significados de certos lexemas e imagens, atribui sentidos a ritmos e sonoridades que lhe chamam a atenção, enquanto que, em actividades de objectivação, confirma, através da análise e da interpretação, os sentidos inicialmente intuídos. Convém que os alunos aprendam a trabalhar as suas primeiras inferências do texto, por sucessivas tentativas de aproximação, confirmação ou recusa das hipóteses de sentido, que devem *sempre* ser registadas por escrito, de modo a certificarem-se da sua plausibilidade, com eficácia e economia de tempo. O objectivo é, pois, como se vê, ensiná-los a construir a sua própria compreensão, perseguindo as diversas etapas de um processo que é simultaneamente subjectivo e objectivo.

Após a explicação das etapas do processo de leitura do texto poético, o professor pode efectuar o comentário de um poema, explicitando as suas próprias operações mentais de compreensão. Exemplifiquemos, com o poema "Claro-escuro", quais seriam as operações de leitura.

Claro-escuro

Dia da vida,
Noite da morte...
O verso
E o reverso
Da medalha.
E não há desespero que nos valha,
Nem crença,
Nem descrença,
Nem filosofia.
Esta brutalidade, e nada mais:
Sol e sombra – o binómio dos mortais.

Só que o sol vem primeiro,
E a sombra depois...
E à luz do sol é tudo o que sabemos:
Juventude,
Beleza,
Poesia,
E amor
– Amargo fruto que na sepultura,
Em vez de apodrecer, ganha doçura.

Após a leitura do poema, convirá tomar como ponto de partida da exegese os dois primeiros versos ("Dia da vida,/ Noite da morte..."), mostrando aos alunos como neles são textualizados os sentidos da vida e da morte, a infinitude do tempo para além da vida, ou seja, a oposição que se marca entre o conhecido e o desconhecido. Depois desta primeira descodificação, justifica-se o regresso ao título do poema, relacionando os significados que se articulam no texto: vida/morte, conhecido/desconhecido, claro/escuro.

Fica, então, muito mais claro que o poema aborda os temas da vida e da morte. Desde logo, ressalta a noção de oposição entre estas duas situações, acentuada pela antítese do claro/escuro presente no título, que sugere a fusão entre os dois elementos e, portanto, uma clara dependência semântica entre ambos. A vida e a morte são entendidas como faces de uma mesma realidade: "O verso/ E o reverso/ Da medalha". A comparação estabelece-se entre estes três versos e os versos finais da primeira estrofe: "Esta brutalidade, e nada mais:/ Sol e sombra – o binómio dos mortais". A brutalidade (a dureza) que caracteriza essa circunstância da vida humana não admite qualquer explicação e nenhum gesto pode impedir a *fatalidade*: "E não há desespero que nos valha,/ Nem crença,/ Nem descrença,/ Nem filosofia". Enunciada nestes termos irresolúveis e incontornáveis, essa inevitabilidade da vida humana ganha um peso opressor, já que o homem não se pode conformar com essa condição inelutável. E, embora sabendo que nada pode alterar a fatalidade eterna da morte, sempre se desespera quando se confronta com a sua ideia.

Na segunda estrofe, retomando o binómio vida-morte, através das metáforas "sol" e "sombra", já enunciadas no verso final da primeira estrofe ("Sol e sombra – o binómio dos mortais"), o poeta aprofunda o seu entendimento das duas realidades. A primeira frase é uma constatação: "Só que o sol vem primeiro,/ E a sombra depois...". A segunda, constituída por sete versos, encerra o poema, trazendo um novo sentido à ideia de fatalidade, de inevitabilidade, de "brutalidade" que caracteriza "o binómio dos mortais". Sintacticamente, os substantivos "juventude", "beleza", "poesia" e "amor" ligam-se aos dois versos finais através do travessão, que introduz uma expressão qualificativa: "amargo fruto". À primeira vista, esses versos finais instalam uma contradição: como é possível que as coisas positivas, como juventude, beleza, poesia e amor, possam ser consideradas como "amargo fruto"? Na verdade, não se trata de nenhuma contradição. O que está em causa nesses versos finais é, por um lado, a recusa de uma visão idealista e optimista das diversas fases da vida. Com a expressão "amargo fruto" sugere-se a ideia de que os frutos que colhemos da vida não são imunes à dor, ao sofrimento. Por outro lado, nesses versos finais, também se recusa a ideia de finitude da vida. Assim, pode dizer-se que a vida humana se prolonga para além da morte e o que foi "amargo fruto" e implicou sofrimento fica para a posteridade como uma imagem positiva: "ganha doçura". O que ressalta, em última instância, é a sobrevivência da intimidade de uma vida e o apaziguamento só possível nas memórias do que permanece do passado. Em síntese, se, por um lado, se desmitifica uma eventual imagem idílica da vida por oposição à morte, por outro, patenteia-se também a ideia de que o homem permanece para além da vida e, no caso do poeta, pode dizer-se que a poesia sobrevive à dor.

Uma questão complexa para os alunos no comentário de textos é a detecção e a análise dos temas, operação intelectual muitíssimo valorizada no âmbito deste exercício escolar. Dadas as dificuldades dos alunos, pensamos que, no seu ensino, para além de uma explicação dos possíveis modos de configuração textual dos temas, deve o professor exemplificar como procede para inferir temas, criando situações em que também ele explicite os seus procedimentos verbais e discursivos. A tendência dos alunos na identificação dos temas é, normalmente, proceder a inferências apressadas, após uma breve leitura do texto, não se preocupando, muitas vezes, em verificar se podem ser sustentadas. Uma vez esclarecidos de que a dificuldade de detectar os temas se relaciona com o procedimento utilizado, que se mostra deficiente ou mesmo ineficaz, tornam-se conscientes da importância de aprender estratégias metodológicas adequadas. Em suma, parece-nos que a melhor motivação para a aprendizagem desta operação hermenêutica, no processo de compreensão dos textos, é fazer com que os alunos a experienciem como uma necessidade real.

A exemplificação, perante os alunos, da apreensão da temática do poema "Claro-Escuro" pode processar-se do seguinte modo: na segunda leitura do poema (à primeira, não preside nenhuma intenção interpretativa e faz-se sem pausas para comentários), o professor detém a sua atenção nos dois primeiros versos, com a hipótese de os temas da poesia serem o da vida e o da morte. Mas deve ficar claro que essa hipótese tem de se confirmar ao longo do comentário e da análise. Para finalizar o comentário do texto, e sem pretender excluir a exploração de outros sentidos, bem como a utilização de outras estratégias de abordagem, o professor pode sistematizar as operações realizadas, que confirmarão os temas de "Claro-escuro". Antes de passar a outras fases de interpretação mais sistematizadas do conjunto dos poemas de *Orfeu rebelde*, pode o professor solicitar a elaboração de mais um comentário de um poema, a ser realizado fora da aula, portanto sem limitações de tempo, a fim de que os alunos, sozinhos, testem a sua capacidade de, em novas situações, aplicarem estratégias aprendidas.

Nesta fase inicial de compreensão de alguns poemas, o objectivo metodológico principal é a verificação de que os alunos se encontram capacitados para empreender, com a expectativa de sucesso, a leitura da obra, dominando, pois, instrumentos interpretativos fundamentais.

4.3.2. A etapa que se segue, depois desta fase aproximativa, funcionando como uma introdução ao estudo de *Orfeu rebelde*, é a da abordagem de um significativo núcleo de poemas, que elegemos, entre outras escolhas possíveis, tanto por corporificar vectores temáticos essenciais, como por desempenhar uma função estratégica na organização macrotextual do livro. Entendemos que esse conjunto de poemas só deve ser considerado numa fase em que os alunos conheçam já alguns, funcionando esse conhecimento como um horizonte do trabalho de interpretação, tanto na perspectiva de uma *compreensão hermenêutica* como na da *compreensão teórica*. Os poemas que seleccionámos para exemplificar os vectores temáticos de *Orfeu rebelde* e que, como dissemos, desempenham uma função estratégica na organização macrotextual do livro são os seguintes: "Letreiro", "Prelúdio", "Orfeu rebelde", "Relâmpago", "Descida aos infernos", "Via-sacra", "Miserere nobis", "Folhinha", "Profissão" e "Miradoiro".

Antes propriamente da abordagem destes poemas, é necessário percorrer o livro, folheando-o, mostrando a localização de alguns poemas, por exemplo, a dos três primeiros e a do último, explicando o significado do seu posicionamento na sintagmática da obra.

Quanto ao poema "Letreiro", o professor chamará a atenção, desde logo, para a importância do título, que funciona como uma inscrição colocada à entrada do livro. Através deste poema, pórtico do livro, os alunos devem detectar, entre outros, os seguintes atributos da condição de poeta: subversão, insatisfação, sinceridadade, autenticidade e racionalidade. Nos aspectos estilístico e comunicacional, interessa apontar a feição lapidar do discurso e o correspondente tom persuasivo de quem explicita a intenção pragmática de se dirigir ao destinatário: "Porque não sei mentir,/ Não vos engano".

Um dos vectores fundamentais da poesia de Torga, claramente exposto neste livro, é a tematização da figura do poeta. Ora, pela importância que assumem os atributos do poeta, neste poema inicial, deve chamar-se a atenção para a sua reincidência nos que se seguem (no conjunto referido), comentando-se o significado da redundância semântica.

Na abordagem do segundo poema do livro, "Prelúdio", o professor tem a possibilidade de proceder a uma leitura da primeira estrofe, com base em interrogações aos alunos, sobre a identificação entre poesia e canto. A seguir, deve fazer notar a relação da segunda estrofe com a primeira, quanto ao desenvolvimento do sentido atribuído à poesia: a identificação com a tradição órfica e a singularidade do acto criador. Da mesma forma, na terceira estrofe, deve-se ressaltar a noção do empenho e da força investidos ("agora ou nunca – meu refrão antigo"), relacionados com a certeza de um trabalho que se pretende inequivocamente pessoal: "Mas o resto é comigo". Pretendendo explorar os aspectos rimáticos e métricos, poder-se-á mostrar a função das rimas finais de marcarem melodicamente um poema que manifesta uma concepção da poesia como canto.

"Orfeu rebelde" merece atenção especial. Uma estratégia possível é a leitura em grupo (por exemplo, de três alunos), durante a qual sejam produzidos comentários a partir de questões enunciadas pelo professor, como, por exemplo, as relacionadas com os atributos do poeta nesse poema e, no caso de estes já terem sido apreendidos nos dois poemas iniciais, a da especificidade das referências actuais e seu significado. Para além desta estratégia, convirá solicitar aos alunos que, com vista a que o professor conheça as suas indecisões interpretativas e dificuldades de compreensão, em cada uma das estrofes, procurem precisar, através de um texto muito breve, o respectivo conteúdo semântico. Assim, por exemplo, quanto à segunda estrofe, os alunos deverão identificar o tipo de lirismo recusado pelo poeta (o conotado com o canto mavioso do rouxinol, tão ao gosto do romantismo sentimental).

Para além da explicitação do conteúdo semântico de cada uma das estrofes, os alunos explicarão as conotações e imagens utilizadas e a sua produtividade semântica. Um exemplo a analisar é a imagem do canivete gravando na casca (do tempo) a "fúria de cada momento", procurando-se que a apreendam como conotadora do exercício da escrita sobre o papel ("casca do tempo").

No caso deste e dos demais poemas, pretende-se que a comprovação analítica dos temas intuídos ocorra após sucessivas tentativas de descodificação semântica, isto é, num momento em que se produzam afirmações suportadas pelo conhecimento do texto, em que nenhuma expressão permaneça obscura (pelo menos, em relação a um primeiro contacto) e impeditiva de uma compreensão global.

Para a leitura de "Relâmpago" e "Descida aos infernos", a estratégia inicial será descortinar as isotopias textuais. Depois de explicar aos alunos o conceito, o professor solicitará a sua indicação, conduzindo-os, através do diálogo e do comentário em conjunto, até à verificação, no poema "Relâmpago", da isotopia do *acto criador* associada à do *conhecimento ontológico*. Uma vez subjectivada por todos os alunos essa probabilidade de sentido, far-se-á, de seguida, a análise metódica do poema, a fim de esclarecer a importância da utilização da imagem do relâmpago para exprimir uma das fases do processo de conhecimento. Por outro lado, ainda em termos metodológicos, a compreensão do desenvolvimento deste tópico (a perquirição ontológica) nas duas estrofes do poema serve de base a uma interpretação mais aprofundada da imagem do relâmpago e de um outro vector semântico a ela associado, o da problemática da criação poética. Prosseguindo na mesma direcção, poderá ser comentado o poema "Descida aos infernos", que retoma o motivo mítico da descida de Orfeu aos infernos para recuperar Eurídice, na tematização de um *mergulho interior* do poeta em busca da poesia. Entendemos que se justifica aqui uma informação prévia a respeito do referente mítico no poema, sem o que o mesmo deixaria de ter sentido para os alunos.

A leitura do poema "Via-Sacra" visa a compreensão do percurso do poeta no confronto com os ditames da sua condição, recuperando-se sentidos anteriormente textualizados. A temática do poema somente surgirá clara aos alunos depois da descodificação dos referentes bíblicos que nele se inscrevem sob a forma de metáforas, imagens e alusões. Por isso, deve solicitar-se que expliquem a comparação que o poeta realiza entre o seu sofrimento e o de Cristo, tornando mais fácil a dedução de que o sofrimento daquele é maior por se sentir "Conjuntamente o Cristo e o Cirineu".

A constatação da problemática da criação poética e das dificuldades do acto criador é a proposta de leitura metódica que, mais uma vez, se mostra pertinente no que respeita ao poema "Miserere nobis". Primeiramente, deverá o professor explicar o significado literal do título ("tende piedade de nós") e a sua proveniência do discurso religioso. Levando os alunos a compreender, na primeira estrofe, a ideia da demora da génese de um poema, mais facilmente perceberão, na segunda estrofe, a associação estabelecida entre o acto da criação e o nascimento de Cristo ("Nenhum sinal no céu de próximo milagre"). Na terceira estrofe, pretende-se, então, que apreendam o empenho e a confiança como elementos inerentes à condição de todos os poetas. Finalmente, na quarta estrofe, recuperando os sentidos já antevistos, devem os alunos identificar o que o poeta atribui ao drama da criação do poema: o "silêncio hostil" da sua demora, que, por comparação, se assemelha ao silêncio da morte ("A certeza da morte/ Colada ao corpo") e lhe provoca um sofrimento redobrado, por se tratar de dois vazios, o da vida que terminará e o da página em branco.

Conhecendo os alunos previamente vários poemas representativos dos principais vectores temáticos de *Orfeu rebelde*, deverão sugerir pistas de interpretação dos restantes do conjunto que seleccionámos.

No caso do poema "Folhinha", observando-se o sentido do transcorrer da vida, e atentando nos três últimos versos ("E o lume/ De não sei que ilusão a arder no cume/ De não sei que expressão nunca atingida"), devemos procurar que os alunos observem, mais uma vez, a problemática da criação, sob a forma de uma alusão à imagem da poesia como algo idealizado e simultaneamente desconhecido do poeta: "não sei que expressão nunca atingida". A estratégia que há-de conduzir à construção de sentidos será um exercício de abstracção de significados fundamentais do poema, de modo a que os alunos se compenetrem da ideia da passagem inelutável do tempo. Não deverá passar despercebida, na abordagem deste poema, a sua configuração formal, desde o significado dos versos curtos ao ritmo binário, contribuindo para reforçar a ideia de circularidade e perecibilidade do tempo.

Quanto ao poema "Profissão", o professor conduzirá os alunos à problemática da condição do poeta e à concepção de poesia aqui expressa. Dado ser recorrente a tematização da figura do poeta em diversos poemas, o momento é propício para explicar a forma como se projecta no discurso a dimensão autobiográfica do sujeito. Com efeito, notando que os poemas que tematizam a condição do poeta consubstanciam imagens de um drama subjectivo e pessoal, interessará explicitar a elaboração desta dimensão pelo discurso poético, em particular através do poder evocador da imagem. O penúltimo verso, "Transfiguro o meu pranto, e sou poeta", esclarece precisamente a consubstanciação inerente ao ofício do poeta[50].

Chegados ao décimo poema, "Miradoiro", último do livro, os alunos terão prefigurado o universo imaginário da poesia torguiana, o que os capacitará para construir leituras plausíveis, ajustadas à sua importância no macrotexto de *Orfeu rebelde*. Vejamos as estratégias didácticas: tomando como ponto de partida para a sua interpretação o verso "Vim por baixo, agarrado ao chão do mundo", o professor pede aos alunos que identifiquem as imagens da condição do poeta que o sujeito lírico esboça. A seguir, encaminha-os para a noção de poeta telúrico, na terceira estrofe, preocupado com os problemas da realidade circunstancial e existencial que o rodeia. O professor procura, então, que relacionem esse sentido com outros vectores semânticos com que já se terão deparado ao longo da leitura do livro, como seja a problemática da criação poética. O comentário do poema culminará com a interpretação da afirmação do poeta a respeito da imagem que exprime acerca da poesia. Neste poema permanece a ideia de que o

---

[50] Tendo os alunos conhecimento da problemática do fingimento em Fernando Pessoa (o estudo deste poeta precede o de Torga em qualquer um dos programas de Português de que já temos falado), seria oportuno comentar o poema "Autopsicografia", que tematiza justamente a questão da ficcionalidade do discurso poético através da noção do *poeta fingidor*.

poeta não conseguiu alcançar o paradigma poético idealizado (já em "Folhinha" se fala de uma "expressão nunca atingida"), ao dizer que *sonhou a poesia, desenhou-a, lançou-a como um salto de gazela, mas não passou por ela*.

A questão a ser retomada, nessa altura, quanto à forma como o poeta concebe a poesia e o fazer poético, é a da independência relativamente a modelos poéticos e pode ser aprofundada através da leitura de um ensaio de Carlos Reis, "Miguel Torga ou o paradigma perdido", em que aborda a poética torguiana em diversos textos, incluindo poemas de *Orfeu rebelde*[51].

Contando com o saber que os alunos terão construído nessa etapa de leitura de *Orfeu rebelde*, o conjunto dos poemas apresenta-se como tematização continuada da condição do poeta e do estatuto da poesia.

As pistas de interpretação das potencialidades semânticas dos poemas que seleccionámos para apresentar estratégias didácticas relativas aos principais vectores temáticos da obra não se pretendem exaustivas nem impeditivas de outras leituras dos poemas. Mas, tratando aqui de estratégias didáctico-pedagógicas da leitura de *Orfeu rebelde*, não podíamos deixar de apresentar possíveis formas de subjectivar e objectivar vectores semânticos e percursos de interpretação de alguns poemas, por forma a concretizar a nossa metodologia de abordagem do texto lírico, no Ensino Secundário.

Quanto à abordagem dos aspectos versificatórios, uma vez que nos confrontamos com o estudo integral da obra, entendemos que deve incidir sobre a totalidade dos poemas da colectânea. Não significa isso separar a abordagem dos aspectos semânticos e formais, mas a sistematização será mais eficaz se realizada sobre o conjunto de poemas já conhecidos dos alunos.

Outros aspectos formais podem ser abordados, como o encadeamento e fluência da organização sintáctica, que confluem para um tom de eloquência e solenidade verbal. Para que os alunos verifiquem esta característica da poesia torguiana, a nível de outras opções estilísticas, pode-se encaminhá-los para a apreciação das imagens, em especial as de feição hiperbólica, como no poema "Via-Sacra", em que, repita-se, o sofrimento do poeta é comparado ao de Cristo e do Cirineu. A utilização de imagens expressivas e enfáticas na expressão do

---

[51] O ensaio encontra-se inserido em *Construção da leitura*, Coimbra, INIC, 1982, pp. 151-165.

processo interior de busca do conhecimento pode ser exemplificada também através do verbo "rasgar" (na forma pronominal), nos poemas "Relâmpago" ("Rasguei-me como um raio rasga o céu") e "Mudez" ("E todo o santo dia me rasguei/ À procura não sei/ De que palavra, síntese ou imagem!"). Nos dois casos, o verbo "rasgar" traduz a premência e o cilício de uma procura: no primeiro caso, de conhecimento, enquanto no segundo, do próprio poema[52]. Outra estratégia que contribui para a feição eloquente do discurso é a repetição de imagens, metáforas e símbolos, imprimindo uma dimensão persuasiva à mensagem a comunicar.

Será, então, o momento de concluir que o lirismo torguiano se caracteriza justamente pela feição eloquente do discurso poético, que, de certo modo, remete para a matriz neo-romântica, em que se filia esteticamente. A compreensão desta matriz poética, não carecendo, no contexto do Ensino Secundário, de aprofundamento teórico, poderá ser explicada com a menção de elementos exemplificativos, como a concepção do poeta inspirado e investido de uma missão pedagógica (corroborando, de certo modo, a imagem do poeta-profeta à Victor Hugo). Essa imagem do poeta filiado na tradição romântica assume, em Miguel Torga, o veio do humanismo e do telurismo, que, por sua vez, estão relacionados com a forma como, na poesia e na restante obra, se colocam questões de ordem metafísica, ética, religiosa e existencial. Pretendendo o professor facultar aos alunos reflexões levadas a cabo por autores que abordaram estas questões, pode encaminhá-los para a leitura de um ensaio de Eduardo Lourenço, "O desespero humanista de Miguel Torga e o das novas gerações"[53], que situa Torga no contexto da poesia da *Presença* e pós-presencista, lembrando afinidades entre autores portugueses e estrangeiros. Aquele ensaísta demonstra que as inquietações religiosas se encontram na base de outras preocupações que atravessam a obra de Torga, como a política e a existencial. Uma outra alternativa de consulta bibliográfica a esse respeito, que ajudará a compreender as afinidades de Miguel Torga com outros autores, no tocante à

---

[52] Seria interessante explicar aos alunos o sentido com que se emprega, na linguagem bíblica, o verbo *rasgar*, traduzindo um rito sacrificial. Rasgar as vestes em sinal de sofrimento é romper o passado num rito de purificação. Ora, em *Orfeu rebelde*, sempre de acordo com a simbologia bíblica, o acto de rasgar-se implica um sofrimento inerente ao processo de ascender ao conhecimento pela purgação.

[53] In *Tempo e poesia*, Porto, Inova, 1975, pp. 85-123.

problemática metafísica e religiosa, é a obra de Jesús Herrero, *Miguel Torga. Poeta ibérico*[54].

Ainda no tocante às estratégias de ensino-aprendizagem do referido conjunto de poemas, entendemos que, para além da leitura individual, se deve praticar a leitura aos pares, sendo que, nesta modalidade, se torna muito proveitoso mudar a constituição dos grupos para que o diálogo entre os alunos ganhe pela diversidade de sentidos intuídos e comprovados pela análise.

Ao longo da abordagem do núcleo de poemas seleccionados, é fundamental que se vão recordando aspectos já tratados (certos sentidos, temas, imagens, expressões, sintagmas e palavras-chave que se repetem, etc.), sempre que um poema remeta intertextualmente para outro, devendo o professor, nessas ocasiões, voltar a textos já lidos, tanto para aprofundar interpretações anteriormente feitas, como para o simples, mas proveitoso, cotejo de textos através da leitura.

4.3.3. Contemplámos, até aqui, duas fases de leitura de *Orfeu rebelde*: uma de aproximação inicial e outra de abordagem do núcleo principal de poemas. A próxima fase, que passamos a referir (a terceira), de aprofundamento do conhecimento da obra, consiste num trabalho centrado na detecção dos vectores semânticos dos textos ainda não contemplados. Consideramos que, ao chegar a esta fase, já se terá preenchido um razoável número de aulas, cerca de dez, sendo oportuno que o restante trabalho se realize com menor *dirigismo* do que o imprimido na abordagem do núcleo de poemas na leitura metódica. Quanto aos textos, constatando o número de poemas já estudados (inicialmente três, mais dez do "núcleo principal"), entendemos que não se justifica a abordagem de todos (a antologia inclui 41 poemas). Assim, nesta fase de aprofundamento, serão contemplados 20 poemas, o que totalizará uma abordagem de 33, com oito excluídos deste trabalho, mas obviamente devendo ser lidos pelos alunos, em regime domiciliário.

A leitura dos textos seleccionados, seguida de comentário escrito, produzido fora do espaço da aula, constitui uma estratégia pedagógica de não separar leitura e escrita. Uma orientação possível para a

---

[54] Cf. Jesús Herrero, *Miguel Torga. Poeta ibérico*, Lisboa, Arcádia, 1979, pp. 87-149. Os capítulos "Poeta do sentimento trágico da vida", "Casticismo do poeta", "Poeta desesperado e religioso" e "A pátria ibérica do poeta" são, de facto, os que mais directamente abordam as principais questões do universo poético torguiano.

produção dos comentários pode ser a detecção de aspectos recorrentes, numa perspectiva de leitura intertextual. Na realização destas actividades deverá ter lugar uma intervenção do professor, auxiliando os alunos, sobretudo no caso em que manifestem dificuldades de compreensão.

Considerando que, até chegarem a esta fase, os alunos já terão tido um razoável acompanhamento, é pertinente, do ponto de vista pedagógico, responsabilizá-los por uma leitura com maior autonomia interpretativa, ao contrário do que se passava no início. Por isso, do restante conjunto de poemas, é de se esperar que os alunos apreendam os temas da criação poética, da condição do poeta, da liberdade, da vida e da morte. Outros aspectos a valorizar, nesta fase de aprofundamento, são a continuada pesquisa em torno das referências míticas e simbólicas (bíblicas ou greco-clássicas) e a abordagem de elementos do plano fónico-linguístico e versificatório. Na realização deste trabalho justifica-se fornecer aos alunos algumas referências bibliográficas. Para uma visão mais alargada da importante questão da criação literária, tematizada em textos narrativos do autor, será interessante consultar o que sobre isso escreveu Teresa Rita Lopes[55].

A seguir à ponderação sobre o resultado deste trabalho, antes de uma avaliação final, realizada sob a forma de teste somativo, deve ocorrer a sistematização dos conteúdos de ensino-aprendizagem, por exemplo em duas aulas, sendo esta a quarta fase do percurso de leitura de *Orfeu rebelde*.

O tempo que nos parece necessário para a totalidade das actividades de ensino-aprendizagem é, no mínimo, o de 15 aulas. Com menos tempo, a abordagem escolar da obra ficará prejudicada, sendo, necessariamente, mais superficial. O mesmo *prejuízo pedagógico* pode notar-se no conhecimento da obra de poesia nos termos exigidos pelos programas de Português e que apontam normalmente para a leitura somente de alguns poemas considerados mais representativos. A escolha dos poemas, podendo ser feita pelos professores, visto que, quanto a isso, não há nenhuma imposição dos programas, é normalmente condicionada pelos manuais didácticos adoptados nas escolas, que incluem uma selecção de textos acompanhados de linhas orientadoras de leitura, pelas quais a generalidade dos professores costuma nortear o trabalho didáctico.

---

[55] In *Miguel Torga. Ofícios a "Um Deus de terra"*, Porto, Asa, 1993, pp. 54-56.

Atendendo ao que se verifica na prática pedagógica quanto ao estudo da poesia de um autor (de Torga, ou de Sophia de Mello Breyner Andresen, por exemplo), é comum restringir-se a um reduzido conjunto de poemas seleccionados normalmente nos manuais, como se disse, sem que se contemple uma fase anterior e outra posterior, respectivamente de aproximação e de aprofundamento, que permitam ao aluno a aplicação e a consolidação de conhecimentos adquiridos.

Em conclusão a este capítulo, reiteramos que as estratégias didáctico-pedagógicas de leitura aqui esboçadas devem ser consideradas como hipóteses de trabalho e não como um *receituário*. Pretendemos, isso sim, propiciar um contributo sobre o modo de construir percursos didácticos de leitura. Apresentámos estratégias que contemplam a apreensão das categorias dos modos e géneros literários que as obras actualizam. A diversidade de estratégias, no caso das três obras, justifica-se em função da especificidade modal e genológica de cada uma delas. Para que pudéssemos demonstrar o rendimento heurístico e interpretativo daquelas categorias arquitextuais do discurso literário tornou-se, pois, necessário apresentar diversificadas actividades e estratégias de leitura.

CONCLUSÃO

1. Neste trabalho, realizámos um estudo da problemática dos géneros literários e da sua relação com o ensino da literatura. A investigação foi baseada numa tentativa de comprovação experiencial dos problemas que se conhecem empiricamente, procedendo-se à sua descrição e análise, para podermos apresentar propostas de estratégias didáctico-pedagógicas susceptíveis de contribuírem para a sua resolução.

A partir da demonstração da importância dos modos e géneros literários para o estudo das obras literárias no Ensino Secundário, concluímos que os conceitos de género e de modo literário são instrumentos indispensáveis para o ensino da literatura. Pensamos ter ficado claro que a abordagem dos conceitos de modo e de género literário não deve constituir um fim em si mesmo, mas antes visar a compreensão da relação dos textos e das obras literárias com o seu arquitexto. Por isso, apresentámos modos de abordagem didáctica dos géneros no contexto da leitura literária, visando o entendimento das componentes genológicas e modais que as obras configuram.

De acordo com uma perspectiva pragmática da leitura literária, reconhecer e utilizar os elementos genológicos em situação de leitura significa a possibilidade de os alunos terem uma atitude mais cooperante com os textos. Significa assumir a inteligência dos mecanismos de construção estético-literária (e suas motivações histórico-culturais) e poder utilizar esclarecidamente instrumentos mentais de leitura, sobre cuja importância para a formação do espírito crítico do leitor chamou Jacinto do Prado Coelho justamente a nossa atenção no ensaio "Como ensinar literatura"[1].

Deparámo-nos, diversas vezes, na análise dos problemas do ensino-aprendizagem da literatura, com um problema estrutural do

---

[1] Cf. Jacinto do Prado Coelho, *Ao contrário de Penélope*, Lisboa, Bertrand, 1976, pp. 45-71.

sistema: a questão do tempo do ensino e da aprendizagem. A constatação dos insuficientes conhecimentos dos alunos, sinónimo de aprendizagem deficiente, exige a revisão dos métodos de ensino-aprendizagem, implicando a consideração do *tempo da aprendizagem*, de acordo com teorias, como a de Yves Chevallard, sobre o processo de transposição pedagógica dos saberes teóricos. Concluímos, assim, pela necessidade de serem privilegiadas, no ensino da literatura, estratégias de ensino-aprendizagem que considerem o *tempo* e a *progressão* da aprendizagem. Para que se atinja na prática esse desiderato pedagógico, torna-se imprescindível criar e desenvolver estratégias didáctico-pedagógicas que respeitem essa dimensão temporal da aprendizagem. Ao enfatizarmos a importância do processo de aprendizagem, valorizamos a avaliação durante o percurso de ensino-aprendizagem e não só no término de um ciclo (de unidade didáctica, sequência ou módulo de ensino), a fim de acompanhar o desenvolvimento das competências dos alunos.

Por outro lado, sabendo-se que a estruturação dos saberes genológicos dos leitores escolares, bem como o desenvolvimento das suas competências pragmáticas de leitura, ocorrem numa extensão temporal mais ampla do que a que se verifica na leitura de uma obra literária, é necessário ter em conta os saberes ensinados ano a ano, visto ser a aprendizagem um processo contínuo.

A forma como desenvolvemos o trabalho permitiu-nos esclarecer a relação entre diversos aspectos da problemática dos géneros nos estudos literários e no ensino da literatura. Na parte I, apresentámos o âmbito teórico da problemática dos géneros literários e o seu quadro didáctico no ensino da literatura. Como demonstrámos nessa parte, a problemática dos géneros literários, quer numa perspectiva eminentemente teórica, quer didáctica, fixa-se, hoje, num enquadramento teórico-metodológico baseado na semiótica literária, na estética da recepção e na pragmática da comunicação literária. A teorização sobre os géneros, incluindo uma reflexão sobre a sua função na recepção dos textos, obriga a que, no ensino da literatura, se ponderem pressupostos metodológicos dos domínios teóricos referentes à didáctica da leitura.

Quanto à exposição que fizemos sobre os géneros na teoria da literatura contemporânea, procurámos apresentar o seu entendimento actual, concluindo-se pela vitalidade do questionamento teórico nesse domínio, associado, como não pode deixar de ser, a uma teoria geral do discurso.

A consideração da teorização histórica dos géneros, observada em diversos momentos, não se revela menos importante para a compreensão de questões de poética e de recepção literária. Com efeito, a visão histórica constitui o alicerce da reflexão sobre os géneros, tanto numa perspectiva teórica como didáctico-pedagógica. É neste sentido que entendemos os ensinamentos das poéticas clássicas, ainda hoje válidos, na medida em que neles encontramos elementos sobre os géneros literários que a moderna genologia retomou e sistematizou no século actual (em componentes temáticas, formais e pragmáticas), assim patenteando a validade daqueles para o discurso metaliterário contemporâneo.

Na parte II, abordou-se um aspecto empírico do ensino da literatura no Secundário: os conhecimentos que os alunos apresentam das obras no final do seu estudo, *declarados* em testes de avaliação somativa. Através do estudo destes instrumentos de avaliação, verificámos deficiências diversas na representação genológica das obras literárias, directamente associadas a outras no plano das estratégias metodológicas da leitura.

Se a problemática dos géneros, como se viu na parte I, ostenta uma feição didáctica de grande alcance no ensino da literatura, concluímos, com o estudo apresentado na parte II, que as orientações didácticas, hoje, devem atentar nas possibilidades do paradigma semiótico-comunicacional nos estudos literários.

A realidade do ensino da literatura demonstra uma apropriação empobrecedora das potencialidades didácticas dos géneros literários nas diversas práticas escolares de leitura. Com efeito, nos processos de transferência teórico-práticos têm-se menosprezado as orientações metodológicas defluentes da semiótica, da estética da recepção e da pragmática comunicacional. Apesar do que se conhece em sede teórica e didáctica a respeito da cooperação do leitor no processo da leitura, continua-se, na generalidade das situações, a praticar um ensino da literatura baseado na antiga tradição de repetir os conteúdos que os professores veiculam sobre as obras. O que impede a mudança de métodos não fica a dever-se somente aos extensos programas, mas também ao desconhecimento por parte de muitos professores de como recontextualizar, na prática didáctica, as orientações que mudaram o cenário teórico dos estudos literários nos anos 80 e 90.

A maneira como se lida com a questão dos géneros – distinção conceptual entre modos e géneros literários e abordagem das respectivas categorias – consiste sobretudo num ensino que leva o aluno a aprender conceitos, descurando a sua aplicação em situações diversificadas. Mesmo se a aprendizagem se realiza adequadamente no contexto da leitura integral de um romance, de um drama ou na leitura de uma colectânea de textos poéticos, o tipo de ensino manifesta deficiências, pois é reduzido o investimento (às vezes, nulo) na aplicação das categorias em situações práticas. Com efeito, não se verifica o recurso a actividades de aplicação dos conhecimentos genológicos (e outros a eles associados), por exemplo, de natureza linguística e estilística. O ensino dos géneros consiste na leccionação de componentes literárias das obras, surgindo, então, episodicamente, uma explicação de categorias genológicas, a propósito da sua importância no macrotexto, as quais voltam a ser retomadas no discurso dos alunos, sobretudo em situação de teste de avaliação somativa.

Quando os professores consagram aulas a exposições de tipo teórico sobre as categorias modais e genológicas, antecedendo o estudo de uma determinada obra, a apropriação por parte dos alunos é efémera, não se verificando infelizmente oportunidades suficientes para uma reutilização, o que seria fundamental para a assimilação dos conhecimentos. Também na compreensão da realização textual das categorias, envolvendo procedimentos discursivos que se lhes associam, os alunos apresentam deficiências, o que demonstra a necessidade de um trabalho centrado nos textos.

Para além dessas deficiências que vimos assinalando, a respeito do uso das categorias genológicas, a nossa investigação vem realçar a falta que faz o ensino sobre o processo de compreensão na leitura para que o aluno coopere melhor com o texto, investindo nos conhecimentos genológicos, bem como em diversificadas competências técnicas de leitura. Concluímos pela necessidade de se conceder mais tempo ao treino do aluno no processo de interacção pragmática com os textos, com vista à construção da leitura. As estratégias didáctico-pedagógicas que apresentámos no capítulo 4 da parte III, obedecendo a um quadro conceptual esboçado no capítulo anterior, vão ao encontro de um ensino que valoriza diversas fases de aprendizagem no processo da leitura integral das obras literárias.

Quanto ao ensino das categorias genológicas, consideramos de toda a pertinência o método dedutivo, através do qual o professor apresenta uma explicação teórica dos conceitos, seguida de exemplificações. No entanto, sem um contacto estreito com os textos, torna-se impossível uma aprendizagem eficaz das próprias categorias. Somente através de situações de leitura e de actividades, tendendo para o reconhecimento, análise e interpretação das categorias, o aluno-leitor poderá desenvolver as suas competências genológicas, ampliando o conhecimento das formas literárias.

Dados os níveis de compreensão que contemplámos (hermenêutica e teórica), pudemos verificar, na prática, que o trabalho realizado centra-se prioritariamente na compreensão linguística e semântica dos textos (muitas vezes, em virtude da insuficiente competência linguística e compreensão semântica dos leitores), sendo diminuto, por conseguinte, o investimento na interpretação das obras e na reflexão sobre os procedimentos literários utilizados, o que terá vantagem em ser realizado, pois contribuirá para o desenvolvimento das competências textuais, discursivas, linguísticas e literárias.

A didáctica da literatura, quanto a vários aspectos da abordagem do texto literário no Ensino Secundário, não pode desconhecer o facto de o ensino da literatura se integrar na disciplina de Português, cujas finalidades abrangem o conhecimento e o uso diversificado da língua. Das finalidades nucleares do conhecimento da língua decorrem objectivos de ensino-aprendizagem atinentes ao desenvolvimento da capacidade do seu uso funcional, contemplando o domínio da oralidade, da leitura e da escrita. Dadas as orientações metodológicas de ensino e a diversidade dos textos sobre que incide a disciplina de Português (em que se valoriza o diálogo entre manifestações artísticas, culturais e históricas e os textos literários), justifica-se adoptar uma perspectiva integrada do ensino da literatura no Secundário, isto é, a associação de actividades do ensino da literatura com actividades do ensino da língua portuguesa. Este entendimento implica, por exemplo, que, nas actividades de leitura integral, não se descure a análise linguística e estilística do discurso. De acordo com esta visão alargada do ensino da literatura, conclui-se que o conhecimento dos textos, dos discursos e das formas literárias concorrerá não só para o reconhecimento do património literário, mas também para o domínio das linguagens e dos códigos culturais, o que se traduzirá num enriquecimento quanto à dimensão social da língua e da cultura.

Alguns dos pressupostos, concepções e processos didácticos aqui referidos nortearam a elaboração da parte III, na qual pretendemos apresentar propostas para o ensino da literatura que se coadunem com os objectivos da nova Lei de Bases do Sistema Educativo, que visam preparar o aluno, desenvolvendo a metacognição, para a autonomia na busca do conhecimento. As estratégias didáctico-pedagógicas que respeitem a filosofia do ensino baseada na proeminência da aprendizagem demandam actividades com espaço para a interrogação, o diálogo, as dúvidas, a reelaboração do conhecimento, no intuito de desenvolver no aluno a consciência metacognitiva da sua aprendizagem. Por isso, é inequívoca a validade de uma metodologia para o ensino da literatura no Secundário baseada nos princípios didácticos da interactividade pedagógica e da construção da aprendizagem.

Deduz-se assim o imperativo de uma reflexão sobre os aspectos metodológicos, didácticos e pedagógicos, não só decorrentes das normas de contratos disciplinares a serem cumpridos na prática (em particular através dos programas), mas também implicados na acção dos professores.

2. Importa concluir, ainda, sobre alguns aspectos extrínsecos ao estudo apresentado, mas que entendemos serem relevantes quanto à sua pertinência e validade didáctica no contexto do Ensino Secundário. Estudámos problemas de ensino-aprendizagem da literatura e da leitura, mostrando o que pode ser melhorado no tocante às metodologias de ensino e estratégias didácticas. A metodologia para o ensino da literatura que perfilhamos, baseada na *construção da aprendizagem* e na *interactividade pedagógica*, prevê uma aprendizagem mais experiencial e mais reflectida. Para isso, defendemos a utilização de instrumentos didácticos de leitura que constituam simultaneamente instrumentos de avaliação.

Sabendo-se que a actividade de ensino-aprendizagem não se consuma unicamente no espaço da sala de aula, mas que se prolonga por outros tempos e espaços, como os de regime domiciliário e de biblioteca, apresentámos propostas de estratégias didáctico-pedagógicas de leitura para os dois tipos de trabalho.

A renovação pedagógica do ensino da literatura implica, ainda, realizar na prática uma revisão dos métodos de ensino e dos tipos de aula, repensando a actividade didáctica do professor quanto a privilegiar as actividades de aprendizagem do aluno. Como se vê, trata-se de uma pedagogia de ensino que não se coaduna com a natureza unidireccional do trabalho do professor, segundo uma visão tradicional.

A produção dos instrumentos de leitura, como os guiões, deve, por isso, consistir num trabalho colectivo de concepção, realização e aplicação, no qual possam participar os professores que leccionem no mesmo ano de escolaridade, com supervisão didáctica do Delegado de Português e de outros elementos que funcionem num projecto global de cooperação.

A questão da conservação dos materiais didácticos solicita uma consulta a especialistas em biblioteconomia, no sentido de se ponderarem formas eficazes de arquivo e utilização por parte dos usuários (professores e alunos). Desde as formas tradicionais de arquivo manual, aos programas multimédia (em vídeo e áudio, além dos informáticos), são inúmeras as possibilidadades que se oferecem aos professores.

Esta ponderação de meios atinentes ao trabalho de investigação didáctica no ensino da literatura pressupõe o espírito de reflexão crítica e a preparação científica, didáctica e tecnológica do professor do Ensino Secundário. A realização de projectos desta natureza constitui uma via para a investigação baseada na acção pedagógica.

A antiga e precípua vocação das Faculdades de Letras é a formação científica dos estudantes. Para além disso, hoje, compete-lhes contribuir para a formação pedagógica dos estudantes que enveredam pela via do Ensino e ainda para a formação contínua dos professores. Ora, os programas de formação contínua podem estimular a invesigação dos professores que ensinam a Literatura Portuguesa nos anos terminais do Ensino Secundário, neles encontrando um espaço para a reflexão, de modo a levar para a prática pedagógica um sempre renovado conhecimento, nas vertentes científica e didáctica, e susceptível de ser recontextualizado em diversas situações. Tal reflexão sobre a problemática do ensino da literatura no Secundário pressupõe a consideração, por um lado, da evolução dos saberes científicos e didácticos e, por outro, da revisão histórica da literatura portuguesa, à luz de novas conquistas teóricas, sobretudo nos últimos tempos. Os trabalhos empíricos com apresentação de dados concretos sobre as representações na leitura, na medida em que permitem extrair justificadas conclusões, constituem subsídios necessários para o conhecimento dos problemas com que se depara o estudo da literatura no Ensino Secundário.

BIBLIOGRAFIA

Obras literárias consultadas

GARRETT, Almeida – *Frei Luís de Sousa*, in *Obras*, vol. 2, Porto, Lello, 1963.
HERCULANO, Alexandre – *O fronteiro d'Africa ou tres noites asiágas (Drama historico portuguez)*, Rio de Janeiro, Tipografia Económica de J. J. Fontes, 1862.
LEAL, Mendes – *Os dous renegados*, Lisboa, Sociedade Propagadora dos Conhecimentos Úteis, s. d. (pref.: 1839).
QUEIRÓS, Eça de – *Uma campanha alegre*, 2 vols., Porto, Lello, 1979.
QUEIRÓS, Eça de – *Correspondência*, vol. 2 (leitura, coord., pref. e notas de Guilherme de Castilho), Lisboa, Imprensa Nacional-Casa da Moeda, 1983.
QUEIRÓS, Eça de – *Os Maias*, Lisboa, Livros do Brasil, s. d.
QUEIRÓS, Eça de – *Notas contemporâneas*, Lisboa, Livros do Brasil, s. d.
TORGA, Miguel – *Antologia poética*, Coimbra, Ed. do autor, 1981.
TORGA, Miguel – *Orfeu rebelde*, 2ª ed. rev., Coimbra, Ed. do autor, 1970.

Teoria da literatura e crítica literária

AA.VV. – *Aqui, neste lugar e nesta hora. Actas do primeiro congresso internacional sobre Miguel Torga*, Porto, Universidade Fernando Pessoa, 1994.
AA.VV. – *Eça e Os Maias (Actas do 1º Encontro Internacional de Queirosianos)*, Porto, Asa, 1990.
AA.VV. – *Investigaciones semióticas I*, Madrid, C.S.I.C., 1986.
ADAM, J.-M. – *Pour lire le poème*, Bruxelas/Paris, De Boeck/Duculot, 1985.
ALBUQUERQUE, Alexandre de – "O problema da educação em Eça de Queiroz", in *Revista da Faculdade de Letras*, tomo IV, 1-2 (1937), pp. 197-227.
ALVES, Manuel dos Santos – "Circum-navegando *Os Maias*", in *Diacrítica*, 3-4 (1988-89), pp. 325-337.
ANGENOT, Marc et alii – *Théorie littéraire*, Paris, PUF, 1989.

ARISTÓTELES – *Poética* (trad., pref., introd., coment. e apend. de Eudoro de Sousa), Lisboa, Imprensa Nacional-Casa da Moeda, 1986.
ARNALDO, Javier (org.) – *Fragmentos para una teoría romántica del arte*, Madrid, Tecnos, 1987.
AULLÓN DE HARO, P. (org.) – *Introducción a la crítica literaria actual*, Madrid, Playor, 1983.
BAKHTINE, Mikhail – *Esthétique de la création verbale*, Paris, Gallimard, 1984.
BAKHTINE, Mikhail – *Esthétique et théorie du roman*, Paris, Gallimard, 1978.
BAKHTINE, Mikhail – *La poétique de Dostoievsky*, Paris, Seuil, 1970.
BALPE, Jean-Pierre – *Lire la poésie*, Paris, A. Colin/Bourrelier, 1980.
BARROS, Helena – "O grande Maia: uma sátira dirigida a Eça de Queiroz", in *Diacrítica*, 3-4 (1988-89), pp. 339-359.
BEN-AMOS, Dan – "Catégories analytiques et genres populaires", in *Poétique*, 19 (1974), pp. 265-294.
BERNARDO, Fernanda – "O dom do texto: a leitura como escrita – o programa *grama*tológico de J. Derrida", in *Revista Filosófica de Coimbra*, 1 (1992), pp. 155-189.
BESSIÈRE, Jean – *Dire le littéraire. Points de vue théorique*, Liège, Pierre Mardaga, 1990.
BONNET, Henri – *Essai sur l'esthétique des genres*, Paris, Nizet, 1951.
BOURNEUF, Roland e Réal Ouellet – *O universo do romance*, Coimbra, Almedina, 1976.
BRAGA, Teófilo – *Garrett e os dramas românticos*, Porto, Lello, 1905.
BRAGA, Teófilo – *Garrett e o Romantismo*, Porto, Lello, 1903.
BRANDÃO, Roberto de Oliveira (org.) – *A poética clássica. Aristóteles, Horácio, Longino*, São Paulo, Cultrix, 1981.
CABRAL, António – *Miguel Torga, o Orfeu rebelde* (sep. de *Cadernos Culturais*), Vila Real, Núcleo Cultural Municipal de Vila Real, 1977.
CALINESCU, Matei – *Cinco caras de la modernidad*, Madrid, Editorial Tecnos, 1991.
CARVALHO, Amorim de – *Tratado de versificação portuguesa*, 4ª ed., Lisboa, Centro do Livro Brasileiro, 1981.
CHARLES, Michel – *Rhétorique de la lecture*, Paris, Seuil, 1977.
CHOCIAY, Rogério – *Teoria do verso*, São Paulo, McGraw-Hill do Brasil, 1974.
COELHO, Eduardo Prado – *Os universos da crítica*, Lisboa, Edições 70, 1982.
COELHO, Jacinto do Prado (dir.) – *Dicionário de literatura*, 4ª ed., Porto, Figueirinhas, 1990.
COELHO, Jacinto do Prado – "Para a compreensão d'*Os Maias* como um todo orgânico" e "Casticismo e humanidade em Miguel Torga", in *Ao contrário de Penélope*, Lisboa, Bertrand, 1976, pp. 167-188 e 271-273.

COHEN, Jean – *A plenitude da linguagem (Teoria da poeticidade)*, Coimbra, Almedina, 1987.
COLLINI, Stefan (org.) – *Interpretação e sobreinterpretação*, Lisboa, Presença, 1993.
Colóquio/Letras, 43 (Maio de 1978) (número dedicado a Miguel Torga).
COMBE, Dominique – *Les genres littéraires*, Paris, Hachette, 1992.
COMBE, Dominique – *Poésie et récit. Une rhétorique des genres*, Paris, Corti, 1989.
CORTI, Maria – *Princippi della comunicazione letteraria. Introduzione alla semiotica della letteratura*, Milão, Bompiani, 1976.
COX, Jeffrey N. – *In the shadows of romance: romantic tragic drama in Germany, England and France*, Athens, Ohio Univ. Press, 1987.
DELCROIX, Maurice e Fernand Hallyn (org.) – *Introduction aux études littéraires. Méthodes du texte*, 2ª tir., Paris, Duculot, 1990.
DEMOUGIN, Jacques (dir.) – *Dictionnaire historique, thématique et technique des littératures. Littératures française et étrangères, anciennes et modernes*, Paris, Larousse, 1990.
DERRIDA, Jacques – "The law of genre", in Derek Attridge (org.), *Acts of literature*, Nova Iorque/Londres, Routledge, 1991, pp. 221-252.
DIMTER, Mathias – "On text classification", in Teun A. Van Dijk (org.), *Discourse and literature*, Amesterdão/Filadélfia, John Benjamins, 1983, pp. 215-230.
DOLEZEL, Lubomír – *A poética ocidental. Tradição e inovação*, Lisboa, Fundação Calouste Gulbenkian, 1990.
DOUBROVSKY, Serge – *Pourquoi la nouvelle critique*, Paris, Mercure de France, 1966.
DUBOIS, Jacques e Pascal Durand – "Champ littéraire et classes de textes", in *Littérature*, 70 (Maio de 1988), pp. 5-23.
DUBROW, Heather – *Genre*, Londres, Methuen, 1982.
DUFRENNE, Mikel – *O poético*, Porto Alegre, Globo, 1969.
DUPRIEZ, Bernard – *Gradus. Les procédés littéraires (Dictionnaire)*, Paris, 10/18, 1984.
ECO, Umberto – *Leitura do texto literário. Lector in fabula*, Lisboa, Presença, 1979.
ECO, Umberto – *Les limites de l'interprétation*, Paris, Grasset, 1992.
ECO, Umberto – *Tratado de semiótica general*, México, Nueva Imagen//Lumen, 1978.
ERMATINGER, Emil *et alii* – *Filosofia de la ciencia literaria*, México/Madrid/Buenos Aires, Fondo de Cultura Económica, 1984.
FERREIRA, Alberto – *Perspectiva do romantismo português*, 3ª ed., Lisboa, Litexa Portugal, s. d.
FOKKEMA, D. W. e Elrud Ibsch – *Teorías de la litteratura del siglo XX*, 3ª ed., Madrid, Cátedra, 1981.

FOWLER, Alastair – *Kinds of literature. An introduction to the theory of genres and modes*, Oxford, Claredon Press, 1982.
FREELAND, Alan – *O leitor e a verdade oculta. Ensaio sobre Os Maias*, Lisboa, Imprensa Nacional-Casa da Moeda, 1989.
FRIEDRICH, Hugo – *Sctructures de la poésie moderne*, Paris, Denoël/Gonthier, 1976 (1956).
FRYE, Nortrop – *Anatomie de la critique*, Paris, Gallimard, 1969 (1957).
FURST, Lilian R. – *Romanticism*, Londres, Methuen, 1971.
GARCÍA BERRIO, Antonio – "El debate de los géneros como cuestión sintomática de la teoría literaria actual", in Isabel Paraíso (org.), *Retos actuales de la teoría literaria*, Valladolid, Universidad de Valladolid, Secretariado de Publicaciones, pp. 31-49.
GARCÍA BERRIO, Antonio – *Teoría de la literatura*, Madrid, Cátedra, 1989.
GARCÍA BERRIO, Antonio e Javier Huerta Calvo – *Los géneros literarios. Sistema e historia*, Madrid, Cátedra, 1992.
GARRIDO GALLARDO, Miguel Á. (org.) – *Teoría semiótica. Lenguajes y textos hispánicos*, Madrid, C.S.I.C., 1984.
GARRIDO GALLARDO, Miguel Á. (org.) – *Teoría de los géneros literarios*, Madrid, Arco/Libros, 1988.
GENETTE, Gérard – *Esthétique et poétique*, Paris, Seuil, 1992.
GENETTE, Gérard – *Fiction et diction*, Paris, Seuil, 1991.
GENETTE, Gérard – *Figures III*, Paris, Seuil, 1972.
GENETTE, Gérard – *Introduction à l'architexte*, Paris, Seuil, 1979.
GENETTE, Gérard – *Nouveau discours du récit*, Paris, Seuil, 1983.
GENETTE, Gérard – *Palimpsestes*, Paris, Seuil, 1982.
GENETTE, Gérard – *Seuils*, Paris, Seuil, 1987.
GENETTE, Gérard et alli – *Théorie des genres*, Paris, Seuil, 1986.
GIRARD, Gilles e Réal Ouellet – *O universo do teatro*, Coimbra, Almedina, 1980.
GIROLAMO, Constanzo di – *Teoría crítica de la literatura*, Barcelona, Crítica, 1982.
GOETHE, J. W. – *Divan occidental-oriental*, Paris, Aubier, s. d.
GOETHE, J. W. – *Écrits* (org. de Jean-Marie Schaeffer), Paris, Klincksieck, 1983.
GONÇALVES, Fernão de Magalhães – *Ser e ler Torga*, Lisboa, Vega, 1986.
GONÇALVES, Fernão de Magalhães – *Sete meditações sobre Miguel Torga*, Coimbra, Ed. do autor, 1976.
GUERRA DA CAL, Ernesto – *Língua e estilo de Eça de Queirós*, 4ª ed., Coimbra, Almedina, 1981.
GUILLÉN, Claudio – *Literature as system. Essays toward the theory of literary history*, Princeton, Princeton University Press, 1971.
GUILLÉN, Claudio – *Entre lo uno y lo diverso. Introducción a la literatura comparada*, Barcelona, Editorial Crítica, 1985.

HAMBURGER, Kate – *Logique des genres littéraires*, Paris, Gallimard, 1986 (1957).
HEGEL, G. W. F – *Esthétique*, vol. 4, Paris, Aubier, 1944.
HERNADI, Paul – *Teoría de los géneros literarios*, Barcelona, Antoni Bosch, 1978 (1972).
HERRERO, Jesús – *Miguel Torga poeta ibérico*, Lisboa, Arcádia, 1979.
HORÁCIO – *Arte poética* (introd., trad. e coment. de R. M. Rosado Fernandes), Lisboa, Inquérito, s. d.
HUGO, Victor – "Préface" de *Cromwel*, Paris, Nelson Éditeurs, s. d.
INGARDEN, Roman – *A obra de arte literária*, 2ª ed., Lisboa, Fundação Calouste Gulbenkian, 1965.
ISER, Wolfgang – *L'acte de lecture. Théorie de l'effet esthétique*, Bruxelas, Pierre Mardaga, 1985.
JAKOBSON, Roman – "Qu'est-ce que la poésie?" e "La dominante", in *Quéstions de poétique*, Paris, Seuil, 1973, pp. 113-126 e 145-151.
JAUSS, Hans Robert – *Experiencia estética y hermenéutica literaria*, Madrid, Taurus, 1986.
JAUSS, Hans Robert – *Pour une esthétique de la réception*, Paris, Gallimard, 1978.
JOLLES, André – *Formes simples*, Paris, Seuil, 1972.
JÚNIOR, António Salgado – "Uma interpretação de 'Frei Luís de Sousa' (ensaio de apuramento da sua génese)", in *Labor*, XXIV (1960), pp. 520-535.
JÚNIOR, António Salgado – *"Romeiro, romeiro! quem és tu?" (Frei Luís de Sousa, acto II, cena XV). Fantasia crítica à maneira de acto dramático*, Porto, 1956 (separata da revista *Lusíada*, vol. III, nº 9).
KAYSER, Wolfgang – "Interpretação do 'Frei Luís de Sousa'", in *Análise e interpretação da obra literária*, 5ª ed., vol. 2, Coimbra, Arménio Amado, 1970 (1948).
KENT, Thomas – *Interpretation and genre. The role of generic perception in the study of narrative texts*, Londres/Toronto, Associated University Press, 1986.
LACOUE-LABARTHE, Ph. e J.-L. Nancy – *L'absolu littéraire. Théorie da la littérature du romantisme allemand*, Paris, Seuil, 1978.
LANSON, Gustave – *Histoire de la littérature française*, 12ª ed. rev., Paris, Hachette, 1912.
LANSON, Gustave – *Essais de méthode de critique et d'histoire littéraire* (org. de Henri Peyre), Paris, Hachette, 1965.
LARANJEIRA, Maria Cristina de Almeida Mello – *Mito e poesia em* Orfeu Rebelde *de Miguel Torga*, Porto, Faculdade de Letras da Universidade do Porto, 1986 (dissertação de mestrado policopiada).
LEITCH, Vincent B. – "(De)coding (generic) discourse", in *Genre*, vol. XXIV, 1 (1991), pp. 83-98.

LIMA, Isabel Pires de – *As máscaras do desengano. Para uma abordagem sociológica de "Os Maias" de Eça de Queirós,* Lisboa, Caminho, 1987.

LIMA, Luiz Costa (org. e trad.) – *A literatura e o leitor. Textos de estética da recepção,* Rio de Janeiro, Paz e Terra, 1979.

LIMA, Luiz Costa (sel., introd. e rev. téc.), *Teoria da literatura em suas fontes,* 2 vols., 2ª ed. rev. e ampl., Rio de Janeiro, Francisco Alves, 1983.

LOBO, Luíza (trad., sel. e notas) – *Teorias poéticas do Romantismo,* Porto Alegre, Mercado Aberto, 1987.

LONGINO – *Tratado do sublime de Dionísio Longino* (org. de Maria Leonor Carvalhão Buescu e trad. de Custódio José de Oliveira), Lisboa, Imprensa-Nacional Casa da Moeda, 1984.

LOPES, Teresa Rita – *Miguel Torga. Ofícios a "Um Deus de terra",* Porto, Asa, 1993.

LOTMAN, Iuri – *A estrutura do texto artístico,* Lisboa, Estampa, 1978.

LOURENÇO, Eduardo – "O desespero humanista de Miguel Torga e o das novas gerações", in *Tempo e poesia,* Porto, Inova, 1975, pp. 85-123.

MACHADO, Álvaro Manuel – *Les romantismes au Portugal. Modèles étrangers et orientations nationales,* Paris, Fundação Calouste Gulbenkain, 1986.

MAINGUENAU, Dominique – *Pragmatique pour le discours littéraire,* Paris, Bordas, 1990.

MAN, Paul de – *A resistência à teoria,* Lisboa, Ed. 70, 1989.

MANSUY, Michel (org.) – *L'enseignement de la littérature,* Paris, Fernand/Nathan, 1976.

MARCHESE, Angelo e Joaquín Forradelas – *Diccionario de retórica, crítica y terminología literaria,* Barcelona, Ariel, 1989.

MARTINS, Odete – "*Os Maias*: do romance como construção", in *Diacrítica,* 3-4 (1988-89), pp. 361-379.

MATOS, A. Campos (org.) – *Dicionário de Eça de Queiroz,* Lisboa, Caminho, 1988.

MATOS, A. Campos – *Imagens do Portugal queirosiano,* Lisboa, Imprensa Nacional-Casa da Moeda, 1987.

MAYORAL, José Antonio (org.) – *Pragmática de la comunicación literaria,* Barcelona, Arco/Libros, 1987.

MELLO, Cristina – "História, mito e escrita em poemas de Pessoa e Torga", in *Cadernos do Povo. Revista Internacional de Lusofonia,* 2-3-4 (Maio--Dezembro de 1987), pp. 39-45.

MELLO, Cristina – "Perspectiva da leitura de Eça de Queirós no Ensino Secundário", in *Queirosiana,* 7-8 (Dez. de 1994-Julho de 1995), pp. 61-73.

MELO, José de – *Miguel Torga (ensaio biobibliofotográfico),* Aveiro, Lions Clube de Aveiro, 1983.

MENDES, Margarida Vieira – "'Pontos de vista' internos num romance de Eça de Queirós: 'Os Maias'", in *Colóquio/Letras,* 21 (1974), pp. 34-47.

MESCHONNIC, Henri – *Les états de la poétique*, Paris, PUF, 1985.
MIGNOLO, Walter D. – *Elementos para una teoría del texto literario*, Barcelona, Crítica, 1978.
MIGNOLO, Walter D. – "Sobre las condiciones de la ficción literaria", in *Cadernos de Literatura*, 17 (1984), pp. 21-35.
MOISÉS, Massaud – *Dicionário de termos literários*, 4ª ed., São Paulo, Cultrix, 1985.
MOISÉS, Massaud – *Literatura: mundo e forma*, São Paulo, Cultrix, 1982.
MOLINO, Jean – "Les genres littéraires", in *Poétique*, 93 (Fevereiro de 1993), pp. 3-28.
MONTEIRO, Ofélia Paiva – *A formação de Almeida Garrett. Experiência e criação*, 2 vols., Coimbra, Centro de Estudos Românicos, 1971.
MONTEIRO, Ofélia Paiva – "Introdução", in Almeida Garrett, *Frei Luís de Sousa*, Porto, Civilização, 1987, pp. 7-28.
MORAWSKI, Stefan – "On the tragic. A confession and beyond", in J. Fisher (org.), *Essays on aesthetics*, Filadélfia, Temple Univ. Press, 1983, pp. 278-292.
OVERSTEEGEN, J. J. – "Genre: a modest proposal", in Theo d'Haen *et alii* (org.), *Convention and innovation in litterature*, Amesterdão/Filadélfia, John Benjamins, 1989, pp. 17-35.
PAVIS, Patrice – *Diccionario del teatro. Dramaturgia, estética, semiología*, Barcelona/Buenos Aires/México, Paidós, 1983.
PIMPÃO, Álvaro Júlio da Costa – "O 'Frei Luís de Sousa' de Almeida Garrett", in *Escritos diversos*, Coimbra, Universidade de Coimbra, 1972, pp. 253-277.
PLATÃO – *Crátilo*, Lisboa, Sá da Costa, 1963.
PLATÃO – *A República* (introd., trad. e notas de Maria Helena da Rocha Pereira), Lisboa, Fundação Calouste Gulbenkian, 1976.
Poetics ("Genre"), 10 (1981).
Poétique ("Enseignements"), 30 (Abril de 1977).
Poétique ("Genres"), 32 (1977).
PORTELA, Eduardo *et alii* – *Teoria literária*, Rio de Janeiro, Tempo Brasileiro, 1979.
QUADROS, António – *Poesia e filosofia do mito sebastianista. O sebastianismo em Portugal e no Brasil*, vol. 1, Lisboa, Guimarães, 1982.
QUADROS, António – *Poesia e filosofia do mito sebastianista. Polémica, história e teoria do mito*, vol. 2, Lisboa, Guimarães, 1983.
REBELLO, Luiz Francisco – "O *Frei Luís de Sousa* 150 anos depois", in *O Escritor*, 4 (Dezembro de 1994), pp. 197-203.
REBELLO, Luiz Francisco – *O teatro romântico (1838-1869)*, Lisboa, Biblioteca Breve, 1980.
REIS, Carlos – *As conferências do Casino*, Lisboa, Alfa, 1990.

REIS, Carlos – *O conhecimento da literatura. Introdução aos estudos literários*, Coimbra, Almedina, 1995.
REIS, Carlos – *Estatuto e perspectivas do narrador na ficção de Eça de Queirós*, 3ª ed., Coimbra, Almedina, 1984.
REIS, Carlos – *Introdução à leitura d'Os Maias*, 4ª ed., Coimbra, Almedina, 1981.
REIS, Carlos (org.) – *Leituras d'Os Maias*, Coimbra, Minerva, 1990.
REIS, Carlos – "Miguel Torga ou o paradigma perdido" e "Torga ou a perenidade da escrita", in *Construção da leitura*, Coimbra, INIC--Centro de Literatura Portuguesa da Faculdade de Letras, 1982, pp. 151-175.
REIS, Carlos e Ana Cristina M. Lopes – *Dicionário de narratologia*, 4ª ed. rev. e aum., Coimbra, Almedina, 1994.
REIS, Carlos e Maria da Natividade Pires – *História crítica da literatura portuguesa (o Romantismo)*, vol. V, Lisboa, Verbo, 1993.
REIS, Carlos e Maria do Rosário Milheiro – *Construção da narrativa queirosiana. O espólio de Eça*, Lisboa, Imprensa Nacional-Casa da Moeda, 1987.
RIBEIRO, Maria Aparecida – *História crítica da literatura portuguesa (Realismo e Naturalismo)*, vol. VI, Lisboa, Verbo, 1994.
ROCHA, Andrée Crabbé – *O teatro de Garrett*, 2ª ed., Coimbra, 1954.
ROMANO, Ruggiero (dir.) – *Enciclopédia Einaudi*, vol. 17 (Literatura-Texto), Lisboa, Imprensa Nacional-Casa da Moeda, 1989.
ROSA, Alberto Machado da – *Eça, discípulo de Machado? Um estudo sobre Eça de Queirós*, 2ª ed. rev., Lisboa, Presença, 1979, pp. 253-298.
SANTERRES-SARKANY, Stéphane – *Teoria da literatura*, Mem Martins, Europa-América, 1991.
SARAIVA, António José – "O conflito dramático na obra de Garrett", in *Para a história da cultura em Portugal*, vol. 1, 4ª ed., Lisboa, Bertrand, 1978, pp. 65-80.
SARAIVA, António José – "A evolução do teatro de Garrett. Os temas e as formas", in *Para a história da cultura em Portugal*, vol. 2, 4ª ed., Lisboa, Bertrand, 1979, pp. 11-34.
SARAIVA, António José – *As ideias de Eça de Queirós*, Lisboa, Bertrand, 1982.
SARAIVA, António José e Óscar Lopes – *História da literatura portuguesa*, 11ª ed. corrig. e actual., Porto, 1979.
SCHAEFFER, Jean-Marie – *L'art de l'âge moderne. L'esthétique et la philosophie de l'art du XVIII siècle à nos jours*, Paris, Gallimard, 1992.
SCHAEFFER, Jean-Marie – *Qu'est-ce qu'un genre littéraire?*, Paris, Seuil, 1989.
SCHMIDT, Siegfried J. – *Fundamentos de la ciencia empírica de la literatura*, Madrid, Taurus, 1990.

SCHOLES, Robert e Robert Kellog – *A natureza da narrativa*, São Paulo, McGraw-Hill do Brasil, 1977.
SCHOLES, Robert – *Protocolos de leitura*, Lisboa, Ed. 70, 1991.
SILVA, Vítor Manuel de Aguiar e – *Teoria da literatura*, 5ª ed., Coimbra, Almedina, 1983.
SILVA, Vítor Manuel de Aguiar e – "Teorização literária", in *Actas do X Encontro de Professores Universitários Brasileiros de Literatura Portuguesa. I Colóquio Luso-brasileiro de Professores Universitários de Literaturas de Expressão Portuguesa*, Lisboa/Coimbra/Porto, Universidade de Lisboa/Instituto de Cultura Brasileira, 1986, pp. 259-273.
SILVA, Vítor Manuel de Aguiar e – "O texto literário e seus códigos", in *Colóquio/Letras*, 21 (Março de 1974), pp. 23-33.
SIMÕES, João Gaspar – *Vida e obra de Eça de Queirós*, 2ª ed., Lisboa, Bertrand, 1973.
SOUSA, Maria Leonor Machado de – "'Frei Luís de Sousa' e a literatura europeia", in *Afecto às letras. Homenagem da literatura portuguesa a Jacinto do Prado Coelho*, Lisboa, Imprensa Nacional-Casa da Moeda, 1984, pp. 483-489.
SPANG, Kurt – *Géneros literarios*, Madrid, Sintesis, 1993.
STAIGER, Emil – *Conceitos fundamentais da poética*, Rio de Janeiro, Tempo Brasileiro, 1975.
STEMPEL, Wolf Dieter – "Pour une description des genres littéraires", in Alexandru Rosetti (org.), *Actele celui de-al XII-Lea Congres international de lingvisticã și filologie romanicã*, vol. 2, Bucareste, Editura Academici Republicii Socialiste România, 1971, pp. 565-570.
STRELKA, Joseph P. (org.) – *Theories of literary genre*, The Pennsylvania State University Press, 1978.
SZONDI, Peter – *Poésie et poétique de l'idéalisme allemand*, Paris, Gallimard, 1991.
TACCA, Óscar – *As vozes da novela*, Coimbra, Almedina, 1983.
TADIÉ, Jean-Yves – *La critique littéraire au xx siècle*, Paris, Pierre Belfond, 1987.
TAINE, H. – "Introduction", in *Histoire de la littérature anglaise*, 2ª ed. rev. e aum., Paris, Hachette, 1866, pp. III-XXXII.
TAMEN, Miguel – "Distinções genológicas e consequências", in *Revista da Faculdade de Letras*, 5ª série, 5 (1986), pp. 129-134.
TIEGHEM, Paul Van – "La question des genres littéraires", in *Hélicon*, 1 (1938), pp. 95-101.
TIEGHEM, Philippe Van – *Les grandes doctrines littéraires en France*, Paris, PUF, 1963.
TODOROV, Tzvetan – *Os géneros do discurso*, Lisboa, Ed. 70, 1981 (1978).

417

TODOROV, Tzvetan – "Géneros literários", in Oswald Ducrot e Tzvetan Todorov, *Dicionário das ciências da linguagem*, 3ª ed., Lisboa, Dom Quixote, 1976 (1970), pp. 187-194.
TODOROV, Tzvetan – *Introduction à la littérature fantastique*, Paris, Seuil, 1970.
TODOROV, Tzvetan – *Mikhaïl Bakhtine, le principe dialogique suivi de Écrits du Cercle de Bakhtine*, Paris, Seuil, 1981.
TODOROV, Tzvetan – *Qu'est-ce que le structuralisme? 2. Poétique*, Paris, Seuil, 1968.
TOLEDO, Dionísio de Oliveira (org.) – *Teoria da literatura. Formalistas russos*, Porto Alegre, Globo, 1971.
TOMACHEVSKI, Boris – *Teoría de la literatura*, Madrid, Akal, 1982 (1928).
VARGA, A. Kibédi – *Teoria da literatura*, Lisboa, Presença, s. d.
WARNING, R. – "Pour une pragmatique du discours fictionnel", in *Poétique*, 39 (1979), pp. 321-337.
WELLEK, René e Austin Warren – *Teoria da literatura*, 4ª ed., Mem Martins, Europa-América, s. d.
WIMSATT, Jr., William K. e Cleanth Brooks – *Crítica literária. Breve história*, Lisboa, Fundação Calouste Gulbenkian, 1971.

Didáctica geral e da literatura

AA.VV. – *Congresso sobre a Investigação e Ensino do Português. Actas*, Lisboa, Instituto de Cultura e Língua Portuguesa, 1989.
AA.VV. – *Encontro sobre os novos Programas de Português*, Lisboa, Universidade de Lisboa, Departamentos de Linguística e de Literaturas Românicas, 1991.
AA.VV. – *1º Encontro Nacional de Didácticas e Metodologias de Ensino (24-26 de Fevereiro de 1988). Actas*, Aveiro, Universidade de Aveiro, Departamento de Didáctica e Tecnologia Educativa, s. d.
AA.VV. – *1º Encontro Nacional para a Investigação e Ensino do Português (1976). Actas*, Centros e Núcleos de Linguística das Universidades de Lisboa, Porto, Coimbra, Aveiro e Braga, 1977.
AA.VV. – *Nous enseignons la littérature*, Paris, Syros, 1986.
ABREU, Manuel Viegas – *Acerca da formação psicopedagógica dos professores do ensino secundário*, Coimbra, FLUC/Instituto de Estudos Psicológicos e Pedagógicos, 1974.
ABREU, Manuel Viegas de – "Motivação, aprendizagem e desenvolvimento" ("Oração de Sapiência", na Abertura Solene das Aulas na Universidade de Coimbra), Coimbra, 1994.
AGUIRRE BAZTÁN, Ángel e José Mª Álvarez Aparicio (eds.) – *Diccionario de psicología para educadores*, Barcelona, PPU, 1988.

ALARCÃO, Isabel – "Didáctica", in *Polis. Enciclopédia Verbo da Sociedade e do Estado*, vol. 2, Lisboa/São Paulo, Verbo, 1984, pp. 247-250.

ALARCÃO, Isabel – "Didácticas especiais: sua função e objectivos", in *Revista da Universidade de Aveiro*, ano 3, 1 (1982), pp. 41-65.

ALARCÃO, Isabel – "Para uma revalorização da didáctica", in *Aprender*, 7 (1989), pp. 5-8.

ALARCÃO, Isabel – "Preparação didáctica num enquadramento formativo-investigativo", in *Inovação*, vol. 2, 1 (1989), pp. 31-36.

ALARCÃO, Maria de Lourdes – *Motivar para a leitura. Estratégias de abordagem do texto narrativo*, Lisboa, Texto Editora, 1995.

AMADO, Maria Hermínia, *A história literária e o ensino da literatura francesa (1957-1974)*, Aveiro, Universidade de Aveiro, 1989 (dissertação de doutoramento policopiada).

AMADO, Maria Hermínia – "Em torno da perspectiva histórico-literária no ensino da literatura", in *Revista Portuguesa de Pedagogia*, ano XXVI, 2 (1992), pp. 189-216.

ANDRADE, Ana Isabel e Maria Helena de Araújo e Sá – "Didáctica e formação em didáctica", in *Inovação*, vol. 2, 2 (1989), pp. 133-143.

AUSUBEL, David P. et alii – *Psicologia educacional*, 2ª ed., Rio de Janeiro, Interamericana, 1980.

AZINHEIRA, Teresa e Conceição Coelho – *Para uma pedagogia da leitura*, Sintra, Associação de Professores de Sintra, 1995.

BARATA, José Oliveira – *Didáctica do teatro. Introdução*, Coimbra, Almedina, 1979.

BARRETO, Luís de Lima – *Literatura portuguesa, 12º ano*, Lisboa, Texto Editora, 1990.

BARTHES, Roland – "Par où commencer", in *Le degré zero de l'écriture suivi de Nouveaux essais critiques*, Paris, Seuil, 1972, pp. 145-155.

BASTOS, Glória – *Didáctica do português. Caderno complementar*, Lisboa, Universidade Aberta, 1991.

BENAMOU, Michel – *Pour une nouvelle pédagogie du texte littéraire*, Paris, Hachette/Larousse, 1971.

BERGEZ, Daniel – *L'explication de texte litéraire*, Paris, Bordas, 1989.

BERTRAND, Denis e Françoise Ploquin – "Littérature: esthétique et pédagogie", in *Le Français dans le Monde*, 242 (Julho de 1991), pp. 43-47.

BOISSINOT, Alain – *Les textes argumentatifs*, Paris, Bertrand-Lacoste, 1992.

BOISSINOT, Alain e Michel Mougenot – *Techniques du français. Langages littéraires*, vol. 2, Paris, Bertrand-Lacoste, 1990.

BORDINI, Maria da Glória e Vera Teixeira de Aguiar – *Literatura. A formação do leitor. Alternativas metodológicas*, Porto Alegre, Mercado Aberto, 1988.

BRAGA, Teófilo – *História da literatura portuguesa. Idade Média*, vol. 1, Lisboa, Imprensa Nacional-Casa da Moeda, 1984.

BREDELLA, Lothar – *Introdução à didáctica da literatura*, Lisboa, Dom Quixote, 1989.
BRILHANTE, Maria João (org.) – *Frei Luís de Sousa de Almeida Garrett*, 2ª ed., Lisboa, Comunicação, 1987.
BRUM, Maria Feliciana et alii – *Português-B. 10º ano*, 2ª ed., Lisboa, Texto Editora, 1993.
Cadernos de Literatura ("Jornadas sobre o Ensino da Literatura"), 10 (1981).
CANVAT, Karl – "Genres et enseignement de la littérature", in *Recherches*, 18 (1993).
CANVAT, Karl – "Interprétation du texte littéraire et cadrage générique", in *Pratiques* ("L'interprétation des textes"), 76 (Dezembro de 1992), pp. 33-53.
CARMO, Mário, e M. Carlos Dias – *Introdução ao texto literário. Noções de linguística e literariedade*, 11ª ed., Lisboa, Didáctica Editora, 1987.
CHARVET, P. et alii – *Pour pratiquer les textes de théâtre*, Bruxelas/Paris, De Boeck/Duculot, 1989.
CHEVALLARD, Yves – *La transposition didactique du savoir savant au savoir enseigné*, 2ª ed. rev. e aum., La Pensée Sauvage, 1991.
COELHO, Eduardo Prado – "A evolução da teoria literária e o ensino da literatura em Portugal" e "O mais saber e a diferença (a literatura e o seu ensino)", in *A letra litoral*, Lisboa, Moraes, 1979, pp. 53-100.
COELHO, Jacinto do Prado – "Como ensinar literatura", in *Ao contrário de Penélope*, Amadora, Bertrand, 1978, pp. 45-71.
COELHO, Jacinto do Prado – *A educação do sentimento poético*, Coimbra, Coimbra Editora, 1944.
COELHO, Jacinto do Prado et alii – *Problemática da leitura. Aspectos sociológicos e pedagógicos*, Lisboa, INIC/CLEPUL, 1980.
COLAÇO, Jorge – "Estudar literatura: uma prática teórica", in *Palavras*, 7 (1984), pp. 5-7.
Confluências (actas do Colóquio "Le Maître et son Disciple"), 9 (Dezembro de 1993), pp. 315-326.
COSTA, A. – *Textos de literatura portuguesa (12º ano de escolaridade, via ensino)*, Porto, Asa, 1983.
COSTA, José Ribeiro da – *Eça de Queiroz. Os Maias em análise*, Porto, Porto Editora, 1990.
DELGADO-MARTINS, Maria Raquel et alii – *Documentos do encontro sobre os novos programas de português*, Lisboa, Colibri, 1991.
DENHIÈRE, G. e D. Legros – "Compreendre un texte: Construire quoi?, Avec quoi?, Comment?", in *Revue Française de Pédagogie*, 65 (Outubro--Dezembro de 1983), pp. 19-29.
DESCOTES, Michel – *La lecture méthodique. De la construction du sens à la lecture méthodique*, Toulouse, CRDP, 1989.

DESCOTES, Michel (org.) – *Lire méthodiquemente des textes*, Paris, Bertrand--Lacoste, 1995.
DESSONS, Gérard – *Introduction à l'analyse du poème*, Paris, Bordas, 1991.
DÍEZ BORQUE, José María – *Comentario de textos literarios (método y práctica)*, 15ª ed., Madrid, Playor, 1988.
Discursos ("Ensino da língua. Ensino da literatura"), 2 (Outubro de 1992).
DOUBROVSKY, Serge e Tzvetan Todorov (org.) – *L'enseignement de la littérature*, Paris, Plon, 1971.
DUARTE, Cristina *et alii* – *Cadernos de literatura. Português 11º ano A e B. Livro do professor*, Amadora, Raiz Editora, 1994.
ESQUER TORRES, Ramón – *Didáctica de la literatura*, 3ª ed., Madrid, Alcalá, 1972.
ESTEVES, António Joaquim – "A investigação-acção", in Augusto Santos Silva e José Madureira Pinto (org.), *Metodologia das ciências sociais*, Porto, Afrontamento, 1990, pp. 251-278.
Études de Linguistique Appliquée ("Textes, discours, types et genres"), 83 (Julho-Setembro de 1991).
Études de Linguistique Appliquée ("Recherches en Didactique du Français et Formation des Enseignants"), 87 (Julho-Setembro de 1992).
FERRAZ, Maria de Lourdes – "O ensino da literatura e a lição desconstrucionista de Paul de Man", in *Colóquio/Letras*, 100 (Novembro--Dezembro de 1987), pp. 141-144.
FIGUEIREDO, Fidelino de – *Últimas aventuras*, Rio de Janeiro, Empresa A Noite, s. d.
FLORIDO, Maria Beatriz *et alii* – *Análise da comunicação. Estilística e análise textual. Elementos de história da língua*, Porto, Porto Editora, 1981.
FONSECA, Fernanda Irene (org.) – *Pedagogia da escrita*, Porto, Porto Editora, 1994.
FONSECA, Fernanda Irene e Joaquim Fonseca – *Pragmática linguística e ensino do português*, Coimbra, Almedina, 1977.
FOURNIER, Jean-Marie e Bernard Veck – "La lecture de la poésie au lycée", in *Enjeux*, 24 (Dezembro de 1991), pp. 25-40.
Le Français Aujourd'hui ("Lire ou ne pas lire"), 61 (Março de 1983).
Le Français Aujourd'hui ("Des outils pédagogiques"), 63 (Setembro de 1983).
Le Français Aujourd'hui ("Classes de textes/textes en classe"), 79 (Setembro de 1987).
Le Français Aujourd'hui ("Lecture(s) méthodique(s)"), 90 (Junho de 1990).
Le Français Aujourd'hui ("Le groupement de textes"), 97 (Março de 1992).
Le Français dans le Monde ("Littérature et enseignement. La perspective du lecteur", org. de Denis Bertrand e Françoise Ploquin), nº especial (Fevereiro-Março de 1988).

GAGNON, Jean-Claude – *Les approches didactiques pour l'enseignement de la littérature au cours secondaire*, Laval, Universidade de Laval, 1978.
GALLISSON, R. e D. Coste – *Dicionário de didáctica das línguas*, Coimbra, Almedina, 1983.
GANDRA, Maria António e Luís Amaro de Oliveira – *Caderno para uma direcção de leitura de Os Maias*, Porto, Porto Editora, 1979.
GARCÍA PADRINO, Jaime e Arturo Medina (org.) – *Didáctica de la lengua y la literatura*, Madrid, Anaya, 1989.
GENETTE, Gérard – "Rhétorique et enseignement", in *Figures II*, Paris, Seuil, 1969, pp. 23-42.
GIASSON, Jocelyne – *A compreensão na leitura*, Porto, Asa, 1993.
GOLDENSTEIN, Jean-Pierre – *Entrées en littérature*, Paris, Hachette, 1990.
GOMES, Álvaro et alii – *Pre Textos. 7º ano de escolaridade*, 3ª ed., Porto, Asa, 1985.
GUEDES, Teresa – *Ensinar a poesia*, Porto, Asa, 1990.
GUERRA, João Augusto da Fonseca e José Augusto da Silva Vieira – *Textos de literatura portuguesa (11º ano. Área D)*, Porto, Porto Editora, 1987.
GUISLAIN, Georges – *Didáctica e comunicação*, Porto, Asa, 1994.
JANITZA, Jean – "Trois conceptions de l'apprentissage", in *Le Français dans le Monde*, 231 (Fevereiro-Março de 1990), pp. 38-45.
JORGE, Lídia – "Espaço para a literatura nas nossas escolas", in *Diário de Notícias* (15-1-89), pp. 5 e 8.
KAYSER, Wolfgang – *Análise e interpretação da obra literária*, 2 vols., 5ª ed., Coimbra, Arménio Amado, 1970.
LACOMBE, Daniel – "Didactique" e "La didactique des disciplines", in *Encyclopaedia universalis*, vol. 6, Paris, Encyclopaedia Universalis, 1985, pp. 113-116.
LAMAS, Estela Pinto Ribeiro – *O texto poético como objecto pedagógico. Contributos para a didáctica da língua e da literatura maternas*, Vila Real, UTAD, 1992 (dissertação de doutoramento policopiada).
LANGLADE, Gérard – *L'oeuvre intégrale*, vol. 1, Toulouse, CRDP, 1991.
LANGLADE, Gérard – *L'oeuvre intégrale*, vol. 2, Toulouse, CRDP, 1992.
Langue Française ("La typologie des discours"), 74 (Maio de 1987).
LAPA, Rodrigues – "Prefácio", in Almeida Garrett, *Frei Luís de Sousa*, 8ª ed., Lisboa, Seara Nova, 1969, pp. V-XVII.
LARANJEIRA, Cristina de Mello – "Problemática da leitura literária no Ensino Secundário", in *Anais da UTAD (Forum de Literatura e Teoria Literária)*, Vila Real, UTAD, 1991, pp. 167-173.
LAURENT, J. P. – "L'apprentissage de l'acte de résumer", in *Pratiques*, 48 (1985), pp. 71-77.
LEITE, Lígia Chiappini – *Invasão da catedral. Literatura e ensino em debate*, Porto Alegre, Mercado Aberto, 1983.

MACEDO, Júlio Oliveira – *Reler Eça de Queirós. Os Maias*, Porto, Asa, 1991.
MALARD, Letícia – *Ensino e literatura no 2º Grau. Problemas & perspectivas*, Porto Alegre, Mercado Aberto, 1985.
MARCHESE, Angelo – *L'officina della poesia. Principi di poetica*, Milão, Mondadori, 1985.
MARQUES, F. Costa – *A análise literária*, 3ª ed. rev. e aum., Coimbra, Almedina, 1972.
MARTIN DUQUE, Irineo e Marino Fernandez Cuesta – *Géneros literarios. Iniciación a los estudios literarios. Método y práctica*, 8ª ed., Madrid, Playor, 1984.
MARTINEZ, Marie-Louise – "Le socio-constructivisme et l'innovation en français", in *Pratiques* ("L'innovation pédagogique"), 63 (Setembro de 1989), pp. 37-62.
MARTINS, Isabel Pinheiro et alii (eds.) – *Actas do 2º Encontro Nacional de Didácticas e Metodologias de Ensino*, Aveiro, Universidade de Aveiro, Secção Autónoma de Didáctica e Tecnologia Educativa, 1991.
MARTOS Núñez, Eloy – *Métodos y diseños de investigación en didáctica de la literatura*, Madrid, C.I.D.E., 1986.
MATOS, Maria Vitalina Leal de – "Reflexões sobre a literatura e o seu ensino", in *Ler e escrever. Ensaios*, Lisboa, Imprensa Nacional-Casa da Moeda, 1987, pp. 9-21.
MELLO, Cristina e Graça Trindade – "Leitura do conto na escola: uma experiência", in *O Professor*, 49 (Março-Abril de 1996), pp. 19-26.
MENDES, João Daniel Marques – *Introdução à leitura do Frei Luís de Sousa*, Coimbra, Almedina, 1983.
MENDES, Margarida Vieira – "Didáctica da literatura", in *Biblos – Enciclopédia VERBO das literaturas de língua portuguesa*, vol. 2, Lisboa, Verbo, 1997, pp. 143-147.
MENDES, Margarida Vieira – "O que é que se ensina quando se ensina português", in *Diário de Notícias* (15-1-89), pp. 6-7.
MICHAUD, Guy – *L'oeuvre et ses techniques*, Paris, Nizet, 1957.
MIGNOLO, Walter D. – "Comprensión hermenéutica y comprensión teórica", in *Revista de Literatura*, tomo XLV, 90 (1983), pp. 5-38.
MOISÉS, Massaud – *A análise literária*, 7ª ed., São Paulo, Cultrix, 1984.
MOISÉS, Massaud – *A criação literária. Poesia*, 11ª ed. rev., São Paulo, Cultrix, 1989.
MOISÉS, Massaud – *A criação literária. Prosa*, 12ª ed., São Paulo, Cultrix, 1985.
MONTEIRO, Maria da Assunção Fernandes Morais – *"Jesus" de Miguel Torga: análise e proposta didáctica*, Bragança, Instituto Superior Politécnico de Bragança, 1994.
MOREIRA, Marco Antônio – *Ensino e aprendizagem. Enfoques teóricos*, São Paulo, 1985.

NOGUEIRA, Júlio Taborda – "Dar a palavra aos jovens. Reflexões sobre o ensino da língua materna", in *Vértice*, 464-465 (Fevereiro-Abril de 1985), pp. 5-18.

NOGUEIRA, Júlio Taborda – "O ensino da língua materna. Tópicos para uma reflexão", in *Palavras*, 8 (Novembro de 1984), pp. 5-13.

NOGUEIRA, Júlio Taborda – "O ensino do português – importância e relação teórico-prática pedagógica", in *Diacrítica*, 3-4 (1988-89), pp. 143--155.

OLIVEIRA, Luís Amaro de – *Frei Luís de Sousa de Almeida Garrett*, Porto, Porto Editora, 1986.

PAGÈS, Alain e Joelle Pagès-Pindon – "La dérivation pédagogique", in *Le Français Aujourd'hui*, 63 (Setembro de 1983), pp. 23-27.

PAIS, Amélia Pinto – *Ler por gosto. Português Auxiliar (10º/11º/12º anos)*, Lisboa, Areal, 1993.

PETITJEAN, André – "Linguistique textuelle et didactique des textes littéraires", in *Langues Modernes*, 3 (1990), pp. 48-57.

PENNAC, Daniel – *Comme un roman*, Paris, Gallimard, 1992.

PEREIRA, José Carlos Seabra – "Para (re)definir e ensinar literatura", in *Mathesis*, 1 (1992), pp. 171-191.

PÉREZ GÓMEZ, A. – "Paradigmas contemporáneos de investigacion didáctica", in *La ensenanza: su teoría y su práctica*, 2ª ed., Madrid, Akal/Universitária, 1985, pp. 95-138.

PIRES, Eurico Lemos (apres. e coment.) – *Lei de bases do sistema educativo*, Porto, Asa, 1987.

PORQUIER, Remy e Emmanuèle Wagner – "Etudier les apprentissages pour apprendre à enseigner", in *Le Français dans le Monde*, 185 (Maio--Junho de 1984), pp. 84-93.

Português. Organização Curricular e Programas. Ensino Secundário, 3ª ed. rev., Lisboa, DGEBS-Direcção Geral dos Ensinos Básico e Secundário, 1992.

Pratiques ("Classer les textes"), 62 (Junho de 1989).

Pratiques ("Didactique des genres"), 66 (Junho de 1990).

Pratiques ("Le résumé de texte"), 72 (Dezembro de 1991).

PRIVAT, Jean-Marie e Marie-Christine Vinson – "Tableaux de genres: travailler les critères de genre en lecture-écriture", in *Pratiques* ("Les genres du récit"), 59 (Setembro de 1988), pp. 3-17.

O Professor ("O ensino da literatura"), 26 (1992).

Programa de Língua Portuguesa. Plano de organização do ensino-aprendizagem. Ensino Básico – 3º ciclo, vol. 2, Lisboa, DGEBS--Direcção Geral dos Ensinos Básico e Secundário, 1991.

Programa de Língua Portuguesa. Plano de organização do ensino--aprendizagem. Ensino Básico – 2º ciclo, vol. 2, Lisboa, DGEBS--Direcção Geral dos Ensinos Básico e Secundário, 1991.

Programa Português Curso Complementar (10° e 11° anos), Lisboa, Ministério da Educação e das Universidades, Direcção-Geral do Ensino Secundário, 1981.
Programas 12° ano (via de ensino), Área de Letras, Ano lectivo de 1983/84, Lisboa, Ministério da Educação, 1984.
REIS, Carlos – *Comentario de textos. Metodología y diccionario de términos literarios*, Salamanca, Almar, 1979.
REIS, Carlos – *Técnicas de análise textual*, 3ª ed. rev., Coimbra, Almedina, 1981.
REIS, Carlos – "Tema e leitura crítica", in *Construção da leitura*, Coimbra, INIC/Centro de Literatura Portuguesa da Faculdade de Letras, 1982, pp. 41-55.
REIS, Carlos – "Le texte littéraire et l'enseignement de la langue", in *Dégres*, 38 (1984), pp. 1-9.
REIS, Carlos e José Victor Adragão – *Didáctica do português*, Lisboa, Universidade Aberta, 1990.
REUTER, Yves – "La notion de scène: construction théorique et intérêts didactiques", in *Pratiques* ("Scènes Romanesques"), 81 (Março de 1994), pp. 5-26.
RIBEIRO, António Carrilho e Lucie Carrilho Ribeiro – *Planificação e avaliação do ensino-aprendizagem*, Lisboa, Universidade Aberta, 1990.
ROCCO, Maria Thereza Fraga – *Literatura/Ensino: uma problemática*, São Paulo, Ática, 1981.
ROCHA, Regina e Fernando Domingues – *Leitura(s). Português-B, 10° ano*, Coimbra, Minerva, 1993.
ROMERA CASTILLO, J. – *Didáctica de la lengua y la literatura*, Madrid, Playor, 1979.
RÖSING, Tania M. K. – *Ler na escola. Para ensinar literatura no 1°, 2° e 3° graus*, Porto Alegre, Mercado Aberto, 1988.
RYNGAERT, Jean-Pierre – *Análise do teatro*, Porto, Asa, 1992.
SÁENZ, Oscar (org.) – *Didáctica general*, 7ª reimp., Madrid, Anaya, 1989.
SANTOS, Odete – *O português, na escola, hoje*, Lisboa, Caminho, 1988.
SCHMITT, M. P. e A. Viala – *Savoir-lire. Précis de lecture critique*, 4ª ed. cor., Paris, Didier, 1982.
SEQUEIRA, Fátima et alii – *O ensino-aprendizagem do Português. Teoria e práticas*, Braga, Universidade do Minho, Centro de Estudos Educacionais e Desenvolvimento Comunitário, 1989.
SILVA, Ezequiel Theodoro da – *O ato de ler. Fundamentos psicológicos para uma nova pedagogia da leitura*, 4ª ed., São Paulo, Cortez Ed., 1987.
SILVA, Ezequiel Theodoro da – *Elementos de pedagogia da leitura*, São Paulo, Martins Fontes, 1988.
SLAMA, Pierre – "Pour une littérature médiatrice de savoir", in *Nouvelle Revue Pédagogique*, 5 (Janeiro de 1991), pp. 9-16.

SOUSA, Maria de Lourdes Dionísio de – "Agora não posso, estou a ler!", in *Revista Portuguesa de Educação* ("Ensino-Aprendizagem da Língua Materna"), 3 (1990), pp. 115-127.

SOUSA, Maria de Lourdes Dionísio de – *A interpretação de textos nas aulas de português*, Porto, Asa, 1993.

TAVARES, Maria Andresen – "Ainda se fazem leitores solitários?", in *Diário de Notícias* (15-1-89), p. 8.

Textuel ("Commenter. Expliquer. L'explication de texte"), 20 (1990).

Textuel ("Lire pour lire. La lecture littéraire"), 23 (1990).

VECK, Bernard et alii – *Production de sens. Lire/écrire en classe de Seconde*, Paris, INRP, 1988.

VECK, Bernard et alii – *Trois savoirs pour une discipline. Histoire littéraire. Rhétorique. Argumentation*, Paris, INRP, 1990.

VERRIER, Jean – *Les débuts de romans*, Paris, Bertrand-Lacoste, 1988.

VERRIER, Jean – *La lecture des textes littéraires: rôle de l'enseignement dans la réflexion théorique. Bilan et perspectives*, Paris, Universidade de Paris 8, 1992 (policopiado).

VICENTE, Joaquim Neves – "Subsídios para uma didáctica comunicacional no ensino-aprendizagem da filosofia", in *Revista Filosófica de Coimbra*, vol. 1, 2 (Outubro de 1992), pp. 321-358.

VIDEIRA, Margarida Ochôa – "Dois modelos possíveis da leitura dos textos", in *Diário de Notícias* (15-1-89), p. 9 ("Caderno 2").

ZENSO, Salvatore F. Di e Pietro Pelosi – *Metodologia e técnicas literárias*, Mem Martins, Europa-América, s. d.

ZILBERMAN, Regina – *Estética da recepção e história da literatura*, São Paulo, Ática, 1989.

ZILBERMAN, Regina (org.) – *Leitura em crise na escola: as alternativas do professor*, Porto Alegre, Mercado Aberto, 1988.

ZILBERMAN, Regina e Ezequiel Theodoro da Silva (org.) – *Leitura. Perspectivas interdisciplinares*, São Paulo, Ática, 1988.

ZILBERMAN, Regina e Ezequiel Theodoro da Silva – *Literatura e pedagogia. Ponto & contraponto*, Porto Alegre, Mercado Aberto, 1990.

ÍNDICE DE AUTORES

ABRANCHES, António Joaquim da Silva – 364;
ABREU, Manuel Viegas – 282;
ADRAGÃO, José Victor – 27, 109, 133, 326;
AGUIRRE BAZTÁN, Ángel – 276, 277, 278;
ALARCÃO, Isabel – 269;
ALARCÃO, Maria de Lourdes – 343, 345;
ALBUQUERQUE, Alexandre de – 376;
ÁLVAREZ APARICIO, José Mª – 276, 277, 278;
ANDRESEN, Sophia de Mello Breyner – 400;
ARISTÓTELES – 26, 28, 41, 56, 63, 65, 66, 70, 71, 81, 84, 129;
ARNALDO, Javier – 76, 77, 79, 85;
ASTOLFI, J. P. – 268;
AUSUBEL, D. P. – 278;
AZÉMA, Marie-France – 97;

BACON, F. – 87;
BAKHTINE, Mikhail – 49, 50, 56, 57, 89, 146, 151, 162;
BARRETO, Luís de Lima – 208;
BARTHES, Roland – 26, 32, 89, 144, 337;
BAUDELAIRE, Charles – 153;
BECKFORD, William – 300;
BEIRANTE, Cândido – 367;
BERNARDO, Fernanda – 92;
BERTRAND, Denis – 349;
BIARD, Jacqueline – 329, 345, 351, 352;
BLANCHOT, Maurice – 89;

BOCAGE, Barbosa du – 294, 304;
BOISSINOT, Alain – 32, 115, 117, 125, 221, 336;
BOURNEUF, Roland – 315;
BRAGA, Teófilo – 87, 136, 360;
BRANDÃO, Raúl – 130, 179;
BRANDÃO, Roberto de Oliveira – 67, 68, 69;
BREDELLA, Lothar – 267, 272, 273, 284, 285;
BREITINGER, J. J. – 67;
BREMOND, Claude – 26, 144, 337;
BRILHANTE, Maria João – 138, 143, 168, 172, 173, 174, 178, 179, 357, 360, 366;
BROOKS, Cleanth – 74, 76;
BRUM, Maria Feliciana – 296;
BRUNER, J. S. – 278;
BUESCU, Maria Leonor Carvalhão – 69, 70;
BUHLER-Berville, Viviane – 99;

CALINESCU, Matei – 73;
CAMÕES, Luís de – 185, 186, 291, 294, 304, 361;
CANVAT, Karl – 327, 331, 336, 380;
CARMO, Mário – 245, 296, 307;
CARNAP, R. – 24;
CARVALHO, Francisco Freire de – 69;
CASTILHO, Guilherme de – 144, 377;
CASTRO, Eugénio de – 155;
CHARLES, Michel – 113, 265;
CHATEAUBRIAND, F. R. – 84;
CHEVALLARD, Yves – 13, 274, 275, 402;
CICUREL, Francine – 343;

COELHO, Eduardo Prado – 85, 86, 264;
COELHO, Jacinto do Prado – 109, 110, 113, 117, 137, 142, 145, 188, 206, 249, 295, 360, 383, 384, 401;
COLERIDGE, S. T. – 82;
COLLINI, Stefan – 121;
COLLINGWOOD – 85;
COMBE, Dominique – 76, 78, 79, 80, 81, 83;
CORTI, Maria – 56, 133;
COSTA, A. – 208, 314;
COSTA, José Ribeiro da – 385;
COSTA, Maria José – 314, 351, 352;
COSTE, Daniel – 58, 59;
COX, Jeffrey N. – 139;
CROCE, B. – 38, 71;
CUSTÓDIO, Jorge – 367;

DELCROIX, Maurice – 94, 113;
DEMOUGIN, Jacques – 111;
DENHIÈRE, Guy – 281;
DENIS, Ferdinand – 364;
DENIS, Frédérique – 329, 345, 351, 352;
DERRIDA, Jacques – 92, 132;
DESCOTES, Michel – 92, 119, 322, 329, 345, 351;
DIAS, M. Carlos – 245, 296, 307;
DICKENS, C. – 45;
DÍEZ BORQUE, J. M. – 160;
DIJK, Teun A. van – 94;
DOLEZEL, Lubomír – 52, 66, 67;
DOMINGUES, Fernando – 332, 341, 348;
DOUBROVSKY, Serge – 102, 109;
DUARTE, Cristina – 304;
DUCROT, Oswald – 26, 54;
DUPRIEZ, Bernard -159;
DURAND, G. – 48;

ECO, Umberto – 26, 56, 92, 93, 94, 99, 101, 105, 113, 121, 133, 221, 258, 265, 284, 330, 331, 333, 342, 353;
ERSKINE – 41;
ÉSQUILO – 66;
ESTEVES, António Joaquim – 271;
EURÍPEDES – 66, 70;

FERNANDES – R. M. Rosado – 67;
FERRAZ, Maria de Lourdes – 91;
FERREIRA, Alberto – 78;
FERREIRA, António – 168, 183, 365;
FIGUEIREDO, Fidelino de – 105;
FINIFTER, Germaine – 99;
FISHER, J. – 140;
FLORIDO, Maria Beatriz – 296, 307;
FONSECA, Fernanda Irene – 279;
FONSECA, Joaquim – 279;
FORRADELLAS, Joaquín – 67;
FOWLER, Alastair – 139;
FREELAND, Alan – 145, 384;
FRIEDRICH, Hugo – 153;
FRYE, Nortrop – 14, 44, 45, 49;
FURST, Lilian R. – 77;

GADAMER, G. – 285;
GANDRA, Maria António – 377, 385;
GARCÍA BERRIO, Antonio – 43, 265;
GARCÍA CABERO, M. – 276;
GARCIA-DEBANC, Claudine – 320;
GARRETT, Almeida – 16, 72, 137, 138, 140, 141, 142, 143, 158, 170, 172, 183, 185, 229, 230, 248, 299, 302, 357, 364, 365, 366, 367, 368;
GARRIDO GALLARDO, M. A. – 65;
GENETTE, Gérard – 14, 24, 26, 27, 28, 29, 35, 36, 37, 48, 50, 55, 60, 61, 64, 65, 75, 88, 89, 93, 97, 120, 132, 133, 134, 151, 243;
GIASSON, Jocelyne – 325, 331, 336, 341, 353;
GIL, Augusto – 96;

GŁOWIŃSKI, Michał – 24, 29;
GOETHE, J. W. van – 28, 38, 39, 40, 45, 67, 78, 79, 84;
GOLDMANN, Lucien – 145;
GOMES, Álvaro – 297;
GONÇALVES, Fernão de Magalhães – 208;
GORNER – 142;
GRAVES, Robert – 387;
GREIMAS, J. A. – 26;
GUERRA, João Augusto da Fonseca – 173;
GUERRA DA CAL, Ernesto – 152, 384, 385;

HALLYN, Fernand – 94, 113;
HAMON, Philippe – 315;
HARTL, Robert – 39;
HEGEL, F. – 45, 78, 79, 81, 82, 84, 152, 153;
HELDER, Herberto – 96, 155;
HERCULANO, Alexandre – 367;
HERNADI, Paul – 26, 35, 36, 41, 43, 44, 45, 46;
HERRERO, Jesús – 157, 208, 398;
HIRSCH, E. D. – 132;
HJELMSLEV, L. – 27;
HÖLDERLIN, F. – 78, 79, 81, 84;
HOMERO – 66, 70;
HORÁCIO – 63, 67, 68, 70, 129;
HUGO, Victor – 83, 397;

IMBERT, Claude – 24;
INGARDEN, Roman – 84, 133, 139, 161, 264;
ISER, Wolfgang – 18, 59, 71, 92, 93, 113, 114, 132, 221, 265, 284, 285, 287;

JAKOBSON, R. – 31, 41, 135;
JANITZA, Jean – 280, 281;
JAUSS, Hans Robert – 24, 34, 61, 88, 113, 132, 134, 151, 265, 284, 285;
JOHNSON, N. – 336;
JOLLES, André – 14, 43, 44, 48, 49;
JOYCE, James – 36;
JÚNIOR, António Salgado – 136, 384;

KANT, E. – 39;
KAPLAN, Carey – 96;
KAYSER, Wolfgang – 16, 26, 39, 42, 55, 112, 136, 138, 141, 142, 143, 168, 176, 181, 184, 338, 360, 366;
KELLOGG, Robert – 315;
KENT, Thomas – 132, 221, 222, 336;
KERBRAT-ORECCHIONI, Catherine – 51, 61;
KRISTEVA, Julia – 89, 120;

LACOMBE, Daniel – 268;
LACOUE-LABARTHE, Philippe – 76, 77, 79, 81, 90, 162;
LAMARTINE, A. – 84;
LANGLADE, Gérard – 118, 119, 322, 359;
LANSON, Gustave – 87, 264;
LAPA, Manuel Rodrigues – 137, 357;
LARANJEIRA, Cristina Mello – 284 (ver Mello);
LAURENT, J. P. – 335;
LAUTRÉAMONT – 153;
LEAL, Mendes – 367;
LEGROS, D. – 281;
LEJEUNE, Philippe – 34, 35;
LEWIN, Kurt – 271;
LICHTENBERGER, Henri – 38;
LIMA, Isabel Pires de – 145, 384, 385;
LIMA, Luiz Costa – 59, 71, 114, 285;
LOBO, Luíza – 77, 78, 82, 83, 84;
LONGINO, Dionísio – 63, 69, 129;
LOPES, Ana Cristina M. – 25, 105, 239, 243, 244, 245, 315;
LOPES, Óscar – 366;
LOPES, Teresa Rita – 399;

LOTMAN, I. – 65, 148;
LOURENÇO, Eduardo – 208, 397;
LUÍS, Agustina Bessa – 213, 293;
LUKÁCS, Georg – 45;

MACEDO, Júlio Oliveira – 385;
MACHADO, Álvaro Manuel – 84, 298;
MAINGUENAU, Dominique – 338;
MALLARMÉ, S. – 153;
MAN, Paul de – 91, 111, 266;
MANDLER, J. – 336 ;
MARCHESE, Angelo – 67;
MARQUES, F. Costa – 296, 307;
MARTINEZ, Marie-Louise – 279;
MARTINS, Isabel Pinheiro – 311;
MARTOS NÚÑEZ, Eloy – 270, 271, 276, 278, 287;
MATOS, A. Campos – 385;
MAURON, C. – 48;
MAYORAL, José Antonio – 94;
MEIRIEU, Philippe – 329;
MELLO, Cristina – 156, 289, 309 (ver Laranjeira);
MENDES, João Daniel Marques – 143, 168;
MENDES, Margarida Vieira -149;
MIALARET, G. – 268;
MICHAUD, Guy – 110, 117, 356;
MIGNOLO, Walter – 18, 133, 286, 287, 353;
MILHEIRO, Maria do Rosário – 147, 148;
MINER, Earl – 139;
MOISÉS, Massaud – 16, 70, 108, 109, 110, 112, 113, 117, 123, 143, 338;
MONTEIRO, Maria da Assunção Fernandes Morais – 347;
MONTEIRO, Ofélia Paiva – 143, 366, 368;
MORAWSKI, Stefan – 140, 141, 142;
MOREIRA, Marco Antônio – 277;

MOUGENOT, Michel – 97, 115, 117, 125;
MOURICEAU, Jacqueline – 106;
MUKAROVSKY, J. – 285;

NANCY, Jean-Luc – 76, 77, 79, 81, 90, 162;
NEMÉSIO, Vitorino – 156;
NIETZSCHE, F. – 79, 82;
NOGUEIRA, Júlio Taborda – 326;
NOVALIS, F. – 78;

OLIVEIRA, Custódio José de – 69;
OLIVEIRA, Luís Amaro de – 143, 168, 347, 348, 357, 362, 377, 385;
ORLANDI, Eni Pulsinelli – 92, 110;
OTTEN, Michel – 94;
OUELLET, Réal – 315;

PAGÈS, Alain – 312;
PAGÈS-PINDON, Joelle – 312;
PAVIS, Patrice – 169, 175, 230, 231, 363;
PEIRCE, C. S. – 92;
PENNAC, Daniel – 91, 124, 125;
PEREIRA, Maria Helena da Rocha – 64, 208;
PÉREZ GÓMEZ, A. – 269, 270;
PESSOA, Fernando – 208, 213, 294, 306, 367, 395;
PETERSEN, Julius – 40, 41;
PETITJEAN, André – 51, 61, 346;
PEYRE, Henri – 88;
PIAGET, J. – 277;
PIMPÃO, Álvaro Júlio da Costa – 136, 143, 360;
PINTO, José Madureira – 271;
PIRES, Eurico de Lemos – 344;
PIRES, Maria da Natividade – 366;
PLATÃO – 26, 28, 41, 63, 64, 129;
PLOQUIN, Françoise – 349;
PORQUIER, Remy – 282;

PROPP, V. – 337;
PUTNAM, Hilary – 105;

QUADROS, António – 367;
QUEIRÓS, Eça de – 16, 31, 98, 144, 146, 188, 190, 192, 198, 200, 201, 226, 249, 299, 301, 370, 376, 377, 380, 381, 383, 384, 385;
QUINTILIANO – 67;

REBELLO, Luiz Francisco – 364, 365, 366, 367, 368;
RÉGIO, José – 156;
REIS, Carlos – 16, 25, 26, 27, 29, 31, 48, 49, 96, 105, 108, 109, 110, 112, 114, 117, 118, 119, 122, 133, 136, 138, 139, 145, 147, 148, 149, 154, 161, 162, 198, 239, 243, 244, 245, 247, 296, 301, 307, 311, 315, 320, 326, 333, 338, 364, 366, 369, 383, 384, 396;
REUTER, Yves – 333;
RIBEIRO, António Carrilho – 103, 343, 354;
RIBEIRO, Bernardim – 361;
RIBEIRO, Lucie Carrilho – 103, 343, 354;
RIBEIRO, Maria Aparecida – 376, 385;
RIMBAUD, A. – 153;
ROCHA, Andrée Crabbé – 136;
ROCHA, Clara – 154;
ROCHA, Regina – 332, 341, 348;
ROGERS, Carl – 277;
ROMANO, Ruggiero – 58;
ROSA, Alberto Machado da – 135, 145, 188, 383;
ROSA, António Ramos – 155;
ROSE, Ellen C. – 96;
ROUSSEAU, J.-J. – 84;
RUIZ COLLANTES, F. J. – 37;

SAINTE-BEUVE, C. A. – 87;
SANTOS, Odete – 110, 310, 311, 322;
SARAIVA, António José – 137, 146, 175, 360, 366, 384;
SCHAEFFER, Jean-Marie – 26, 36, 38, 51, 60, 64, 65, 78, 93, 131, 133, 134, 144, 148, 151, 161, 221, 336;
SCHELLING, F. – 78, 79 ;
SCHILLER, F. – 39, 45, 79;
SCHLEGEL, August Wilhelm – 78, 80;
SCHLEGEL, Friedrich – 33, 35, 45, 78, 79, 80, 81;
SCHLEIERMACHER – 78;
SCHMIDT, Siegfried J. – 38;
SCHOLES, Robert – 47, 48, 49, 100, 315;
SEGRE, Cesare – 26, 44, 58, 235, 236;
SEQUEIRA, Fátima – 92, 223;
SERRÃO, Joel – 375;
SLAMA, Pierre – 346;
SILVA, Augusto Santos – 271;
SILVA, Ezequiel Theodoro da – 92, 110;
SILVA, Vítor Manuel de Aguiar e – 26, 27, 40, 45, 46, 48, 55, 65, 75, 107, 154, 243, 265, 301;
SIMÕES, João Gaspar – 384;
SOLGER – 45;
SÓFOCLES – 66, 70;
SOURIAU, Etienne – 364;
SOUSA, Eudoro de – 66;
SOUSA, Maria Leonor Machado de – 364;
SOUSA, Maria de Lourdes – 92, 223, 314, 345;
STAËL, Mme. de – 84;
STAIGER, Emil – 26, 28, 139;
STEMPEL, Wolf Dieter – 37, 132, 221;
STENDHAL – 83;

431

STOCKLER, Karl – 266;
SZONDI, Peter – 76, 77, 80, 81;

TACCA, Óscar – 315;
TAINE, Hippolyte – 85, 87;
TIEGHEM, Philippe Van – 76;
TIEGHEM, Paul Van – 23;
TORGA, Miguel – 16, 155, 156, 157, 158, 159, 161, 163, 207, 208, 209, 210, 213, 214, 215, 217, 218, 219, 229, 233, 251, 291, 294, 306, 308, 367, 386, 392, 395, 397, 400;
TODOROV, Tzvetan – 14, 26, 30, 31, 32, 33, 34, 35, 36, 37, 50, 51, 54, 57, 65, 93, 133, 137, 146, 221;
TOMACHEVSKI – Boris – 30, 55, 333;
TOUSSAINT-DEKKER, Alida – 98;
TRAÇA, Maria Emília – 314;
TRIANES, Victoria – 277;
TRINDADE, Graça – 289;

UNAMUNO, Miguel de – 157;

VARGA, A. Kibédi – 34, 53;
VECK, Bernard – 223, 232, 281, 322, 331, 338;
VERRIER, Jean – 97, 268, 320;
VICENTE, Gil – 168, 306;
VICENTE, Joaquim Neves – 267;
VIEIRA, José Augusto da Silva – 173;
VIEIRA, P.e António – 104;
VIËTOR, Karl – 28, 38, 39, 40, 41;
VIOLI, P. – 331;

WAGNER, Emmanuelle – 282;
WARREN, Austin – 14, 26, 41, 42, 49, 55, 123;
WELLEK, René – 26, 41, 55, 123;
WYGOTSKI, L. S. – 277, 281;
WIMSATT JR., William K. – 74, 76;
WITTGENSTEIN, L. – 24;
WORDSWORTH, W. – 82;

ZILBERMAN, Regina – 92, 110, 113;
ZOLA, Émile – 86.

ÍNDICE

Prefácio 1

Explicações e agradecimentos 7

Introdução 11

Parte I — GÉNEROS LITERÁRIOS E ESTUDOS LITERÁRIOS

Capítulo 1. Os géneros na teoria da literatura contemporânea 23
    1.1. O questionamento teórico dos géneros 23
    1.2. Fundamentos das classificações.................................. 38
    1.3. Dimensão hermenêutica e didáctica dos géneros 48

Capítulo 2. Os géneros na tradição clássica e no Romantismo............ 63
    2.1. Os géneros literários na tradição clássica 63
    2.2. O legado da teorização romântica dos géneros literários 73

Capítulo 3. Géneros literários e ensino da literatura 91
    3.1. Representação dos géneros literários na leitura escolar 91
    3.2. Modalidades de leitura no Ensino Secundário............. 106
    3.2.1. Introdução: questões teóricas e metodológicas........... 106
    3.2.2. Da análise literária à leitura integral 115

Parte II — CONFIGURAÇÃO E RECEPÇÃO DOS GÉNEROS

Capítulo 1. Configuração dos modos e géneros literários nas obras *Frei Luís de Sousa*, *Os Maias* e *Orfeu rebelde* 129
    1.0. Considerações prévias.. 129
    1.1. O arquitexto de *Frei Luís de Sousa* 136
    1.2. A configuração de género n'*Os Maias* 144
    1.3. O modo lírico em *Orfeu rebelde*............................... 152

1.4. Conclusões provisórias... 161
Capítulo 2. A leitura de *Frei Luís de Sousa*, *Os Maias* e *Orfeu rebelde*
no Ensino Secundário 163
    2.0. Considerações preliminares 163
    2.1. A leitura de *Frei Luís de Sousa* 168
    2.2. A leitura d'*Os Maias*.. 187
    2.3. A leitura de *Orfeu rebelde* 207

Capítulo 3. Problemas de representação genológica na leitura................ 221
    3.0. Considerações preliminares 221
    3.1. Contexto, obra e componentes estruturais 225
    3.2. Personagem e perspectiva narrativa............................... 237
    3.3. Semântica e estilo... 246

Parte III — PARA UMA TEORIA DO ENSINO DA LITERATURA

Capítulo 1. Relações entre paradigmas didáctico-pedagógicos e teórico-
-literários no ensino da literatura 263
    1.1. O estatuto da didáctica da literatura: conceitos e métodos.. 263
    1.2. Articulações entre paradigmas didácticos e literários 276

Capítulo 2. A prática pedagógica do ensino da literatura 289
    2.1. Práticas pedagógicas de leitura...................................... 289
    2.2. Dificuldades de transposição didáctica......................... 306

Capítulo 3. A integração de saberes no ensino da literatura: modos e
géneros literários 319
    3.1. O contexto da leitura... 319
    3.2. O quadro conceptual da integração didáctica 327
    3.3. Estratégias didáctico-pedagógicas de leitura: preliminares teóricos 334

Capítulo 4. Estratégias didáctico-pedagógicas de leitura....................... 353
    4.0. Considerações iniciais... 353
    4.1. A construção da leitura de *Frei Luís de Sousa*.............. 357
    4.2. A construção da leitura d'*Os Maias* 368
    4.3. A construção da leitura de *Orfeu rebelde*..................... 386

CONCLUSÃO 401

BIBLIOGRAFIA 409

ÍNDICE DE AUTORES 427